KB056267

한설야 문학연구:

한설야의 욕망, 칼날 위에 춤추다

Desires of Han Sulya, Dance on top of the blade

한설야 문학연구:

한설야의 욕망, 칼날 위에 춤추다

1판 1쇄 인쇄_2013년 08월 01일
1판 1쇄 발행_2013년 08월 10일

지은이_남원진
펴낸이_양정섭

펴낸곳_도서출판 경진
등 록_제2010-000004호
주 소_경기도 광명시 소하동 1272번지 우림필유 101-212
블로그_http://kyungjinmunhwa.tistory.com
이메일_mykorea01@naver.com

공급처_(주)글로벌콘텐츠출판그룹
대 표_홍정표
기획·마케팅_이용기
편 집_배소정 노경민 최민지
경영지원_안선영
주 소_서울특별시 강동구 천중로 196 정일빌딩 401호
전 화_02-488-3280
팩 스_02-488-3281
홈페이지_http://www.gcbook.co.kr

값 25,000원
ISBN 978-89-5996-209-9 93810

Desires of Han Sulya, Dance on top of the blade

학술 07

한설야 문학연구:

한설야의 욕망, 칼날 위에 춤추다

남원진 지음

도서출판 경진

한설야

韓雪野 著

短篇集

朝蘇文化協會中央本部

한설야, 『단편집』, 조쏘문화협회중앙본부, 1948.

한설야, 『쏘련 여행기』, 교육성, 1948.

한설야, 『초소에서』, 문화전선사, 1950.

한설야, 『황초령』, 문예총출판사, 1953.

한설야, 『력사(1)』, 평화와교육사, 1953.

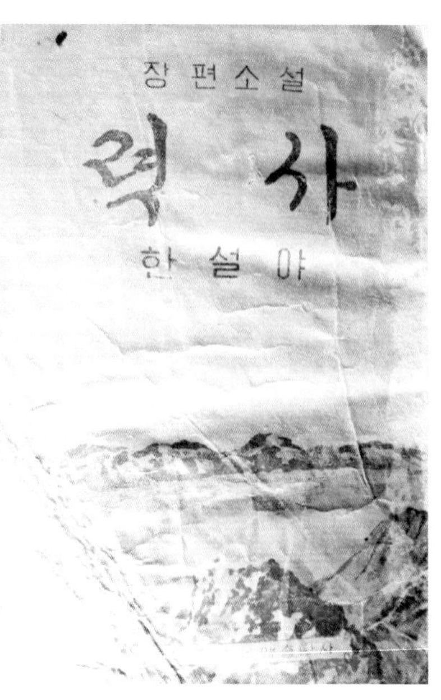

한설야, 『력사』, 조선작가동맹출판사, 1954.

한설야, 『대동강』, 조선작가동맹출판사, 1955.

한설야, 『아동혁명단』, 민주청년사, 1955.

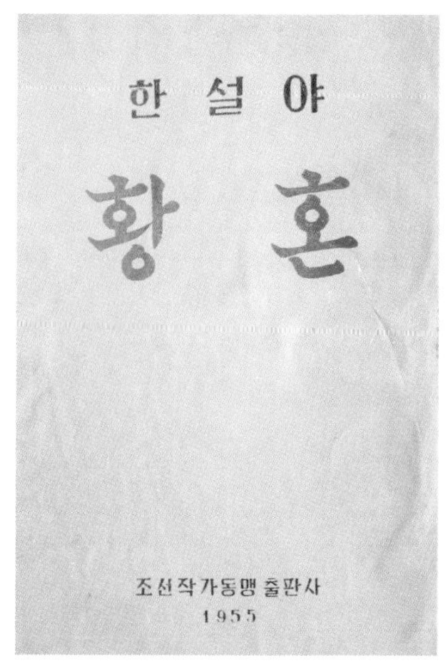

한설야, 『황혼』, 조선작가동맹출판사, 1955.

한설야, 『탑』, 조선작가동맹출판사, 1956.

한설야, 『설봉산』, 조선작가동맹출판사, 1956.

한설야, 『청춘기』, 조선작가동맹출판사, 1957.

한설야, 『설봉산』, 조선작가동맹출판사, 1958.

한설야, 『초향』, 조선작가동맹출판사, 1958.

한설야, 『승냥이』, 조선작가동맹출판사, 1958.

한설야, 『만경대』, 아동도서출판사, 1958.

한설야, 『대동강(제2부)』, 국립미술출판사, 1958.

한설야, 『대동강(제3부)』, 국립미술출판사, 1959.

한설야, 『길은 하나이다』, 국립미술출판사, 1959.

한설야, 『아동단』, 아동도서출판사, 1959.

한설야, 『복숭아』, 아동도서출판사, 1960.

한설야, 『형제』, 아동도서출판사, 1960.

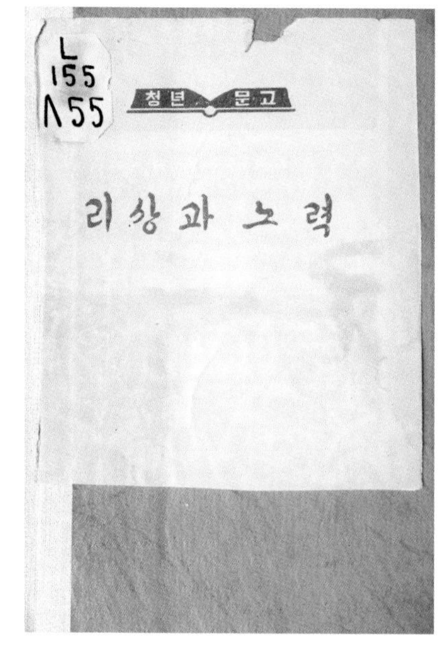

리기영·한설야, 『리상과 노력』, 민청출판사, 1958.

한설야, 『수령을 따라 배우자』, 민청출판사, 1960.

한설야(외), 『모자』, 조선작가동맹출판사, 1956.

류기홍·서만일(외), 『승냥이』, 조선작가동맹출판사, 1956.

김명수, 『새인간의 탐구』, 조선작가동맹출판사, 1957.

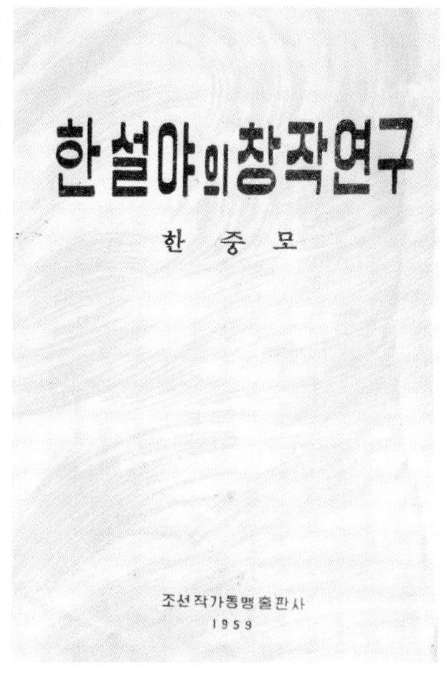

한중모, 『한설야의 창작 연구』, 조선작가동맹출판사, 1959.

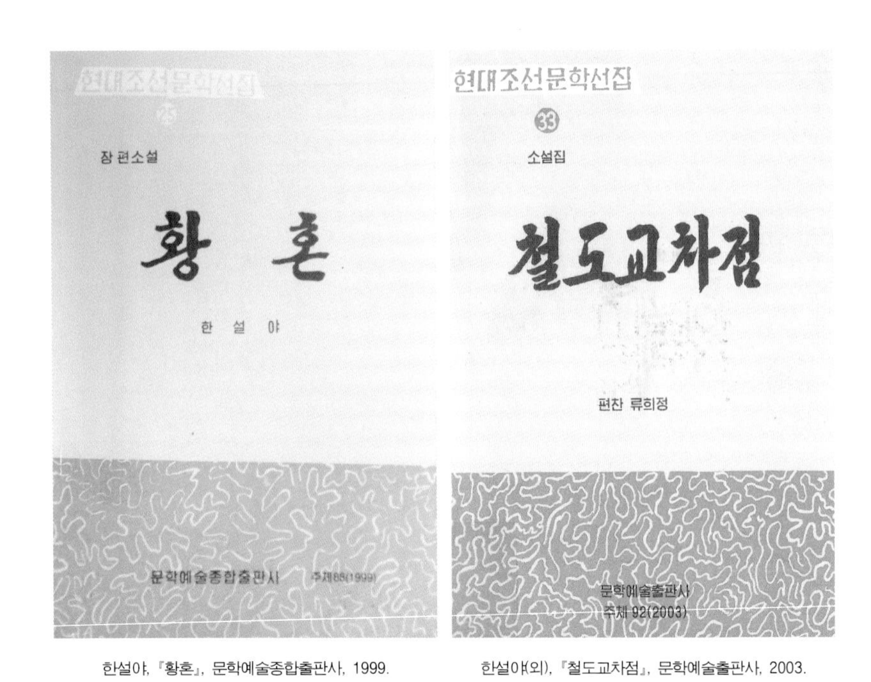

한설야, 『황혼』, 문학예술종합출판사, 1999.

한설야(외), 『철도교차점』, 문학예술출판사, 2003.

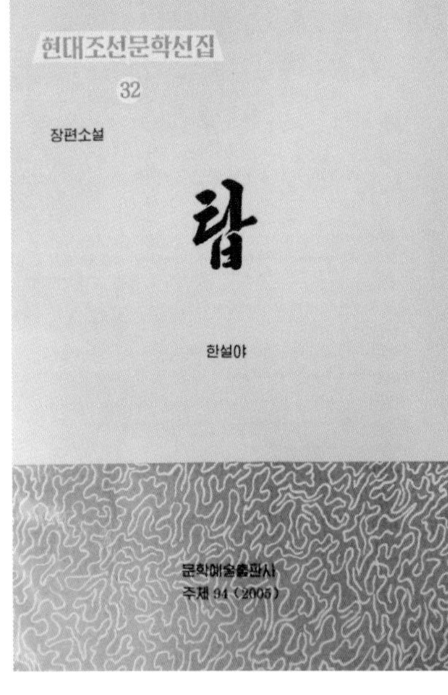

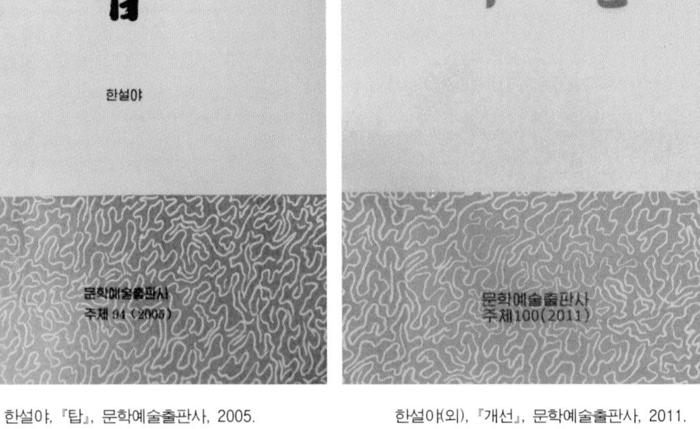

한설야, 『탑』, 문학예술출판사, 2005.

한설야(외), 『개선』, 문학예술출판사, 2011.

서경석, 『한설야』, 건국대학교출판부, 1996.

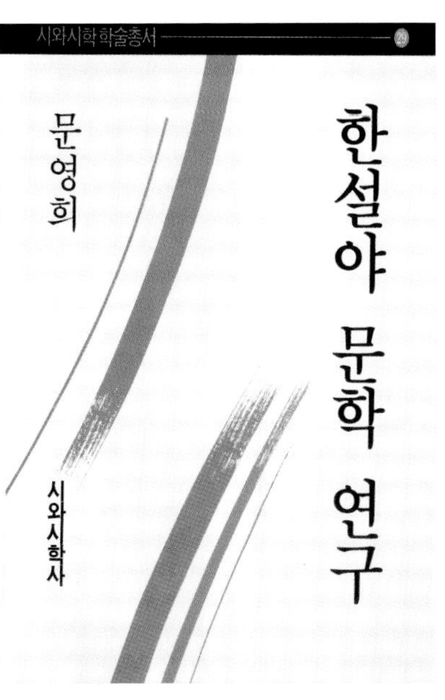

문영희, 『한설야 문학 연구』, 시와시학사, 1996.

장석홍, 『한설야 소설 연구』, 박이정, 1997.

한설야 소설의 변모양상

조 수 웅

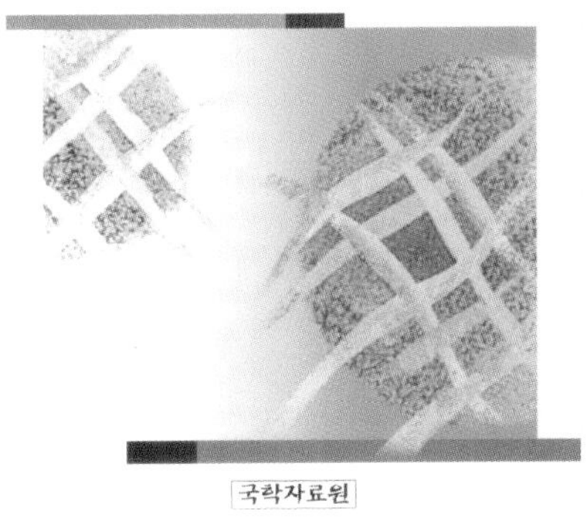

국학자료원

조수웅, 『한설야 소설의 변모양상』, 국학자료원, 1999.

문학과사상연구회, 『한설야 문학의 재인식』, 소명출판, 2000.

강진호, 『그들의 문학과 생애, 한설야』, 한길사, 2008.

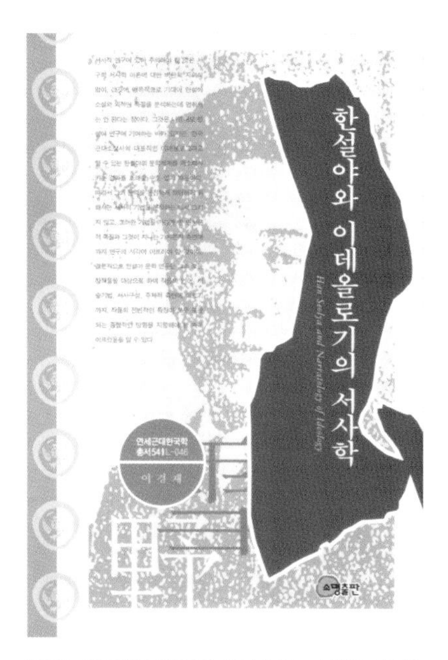

이경재, 『한설야와 이데올로기의 서사학』, 소명출판, 2010.

책을 내면서

한설야를 위한 변명

아마도! 코리아 문학, 분단의 역사에서 가장 문제의 작가는 한설야일 것이다. 폭풍의 핵!? 그는 해방과 함께 조선 문단의 주변에서 북조선 정치의 중심에서 북조선 문학 예술계를 이끌었던 핵심적 작가였다. 어떤 작가도 착취가 없고 억압이 없는 평등한 세상을 위해 '중심'에서 외쳤던 작가는 없었을 것이다. 아마도! 항상 작가란 주변이었다. 즉, 작가란 주변에서 중심을 비판하거나 자기만의 세상을 만들어 가는 것이 숙명과도 같은 존재였는지도 모른다. 그러나 그는 중심에서 외쳤던 것이다. 그러나 중심이란 항상 파열하기 마련이었다. 그것이 그의 숙청이었다. 이런 한설야의 궤적에 대한 추적이란 후세에 남겨진 몫임은 당연했다. 그러나 분단의 세월만큼 여전히 방기된 것은 아니었을까. 또한 한설야, 더 나아가 북조선 문학에 대한 체계적 검토가 없다면 코리아 문학의 토대를 마련하기란 사실상 불가능한 것은 아닐까. 그래서 필자가 한설야에 주목한 이유이다.

그동안 한설야에 대한 연구는 많은 성과물을 내어왔다. 그러나 분단의 벽만큼 온전한 그의 문학 복원은 요원해 보인다. 그의 해방 후 문학에 대한 연구는 분단의 장벽에 가려져 여전히 미궁 속에 놓여 있는 듯하다. 또한 그의 해방 후 문학은 여전히 국내에선 '특수 자료'라는 상황에 처해 있고, 국외에선 일본이나 중국, 미국, 러시아 등에 쓸모 없는 자료처럼 산재되어 있다. 그래서 필자는 국내외에 흩어져 있는 자료를 수집하는 한편 해방 후 발표한 문제작 「모자」, 「혈로」, 「개선」, 「승냥이」, 『대동강』, 『력사』 등의 대표작을 분석했던 것이다. 그의 문학은 해방 그리고 분단의 장벽과 함께 북조선을 만들고 북조선의 역사를 창출하려 했던 것이다. 그러나 한설야의 이런 욕망이란 한갓 칼날 위에 춤추는 위태위태한 것은 아니었을까.

가난했지만 높고 쓸쓸했던 나의 어머니, 부족한 저자를 항상 곁에서 지켜준 나의 가족에게 이 자리를 빌어 감사의 마음을 전한다.

익숙하고 때론 낯선 도시, 서울에서

저자

목 차

[부록] 한설야의 보고

북조선 문학의 난제, 한설야의 「개선」론

1. 김일성의 첫 등장

현재 북조선에서 중요한 역사적 한 장면으로 거론되는, 1945년 10월 14일 '평양시 민중대회'에 있었던 김일성의 첫 등장은 어떠했을까?

죄수보다도 심한 압박과 착취하에서 반백년을 시달려 오다가… 일조에 해방을 얻고 평양시민이 마음껏 기쁨과 자유의 노래를 구가하고 한데 뭉친 힘에 의하여 가장 행복하고 가장 자유로운 완전한 자주독립국가를 건설할 결의를 서로 토로하고 서로 굳게 하기 위하여 모이는 평양시 민중대회는 14일 오후 한시부터 공설경기장에서 력사의 막을 올렸다. (…중략…) 시간전부터 이날을 고대하던 시내 각 로동조합을 비롯하여 농민, 부인, 기타 단체와 각 학교들에서는 씩씩한 표어를 내세운 기발을 휘날리며 장내로 몰려 들어 무려 10만명, 장내에서 터쳐 나와 산위에와 나무위에까지 퍼져서 글자 그대로 인산인해를 이룬 가운데 쏘련장관들, 인민정치위원들, 각 단체대표들이 채색도 찬란한 특설연단에 렬석하였는데 특히 대회를 력사적으로 깊게 하고 대중을 감동케 한것은 조선의 위대한 애국자, 민족의 영웅 김일성장군이 여기에 참석하여 민족에게 반갑고도 열렬한 인사와 격려를 보낸것이다.[1]

김일성의 첫 등장을 다룬 최학수의 '총서 ≪불멸의 력사≫' 장편소설 『개선』(2002)에서는 한재덕이 쓴 기사란 사실을 삭제한 채, 1945년 10월 15일부 『평양민보』 창간호에 따라 '평양시 민중대회'를 소개한다. 여기서는 '조선의 위대한 애국자, 민족의 영웅, 김일성 장군이 참석하여 민족에게 반갑고도 열렬한 인사와 격려'를 보냈다고 하며, '김일성 장군이 늠름한 용자를 한번 나타내자 장내는 열광적 환호로 숨막힐 듯이 되고 거의 전부가 너무 큰 감동 때문에 소리 없는 울음을 울었다'고 하는 위의 보도 기사를 싣고 있다.[2] 또한 최학수는 김일성에 대해선 '뛰어난 위인적 풍모와 인간적 향취'를 가진 '매력 있는 분'이 '세상에 다시는 없을 것'이라고까지 극찬한다.[3] 여기서 최학수의 『개선』은 1945년 8월부터 1945년 10월까지의 김일성의 개선과 당 창건 사업 과정을 중점적으로 다룬 '총서 ≪불멸의 력사≫'에 속한 장편소설인데, 이런 이 '총서'는 조선의 역사를 김일성 중심의 역사로 수렴한다.[4] 특히 '총서'에서의 김일성에 대한 형상화는 현재 북조선의 공식적인 틀에 해당한다.

이러하듯, 최학수의 '총서 ≪불멸의 력사≫' 장편소설 『개선』과 같이, '평양시 민중대회'를 소개하면서 김일성을 '위인적 풍모와 인간적 향취'를 가진 인물로 형상화하는 작품의 원형에 해당하는 것은 무엇일까? 아마도 김일성을 다룬 한재덕의 「김일성장군개선기」(1946), 단행본 『김일성장군개선기』(1947)나 한설야의 「김일성장군인상기」(1946),

1) 최학수, 『개선』, 평양: 문학예술출판사, 2002, 599쪽.
2) 김일성의 회고록 『세기와 더불어(8)』(계승본)에서도 1945년 10월 14일부 『평양민보』의 기사 내용을 제시하면서 '평양시환영군중대회'를 소개한다(김일성, 『세기와 더불어(8)』(계승본), 평양: 조선로동당출판사, 1998, 485~486쪽).
3) 최학수, 앞의 책, 598~600쪽.
4) 남원진, 「'혁명적 대작'의 이상과 '총서'의 근대소설적 문법」, 『현대소설연구』 40, 2009. 4, 190~196쪽.

「인간 김일성」(1946),[5] 「작가가 본 김일성장군」(1947) 등의 여러 글들을 일정 부분 수용한 한설야의 단편소설 「개선」(1948)일 것이다. 그러면 남한에서는 한설야의 문제작 「개선」을 어떻게 평가했을까?

> 「개선」은 김장군 일가친척 및 만경대중심의 유년기와 관련된 이른바 집안이야기에 관련된, 뒷날 씌어질 무수한 소설의 한 전형을 이루었다는 점에서 평가될 수 있다. 김일성유격대의 활동에 못지 않게 그의 유년기와 일가친척에 대한 신성화가 추진되는 만큼 김일성가문소설의 범주가 성립될 수밖에 없었다. 수령숭배화의 강화에 비례하여 이러한 작품군이 증대되었음도 당연한 일이 아닐 수 없다. 물론 「혈로」나 「개선」이 함께 소박하여 절도를 넘어선 것이 아니었지만 제1세대로서는 한설야만이 할 수 있는 작가적 역량이라 할 것이다.[6]

> 한설야의 〈개선〉(1948)은 태양으로서의 김일성의 형상을 집중적으로 그려낸 첫 경우다. (…중략…) 어린 시절부터 그는 끊임없는 '에너지의 발원체'다. '새 무엇이 일순도 쉬지 않고 몸 속에서 움직여' 늘 생동하는 그가 '전조선 3천만의 태양이요, 어버이요, 스승'이 된 것은 지당한 결과였다. 어느덧 이 발화자는 믿음에 찬 예언자가 된다. '이 나라 한 풀, 한 나무도 하해같은 장군의 은혜를 입은 것이다' 그는 새 역사의 뜻이었다. 그의 개선은 뜻의 실현을 알리는 것이었다. 그를 우러러보는 숙모의 시선은 모든 인민의 것이어야 했다.[7]

---

5) 한설야의 「영웅 김일성」이나 「인간 김일성」은 안함광의 「김일성 원수와 조선 문학의 발전」(1953)에서 소개하고 있다. 그런데 필자는 아직 이들 글의 원본을 찾을 수는 없었는데, 단지 한설야의 『수령을 따라 배우자』(1960)에 수록된 「인간 김 일성 장군」과 「영웅 김 일성 장군」이나 『청년생활』(1960. 4)에 소개된 「인간 김일성 장군」 등이 「인간 김일성」과 「영웅 김일성」을 개작한 판본으로 추정할 뿐이다.

6) 김윤식, 「북한문학의 세가지 직접성: 한설야의 「혈로」 「모자」 「승냥이」 분석」, 『예술과 비평』 6-3, 1990. 가을호, 187쪽; 김윤식, 「1946~1960년대 북한 문학의 세 가지 직접성: 한설야의 「혈로」 「모자」 「승냥이」 분석」, 『한국 현대 현실주의 소설 연구』, 문학과지성사, 1990, 275쪽.

7) 신형기, 「북한문학의 성립」, 『연세어문학』 30·31, 1999. 2, 89~90쪽; 신형기·오성호, 『북

한설야의 문제작 「개선」에 대해서, 김윤식은 '김일성의 유년기와 일가친척에 대한 신성화가 추진되는 만큼 김일성 가문소설의 범주'가 성립함을 지적했으며,[8] 신형기는 '태양으로서의 김일성의 형상을 집중적으로 그려낸 첫 경우'로 평가했다. 그런데 김윤식은 1960년 8월 판본 「개선」을, 신형기는 1955년 6월 판본 「개선」을 저본으로 하여 한설야의 단편소설 「개선」을 분석했다. 그러면 1948년 판본 「개선」과 1955년 6월 판본이나 1960년 5월·8월 판본 「개선」은 어떤 차이가 있을까? 또한 한설야는 1948년 판본 「개선」에서 '평양시 군중대회'나 '김일성의 형상'을 어떻게 그렸을까? 따라서 이 글에서는 북조선 문학사에서의 「개선」의 위상을 점검하는 한편 국내외의 자료를 통해서 여러 판본 「개선」의 개작 양상과 '평양시 군중대회'나 '김일성의 형상화'에 대해 집중적으로 검토해보고자 한다.

2. 한설야의 「개선」의 위상과 개작

북조선 논자들은 '김일성의 조국 개선'을 다룬 작품으로 말해졌던 한설야의 「개선」을 어떻게 평했을까?

해방 후 한설야의 화려한 등장이나 1960년대 그의 숙청과 함께 단편소설 「개선」은 우여곡절을 겪는데, 이 작품은 '김일성의 조국 개선을 형상화'[9] 한 소설로 주목한 『조선 문학 통사(하)』(1959) 이후, 1960년대 숙청과 더불어 한동안 사라졌다가 『조선문학개관(2)』(1986)이나 『조선문학사(10)』(1994)에서 '해방 후 김일성을 형상화한 첫 단편소설'로 다시 복원되었다.

한문학사』, 평민사, 2000, 104쪽.

8) 조수웅도 김윤식과 마찬가지로 '김일성의 유년시절이나 일가친척 등 김일성 집안이야기를 다룬 가문소설의 원조'로 지적한다(趙秀雄, 「韓雪野 現實主義 小說의 變貌 樣相 硏究」, 조선대 박사논문, 1998, 123~124쪽; 조수웅, 『한설야 소설의 변모 양상』, 국학자료원, 1999, 202~203쪽).

9) 조선민주주의 인민공화국 과학원 언어문학연구소 문학연구실, 『조선 문학 통사(하)』, 평양: 과학원출판사, 1959, 185쪽.

<표 1> 한설야의 「개선」 판본

작가	작품명	발행지역	발표지(출판사)	발행년도	기타
韓雪野	「개선」	평양	『短篇集(炭坑村)』, 朝蘇文化協會中央本部	1948. 8. 18.	
한설야	「개선」	평양	김사량(외), 『개선』, 조선작가동맹출판사	1955. 6. 25.	
한설야	「개선」	평양	『수령을 따라 배우자』, 민청출판사	1960. 5. 25.	
한설야	「개선」	평양	『한 설야 선집(8)』, 조선작가동맹출판사	1960. 9. 20.	
한설야	「개선」	평양	한설야(외), 『개선』, 문학예술출판사	2011. 9. 30.	
한설야	「개선」	서울	신형기·오성호·이선미(편), 『북한문학』, 문학과지성사	2007. 11. 26.	1955년 판본
한설야	「개선」	서울	김종회(편), 『력사의 자취』, 국학자료원	2012. 6. 15.	1955년 판본

「凱旋」은 金日成將軍을 맞이한 平壤市民大會를 中心으로 將軍의 面貌를 外的內的으로 보혀준作品이다. (…중략…) 이렇게 「凱旋」은 家庭的特性과 全體人民과의 渾然一體的特性 및 經驗의 思想的本質等을 通하여 民族의英雄 金日成將軍의 모습을 階級的特徵과 內面的特徵의 統一的 形象으로서 典刑化하고있다는點에있어 特異하다.[10)]

작가 한 설야는 이뿐만 아니라 단편 소설 ≪개선≫(1948년)에서 전체 조선 인민들의 감격적인 사변으로 된 김 일성 원수의 조국 개선을 형상화하였다. (…중략…) 작품 ≪개선≫은 실재한 사실을 한 개의 단편적 형상 속에 예술화하면서 김 일성 원수의 조국 개선이란 력사적 사변을 구체적 화폭 속에 남기였다. / 작품 ≪개선≫은 김 일성 원수에 대한 우리 인민들의 친밀감과 존경심 및 충성심을 배양하며 나아가서 독자들을 사회주의적 애국주의 사상으로 교양함에 있어서 크게 이바지하였다.[11)]

10) 安含光, 「八·一五解放以後小說文學의發展過程」, 安含光(외), 『文學의前進』, 평양: 문화전선사, 1950, 21~23쪽.

북조선의 대표적 평자인 안함광은 해방 이후 북조선 소설을 다룬 「8·15해방이후 소설문학의 발전과정」(1950)에서 한설야의 「개선」과 「혈로」를 분석하면서, 「개선」에 대해선 '김일성 장군을 맞이한 평양시민대회를 중심으로 장군의 외적·내적으로 보여준 작품'으로 평했다. 이와 마찬가지로 「김일성 원수와 조선 문학의 발전」(1953)에서도 안함광은 한설야의 「영웅 김일성」, 「인간 김일성」과 함께 「개선」, 「혈로」를 언급하면서, 「개선」에 대해서 '김일성 원수를 맞이한 평양시민대회를 중심으로 하여 수령의 모습을 외적·내적으로 보여준' 작품으로 평했다.[12] 이런 안함광의 대표적 평가 이후 여러 논자들은 한설야의 단편소설 「개선」을 평했다.[13] 한효는 「우리 문학의 10년」(1955)에서 한설야의 「인간 김일성」과 「개선」, 「혈로」를 다루면서, 「개선」에 대해서 '개선한 김일성 원수를 맞이하는 전체 인민들의 민족적 감격을 묘사한' 작품으로 제시했다.[14] 엄호석도 「해방 후의 산문 발전의 길」(1958)에서 한설야의 『력사』와 「개선」, 「혈로」를 언급하면서, 「개선」에 대해선 '해방과 더불어 평양에 개선'한 '김일성 원수의 겸소한 인간적 풍모와 인민의 영장으로서의 인민과의 깊은 연계의 정신에 대하여 이야기'한 작품으로 거론했다.[15]

또한 조선민주주의 인민공화국 과학원 언어문학연구소 문학연구실에서 발간한 집체작 『조선 문학 통사(하)』(1959)에서는, 유일사상체제가 구축된 후 서술된 『조선문학사』처럼 김일성을 형상화한 작품들을

11) 조선민주주의 인민공화국 과학원 언어문학연구소 문학연구실, 앞의 책, 185~186쪽.
12) 안함광, 「김일성 원수와 조선 문학의 발전(四)」, 『문학예술』 6-7, 1953. 7, 118쪽.
13) 한중모, 『한 설야의 창작 연구』, 평양: 조선작가동맹출판사, 1959, 267쪽; 윤세평, 「한 설야와 그의 문학」, 윤세평(외), 『현대 작가론(2)』, 평양: 조선작가동맹출판사, 1960, 62쪽; 강능수, 「혁명 전통과 우리 문학」, 김하명(외), 『전진하는 조선 문학』, 평양: 조선작가동맹출판사, 1960, 88쪽.
14) 한효, 「우리 문학의 一○년(一)」, 『조선문학』, 1955. 6, 164쪽; 한효, 「민주 건설 시기의 조선 문학」, 안함광(외), 『해방후 10년간의 조선 문학』, 평양: 조선작가동맹출판사, 1955, 110쪽.
15) 엄호석, 「해방 후의 산문 발전의 길」, 윤세평(외), 『해방후 우리 문학』, 평양: 조선작가동맹출판사, 1958, 93쪽.

전면에 세우지 않고, '평화적 민주 건설 시기'의 민주개혁 중에 토지개혁을 다룬 리기영의 「개벽」과 『땅』을 먼저 서술한 후, 후반부에 김일성의 활동을 형상화한 작품으로 한설야의 「혈로」와 「개선」을 기술했다. 여기서도 한설야의 「개선」은 '전체 조선 인민들의 감격적인 사변으로 된 김일성 원수의 조국 개선을 형상화'한 작품으로 평했다.[16]

그러나 1962년 한설야의 숙청과 함께 그의 작품들은 사라졌는데, 유일사상체계가 성립한 후에 발간한 사회과학원 문학연구소의 『문학예술사전』(1972), 『조선문학사(1945~1958)』(1978)나 김일성종합대학 부교수 리동원이 집필한 『조선문학사(3)』(1982)에서는 한설야의 모든 작품이 삭제되었다. 이와 같이 『조선 문학 통사(하)』(1959)에서 한설야의 무수한 작품들이 거론되었던 것이 한동안 사라졌다가, 『조선문학개관(2)』(1986)에 와서야 한설야의 「개선」과 「승냥이」가 언급되었으며, 『조선문학사(10)·(11)』(1994)에서는 「개선」과 「승냥이」가 재언급되었고 『력사』와 『대동강』이 재발견되었다. 그러나 한설야의 여러 작품의 재발견은 한설야나 한설야 문학의 복권이 아니라 김일성을 중심으로 한 체제 결속이나 체제 우월성을 강화하기 위한 현실적 이유에서 한설야의 몇 작품만을 재평가했던 것이다.[17] 유일사상체계가 성립한 후 발간된 『조선문학개관(2)』(1986)과 『조선문학사(10)』(1994)에서는 한설야의 「개선」을 '1945년 10월 14일 평양시 환영군중대회에서 한 개선 연설을 기초하여 쓴 해방 후 김일성을 형상화한 첫 단편소설'로 평했다.

그러면 마르크스레닌주의에 기초해서 기술한 『조선 문학 통사(하)』(1959)와 유일사상체계가 성립한 후에 출간된 『조선문학개관(2)』(1986), 『조선문학사(10)』(1994)에서 인용한 한설야의 단편소설 「개선」은 어떤 차이가 있을까?

---

16) 박종원·류만, 『조선문학개관(2)』, 평양: 사회과학출판사, 1986, 122쪽; 오정애·리용서, 『조선문학사(10)』, 평양: 사회과학출판사, 1994, 135쪽.

17) 남원진, 「북조선의 정전, 한설야의 「승냥이」 재론」, 『상허학보』 34, 2012. 2, 246~247쪽.

[1] 『조선 문학 통사(하)』(1959)

≪사람들은 굉장히 많았다. 모르면 몰라도 10만 명은 될 것이니 력사의 도시 평양으로서도 아마 첫일일 것이다≫.[18]

(모든 밑줄: 필자)

북조선 과학원 언어문학연구소에서 발간한 『조선 문학 통사(하)』(1959)에서 인용한 위의 부분은 『단편집(탄갱촌)』(1948)과 『개선』(1955), 『수령을 따라 배우자』(1960), 『한 설야 선집(8)』(1960), 『개선』(2011)에서는 다음과 같다.

① 1948년 8월 판본 단편소설 「개선」

사람들은 굉장히 많았다. 모르면 몰라도 十만명은 될것이니 역사의 도시 평양으로서도 아마 첫일일것이다.[19]

② 1955년 6월 판본 단편소설 「개선」

사람들은 굉장히 많았다. 모르면 몰라도 一○만명은 될 것이니 력사의 도시 평양으로서도 아마 첫 일일 것이다.[20]

③ 1960년 5월 판본 단편소설 「개선」

사람들은 굉장히 많았다. 모르면 몰라도 아마 평양 사람 절반은 나왔을 것이니 력사의 도시 평양으로도 첫 일일 것이다.[21]

④ 1960년 8월 판본 단편소설 「개선」

사람들은 굉장히 많았다. 모르면 몰라도 一○ 만 명은 될 것이니 력사의 도시 평양으로서도 아마 첫 일일 것이다.[22]

18) 조선민주주의 인민공화국 과학원 언어문학연구소 문학연구실, 앞의 책, 186쪽.
19) 韓雪野, 「개선」, 『短篇集(炭坑村)』, 평양: 조쏘문화협회중앙본부, 1948, 16쪽.
20) 한설야, 「개선」, 김사량(외), 『개선』, 평양: 조선작가동맹출판사, 1955, 275쪽.
21) 한설야, 「개선」, 『수령을 따라 배우자』, 평양: 민청출판사, 1960, 300쪽.

⑤ 2011년 9월 판본 단편소설 「개선」

사람들은 굉장히 많았다. 모르면 몰라도 10만명은 될것이니 력사의 도시 평양으로서도 아마 첫 일일것이다.[23)]

집체작 『조선 문학 통사(하)』(1959)의 인용문은 1948년 8월 판본, 1955년 6월 판본, 1960년 8월, 2011년 9월 판본 「개선」과는 거의 일치하며, 1960년 5월 판본 「개선」과도 거의 유사한 듯하다. 그러나 김일성을 정점으로 하는 유일사상체계가 성립한 후 발간된 박종원과 류만의 『조선문학개관(2)』(1986)이나 오정애와 리용서의 『조선문학사(10)』(1994)의 인용 부분은 『단편집(탄갱촌)』(1948)과 『개선』(1955), 『수령을 따라 배우자』(1960), 『한 설야 선집(8)』(1960), 『개선』(2011) 등의 부분과 비교해 보면 매우 흥미롭다.

[1] 『조선문학개관(2)』(1986)

≪오늘은 작은어머니가 내 어머니의 대리인입니다.≫[24)]

[2] 『조선문학사(10)』(1994)

≪군중들은 물을 빨아들이는 해면처럼 열심히 귀를 기울이고있다. 장군님의 목소리는 소음을 잡아젖히면서 점점 더 즐겁게 울렸다. 그것이 확성기를 통하여 온 장내에서 찌렁찌렁 울리고 모란봉 등어리에 부딪쳐 산울림까지 하였다.≫

≪오늘은 숙모님이 내 어머님의 대리입니다.≫[25)]

---

22) 한설야, 「개선」, 『한 설야 선집(8)』, 평양: 조선작가동맹출판사, 1960, 119쪽.
23) 한설야, 「개선」, 한설야(외), 『개선』(현대조선문학선집 54), 평양: 문학예술출판사, 2011, 22쪽.
24) 박종원·류만, 앞의 책, 122쪽.
25) 오정애·리용서, 앞의 책, 133쪽.

① 1948년 8월 판본 단편소설 「개선」

군중들은 물을 빨아들이는 해면처럼 열심히 귀를 기울이고 있다. 장군의 목소리는 소음(騷音)을 잡아제치면서 점점 더 굵게 울렸다. 그것이 확성기를 통하여 온 장내에 쩌렁 쩌렁 울리고 모란봉 등어리에 부디쳐 쏘울림까지 내었다. (…중략…)

『오늘은 작은어머니가 내어머니의 대립니다』[26]

② 1955년 6월 판본 단편소설 「개선」

군중들은 물을 빨아 들이는 해면처럼 열심히 귀를 기울이고 있다. 장군의 목소리는 소음을 잡아 젖히면서 점점 더 굵게 울렸다. 그것이 확성기를 통하여 온 장내에 쩌렁쩌렁 울리고 모란봉 등어리에 부딪쳐 산울림까지 내였다. (…중략…)

『오늘은 작은어머니가 내 어머니의 대립니다.』[27]

③ 1960년 5월 판본 단편소설 「개선」

군중들은 물을 빨아 들이는 해면처럼 열심히 귀를 기울이고 있었다. 장군의 목소리는 소음을 잡아 젖히면서 점점 더 굵게 울렸다. 그것이 확성기를 통하여 온 장내에 찌렁찌렁 울리고 모란봉 등어리에 부딛쳐 산울림까지 내였다. (…중략…)

≪오늘은 작은 어머니가 내 어머니의 대립니다.≫[28]

④ 1960년 8월 판본 단편소설 「개선」

군중들은 물을 빨아 들이는 해면처럼 열심히 귀를 기울이고 있었다. 장군의 목소리는 소음을 젖히면서 점점 더 우렁차게 울렸다. 그것이 확성기를 통하여 온 장내에 찌렁찌렁 울리고 모란봉 등어리에 부딪쳐 산울림

26) 韓雪野, 「개선」, 『短篇集(炭坑村)』, 17쪽, 21~22쪽.
27) 한설야, 「개선」, 김사량(외), 『개선』, 275쪽, 277쪽.
28) 한설야, 「개선」, 『수령을 따라 배우자』, 300쪽, 303쪽.

까지 내였다. (…중략…)

『오늘은 작은어머니가 내 어머니의 대립니다.』[29]

⑤ 2011년 9월 판본 단편소설 「개선」

군중들은 물을 빨아들이는 해면처럼 열심히 귀를 기울이고있었다. 장군의 목소리는 소음을 잡아젖히면서 점점 더 우렁차게 울렸다. 그것이 확성기를 통하여 온 장내에 찌렁찌렁 울리고 모란봉등어리에 부딪쳐 산울림까지 내였다. (…중략…)

≪오늘은 작은어머니가 내 어머니의 대립니다.≫[30]

다음의 〈표 2〉에서 보듯, 1980년대 판본 『조선문학개관(2)』(1986)에서 인용한 「개선」의 부분은 『단편집(탄갱촌)』(1948)이나 『개선』(1955), 『수령을 따라 배우자』(1960), 『한 설야 선집(8)』, 『개선』(2011)의 부분과 '대리'와 '대리인'과 같은 차이 외에는 큰 변화가 없는 듯하다. 그러나 1990년대 판본 『조선문학사(10)』(1994)에 인용한 「개선」의 두 부분과 『단편집(탄갱촌)』(1948)이나 『개선』(1955), 『수령을 따라 배우자』(1960), 『한 설야 선집(8)』(1960), 『개선』(2011)의 두 부분과 비교해 보면 전혀 다른 이야기가 가능하다. 왜냐하면 유일사상체계가 성립한 후 기술한 북조선 문학사의 문제성이 확연히 드러내기 때문에 그러하다.

<표 2> 한설야의 「개선」과 『조선문학개관(2)』의 개작 사항

	『조선문학개관(2)』(1986)	『단편집』(1948)	『개선』(1955)	『수령을 따라 배우자』(1960)	『한 설야 선집(8)』(1960)	『개선』(2011)
1	작은어머니	작은어머니	작은어머니	작은 어머니	작은어머니	작은어머니
2	어머니	어머니	어머니	어머니	어머니	어머니
3	대리인	대리	대리	대리	대리	대리

29) 한설야, 「개선」, 『한 설야 선집(8)』, 120쪽, 122쪽.
30) 한설야, 「개선」, 한설야(외), 『개선』(현대조선문학선집 54), 22쪽, 24쪽.

<표 3> 한설야의 「개선」과 『조선문학사(10)』의 개작 사항

	『조선문학사(10)』 (1994)	『단편집』 (1948)	『개선』 (1955)	『수령을 따라 배우자』 (1960)	『한 설야 선집(8)』 (1960)	『개선』 (2011)
1	장군님	장군	장군	장군	장군	장군
2	즐겁게	굵게	굵게	굵게	우렁차게	우렁차게
3	숙모님	작은어머니	작은어머니	작은어머니	작은어머니	작은어머니

위의 〈표 3〉에서 보듯, 1990년대 판본 『조선문학사(10)』(1994)에서는 『단편집(탄갱촌)』(1948)이나 『개선』(1955), 『수령을 따라 배우자』(1960), 『한 설야 선집(8)』(1960), 『개선』(2011)과 비교해 보면 전혀 다른 판본이 존재한다는 사실을 보여준다. 그런 반면 『조선문학사』에서는 '필요에 따라' '임의적으로' 인용 부분을 개작하는 경우가 많기 때문에 꼭 다른 판본이 존재한다고도 말할 수도 없다. 그러나 북조선 문학사가 원래 판본과는 다른 개작된 판본으로 문학사를 기술하는 데는 여전히 문제가 남는다.[31] 그렇다면 『조선문학사(10)』(1994)의 구체적인

31) 유일사상체계가 성립한 후 발간된 『조선단편집』(1978)이나 『해방후서정시선집』(1979)은 해방 이후 대표적인 단편소설과 서정시를 모은 작품집인데, 이런 북조선 문학사의 문제를 집약적으로 보여주는 작품집이다. 다음에 제시한 북조선의 대표작인 김광섭의 「감자현물세」나 리북명의 「로동일가」, 리기영의 「개벽」 등의 원본과 개작본을 비교해 본다면, 북조선 문학사의 평가가 얼마나 문제인가를 확인할 수 있다.

① 金光燮, 「감자現物稅」, 『조선문학』 2, 1947. 12, 129쪽.
너 부듸 잊이 말아라
金日成장군의 초상 한장 얻어오라 하시구는
페양에도 감자는 잘 되는지……
몸소 장군님을 못뵈옴에
아버지 山을 번지시며 걱정이시다.

② 김광섭, 「감자현물세」, 정서촌(외), 『해방후서정시선집』, 평양: 문예출판사, 1979, 282쪽.
— 너 부디 잊지 말아라
수령님 초상화 정히 모셔오라 하시며
몸소 뵈옵지 못함이 죄송한 듯
아버지 먼산 바라보시며 말이 없었다

③ 사회과학원 문학연구소, 『조선문학사(1945~1958)』, 평양: 과학, 백과사전출판사, 1978, 99쪽.
—너 부디 잊지말아라
수령님의 초상화 모셔오라 하시며
몸소 뵈옵지못함이 죄송한 듯
아버지 먼산 바라보시며 말이 없었다.

농민들은 그처럼 풍만한 수확을 나라에 바치는 기쁘고 행복한 순간에도 언제나 위대한 수령님의 영상을 몸가까이 모시고 살 하나의 소원으로 가슴불태우며 그것을 최대의 행복으로, 기쁨으로 생각하는 것이다. 그러기에 그들은 어버이수령님을 직접 뵈옵지 못한 서운한 심정을 금치 못해하면서 경애하는 수령님의 은덕을 언제나 잊지 말고 보답할 마음속으로부터 우러나오는 충성의 결의를 심장으로 다지는것이다.

① 李北鳴, 「勞動一家」, 『조선문학』 1, 1947. 9, 71쪽.
『여보 행복자란 별것이 아니오 우리가 행복자란 말이오 죽을내기대구 일합시다 그리구 당신은……』

② 리북명, 「로동일가」, 리기영(외), 『조선단편집(2)』, 평양: 문예출판사, 1978, 63쪽.
≪여보, 행복이 어데서 오는지 아오?
위대한 수령 김일성장군님의 령도밑에 우리가 바로 행복을 창조하는 사람들이요. 이제는 우리의 행복을 빼앗을 어떤놈도 이 세상에는 없소. 그런데…≫

③ 오정애·리용서, 『조선문학사(10)』, 평양: 사회과학출판사, 1994, 162쪽.
≪여보, 행복이 어디서 오는지 아오? 위대한 수령 김일성장군님의 지도밑에 우리가 바로 행복을 창조하는 사람들이요.≫
안해에게 한 진구의 이 말은 그가 위대한 수령님의 령도를 높이 받들고 어버이수령님께서 제시하신 과업을 어김없이 수행하기 위하여 자기의 모든 힘과 재능을 다 바치는데서 더없는 행복을 느끼는 참된 인간이라는것을 뚜렷이 실증해준다.

① 李箕永, 「開闢」, 『문화전선』 1, 1946. 7, 196쪽.
봄, 봄 잔설(殘雪)과 싸우는 봄—며칠전에는 청명한 일기가 제법 봄맛을 늑기게 하더니 지금의 악천후는 봄이 다시 뒷걸음질을 치는것 같다.
그러나 봄은 확실히 봄이다. — 푸른빛이 서린 강변의 버들 숩에도, 붉은 놀이 하늘 깃을 물드린 석조(夕照)에도 봄은 깃드려있고 봄은 숨어있다.
이러케 하루 이틀 봄은 물너가는듯 실상은 닥처온다. (…중략…) 대세는 어길수 없고 어기다가는 멸망만 당할뿐이다. 오는 봄을 막아낼자 그 누구냐? 독일의 히틀러를 보라 일본의 군벌들을 보라—그들은 파시씀의 부패한 반동사상으로 대세를 거역하다가 전진하는 역사(歷史)의 수레바퀴에 참혹히 바숴지지 안었든가.

② 리기영, 「개벽」, 리기영(외), 『조선단편집(2)』, 평양: 문예출판사, 1978, 29쪽.
봄, 봄! 눈서리와 싸우는 봄! 며칠전에는 청명한 일기가 제법 봄빛을 느끼게 하더니만 어제 오늘의 기후는 돌변하여 봄이 다시 뒤걸음질을 치는것 같다.
그러나 봄은 확실히 봄이다. 푸른 빛이 서린 강변의 버들숲에도, 보라빛노을이 하늘가를 물들인 저녁볕에도 봄은 깃들어있고 봄은 스며든다.
이렇게 하루 이틀 봄은 물러가는듯하면서도 실상은 닥쳐오고있다. (…중략…) 대세는 어길수 없고 어기다가는 멸망한 당할뿐이다. 오늘 봄을 막아낼자 그 누구냐? 독일의 히틀러를 보라! 일본의 군벌들을 보라! 놈들은 파시즘의 부패한 반동사상으로 대세를 거역하다가 전진하는 력사의 수레바퀴에 참혹히 부서지지 않았던가.

③ 오정애·리용서, 『조선문학사(10)』, 평양: 사회과학출판사, 1994, 143쪽.
≪봄, 봄! 눈서리와 싸우는 봄! 며칠전에는 청명한 일기가 제법 봄빛을 느끼게 하더니만 어제오늘의 악전투는 봄이 다시 뒤걸음질을 치는것 같다.
그러나 봄은 확실히 봄이다. 푸른 빛이 서린 강변의 버들숲에도, 보라빛 노을이 하늘가를 물들인 석조에도 봄은 깃들어있고 봄은 스며든다.

개작 사항을 검토해 보면 다음과 같다. 첫 번째 항목은 유일사상체계가 성립한 후라서 김일성에 대한 호칭 변화(장군 → 장군님)를 수반한다는 사실을 보여준다. 또한 둘째 항목에선 '굵게 → 우렁차게 → 즐겁게'로 김일성의 목소리가 변화하는데, 이는 김일성의 새로운 면모가 끝없이 '발견'되는 속성 때문에 개작된 것이다. 그리고 셋째 항목에선 '작은어머니'에서 '숙모님'으로의 변화는 김일성의 예의바름을 드러내기 위한 것이거나 김일성 가계에 대한 존칭 사용을 위한 것, 지나친 반복을 피하기 위한 것 등의 이유로 추정된다. 여하튼, 이런 개작 사항을 검토해 볼 때, 『조선문학사(10)』(1994)의 내용이나 평가를 단순하게 그대로 받아들일 수 없다는 사실은 분명하다.

그런데 북조선에서 간행한 『조선문학개관(2)』(1986)나 『조선문학사(10)』(1994)의 이런 문제성이 남한에서 발간한 신형기와 오성호의 공저 『북한문학사』(2000)에서도 그대로 적용된다는 점은 더욱 문제이다.

[1] 『북한문학사』(2000)

"그 잘 웃는 얼굴, 웃을 때마다 두 볼에 파지는 인정머리 있고 아름다워 보이던 보조개와, 유달리 애티 있게 보이던 덧니, 억실억실하고 무한히 슬기 있어 보이던 눈"은 그의 위대함이 선량함을 바탕으로 한 것임을 강조한다.[32]

① 1948년 8월 판본 단편소설 「개선」

그 잘 웃는 얼굴, 웃을때마다 두 볼에 파지던 인정머리 있고 아름다와

이렇게 하루이틀 봄은 물러가는듯 실상은 닥쳐온다. …대세는 어길수 없고 어기다가는 멸망한 당할뿐이다. 오늘 봄을 막아낼자 그 누구냐? 독일의 히틀러를 보라! 일본의 군벌을 보라! 그들은 파시즘의 부패한 반동사상으로 대세를 거역하다가 전진하는 력사의 수레바퀴에 참혹히 부서지지 않았던가!≫
작가의 주정토로는 작가자신이 그렇게도 갈망하던 ≪인민의 새봄≫을 직접 눈앞에서 보게 된 전변하는 현실이 가져다준 거대한 충격의 직접적인 반영이다.
(모든 밑줄: 필자)

32) 신형기·오성호, 앞의 책, 104쪽.

보이던 보조개와 유달리 애티 있게 보이던 덧 니……이런것이 어제인듯 역력히 머리속에 다시금 그려졌다.[33]

② 1955년 6월 판본 단편소설 「개선」

그 잘 웃는 얼굴, 웃을 때마다 두 볼에 파지는 인정머리 있고 아름다워 보이던 보조개와, 유달리 애티있게 보이던 덧니 억실억실하고 무한히 슬기 있어 보이던 눈… 이런 것이 어제인듯 력력히 머리속에 다시금 그려졌다.[34]

③ 1960년 5월 판본 단편소설 「개선」

그 잘 웃는 얼굴, 웃을 때마다 두 볼에 파지는 인정머리 있고 아름다워 보이던 보조개와, 유달리 애티 있게 보이던 덧'이 억실억실하고 무한히 슬기 있어 보이는 눈… 이런 것이 어제런듯 력력히 머리 속에 다시금 그려진다.[35]

④ 1960년 8월 판본 단편소설 「개선」

그 잘 웃는 얼굴, 웃을 때마다 두 볼에 파지는 인정머리 있고 아름다와 보이던 보조개와, 유달리 애티 있게 보이던 덧이 억실억실하고 무한히 슬기 있어 보이던 눈… 이런 것이 어제인듯 력력히 머리 속에 다시금 그려졌다.[36]

⑤ 2011년 9월 판본 단편소설 「개선」

그 잘 웃는 얼굴, 웃을 때마다 두볼에 파지는 인정머리있고 아름다와 보이던 보조개와 류달리 애티있게 보이던 덧이, 억실억실하고 무한히 슬기 있어보이는 눈… 이런것이 어제인듯 력력히 머리속에 다시금 그려졌다.[37]

---

33) 韓說野, 「개선」, 『短篇集(炭坑村)』, 6쪽.
34) 한설야, 「개선」, 김사량(외), 『개선』, 271쪽.
35) 한설야, 「개선」, 『수령을 따라 배우자』, 291쪽.
36) 한설야, 「개선」, 『한 설야 선집(8)』, 113쪽.
37) 한설야, 「개선」, 한설야(외), 『개선』, 18쪽.

신형기·오성호의 『북한문학사』(2000)에선 단편소설집 『개선』(1955)에 수록된 판본 「개선」의 한 부분을 인용하고 있는데, 이 부분은 1948년 판본에서 없던 "억실억실하고 무한히 슬기 있어 보이던 눈"이 추가된 1955년 6월 판본 「개선」을 직접 인용한 것이다. 이는 김일성의 새로운 면모가 끝없이 발견되는 개작본의 속성을 인식하지 못한 경우에서 생긴 착오일 것이다. 그런데 이런 개작본의 속성 때문에 1948년 판본 「개선」의 "참 듣던 소문같이 영웅기골이랍디다"라는 부분이 1955년 판본 「개선」이나 1960년 판본 「개선」, 2011년 판본 「개선」에선 "참 듣던 소문 같이 영웅 기골이랍데다. 기골은 헌헌 장부고 얼굴은…"으로 추가되듯,[38] 북조선 문학에선 김일성의 새로운 면모는 끊임없이 발견된다.

이런 김일성의 면모가 계속 변화하듯, 한설야의 「개선」이 1948년 판본에서 1960년 판본(2011년 판본)으로 개작이 진행되면서 일어난 가장 큰 변화는 무엇일까?

① 1948년 8월 판본 단편소설 「개선」

해방된지 거의 두달이 가까와 오는데 날이 갈쑤록 날마다 날마다 감격이 새로와지는 역사의 도시 평양시가의 집집에서는 오늘도 태국기와 붉은기가 사이좋게 나란히 서서 펄럭거리고 있다. (…중략…) 오늘은 그약속과 맹세를 이행하는날—장군은 태극기와 붉은기 나붓기는 옛집 조그만한 대문으로 들어갔다.[39]

② 1955년 6월 판본 단편소설 「개선」

해방된지 거의 두달이 가까워 오는데, 날이 갈수록 날마다 날마다 감격이 새로워지는 력사의 도시 평양 시가의 집집에서는 오늘도 깃발들이

38) 1960년 판본 「개선」을 바탕으로 한 2011년 판본 「개선」에선 "참, 듣던 소문같이 영웅기골이랍데다. 기골은 헌헌장부고 얼굴은…"라고, 현재 어문 규정에 따라 띄어쓰기 등이 일정 부분 변경된다(한설야, 「개선」, 한설야(외), 『개선』, 18쪽).

39) 韓雪野, 「개선」, 『短篇集(炭坑村)』, 1~46쪽.

소슬한 가을 바람에 펄럭거리고 있다. (…중략…) 오늘은 그 약속과 맹세를 리행하는 날— 장군은 깃발이 나붓기는 옛집 조그마한 대문으로 들어섰다.[40]

③ 1960년 5월 판본 단편소설 「개선」

해방된지 거의 두 달이 가까워 오는데 날이 갈수록 날마다 날마다 감격이 새로워지는 력사의 도시 평양 시가의 집집에서는 오늘도 기'발들이 소슬한 가을 바람에 펄럭거리고 있다. (…중략…) 오늘은 그 약속과 맹세를 리행하는 날—장군은 할머니의 한 팔을 잡고 기'발이 나붓기는 옛집 조그마한 대문 안으로 들어 섰다.[41]

④ 1960년 8월 판본 단편소설 「개선」

해방된 지 거의 두 달이 가까와 오는데, 날이 갈수록 날마다 날마다 감격이 새로워지는 력사의 도시 평양 시가의 집집에서는 오늘도 깃발들이 소슬한 가을 바람에 펄럭거리고 있다. (…중략…) 오늘은 바로 그 약속과 그 맹세를 리행하고 돌아 오는 날이였다. 장군은 깃발이 나붓기는 옛집 조그마한 대문으로 들어 섰다.[42]

⑤ 2011년 9월 판본 단편소설 「개선」

해방된지 거의 두달이 가까와오는데 날이 갈수록 날마다 날마다 감격이 새로와지는 력사의 도시 평양시가의 집집에서는 오늘도 기발들이 소슬한 가을바람에 펄럭거리고있다. (…중략…) 오늘은 바로 그 약속과 그 맹세를 리행하고 돌아오는 날이였다. 장군은 기발이 나붓기는 옛집 조그마한 대문으로 들어섰다.[43]

---

40) 한설야, 「개선」, 김사량(외), 『개선』, 270~285쪽.
41) 한설야, 「개선」, 『수령을 따라 배우자』, 288~319쪽.
42) 한설야, 「개선」, 『한 설야 선집(8)』, 110~136쪽.
43) 한설야, 「개선」, 한설야(외), 『개선』, 16~35쪽.

한설야의 단편소설 「개선」은 1948년 판본 「개선」의 여러 부분에서 나왔던 '태극기'나 '붉은 기'가 1955년 판본이나 1960년 판본 「개선」(2011년 판본 「개선」)에서는 '깃발(기발)'로 수정되었다. 한식의 시 「역사의 깃발」이나 리정구의 시 「영원한 악수」에서 보듯,[44] 해방기에 창작

44) 다음 한식의 시 「역사의 깃발」에서 보듯, 해방기 '태극기'나 '붉은 기'의 등장은 흔한 것이다.

붉은 군대의 붉은 旗빨아래
맑은 가을 하늘에서
太極旗는 펄펄 나부낀다.

— 韓植, 「歷史의旗ㅅ발」, 朝蘇文化協會(편), 『永遠한 握手』, 평양: 조쏘문화협회, 1946, 13쪽.

쏘련군대의 붉은 깃빨아래
맑은 가을 하늘에서
太極旗는 펄펄 나부낀다.

— 韓植, 「歷史의깃발」, 『歷史의깃발』, 평양: 북조선문학동맹함경남도위원회, 1947, 2쪽.

그런데 다음의 리정구의 시 「영원한 악수」에서 보듯, 1950년대엔 해방기에 흔히 볼 수 있었던 '태극기'에 대한 것은 삭제된다.

싸이렌 소리와 함께
밀려온 群衆의 떼
손에 손마다 赤旗와 太極旗를 들고나온群衆의 떼
그속으로—
솔門과 솔문을 지나 들어온 트럭 한台
아아 반가운 소聯軍의 트럭이다.

— 李貞求, 「永遠한握手: 소聯軍을맞이하고」, 朝蘇文化協會(편), 『永遠한 握手』, 평양: 조쏘문화협회, 1946, 52쪽.

싸이렌 소리와 함께
밀려온 群衆의 떼
손에 손마다 赤旗와 太極旗를 들고나온 群衆의 떼
그속으로—
솔門과 솔門을 지나 들어온 트럭 한臺
아아 반가운 쏘聯軍의 트럭이다

— 李貞求, 「永遠한握手: 쏘聯軍을맞이하고」, 趙基天(외), 『영원한 친선』, 평양: 문화전선사, 1949, 27쪽.

싸이렌 소리와 함께
밀려온 군중의 떼

한 작품에서 자주 등장했던 '태극기'는 북조선의 정치적 상황의 변화에 따라 개작되었다. 즉, 북조선 문학이 국제 관계에 대한 인식이 변화할 때마다 작품에도 영향을 미쳐 개작된다는 것은 주지의 사실이다.[45] 이런 한설야의 후대 판본 「개선」에서 '태극기'를 삭제했던 것, 즉 이는 '태극기'로 표상되는 '대한민국'의 정통성을 부정한 것인데, 이런 작품의 개작은 냉전 체제의 압력에 의해 냉전 체제 속으로 편입시키려는 방향으로 수정되었다.

3. 김일성의 개선과 김일성 형상의 부조화

한설야의 단편소설 「개선」의 개작에서 드러난 냉전 체제의 편입 과정은 1948년 판본 「개선」의 핵심적 사건인 '평양시 군중대회'에서도 드러난다.

손에 손마다 적기와 태극기를 들고나온 군중의 떼
그속으로—
솔문과 솔문을 지나 들어온 트럭 한 대
아아 반가운 쏘련군의 트럭이다

— 리정구, 「영원한악수: 쏘련군을 맞이하고」, 홍순철(외), 『영광을쓰딸린에게』, 평양: 북조선문학예술총동맹, 1949, 67쪽.

싸이렌 소리와 함께
밀려온 군중
손에 손마다 쏘련기와 우리 기를 들고 나온
군중
그 속으로—
솔문과 솔문을 지나 들어온 트럭 한 대
아아 반가운 쏘련군의 트럭이다

— 리정구, 「영원한 악수: 쏘련군을 맞이하고」, 강승한(외), 『서정시 선집』, 평양: 조선작가동맹출판사, 1955, 120쪽.

45) 남원진, 「북조선 문학의 연구와 자료의 현황」, 『이야기의 힘과 근대 미달의 양식』, 도서출판 경진, 2011, 72~82쪽.

1945년 10월 14일 '평양시 군중 대회'

그러면 남북에서는 '평양시 군중대회'를 어떻게 보았을까? 다음에 제시한 남북의 여러 자료들은 남북의 정치적 상황의 변화에 따라 냉전 체제로 편입하는 반향으로 변용되었다.

平壤에 歷史가 깊어四千年 人口가적지않아 四十萬이라하나 일찌기이와같이도 많은사람이 모인일이 있었던가? 이와같이도 뜻깊은모임을가져본일이 있던가? 罪囚보다도甚한壓迫과 搾取下에서 半百年을시달려오다가 고맙고 偉大한이웃나라 쏘聯에의하여 一朝에 解放을얻고 平壤市民이 마음껏 기쁨과自由의노래를 謳歌하고 한데뭉친힘에의하여 가장幸福되고 가장自由로운 完全한 自主獨立國家를建設할 決意를 서로吐露하고 서로굳게하기위하여 모이는 平壤市民衆大會는 十四日午後한時부터 公設競技場에서 歷史의幕을열었다. 새朝鮮의 悠遠한前途를 象徵하는듯이 하늘도 無限이 맑고푸른데 엇그제까지 牧丹峰이 제것인듯 放漫하게휘날리던 敗殘의旗빨 日本旗는간곳이없고 勞動者와 農民의團結을 象徵하는 쏘聯의 붉은旗와 希望에찬 民族의旗빨 太極旗가 가을바람에 사이좋게 휘날리니 이錦繡江山도 이제야自己의날을 맞이한것이다. / 時間前부터 이날을苦待하던 市內 各勞動組合을비롯하여 農民 婦人 其他 團體와各學校에서는 씩씩한標語를 내세운旗빨을 휘날리며 場內로 몰려들어 無慮十萬名! 場內에서 터져나와 山위에와 나무위에까지펴저서 글자그대로 人山人海를이룬 가운데 쏘聯將官들 人民政治委員들 各團體代表들이 彩色도燦爛한特設演壇에 列席하였는데 / 特히大會를 歷史的으로뜻깊게하고 大衆을感動케한 것은 朝鮮의偉大한愛國者 民族의英雄 金日成將軍이 여기에參席하여 民衆에게 반갑고도 熱熱한人事와激勵를보낸것이다.[46]

한설야의 단편소설 「개선」에서 설명하는 '평양시 시민대회'의 내용이나 한재덕의 신문기사에 기술한 '평양시 민중대회'의 장면은 큰 차이가 없는 듯하다. 단지 한설야의 「개선」이 한재덕의 신문기사에 비해 김일성의 연설 장면을 중심으로 형상화한 점이 다른 듯하다. 하지만 후대 김일성의 『세기와 더불어(8)』(1998)나 최학수의 『개선』(2002)에서 '고맙고 위대한 이웃나라 소련에 의하여'란 부분을 생략하여 보도기사를 제시했던 것이나 김일성을 환영하기 위한 자리가 아님을 드러낸 '김일성도 참석'한 것이라는 부분을 삭제함으로써 '소련군'을 환영하기 위한 대회라는 사실을 숨겼는데, 이는 김일성 중심으로 역사를 해석했다는 것을 반증한다. 이러하듯, 한설야의 「개선」에서도 김일성의 연설 장면을 중심으로 기술함으로써 마치 김일성을 환영하기 위한 자리인 것처럼 형상화했다.

그런데 한재덕이 기술한 '평양시 민중대회'의 내용을 보면, 먼저 메크레르 중좌(통역 강 소좌)의 선언으로 개막되었고, 소련의 국가와 조선의 애국가의 연주가 있은 후 소련 대표 레베데프 소장이 등장하여 소련군이 온 의의와 진의를 설명하는 한편 조선인민에게 축하와 격려의 말을 했으며, 이어 각계 대표들[47]의 결의를 표명한 후 김일성이

46) 韓載德, 「錦繡江山을 震動시킨 十萬의歡呼 偉大한 愛國者 金日成將軍도參席 平壤市民衆大會盛況: 一九四五年十月十五日附 平壤民報創刊號에서」, 『金日成將軍凱旋記』, 평양: 민주조선출판사, 1947, 103~104쪽.

47) 교육계 대표 김려필(金勵弼), 노동자 대표 김선희(金善熙), 여자 대표 주순복(朱順福), 공산당 대표 김용범(金鎔範), 중국거류민 대표 장명제(張明薺), 종교계 대표 박제순(朴齊舜),

등장했다. 다음에는 「조선인민들에게」라는 선언을 발표했고, 스탈린에게 보내는 메시지를 김일성이 낭독했으며, 여성들이 보내는 메시지를 주순복이 낭독한 후, 메크레르 중좌의 폐회사로 '평양시 민중대회'는 막을 내렸다. 여기서 한재덕은 김일성 연설의 요지를 다음과 같이 제시했는데, 김일성은 '우리의 해방과 자유를 위하여 싸운 붉은 군대에게 진심으로 감사를 드린다. (…중략…) 돈 있는 자는 돈으로, 지식 있는 자는 지식으로, 노력을 가진 자는 노력으로, 참으로 나라를 사랑하고 민주를 사랑하는 전 민족이 완전히 대동단결하여 민주주의 자주독립국가를 건설하자!'라고 연설했다.[48] 한재덕이 '조선의 위대한 애국자, 민족의 영웅, 김일성 장군'이라고 과장된 찬사를 보내고 있지만, '평양시 민중대회'의 전체적인 구성을 검토할 때 현재 북조선이 주장하는 김일성을 환영하는 자리가 아니라 '소련군을 환영하는 평양시 민중대회'였음은 분명하다. 그렇다면 이에 대해 월남한 후 '평양시 군중대회'를 증언한 오영진이나 한재덕의 기술은 어떠했을까?

> 一九四五年 十月十四日. 맑게 개인 날 午前, 金日成은 『將軍』의 稱號를 띠우고 처음으로 公開的으로 群衆 앞에 나타났다. (…중략…) 平南人民政治委員會의 委員長인 曺晩植先生을 비롯하여 北朝鮮共産黨과 蘇聯駐屯軍最高司令部의 幹部도 參席하였고 꽃다발을 贈呈할 少女와 當時 平壤에 하나 밖에 없던 西鮮合同電氣會社의 吹奏樂隊와 各 團體의 代表와 所謂 主席團을 위한 한 層 높은 演壇, 그리고 太極旗와 蘇 美 英 中의 聯合國旗

농민 대표 최동찬(崔東燦), 청년계 대표 방수영(方壽永), 상업계 대표 조송은(趙松珢).

48) 韓載德, 「錦繡江山을 震動시킨 十萬의歡呼 偉大한 愛國者 金日成將軍도參席 平壤市民衆大會盛況: 一九四五年十月十五日附 平壤民報創刊號에서」, 『金日成將軍凱旋記』, 104~106쪽. 그런데 한재덕의 『평양민보』 창간호의 기사 내용은 『김일성장군개선기』(1947)에 수록되면서 일정 부분 개작되었을 것으로 추정된다. 왜냐하면 현재 원문이 확인가능한 「김일성장군유격대전사초」(1946)나 「김일성장군개선기」(1946)가 수정하거나 삭제되어 있기 때문에, 『평양민보』 기사도 일정 부분 개작되었을 것으로 판단된다. 특히 평안남도건국준비위원회에서 조만식은 위원장으로, 한재덕은 선전부장으로 임명되었는데, 이런 조만식과의 관계에서 볼 때 한재덕은 조만식의 연설을 소개했을 것이다. 그런데 한재덕의 위의 글에서는 조만식과 관련된 부분이 정치적 상황 변화에 따라 의도적으로 삭제되었을 가능성이 높다.

等 場內設備와 모든 準備에 疎忽함이 없었고 未盡함이 없었다. 解放後 最初의 大規模의 群衆大會이며 더구나 오늘은 民族의 英雄이며 偉大한 反日鬪爭의 老戰士 金日成將軍을 眞心으로 맞이하는 날이다. (…중략…) 運動場에 모인 群衆은 그가 登場하는 燦爛한 瞬間을 마음을 조리며 기다렸다. 그러나 이윽고 『東海물과 白頭山』으로 始作되는 愛國歌 演奏와 함께 金日成將軍이 登壇하자 群衆의 입은 그들 눈 앞에 開되는 意外의 事件에 한결 같이 버러지고 그들은 눈은 疑心스러히 빛났다. (…중략…) 가짜다! (…중략…) 群衆心理의 激變을 아는지 모르는지 金日成은 如前히 單調롭고 抑揚이 없는, 수으리 목소리 저럼 거쉰인 音聲으로 偉大한 붉은 軍隊의 英雄的鬪爭을 讚揚하였고, 日帝의 强壓밑에 辛苦하던 三千萬民族의 解放의 恩人인 聯合國, 그 中에서도 特히 蘇聯과 世界弱小民族의 親近한 벗이신 스딸린大元帥에게 最大의 感謝와 榮光을 보냈다. / 群衆은 이제 完全히 金日成將軍에 對한 尊敬과 期待를 잃었다.[49]

월남한 후, 오영진이 설명하는 1945년 10월 14일 '평양시 군중대회'의 장면은 북조선의 설명과 유사한 듯하지만, '소련기'나 '소련국가'를 대신하여 '태극기'나 '애국가'를 강조하는 등의 냉전 체제의 압력에 따라 수정되었다. 특히 이런 압력에 따라 평남 인민정치위원회의 위원장인 조만식을 부각시키면서 김일성이 '가짜'라는 사실을 표나게 드러낸다. 오영진의 반공 내셔널리즘에 입각한 서술을 제외한다면,[50] 김일성의 항일무장투쟁이 잘 알려지지 않은 상황에서 오영진이 말하는 '김일성이 가짜'라는 지적은 일정 부분 수긍할 수도 있다. 즉, 김일성 반대자들은 김일성의 나이가 젊다는 측면에서 그의 신원을 의심했던 것이다.[51]

---

49) 吳泳鎭, 『하나의 證言』, 국민사상지도원, 1952, 139~143쪽; 吳泳鎭, 『蘇軍政下의 北韓』, 국토통일원조사연구실, 1983, 90~92쪽.

50) 남원진, 「역사를 문학으로 번역하기 그리고 반공 내셔널리즘: 반공 내셔널리즘을 묻는다」, 『상허학보』 21, 2007. 10, 42~47쪽.

51) 평양 신문기자 한일우는 「김일성장군회견기」에서도 '김일성이 만32세의 청년'이라는 점을

그런데 항일유격대의 활동에 대한 이해만 있다면, 당대 노장군 김일성이 존재할 수 없는 이유와 젊은 김일성의 출현은 그리 놀라운 사실은 아니었다. 1930~1940년대 만주에서의 항일무장투쟁은 겨울이면 영하 40도가 넘는 혹한과 배고픔을 극복하고 일상적으로 계속되는 일제의 토벌에 맞서야 하는 고난의 항전이었다. 이에 따라 처음부터 만주에선 백발이 성성한 '늙은 김일성 장군'이 존재할 땅은 없었으며, 오직 젊고 정신력이 강한 20~30대의 전사들만이 살아남을 수 있는 그런 곳이었다. 이런 측면에서 '젊은 김일성 장군'은 그리 놀랄만한 사실은 아니었다.[52] 또한 대다수의 사람들은 김일성에 대해 들어보지 못했을 뿐만 아니라 그들에겐 축지법이나 둔갑술을 사용하는 등의 반전설적(反傳說的) 영웅, 거의 구전문학적 인물이었다.[53] 따라서 '젊은 김일성 장군'에 대한 의심의 시선은 설화 정도에 머물렀던 당대 항일무장투쟁에 대한 낮은 이해 수준에서 온 것인데, 이로 인해 다분히 오해의 소지를 갖고 있었다.

> 一九四五年 一〇月 一四日, 그날도 「평양」의 가을 하늘은 푸르고 높게 맑았다. (…중략…) 이날, 이곳에서 이른바 「김일성장군 환영 평양시 군중대회」라는 것이 열렸던 것이다. (…중략…) 삽시간에 공설운동장은 가득 찼다. (…중략…) 무대에는 태극기와 「붉은기」(쏘련기)가 어울리지 않게

들어 '김일성 장군'을 의심했던 사실을 언급하면서 1945년 10월 14일 '민중대회'를 소개한다(韓一宇, 「(凱旋한우리팔티산名將) 金日成將軍會見記」, 『민성』 2-1, 1946. 1, 5쪽).

52) 이종석, 『(새로 쓴) 현대북한의 이해』, 역사비평사, 2000, 456~457쪽.

53) Andrei N. Lankov, 「1945~1948년의 북한: 해방부터 조선민주주의인민공화국 창건까지」, 『한국과 국제정치』 10-1, 1994. 봄·여름호, 156쪽; Andrei N. Lankov, 『(소련의 자료로 본) 북한 현대정치사』, 김광린 역, 오름, 1999(재판), 77쪽.

한설야는 「혈로」, 「개선」, 『력사』 등의 여러 작품에서 김일성을 '옛 전설의 영웅'처럼 이야기했는데, 이는 김일성의 항일무장투쟁에 대한 복원 작업의 더딘 수준을 반증하는 것이다. "이렇게 한 입 건너 두 입으로 이야기가 이야기를 낳는 동안에 사람들은 여러가지 놀라운 인물 형상을 생각해 냈다. 옛 전설의 영웅을 바로 오늘의 김장군으로 생각하기도 하였다. 그리고 또 실상 보지 못했음에도 불구하고 꼭 본 것처럼 생각켜지기도 하였다. / 그러나 모든 사람에게 공통한 것은 김장군은 어덴가 보통 사람과 꼭 같은 사람이라고 생각한 사람은 하나도 없었다."(한설야, 「력사(3)」, 『문학예술』 6-6, 1953. 6, 61~62쪽)

장식된 가운데 「레닌」과 「스탈린」의 엄청나게 큰 초상화가, 자기나라 영웅을 맞이하겠다고 모여든 평양시민들을 위압하고 있었다. 그래도 이때는 아직 美·英·佛·中등 연합국 국기가 여기 저기 장내에 달려있어 해방의 감격과 평화의 분위기가 제법 어울려 있었다. (…중략…) 우선 몸이 너무 뚱뚱하여 의자가 부서지지 않을까 염려케 하는 쏘련군정장관 「로마넹코」 소장이 이날도 앞장을 서서 올라와 거만하게 맨복판에 자리를 잡고 앉았다. (…중략…) 또한 전날과 같이 머리를 흰 붕대로 두르고 무릎팍까지 오는 짧은 회색 모시 두루마기를 입은 曺晩植위원장이 그 옆에 자리 잡고 앉았다. 그리고 그 반대쪽 옆에 요전날 밤과 같이 어색한 양복을 입은 金日成이 자기 또래의 비서 文日과 같이 앉았다. 이어서 주석단에 초청된 좌우익의 「인민정치위원회」위원들이 자리를 잡았다. (…중략…) 이윽고 「로마넹코」 소장이 이날의 주인공 金日成이라는 사나이를 「마이크」앞으로 내세우며 한 번 다시 그를 영웅이요 애국자요 지도자라고 되풀이 하였다. (…중략…) 우리들 몇 몇사람만은 이미 앞서 그를 만나본 일이 있었지만 이제 그를 처음 보는 일반 시민들에게는 일대 충격이 아닐 수 없었다. (…중략…) 사실 결과에 있어서 이날의 소위 「김일성 환영 평양시 군중대회」는 그것을 꾸며낸 그들의 입장으로 보아도 「플러스」보다도 「마이너스」가 많은 것이었다고 밖에 말할 수 없는 것이다. 그 중에서도 그들의 가장 큰 실수는 나이 어린 金日成을 쏘련군정 사령관이 안고 나와서 떠밀어 내놓은 것과, 그에게 「쏘련식」 원고를 읽게 한 그것이요, 그보다도 큰 실수는 曺晩植 선생과 한 자리에서 대결케 한 것이었다.[54]

또한 월남한 후 한재덕도 오영진의 주장을 강화하는 한편 조만식과 김일성의 대결을 강조하면서, 특히 '김일성 장군 환영 평양시 군중대회'를 '협잡극'으로 평가절하했다. 오영진과 마찬가지로 한재덕이 냉전 체제의 압력에 따라 서술한 부분을 제외한다면, 그가 주장

54) 韓載德, 『金日成을 告發한다』, 내외문화사, 1965, 60~71쪽.

하는 '평양시 군중대회'가 소련군정 사령부가 지휘하고 연출했던 점에서 한재덕의 '협작극'이라는 평가도 일정 부분 일리가 있었다. 즉, 이는 '평양시 군중대회'가 표면적으로 평남 인민위원회가 주관했던 행사이었지만 실질적으로는 소련군정 사령부가 기획하고 연출한 행사였다는 측면에서 하는 말이다. 그런데 오영진의 증언이나 더 나아가 이런 한재덕의 주장은 냉전 체제의 무게를 실감할 수 있는데, 이는 '김일성'이나 '김일성에 대한 군중들의 기대'를 의도적으로 과소평가하는 데서도 쉽게 확인된다. 또한 김일성과 관련된 일련의 사실에 대한 의심은 북조선 체제의 정통성에 대한 문제를 제기했던 것이었으며, 이를 통해서 대한민국의 정통성을 입증하는 방향으로 전개되었다. 즉, 이는 끊임없이 부정적 가치를 북조선에 투영함으로써 대한민국의 정통성을 창출했던 것이기에 그러했다. 이러하듯, 월남한 지식인이 살아남기 위한 자기 증명의 방식이었다 하더라도, 이는 냉전 체제의 압력을 증명하는 것임은 분명하다.

그렇다면 이에 대한 소련군정 사령부에서 활동했던 인물의 증언들은 어떠했을까?

> 메크레르의 회고는 이어진다. / "정치장교들은 레베데프 정치사령관 방에 모여 북조선 인민에게 김일성을 '항일 빨치산 투쟁 민족영웅'으로 부상시키는 방안을 논의했습니다. 그 결과가 10월 13일 평양 공설운동장에서 '소련군 환영대회' (…중략…) 를 개최하기로 한 것입니다. / 이 자리가 처음으로 인민에게 전설의 김일성 장군을 선보여 부상시킨다는 정치 캠페인이었지요. 외형상으로는 조만식이 이끄는 평남 인민위원회가 주관하는 행사였지만, 실질적으로 처음부터 끝까지 소련군정 사령부가 기획과 연출 모두를 맡았습니다." / 이 부분에 대해 소련군정 정치사령관 레베데프 소장과 증언이 일치한다. (…중략…) 레베데프 장군의 회고는 계속된다. / "모란봉 군중대회 (…중략…) 에는 5만~6만 명의 군중이 모였습니다. 주석단에는 치스차코프, 나, 로마넨코, 조만식, 김일성 등이 앉았습니다. 이 대

회에서 조만식도 연설했습니다. 조만식은 연설에서 '조선을 해방시켜준 소련군에 감사한다'며 '민주 조선을 위해 투쟁하겠다'고 말했습니다. / 마지막으로 김일성이 연설했습니다. 사회자가 '김일성이 연설한다'고 말하자 군중이 '김일성 장군 만세'라고 외치며 주석단으로 몰려와 경비군인들이 몽둥이로 군중을 몰아내는 소동이 있었습니다. / 김일성의 연설이 끝난 후 군중 속에서 '가짜 김일성이다'라며 소동이 났습니다. 메크레르 중좌와 강미하일 소좌가 김일성을 데리고 그의 출생지인 만경대를 찾아가 가족·친지 등을 공개하고 이를 신문과 방송을 통해 대대적으로 보도했습니다. 그러자 '가짜 김일성' 논란이 가라앉았습니다."[55]

소련군정 제7호 정치국장이었던 메크레르(Mekler)나 소련군정 정치사령관이었던 레베데프(Lebedev)의 증언에서 보듯, '평양시 군중대회'가 '소련군정 사령부의 기획과 연출'이었다는 것이나 '가짜 김일성 논란'이 있었다는 것은 분명한 사실이었다.[56] 그렇다면 김일성의 첫 등장은 어떠했을까? 해방 이후 북조선에서는 1945년 8월 25일 소련군이 평양에 진주하여 사령부를 설치했으며, 9월 19일 김일성이 원산항을 통해 귀국했다. 조선인 유격대원들은 소련군 정찰대에 파견을 나갔던 일부를 제외하고는 대일전에 참전하지 못한 채 귀국했는데,[57] 소련의 요구에 따라 주요 지도자들은 가명을 사용했으며, 김일성도 '김영환'[58]이라는 가명을 쓰고 귀국했다.

---

55) 김국후, 『비록 평양의 소련군정』, 한울, 2008, 80~82쪽.

56) 惠谷 治, 「김일성정권 내가 만들었다: 소련군 정치장교 G. 메크레르의 증언」, 『극동문제』 14-5, 1992. 5, 52~54쪽.

57) 당시 제88정찰여단장이었던 저우바오중(周保中)은 「소련 극동군 총사령관 소련원수 바실레프스키 동지 앞」이라는 보고서에서, 조선유격대원들을 포함한 제88정찰여단이 대일전에 참전하지 못했음을 다음과 같이 제시한다. "3년간 대일 전투를 준비한 병사·하사관·장교들은 일제 침략자들을 몰아내는 투쟁을 적극 참가할 수 있는 날만 기다렸습니다. 마침내 그날이 찾아왔습니다. 금년 8월 9일 소련이 일본에 선전포고를 했습니다. 전체 여단 단원들은 일본 사무라이들을 몰아내기 위한 투쟁에 나서라는 전투 명령을 하달되기를 기다렸습니다. 그러나 대일 전투작전이 개시된 지 4일 후 여단의 대일 작전 계획이 전면 취소됐고 현재까지 여단을 이용하지 않고 있습니다."(김국후, 앞의 책, 58~59쪽)

58) 韓載德, 「金日成將軍 凱旋記: 빛나는「革命家의집」을찾어서」, 『문화전선』 1, 1946. 7, 84쪽.

이런 상황을 좀 더 설명하자면, 소련군은 중국과 조선의 해방 전후를 대비해 1942년부터 군사·정치 전문가를 양성하기 시작했으며, 대일전 한 달여 전부터 제88정찰여단에 있는 빨치산 출신 조선인 유격대를 북조선 지역 점령 이후에 활용할 계획을 세웠다. 이 계획에 따라 조선인 유격대는 특별 관리를 받았으며, 1945년 9월 2일에 '입북하라'는 공식 명령이 떨어진 후 9월 18일에야 원산항을 통해 귀국해서 9월 22일 오전에 이들은 평양에 도착했다. 북조선에 귀국한 후 조선인 유격대는 소련군의 지시대로 각 도시로 분산되어 도와 시의 위수사령부 부책임자를 맡았다.[59]

김일성은 1945년 10월 14일에야 '소련군을 환영하는 평양시 군중대회' 석상에서 처음으로 군중들 앞에 모습을 드러냈다. 이 대회는 외견상 평남인민위원회가 주관하는 행사였지만 실질적으로는 소련군정 사령부가 기획하고 연출했던 행사였으며, 소련군정 사령부는 평양에 모인 군중들에게 최초로 김일성을 소개했다. 여기서 이 대회는 김일성을 환영하기 위해 열린 것이 아니라, 한재덕의 보도 기사처럼 '김일성도' 감사를 표시하는 조선인민의 대표 자격으로 등장했다.[60]

그렇다면 한설야는 김일성의 첫 등장을 어떻게 형상화했고, 이런 형상화를 통해서 의도했던 것은 무엇이었을까?

> 사람들은 굉장히 많았다. 모르면 몰라도 十만명은 될것이니 역사의 도시 평양으로서도 아마 첫일일것이다. 각 공장의 로동자들 멀리 농촌에서 온 농민들 각 학교학생과 단체원들이 표어와 깃발을 들고 섰는데 어떤데서는 뒤에서잘 보이지않을까보아 번쩍 높이 들어주고 있다. / 일반 시민

여러 부분 개작된 1947년 판본 「김일성장군개선기」에서는 "事情에依하여 이름도 金永煥으로 變名을하고"라는 부분이 삭제되어 있다(韓載德, 「金日成將軍凱旋記: 빛나는 「革命家의집」을 찾어서」, 『金日成將軍凱旋記』, 79쪽).

59) 김일성, 앞의 책, 473~479쪽; 이종석, 앞의 책, 405~406쪽; 정상진, 『아무르 만에서 부르는 백조의 노래』, 지식산업사, 2005, 33~34쪽; 김국후, 앞의 책, 70~71쪽.

60) Andrei N. Lankov, 「1945~1948년의 북한: 해방부터 조선민주주의인민공화국 창건까지」, 155~156쪽; Andrei N. Lankov, 『(소련의 자료로 본) 북한 현대정치사』, 77쪽.

한설야

들 중에는 부인들도 굉장히 많았다. 장군의 얼굴을 보고 연설을 들으려 고 이따금 황새목처럼 사람들의 머리가 쯔윽 올려밀기도 하고 어떤데서 는 장군을 손질하며 무어라고 곁사람과 수군거리기도 한다. 이윽고 그 언제나 쉬인듯한 장군의 우렁찬 목소리가 확성기를 통하여 그 많은 군중 의 가슴에 일시에 칵 안겨졌다. 군중들은 물을 빨아들이는 해면처럼 열 심히 귀를 기울이고 있다. 장군의 목소리는 소음(騷音)을 잡아제치면서 점점 더 굵게 울렸다. 그것이 확성기를 통하여 온 장내에 찌렁 찌렁 울리 고 모란봉 등어리에 부디쳐 쏘울림까지 내었다. (…중략…) / 그때 만세, 만세, 만세…… 그 무서운 一○만의 합창소리가 빛나는 부챗살처럼 하늘 로 뻗친 그 가운데서 분명 장군의 그림자가 얼른거린다. 그 그림자는 마 치 큰 바다 파도위에 솟은 태양처럼 두둥실 떠 있는것이다. (…중략…) 문어질듯한 만세 소리와 우뢰같은 박수소리에 싸여 장군의 그 넓적한 가 슴을 쑥 내밀고 우선우선한 얼굴로 연단을 내려왔다.[61]

한설야의 단편소설 「개선」에서는 '평양시 군중대회'의 장면을 다

61) 韓說野, 「개선」, 『短篇集(炭坑村)』, 16~20쪽.

음과 같이 기술했다. '태극기'와 '붉은 깃발'이 휘날리고 사람의 물결이 넘실거리는 가운데 평양시 '시민대회'가 개최되었는데, 연단 위에서는 '조선과 소련의 국가소리'에 뒤를 이어 '러시아말'과 '조선말'의 연설이 있었고, 이따금 군중 속에서 무너질 듯한 박수소리가 났다. 이윽고 김일성의 우렁찬 목소리는 확성기를 통해 온 장내에 '찌렁찌렁' 울리고 모란봉 등에 부딪쳐 '쏘울림(산울림)'까지 내었으며, 무너질 듯한 만세 소리와 우레 같은 박수 소리에 싸여 김일성은 연단을 내려왔다.

그런데 한설야는 이 장면을 어떻게 형상화했을까? 한설야가 말하길, '김일성을 처음 만난 것이 1946년 2월 8일 북조선 임시인민위원회 결성 당일'이라고 했다.[62] 그렇다면 한설야는 1945년 10월 14일에 있었던 '평양시 군중대회'에 참석하지 않았는데, 이 장면을 어떻게 형상화할 수 있었을까? 아마도 이는 현재 북조선에서 자주 인용하는 한재덕이 쓴 1945년 10월 15일부 『평양민보』 창간호에 쓴 기사 「금수강산을 진동시킨 십만의 환호 위대한 애국자 김일성 장군도 참석」을 바탕으로 하여 쓴 것으로 추정된다.

한재덕은 (일정 부분 수정한 것으로 판단되는) 1947년에 11월 20일에 발간한 『김일성장군개선기』에 수록한 보도 기사에서 조만식의 연설이나 '김일성이 가짜라는 소동'과 관련된 부분을 삭제하면서 김일성의 연설을 중심으로 하여 이 대회를 과장했다. 이러하듯, 한설야의 「개선」에서도 한재덕의 보도 기사보다 더 나아가 김일성 중심으로 '평양시 군중대회'를 재구성했다. 특히 소련군정 사령부에서 작성한 원고를 한국어로 번역한 김일성의 연설문은 소련의 정치선전물에서 흔히 사용하는 표현이 많이 섞여 있었는데, 이로 인해 '평양시 민중대회'에 모인 군중들은 이상한 느낌을 받았다고 했다.[63] 이런 이상

62) 韓雪野, 「金日成將軍印象記(一)」, 『정로』 84, 1946. 5. 1; 한설야, 「김 일성 장군 인상기」, 『수령을 따라 배우자』, 154쪽.

63) 중앙일보 특별취재반, 『秘錄·조선민주주의인민공화국』, 중앙일보사, 1992, 88쪽; Andrei N. Lankov, 「1945~1948년의 북한: 해방부터 조선민주주의인민공화국 창건까지」, 156

한 연설에 대해 '장군의 우렁찬 목소리가 확성기를 통하여 군중의 가슴에 일시에 칵 안겨졌고, 군중들은 물을 빨아들이는 해면처럼 열심히 귀를 기울이고 있었고, 장군의 목소리는 소음을 잡아 제치면서 점점 더 굵게 울렸다'고 과장했다. 이는 한설야가 김일성과의 만남 이후 지속적으로 했던 민족의 영웅, 소련이 선택한 최고 지도자로 김일성을 형상화하는 작업의 연장선상에 놓여 있는 것이었다. 한설야는 북조선에서 유일한 지도자로 부상한 시점에서 김일성의 약점보다는 최고 지도자의 면모를 부각시키려는 의도로 김일성을 형상화했을 것이다.[64] 또한 남과 북이 서로의 체계를 형성하려고 나아가던 때에, 또는 남과 북이 서로 다른 체제에 대해 '괴뢰'로 비판하던 시점에서, 당연히 북조선의 최고 지도자인 김일성을 부상시킴으로써 북조선의 정통성을 증명하려 했을 것이다. 즉, 이는 '김일성'이라는 지도자의 행적을 선택과 배제를 통해서 북조선의 역사를 재구성함으로써 북조선의 정통성을 창출하려 했던 것이다.

『여보십시오 김일성 장군이 돌아 왔다는 말이 사실이웨니까』
하고 물었다. 그런즉 거개 다
『글쎄 그런 소문이 있기는 합디다만 우리도 보지는 못했쉐다』
하고 대답하는것이다. 사람마다 소들은것은 사실이니 때지 않는 굴뚝에서 연기날 이치 없다고 생각되어 창주어머니의 심장은 바짝 더 조여졌다
『그래 나이는 얼마나 됐답디까』
하고 물은즉 어떤 사람은
『글쎄 아직 새파란 젊은 이랍디다』

쪽; Andrei N. Lankov, 『(소련의 자료로 본) 북한 현대정치사』, 77쪽; 김국후, 앞의 책, 81쪽.

64) 한설야의 김일성에 대한 형상화는 김일성을 우상화하기 위한 것이라기보다 소련이 선택한 새로운 사회주의 국가를 이끌 북조선의 최고 지도자로, 민족의 영웅으로 인식했던 북조선 문학인들의 보편적 인식에 닿아 있다(남원진, 「한설야의 「혈로」와 김일성의 항일무장투쟁에 대한 인식 연구」, 『한국근대문학연구』 25, 2012. 상반기(2012. 4), 409~410쪽).

하고 대답하기도 하고 또 어떤 사람은 짐작으로

『아마 한 四十 가까왔을거웨다. 벌써 우리 소문 들은지가 몇해오. 이십년이나 거의 되니까 그렇게 안됐겠소』

하고 말하기도 하였다. (…중략…)

장군은 자기보다 열네살이 아래니까 바로 올에 설흔네살 게다가 본시 기골이 뛰여난터이니까 파랗게 젊어보일법도 하였다. 그리고 열아홉살에 싸움터로 나섰으니 바로 금년까지 열다섯해……그러나 그동안에 쌓은탑이 만리성같으니 조선사람의 가슴에 二十년도 넘게 생각될바게 없다.[65]

그런데 「개선」에선 지도자의 두 측면을 부각시키는데, 여기서 한설야는 젊은 장군의 면모와 최고 지도자의 품성을 동시에 형상화하려 한다. 그는 「개선」의 화자인 창주 어머니를 통해 '김일성 장군의 개선'에 대한 소문을 전한다. 특히 김일성의 숙모인 창주 어머니는 소문의 실상을 파악하기 위해서 "나이는 얼마나 됐답디까"라고 묻는데, 어떤 사람에게선 "글쎄 아직 새파란 젊은이랍디다"라는 대답을 듣기도 하고, 다른 사람에게선 "아마 한 40가까왔을 거웨다. 벌써 우리가 소문들은 지가 몇 해요. 이십 년이나 거의 되니까 그렇게 안됐겠소"라는 대답을 듣기도 한다. 이런 상반된 대답에 대해서 창주 어머니는 다음과 같이 설명한다. 즉, '장군은 자기보다 14살이 아래니까 바로 올 해 34살, 게다가 본시 기골이 뛰어난 터이니까 파랗게 젊어 보일 법도 하며, 19살에 싸움터로 나섰으니 바로 금년까지 15년, 그 동안에 쌓은 탑이 만리장성 같으니 조선 사람의 가슴에 20년도 넘게 생각될 밖에 없다'고 해석한다. 이런 창주 어머니의 생각은 한설야의 해석일 것이다. 즉, 그의 해석은 "영웅기골"을 가진 김일성이 "새파란 젊은이"로 보일 것이며, 15년 동안 싸움터에서 보내면서 쌓

65) 韓說野, 「개선」, 『短篇集(炭坑村)』, 3~4쪽.

은 공적이 사십 가까운 "민족의 영웅"으로 보일 것이라는 것이다. 그렇지만 그의 이런 해석에도 불구하고, 「개선」에서는 김일성이 '젊은 지도자'와 '늙은 지도자'라는 상반되고 부조화된 모습으로 드러날 수밖에 없다. 왜냐하면 '젊은 지도자'와 '늙은 지도자'의 조화로운 형상이란 이상적인 인물에 불과하기 때문에 그러하다.

> 장군은 어릴적부터도 그랬지만 언제든지 몸을 가만히 가지고 있지 않았다. 새 무엇이 순식간도 쉬지않고 몸속에서 움즉여 몸의 동작으로 나타나는것일것이다. 그러므로 그 몸 전체에서는 늘 무엇이 생동(生動)하고 발기(勃起)하고 있는것같았다. 그래서 몸은 늙은 나무처럼꽈ㅅ꽈ㅅ하지않고 푸른잎, 새싹처럼부드럽고 자유스럽게 움즉이는것이다. 거게는 음악도 있고 무용도 있는 것같다. 그것은 다름아닌 장군의 몸속에서 흘러넘치는 창조력의 표현일것이다.[66]

그러면 한설야는 "영웅기골"을 가진 "새파란 젊은이"로 말해진 '젊은 지도자'인 김일성의 면모를 어떻게 형상화했을까? 그는 '젊은 지도자'의 특성에 대해선 '늘 무엇이 생동하고 발기하고 있는 것', 즉 이를 '장군의 몸 속에서 흘러 넘치는 창조력의 표현'으로 설명한다. 여기서 김일성이 '낚시질을 하면서도 다른 사람들처럼 그린 듯이 앉아있지 않고 쉴새없이 몸을 놀리고 있'는데, 이를 '쉴새없이 새것이 창조되고 움직이기 때문'이라고 해석했던 「혈로」에서처럼, '늙은 나무처럼 꽛꽛하지(뻣뻣하지) 않고 푸른 잎과 새싹처럼 부드럽고 자유롭게 움직이는 창조력'을 가진 젊은이로 형상화한다. 이런 형상화는 한설야의 「김일성장군인상기」 이후 「인간 김일성」이나 「혈로」 등에서 김일성을 형상화했던 방식의 연장선상에 있다. 특히 한설야는 「인간

---

66) 위의 글, 14쪽.

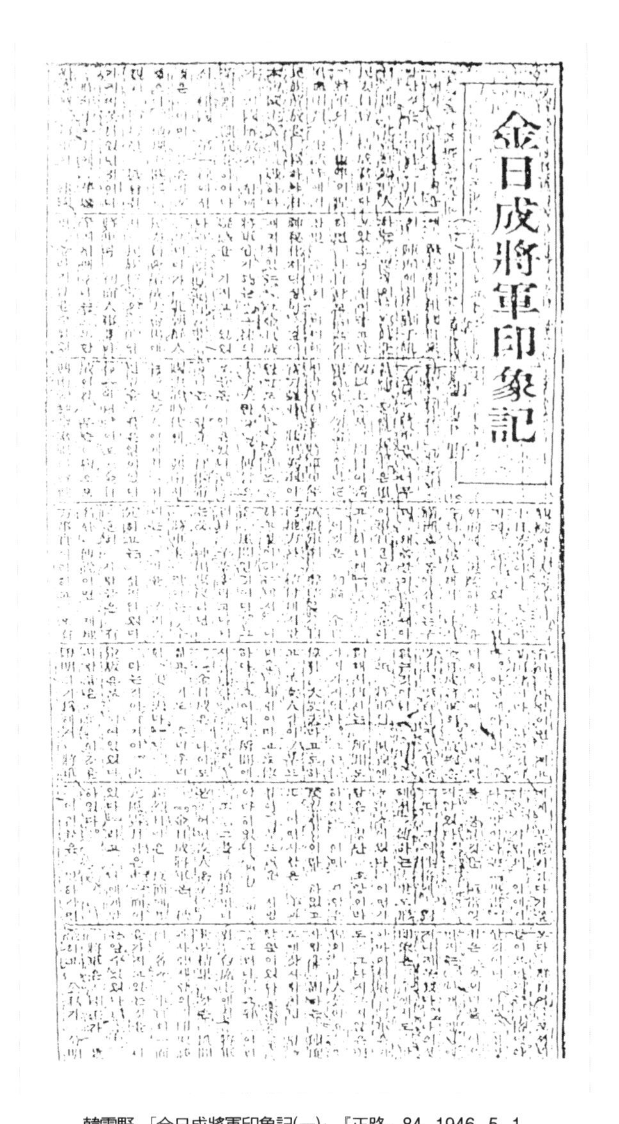
金日成將軍印象記

韓雪野,「金日成將軍印象記(一)」,『正路』84, 1946. 5. 1.

김일성」을 원형으로 하여 「개선」을 창작한 것인데, 「개선」을 참고하여 다시 「인간 김 일성 장군」으로 개작하기도 한다.[67]

그렇다면 한설야는 왜 '생동하고 발기하는 젊은이'로 김일성을 형상화했던 것일까? 오영진이나 레베데프의 증언처럼, '평양시 군중대회'에서 등장한 '젊은 김일성'에 대한 의심의 시선을 해소하기 위한 북조선 문학예술계의 나름의 대답을 마련하는 과정에서 '젊은 지도자'의 형상은 탄생한 것이다. 1946년 '8·15 해방 1주년 기념 예총 행사 예정표'에서 보듯, 이는 '김일성 장군 찬양 특집' 단행본『우리의 태양』의 발간과 더불어 '8·15와 김 장군을 주제로 한 작품 발표', '김일성 장군 투쟁사 미술 전시', '김일성 장군 초상 제작', '김일성 장군의 노래 선정' 등의 행사로 나타나는데,[68] 이로 볼 때 당시 북조선 문학예술계의 주요한 사업은 김일성을 집중적으로 형상화하려 했던 것이다. 특히 1946년 8월 15에 발간된 '김일성 장군 찬양 특집'『우리의 태양』에 실린 여러 작품들은 젊은 김일성에 대한 의심의 시선에 대한 북조선 문학예술계의 대응의 하나이다.

누구나 장군은 젊다한다

그렇다 장군은 젊다 (우리의장군이 늙어서되랴!)

만고풍상 혈전혈투의 과거가 그렇고 오매불망튼 개선, 조국의오늘을 더욱 (…중략…)

---

67) 1946년 5월 1일, 7일, 11일, 17일에 '조선공산당 북부조선분국' 기관지『정로』에 발표한 한설야의「김일성장군인상기」(1946)는 '김일성이 젊다'는 것 때문에 생긴 '김일성 장군'에 대한 의심의 시선을 해소하기 위해 쓴 글이다.「김일성장군인상기」(1946)를 개작한「김 일성 장군 인상기」(1960)에서도 이 문제에 대한 상세하게 여러 부분을 추가하여 설명하고 있다. 그리고 한설야의「인간 김일성」(1946)은 단편소설「개선」(1948)의 원형에 해당하는 글일 것이다.「인간 김일성」(1946)의 원본을 확인할 수 없는데, 이렇게 판단하는 이유는「인간 김일성」(1946)을 개작한 것으로 보이는「인간 김 일성 장군」(1960)에 기술한 '장군의 개선'과 '인간 김 일성 장군'의 항목이「개선」(1948)의 '평양시 군중대회'나 '김일성과 숙모'의 대화 내용 등이 거의 동일하기 때문이다. 아마도 이는「인간 김일성」(1946)을 원형으로 하여「개선」(1948)이 창작되고, 다시「개선」(1948)을 참조하여 다시「인간 김 일성 장군」(1960)으로 수정한 것으로 보인다. 여기서「개선」(1948)에서 '창조성'과 관련하여 김일성을 형상화하는 것은 단편소설「혈로」(1946)뿐만 아니라 여러 글에서도 등장한다(韓雪野,『英雄 金日成將軍』, 신생사, 1947, 69쪽; 韓雪野,「作家가 본 金日成將軍」,『민성』3-1·2, 1947. 1·2, 30쪽; 한설야,「력사(2)」,『문학예술』6-5, 1953. 5, 58쪽; 한설야,「김 일성 장군 인상기」,『수령을 따라 배우자』, 165쪽).

68)「八·一五解放一週年記念藝總{行事豫定表}」,『문화전선』1, 1946. 7.

아 장군의 씩씩한 보무를따라 바야흐로무르 녹으려는 북조선의 난만한 봄을 보아라![69]

오늘은 山에서 일을 꾸미고
내일은 들에서 밤을 세우며 (…중략…)
오—위대한 장군 젊으셨어도
가뭇 없시 빼앗긴 나라일엔
누구보다도 늙으셨서라. (…중략…)
젊으신 우리 영도자 있기에
새나라 민주조선은 젊었고
날로 새로와짐이로다.[70]

장군은 낙수질을 하면서도 다른 사람들처럼 그린듯이 앉았지않고 쉴새없이 몸을 놀리고 있었다. 싸움하는때의 자세나 다름 없었다. 장군은 언제든지 몸을 가만히 가지고 있지못하였다. 속에서 쉴새없이 새것이 창조되고 그것이 움지기기때문이다.[71]

리찬은 「찬 김일성장군」에서 김일성을 '가릴 수 없는 우리의 빛'이며 '감출 수 없는 우리의 태양'이라 부른다. 그러면서 '장군은 젊다'는 사실에 대해 의심을 표하는 시선에 대해서 '장군이 늙어서 되랴!'라며 반어적으로 노래한다. 더 나아가서 '다사로운 초양(初陽)', '혁혁한 백광(白光)'의 이미지를 강조해 '온갖 불순물을 불사르는' 순수한 젊음을 더욱 부각시킨다. 또한 박세영의 「해볏에 살리라: 김일성장군에 드리는 송가」에서도 '오늘은 산에서 일을 꾸미고, 내일은

69) 李燦, 「讚 金日成將軍」, 韓載德(외), 『우리의 太陽』, 평양: 북조선예술총련맹, 1946, 17~18쪽.
70) 朴世永, 「해볏에서 살리라: 金日成將軍에 드리는 頌歌」, 韓載德(외), 『우리의 太陽』, 평양: 북조선예술총련맹, 1946, 20~21쪽.
71) 韓說野, 「血路」, 韓載德(외), 『우리의 太陽』, 평양: 북조선예술총련맹, 1946, 49쪽.

들에서 밤을 세우며' 조선의 인민을 위해 일하는 김일성을 노래한다. 여기서도 김일성은 '젊었지만 나라 일엔 누구보다도 늙었다'고 하면서 김일성이 젊다는 의심의 시선에 대해서 '햇살 같이 밝은 삶의 이치'를 깨달은 늙음의 이미지로 대비시킨다.[72] 더 나아가 젊은 영도자 김일성이 있기에 '새나라 민주 조선은 젊고, 날로 새로워진다'며 전진하는 북조선의 미래를 제시한다. 또한 '함경북도 6도시 진공계획'을 다룬 한설야의 「혈로」에서도 젊은 김일성을 '쉴새없이 새것을 창조하고 움직이는' 모습으로 형상화하여 김일성의 항일무장투쟁을 복원하려 한다. 이런 연장선상에서 한설야의 「개선」에서도 '김일성이 젊다'는 의심의 시선에 대해서 김일성의 젊음을 '부드럽고 자유롭게 움직이는 창조력의 표현'이라고 나름의 대답을 하면서 젊은 지도자가 이끄는 밝은 북조선의 미래를 제시하는 한편 이를 통해서 북조선의 정통성을 강화하려 한다.

> 오늘은 만경대의 『증손』이 아니오 전조선 三천만의 태양이요 어버이요 스승이다.[73]

그런데 한설야는 '젊은 지도자'와 상반되는 속성을 지닌 '전조선 3천만의 태양이며 어버이이며 스승'인 '늙은 지도자'로서의 품성은 어떻게 형상화했을까?

> 『얼마든지 말씀해줍시시오. 장군의 말씀에 누가 거역하겠습니까. 그때는 나도 작은어머니가 아니라 조선백성의 한사람이니까. 그리기 지금도 장군이라고 부르지 않습니까. 내가 왜 증손이란 아명을 잊은줄 압니까. 성주라는 관명도 내죽기전에 하마 잊을줄 알우. 그래도 우리는 일성장군

72) 오창은, 「해방기 북조선 시문학 형성과 미학의 정치성」, 『어문론집』 48, 2011. 11, 20~23쪽; 오창은, 「해방기 북조선 시문학과 미학의 정치성」, 남북문학예술연구회, 『해방기 북한문학예술의 형성과 전개』, 역락, 2012, 118~121쪽.

73) 韓說野, 「개선」, 『短篇集(炭坑村)』, 21쪽.

이라고 부르는것이 제일 좋아요. 조선의 장군이면 어떤 조선의 장군입니까. 그러나 장군! 혹시 실수하는때가 있으니 용서하시오. 나는 남과 이야기할때마다 자랑이 앞서서 말입니다. 그래서 혹시 일부러 『우리 일성이』라고도 불러보고 또 증손이라고도 불러보지요. 장군님, 용서하시오』

장군도 숙모의 막힐줄 모르는 말솜씨에 탄복하였다 왜놈들이 여성들의 입을 더욱 틀어막고 지식을 주지않아서 그렇지 이제 조선인민들이 모두 평등한 권리를 가지고 동등한 지식을 배우고 자유로 발전할수있게하면 앞으로 놀랄만치 발전할것이라 싶었다. 장군은 새로운 숙모를 발견하는것같았고 새로운 조선인민을 발견하는것 같았다.

장군은 왜놈들이 짓밟아 놓은 조선사람의 지능을 빨리 열어주어야 하리라 하였다. 농민들에게 지식을 주고 학문을 속히 주어야 하리라 하였다. 그러면 거게서 반드시 놀라운 지혜가 다시 살아날것이다. 농촌의 남자들과 아낙네들의 『가가 거겨』읽는 모양, 아들 손자들에게서 글배우는 늙은이들의 혀꼬분소리가 탐탐히 보이고 들리는듯해서 장군은 부지중 웃었다.[74]

한재덕의 「김일성장군개선기」에서처럼, 김일성은 '평양시 군중대회'에서 연설을 마친 후 만경대 고향집에서 일가친척을 만난다. 여기서 한재덕의 「김일성장군개선기」에선 김일성의 할머니가 대화의 중심에 있는 반면, 한설야의 「개선」에서는 김일성의 작은 어머니가 대화의 중심에 놓여 있다. 특히 만경대에서의 일가친척이 만나는 자리에서 김일성은 '숙모의 막힐 줄 모르는 말솜씨에 탄복'한다. 그러면서 그는 '왜놈들이 여성들의 입을 틀어막고 지식을 주지 않아서 그렇지 조선 인민들이 모두 평등한 권리를 가지고 동등한 지식을 배우고 자유로이 발전할 수 있다면 앞으로 놀랄 만큼 발전할 것'이라고 생각한다. 더 나아가 '새로운 숙모를 발견한 것 같고, 새로운 조

74) 위의 글, 26~27쪽.

선 인민을 발견한 것'이라고 생각한다. 이런 김일성의 숙모에 대한 생각은 '조선의 장군'이 '조선의 백성'을 바라보는 것, 즉 '늙은 지도자'가 '어린 국민'을 바라보는 시선과 다르지 않다. 34살의 어린 조카 김일성이 14살이나 연상인 48살의 숙모에 대한 생각은 생기발랄한 '젊은 지도자'의 모습이 아니라 숙모보다 인생역정을 다 겪은 '부모나 스승의 시선'에 해당한다. 이는 '새로운 조선 인민', 즉 '어린 국민'을 '지식'과 '학문' 등을 주어 보살피고자 하는, 늙은 지도자의 모습과 별반 다르지 않다.

그런데 왜 이런 '젊음'과 '늙음'의 '부조화된 지도자'가 탄생한 것일까? 창주 어머니에게는 김일성이 손아랫사람인 '증손이', '성주'인 동시에 새로운 조선의 영도자인 '김일성 장군'이기도 하다. 즉, 창주 어머니는 '작은 어머니'이며 '조선 백성의 한 사람'인 것인데, 이는 작은 어머니의 입장에선 '젊은 지도자'이지만 조선 백성의 한 사람의 입장에선 '늙은 지도자'일 수밖에 없는 것이다. 이런 김일성에 대한 창주 어머니의 위치는 곧 한설야의 위치일 것이다. 북조선 문학 예술계를 이끌던 한설야에겐 '김일성이 젊다'는 것에서 제기된 의구심을 해소해야 했으며, 또한 새로운 북조선을 이끌 지도자에 대한 특성, 즉 자애로운 어버이이며 스승의 품성을 부여해야만 했을 것이다. 이런 한설야의 두 욕망이 '젊은 지도자'와 '늙은 지도자'의 부조화된 형상을 탄생시킨 것이다.[75)]

> 이날을 위하여 장군은 인민의앞에 서서 싸웠고 인민은 장군을 따라 싸웠다. 그리고 또 오늘 장군은 왜놈이 짓밟은 폐허의 조국을 이끌어 선두에서 싸울것을 인민에게 약속하였고 인민은 장군을 받들어 싸울것을 맹세하였다.

---

75) 신형기, 「이야기의 역능(力能)과 김일성」, 『현대문학의 연구』 41, 2010. 6, 297쪽; 임유경, 「나의 젊은 조국: 1940년대 한설야의 '부권의식'과 '청년/지도자 서사'」, 『현대문학의 연구』 44, 2011. 6, 218~226쪽.

자기들의 영도자를 에워싼 이땅의 붉은 물결은 곧 조국을 사랑하는 인민의 마음! 그마음 밑장에서 불어오르는 열화만이 새조국을 쌓아올릴것이다.[76]

특히 '영도자', 즉 '김일성'을 에워싼 북조선의 '붉은 물결'은 '조국을 사랑하는 인민의 마음'이며, 영도자에 대한 '열화'만이 '새 조국'을 건설할 것이라는 한설야의 욕망은, 이를 강화하면 할수록 김일성에 대한 형상이 일그러질 따름이다. 아무리 그가 강조하더라도 '젊은 지도자'와 '늙은 지도자'의 특성이 조화를 이룰 수 없는 것이기에, 이에 집착은 더욱 심한 부조화를 이룰 것이며, 이런 일그러진 형상을 이상화로 처리할 수밖에 없었을 것이다. 부재하는 것에 대한 강력한 열망, 즉 이것이 '살아 있는 인물'이 아닌 '완결된 인물'로 김일성을 이상화한 것은 지극히 당연한 일이다.[77] 또한 이런 부조화는 '새 조국' 즉, '새로운 북조선'이 '젊은 지도자'가 가진 '창조성'과 '늙은 지도자' 가진 '지혜'가 동시에 필요로 했던 현실적 과제가 한설야의 무의식적 욕망에 의해 탄생한 것이다. 한설야의 이런 욕망은 '젊은 김일성'과 '새로운 북조선'에게도 요구되었는데, 이러한 부조화를 해결해야하는 것은 '젊은 김일성'이나 '새로운 북조선'에겐 풀어야 할 난제인 것이다.

---

76) 韓說野, 「개선」, 『短篇集(炭坑村)』, 22쪽.

77) 한설야는 '조화'가 아니라 방현석처럼 '거침없는 남성성'과 '섬세한 여성성'의 '부조화'에서 오는 묘한 '매혹'을 표현했어야 했을지도 모른다. 시대 인식의 한계이기도 하지만.

> 두 뼘이 넘는 갑각류를 능숙하게 다루는 리엔의 손끝에서는 거침없는 남성성과 섬세한 여성성이 동시에 묻어났다. 건석을 매혹시킨 것은 어쩌면 랍스터 요리가 아니라 랍스터를 다루는 리엔의 모습이었는지도 모른다. 특히 랍스터의 신경을 한칼에 끊어놓는 그녀의 솜씨는 숨을 멎게 만들 만큼 대담하고 통렬했다. (…중략…)
>
> 20년을 무적의 갑각류로 살아왔을 랍스터의 무지개빛 껍데기를 가르고 횟감으로 쓸 육질을 발라내는 리엔의 손끝은 대학에서 문학을 전공한 여성의 것이라고는 여전히 믿기지가 않았다. 리엔이 지닌 이런 부조화와 이중성은 건석을 자주 혼란에 빠뜨렸다. 그러나 건석을 끌어당기는 리엔의 매혹 역시 이 모순 속 어딘가에서 탄생했다는 것을 모르지 않았다.
>
> ㅡ방현석, 「랍스터를 먹는 시간」, 『랍스터를 먹는 시간』, 창비, 2003, 175~176쪽.

Ⅱ. 북조선 문학의 난제

한설야의 문제작 「개선」은 '김일성의 개선'을 다룬 단편소설인데, 1960년대 그의 숙청과 함께 우여곡절을 겪는 후 '해방 후 김일성을 형상화한 첫 단편소설'로 다시 복원되었다.

> 아까운 젊은英雄하나 敵彈에 쓰러저 뜨거운 피 흘리며
> 太極旗쥐고 웃고갔나니 (…중략…)
> 自由를 謳歌하라는 解放의 鐘울려
> 우리의江山 三千里에
> 三千萬人民이 떼지어 歡呼하며 行進하는가운데
> 나는 높이 손들어 웨치며 돌아오도다
> 하나의人民은 한알의 조각돌
> 쌓고쌓여 크고 굳은 주초를 세우자고
> 萬國의境界 打破하라
> 붉은旗 높이 휘날리는 아래
> 自由와平和의 潮流가 마음끗 오르나리게[78]

---

78) 李京福, 「歸還: 金日成將軍을맞으며」, 『문화전선』 1, 1946. 7, 92~93쪽.

> 아까운 젊은英雄하나 敵彈에 쓰러저
> 뜨거운 피 흘리며
> 太極旗쥐고 웃고갔나니 (…중략…)
> 自由를 謳歌하라는 解放의 鐘울려
> 우리의江山 三千里에
> 三千萬人民이 떼지어 歡呼하며 行進하는가운데
> 나는 높이 손들러 웨치며 돌아오도다
> 하나의人民은 한알의 조악돌
> 쌓고쌓여 크고 굳은 주초를 세우자고
> 萬國의境界 打破하라
> 붉은旗 높이 휘날리는 아래
> 自由와平和의 潮流가 마음끗 오르나리게

— 李京福, 「歸還: 金日成將軍을맞으며」, 金常午(외), 『北風』,
평양: 북조선예술총련맹, 1946, 31~33쪽.

김일성의 귀국을 다룬 리경복의 시 「귀환」에서 보듯, 적탄에 맞아 뜨거운 피를 흘리는 젊은 용사가 '태극기'를 쥐고 웃는 모습을 통해 조국에 대한 희생을 말하거나 '자유와 평화'의 상징으로 '붉은 기'를 노래하는 것은 해방기 북조선 문학에서는 흔한 것이었다. 이러하듯, 한설야의 「개선」에서도 '태극기'와 '붉은 기'를 호명했다. 그런데 한설야의 단편소설 「개선」은 여러 판본이 있었는데, 1948년 판본 「개선」에서 후대 판본 「개선」으로 여러 부분이 개작되면서 김일성의 새로운 면모를 계속 발견하는 한편 해방기에 빈번하게 사용되었던 '태극기'나 '붉은 기'가 후대 판본에서는 '깃발'로 수정되면서 '태극기'로 표상되는 '대한민국'을 부정하는, 즉 냉전 체제의 압력에 의해 냉전 체제 속으로 편입시키려는 방향으로 개작되었다. 또한 한설야의 「개선」의 핵심적 사건인 '평양시 민중대회'는 북조선이 주장하는 것처럼 김일성을 환영하는 자리가 아니라 소련군을 환영하는 자리였다.

그런데 한재덕이나 오영진 등의 평양시 민중대회에 대한 증언은 냉전 체제의 압력을 실감하게 하는데, 여하튼 한설야의 「개선」에서도 김일성에 대한 부정적 시선에 대한 나름의 대답을 제시하여 젊은 지도자가 이끄는 북조선의 정통성을 담보하려 했다. 한설야는 작가의 대리인인 창주 어머니를 통해서 이 문제를 해결하려 했는데, 여기서 김일성에 대한 창주 어머니의 위치는 곧 한설야의 위치였다. 북조선 문학예술계를 이끌던 한설야에겐 '김일성이 젊다'는 것에서 제기된 의구심을 해소해야 했으며, 또한 새로운 북조선을 이끌 지도자에 대한 특성, 즉 자애로운 어버이이며 스승의 품성을 부여하려 했다. 한설야의 이런 두 욕망이 '젊은 지도자'와 '늙은 지도자'의 부조화된 형상을 탄생시켰다. 그런데 한설야의 두 욕망은, 곧 젊은 지도자인 김일성이 해결해야 할 문제인 동시에 새로운 북조선이 해결해야 할 난제이기 한 것이었다. 여기서 김일성과 북조선에 대한 형상화는 북조선 문학이 안고 있는 고민인 한편 해결해야 할 문제였다. 이는 북조선 문학이 정치적 문제를 떠맡으면서 생긴 중심 과제이며 동시에 난제인 것이었다. 또한 더 나아가서 근대 문학이 떠맡은 문학과 정치의 관계 설정이라는 오래된 과제이기도 한 것이었다.

참고문헌

1. 기본자료

「8·15해방1주년기념예총{행사예정표}」, 『문화전선』 1, 1946. 7.
김광섭, 「감자현물세」, 『조선문학』 2, 1947. 12.
리경복, 「귀환」, 『문화전선』 1, 1946. 7.
리기영, 「개벽」, 『문화전선』 1, 1946. 7.
리북명, 「로동일가」, 『조선문학』 1, 1947. 9.
안함광, 「김일성 원수와 조선 문학의 발전(4)」, 『문학예술』 6-7, 1953. 7.
한설야, 「김일성장군인상기(1~4)」, 『정로』 84, 87, 89, 90, 1946. 5. 1, 7, 11, 17.
한설야, 「력사(1~5)」, 『문학예술』 6-4, 6-5, 6-6, 6-7, 6-8, 1953. 4~8.
한일우, 「(개선한 우리 팔티산 명장) 김일성장군회견기」, 『민성』 2-1, 1946. 1.
한재덕, 「김일성장군 개선기」, 『문화전선』 1, 1946. 7.
한 효, 「우리 문학의 10년(1~3)」, 『조선문학』, 1955. 6~8.

강승한(외), 『서정시 선집』, 평양: 조선작가동맹출판사, 1955.
김사량(외), 『개선』, 평양: 조선작가동맹출판사, 1955.
김상오(외), 『북풍』, 평양: 북조선예술총련맹, 1946.
리기영(외), 『조선단편집(2)』, 평양: 문예출판사, 1978.
정서촌(외), 『해방후서정시선집』, 평양: 문예출판사, 1979.
조기천(외), 『영원한 친선』, 평양: 문화전선사, 1949.
조쏘문화협회(편), 『영원한 악수』, 평양: 조쏘문화협회, 1946.
최학수, 『개선』, 평양: 문학예술출판사, 2002.
한 식, 『역사의 깃발』, 평양: 북조선문학동맹함경남도위원회, 1947.
한설야(외), 『개선』, 평양: 문학예술출판사, 2011.
한설야, 『단편집(탄갱촌)』, 평양: 조쏘문화협회중앙본부, 1948.
한설야, 『수령을 따라 배우자』, 평양: 민청출판사, 1960.
한설야, 『한 설야 선집(8)』, 평양: 조선작가동맹출판사, 1960.

한재덕(외), 『우리의 태양』, 평양: 북조선예술총련맹, 1946.
홍순철(외), 『영광을 쓰딸린에게』, 평양: 북조선문학예술총동맹, 1949.

2. 논문

김윤식, 「북한문학의 세가지 직접성」, 『예술과 비평』 6-3, 1990. 가을호.
남원진, 「'혁명적 대작'의 이상과 '총서'의 근대소설적 문법」, 『현대소설연구』 40, 2009. 4.
남원진, 「북조선의 정전, 한설야의 「승냥이」 재론」, 『상허학보』 34, 2012. 2.
남원진, 「역사를 문학으로 번역하기 그리고 반공 내셔널리즘」, 『상허학보』 21, 2007. 10.
남원진, 「한설야의 「혈로」와 김일성의 항일무장투쟁에 대한 인식 연구」, 『한국 근대문학연구』 25, 2012. 상반기(2012. 4).
신형기, 「북한문학의 성립」, 『연세어문학』 30·31, 1999. 2.
신형기, 「이야기의 역능(力能)과 김일성」, 『현대문학의 연구』 41, 2010. 6.
오창은, 「해방기 북조선 시문학 형성과 미학의 정치성」, 『어문론집』 48, 2011. 11.
임유경, 「나의 젊은 조국」, 『현대문학의 연구』 44, 2011. 6.
조수웅, 「한설야 현실주의 소설의 변모 양상 연구」, 조선대 박사논문, 1998.
惠谷 治, 「김일성정권 내가 만들었다」, 『극동문제』 14-5, 1992. 5.
Lankov, Andrei N., 「1945~1948년의 북한」, 『한국과 국제정치』 10-1, 1994. 봄·여름호.

3. 단행본

김국후, 『비록 평양의 소련군정』, 한울, 2008.
김윤식, 『한국 현대 현실주의 소설 연구』, 문학과지성사, 1990.
김일성, 『세기와 더불어(8)』(계승본), 평양: 조선로동당출판사, 1998.
김하명(외), 『전진하는 조선 문학』, 평양: 조선작가동맹출판사, 1960.
남북문학예술연구회, 『해방기 북한문학예술의 형성과 전개』, 역락, 2012.
남원진(편), 『북조선 문학론』, 도서출판 경진, 2011.
남원진, 『이야기의 힘과 근대 미달의 양식』, 도서출판 경진, 2011.

박종원·류만, 『조선문학개관(2)』, 평양: 사회과학출판사, 1986.
방현석, 『랍스터를 먹는 시간』, 창비, 2003.
사회과학원 문학연구소, 『조선문학사(1945~1958)』, 평양: 과학, 백과사전출판사, 1978.
신형기·오성호, 『북한문학사』, 평민사, 2000.
안함광(외), 『문학의 전진』, 평양: 문화전선사, 1950.
안함광(외), 『해방후 10년간의 조선 문학』, 평양: 조선작가동맹출판사, 1955.
오영진, 『소군정하의 북한』, 국토통일원조사연구실, 1983.
오영진, 『하나의 증언』, 국민사상지도원, 1952.
오정애·리용서, 『조선문학사(10)』, 평양: 사회과학출판사, 1994.
윤세평(외), 『해방후 우리 문학』, 평양: 조선작가동맹출판사, 1958.
윤세평(외), 『현대 작가론(2)』, 평양: 조선작가동맹출판사, 1960.
이종석, 『(새로 쓴) 현대북한의 이해』, 역사비평사, 2000.
정상진, 『아무르 만에서 부르는 백조의 노래』, 지식산업사, 2005.
조선민주주의 인민공화국 과학원 언어문학연구소 문학연구실, 『조선 문학 통사(하)』, 평양: 과학원출판사, 1959.
조수웅, 『한설야 소설의 변모 양상』, 국학자료원, 1999.
중앙일보 특별취재반, 『비록·조선민주주의인민공화국』, 중앙일보사, 1992.
한설야, 『영웅 김일성장군』, 신생사, 1947.
한재덕, 『김일성을 고발한다』, 내외문화사, 1965.
한재덕, 『김일성장군개선기』, 평양: 민주조선출판사, 1947.
한중모, 『한 설야의 창작 연구』, 평양: 조선작가동맹출판사, 1959.
Lankov, Andrei N., 『(소련의 자료로 본) 북한 현대정치사』, 김광린 역, 오름, 1999(재판).

김일성의 항일무장투쟁, 한설야의 「혈로」론

1. 한설야의 문제작 「혈로」 재론

북조선 평자들은 '김일성의 항일무장투쟁을 형상화한 작품'으로 말해졌던 한설야의 단편소설 「혈로」를 어떻게 평가했을까?

> 氏의 「血路」는 金將軍의 解放前事蹟의 一斷面에 取材한 作品이다. (…중략…) 「血路」는 우리에게 天才的 軍事戰略家로서의 金將軍의 卓越한 모습과 그計劃의 政治的意義에 對한 藝術的感銘을 傳達한다. (…중략…) 金將軍의 咸鏡北道 六都市侵攻計劃의 構想科程을 主軸으로 그리어진 「血路」는 金將軍의 巨大한 政治的振幅의 體現과 아울러 天才的 軍事戰略家的 面貌를 또한 보여줄뿐만이아니라 活潑하면서도 緻密하며 力學的이면서도 緻細한 金將軍의 가지가지의 性格的特性과 金將軍에 對한 全隊員 및 人民들의 鐵石같은 信賴의 世界를 傳達하기도한다.[1]

---

1) 安含光, 「八·一五解放以後小說文學의發展過程」, 安含光(외), 『文學의前進』, 평양: 문화전선사, 1950, 24~25쪽.

一九四八년에 쓴 「혈로」에서 한 설야는 항일 유격대의 영용한 투쟁을 묘사하면서 당시의 김 일성 원수를 탁월한 전략가로서 뿐만 아니라 위대한 창조자로서 형상하였다. (…중략…) 한 설야는 항일 빨찌산 투쟁 시기의 김 일성 원수의 깊이 사색적이며 창조적인 모습을 형상함으로써, 그리고 그의 구상과 천재적인 전략을 보여줌으로써 그를 오늘의 민주 건설 투쟁과 결부시키고 있다.2)

한 설야는 단편소설 ≪혈로≫(1946년)에서 항일 유격 투쟁 행정에서의 그의 단면을 취재하여 김 일성 원수의 비범한 전략가적 수완과 그의 넓고 깊은 정신 세계를 보여 주었다. (…중략…) 작품은 김 일성 원수의 함경북도 6 도시 진공 계획의 수립 과정을 외면적인 발랄성과 내면적인 심오성으로써 보여 주면서 동시에 활달하고 섬세한 김 일성 원수의 가지가지의 성격적 특징과 대원들과 인민들 간의 혈연적인 련계를 반영하고 있다.3)

북조선 문학에 대한 본격적인 창작평에 해당하는 「북조선창작계의 동향」(1947)에서 한설야의 「모자」와 「탄갱촌」에 대해서 평하면서도,4) 북조선 문학운동에 대해 다룬 「북조선민주문학운동의 발전과정과 전망」(1947)에서 한설야의 「탄갱촌」에 대해서 언급하지만,5) 안함광은 두 평문에서 한설야의 「혈로」에 대해서 언급하거나 평가하지 않았다. 그러나 안함광은 해방 이후 북조선 소설을 평한 「8·15해방이후 소설문학의 발전과정」(1950)에서 한설야의 「개선」과 「혈로」를 분석하면서, 「혈로」에 대해서 '천재적 군사전략가로서의 김 장군의 탁월한 모습과 그 계획의 정치적 의의에 대한 예술적 감명을 전달'한 작품으로 평가했으

2) 한효, 「우리 문학의 一〇년(一)」, 『조선문학』, 1955. 6, 163~164쪽; 한효, 「민주 건설 시기의 조선 문학」, 안함광(외), 『해방후 10년간의 조선 문학』, 평양: 조선작가동맹출판사, 1955, 108~110쪽.
3) 조선민주주의 인민공화국 과학원 언어문학연구소 문학연구실, 『조선 문학 통사(하)』, 평양: 과학원출판사, 1959, 184~185쪽.
4) 安含光, 「北朝鮮創作界의動向」, 『문화전선』 3, 1947. 2, 21~26쪽.
5) 安含光, 「北朝鮮民主文學運動의發展過程과展望」, 『조선문학』 1, 1947. 9, 275쪽.

며, 「김일성 원수와 조선 문학의 발전」(1953)에서도 한설야의 오체르크 「영웅 김일성」, 「인간 김일성」과 함께 단편소설 「개선」, 「혈로」를 언급하면서, 「혈로」에 대해서 '천재적 군사 전략가로서의 김일성의 탁월한 모습과 그 계획의 비상한 정치적 의의를 묘사'한 작품으로 평가했다.[6]

이런 안함광의 지적 이후 여러 평자들은 한설야의 단편소설 「혈로」를 논했다. 한효는 「우리 문학의 10년」(1955)에서 한설야의 「인간 김일성」과 「개선」, 「혈로」를 다루면서, 「혈로」에 대해 '항일 유격대의 투쟁을 묘사하면서 김일성을 탁월한 전략가로서 뿐만 아니라 위대한 창조자로서 형상'한 작품으로 평했다. 또한 엄호석도 「해방 후의 산문 발전의 길」(1958)에서 한설야의 『력사』와 「개선」, 「혈로」를 언급하면서, 「혈로」에 대해서 '예술 창조를 방불케 하는 주밀하고 생동한 전략전술의 구상에 몰두하는 위대한 혁명가의 면영(面影)을 묘사'[7]한 작품으로 평가했다. 특히 안함광이나 한효, 엄호석 등의 여러 평가[8]에서는 김일성의 전략가적 측면을 한층 강조하는 한편 인간적인 측면도 부각시켰다.

조선민주주의 인민공화국 과학원 언어문학연구소 문학연구실에서 발간한 『조선 문학 통사』(1959)는 '마르크스 레닌주의적 방법'으로 '문예학자 집단이 문학사를 집체적으로 서술한 첫 시도'[9]에 해당되었다. 이런 『조선 문학 통사』는 유일사상체제가 구축된 후 서술된 『조선문학사』처럼 김일성을 형상화한 작품들을 전면에 내세우지 않고, '평화적 민주 건설 시기' 민주개혁 중에 토지개혁을 다룬 리기영

---

6) 안함광, 「김일성 원수와 조선 문학의 발전(四)」, 『문학예술』 6-7, 1953. 7, 118쪽.

7) 엄호석, 「해방 후의 산문 발전의 길」, 윤세평(외), 『해방후 우리 문학』, 평양: 조선작가동맹출판사, 1958, 93쪽.

8) 한중모, 『한 설야의 창작 연구』, 평양: 조선작가동맹출판사, 1959, 267쪽; 윤세평, 「한 설야와 그의 문학」, 윤세평(외), 『현대 작가론(2)』, 평양: 조선작가동맹출판사, 1960, 62쪽; 강능수, 「혁명 전통과 우리 문학」, 김하명(외), 『전진하는 조선 문학』, 평양: 조선작가동맹출판사, 1960, 89쪽.

9) 조선민주주의 인민공화국 과학원 언어문학연구소 문학연구실, 「머리'말」, 『조선 문학 통사(상)』, 평양: 과학원출판사, 1959.

의 「개벽」과 『땅』을 먼저 서술한 후, 후반부에 김일성의 활동을 형상화한 작품으로 한설야의 「혈로」와 「개선」을 기술했다. 여기서도 한설야의 단편소설 「혈로」는 '항일유격투쟁 행정에서의 김일성의 단면을 취재하여 김일성의 비범한 전략가적 수완과 넓고 깊은 정신세계'를 보여준 작품으로 평가했다.

그러나 1962년 한설야의 숙청과 함께 그의 작품들은 사라졌는데, 유일사상체계가 성립된 후에 발간된 사회과학원 문학연구소에서 집필한 『문학예술사전』(1972)이나 『조선문학사(1945~1958)』(1978), 김일성종합대학 부교수 리동원이 집필한 『조선문학사(3)』(1982)에서는 한설야의 모든 작품이 삭제되었다. 이와 같이 『조선 문학 통사(하)』(1959)에서 한설야의 무수한 작품들이 거론되었던 것이 한동안 사라졌다가, 『조선문학개관(2)』(1986)에 와서야 한설야의 「개선」과 「승냥이」가 언급되었으며, 『조선문학사(10)·(11)』(1994)에서는 「개선」과 「승냥이」가 재언급되며 『력사』와 『대동강』이 재발견되었다. 그러나 한설야의 여러 작품의 재발견은 한설야나 한설야 문학의 복권이 아니라 김일성을 중심으로 한 체제 결속이나 체제 우월성을 강화하기 위한 현실적 이유에서 한설야의 몇 작품만을 재평가한 것이었다.[10] 그러나 여기에서도 한설야의 「혈로」는 언급이나 재평가되지 않았다. 아마도 이는 유일사상체계가 구축된 후 김일성의 '공식적인' 항일무장투쟁사를 재구성한 '총서 ≪불멸의 력사≫'[11]가 출판되고 있는 시점에서, 역사 해석의 여러 문제를 안고 있는 한설야의 「혈로」를 재평가할 필요는 없었을 것으로 추측된다.

남한에서는 한설야의 단편소설 「혈로」를 한때 '수령 소설의 전형이자 북한 소설 창작의 기본 노선을 제시한 대표적 작품'[12]으로 평

10) 남원진, 「북조선의 정전, 한설야의 「승냥이」 재론」, 『상허학보』 34, 2012. 2, 246~247쪽.
11) 남원진, 「'혁명적 대작'의 이상과 '총서'의 근대소설적 문법」, 『현대소설연구』 40, 2009. 4, 190~196쪽.
12) 김승환, 「해방직후 북조선노동당의 문예정책과 초기 김일성주의 문학운동」, 『개신어문연구』 8, 1991. 8, 258쪽; 문영희, 『한설야 문학 연구』, 시와시학사, 1996, 215쪽.

가했는데, 이런 「혈로」에 대한 연구의 대표적 성과물은 어떤 것이었을까?

> 국경지대를 누비며 왜적과 싸우는 김일성유격대의 신출귀몰하는 모습을 그린 이 단편에서 주목되는 것은 보천보진격(1937) 한해를 앞둔 1936년을 보여주고 있다는 점이다. 김장군이 보천보진격을 구상하고 있는 장면을 개울에서 낚시하며 명상하는 것으로 처리하면서 작가는 김장군, 유격대의 성격을 「당시 국제공산주의노선인 〈인민전선〉 운동의 조선에서의 실천」(위책 29쪽)이라 규정한다. 이 지적은 김일성주체사상의 시각에서 보면 정면으로 위배되는 것이거니와 주체사상의 구축이 1955년 이후라는 사실을 염두에 둔다면 작가 한설야의 이러한 역사안목은 확실할 뿐 아니라, 당시의 감각을 새삼 말해주는 것이라 할 것이다.[13]

> 단편 「혈로」(1946. 1)는 1936년 무렵 김일성 부대가 향후 본격적인 국내진공을 준비하면서 압록강 부근에서 행군하는 장면을 그리고 있는데, 눈길을 끄는 것은 애국심을 통한 민족문제의 강조이다. (…중략…) 당시 북한 내에서 만주에서 이루어졌던 항일운동이 그렇게 널리 알려져 있지 못하였다. (…중략…) 그런 점에서 이들이 만주의 그 어려운 환경 속에서 어떻게 싸울 수 있었는가를 보여준다는 것은, 당시로서는 매우 의미있는 일이었고 바로 작가 한설야는 이 일을 「혈로」를 통해서 했던 것이다. (…중략…) 억압된 역사의 복원을 위해 이 시기에 그가 행한 일 중에 특이한 것은, 만주답사와 이에 기초하여 김일성의 전적지 답사기를 썼다는 점이다.[14]

---

13) 김윤식, 「북한문학의 세가지 직접성: 한설야의 「혈로」 「모자」 「승냥이」 분석」, 『예술과 비평』 6-3, 1990. 가을호, 186쪽; 김윤식, 「1946~1960년대 북한문학의 세 가지 직접성: 한설야의 「혈로」 「모자」 「승냥이」 분석」, 『한국 현대 현실주의 소설 연구』, 문학과지성사, 1990, 274쪽.

14) 김재용, 「냉전시대 한설야 문학의 민족의식과 비타협성」, 『역사비평』 47, 1999. 여름호, 230~231쪽; 김재용, 「냉전적 분단구조하 한설야 문학의 민족의식과 비타협성」, 『분단구조와 북한문학』, 소명출판, 2000, 100~101쪽.

김일성이 1936년 '조국광복회'를 결성하고 동만주 일대로 이동해 국내의 혜산 등과 연계를 맺고 있었다는 사실, 이 일련의 행위들은 모두 공산당의 국제노선인 인민전선운동의 조선적 실천이었다는 게 한설야의 생각이다. (…중략…) 작품에서 김일성의 영웅적 행적에 대한 과도한 의미 부여와 찬사는 서사의 진실성을 의심케 하지만, 한편으로 그 일련의 행적들이 역사적 사실에 근거한 것이라는 점에서 전혀 터무니없다고는 볼 수 없다.[15)]

김윤식이 한설야의 「혈로」를 분석한 이후 김재용, 강진호 등의 여러 의미 있는 논문들이 발표되었다. 김윤식은 김일성의 유격대의 성격을 국제 공산주의 노선인 인민전선 운동의 조선에서의 실천이라는 점을 들어, 한설야가 지닌 역사안목의 확실함을 지적했다. 또한 김재용은 항일운동의 형상화를 통한 억압된 역사의 복원이라는 점에 의미를 부여했으며, 강진호도 역사적 사실에 근거하여 공산당의 국제노선인 인민전선운동의 조선적 실천을 강조했다. 이런 의미 있는 지적에도 불구하고, 김윤식의 평론이나 김재용, 강진호 등의 논문은 몇 가지 문제점을 갖고 있다. 먼저 한설야의 단편소설 「혈로」를 평가한 판본이 1946년 판본 「혈로」가 아니라 1960년 판본 「혈로」라는 점이다.[16)] 왜냐하면 현재 확인할 수 있는 판본이 1946년 판본,

15) 강진호, 「해방 후 한설야 소설과 김일성의 형상」, 『민족문학사연구』 25, 2004. 7, 283~284쪽; 강진호, 『그들의 문학과 생애 한설야』, 한길사, 2008, 138~140쪽.

16) 김승환의 논문에서는 "『한설야 선집』의 「혈로」는 처음 발표한 작품과 상당한 차이가 있다"(김승환, 앞의 글, 259쪽)고 지적하면서 첫 부분이 개작된 것과 부기가 삭제된 것을 간략하게 소개하고 있다. 그리고 김재용의 논문에서는 어떤 판본을 참조했는지를 확인할 수 있는 인용은 없지만, 『한 설야 선집(8)』(1960)에 수록된 「레닌의 초상」의 한 부분을 인용하거나 창작 연대를 '1946년 1월'이라는 부분을 볼 때, 1960년 9월 판본 「혈로」를 대상으로 한 것임을 짐작할 수 있다. 특히 『우리의 태양』(1946)이나 『단편집(탄갱촌)』(1948), 『항일 전구』(1959), 『수령을 따라 배우자』(1960)에 수록된 「혈로」에는 창작 연대가 없지만, 『한 설야 선집(8)』(1960)에 수록된 「혈로」에는 창작 연대가 명기되어 있다.
그런데 여기서 『한 설야 선집(8)』(1960)에 명기된 '1946년 1월'이라는 창작 연대도 다소 의심스러운데, 왜냐하면 김일성을 처음 만난 것이 '1946년 2월 8일 북조선임시인민위원회 결성 당일'이라고 한설야가 말하고 있기 때문이다. 만약 김일성을 만나기 전에 창작한 것이라면 「혈로」에서 보여주는 항일무장투쟁이나 김일성의 내면을 형상화하기

1948년 판본, 1959년 판본, 1960년 판본인데, 가장 많이 개작된 판본인 1960년 판본을 대상으로 하고 있기 때문이다.[17] 또한 김윤식의 지적 이후 다른 연구자들도 한설야의 역사 안목의 탁월함을 그대로 승인하는 입장에서 논의를 진행하면서 한설야의 「혈로」를 분석했다. 그러나 이런 평가는 당대 북조선 지식인의 인식을 두루 검토하지 않은 평가이기에 문제이다. 즉, 이런 한설야의 인식은 북조선의 전반적인 인식이지 한설야만의 특별한 인식은 아니기 때문에 그러하다. 따라서 필자는 이 글에서 한설야의 단편소설 「혈로」를 분석하는 한편 김일성의 항일무장투쟁에 대한 당대 북조선 지식인들의 인식을 중심으로 논의를 진행하고자 한다.

2. 한설야의 「혈로」 분석과 역사 인식

한설야의 「혈로」는 어떤 작품인가? 1946년 판본 「혈로」는 김일성의 '함경북도 6도시 진공계획'을 수립하는 과정을 다룬 단편소설이다. '1937년 여름'에 압록강에 다다른 '김일성 장군 부대'는 압록강을 바라보면서 조국에 대한 기억을 떠올린다. 김 장군도 이 강을 바라보며 여러 추억을 떠올리데, 압록강가 팔도구(八道溝)에서 보낸 소학 시절 동무들과 함께 '왜놈 수비대 잡는 놀이'를 하던 기억을 떠올리며, 또한 '굳세게 바른 길로 인도해 주고 큰 일에 생각을 걸라'고 가

는 쉽지 않을 것으로 판단되기 때문에 그러하다. 설령 '1946년 1월 초순에 북조선임시인민위원회 결성을 위한 회의에 참가하기 위하여 함남도 대표'로 평양에 와서 「혈로」 초안 정도를 작성할 수 있었더라도, 「혈로」의 구체적 창작으로 나아간 것은 1946년 2월 이후 김일성을 여러 번 만나서 항일무장투쟁에 대한 담화를 듣고 난 이후로 보는 것이 더 타당해 보인다(韓雪野, 「金日成將軍印象記(一)」, 『정로』 84, 1946. 5. 1; 한설야, 「김일성 장군 인상기」, 『수령을 따라 배우자』, 평양: 민청출판사, 1960, 154쪽; 한설야, 「수령을 처음 뵙던 날」, 『수령을 따라 배우자』, 170~177쪽).

17) 필자는 「한설야의 문제작 「혈로」의 개작 양상 연구」에서 「혈로」의 개작 문제를 상세하게 다루었는데, 이 논문의 후속편에 해당하는 「한설야의 「혈로」와 김일성의 항일무장투쟁에 대한 연구」는 김일성의 항일무장투쟁에 초점을 맞춘 논문이다.

르치시던 아버지의 깊은 사랑을 추억한다. 김 장군은 압록강 강반에서 좋아하는 낚시질을 하는데, 낚시질을 하면서 '함경도의 주요 도시를 진공할 계획'(함경북도 6도시 진공 계획)을 세운다. 김 장군의 작전 구상이 마무리된 후, 작가는 '김 장군의 부대'의 행군을 '암흑 속에서 싹트는 한 개의 거룩한 광경'이라고 끝맺고 있다. 이것이 「혈로」의 전체적인 내용이다. 한설야의 「혈로」의 전반부('1' 부분)에서는 압록강에 얽힌 추억과 관련 것을 서술하며, 중·후반부('2~5' 부분)에서는 대부분 낚시질을 통해서 새로운 전투를 구상하는 과정으로 채워져 있다. 여기서 한설야의 「혈로」는 구체적인 항일무장투쟁 과정을 묘사한 것이 아니라 김 장군의 작전 구상이 탄생하는 과정을 집중적으로 형상화하고 있다.

그런데 한설야의 단편소설 「혈로」는 1946년 판본, 1948년 판본, 1959년 판본, 1960년 판본 등의 여러 판본이 있다.

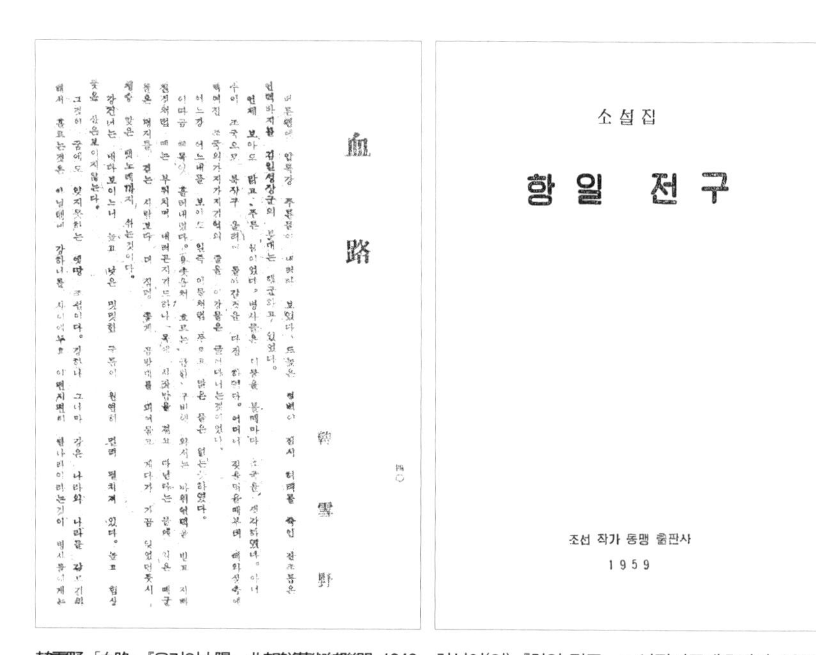
血路

韓雪野

소설집

항일 전구

조선 작가 동맹 출판사

1959

韓雪野, 「血路」, 『우리의太陽』, 北朝鮮藝術總聯盟, 1946.　한설야(외), 『항일 전구』, 조선작가동맹출판사, 1959.

<표 1> 한설야의 「혈로」 판본

작가	작품명	발행지역	발표지(출판사)	발행년도	기타
韓雪野	「血路」	평양	韓載德(외), 『우리의太陽』, 北朝鮮藝術總聯盟	1946. 8. 15.	
韓雪野	「血路」	평양	『短篇集(炭坑村)』, 朝蘇文化協會中央本部	1948. 8. 18.	
한설야	「혈로(血路)」	평양	한설야(외), 『항일 전구』, 조선작가동맹출판사	1959. 11. 10.	
한설야	「혈로(血路)」	평양	『수령을 따라 배우자』, 민청출판사	1960. 5. 25.	
한설야	「혈로(血路)」	평양	『한 설야 선집(8)』, 조선작가동맹출판사	1960. 9. 20.	
한설야	「혈로血路」	서울	서경석(편), 『과도기』, 문학과지성사	2011. 7. 29.	1960년 9월 판본

1946년 판본 「혈로」와 1948년 판본 「혈로」를 동일한 판본으로 볼 수 있다면 1959년 판본 「혈로」와 1960년 판본 「혈로」도 동일한 판본에 해당한다. 단지 이들 판본은 띄어쓰기를 하고 문단을 고치고 어휘나 문장을 수정하거나 문장을 삭제하고 문장이 추가되어 있을 뿐이다. 그러나 1946년 판본·1948년 판본 「혈로」와 1959년 판본·1960년 판본 「혈로」의 전체 내용은 큰 차이가 없는 듯하지만, 전면 개작한 것처럼 세부적인 내용은 많은 부분이 다르다. 사실 40년대 두 판본에 비해 50·60년대 두 판본은 분량이 엄청나게 늘어나면서 세부 사항들이 더욱 정교화되어 있다. 또한 1946년 판본·1948년 판본 「혈로」는 '1~5'(부기 포함)로 나누어져 있지만 1959년 판본·1960년 판본 「혈로」는 '1~8'로 확장되어 있다. 특히 1946년 판본·1948년 판본 「혈로」에 비해 1959년 판본·1960년 판본 「혈로」에서는 여러 부분이 개작되어 정확하게 구분을 할 수는 없지만, 대체적으로 '2'와 '3의 전반부'가 추가되어 있고 '부기'가 삭제되어 있다.

① 1946년 8월 판본 단편소설 「혈로」

밤낮 엿새를 눈에 모닥불이 나도록 이어댄 피비린 쌈은 이제 잠시 물러갔다. (…중략…) 하나 김장군이 압록강가 깊은 골자기에 까마귀잔치를 베푸러줄때 까마귀만 수가 나는것이아니라 병사들도 그좋다는 장총이니 싸창이니 또 어떤때는 기관총이니 박격포니하는따위까지 생겼다. (…중략…) 때는 마침 여름철이라 미상불 덥기도하였다.[18]

② 1960년 9월 판본 단편소설 「혈로」

밤낮 엿새 동안 싸움을 이어 댔다. (…중략…) 장군은 이 때 주장 국경 가까운 지대를 이동하고 있었다. 왜군들도 이 지대에 보다 많이 포치되여 있었다. (…중략…) 먼저 적정을 세밀히 잡아 쥐여야 하였다. 그래서 일변으로 정찰 활동이 계속되였다. 인민들이 이 활동을 도와 주었던 것은 두말할 것이 없다. 뿐 아니라 계속 식량을 보내고 피복을 보냈다. (…중략…) 장군은 혁명군이 인민의 사랑 속에 살며 싸우고 있는 것을 다시 한 번 확인하면서 새 전투를 구상하였다. / 먼저 공격 지점을 결정하였다. (…중략…) 작전은 어느덧 장군의 머리 속에 창작되였다. 그래 그 때 벌써 머리 속에서 전투는 이기고 있었고 이것이 실천에서의 승리의 기초가 되였다. 그렇게 해서 전투는 시작되였다. (…중략…) 첫전투는 구상 대로 전격전이였다. (…중략…) 부근에서 응원 부대도 출동되였다. (…중략…) 이미 별도로 매복시켜 두었던 부대가 기다리고 있다가 이를 급습했다. 그리고는 이내 대오를 수습해 가지고 밀림 지대를 향하여 이동하였다. (…중략…) 행군은 계속되였다. (…중략…) 그러나 장군이 본 지세에 틀림이 없었다. 그것은 이남박 같은 함지였다. 거기서 왜군은 별안간 좌우로부터 맹렬한 협격을 받았다. 왜군은 그 때 벌써 몹시 지쳐 있었다. 배도 고팠다. 하긴 그 날 유격대가 최대 마력을 내여 나는듯 행군했기 때문에 따라 오는 왜군의 오금에서 불이 날 지경이였다. 그리고 점심도 먹을 사이 없었다. 까딱하면

18) 韓雪野, 「血路」, 韓載德(외), 『우리의太陽』, 평양: 북조선예술총련맹, 1946, 41~42쪽.

다 잡은 공산군을 놓친다고 생각했던 것이다. 그러나 구경 불을 맞은 것은 이리떼들이였다. / 왜군은 전멸되었다. 왜군은 엿새 동안 죽을 악을 써 가며 무기와 탄환을 지여 나른 끝에 까마귀 밥이 되고 말았다. (…중략…) 때도 마침 삼복이라 미상불 덥기도 하였다.[19]

여기서 1959년 판본·1960년 판본 「혈로」의 '2'와 '3의 전반부'에서는 1946년 판본·1948년 판본 「혈로」에 있던 까마귀를 바라보며 '동무들 중에 누가 제일 겁이 많나 그 동무 저 까마귀고기 좀 먹어보지'라는 김 장군의 웃긴 말이나 '중국 사람들은 까마귀 고기를 먹으면 사람의 간이 커진다'는 등의 까마귀와 관련된 서술 부분은 삭제되거나 줄어든다. 그 대신에 1959년 판본·1960년 판본 「혈로」의 '2'와 '3의 전반부'에서는 1946년 판본·1948년 판본 「혈로」에 없던 여러 부분이 추가되는데, 그 중에서 유격대와 인민과의 관계를 제시하는 한편 김 장군이 지휘하는 유격대의 전투 과정을 상세하게 기술한다. 특히 '혁명군이 인민의 사랑 속에서 살며 싸우고 있다는 것'을 제시하며,[20] 또한 김 장군의 주도면밀한 작전 계획과 상세한 전투 과정을 설명한다. 즉, 1946년 판본·1948년 판본 「혈로」에 없던 '인민 혁명군 부대'와 인민과의 밀착된 관계를 제시하는 한편, 구체적인 전투 과정이 없던 이전 판본에 비해 구체적인 전투 정형을 제시하면서 김 장군의 군사전략가적 측면을 한층 강화한다.

---

19) 한설야, 「혈로(血路)」, 『한 설야 선집(8)』, 평양: 조선작가동맹출판사, 1960, 5~12쪽.

20) 한설야는 「영웅 김 일성 장군」에서도 '김 장군의 유격대가 항상 인민 속에 뿌리를 박고 있었다'는 사실을 강조한다. "김 장군 유격대는 항상 광범한 인민 대중 속에 뿌리를 박을 수 있었다. (…중략…) 그 어느 곳에도 인민들과의 련계를 잃지 않은 점에서 유격대는 언제 어디서도 결코 고립되지 않았다. 이것이 유격대에 있어서 가장 유리한 점이였다. 즉 원쑤들이 도저히 가져낼 수 없는 조건이였다. 마치 바다에 고기들이 살며 맘대로 유영할 수 있는 것처럼 유격대는 어디서도 인민 속에 있었기 때문에 생활도 전투도 마를 줄을 모르는 원천 속에 뿌리 박을 수 있었다. (…중략…) 우리는 김 일성 장군 유격대가 큰 전투를 앞두고 농민들의 농사 한창 때 그들 속에 들어 가서 그 일을 도와 줌으로써 그들과의 련계를 더욱 굳게 한 다음 전투로 넘어간 사실과 그리하여 인민의 결사적인 련락과 원호 하에 승리한 실화를 얼마든지 알고 있다."(한설야, 「영웅 김 일성 장군」, 『수령을 따라 배우자』, 88~89쪽)

한설야의 1946년 판본·1948년 판본 「혈로」의 배경은 조국광복회를 조직한 후 '밤낮 엿새 동안 이어진 피비린 싸움'이 잠시 물러간 후 '여름철'이다. 여기서 '피비린 싸움'은 어떤 전투일까? 1946년 판본·1948년 판본 「혈로」에서는 구체적인 설명이 없다. 단지 조국광복회가 결성된 '1935년 겨울' 이후 '여름철'이라고 기술한 본문과 '1938년 봄에 혜산읍을 백주에 습격하였고'라고 적힌 '부기'의 내용을 참조한다면 '1936년 여름이나 1937년 여름'으로 추정된다. 또한 '피비린 싸움' 이후 '함경북도 6도시 진공 계획'이 구상되고 '1938년 봄'에 '혜산읍을 습격'했기에, 1935년 겨울에서 1938년 봄 사이이기 때문에 '1936년 여름이나 1937년 여름'으로 추정되는데, 한설야가 집필한 『영웅 김일성장군』(1947)을 참조한다면 '피비린 싸움'이 '1937년'이기 때문에 '1937년 여름'이 된다. 여기서 '피비린 싸움'은 한설야의 『영웅 김일성장군』(1947)에서 설명한 '무송(撫松) 전투'와 '임강(臨江) 전투'이다. 한설야는 '1937년이 되자 다시 무송현성(撫松縣城) 진공을 개시'했고, '이 약세를 이용하여 김 장군의 부대는 곧 임강현(臨江縣)으로 진공하여 역시 무난히 적을 전멸시키고 많은 전리품을 획득'했다고 적고 있다. 이 두 전투에서 '기세를 올린 김 장군은 조국광복회를 확대강화하는 정치공작으로 나아갔'으며, '국내로 밀고 들어갈 흉산(胸算)'을 가지고 있었는데, 이를 위해서 김 장군은 '위대한 구도를 혼자 머릿속에 그리고 있었다'. 이런 한설야의 『영웅 김일성장군』의 설명은 '피비린 싸움' 이후 '국내 각지의 조국광복회를 확대 강화하여 주요 도시를 점령하는 큰 계획'을 서술한 1946년 판본·1948년 판본 「혈로」의 내용과 일치한다.[21] 또한 '주요 도시를 점령하는 큰 계획'은 '함경북도 6도시 진공 계획'이며, '혜산읍 습격'은 '혜산 싸움'이다. 한설야의 『영웅 김일성장군』의 '국내 진공'과 함께 '막대한 군자금'이 필요하기에 '우선 그 재원으로 무산 광산을 점령하는 기도'

21) 韓雪野, 『英雄 金日成將軍』, 신생사, 1947, 41~42쪽.

를 했다는 설명은 '싸움을 계속하자면 막대한 자금을 필요로 할 것이므로 우선 함경도의 중요한 광산을 점령'해야 한다는 1946년 판본·1948년 판본 「혈로」의 부분과 일치한다. 또한 국내 진공 계획은 '의외의 곳에서 차질이 생'겼지만 '보전, 혜산 사건 등의 대담무쌍한 싸움'을 벌렸는데, 이것은 국내 진공 계획이라는 김 장군의 '웅도(雄圖)의 일부'에 해당한다. 이런 『영웅 김일성장군』(1947)의 설명은 '국내에 파견된 한 사람이 무산광에 들어와서 정세를 조사하다가 체포되어 사전에 계획이 탄로되고 말았'으나 '장군은 그 계획을 바꾸어 함남으로 지대를 돌려 1938년 봄에 혜산읍을 백주에 습격'했다는 1946년 판본·1948년 판본 「혈로」의 '부기'의 내용과도 일치한다.[22)]

따라서 1946년 판본·1948년 판본 「혈로」의 역사적인 내용은 '1935년 겨울'에 '조국광복회'를 조직했고, '1937년'에 있었던 '무송현성(撫松縣城) 전투'와 '임강현(臨江縣) 전투'를 치른 이후 '1937년 여름'에 압록강에서 낚시를 하면서 '함경북도 6도시 진공 계획'을 세우고, 함경북도 진공 계획이 일본군에게 사전에 발각되어 계획을 변경하여 '1938년 봄'에 함경남도의 '혜산읍을 습격했다'는 것이다.

> 이번에도 장군은 <u>백주를 리용</u>해서 일거에 <u>「황니허즈」</u>의 일만군과 그들의 대장놈을 처단해 버리자는 것이었다. (…중략…) 그리고 나서 장군은 이제 올 <u>「황니허즈」 전투</u>에 대하여 생각하였다. 특히 전투력이 약한 지방 유격대와의 협동 작전에서 제기되는 새로운 문제들에 대하여 여러 가지로 생각하였다.[23)]

> 이번에도 장군은 <u>백주를 리용</u>해서 일거에 <u>「시난차」</u>의 일, 만군과 그들의 대장놈을 처단해 버리자는 것이였다. (…중략…) 그리고 나서 장군은 이제 올 <u>「시난차」 전투</u>에 대하여 생각하였다. 특히 전투력이 약한 지방

22) 위의 책, 49~50쪽.
23) 한설야, 「력사(3)」, 『문학예술』 6-6, 1953. 6, 38~43쪽.

유격대와의 협동 작전에서 제기되는 새로운 문제들에 대하여 여러가지 로 생각하였다.[24]

이번에도 장군은 백주를 리용해서 일거에 『시난차』의 일, 만군과 그들의 대장놈을 처단해 버리자는 것이였다. (…중략…) 그리고 나서 장군은 이제 올 『시난차』 전투에 대하여 생각하였다. 특히 전투력이 약한 지방 유격대와의 협동 작전에서 제기되는 새로운 문제들에 대하여 여러가지 로 생각하였다.[25]

이번에도 장군은 백주를 리용해서 일거에 <시난차>의 일, 만군과 그들의 대장놈을 처단해 버리자는 것이였다. (…중략…) 그리고 나서 장군은 이제 올 <시난차> 전투에 대하여 생각하였다. 특히 전투력이 약한 지방 유격대와의 협동 작전에서 제기되는 새로운 문제들에 대하여 여러가지 로 생각하였다.[26]

이번에도 장군은 백주를 리용해서 일거에 『시난차』의 일, 만군과 그들의 대장놈을 처단해 버리자는 것이였다. (…중략…) 그리고 나서 장군은 이제 올 『시난차』 전투에 대하여 생각하였다. 특히 전투력이 약한 지방 유격대와의 협동 작전에서 제기되는 새로운 문제들에 대하여 여러가지 로 생각하였다.[27]

그런데 이런 1946년 판본·1948년 판본 「혈로」의 역사적인 내용은 여러 가지 문제를 갖고 있다. 조국광복회를 '1935년 겨울'에 조직했다고 했는데 실상은 '1936년 봄'이며, '무송현성 전투'나 '임강현 전투'를

24) 한설야, 『력사』, 평양: 조선작가동맹출판사, 1954, 230~238쪽.
25) 한설야, 『력사』, 평양: 조선작가동맹출판사, 1956, 259~268쪽.
26) 한설야, 『력사』, 평양: 조선작가동맹출판사, 1958(추정), 241~248쪽.
27) 한설야, 『력사』, 『한 설야 선집(9)』, 평양: 조선작가동맹출판사, 1961, 229~237쪽.

치른 해를 '1937년'이 아니라 '1936년'으로 수정해야 한다. 특히 '1938년 봄'에 '혜산읍을 습격했다'는 설명은 어떻게 보아야 할 것인가? 물론 '혜산 습격'을 '1937년 6월'에 있었던 '보천보 전투'를 지칭하는 것은 당연히 아니다. 왜냐하면 『영웅 김일성장군』(1947)에서 '보전(保田)싸움'과 '혜산(惠山)싸움'을 달리 설명하고 있기 때문이다. 여기서 '보전싸움'은 '보천보 전투'에 대한 설명이다. '혜산 싸움'은 '1938년 봄에 함남 혜산으로 백주에 진공'했다는 설명으로 보아 1946년 판본·1948년 판본 「혈로」의 '부기'에 나오는 설명과 동일하다. 그런데 김일성이 이끈 제6사는 1937년에 '보천보 전투'와 '간삼봉 전투' 등의 중요한 전투를 치르고 일제의 대토벌을 피해 1937년 겨울부터 1938년 봄까지 '몽강현 마당거우 밀영'에서 군정학습을 실시했다고 한다.[28] 이런 역사적 사실에 근거하자면, '1938년 봄'에 백주에 진공한 '혜산 싸움'을 추정하기는 쉽지 않다. 김일성이 이끈 부대가 '백주에 진공'한 전투는 1936년 6월에 행한 '시난차 전투'이다.[29] 한설야는 「혈로」 창작 이후 1946년 9월에 항일무장투쟁 전적지를 답사하고 김일성의 항일무장투쟁을 다룬 『력사』 창작을 준비했다고 하는데,[30] 『력사』(1953)에서도 김 장군이 지휘한 '시난차 전투'와 '황니허즈 전투'를 상세하게 다룬다. 위에서 보듯, 1953년 판본 『력사』에서의 '황니허즈 전투'는 '시난차 전투'에 해당하는데, 한설야는 이런 오류 때문에 1954년 이후 개작본 『력사』부터는 '황니허즈 전투'를 '시난차 전투'로 수정한다.[31] 따라서 '1938년 봄' 백주에 진공한 '혜산 싸움'은 구체적인 내용이 다소

28) 이종석, 「북한 지도집단과 항일무장투쟁」, 김남식·이종석(외), 『解放前後史의 認識(5)』, 한길사, 1989, 88~89쪽.

29) 조선민주주의 인민공화국 사회과학원 력사연구소, 『력사사전(2)』, 평양: 사회과학출판사, 1971(번각·발행: 학우서방, 1973), 162쪽.

30) 한설야, 「혁명 투사들의 진실한 성격 창조를 위하여: 인민상 계관 작품 장편 소설 ≪력사≫ 창작 경험」, 『문학신문』 283, 1960. 10. 18.

31) 한설야의 『력사』는 1953년 4~8월호 『문학예술』에 연재한 후 장편소설로 출판하면서 수정되었음을 다음과 같이 적고 있다. "독자들의 목소리에 허심하게 귀를 기울인 작자는 이번에 다시금 적지 않은 부분에 걸쳐 추고를 가했다."(「한 설야의 장편 소설 「력사」(신간소개)」, 『조선문학』, 1954. 12, 139쪽)

다르긴 하지만 '1936년 6월'에 '백주를 이용해서' 행한 '시난차 전투'로 추정된다.[32] 이런 차이는 '보천보 전투'나 '시난차 전투', '황니허즈 전투'가 뒤엉켜 만들어진 한설야의 착오일 것이다. 이런 착오 때문에 1959년 판본·1960년 판본 「혈로」에서는 1946년 판본·1948년 판본 「혈로」에 있던 '부기' 부분이 삭제된다.

한설야는 1946년 판본·1948년 판본 「혈로」와 달리 1959년 판본·1960년 판본 「혈로」에서는 '1936년 초'에 조국광복회를 조직한 것으로 수정하고, 시간적 배경도 '밤낮 엿새 동안 싸움'이 있은 후 '1936년 여름(삼복)'으로 설정한다. 1959년 판본·1960년 판본 「혈로」에서의 '삼복'은 정확하게 '함경도의 주요 지점들을 진공할 계획'을 세운 '1936년 여름'[33]이다. 여기서 많은 부분을 추가하고 상세하게 설명한 1959년 판본·1960년 판본 「혈로」의 '밤낮 엿새 동안 이어진 싸움'을 그린 장면은 공격하고 후퇴하여 적을 유도하고 다시 습격하여 승리한 후 퇴각한 1936년 8월 '무송현성 전투'와 유사하다.[34] 또한 그는 1946년 판본·1948년 판본 「혈로」에 있었던 '1938년 봄' 백주에 진공한 '혜산 싸움' 부분을 1959년 판본·1960년 판본 「혈로」에서는 삭제한다. 한설야가 이런 부분을 삭제하여 '보천보 전투'와 연결시키려는 의도는 아니었을까.[35] 그렇다면 작품은 1936년 여름에 함경도의 주요 지점들을 진공할 계획을 세우고 1937년 6월 '보천보 전투'를 치른 것으로도 추정이 가능하다. 그렇지만 '1937년 6월'에 보천보 전

---

32) 韓雪野, 『英雄 金日成將軍』, 49~52쪽; 리재림, 『김 일성 원수 령도하의 항일 무장 투쟁』, 평양: 아동도서출판사, 1958, 98쪽.

33) 한설야, 「혈로(血路)」, 한설야(외), 『항일 전구』, 평양: 조선작가동맹출판사, 1959, 38쪽; 한설야, 「혈로(血路)」, 『수령을 따라 배우자』, 284쪽; 한설야, 「혈로(血路)」, 『한 설야 선집(8)』, 29쪽.

34) 리재림, 앞의 책, 102~104쪽; 和田春樹, 『김일성과 만주항일전쟁』, 이종석 역, 창작과비평사, 1992, 148~149쪽.

35) 한설야는 1950년대 중반에 장편소설 『력사』의 속편격인 '보천보 진공'을 다룬 장편소설 『보천보』를 창작하려고 준비했으나 완성하지는 못했다(김명수, 「장편소설 「력사」에 대하여」, 『조선문학』, 1954. 4, 37쪽; 「조선 작가 동맹 출판사의 금년도 출판 계획에서」, 『조선문학』, 1955. 1, 196쪽; 한설야, 「나의 창작 계획 실천 정형에 대하여(독자·작가·편집부)」, 『조선문학』, 1955. 10, 189~190쪽).

투를 실행했는지는 1959년 판본·1960년 판본 「혈로」를 통해서는 확인할 수 없다.

<표 2> 1946(1948)년 판본 「혈로」와 1960(1959)년 판본 「혈로」의 비교

	1946(1948)년 판본 「혈로」	1960(1959)년 판본 「혈로」
시간적 배경	1937년 여름	1936년 여름
조국광복회 조직	1935년 겨울	1936년 초
피비린 전투	무송 전투, 임강 전투	무송현성 전투
진공 계획	함경북도 6도시 진공 계획	함경도 주요 도시 진공 계획
혜산 싸움	1938년 봄	×
보천보 전투	×	1937년 6월(?)

이런 추정을 바탕으로 하여 1959년 판본·1960년 판본 「혈로」의 역사적인 내용을 요약하자면, 이 작품은 1936년 초 조국광복회를 조직했고, 1936년 8월에 '무송현성 전투'를 치른 후인 1936년 여름에 함경도 진공계획을 수립하여 1937년 6월 보천보 전투를 실행한 것으로 된다. 이런 요약에서 보듯, 1946년 판본·1948년 판본 「혈로」와 1959년 판본·1960년 판본 「혈로」의 역사적 사실이나 작품의 배경은 상당한 차이를 보여준다. 이는 1946년 판본·1948년 판본 「혈로」에서 설화 수준으로 형상화되었던 김일성의 항일무장투쟁이, 1950년대 중반 이후 항일무장투쟁에 대한 본격적인 연구가 침투하여 개작된 1959년 판본·1960년 판본 「혈로」에 와서야 역사적 사건에 맞게 구체화되었음을 보여준다.[36]

36) 남원진, 「한설야의 문제작 「혈로」의 개작 양상 연구」, 『한국현대문학연구』 36, 2012. 4, 414~447쪽.

3. 한설야의 김일성의 항일무장투쟁 인식

한설야의 단편소설 「혈로」는 김일성의 항일무장투쟁을 형상화한 작품으로 평가되었는데, 한설야는 김일성의 항일무장투쟁을 어떻게 인식했을까? 김윤식의 지적 이후 대부분 연구자들은 1960년 9월 판본 「혈로」를 인용하면서 한설야가 지닌 역사 안목의 탁월함을 그대로 승인하는 입장을 보이는데, 이에 대한 문제는 없는가?

① 1946년 8월 판본 단편소설 「혈로」

그런데 때와 장소와 산세를 따라서 수시 형형색색으로 방법을 고처서 그때는 어인 영문과 갈피를 출수없으나 뒤에 보면 정말 구신같이 용하게 왜군을 올개미씨워 녹여낸것을 알수있었다.

또 밤에 왜군을 역습하는것이든지 대낮에 당당히 왜군의 진지를 처들어가는 병법은 병사들의 입을딱버리게 할뿐이었다. 그 천변만화하는 전술은 도저히 사람의 머리에서 나온 것이 라고 병사들은 생각할수 없었다.[37]

② 1948년 8월 판본 단편소설 「혈로」

그런데 때와 장소와 산세를 따라서 수시 형형색색으로 방법을 고처서 그때는 어떤 영문과 갈피를 출수없으나 뒤에보면 정말 귀신같이 용하게 왜군을 올개미씨워 녹여낸것을 알수있었다.

또 밤에 왜군을 역습하는것이든지 대낮에 당당히 왜군의 진지를 처들어가는 방법은 병사들의 입을 딱 벌리게 할뿐이었다. 그 천변만화하는 전술은 도저히 사람의 머리에서 나온것이 라고 병사들은 생각 할수없었다.[38]

③ 1959년 11월 판본 단편소설 「혈로」

그러나 믿음이 힘이고 담이였다. 사실 지내 놓고 보니 그것은 왜군을

37) 韓雪野, 「血路」, 韓載德(외), 『우리의太陽』, 47쪽.
38) 韓雪野, 「血路」, 『短篇集(炭坑村)』, 평양: 조쏘문화협회중앙본부, 1948, 172쪽.

함정으로 유도하는 작전이였다. 그러나 대원들도 처음은 무슨 영문인지 몰랐다. 그러니 왜군은 더 말할 것이 없다. 두말할 것 없이 적이 이편 의도를 감감 모르게 하는 것이 가장 중요하였다. 그러나 그 대신 저편 생각을 꼭 미리 잡아 쥐여야 하였다. 그리고 또 저편 생각을 이편의 필요에 맞추어 잡아 돌려야 하였다.

장군은 이것을 아주 잘 하였다. 저편의 사고를 먼저 유도함이 없이는 저편을 맘 대로 끌 수 없다. 그리고 끌지 못하면 이길 수 없다. 그래서 장군은 이번 쌈에서 왜군으로 하여금 꼭 저희가 이긴다고 단정하고 신이 나서 따라 오게 하였다. 그리고 그것이 모두 주문 대로 됐다. 그래서 이겼던 것이다.[39]

④ 1960년 5월 판본 단편소설 「혈로」

그러나 믿음이 힘이고 담이였다. 사실 지내 놓고 보니 그것은 왜군을 함정으로 유도하는 작전이였다. 그러나 대원들도 처음은 무슨 영문인지 몰랐다. 그러니 왜군은 더 말할 것이 없다. 두말할 것 없이 적이 이편 의도를 감감 모르게 하는 것이 가장 중요하였다. 그러나 그 대신 저편 생각을 꼭 미리 잡아 쥐여야 하였다. 그리고 또 저편 생각을 이편의 필요에 맞추어 잡아 돌려야 하였다.

장군은 이것을 아주 잘 하였다. 저편의 사고를 먼저 유도함이 없이는 저편을 맘 대로 끌 수 없다. 그리고 끌지 못하면 이길 수 없다. 그래서 장군은 이번 쌈에서 왜군으로 하여금 꼭 저희가 이긴다고 단정하고 신이 나서 따라 오게 하였다. 그리고 그것이 모두 주문 대로 됐다. 그래서 이겼던 것이다.[40]

⑤ 1960년 9월 판본 단편소설 「혈로」

그러나 믿음이 힘이고 담이였다. 사실 지내 놓고 보니 그것은 왜군을

39) 한설야, 「혈로(血路)」, 한설야(외), 『항일 전구』, 23쪽.
40) 한설야, 「혈로(血路)」, 『수령을 따라 배우자』, 271쪽.

함정으로 유도하는 작전이였다. 그러나 대원들도 처음은 무슨 영문인지 갈피를 잡지 못 했다. 그러니 왜군은 더 말할 것이 없다. 두말할 것 없이 적으로 하여금 이편의 내정을 감감 모르게 하는 것이 가장 중요하였다. 그러나 그 대신 저편 심리 상태를 꼭 미리 잡아 쥐여야 하였다. 그리고 또 저편의 생각을 이편의 필요에 맞추어 잡아 돌려야 하였다.

장군은 이것을 아주 잘 하였다. 저편의 사고를 먼저 유도함이 없이는 저편을 맘 대로 끌 수 없다. 그리고 끌지 못 하면 이길 수 없다. 그래서 장군은 이번 싸움에서 왜군으로 하여금 꼭 저희가 이긴다고 단정하고 신이 나서 따라 오게 하였다. 그리고 그것이 모두 주문 대로 됐다. 그래서 이겼던 것이다.[41]

1946년 판본·1948년 판본 「혈로」에서는 유격대원들이 항일무장투쟁 과정에서 펼친 김 장군의 귀신같고 끝없이 변화하는(千變萬化) 전술에 대한 무한한 믿음을 갖고 있었다는 것을 보여준다. 역시 한설야도 이런 서술을 통해서 김일성에 대한 무한한 믿음을 표나게 드러낸다. 1959년 판본·1960년 판본 「혈로」는 1946년 판본·1948년 판본 「혈로」에 비해 적군의 심리 상태를 파악하여 '왜군'을 함정으로 유도하는 작전을 펴는 군사전략가적 측면을 더욱 정교화하게 보여줌으로써, 유격대원들이 가진 김 장군에 대한 믿음이 '힘'이고 '담'이라는 사실을 드러낸다. 그런데 1946년 판본·1948년 판본 「혈로」는 '살아있는 인물'이 성장하는 근대소설이라기보다 '완결된 인물'이 펼치는 고전소설의 영웅담에 가까운데, 이런 측면은 1959년 판본·1960년 판본 「혈로」가 훨씬 더 강하다. 몇몇 착오는 있지만, 한설야는 김일성의 항일무장투쟁을 역사적 사실을 바탕으로 서술한다. 이런 사실은 김일성의 일련의 투쟁을 국제 공산당의 인민전선의 실천으로 파악하는 부분에서도 확인된다.[42]

---

41) 한설야, 「혈로(血路)」, 『한 설야 선집(8)』, 17쪽.

42) 강진호, 「해방 후 한설야 소설과 김일성의 형상」, 282쪽; 강진호, 『그들의 문학과 생애

① 1946년 8월 판본 단편소설 「혈로」

장군은 일즉 一九三五년격을('겨울'의 오식: 인용자)에 조국광복회(祖國光復會)를 조직하고 동만주에서 전만주에 또는 장백산 두만강 압록강에로 조선내지에로 손을 찔러 혜산 회령 종성 무산 경흥 온성 부령 갑산 성진 길주 명천에까지 혈맥을 통하고 있었다.

이것은 국제당 제칠차대회에서의 지미또로프의 인민전선(人民戰線)에관한 테-제에 의하여 조직했던것이다.[43]

② 1948년 8월 판본 단편소설 「혈로」

장군은 일즉 一九三五년 겨울에 조국광복회(祖國光復會)를 조직하고 동만주에서 전만주에 또는 장백산 두만강 압록강에로 조선내지에로 손을 찔러 혜산 회령 종성 무산 경흥 온성 부령 갑산 성진 길주 명천에까지 혈맥을 통하고 있었다.

이것은 국제당 제칠차 대회에서의 지미또로프의 인민전선(人民戰線)에관한 테-제에 의하여 조직했던것이다.[44]

③ 1959년 11월 판본 단편소설 「혈로」

장군은 일찌기 一九三六년 초에 조국 광복회(祖國光復會)를 조직하고 동만주에서 장백산, 두만강, 압록강 전 지구에로, 전 만주에로, 또는 조선 국내에로 손을 뻗쳐 혜산, 회령, 종성, 무산, 경흥, 온성, 부령, 갑산, 성진, 길주, 명천, 원산, 흥남 등지에 줄을 늘이고 있었다.

이것은 당시의 국제 공산주의 로선인 『인민 전선』 운동의 조선에서의 실천이였다. 장군은 자기가 손수 만든 조직의 움직임 속에서 마치 육체의 핏줄이 켕기는 것을 깨닫는 것 같은 그런 느낌을 받았다.[45]

한설야』, 137쪽.

43) 韓雪野, 「血路」, 韓載德(외), 『우리의太陽』, 56~57쪽.

44) 韓雪野, 「血路」, 『短篇集(炭坑村)』, 188쪽.

45) 한설야, 「혈로(血路)」, 한설야(외), 『항일 전구』, 38쪽.

④ 1960년 5월 판본 단편소설 「혈로」

장군은 일찌기 1936년 초에 조국 광복회(祖國 光復會)를 조직하고 동만주에서 장백산, 두만강, 압록강, 전 지구에로, 전 만주에로, 또는 조선 국내에로 손을 뻗쳐 혜산, 회령, 종성, 무산, 경흥, 온성, 부령, 갑산, 성진, 길주, 명천, 원산, 흥남 등지에 줄을 늘이고 있었다.

이것은 당시의 국제 공산주의 로선인 ≪인민 전선≫ 운동의 조선에서의 실천이였다. 장군은 자기가 손수 만든 조직의 움직임 속에서 마치 육체의 피'줄이 캥기는 것을 깨닫는 것 같은 그런 느낌을 받았다.46)

⑤ 1960년 9월 판본 단편소설 「혈로」

장군은 일찌기 一九三六년 초에 조국 광복회를 조직하고 동만주에서 장백산, 두만강, 압록강 전 지구에로, 전 만주에로, 또는 조선 국내에로 손을 뻗쳐 혜산, 회령, 종성, 무산, 경흥, 온성, 부령, 갑산, 성진, 길주, 명천, 원산, 흥남 등지에 줄을 늘이고 있었다.

이것은 당시의 국제 공산주의 로선인 『인민 전선』 운동의 조선에서의 실천이였다. 장군은 자기가 손수 만든 조직의 움직임 속에서 마치 육체의 핏줄이 켕기는 것을 깨닫는 것 같은 그런 느낌을 받았다.47)

(모든 밑줄: 필자)

김윤식 이후 대부분 연구자가 중요하게 언급하고 있는 위의 예문은 『우리의 태양』(1946), 『단편집(탄갱촌)』(1948)이나 『항일 전구』(1959), 『수령을 따라 배우자』(1960)가 아니라 『한 설야 단편집(8)』(1960)에 수록된 판본 「혈로」의 부분이다. 여기서 1946년 판본·1948년 판본 「혈로」와 1959년·1960년 판본 「혈로」의 중요한 변화는 다음과 같은데, 조국광복회의 결성의 시기가 '1935년 겨울'에서 '1936년 초'로 변경하고 활동지역도 연장되며, 또한 '디미트로프(G. M. Dimitrov)의 인민전선에 관한

46) 한설야, 「혈로(血路)」, 『수령을 따라 배우자』, 284쪽.
47) 한설야, 「혈로(血路)」, 『한 설야 선집(8)』, 29쪽.

테제'에서 '국제 공산주의 노선인 인민전선 운동'으로 수정된다. 이는 1940년대 설화 수준에 머물렀던 김일성의 항일무장투쟁에 대한 연구가 구체화된 1950년대 역사 인식이 침투한 것을 보여준다.

이러하듯, 한설야의 「혈로」는 코민테른 제7차 대회 결정에 따라 조국광복회를 조직한 후를 역사적 배경으로 하는데, 1936~1937년 김일성의 항일무장투쟁 행적은 다음과 같다. 1935년 코민테른 제7차 대회에서는 식민지 피억압민족에 대한 반제국주의 민족통일전선방침을 채택했다. 이 대회를 계기로 하여 1936년 3월 안도현 '미혼진(迷魂陳)'에서 열린 중공당 '동만특별위원회 및 동북인민혁명군 제2군 영도간부회의', 즉 '미혼진회의'에서는 동북항일연군 제2군 제3사를 편성하기로 결정했고, 김일성을 사장(師長)으로 한 이 부대가 백두산 일대의 조선과 중국의 국경지대에 활동하도록 했다. 동만특별위원회의 책임자인 웨이 정민(魏拯民)은 1936년 7월 '하리(河里)회의'에서 남만지방의 항일 역량과 합쳐 '재만조선인조국광복회'를 조직할 것을 결정했다. 이 회의에서는 동북항일연군 제1군과 제2군을 합쳐 제1로군으로 편성하는 한편 제2군 제3사를 제2군 제6사로 개편했는데, 제6사는 조국광복회를 결성하기 위한 구체적인 활동을 책임지는 임무를 맡았다. 제2군 제6사에서는 1936년 8월부터 백두산 바로 밑에 있으면서 함경남도 갑산군과 압록강을 사이에 두고 인접해 있던 장백현으로 진출하기 시작했다. '조국광복회'는 1937년 7월 중일전쟁이 일어나자 전쟁의 후방이나 마찬가지인 조선에서 항일투쟁을 격화시켜 전선의 후방을 교란하며 국내의 무장봉기를 준비하기 위해 생산유격대를 결성하려고 노력했는데, 이를 위해 조직원을 공업지대인 흥남·원산 등지에 파견하기도 했다. 특히 1937년 6월 초 동북항일연군 제2군, 제4사와 제6사는 함경남도 갑산군 갑산면의 소재지인 보천보를 공격했다. 이 보천보 전투는 조선총독부가 이제 조선의 치안은 안정되었다고 공공연하게 자신감을 피력했던 시기에, 이미 국내에서 조직적인 저항이 사라져가고 있을 때 일어난 사건이어서,

조선총독부나 대중에게 큰 충격을 주었다.[48]

그 恒常 主體의 發展과 客觀的 情勢의 把握속에서 革命性을 高揚시켜 온 金日成將軍은 一九三五年에 이르러 運動을 東滿地帶에 局限시킬때가 아니라 全滿洲로 國境으로 鴨綠江으로 長白山으로 朝鮮內地로 步武를 뻬쳐야할것을 결의하였다. 때마침 드미뜨로브가 提起한 人民戰線結成에 對한 모쓰코바 國際黨 第七次大會의 決意에 依하여 金將軍은 滿洲에서의 反日帝國主義勢力을 總集結하고 朝鮮革命軍의 政治組織으로서 祖國光復會를 組織하여 全滿에 支部를두고도 國內 卽 咸南北의 要地인 惠山, 甲山, 城津, 吉州, 明川, 會寧, 穩城, 鍾城, 慶源, 慶興, 茂山, 富寧等地에까지 地下組織의 뿌리를 박게되었다. 이 祖國光復會의 組織者인 金將軍은 同會東滿總會會長으로 그 領導에 當하고있었다.[49]

장군은 간고하고도 엄혹한 혁명 투쟁의 길에서 로동 계급의 령도적 역할과 동맹자에 대한 문제에 중요하게 방점을 찍고 그의 강화를 위한 투쟁을 하여 왔다. 이는 국제 반파쑈 인민 전선 운동과 밀접히 결합되고 있었다. (…중략…) 국제 공산당 제 7차 대회는 이때에 파씨즘의 공세와 파씨즘을 반대하는 로동 계급의 통일을 위한 투쟁에서 각국 공산당들이 해야 할 과업을 천명했다. (…중략…) 그리하여 장군은 일본 제국주의를 반대하는 국내와 만주의 모든 애국적 력량을 총 망라할 데 대하여 강조하고 드디여 우리 력사에서 처음으로 되는 민족 통일 전선인 조국 광복회를 조직하였다.[50]

1935년 코민테른 제7차 대회를 계기로 하여, 김일성은 1936년 3월에 동북항일연군 제2군 제3사 사장이 되었고, 그 후 1936년 7월 제1

48) 신주백, 『1920~30년대 중국지역 민족운동사』, 선인, 2005, 157~163쪽; 신주백, 「1930년대 만주지역 항일무장투쟁 되짚어 보기」, 강진호(외), 『북한의 문화정전, 총서 '불멸의 력사'를 읽는다』, 소명출판, 2009, 64~66쪽.

49) 韓雪野, 『英雄 金日成將軍』, 21~22쪽.

50) 한설야, 「영웅 김 일성 장군」, 『수령을 따라 배우자』, 106~107쪽.

로군 제2군 제6사 사장으로 취임하는 한편 백두산 일대의 조선과 중국의 국경지대에 활동했으며 '재만조선인조국광복회'를 조직했다. 이런 일련의 김일성의 활동에 대해서, 한설야의 「혈로」에서는 김일성이 '국제당 제7차 대회에서의 디미트로프의 인민전선(人民戰線)에 관한 테제에 의해 '1935년 겨울'에 조국광복회를 조직하여 동만주에서, 전 만주에 또는 장백산, 두만강, 압록강에로, 조선 내지로 활동했다'고 적고 있다. 한설야의 『영웅 김일성장군』에서도 '디미트로프가 제기한 인민전선 결성에 대한 모스크바 국제당 제7차 대회의 결의'에 따라 김일성의 일련의 활동이 이루어졌다고 적고 있다. 또한 한설야는 「영웅 김 일성 장군」에서도 김일성의 항일투쟁이 '국제 반파쇼 인민전선 운동'과 연계되었음을 지적한다. 이런 한설야의 지적은 김일성의 행적과 크게 다르지 않다. 이런 측면에서 「혈로」에서는 반제국주의적 '국제 노선'[51]의 일환으로, 즉 이런 역사적인 사실을 바탕으로 하여 김일성의 항일무장투쟁 행적을 형상화된다. 또한 한설야도 김일성의 항일무장투쟁의 성격을 국제 공산주의 노선인 인민전선의 조선적 실천으로 인식했던 것이다.

> 그리하야 널리政治影響을 주자고불으짖고 鴨綠江으로 가기를 시작하였고 長白山밋 豆滿江 鴨綠江沿岸 아니朝鮮에까지 武步를뻐치고 軍號를울리웠든것이다. 때 마츰좋다! 「모스크바」에서 열린國際共産黨 第七次大會에서는 「지미토로프」 同志의 報告에의하여 民族統一戰線을 高唱하게 되였고 우리는 滿洲에서 日本을反對하고 民主朝鮮의建設을 企圖하는 일체의 勢力을統合하여 統一線으로써 朝鮮祖國光復會를 組織하였다.
>
> "金日成將軍은 光復會있는동안 總會會長이되였다. 그리고 一九三六年봄에는 遊擊隊를 反日聯軍으로 改名을하고 그 第六師長이되었다가 一九三八年에는 第二軍長이되엇다."[52]

---

51) 韓雪野, 「金日成將軍印象記(三)」, 『정로』 89, 1946. 5. 11; 한설야, 「김 일성 장군 인상기」, 『수령을 따라 배우자』, 164쪽; 韓雪野, 『英雄 金日成將軍』, 48쪽.

滿洲에있어서 朝鮮人民의 反日民族統一戰線은 亦是 第七次콤민테른大會의 反팟쇼統一戰線에關한 決定이 採擇된 以後에있어서 本格的인 軌道에 들어서게되였다. (…중략…) 各國에있어서 人民戰線 民族戰線等 統一戰線運動이 國際的으로 展開될제 金日成將軍은 滿洲에있어서 從來의 反日民族統一戰線을 더욱 具體化시키며 擴大發展시킬 目的으로 一九三五年在滿朝鮮人祖國光復會를 組織하였다.[53]

1935년에 인민 전선에 대한 국제 공산당의 로선에 근거하여 조국 광복회를 조직하였다.

공산주의자들을 지도적 핵심으로 하여 국내외의 모든 반일 력량을 통일 전선에 단합하기 위하여 조직된 조국 광복회의 회장에는 김 일성 원수가 추대되었다.[54]

1935년에 김 일성 원수의 직접적인 지도하에 조선 인민 혁명군 주력 부대는 그 후 북만 원정을 진행하면서 국제 공산당 제 7차 대회의 결정을 접수하고 각지의 공산주의자들을 지도적 핵심으로 하여 일체 반일 력량을 단합시킬 목적 밑에 ≪조국 광복회≫(재만 한인 조국 광복회)를 조직하였다. 이는 조선 민족 해방 운동사상에서 처음으로 출현한 대중적인 반일 민족 통일 전선 조직체이였다. 조국 광복회 회장으로는 김 일성 원

---

52) 韓載德, 「金日成將軍遊擊隊戰史」, 韓載德(외), 『우리의太陽』, 평양: 북조선예술총련맹, 1946, 9~10쪽. 한재덕의 『김일성장군 개선기』에서는 "때 마츰좋다! 「모스크바」에서 열린國際共産黨 第七次大會에서는 「지미토로프」 同志의 報告에의하여 民族統一戰線을 高唱하게 되었고"와 "金日成將軍은 光復會있는동안 總會會長이되였다. 그리고 一九三六年봄에는 遊擊隊를 反日聯軍으로 改名을하고 그 第六師長이되었다가 一九三八年에는 第二軍長이되엇다."가 생략되어 있다.

"그리하여 더욱 널리 直接的 政治的 影響을 주자고 부르짖고 長白山및 豆滿江 鴨綠江沿岸 아니 朝鮮안에까지 武步를 뻗치고 軍號를 울리웠던것이다 우리는 滿洲에서 日本을 反對하고 民主朝鮮의 建設을 企圖하는 一切의 勢力을 統合하며 統一戰線으로써 朝鮮祖國光復會를 組織하였다."(韓載德, 「金日成將軍遊擊隊戰史(抄)」, 『金日成將軍凱旋記』, 평양: 민주조선출판사, 1947, 34쪽)

53) 尹世平, 「八·一五解放과 金日成將軍의 抗日武裝鬪爭」, 『력사제문제』 11, 1949. 9, 68~69쪽.

54) 리재림, 앞의 책, 87쪽.

수가 추대되였다.[55]

> 국제 공산당과의 직접적 련계를 맺은 김 일성 원수를 선두로 하는 무장 투쟁의 지도적 핵심은 국제 공산당 제 七차 대회에서 채택된 반파쑈 인민 전선 로선에 대한 결정을 직접 접수한 후 조선 혁명 운동을 지도하기 위하여 압록강과 두만강 연안에 진출하여 국내에 침투하는 사업을 일층 강화할 방침을 확정하였다. (…중략…) 조국광복회의 결성은 바로 국제적으로는 인민 전선의 운동의 일부분이며, 국내적으로는 우리 나라의 민족 해방 운동사상에서 처음으로 되는 광범한 반일 민족 통일 전선체였다. (…중략…) 당시 이러한 국내 작전은 성숙한 혁명 정세의 요구로부터 출발하였다. 그것은 우선 국제 공산당이 제시한 로선에 립각하여 국내에 통일적인 맑스-레닌주의 당 창건을 위한 조직, 정치 사업들을 한층 더 강화하며 또한 일본 제국주의자들의 극단한 파쑈화로 인하여 투쟁의 적극성을 상실케 된 조건하에서 그들에게 조국의 해방에 대한 기대와 용기를 주기 위하여서는 조국 땅에 진군하여 원쑤들에게 타격을 가하는 것이 필요하였다.[56]

그런데 김윤식이 '김 장군의 유격대의 성격을 국제 공산주의 노선의 인민전선 운동의 조선에서의 실천'이라는 점을 들어 '한설야의 역사 안목의 확실함'을 지적하거나, 강진호가 '조국광복회을 결성하고 동만주 일대로 이동해 국내의 혜산 등과 연계를 맺고 있었다는 사실, 이 일련의 행위들이 모두 국제공산주의 노선인 인민전선운동을 구체적으로 실천한 것이었다'는 한설야의 인식을 강조하지만, 사실 한설야가 지닌 역사적 안목이 특출한 것만은 아니다.

김일성의 직접적인 말을 빌려쓴 한재덕의 「김일성장군유격대전사」(1946)에서도 '모스크바에서 열린 국제공산당 제7차 대회에서 디미트

---

55) 리나영, 『조선 민족 해방 투쟁사』, 평양: 조선로동당출판사, 1958, 371쪽.

56) 조선민주주의 인민공화국 과학원 력사연구소, 『조선통사(중)』, 평양: 과학원출판사, 1958 (번인: 학우서방, 1961), 344~369쪽.

로프의 보고에 따라 민족통일전선이 고창되고 만주에서 일본을 반대하고 조선의 건설을 기도하는 일체의 세력을 통합하여 조선조국광복회를 조직하였다'고 언급한다. 또한 윤세평의 「8·15해방과 김일성장군의 항일무장투쟁」(1949)에서도 '김일성의 반일민족통일전선'이 '제7차 코민테른 대회의 반파쇼통일전선에 관한 결정'에 따른 것임을 지적한다.[57]

그 후 1950년대 초반 '마르크스레닌주의의 창조적 적용 문제'와 관련되면서 일시적으로 사라졌다가,[58] 1950년대 후반 '조선민주주의 인민공화국 창건 10주년 기념 출판'한 리재림의 『김 일성 원수 령도하의 항일 무장 투쟁』(1958)에서 '1935년 인민전선에 대한 국제 공산당의 노선에 근거하여 조국광복회가 조직된 것'으로 재언급된다. 또한 리나영의 '조선민주주의 인민공화국 창건 10주년 기념' 『조선 민족 해방 투쟁사』(1958)에서도 '1935년에 국제 공산당 제7차 대회의 결정을 접수하고 각지의 공산주의자들을 지도적 핵심으로 하여 일체 반일역량을 단합시킬 목적 밑에 조국광복회가 조직'된 것으로 기술한다. 이뿐만 아니라 '조선인민주주의공화국 과학원 력사연구소'에서 첫 공식적인 북조선의 역사를 기술한 『조선통사(중)』(1958)에서도 '국제 공산당이 제시한 노선에 입각'하여 김일성의 일련의 활동들이 이

---

57) 한재덕이나 윤세평뿐만 아니라 여러 북조선의 논자들이 이에 대해 언급하고 있는데, 리청원은 '김일성의 빨치산 운동'이 '세계민주주의운동의 일환'으로, 김두용도 '김일성의 무장투쟁'이 '국제반파시스트전선의 일환'으로 파악한다(李淸源, 「金日成將軍빨지산鬪爭의歷史的意義」, 『력사제문제』 2, 1948. 8, 30~31쪽; 金斗鎔, 「八·一五解放과 朝鮮民族의反日鬪爭」, 『력사제문제』 11, 1949. 9, 52쪽).

58) 1952년 발행한 『김일성장군의 략전』에서는 '1935년 코민테른 제7차 대회'에 대한 내용을 삭제한 채, 김일성이 '1934년 조선인민혁명군'을 창설하고 '1935년 조국광복회'를 조직한 사실만을 기술하고 있다. "一九三四년에 이르러 김일성 장군은 동만 반일 인민 유격대와 남만 반일 유격대를 통합하여 조선 인민 혁명군을 창설하였으며 그 이듬 해인 一九三五년 五월 五일에는 반일 민족 통일 전선체인 「조국 광복회」를 조직하고 그의 회장으로 추천되였다."(『김일성장군의 략전』, 평양: 조선로동당출판사, 1952, 17~18쪽) 여기서 북조선에서는 1950년대 초반에 김일성의 권력 강화에 따라 김일성을 정점으로 한 항일무장투쟁사가 전개되었지만 1950년대 중반에 민족해방운동의 해석을 둘러싼 갈등을 겪는다(서동만, 『북조선사회주의체제성립사(1945~1961)』, 선인, 2005, 433~435쪽, 514~520쪽).

루어진 것임을 지적한다.

따라서 김윤식 이후 여러 연구자들의 지적과 달리, 당대 북조선의 역사 인식과 '김일성의 항일무장투쟁이 국제공산당 노선인 인민전선 운동의 구체적 실천'이라는 한설야의 역사적 안목은 별반 다르지 않다. 즉, 북조선 지식인들이 김일성의 일련의 항일무장투쟁을 국제 공산주의 노선에 따라 이루진 것으로 인식했다는 사실은 분명하다.

4. 북조선 지식인의 항일무장투쟁 인식

해방기 북조선 문학인들은 김일성의 항일무장투쟁을 어떻게 인식했을까?

"1946년 7월 하순이었습니다. (…중략…) 소련군정 지도부는 스탈린이 김일성을 북한의 지도자로 최종 지명한 이후부터 북한의 '민주 개혁'을 빠르게 진행시켜갔습니다. 1946년 8월 28일에 연안파 지도자 김두봉이 이끈 신민당과 김일성의 공산당을 합당시켜 북조선노동당을 만들게 하는 것 등이 그 산물이었다고 할 수 있습니다."[59]

"김일성을 항일 민족 영웅으로 만드는 것은 소군정의 긴급한 과제였습니다. (…중략…) 방송국에는 방송 시작과 종료시 「김일성 장군의 노래」를 반드시 틀도록 했습니다. 김일성이 지방 순방에 나설 때 사진 기술자를 딸려 보낸다거나 스티코프 대장이 중요 사안이 있을 때마다 기자회견에 직접 나섬으로써 언론의 분위기를 장악한다거나 하는 것도 그런 취지였습니다."[60]

---

59) 김국후, 『비록 평양의 소련군정』, 한울아카데미, 2008, 211쪽.
60) 중앙일보특별취재반, 『비록·조선민주주의인민공화국(하)』, 중앙일보사, 1993, 60쪽.

평양 주둔 소련군정 정치사령관이었던 레베데프(N. G. Lebedev)의 증언에서 보듯, 김일성은 1946년 7월 하순 박헌영과 함께 스탈린을 만난 후 북조선의 최고 지도자로 선택되었다. 김일성을 선택한 후, 소련 군정청 지도부는 김일성을 항일민족영웅으로 만드는 것, 즉 그의 항일무장투쟁을 널리 알리는 작업을 시작했다. 그 작업의 일환으로 방송을 시작하고 종료할 때 반드시 「김일성장군의 노래」를 틀도록 지시했고, 김일성이 지방 순방에 나설 때 사진 기술자를 딸려 보냈다거나 북조선 주둔 소련 군정청 총사령관이었던 스티코프(T. F. Stykov)가 중요 사안이 있을 때마다 기자회견에 직접 나서서 언론의 분위기를 장악했던 것도 마찬가지이다.[61] 1946년 '8·15 해방 1주년 기념 예총 행사 예정표'에서 보듯, 이 행사 표에서는 '김일성 장군 찬양 특집' 단행본 『우리의 태양』 발간과 함께 '8·15와 김 장군을 주제로 한 작품 발표', '김일성 장군 투쟁사 미술 전시', '김일성 장군 초상 제작', '김일성 장군의 노래 선정' 등을 볼 수 있는데,[62] 이는 북조선문학예술계의 주요한 사업이 김일성을 집중적으로 형상화하려 했다는 것을 보여 준다.

이런 일련의 과정에서, 1946년 8월 15일에 북조선예술총련맹에서는 한설야의 단편소설 「혈로」가 실린 '김일성 장군 찬양 특집' 『우리의 태양』을 발간했다.[63] '김일성 장군 찬양 특집'에 맞추어 전체적

61) 신복룡, 『한국분단사연구』, 한울아카데미, 2001, 429쪽.

62) 「八·一五解放一週年記念藝總{行事豫定表}」, 『문화전선』 1, 1946. 7.

63) 북조예술총련맹이 발행한 『우리의 태양』의 '차례'에서는 오식이 발견되지만 원문 그대로 실었다.

우리의太陽 次例

金日成將軍略歷 ······································ 編輯局
金日成將軍遊擊隊戰史 ······································ 韓載德
獻歌
作詞 李 燦 作曲 金元鈞
金日成將軍 ······································ 作詞 朴世永 作曲 黃甫泰

구성도 「김일성장군약력」과 「김일성장군유격대전사」, '헌가'에 해당하는 리찬 작사의 「김일성장군의 노래」, 박세영 작사의 「김일성장군」, 홍순철 작사의 「김일성장군의 노래」, '헌시'에 해당하는 리찬, 박세영, 박석정, 김귀련, 한명천, 한식, 배영주, 소을민 등의 시 그리고 함경북도 6도시 진공계획을 다룬 한설야의 단편소설 「혈로」, 보천보 전투를 다룬 김사량의 희곡 「뢰성」으로 되어 있다. 『우리의 태양』의 구성에서도 보듯, 이런 북조선예술총련맹의 작업은 김일성을 북조선의 최고 지도자로 만드는 과정에서 김일성의 행적을 널리 알리는 작업의 일환이었다.

> 長白山 줄기줄기 피어린자욱
> 鴨綠江 구비구비 피어린자욱
> 오늘도 自由朝鮮 면류관우에
> 역역히 비쳐드는 피어린자욱 (…중략…)
>
> 滿洲벌 눈바람아 이얘기하라
> 密林의 긴긴밤아 이얘기하라

作詞 洪淳哲　作曲 朱善奎

獻詩
- 讚金日成將軍 …… 李　찬
- 해별에서살리라 …… 朴世永
- 金日成將軍의過去는몰라도좋다 …… 朴石丁
- 詩 …… 金貴漣
- 頌·金日成將軍 …… 韓鳴泉
- 讚·金日成將軍 …… 韓　植
- 詩人 …… 배영주
- 金日成將軍 …… 素乙民

小說
- 血路 …… 韓雪野

戲曲
- 雷聲 …… 金史良

—「次例」, 韓載德(외), 『우리의太陽』, 평양: 북조선예술총련맹, 1946.

萬古의 빨치산이 누구인가를
絶世의 愛國者가 누구인가를[64]

우리의 英雄 金日成將軍을 神秘나 偶像의世界에서 몬지쓰게 할것이아니라 人民의벗으로 人民의앞에 똑바루 그려내쥐않으면 안될것이다[65]

그런데 한사람만 잠못들고
우둥불옆에 비스듬이 앉자
「쏘련빨찌산略史」에
밤 가는줄 모르네—
이런밤엔 그는 이책을 보았다—
봄날의 아즈랑인양
희망이 멀리서 어른거리고
기쁨이 마음을 한끝 부필때도
그는 이책을 보았다
不安의 구름ㅅ장이 가슴가에 낮게떠돌고
어느구석에선가 絶望이 머리들때도
그는 이책을 보았다—
그러면 새힘을 얻고 목적을 보았다[66]

북조선 문학인들은 '빨치산 부대가 깊은 잠'에 빠진 밤, 희망이 어른거리고 기쁨이 부풀 때나 불안이 떠돌고 절망이 머리들 때도, 『쏘

---

64) 李燦(作詞), 平壤音樂同盟(作曲), 「金將軍의노래」, 『문화전선』 1, 1946. 7.

65) 韓雪野, 「金日成將軍印象記(四)」, 『정로』 90, 1946. 5. 17.
한설야의 1946년 판본 「김일성장군인상기」는 1960년 판본 「김 일성 장군 인상기」에선 다음과 같이 개작된다. "우리는 우리의 영웅 김 일성 장군을 신비나 우상의 세계에 모시려는 것이 아니다. 어디까지나 인민의 벗으로, 스승으로, 수령으로 재현하자는 것이며 해야 하며 또 할 수 있다고 생각한다."(한설야, 「김 일성 장군 인상기」, 『수령을 따라 배우자』, 167쪽)

66) 趙基天, 『白頭山』, 평양: 로동신문사, 1947(번인: 용정인민학원인쇄부, 1947), 21쪽; 趙基天, 『白頭山』, 평양: 로동신문사, 1949(재판), 73~74쪽.

련빨찌산약사』67)를 탐독하는 '김 대장'의 '장백산 줄기줄기' '압록강 굽이굽이' '피어린 자국'을 생각하며 '만고의 빨치산' '절세의 애국자'를 상상했던 것이다. 특히 한재덕의 「김일성장군유격대전사」에서 김일성의 말을 들어 '국제 공산당의 인민전선'을 지적하듯, 북조선 문학인들은 전반적으로 김일성의 이런 일련의 항일무장투쟁을 국제 공산당 노선의 일환으로 파악했던 것이다. 한설야가 김일성을 '신비나 우상의 세계'가 아니라 '인민의 벗'으로 형상화해야함을 지적하듯, 이는 김일성을 우상화하기 위한 것이라기보다 소련이 선택한 새로운 사회주의 국가를 이끌 북조선의 최고 지도자로, 민족의 영웅으로 인식했던 북조선 문학인들의 보편적 인식에 닿아 있다. 따라서 김일성 '중심으로' 모든 것을 해석하는 우상화를 목적으로 한 작품이라기보다는 한설야의 단편소설 「혈로」(1946)도 리찬의 가요 「김장군의 노래」(1946)나 조기천의 장편서사시 「백두산」(1947)과 마찬가지로 항일무장투쟁이라는 역사적 사실을 기초로 해서 민족의 영웅, 새로운 지도자에 대한 무한한 찬사를 드러낸 작품으로 보는 것이 더 타당하다.

---

67) 유일사상체계가 성립된 후에 발간된 후대 판본에선 김일성의 항일무장투쟁이 소련 공산주의 노선에 입각해서 행해진 것임을 드러낸 '쏘련빨찌산약사'에 대한 부분은 삭제되어 있다.

> 그런데 한분만 잠 못들고
> 우등불옆에 비스듬히 앉아
> 밤가는줄 모르네—
> 이런 밤엔 그이는 책을 보았다—
> 봄날의 아즈랑인양
> 희망이 멀리서 어른거리고
> 기쁨이 마음을 한끝 부필 때도
> 그이는 책을 보았다.
> 불안의 구름장이 가슴가에 낮게 떠돌고
> 어느 구석에선가 절망이 머리 들 때도
> 그이는 책을 보았다—
> 그러면 새힘을 얻고 목적을 보았다,
>
> — 조기천, 『백두산』, 평양: 문예출판사, 1973, 42~43쪽.

참고문헌

1. 기본자료

「8·15해방1주년기념예총{행사예정표}」, 『문화전선』 1, 1946. 7.
「조선 작가 동맹 출판사의 금년도 출판 계획에서」, 『조선문학』, 1955. 1,
「한 설야의 장편 소설 「력사」(신간소개)」, 『조선문학』, 1954. 12.
김두용, 「8·15해방과 조선민족의 반일투쟁」, 『력사제문제』 11, 1949. 9.
김명수, 「장편소설 「력사」에 대하여」, 『조선문학』, 1954. 4.
리 찬(작사), 평양음악동맹(작곡), 「김장군의 노래」, 『문화전선』 1, 1946. 7.
리청원, 「김일성장군 빨지산투쟁의 역사적 의의」, 『력사제문제』 2, 1948. 8.
안함광, 「김일성 원수와 조선 문학의 발전(4)」, 『문학예술』 6-7, 1953. 7.
안함광, 「북조선민주문학운동의 발전과정과 전망」, 『조선문학』 1, 1947. 9.
안함광, 「북조선창작계의 동향」, 『문화전선』 3, 1947. 2.
윤세평, 「8·15해방과 김일성장군의 항일무장투쟁」, 『력사제문제』 11, 1949. 9.
한설야, 「김일성장군인상기(1~4)」, 『정로』 84, 87, 89, 90, 1946. 5. 1, 7, 11, 17.
한설야, 「나의 창작 계획 실천 정형에 대하여」, 『조선문학』, 1955. 10.
한설야, 「력사(1~5)」, 『문학예술』 6-4, 6-5, 6-6, 6-7, 6-8, 1953. 4~8.
한설야, 「혁명 투사들의 진실한 성격 창조를 위하여」, 『문학신문』 283, 1960. 10. 18.
한 효, 「우리 문학의 10년(1~3)」, 『조선문학』, 1955. 6~8.

한설야(외), 『항일 전구』, 평양: 조선작가동맹출판사, 1959.
한설야, 『단편집(탄갱촌)』, 평양: 조쏘문화협회중앙본부, 1948.
한설야, 『력사』, 평양: 조선작가동맹출판사, 1954.
한설야, 『력사』, 평양: 조선작가동맹출판사, 1956.
한설야, 『력사』, 평양: 조선작가동맹출판사, 1958(추정).
한설야, 『수령을 따라 배우자』, 평양: 민청출판사, 1960.
한설야, 『한 설야 선집(8)』, 평양: 조선작가동맹출판사, 1960.

한설야, 『한 설야 선집(9)』, 평양: 조선작가동맹출판사, 1961.
한재덕(외), 『우리의 태양』, 평양: 북조선예술총련맹, 1946.

2. 논문

강진호, 「해방 후 한설야 소설과 김일성의 형상」, 『민족문학사연구』 25, 2004. 7.
김낙현, 「조기천 시 연구」, 중앙대학교 박사논문, 2010.
김승환, 「해방직후 북조선노동당의 문예정책과 초기 김일성주의 문학운동」, 『개신어문연구』 8, 1991. 8.
김윤식, 「북한문학의 세가지 직접성」, 『예술과 비평』 6-3, 1990. 가을호.
김재용, 「냉전시대 한설야 문학의 민족의식과 비타협성」, 『역사비평』 47, 1999. 여름.
남원진, 「'혁명적 대작'의 이상과 '총서'의 근대소설적 문법」, 『현대소설연구』 40, 2009. 4.
남원진, 「북조선의 정전, 한설야의 「승냥이」 재론」, 『상허학보』 34, 2012. 2.
남원진, 「한설야의 문제작 「혈로」의 개작 양상 연구」, 『한국현대문학연구』 36, 2012. 4.

3. 단행본

『김일성장군의 략전』, 평양: 조선로동당출판사, 1952.
강진호(외), 『북한의 문화정전, 총서 '불멸의 력사'를 읽는다』, 소명출판, 2009.
강진호, 『그들의 문학과 생애 한설야』, 한길사, 2008.
김국후, 『비록 평양의 소련군정』, 한울아카데미, 2008.
김남식·이종석(외), 『해방전후사의 인식(5)』, 한길사, 1989.
김윤식, 『한국 현대 현실주의 소설 연구』, 문학과지성사, 1990.
김재용, 『분단구조와 북한문학』, 소명출판, 2000.
김하명(외), 『전진하는 조선 문학』, 평양: 조선작가동맹출판사, 1960.
남원진, 『이야기의 힘과 근대 미달의 양식』, 도서출판 경진, 2011.
리나영, 『조선 민족 해방 투쟁사』, 평양: 조선로동당출판사, 1958.
리재림, 『김 일성 원수 령도하의 항일 무장 투쟁』, 평양: 아동도서출판사, 1958.
문영희, 『한설야 문학 연구』, 시와시학사, 1996.
서동만, 『북조선사회주의체제성립사(1945~1961)』, 선인, 2005.

신복룡, 『한국분단사연구』, 한울아카데미, 2001.
신주백, 『1920~30년대 중국지역 민족운동사』, 선인, 2005.
안함광(외), 『문학의 전진』, 평양: 문화전선사, 1950.
안함광(외), 『해방후 10년간의 조선 문학』, 평양: 조선작가동맹출판사, 1955.
윤세평(외), 『해방후 우리 문학』, 평양: 조선작가동맹출판사, 1958.
윤세평(외), 『현대 작가론(2)』, 평양: 조선작가동맹출판사, 1960.
조기천, 『백두산』, 평양: 로동신문사, 1947(번인: 용정인민학원인쇄부, 1947).
조기천, 『백두산』, 평양: 로동신문사, 1949(재판).
조기천, 『백두산』, 평양: 문예출판사, 1973.
조선민주주의 인민공화국 과학원 언어문학연구소 문학연구실, 『조선 문학 통사(상)』, 평양: 과학원출판사, 1959.
조선민주주의 인민공화국 과학원 언어문학연구소 문학연구실,, 『조선 문학 통사(하)』, 평양: 과학원출판사, 1959.
조선민주주의 인민공화국 과학원 력사연구소, 『조선통사(중)』, 평양: 과학원출판사, 1958(번인: 학우서방, 1961).
조선민주주의 인민공화국 사회과학원 력사연구소, 『력사사전(2)』, 평양: 사회과학출판사, 1971(번각·발행: 학우서방, 1973).
중앙일보특별취재반, 『비록·조선민주주의인민공화국(하)』, 중앙일보사, 1993.
한설야, 『영웅 김일성장군』, 신생사, 1947.
한재덕, 『김일성장군개선기』, 평양: 민주조선출판사, 1947.
한중모, 『한 설야의 창작 연구』, 평양: 조선작가동맹출판사, 1959.
和田春樹, 『김일성과 만주항일전쟁』, 이종석 역, 창작과비평사, 1992.

해방기 소련 인식, 한설야의 「모자」론

1. 한설야의 문제작 「모자」 재론

해방기 소련은 조선문제를 어떻게 인식했고 조선정책을 어떻게 수행했을까? 소련의 조선정책은 미국 등의 연합국과 협조를 유지하는 가운데 조선문제를 결정하되, 그 결정 과정에서 향후 수립될 조선정부가 소련에 '우호적인 성격'을 지니도록 제도적 장치를 마련하는 것이었다. 소련은 해방 직후 조선문제보다는 일본문제에 중점을 두다가 모스크바 삼상회의가 열린 후 조선문제를 그 자체로 인식하게 되었고, 미소공동위원회가 결렬된 이후 북조선에 대한 전략적 가치가 증대하자 친소국가의 성격을 강조하게 되었다.1)

---

1) 김성보, 「소련의 대한정책과 북한에서의 분단질서 형성, 1945~1946」, 역사문제연구소, 『분단 50년과 통일시대의 과제』, 역사비평사, 1995, 91~94쪽; 정성임, 「소련의 대북한 전략적 인식의 변화와 점령정책 : 1945~1948년 점령 기간을 중심으로」, 『현대북한연구』 2-2, 1999. 12, 329~331쪽; 기광서, 「해방 후 소련의 대한반도정책과 스티코프의 활동」, 『중소연구』 26-1, 2002. 5, 263~275쪽; 기광서, 「8.15 해방에서의 소련군 참전 요인과 북한의 인식」, 『북한연구학회회보』 9-1, 2005. 8, 10~13쪽; 下斗米伸夫, 김영작 역, 「소련과 북한: 1945~1956」, 김영작(편), 『한국 내셔널리즘의 전개와 글로벌리즘』, 백산서당, 2006, 370~379쪽.

이 작품이 한 병사의 내면을 그린 것이지만 지나치게 감상적이라든가 승무에 대한 상식이하의 해석이라든가, 점령군 소련병사에 대한 지나친 호의적 반응으로 말미암아 오해를 불러 일으킬 수도 있고 뜻하지 않은 비판을 받을 수도 있을 것이다. 그렇지만 이 소설만큼 한설야의 작가 역량과 정치적 감각이 적절하게 결합된 것은 흔하지 않다. 제1세대의 작가 한설야가 소련말 공부에 착수했음을 앞에서 지적했거니와 소련문학및 문화에의 편향성을 그의 창작의 밑거름으로 삼았다는 것은 카프시절부터였기에 그 뿌리는 하루아침에 이루어진 것이 아니다.[2]

이 작품은 소련의 일방적인 해방의 의의를 강조하는 이후의 작품(「얼굴」과 「남매」)과 달리 친선과 연대를 주제로 하였다는 점이 작품구성에서 금방 드러난다. (…중략…) 자기 조국을 지키기 위해 독일 파시스트와 싸운 것이나 일본제국주의의 침략에 맞서싸우다가 해방을 얻게 된 조선 사람들의 투쟁이나 결국 반파시즘이란 차원에서 같은 것으로 보는 것이다. 그렇기 때문에 작가는 소련 진주를 단순한 해방자의 그것이 아니라, 어디까지나 반파시즘 연대라는 차원에서 바라보고 있다. (…중략…) 이 무렵 한설야가 새로운 국제주의를 모색하면서 과거 소련에 가졌던 일방적인 경사와는 일정한 거리를 두게 되었음을 알 수 있다. 이런 점들로 하여 이 작품은 당시 소군정으로부터 강한 항의를 받게 되었고, 이후 작품을 개작하는 소동이 벌어지기도 하였다.[3]

그렇다면 북조선 문학은 해방과 함께 진주한 소련 군대를 어떻게 형상화하고 정리했을까? 해방 직후 소련에 대한 인식을 점검할 때

2) 김윤식, 「북한문학의 세가지 직접성: 한설야의 「혈로」 「모자」 「승냥이」 분석」, 『예술과 비평』 21, 1990. 가을호, 188쪽; 「1946~1960년대 북한 문학의 세 가지 직접성: 한설야의 「혈로」 「모자」 「승냥이」 분석」, 『한국 현대 현실주의 소설 연구』, 문학과지성사, 1990, 277쪽.

3) 김재용, 「냉전시대 한설야 문학의 민족의식과 비타협성」, 『역사비평』 47, 1999. 여름호, 233~234쪽; 「냉전적 분단구조하 한설야 문학의 민족의식과 비타협성」, 『분단구조와 북한문학』, 소명출판, 2000, 103~104쪽.

가장 문제작이 바로 한설야의 단편소설 「모자」이다. 한설야의 이 작품은 소련군이 '해방군'인 동시에 '약탈자'라는 이중적 모습의 징후를 동시에 보여주기에 더욱 그러하다. 그런데 김윤식은 '㉠ 소련군의 내면을 지나치게 감상적으로 형상화한 것'이나 '㉡ 승무에 대한 상식 이하의 해석', '㉢ 소련군에 대한 지나친 호의적 반응' 때문에 오해를 불러일으키거나 뜻하지 않은 비판을 받을 수 있다고 지적한다. 또한 김재용은 '소련군의 진주를 단순한 해방자의 그것이 아니라 반파시즘 연대라는 차원'에서 한설야가 소련군을 인식했다고 주장한다. 물론 뒤에 자세하게 밝혀지겠지만, 김윤식의 위의 지적은 '오독'에 해당되며, 김재용의 위의 주장도 한설야'만'의 인식으로 보기에는 적절하지 않다.

따라서 이 글에서는 한설야의 「모자」를 중심으로 (일명) '「모자」사건'의 실상과 「모자」의 개작 과정을 점검하고자 한다. 이런 검토 과정을 통해서 해방 직후 소련에 대한 인식의 실상을 재구성하는 한편 해방기 친소적 경향의 의미를 짚어보고자 한다.

2. 한설야의 「모자」의 개작과 소련 인식의 변화

1946년 7월 25일 '북조선예술총련맹'의 기관지 『문화전선』 창간호에 실린 한설야의 「모자」는 소련 군인을 형상화한 최초의 단편소설이라고 말해진다.[4] 또한 한설야의 「모자」는 소련에 대한 인식 변화의 추이를 점검할 수 있는 문제작에 해당된다.

그들 소련군인은 취했을 때나, 기분이 좋을 때나, 나쁠 때, 또는 좀 캥

4) "우리民族을 日本帝國主義의 魔手로부터 解放해주었으며 또 北朝鮮에 進駐하여 民主主義的發展의 諸條件을 育成해주고있는 民族의恩人 붉은軍隊를 取扱한 小說로서는 내寡聞한탓인지는모르나 아직까지는 氏의「帽子」 한篇이 있음에 不過하다고 생각한다."(安含光, 「北朝鮮創作界의動向」, 『문화전선』 3, 1947. 2, 21쪽)

기고 겁이 날 때, 예를 들면 어둑시근한 골목을 걸어 갈 때, 이런 경우에는 대개 발포한다. 소설가 한설야는 분분한 이 사회현상에 대한 일반의 비난을 묵시하지 못하여 「모자」라는 소설에서 이 총성을 향수에 잠긴 역전용사의 어쩔 수 없는 감정의 발현이라고 변명했다. 이 순진하고 깨끗한 감정의 발로 때문에 해방전까지 별로 총성을 모르던 평양시민은 싫도록 대전의 여운을 엿들었다.[5]

이리하여 북한의 현실 속에서 취재한 작품이 생산되었다. 『문화전선』 창간호에 실린 한설야의 「모자」가 그 처음이다. 이 작품은 실로 한설야의 리아리즘을 대표하는 작품으로 독자들의 공명을 샀다. 필자도 한설야의 솔직한 그 '눈'에 찬사를 보낸다. (…중략…) 그 당시 쏘련군인이란 잔혹 그것이었다. 매일처럼 쏘련군인으로 하여 피해를 받는 사건이 꼬리를 물고 발생하였다. (…중략…) 이런 쏘련군인의 전형을 포착하여 작품화한 한설야의 솔직한 '눈'을 필자는 높이 평가한다. 그 작품이 좋다든 나쁘다든 하는 가치를 말 하는게 아니라 거짓으로 빚어놓은 북한에 이런 솔직한 관찰이란 그리 흔한것이 아니다.[6]

한설야의 「모자」는 해방 직후 조선인을 위협하거나 술에 취해 총을 난사하는 소련 군인의 행패를 기술하고 있다. 이에 대해 오영진은 한설야의 「모자」가 소련 군인의 행패에 대한 주민의 비난을 '고향에 대한 향수에 잠긴 역전용사의 어쩔 수 없는 감정의 발현'이라고 한설야가 변명했다고 지적한다. 또한 현수(박남수)도 소련 군인의 전형을 포착하여 작품화한 한설야의 '솔직한 관찰'을 높이 평가한다. 이 두 지적은 북조선에서 활동하다가 월남한 두 지식인의 반공 내셔널리즘에 입각한 서술을 접어둔다면, 일정 부분 해방 직후 북조선 문학예술계의 상황을 재구성하는데 필요한 기본 자료이다. 특히 한설야의 「모자」

5) 吳泳鎭, 『하나의 證言』, 국민사상지도원, 1952, 90쪽.
6) 玄秀, 『赤治六年의 北韓文壇』, 국민사상지도원, 1952, 39~41쪽.

에 그려진 소련 군인의 행패에 대한 설명은 어느 정도 유용한 진술임은 물론이다. 여러 연구자들은 소련 군인의 행패에 대한 묘사 때문에 한설야의 「모자」가 혹독한 시련을 받은 것으로 말한다.[7]

> 이 「모자」와 같은 작품을 맑스주의 작가의 거두 한설야가 썼기 망정이지 다른 작가가 썼더라면 그 작가는 귀신도 모르게 그 작품의 주인공같은 공산주의자에게 살해되었을 것이다. / 「모자」가 실린 『문화전선』은 판매가 중지되었고 「모자」는 그의 작품집에서도 제외되었다. 이 「모자」에 대하여 평필을 드는 일도 금지된 모양이다. 이 작품으로 쏘련군 사령부는 한설야를 의심하였다. / 출판물 일체는 북한정권의 사전검열과 아울러 쏘련군 사령부의 사전검열을 맡아야 한다. 그런 철통같은 검열제도 아래서 이런 실수를 저질렀다는 사실은 그들이 한설야를 신인(信認)하고 그 작품을 읽지 않았던데 기인한 것이다. 한설야의 「모자」가 원산의 『응향』처럼 사건화되지 않은 것은 작자가 저명하고 공산주의 문인의 괴수이기 때문이다. 그 후로 한설야의 쏘련기행의 단편적인 수장(數章)은 검열에서 삭제되었다. / 그 「모자」로부터 검열은 강화되었다. 모든 작품은 '의심의 눈'으로 보게 되었다.[8]

한설야의 「모자」는 북조선에서 소련군의 행패를 다룬 최초이자 마지막 작품으로 알려져 있다. 위의 지적에서 보듯, 이 작품은 소련군을 모독했다고 『문화전선』은 판매가 중지되었고, 이 작품에 대하여 평론을 쓰는 일[評筆]도 금지되었다고 말해진다. 일명 '「모자」 사건' 이후 북조선 당국의 사전 검열 및 소련군 사령부의 사전 검열도 강화되었다고 한다. 그런데 이런 조치가 사실일까? 현재 『문화전선』의 판매 중단에 대한 어떤 글에서도 구체적인 근거는 확인할 수 없다. 단지 한설야

7) 한설야의 '「모자」 사건'에 대해서 언급할 때, 이기봉의 『北의 文學과 藝術人』(사사연, 1986)에 나오는 설명을 참조하지만 이 책에서는 구체적인 근거를 찾을 수는 없다.
8) 玄秀, 앞의 책, 41~42쪽.

의 「모자」는 한설야 작품집 『단편집(탄갱촌)』(1948)[9]이나 『초소에서』(1950),[10] 『황초령』(1953)[11]에는 실려 있지 않고, 1950년대 중반 이후에 간행된 단편소설집 『모자』(1956)[12]나 단편집 『한 설야 선집(8)』(1960)에 수록되어 있을 뿐이다. 필자는 이런 사실에서 한동안 한설야의 단편소설 「모자」는 사라졌다가 다시 복원된 것으로 판단한다.

---

9) 韓雪野, 『短篇集(炭坑村)』, 平壤: 朝蘇文化協會中央本部, 1948. 8. 18.

目　次

개선 …………………………………… 一
炭坑村 …………………………………… 四五
씨름 …………………………………… 一二一
血路 …………………………………… 一五九
世路 …………………………………… 二五三
林檎 …………………………………… 三二九

10) 韓雪野, 『哨所에서』, 平壤: 文化戰線社, 1950. 3. 2.

目　次

哨所에서 …………………………………… (二)
자라는마을 …………………………………… (一一二)
얼굴 …………………………………… (一八八)
어떤날의日記 …………………………………… (二一八)
남매 …………………………………… (二四二)

11) 한설야, 『황초령』, 평양: 문예총출판사, 1953. 5. 25.

차　례

황초령 …………………………………… (一)
땅크二一四호 …………………………………… (五九)
기적 …………………………………… (一〇一)
저자의 작품 년보 …………………………………… (一二三)

12) 현재 국내에선 단편소설집 『모자』를 소장한 도서관은 없었는데, 국외 도서관에서 조선문학 문고(19) 『모자』를 확인할 수 있었다. 또한 조선작가동맹 중앙위원회 기관지 『조선문학』 1957년 3월호 '신간 소개'에서 단편소설집 『모자』를 소개하고 있다.(단편 소설집, 모자, 118페지, 값 20원, 모자 … 한설야, 김 명화 … 리영규, 뜨거운 손 길 … 조진해)

<표 1> 한설야의 「모자」 판본

작가	작품명	발행지역	발표지(출판사)	발행년도	기타
韓雪野	「帽子: 어썬 붉은 兵士의 手記」	평양	『文化戰線』 創刊號	1946. 7. 25.	
한설야	「모자: 어떤 쏘베트 전사의 수기」	평양	한설야(외), 『모자』, 조선작가동맹출판사	1956. 9. 15.	
한설야	「모자: 어떤 쏘베트 전사의 수기」	평양	『한 설야 선집(8)』, 조선작가동맹출판사	1960. 9. 20.	
한설야	「모자: 어떤 소비에트 전사의 수기」	서울	송호숙(편), 『귀향』, 동광출판사	1990. 3. 1.	1960년 판본
한설야	「모자: 어떤 소비에트 전사의 수기」	서울	서경석(편), 『과도기』, 문학과지성사	2011. 7. 29.	1960년 판본

그렇다면 '「모자」 사건'은 언제 발생했으며 또한 위와 같은 조치는 언제 내려졌을까? 1946년 7월에 발표된 「모자」에 대한 평가는 1947년 2월에 발행된 『문화전선』 3집에 실린 안함광의 평문 「북조선창작계의 동향」에서 행해지고 있다. 안함광은 한설야의 「모자」에 대해서 '전체의 행문이 다감한 붉은 군대의 심상에 알맞은 윤택미를 가지고 있을 뿐만 아니라 소설 결부에 있어 붉은 병사가 모자를 조선의 어린 아이의 머리에 씌워서 포옹하면서 조쏘친선의 핏줄이 새삼스레 따뜻함을 느끼는 장면은 대단히 인상적이고 회화적인 동시에 지극히 신선한 감정을 자아내게 한다'고 긍정적 평가를 내리는 한편 '전체적으로 볼 때 이 작품은 주제의 통일성을 갖고 있지 못하다'는 부정적 평가를 많은 부분에 할애한다.[13] 여하튼 1947년 2월에 안함광의 이런 평문이 발표되었다는 점에서, 여러 연구자들의 지적처럼 『문화전선』 창간호가 1946년 7월 발매 직시 판매 중단되었다거나 「모자」에 대한 평필도 금지되었다고 보기는 사실상 어렵다.[14] 단지 안함광의 평문이 발표된

13) 安含光, 앞의 글, 21~22쪽.

14) 1946년 8월 28일부터 30일까지 3일간 '북조선로동당' 창립대회가 개최되었는데, 여기서 북조선로동당의 창립은 강력한 단일 좌파 정당의 탄생을 의미했다. 북조선로동당 창립대회에서 한설야는 김두봉, 김일성 등과 함께 43명의 중앙집행위원에 선출되었으며, 당 중앙본부의 문화인부장에 임명되었다. 여기서 1946년 당시 한설야의 북조선에서의 위

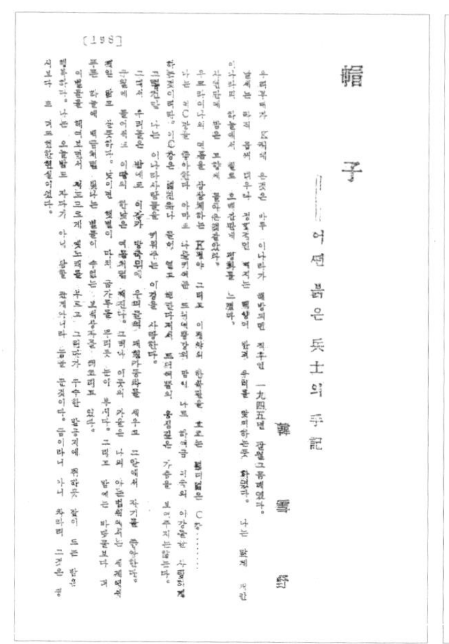

帽子

어떤 붉은 兵士의 手記

韓雪野

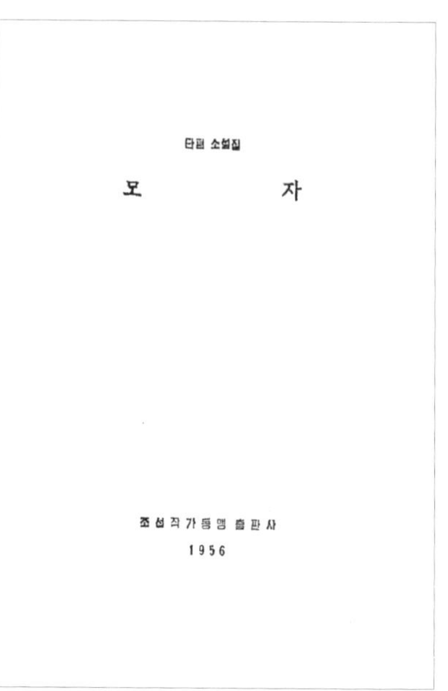

韓雪野, 「帽子」, 『文化戰線』 1, 1946. 7.　　한설야(외), 『모자』, 조선작가동맹출판사, 1956.

1947년 2월 이후, 아마도 미소공동위원회가 결렬된 이후 북조선의 친소적 성격의 국가를 수립하는 과정에서 행해진 것이 아닐까? 이런 가정 아래서 한설야 작품집 『단편집(탄갱촌)』(1948)이나 『초소에서』(1950), 『황초령』(1953)에 실리지 않은 측면이나 즉시 수정되지 않고 1950년대 중반 단편소설집 『모자』(1956)에 수록되면서 개작된 것도 설명이 가능해진다.

그렇다면 이런 문제의 중심에 선 한설야의 「모자」는 어떤 작품인가? 이 작품은 1945년 8월 북조선에 진주한 우크라이나 출신 소련군인 '나'에 대한 이야기를 담고 있는데, 전쟁에서 가족을 잃은 고통과 고향에 대한 향수에 사로잡힌 '나'가 조선 아이들과 친분을 가지면서 그 고통을 치유하는 과정을 형상화하고 있다. 이런 과정에서 '나'는

치를 가늠해 볼 때에도 『문화전선』 창간호가 발매 즉시 판매 중단되었다는 사실은 쉽게 납득이 가지 않는다(金柱炫, 「北朝鮮勞動黨의誕生」, 『근로자』 1, 1946. 10, 35~48쪽).

조선 소녀(옥)에게 자신의 딸 '프로싸'를 위해 간직해 온 모자를 건네 준다. 이 모자는 조선과 소련의 친선의 표시이자 낡은 것을 몰아내고 새 것을 만들어 갈, 어린 조선인들이 실현할 새로운 사회의 상징이기도 하다.

이런 '조쏘친선(朝蘇親善)'의 내용을 담은 한설야의 「모자」에 대한 김윤식의 앞의 평가는 여러 측면에서 검토가 필요하다. 김윤식은 이 작품을 논하면서 '㉠ 소련군의 내면을 지나치게 감상적으로 형상화한 것'이나 '㉡ 승무에 대한 상식 이하의 해석', '㉢ 소련군에 대한 지나친 호의적 반응' 때문에 오해를 불러일으키거나 뜻하지 않은 비판을 받을 수 있다고 지적한다. 그러나 1960년 개작된 판본 「모자」를 바탕으로 한 이런 김윤식의 지적은 1946년 당대 판본 「모자」를 가지고 판단한다면 여러 문제를 포함하고 있다. 또한 한설야의 '작가 역량과 정치적 감각의 적절한 결합'이라는 판단 아래 '소련 문학 및 문화에 대한 편향성'을 읽어내는 부분도 일정 부분 한계를 갖고 있다. 이 문제에 대한 필자의 판단을 명확하게 하기 위해서는 1946년 7월 판본 「모자」와 1956년 9월 판본 「모자」, 1960년 9월 판본 「모자」 사이의 개작 부분에 대한 검토가 선행되어야 한다.

① 1946년 7월 판본 단편소설 「모자」

이거리의 집집에서 마다 펄렁그리는 태극기의 붉은빛, 푸른빛이 내가족의 잃어진 피요 움지기지않는 파아란 눈동자를 상상케하는것이다. 울수있는때 ― 술이 취해서 울수있는때는 그래도 행복한 시간일수있다. 전쟁이 그립다. 주검을밟고 넘어가는 말리전쟁이 내고향이다. 그럼 예상밖에 전쟁이 빨리 끝장이 나서 너무 갑자기 내주위는 괴괴해섯다. 내게는 아직 소음(騷音)이 필요하고 총소리가 필요하였다.

그러나 지금 내주위는 대낮에도 만귀 잠잠한것 갓다. 어떤때는 이나라의모든 환호의소리와 해방의 빛갈이그저 까마득한속에 잠겨서 보이고 들리지 않는것이다.[15]

② 1956년 9월 판본 단편소설 「모자」

이 거리의 집집마다에서 펄럭거리는 깃발의 붉은 빛, 푸른 빛과 또 해방의 모든 빛갈들이 바로 내 가족의 잃어진 피요, 영원히 조국 하늘을 지키는 내 가족의 파아란 눈동자를 상상케 하는 것이다. 아니 바로 꼭 그것 같이도 보이는 것이다.

그러나 나는 여태도 이따금 꿈속에서 파시쓰트 독일 병정과 일본 병정을 때려잡는 일이 있었었고 그것은 즐거운 일이였다. 그리고 그보다 더 즐거운 일은 파시쓰트의 군대로서 파시쓰트를 반대하고 정의 앞에 항복하여온 그들과 꿈에 이야기하는 그것이였다.

그들에게도 죄 없는 부모와 안해와 자식이 있고 그리고 고향의 그 가족들은 아들과 남편과 아버지를 피타게 기다리고 있는 것이다. 그들을 제 고향으로 돌려 보내고, 나도 역시 고향으로 돌아 가는 꿈을 꾸고 깬 때처럼 즐거운 일은 없었다. 꿈을 깨여도 이 땅이 바로 내 고향 같이 생각되였기 때문에 더욱 그렇다.

나는 이 때마다 쉐브첸꼬의 시를 다시금 읊조리군 한다. 바로 내가 사는 이 거리에는 너르고 풍경 좋은 C 강이 흐르고 있다.

이 땅 사람들의 젖줄기인 이 강은 드네쁘르를 련상케 하고 나의 고향을 방불히 내 눈앞에 가져다 주기도 한다.16)

③ 1960년 9월 판본 단편소설 「모자」

이 거리의 집집마다에서 펄럭거리는 깃발의 붉은 빛, 푸른 빛과 또 해방의 모든 빛갈들이 바로 내 가족의 잃어진 피와 영원히 조국 하늘을 지키는 내 가족의 파아란 눈동자를 상상케 하는 것이다. 아니 바로 꼭 그것 같이도 보이는 것이다.

---

15) 韓雪野, 「帽子: 어떤 붉은 兵士의 手記」, 『문화전선』 1, 1946. 7, 205쪽. 1946년 판본 「모자」의 경우 필자는 '대훈서적'에서 영인한 자료가 일그러진 부분이나 판독이 불가능한 부분이 많아서 MF, PDF 자료를 통해서 복원했다.

16) 한설야, 「모자: 어떤 쏘베트 전사의 수기」, 한설야(외), 『모자』, 평양: 조선작가동맹출판사, 1956, 18~19쪽.

그러나 나는 여태도 이따금 꿈 속에서 파시스트 독일 병정과 일본 병정을 때려 잡는 일이 있고 그것은 즐거운 일이기도 하다. 그리고 그보다 더 즐거운 일은 파시스트의 군대로서 파시스트를 반대하고 정의 앞에 항복하여 온 그들과 이야기하는 그것이다.

그들에게도 죄 없는 부모와 안해와 자식이 있고 그리고 고향의 그 가족들은 아들과 남편과 그 아버지를 피타게 기다리고 있는 것이다. 그들을 제 고향으로 돌려 보내고, 나도 역시 고향으로 돌아 가는 꿈을 꾸고 깬 때처럼 즐거운 일은 없다. 꿈을 깨여도 이 땅이 바로 내 고향 같이 생각되기 때문에 더욱 그렇다.

나는 이 때마다 쉡첸꼬의 시를 다시금 읊조리군 한다. 바로 내가 사는 이 거리에는 너르고 풍경 좋은 C 강이 흐르고 있다.

이 땅 사람들의 젖줄기인 이 강은 드네쁘르를 련상케 하고 나의 고향을 방불히 내 눈 앞에 가져다 주기도 한다.17)

④ 1946년 7월 판본 단편소설 「모자」

그순간 나는 단총을 번쩍 들었다.

『놓아라』

그런즉 구경꾼들이 또 우야 도망질을 하는데 가겟주인만은 두번재 내가 웨침때에야 마지못해서 그여자에게서 손을때였다.

『당신은 돌아가시오』

내가 그리자 그여자는 질렸던 얼굴이 조금 풀리며 고맙다는듯이 허리를좀꾸부리고 어린애를 앞새우고 도망하듯 재게 어둑컴컴한 거리로 살아저버렸다.18)

---

17) 한설야, 「모자: 어떤 쏘베트 전사의 수기」, 『한 설야 선집(8)』, 평양: 조선작가동맹출판사, 1960, 44쪽.

18) 韓雪野, 「帽子: 어떤 붉은 兵士의 手記」, 208~209쪽.

⑤ 1956년 9월 판본 단편소설 「모자」

나는 더 견딜 수 없었다. 나는 포케트에 손을 찔러 돈을 거머쥐고 가게 안으로 뛰여 들어 갔다.

그 때 가게 주인은 어머니와 어린아이 몸에서 빚값으로 처가질 것이 없나 두루 살펴보고 있다가 나를 보더니만 전방에 있는 어린아이 모자 하나를 쳐들고 흔들어 보이며 이런 것을 이 녀자가 훔쳤다는듯이 나에게 알리려 하였다. (…중략…) 나는 이 가없은 어머니와 딸의 초라한 모습에서 압제자와 착취자의 증오스러운 자취를 발견하며 순간

『옜소.』

하고 선뜻 가게 주인에게 돈을 내주었다.

그런즉 주인은 녀자의 옷자락을 놓고 내 손에 쥐여진 지전을 바라보았으나 너무 의외라는듯이 얼른 받으려 하지 않았다. 그러나 그리면서도 주인은 대체 지전이 몇장이나 되는지 알려고 하는 것 같아서 나는 일부러 지전을 허트러 보여 주며 녀자에게

『당신 가시오, 좋소 좋소.』

하고 말하였다.

그런즉 녀자는 수삽한듯이 고개를 숙이긴 했으나 이내 내 말을 믿어도 좋다는 확신이 생긴듯 고맙다는듯이 허리를 굽신하며 어린애를 앞세우고 밖으로 걸어 나가더니 그만 어둑컴컴한 속으로 사려져버렸다.[19]

⑥ 1960년 9월 판본 단편소설 「모자」

나는 더 견딜 수 없었다. 나는 포케트에 손을 찔러 돈을 거머쥐고 가게 안으로 뛰여 들어갔다.

그 때 가게 주인은 어머니와 어린아이 몸에서 빚값으로 처가질 것이 없나 두루 살펴 보고 있다가 나를 보더니만 전방에 있는 어린아이 모자 하나를 쳐들고 흔들어 보이며 이런 것을 이 녀자가 훔쳤다는듯이 나에게

19) 한설야, 「모자: 어떤 쏘베트 전사의 수기」, 한설야(외), 『모자』, 27~28쪽.

알리려 하였다. (…중략…) 나는 이 가없은 어머니와 딸의 초라한 모습에서 압제자와 착취자의 증오스러운 자취를 발견하며 순간

『옜소.』

하고 선뜻 가게 주인에게 돈을 내주었다.

그런즉 주인은 녀자의 옷자락을 놓고 내 손에 쥐여진 지전을 바라보았으나 너무 의외라는 듯이 얼른 받으려 하지 않았다. 그러나 그리면서도 주인은 대체 지전이 몇 장이나 되는지 알려고 하는 것 같아서 나는 일부러 지전을 허트러 보여 주며 녀자에게

『당신 가시오, 좋소 좋소.』

하고 말하였다.

그런즉 녀자는 수삽한듯이 고개를 숙이긴 했으나 이내 내 말을 믿어도 좋다는 확신이 생긴 것 같았다. 그는 고맙다는듯이 허리를 굽신하며 어린애를 앞세우고 밖으로 걸어 나가더니 도망치듯 어둑컴컴한 속으로 사려져 버렸다.[20]

1946년 판본 「모자」에서는 북조선에 진주한 소련 군인이 어머니와 아내, 어린 자식을 잃고 고통스러워하는 모습이 선명하게 드러난다. '나'는 북조선 거리에서 펄럭이는 '태극기'의 붉은 빛과 푸른 빛을 보고 '내 가족의 잃어진 피와 움직이지 않는 파란 눈동자'를 상상하며 '공포'에 사로잡히며, 이 공포에서 벗어나기 위해 전쟁을 그리워하고 괴괴한 자신의 주위에서 소음과 총소리가 필요하고 생각한다. 그래서 그는 술에 취해서 울 수 있을 때가 그래도 행복한 시간이라고 느낀다. 그런데 1946년 판본 「모자」에서의 고통스러운 소련 군인의 모습은 1956년 판본 「모자」와 1960년 판본 「모자」에서는 사라진다. 1946년 판본 「모자」와 달리 '나'는 북조선 거리에서 펄럭이는 '깃발'의 붉은 빛, 푸른 빛과 해방의 모든 빛깔들에서 '내 가족의 잃

20) 한설야, 「모자: 어떤 쏘베트 전사의 수기」, 『한 설야 선집(8)』, 51~52쪽.

어진 피와 영원히 조국 하늘을 지키는 내 가족의 파란 눈동자'를 생각한다. 이런 생각은 가족을 잃은 공포가 아니라 조국에 대한 희생과 충성심으로 해석된다. '나'는 고향에 돌아가는 즐거운 꿈을 꾸거나 풍경 좋은 C강을 보며 고향의 강을 생각하는 인물로 변형된다. 1956년 판본 「모자」와 1960년 판본 「모자」에서 '나'는 술에 취해서 울거나 총소리를 필요로 하는 비관적인 소련 군인이 아니라 즐거운 상상에 사로잡히거나 시를 읊조리는 낙천적인 인물로 개작된다.

또한 1946년 판본 「모자」에서는 '단총(권총)'을 가지고 조선인을 위협하는 소련 군인의 부정적 모습이 선명한데, 1956년 판본 「모자」와 1960년 판본 「모자」에서는 그 부분이 사라진다. 어느 날 '나'는 극장에서 근무하는 조선 동무가 구경을 오라고 해서 조선의 고전 음악, 무용 공연을 관람하게 되는데, '승무'를 보다가 울분에 사로잡혀서 극장을 뛰쳐나와서 단총을 발사한다. 극장 밖 거리에서 조그만 어린 아이 모자 때문에 가게 주인과 여인의 실랑이를 목격한다. '나'는 초라한 여인의 애원하는 듯한 표정을 보고 단총을 번쩍 들어, 모자를 훔쳤다고 주장하는 가게 주인에게서 여인을 구해준다. 이런 1946년 판본 「모자」의 장면은 1956년 판본 「모자」와 1960년 판본 「모자」에서는 여러 부분이 개작된다. 1956년 판본 「모자」와 1960년 판본 「모자」는 '단총'을 들고 위협하는 장면은 '돈'을 지불하는 장면으로 변하면서 가게 주인도 돈에 집착하는 악덕 상인으로 설정된다. 가난한 사람을 착취하는 악덕 상인의 모습으로 변형되어서 계급적 대립 관계를 드러낸다.

여하튼 1956년 판본 「모자」와 1960년 판본 「모자」에서는 술에 취해서 총을 발사하거나 총을 들고 조선인을 위협하던 부분은 개작되는데, 이런 부정적인 소련 군인을 긍정적인 소련 군인으로 형상화한다. 이런 긍정적 소련 군인을 묘사함으로써 1946년 판본 「모자」에서 드러났던 감상적인 성격은 현저히 사라진다. 따라서 김윤식의 지적(㉠)과 달리, 여러 부분이 정교하게 개작된 1956년 판본 「모자」와

1960년 판본 「모자」는 1946년 판본 「모자」에 비해 훨씬 감상적인 성격이 줄어든다.

① 1946년 7월 판본 단편소설 「모자」

개중에도 나는『승무』라는것을 제일자미있게 보았다. 나는 이미 조선춤을몇번 구경한일이 있지만 이승무처럼 자미나는 춤을 처음 보았다. 물론조선동무의 설명이 있었던 관계도 있겠지만, 나는 이것을 구경하는 동안에는 잠시 모든것을 잊고 고시라니 그것만 구경할수 있었다.

이승무는 대체로 훌륭한 심리묘사라고 생각하는데 그심리가 점점 고조(高潮)되여 낭송은 거의 광적으로 발전한다.

이것은 즉 종교의 구속된 중의종교심리와 그중의 인간본능의 투쟁을 상증하는것이다.

즉 중은 인간본성의 가장 큰 한면인 성적 본능이 눌리여있는것이다. 이눌리운 인간성의 발작과 반항이 첨은 종교적인 잔잔한 형세가운데서 서서히 나타나다가 차츰 고조되여 거지반 미친듯이 치솟는것을 이승무의 전반(前半)은 비상히잘 표현하였다.

그래 나는 후반에가서 의례 이인강의 미칠듯한 감정이 종교의탈을 부시고 인간성을 찾아돌아와 인간적인 정서의발전으로부터 생활의해방으로 발전하리라고 생각하였고 또 그러기를 바랏다. 적어도해방된오늘의 승무는 마땅히 그래야할것이었다.

그러나 승무는 커다란 제금소리 — 하늘, 천당, 불교에서는 극락에 기도를 올리는 소리를 고개로 하여가지고그인간성의 무서운 발전이 다시 종교의 탑에 가치여 잠잠히 내리막고개로 내려가는것이다.

즉 여기서 내기대와는 반대로 인간성이 죽어지고 종교의힘이 인간을 다시 지배하게되는것이다. 그래서 무용은첫거리와갓혼 종교적인 잔잔한 막거리로 끝마치랴하는것이다.[21]

---

21) 韓雪野, 「帽子: 어썬 붉은 兵士의 手記」, 207쪽.

② 1956년 9월 판본 단편소설 「모자」

그중에도 나는 조선의 고전 무용 『승무』라는 것을 제일 재미 있게 보았다. 나는 이미 조선춤을 구경한 일이 있었지만 이 『승무』처럼 재미나는 춤은 처음 보았다.

물론 박 춘 동무의 설명이 있었던 관계도 있었지만 나는 이것을 구경하는 동안에는 잠시 모든 것을 잊고 고스란히 그것에만 도취되여 있었다.

이 무용은 조그만 호수의 지극히 잔잔한 물결 같은 움직임으로부터 시작되여 처음은 오로지 종교적 형식에 담긴 종교 의식의 움직임으로 보이나 그 동작이 점점 발전하는 데 따라 차차 포구를 들이받는 바다 물결 같이 리즘이 높아진다.

그것은 진행할수록 하나의 현상, 내면에 발생한 두개 대립물의 투쟁에서만 볼 수 있는 내면적인 고뇌와 모순의 충돌을 여실히 보여주기 시작하였다.

마치 『볼가의 뱃노래』가 아주 고요한 멜로디로부터 시작되여 높은 물결의 웨침으로로 변해가듯 이 무용도 고요한 속에서 서로 용납될 수 없는 감정의 충돌로 발전되여 간다.

그것은 바로 중의 내부에 있는 두개 정반대의 것이 서로 싸우고 있는 것을 보여준다. 하긴 중이란 항상 종교 의식에 의하여 인간 의식이 눌려있는 존재인데 지금 바로 무용 속에서 중의 내면에 눌리워 있던 인간성이 종교 의식에 반기를 들고 일어선 것이다. 그것은 타협할 수 없는 모순이요 그의 싸움이다.

즉 종교 의식은 언제나 인간 의식을 깔아 뭉개려 한다. 그러나 인간 의식은 결코 죽기를 원치 않는다. 그리하여 이 둘의 싸움은 결국 죽느냐 사느냐 하는 무서운 충돌로 발전한다. 여기서 무용은 거의 광적인 액숀을 전개한다.

그것은 결코 무용 예술의 약속을 무시함이 없이 하나의 높은 예술적 형상을 보여 준다. 그리고 이 형상이 절정을 넘어서면서부터 점차로 다시 종교 의식이 인간 의식 앞에 무릎을 꿇기 시작한다.

무용가의 얼굴에는 승리에 빛나는 인간의 희열이 떠오르고 종교적인 동작은 인간적인 동작 속에 해소되여 버린다.

무용가의 동작은 어느덧 자유와 광명을 향하여 나래치는 분방하고 아름다운 동작으로 변하여 간다. 그리하여 무용가가 바라를 내던지고 몸에 걸쳤던 가사 장삼을 벗어 던지고 그리고 꼬깔마저 쥐여뿌리고 하나의 생생한 인간으로 돌아가는 것으로써 무용은 끝난다.[22]

③ 1960년 9월 판본 단편소설 「모자」

그 중에도 나는 조선의 고전 무용 『승무』라는 것을 제일 재미 있게 보았다. 나는 이미 조선 춤을 구경한 일이 있지만 이 『승무』처럼 재미나는 춤은 아직 본 일이 없었다.

물론 박 춘 동무의 설명이 있었던 관계도 있었지만 나는 이것을 구경하는 동안에 잠시 모든 것을 잊고 고스란히 그것에만 도취되여 있었다.

이 무용은 조그만 호수의 지극히 잔잔한 물결 같은 움직임으로부터 시작되여 처음은 오로지 종교적 형식에 담긴 종교 의식의 움직임으로 보이나 그 동작이 점점 발전하는 데 따라 차차 포구를 들이받는 바다 물결 같이 리듬이 높아진다.

그것은 진행할수록 하나의 현상, 내면에 발생한 두 개 대립물의 투쟁에서만 볼 수 있는 내면적인 고뇌와 모순의 충돌을 여실히 보여 주기 시작하였다.

마치 『볼가의 뱃노래』가 아주 고요한 멜로디로부터 시작되여 높은 물결의 웨침으로 변해 가듯이 이 무용도 고요한 속에서 서로 용납될 수 없는 감정의 충돌로 발전되여 간다.

그것은 바로 중의 내부에 있는 두 개 정반대의 것이 서로 싸우고 있는 것을 보여 준다. 하긴 중이란 항상 종교 의식에 의하여 인간 의식이 눌려 있는 존재이다. 그런데 지금 바로 무용 속에서 중의 내면에 눌리워 있던

22) 한설야, 「모자: 어떤 쏘베트 전사의 수기」, 한설야(외), 『모자』, 20~21쪽.

인간성이 종교 의식에 반기를 들고 일어선 것이다. 그것은 타협할 수 없는 모순이요 싸움이다.

즉 종교 의식은 언제나 인간 의식을 깔아 뭉개려 한다. 그러나 인간 의식은 결코 죽기를 원치 않는다. 그리하여 이 둘의 싸움은 결국 죽느냐 사느냐 하는 무서운 충돌로 발전한다. 여기서 무용은 거의 광적인 액숀을 전개한다.

그것은 결코 무용 예술의 약속을 무시함이 없이 하나의 높은 예술적 형상을 보여 준다. 그리고 이 형상이 절정을 넘어 서면서부터 점차로 다시 종교 의식이 인간 의식 앞에 무릎을 꿇기 시작한다.

무용가의 얼굴에는 승리에 빛나는 인간의 희열이 떠오르고 종교적인 동작은 인간적인 동작속에 해소되여 버린다.

무용가의 동작은 어느덧 자유와 광명을 향하여 나래치는 분방하고 아름다운 동작으로 변하여 간다. 그리하여 무용가가 바라를 내던지고 몸에 걸쳤던 가사 장삼을 벗어 던지고 그리고 고깔마저 쥐여 뿌리고 하나의 생생한 인간으로 돌아 가는 것으로써 무용은 끝난다.[23)]

④ 1946년 7월 판본 단편소설 「모자」

그때 나는 부지중 나의 단총을 빼들었다. 승무가 인간성의 승리를 보여주지 않을때 나의 울분속에서 일우어진 비참한 환상이 다시 내정신을 엄습한것이다. 나는 더 견딜수없었다. 어릴제 내정신을 부뜰어주는것은 이제까지는 오직 단포하나뿐이였다. 내정신을 무서운 천길 굴속에 차넣고 짓밟고 박차고 죽이랴하는 환상을 물리칠 강렬한 — 가장 정열적인 소리가 어때 내게는 필요하였던것이다.

만일 내곁에 있던 조선동무가 내손을 잡아내리지 않었더면 나는 으레 극장천정을 보기좋게 구멍 두셋을 뚫어놓고말았을것이다. 그래야 기가 칵 질인 내가슴속에도 숨쉴 구멍이 터질것이었다.[24)]

23) 한설야, 「모자: 어떤 쏘베트 전사의 수기」, 『한 설야 선집(8)』, 45~46쪽.
24) 韓雪野, 「帽子: 어떤 붉은 兵士의 手記」, 207쪽.

⑤ 1956년 9월 판본 단편소설 「모자」

이 무용은 종교 의식이란 구경 소멸될 운명을 가진 것이라는 것을 보여주는 동시 인간성은 영원히 살아 남는다는 것을 보여 준다. 자기 무용에서 인간성을 쟁취한 무용가는 무대 우의 사람이라는 것보다 선과 악의 대립 속에 싸우고 있는 긴 인생 행로에서 싸워 이긴 승리자로 나에게는 보였다.

그러면서 무용가는 이미 아무 다른 사람도 아니오 바로 나의 동지요 전우로 보였다.

나는 그 무용가를 통해서 많은 이 나라 형제들 속에 싸여 있는 나 자신을 발견하였다.

이 나라 형제들은 내가 흉악한 원쑤 독일 파시쓰트들에게서 받은 나의 상처를—사랑하는 가족과 어린 딸을 학살 당한 너무도 아프고 사라질 줄 모르는 나의 상처를 이 시간에 얼마나 개갑게 가시여 주는지 몰랐다.[25)]

⑥ 1960년 9월 판본 단편소설 「모자」

이 무용은 종교 의식이란 구경 소멸될 운명을 가진 것이라는 것을 보여주는 동시 인간성은 영원히 살아 남는다는 것을 보여 준다. 자기 무용에서 인간성을 쟁취한 무용가는 무대우의 사람이라는 것보다 선과 악의 대립 속에 싸우고 있는 긴 인생 행로에서 싸워 이긴 승리자로 나에게는 보였다.

그러면서 무용가는 이미 아무 다른 사람도 아니요 바로 나의 동지요 전우로 보였다.

나는 그 무용가를 통해서 많은 이 나라 형제들 속에 싸여 있는 나 자신을 발견하였다.

이 나라 형제들은 내가 흉악한 원쑤 독일 파시스트들에게서 받은 나의 상처를—사랑하는 가족과 어린 딸을 학살 당한 너무도 아프고 사라질 줄 모르는 나의 상처를 이 시간에 얼마나 가볍게 가시여 주는지 몰랐다.[26)]

---

25) 한설야, 「모자: 어떤 쏘베트 전사의 수기」, 한설야(외), 『모자』, 21~22쪽.
26) 한설야, 「모자: 어떤 쏘베트 전사의 수기」, 『한 설야 선집(8)』, 46~47쪽.

1946년 판본 「모자」와 1956년 판본 「모자」, 1960년 판본 「모자」는 전통문화에 대한 인식도 또한 다르다. 1946년 판본 「모자」에서 '나'는 극장에서 근무하는 조선 동무와 함께 '승무' 공연을 관람하는데, 승무에 대해서 '제일 재미있게' 보았으며 '대체로 훌륭한 심리 묘사'라고 생각한다. '이것은 종교에 구속된 중의 종교적 심리와 그 중의 인간 본능의 투쟁'을 상정하고 있다. 전반부에서는 억눌렸던 인간의 본능이 서서히 나타나다가 후반부에 가서는 인간성이 죽어가고 종교의 힘이 인간을 지배하는 것으로 끝난다. 이 승무는 '나'가 기대했던 '종교의 탈을 부시고 인간성을 찾아 돌아와 인간적인 정서의 발견으로부터 생활의 해방으로 발전하리라'고 예상했던 것과 달리 그 반대로 끝을 맺는 것이다.

그런데 1956년 판본 「모자」와 1960년 판본 「모자」에서는 '승무'의 전반부에 대한 내용은 1946년 판본 「모자」와 크게 변한 것이 없지만 '승무'의 후반부의 내용은 크게 달라진다. 1946년 판본 「모자」에서는 '인간성이 죽어지고 종교의 힘이 인간을 다시 지배하는 것'으로 끝나지만, 1956년 판본 「모자」와 1960년 판본 「모자」에서는 '종교의식이 인간 의식 앞에 무릎을 꿇기 시작하며, 승리에 빛나는 인간의 희열이 떠오르며 종교적인 동작은 인간적인 동작 속에 해소되어 버리는 것'으로 마무리된다. 다시 말해서 1946년 판본 「모자」에서는 '종교의 힘'의 승리를 말한 것이라면 1956년 판본 「모자」와 1960년 판본 「모자」는 '인간 의식'의 승리를 표현한 것으로 개작된다. 그래서 이들 판본은 '승무'를 관람 후 '나'의 행동도 다르다. 1946년 판본 「모자」에서는 조선의 전통에 대한 이해 부족으로 단총(단포) 빼들고 행패를 부리는 반면, 1956년 판본 「모자」와 1960년 판본 「모자」에서는 사랑하는 가족과 어린 딸이 학살당한 너무도 아프고 사라질 줄 모르는 나의 상처를 가볍게 없애주는 것으로 설정되면서 '나'가 조선 동무(박준)에게 감사의 눈을 돌리는 것으로 변모한다.

따라서 1946년 판본 「모자」의 승무에 대한 설명이 김윤식이 지적하듯 '㉡ 승무에 대한 상식 이하의 해석'이라고 판단하기는 어렵다. 승무에 대한 불교적 영향만을 지적한다면, '승무에서는 일차적으로 세속의 번뇌가 연상되고, 거기서 그치지 않고 세속의 번뇌를 모두 던져 버리고자 하는 숭고한 몸부림이 종교적으로 승화된 것을 느낄 수 있다'[27]는 현재 해석과 한설야의 승무에 대한 설명은 크게 다르지 않다. 1946년 판본 「모자」에서의 승무에 대한 해석은 1956년 판본 「모자」와 1960년 판본 「모자」에서는 변모하는데, 이는 1950년대 북조선 문학예술계에서 진행된 '고전의 현대적 개작'[28]에 대한 논의와 관련되어 변형된 것이다.[29]

---

27) 채향순, 「승무의 상징(象徵)적 표현에 나타난 한국적 정서(情緖)」, 경희대학교 박사논문, 2010, 120쪽.

28) 한설야, 「전후 조선 문학의 현 상태와 전망: 제二차 조선 작가 대회에서 한 한 설야 위원장의 보고」, 한설야(외), 『제2차 조선 작가 대회 문헌집』, 평양: 조선작가동맹출판사, 1956, 58쪽.

29) 북조선 문학예술계에서 진행된 '고전의 현대적 개작'에 대한 논의는 다음의 1956년 판본·1960년 판본 「모자」의 나와 박춘의 대화에서도 짐작할 수 있다.

나는 박 춘 동무에게 감사의 눈을 돌리며 말하였다.
『참 좋은 무용이요. 이런 무용이 당신 나라에 옛날부터 있었단 말이요?』
그런즉 박 춘 동무는 싱긋이 웃으며
『옛날부터 있었지요. 그러나 옛날 것은 지금 본 것과는 후반이 달르오. 새무용가들이 후반을 고쳤지요.』
하고 대답하였다.
『어떻게?』
『전에는 미친 듯 잦은가락으로 바라를 몰아치는 절정에서부터 다시 템포가 조금씩 떠지며 나중은 처음 시작할 때와 같이 고요하게 내려 가다가 끝났소.』
『중의 옷도 그대로 입고 모자도 쓴채로…?』
『그렇지요. 처음의 중 그대로 돌아 가지요.』
『그런걸 고쳤단 말이지요? 당신들 무용가 훌륭하오.』
『물론 무용가의 누구나가 그렇게 춘 것은 아니오. 일제 탄압하에서 그것을 반대하여 투쟁한 예술가들만이 자기들의 예술 사업을 진행하는 과정에서 새로 고쳤지요. 이 사람들은 결코 종교가 인간을 이길 수 없다고 생각했지요. 물론 조선을 영원히 강점하려는 일본 지배자들은 종교가 인간을 이긴다고 가르쳤지만 그러나 인간의 예술가들은 이를 반대했소. 그래 이 투쟁 속에서 새 승무가 생겼던 것이요.』
『옳소, 투쟁은 당신들의 예술 창작을 바른 길로 인도했소.』
『그러나 옛날것대로 하지 않는다고 시비하는 사람도 있었소.』
『물론 있었을 것이오. 그런 사람은 앞으로도 있을 수 있소. 그러나 당신들은 그 사람들을 이겨야지요.』
박 춘 동무가 어느 정도 내 말을 정확히 알아 들었는지 모르고 또 박 춘 동무의 의사

① 1946년 7월 판본 단편소설 「모자」

나는 이전에도 이나라의 어린애들을 보아도 눈에서 모다불이 나는 때가 있었다. 첨은 어린애들이 내게서 무엇을 얻으려고 비슬비슬 가까히 오게되면 나는 슬며시 총부리를 돌리는 시늉을 해서 몰아보냈다. 구찮다는것보다 차리리 무서웠던것이다.30)

② 1956년 9월 판본 단편소설 「모자」

나는 그것을 딱이는 모른다. 그러나 나는 이것만은 안다. 나는 이전에는 이 나라 어린이들을 보아도 결코 미워서가 아니지만 내가 가지고 있는 고통에 좀더 불이 붙는 것을 느꼈다.

처음은 조선의 어린아이들이 내게서 해바라기씨를 얻기 위해서든지, 또는 로씨야말을 배우기 위해서든지, 또는 무슨 이야기를 하기 위해서나 있는 데로 비슬비슬 가까이 오게 되면 나는 모른 체하고 슬며시 돌아서 버리군 하였다.

귀치 않다는 것보다 차라리 무서웠다는 것이 나의 그때 심정에 근사한 표현일 것이다.31)

③ 1960년 9월 판본 단편소설 「모자」

나는 그것을 딱이는 모른다. 그러나 나는 이것만은 안다. 나는 이전에는 이 나라 어린이들을 보아도 결코 미워서가 아니지만 내가 가지고 있는 고통에 좀 더 불이 붙는 것을 느꼈다.

처음은 조선의 어린아이들이 내게서 해바라기 씨를 얻기 위해서든지, 또는 로씨야 말을 배우기 위해서든지 또는 무슨 이야기를 하기 위해서

표시가 극히 불충분하였으나 그리면서도 그와 나의 생각은 완전히 일치되였다고 나는 생각하였다. 나는 더할 수 없게 기뻤다.

— 한설야, 「모자: 어떤 쏘베트 전사의 수기」, 한설야(외), 『모자』, 22~23쪽.

— 한설야, 「모자: 어떤 쏘베트 전사의 수기」, 『한 설야 선집(8)』, 47~48쪽.

30) 韓雪野, 「帽子: 어떤 붉은 兵士의 手記」, 211쪽.

31) 한설야, 「모자: 어떤 쏘베트 전사의 수기」, 한설야(외), 『모자』, 33쪽.

나 있는 데로 비슬비슬 가까이 오게 되면 나는 모른 체 하고 슬며시 돌아서 버리군 하였다.

귀치않다는 것보다 차라리 무서웠다는 것이 나의 그 때 심정에 근사한 표현일 것이다.[32]

④ 1946년 7월 판본 단편소설 「모자」

가을 햇빛에 물든 금모래 마당을 밟으며 나는 계집아이를 안은채 내방으로 걸어들어갔다.

새싹을 키우는 이거리로 귀엽게 걸아가는 ― 프로싸의 모자를 쓴 프로싸의 동생 그리고 모든 이나라의어린이들……이런것이 파노라마처럼 내 머릿속에 떠돌고 있다.[33]

⑤ 1956년 9월 판본 단편소설 「모자」

가을 햇빛에 물든 금모래 마당을 밟으며 나는 계집아이를 안은채 내방으로 걸어 들어 갔다.

새 싹이 무럭무럭 자라나는 이 거리로 귀엽게 아장아장 걸어가는—프로쌰의 모자를 쓴 프로쌰의 동생, 아니 바로 프로쌰… 그리고 모든 이 나라의 어린이들이 파노라마처럼 내 머리 속에 떠돌고 있다.[34]

⑥ 1960년 9월 판본 단편소설 「모자」

가을 햇빛에 물든 금모래 마당을 밟으며 나는 계집아이를 안은 채 내 방으로 걸어 들어갔다.

새 싹이 무럭무럭 자라나는 이 거리로 귀엽게 아장아장 걸어가는—프로쌰의 모자를 쓴 프로쌰의 동생, 아니 바로 프로쌰… 그리고 모든 이 나라의 어린이들이 파노라마처럼 내 머리 속에 떠돌고 있다.[35]

---

32) 한설야, 「모자: 어떤 쏘베트 전사의 수기」, 『한 설야 선집(8)』, 57쪽.
33) 韓雪野, 「帽子: 어떤 붉은 兵士의 手記」, 215쪽.
34) 한설야, 「모자: 어떤 쏘베트 전사의 수기」, 한설야(외), 『모자』, 41쪽.
35) 한설야, 「모자: 어떤 쏘베트 전사의 수기」, 『한 설야 선집(8)』, 64쪽.

한설야는 1946년 판본 「모자」에서의 다가오는 조선 아이에 대해 '총부리를 돌리는 시늉'을 하던 것을 1956년 판본 「모자」와 1960년 판본 「모자」에서는 '모른 체 하며 돌아서는' 것으로 수정한다. 1956년 판본 「모자」와 1960년 판본 「모자」에서는 1946년 판본 「모자」에서의 조선인을 위협하거나 난사하는 등의 '단총'과 관련된 장면들이 삭제되면서 전체적으로 소련 군인을 친근한 모습으로 제시한다. 1946년 판본 「모자」와 마찬가지로 1956년 판본 「모자」와 1960년 판본 「모자」에서도 아이들과 친해진 소련군인 '나'는 딸 '프로싸'에게 줄 모자를 조선 소녀에게 주면서, 미래의 주역으로 성장할 조선 어린이들을 떠올리면서 새로운 조선의 모습을 상상한다. 이를 통해 작가는 조선과 소련의 우호 관계를 보여주는 한편 새로운 사회주의 조선의 모습을 형상화한다.

그렇다면 한설야의 「모자」에서 이렇게 표현된 소련군에 대한 해방직후 북조선 주민들의 반응은 어떠했을까? 당시 북조선의 도시와 농촌 주민 대부분이 소련에 대해 호의적이라는 시킨(Shikin)의 보고나, 해방 직후 소련군이 열렬한 호응을 받았다는 「민정보고서」의 언급이 있다. 이런 보고서로 미루어 보면 소련에 대해 북조선 주민들은 상당히 우호적이었다고 할 수 있다. 그러나 창고 파괴나 테러 등 적대 행위의 대상이 주로 소련군과 공산당에 집중되었다는 보고 내용으로 판단한다면 북조선 주민들은 소련에 대해 상당한 불만을 갖고 있었음도 역시 사실이다.[36] 그러면 이런 소련군에 대한 부정적인 인식은 한설야의 「모자」에서는 구체적으로 어떻게 표현되었을까?

> 그래서 나는 거반 무의식적으로 내손으로 내뒤통수를 세괄게 두들기고 그대로 후련치 않으면 문득 단총을빼여 든다. 그리고 거푸 탕, 탕, 탕……

---

36) 정성임, 앞의 글, 315쪽.

그러면 나는 약간 개운해 진다.

그래서 나는 아닌밤중에도 깨는때마다 이렇게 하구라야 백였다. 이거리의 백성들이 총소리를 꺼리는것도 잘 알구는 있지만 ― 내게는 지금 총소리를 꺼릴수있는 자유가 없다.

나는 한번은 자동차를 타고 H시로 가다가 허공에대고 무중 단총을 발사해서 지나가던 안악네가 으악 하고 울부짖으랴는것을 본일도 있다. 나는약간 유쾌하였다. 내총소리에 모든것이 습복(慴伏)했으면 싶었다. 그래야 나의 정신도 머리속에서 날뛰기를 그치고 다른사람과 같히 내총소리앞에 가만히엎드릴것 같다.[37]

한설야의 1946년 판본 「모자」에서는 '술'과 '여자'를 찾거나 밤거리를 돌아다니며 약탈하는 모습은 빠져 있지만 단총을 난사하는 소련군의 행패는 서술되어 있다. 이런 사실은 다음의 증언에서도 확인할 수 있다.

그 당시 쏘련군인이란 잔혹 그것이었다. 매일처럼 쏘련군인으로 하여 피해를 받는 사건이 꼬리를 물고 발생하였다. 쏘련군인들은 자기들의 입으로 약소민족을 해방하기 위하여 왔노라고 입버릇처럼 뇌면서도 현실적으로는 살인강도 강간을 일과로 삼고 있는 것이었다. 쏘련에서도 그런 사실들은 별로 죄악시되지 않는 모양 같았다. / 잠간 독자들은 술에 취한 자들에게 총이 쥐여졌다는 사실을 상상하라. 그들은 다발총을 마구데고 뚜루루루…… 내갈기었다. 북한에는 통행금지시간이 오후 아홉시부터였으나 여섯시면 벌써 인기척이 끊어지는 것이다.[38]

낮의 그들은 소박하고 무지하고 충직하다. 그러나 밤의 그들은 영맹(獰猛)한 금수로 변한다. (…중략…) 그들이 자기의 욕망을 만족시키기 위

---

37) 韓雪野, 「帽子: 어떤 붉은 兵士의 手記」, 206쪽.
38) 玄秀, 앞의 책, 40~41쪽.

한 그들의 맹목적이고 본능적인 밤의 행동에 대하여서는 변명의 여지가 없다. 그들은 무지하였다. (…중략…) 그러나 시일이 경과함을 따라 소련인의 폭행은 차차로 줄어 갔다. 야수처럼 잔학한 그들의 모습은 줄어가고, 소처럼 미련하고도 양순한 소련인이, 농민처럼 소박하고도 충직스러운 소련인이, 하나의 정당한 인간으로 평양거리에 등장하기 시작했다.[39]

그 당시 우리들 공산당의 입장을 몹시 난처하게 하는 일이 이 땅을 휩쓸게 되었다. 그것은 그 「위대한 붉은 군대, 친근한 벗 쏘련군」이 거지꼴을 하고 이곳에 들어오자 마자 굶주렸던 「이리」떼 같이 또는 발광을 한 「깽」떼 같이 「따발총」을 닥치는대로 휘두르며 살인, 강도, 약탈, 폭행, 난행을 자행하여 해방의 감격, 새로운 평화의 거리, 아름다운 역사의 강산을 공포와 전률의 난장판으로 만든 의외의 사실 그것이었다.[40]

위의 여러 증언에서 보듯, 소련군은 1945년 해방 직후 술과 여자를 찾거나 밤거리를 돌아다니며 폭행과 약탈했던 것도 사실이지만, 그 후 농업·공업 등의 각 방면 전문가들이 파견되어 북조선의 복구를 지원하면서 소련군의 인기가 상승했던 것도 또한 사실이다.

내가 본 바로는 러시아인들은 인기가 있었다. 더 중요한 사실은 그들의 인기가 올라가고 있다는 것이었다. 전투를 하며 들어온 첫 부대는 독일전선에서 온 거친 사람들이었기 때문에 1945년에는 그들에 대한 불평이 좀 있었다. 해방군은 그들이 비록 자기 나라의 군대일지라도 인기를 얻는 게 쉽지 않은 법이다. 처음에 충격을 주었던 부대들은 빠른 시일 동안에 농업, 공업, 기술, 행정 전문가로 대체되었고, 이들은 북한 곳곳에 흩어졌으며 그들의 기능은 아주 분명하게 제한되었다.[41]

---

39) 吳泳鎭, 앞의 책, 87~104쪽.
40) 韓載德, 『金日成을 告發한다』, 내외문화사, 1965, 77쪽.
41) Anna Louise Strong, 이종석 역, 「북한, 1947년 여름」, 김남식·이종석(외), 『해방전후사의 인식(5)』, 한길사, 1989, 503쪽.

해방 직후 북조선에서 '해방군'[42]으로 비쳤던 소련군의 선발대는 지역주민들에게 마구잡이 폭력을 행사했고, 소련 점령지역에서는 공장을 탈취하고 산업설비들을 전리품처럼 소련으로 빼돌렸을 뿐만 아니라 여성에 대한 강간과 주민들에 대한 물리적 폭력, 식량 강탈 등이 빈번하게 발생했다. 1945년 10월에 이르러 소련군의 폭력행동은 많이 줄어든 것으로 보이며, 11월 경 북조선 주둔 소련군의 20%는 여성이었다. 그러나 북조선에서 소련군의 경제적 수탈은 다른 곳에 비해 그리 심각한 것은 아니었으며, 소련의 조선정책은 점차 약탈에서 복구로 전환되었다. 1946년 봄까지는 소련점령당국이 북조선 경제를 약탈하기보다는 지원하고 있었다. 여하튼 '붉은 군대'의 점령 초기에는 광범위한 약탈이 종종 저질러졌다는 것은 확실하다.[43] 따라서 해방 직후 소련은 북조선 주민들에게 '조선을 독립시킨 해방자나 조선의 건설을 원조한 방조자'만은 물론 아니었다. 그러나 1946년 봄부터 소련에 대한 인식은 서서히 긍정적으로 변화하

---

42) 북조선에서 소련군을 '해방군'으로 불러지는 것은 어떻게 보아야 할까? 실제로 소련군의 군사 행동은 동아시아에서 자국의 이익의 확보 이상으로 순수하게 한반도 해방을 위한 작전은 아니었다. 비록 소련이 식민지 시기 조선민족해방운동을 적극 지원하였더라도 대일전 참전의 결과로 얻은 한반도의 해방은 자국의 목표 달성에서 '부차적'으로 획득한 성과물이었다. 따라서 조선의 독립 과정에서 소련의 역할은 인정되지만, 소련군에 대해 '해방군'이란 감성적인 용어를 사용하는 것은 적절하지 않다(기광서, 「소련군의 '해방적' 역할과 북한의 인식」, 정근식·신주백(편), 『8·15의 기억과 동아시아적 지평』, 선인, 2006, 197쪽).

43) Charles K. Armstrong, 『북조선 탄생』, 김연철·이정우 역, 서해문집, 2006, 78~82쪽. 그러면 해방 직후 북조선의 경제 상황은 어떠했을까? 평양 주둔 소련군정 정치사령관이었던 레베데프(N. G. Lebedev)의 다음 증언에 보듯, 북조선의 당시 상황은 심각했다. "해방 전 북조선에서는 군수품을 위주로 한 중공업이 비교적 발전했습니다. 그러나 공장 기계들 대부분은 일본의 침략 전쟁 수행을 보장하고, 제국주의 독점업체들의 최대 이윤을 추구하기 위해 극도로 혹사돼 노쇠했습니다. 그뿐 아니라 일본은 패망 당시 북조선에 있는 산업 시설을 고의적으로 파괴했습니다. 수풍발전소를 비롯한 19개 소의 수력발전소들을 파괴했거나 조업을 중단시켰으며, 64개 소의 탄광과 광산들을 완전 침수시켰고, 178개 소의 탄광과 광산들을 부분적으로 침수하거나 파괴했습니다. / 특히, 북조선 공업에서 가장 중요한 자리를 차지하는 청진제철을 비롯해 황해제철소, 강선제강소, 청진방적공장, 흥남비료공장, 성진제강소, 남포제련소 등 수십 개의 주요 공장을 파괴했고, 철도 운수 부문에서 기관차의 80%를 파괴했습니다. 이들 산업시설 복구가 시급했고 낙후된 농업과 경공업 발전 등 인민경제를 위해 시급한 과제들이 산적해 있었습니다." (김국후, 『비록 평양의 소련군정』, 한울, 2008, 49쪽)

기 시작했으며, 1947년 미소공동위원회가 결렬된 후 소련문화에 대한 선전사업의 확대, 강화로 인해 '해방자'와 '방조자'로 정착되었을 것이다.

따라서 한설야의 「모자」에 대해서 그의 작가 역량과 정치적 감각의 적절한 결합이라던가, 이런 판단 아래 소련 문학 및 문화에 대한 편향성을 읽어내는 김윤식의 지적은, 해방 직후 소련에 대한 부정적 인식을 검토하거나 1946년 판본 「모자」와 1956년 판본 「모자」·1960년 판본 「모자」에 대한 개작 사항을 점검한다면, 해방 직후의 한설야의 정치적 판단이라기보다는 소련에 대한 인식이 '정착'된 후 한설야의 정치 감각이라고 보는 것이 더 타당하다. 또한 1946년 판본 「모자」는 1956년 판본 「모자」와 1960년 판본 「모자」보다 해방직후 한설야의 현실 감각을 더 정확하게 포착할 수 있다.

3. 북조선 지식인의 소련에 대한 인식의 실상

해방기 북조선 지도부는 조선과 소련의 관계를 어떻게 인식했을까?

然이나 現段階의情勢로보아 或은今番大戰을通하여서의 美國, 英國이한 歷史的役割을볼 때 그들은 進步的인使命을다하였다. 그들은 蘇聯邦과 共同戰線을느리며 國際的팟쇼戰線을 擊破하야 被壓迫民族을解放한것만은 움지길수없는事實이라할것이다. 우리朝鮮은 蘇聯의主動的力量과및 美英의貢獻으로말미암아 無血의獨立解放은 實現되였고 將次아프로 完成되려는階段에 到達하였다고할수 있다. 그러한意味로해서 聯合國의그들은우리의벗이요 우리의가장親善해야할國家라고 보지않을수없다.[44]

---

44) 「政治路線에關하야: 朝鮮共産黨平南地區擴大委員會」, 朝鮮産業勞動調査所, 『옳은路線을위하야』, 우리문화사, 1945, 26~27쪽; 朝鮮産業勞動調査所, 『옳은路線』, 동경: 민중신문사, 1946, 21~22쪽.

히틀러독일의 팟쇼제도에 유린되었던 구라파 제국의 인민들과 동방에서 야수적 일본제국주의의 약탈정책에 신음하던 아세아 제민족 특히 三十六년동안 일본제국주의의 통치에서 해방된 우리 조선인민들은 쏘련인민과 쏘련군의 그 위대하고 희생적인 해방적공적을 영원히 잊이못할것입니다. (…중략…) 인류의 가장 악독한 원쑤인 팟쇼잔재를 숙청할 대신에 세계의 어떤국가들과 어떤지역에서는 새로운팟쇼적발악이 시작되고 있습니다.[45]

1945년 9월 15일에 열린 조선공산당 평남지구확대위원회의 결정서 「정치노선에 관하야」에서 보듯, 북조선 공산당은 조선 해방을 소련의 주동적 역할을 통하여 '국제적 파쇼 전선'을 격파한 것으로 인식한다. 이에 대한 김일성의 입장도 크게 다르지 않다. 1945년 10월 13일 서북5도 당원 및 열성자 연합 대회에서 김일성은 당 조직 문제를 보고하면서 '조선의 현재 형편의 첫 임무가 반파쇼전선을 굳게 하는 것'[46]임을 지적한다. 또한 1947년 8월 14일 오후 7시 평양모란봉극장에서 거행된 8·15 해방 2주년 기념대회에서도 김일성은 독일의 파쇼제도와 일본 제국주의의 약탈정책, 새로운 파쇼적 발악을 지적하면서 반파시즘적 측면에서 국제 정세를 설명한다. 이런 여러 지적에서 볼 때, 북조선 지도부가 소련군을 단순한 '해방자'로만 인식한 것이 아니라 '인민전선(반파시즘)' 연대의 측면에서도 파악했음을 알 수 있다.[47] 즉, 소련에 대한 이런 인식은 김재용의 앞의 지적처럼 한설야만의 특별한 인식은 아니며 북조선 지도부의 일반적 인식과 별반 다르지 않다.[48]

---

45) 金日成, 『八·一五解放二週年記念報告』, 평양: 북조선인민위원회선전부, 1947, 3~11쪽.

46) 「五道黨員及熱誠者聯合大會會議錄」, 朝鮮産業勞動調査所, 『옳은路線을爲하야』, 46쪽; 朝鮮産業勞動調査所, 『옳은路線』, 40쪽.

47) 한설야의 인민전선(반파시즘) 연대라는 입장은 '김일성을 소재로 한 최초의 작품'으로 말해지는 단편소설 「혈로」(1946)에서도 선명하게 드러난다. 그는 김일성의 조국광복회의 조직이나 국내 진공 작전을 '국제당 제7차 대회에서의 디미트로프(G. M. Dimitrov)의 인민전선(人民戰線)에 관한 테제'를 구체적으로 실천한 것으로 파악한다(韓雪野, 「血路」, 韓載德(외), 『우리의太陽』, 평양: 북조선예술총련맹, 1946, 56쪽).

(1) 朝쏘 兩國間에 締結된 經濟及 文化協定은 兩締約國의 主體性으로보아서 徹頭徹尾하게 同等的이며 友好的인것이다. (…중략…) (2) 朝쏘 兩國間에 締結된 經濟及 文化協定은 民主陣營間의 相互利益의 原則에立脚하여 朝鮮의 民主獨立을 더욱 鞏固하게 保障하기爲한 援助協定인것이다. (…중략…) (3) 朝쏘兩國間에 締結된 經濟及 文化協定은 그內容에있어서 人民共和國의 統一發展을 促進시키는 基本條件으로서 人民經濟二個年計劃의 急速한 實現을 目標로삼는 民主建設의 協定인것이다. (…중략…) (4) 朝쏘 兩國間의 經濟及 文化協定은 人民共和國自體의 統一發展을 爲한 建國協定일뿐아니라 共和國의 國際的威信을 宣揚하는것이며 極東의 平和와 安全을 保障하는데 對하여도 政治的으로 큰貢獻이되는 民主强化의 協定인것이다.[49]

왜, 북조선 지도부가 이런 친소적 관계를 강조했을까? 이는 백남운의 조선과 소련의 '경제적 및 문화적 협조에 관한 협정'(조쏘경제문화협정)의 정치적 의의와 영향을 설명한 부분에서 그 일단을 확인할 수 있다. 당시 교육상이었던 백남운은 이 협정에 대해서 ① 조선과 소련의 주체성에 기반한 동등하고 우호적인 협정이며, ② 민주진영 간의 상호 이익의 원칙에 입각하여 조선의 민주독립을 공고하게 보장하기 위한 원조협정이며, ③ 인민경제계획의 급속한 실현을 목표로 삼는 민주건설의 협정이며, ④ 인민공화국 자체의 통일 발전을 위한 건국협정인 한편 공화국의 국제적 위신을 선양하고 극동의 평화와 안전을 보장하는 민주강화의 협정임을 강조한다.

---

48) 북조선에서 조선역사를 공식적으로 정리한 『조선통사』에서는 일제 시대 '보천보전투'가 '국제공산당이 제시한 노선에 입각하여' 행해진 것임을 지적했을 뿐만 아니라 '제2차 세계대전에서 소련의 결정적 역할에 의한 민주역량의 승리와 파쇼블록국가들의 패전은 국제정치세력에 근본적 변경을 가져왔다'고까지 지적한다(조선민주주의 인민공화국 과학원 력사연구소, 『조선통사(중)』, 평양: 과학원출판사, 1958(번인: 학우서방, 1961), 369쪽; 조선민주주의 인민공화국 과학원 력사연구소, 『조선통사(하)』, 평양: 과학원출판사, 1958(번인: 학우서방, 1961), 3쪽).

49) 白南雲, 『쏘련印象』, 평양: 조선력사편찬위원회, 1950, 262~268쪽.

특히 여기서 말하는 조선의 주체성이란 무엇인가? '조선은 인민민주주의적인 주권을 확립한 조선민주주의 인민공화국이며, 공화국 정부는 조선 전체 인민의 유일한 중앙정부이다'. 이는 공화국 정부의 자주 독립성을 말한다. 이런 주체성을 담보하는 것은 '민족자결을 준수하며 타민족의 독립과 자유를 존중하며 다른 나라의 내정을 간섭하지 않는다'는 소련의 대외정책이며 스탈린의 민족정책이었다.[50] 이런 협정의 정치적 의의를 설명한 백남운의 주장은 북조선 지도부의 조선과 소련의 친선에 대한 입장을 정리한 것에 해당된다.[51] 즉, 북조선 지도부는 소련과의 친선 관계를 강화하는 것만이 북조선의 주체성과 자주 독립을 보장하는 유일한 기본조건으로 파악했다는 것이다.

弱小民族의 참동무
조선민족의 偉大한 解放者,
붉은軍隊여 오는가? (…중략…)
그러나 우리들은 다만 붉은軍隊를 기다렸다.
스몰렌스크,
레닌그라드,
모스크바,
그리고 쓰딸린그라드의 英雄들,
붉은軍隊를 맞고 싶었다.[52]

우리가 밧드는 北朝鮮人民委員會가 있고
우리民族의 永遠한發展을 祝福하며 지켜주는

50) 위의 책, 262~263쪽.
51) 방기중, 「백남운의 『쏘련印象』과 정부수립기 북한사연구」, 백남운, 『쏘련인상』, 선인, 2005, 294~305쪽.
52) 朴世永, 「붉은軍隊는 오는가: 一年前그날을追憶함」, 朝蘇文化協會(편), 『永遠한 握手』, 평양: 조쏘문화협회, 1946, 48~49쪽.

허물없이 親한동무—붉은軍人 들이 있고
그리고 또 만약 고요히 귀를 기우린다면
온 世界의 弱하고적은 民族을도읍는
世界의强國 쏘베트聯邦 쓰딸린大元帥의 呼吸과
쏘베트人民의 祝福의 노래소리가
들리는듯 하리라[53]

한설야의 문제작 「모자」와 해방기 북조선 지식인의 소련에 대한 인식의 실상을 정리하면 다음과 같다. 먼저, 한설야의 1946년 판본 「모자」는 해방직후 그의 현실 감각을 확인할 수 있는 작품이다. '우리 민족의 영원한 발전을 축복하며 지켜주는 허물없이 친한 동무'나 '약소민족의 참동무, 조선민족의 위대한 해방자'로 소련군을 말하던 시점에서, 북조선 문학예술계를 이끌던 한설야는 해방 직후 북조선 주민들에게 행패를 부렸던 소련군의 부정적 면모를 일신할 필요를 절감했을 것이다. 소련군이 약탈에서 복구로 전환되면서 소련군에 대한 인기가 상승하던 1946년, 소련군의 부정적 면모에 대해서 '전쟁의 고통'과 '고향에 대한 향수'로 인한 일탈로 재인식시킬 필요가 있었을 것이다. 이런 측면에서 한설야의 「모자」는 그의 정치 감각이나 북조선 문학예술계에서의 위치를 가늠해 볼 수 있는 중요한 잣대가 되는 작품이다.[54] 여기서 「모자」는 다음 두 가지 측면에서 중요한 의의를 갖는 문제작이다. 하나는 더 이상 소련군의 행패와 같은 소련에 대한 부정적 면모를 작품화할 수 없다는 점이고, 다른 하나

---

53) 朴八陽, 「平壤을 노래함」, 金朝奎(외), 『巨流』, 평양: 8·15해방1주년기념중앙준비위원회, 1946, 53쪽.

54) 해방기 북조선에서 한설야의 위치는 다음의 저자 약력에서도 선명하게 드러난다. '해방 후 함흥 및 함남 예맹 조직, 북조선 문예총 조직에 참획(參劃), 북조선로동당 중앙당 문화인부장, 민주조선사장, 북조선통신사장, 교육국장 역임. 1947년 북조선 인민회의 대의원. 1948년 조선민주주의 인민공화국 최고인민회의 대의원 피선, 북조선 문예총 위원장, 평화옹호전국민족위원회 위원장, 국가학위수여위원회 문학분과 심사위원'(「著者略歷」, 韓雪野(외), 『(八·一五解放四週年記念出版)小說集』, 평양: 문화전선사, 1949)

는 '모자'로 말해지는 조선과 소련의 우호의 표상에 대한 것이다. 이런 두 측면은 리북명의 「해풍」, 윤시철의 「능궁」 등과 같은 여러 작품에서 반복된다. 따라서 한설야의 「모자」는 소련군에 대한 부정적 면모를 일신하고 '조쏘친선'을 강화하기 위한 작품인 것이다. 또한 조선과 소련의 친선을 강화함으로써 만들어질, 어린 세대들이 가꾸어갈 사회주의 북조선의 미래를 제시한 것이다.

다음으로, 한설야를 비롯한 북조선 지식인들은 소련과의 친선 관계를 강화하는 것만이 북조선의 주체성과 자주 독립을 보장하는 유일한 기본조건으로 인식했다. 당시 상업상이었던 장시우의 『쏘련참관기』(1950)의 지적처럼, 소련은 '우리 민족의 통일독립국가 건설에 대한 우리 인민의 권리를 진정으로 옹호하며 우리나라의 민족적 부흥과 민주발전을 진심으로 원조해주는 정의의 나라'[55]인 것이다. 따라서 해방기 북조선의 소련에 대한 편향은 당대 북조선 지도부나 일반 지식인에겐 보편적인 현상이었는데, 북조선 지도부는 조선과 소련의 친선 관계를 강화하는 것만이 북조선의 자주독립뿐만 아니라 민주건설을 보장하는 기본조건으로 간주했던 것이다. 그래서 이런 일반적 인식에 따라, 한설야의 「모자」 이후 리태준의 『蘇聯紀行』(1947), 리기영·리찬의 『쏘련參觀記』(1947), 리찬의 『쏘聯記』(1947), 한설야의 『쏘련 旅行記』(1948) 등의 소련 기행문이나 '조쏘친선' 작품군을 수록한 시집 『永遠한 握手』(1946), 『영원한 친선』(1949), 『영광을 쓰딸린에게』(1949), 창작집 『위대한 공훈』(1949)에서 보듯, 북조선 문학은 소련 편향적 시각을 드러낸 것이다.[56]

---

55) 장시우, 『쏘련참관기』, 평양: 민주상업사, 1950, 115쪽.

56) 남원진, 「해방기 소련에 대한 허구, 사실 그리고 역사화」, 『한국현대문학연구』 34, 2011. 8, 287~309쪽; 남원진, 「소련에 대한 허구, 사실 그리고 역사화」, 『양귀비가 마약 중독의 원료이듯…』, 도서출판 경진, 2012, 69~93쪽.

참고문헌

1. 기본자료

김주현, 「북조선로동당의 탄생」, 『근로자』 1, 1946. 10.
안함광, 「북조선창작계의 동향」, 『문화전선』 3, 1947. 2.
한설야, 「모자」, 『문화전선』 1, 1946. 7.

김조규(외), 『거류』, 평양: 8·15해방1주년기념중앙준비위원회, 1946.
백남운, 『쏘련인상』, 선인, 2005.
백남운, 『쏘련인상』, 평양: 조선력사편찬위원회, 1950.
장시우, 『쏘련참관기』, 평양: 민주상업사, 1950.
조소문화협회(편), 『영원한 악수』, 평양: 조쏘문화협회, 1946.
한설야, 『한 설야 선집(8)』, 평양: 조선작가동맹출판사, 1960.
한설야(외), 『(8·15해방4주년기념출판)소설집』, 평양: 문화전선사, 1949.
한설야(외), 『모자』, 평양: 조선작가동맹출판사, 1956.
한설야(외), 『제2차 조선 작가 대회 문헌집』, 평양: 조선작가동맹출판사, 1956.
한재덕(외), 『우리의 태양』, 평양: 북조선예술총련맹, 1946.

2. 논문

기광서, 「8.15 해방에서의 소련군 참전 요인과 북한의 인식」, 『북한연구학회회보』 9-1, 2005. 8.
기광서, 「해방 후 소련의 대한반도정책과 스티코프의 활동」, 『중소연구』 26-1, 2002. 5.
김윤식, 「북한문학의 세가지 직접성」, 『예술과 비평』 21, 1990. 가을호.
김재용, 「냉전시대 한설야 문학의 민족의식과 비타협성」, 『역사비평』 47, 1999. 여름호.
남원진, 「해방기 소련에 대한 허구, 사실 그리고 역사화」, 『한국현대문학연구』

34, 2011. 8.
정성임, 「소련의 대북한 전략적 인식의 변화와 점령정책」, 『현대북한연구』 2-2, 1999. 12.
채향순, 「승무의 상징(象徵)적 표현에 나타난 한국적 정서(情緖)」, 경희대학교 박사논문, 2010.

3. 단행본

김국후, 『비록 평양의 소련군정』, 한울, 2008.
김남식·이종석(외), 『해방전후사의 인식(5)』, 한길사, 1989.
김영작(편), 『한국 내셔널리즘의 전개와 글로벌리즘』, 백산서당, 2006.
김윤식, 『한국 현대 현실주의 소설 연구』, 문학과지성사, 1990.
김일성, 『8·15해방2주년기념보고』, 평양: 북조선인민위원회선전부, 1947.
김재용, 『분단구조와 북한문학』, 소명출판, 2000.
남원진, 『양귀비가 마약 중독의 원료이듯…』, 도서출판 경진, 2012.
역사문제연구소, 『분단 50년과 통일시대의 과제』, 역사비평사, 1995.
오영진, 『하나의 증언』, 국민사상지도원, 1952.
조선민주주의 인민공화국 과학원 력사연구소, 『조선통사(중)(하)』, 평양: 과학원 출판사, 1958(번인: 학우서방, 1961).
조선산업노동조사소, 『옳은 노선』, 동경: 민중신문사, 1946.
조선산업노동조사소, 『옳은 노선을 위하야』, 우리문화사, 1945.
한재덕, 『김일성을 고발한다』, 내외문화사, 1965.
현 수, 『적치6년의 북한문단』, 국민사상지도원, 1952.
Armstrong, C. K., 『북조선 탄생』, 김연철·이정우 역, 서해문집, 2006.

북조선 정전, 한설야의 「승냥이」론

1. 한설야의 문제작 「승냥이」 재론

현재 북조선에서 활용되는 '미국 제국주의'의 표상은 어떤 것일까?

≪그 귀여운 어린것이 잘못되다니?
이게 어찌된 일이요?
아이고 데이고—≫
되돌아나올 때까지 눈물을 짰네

여우가 승냥이를 추어주었네
≪승냥이님께선 참 감정도 풍부하시지
어쩌면 그리도 눈물을 잘 흘리시나이까?≫

≪사실 난 이미전에 물에 빠져 죽은
내 새끼를 생각해서 울었지≫[1]

누구냐?
천하를 삼켜버릴듯 개꿈을 꾸는 놈들은
누구냐?
피묻은 딸라더미에 올라앉아 개꼬리 황모된듯
≪신사복≫ 차림에 ≪자유≫를 부르짖는 놈들은

(…중략…)

우리는 단죄한다
이 땅에서 물러가라 미제야
네놈들은 한하늘을 이고 살수 없는
사람으로 볼수 없는 두발가진 승냥이!
사람으로 될수 없는 변함없는 승냥이![2]

김선지의 우화 「승냥이가 흘린 눈물」은 승냥이, 즉 미제의 위선을 풍자한다. 마음씨 고운 산양집에서 애어린 산양이 죽었는데, 뜻밖에도 승냥이가 여우를 앞세우고 눈물까지 흘리며 위문을 온다. 승냥이는 '그 귀여운 것이 잘못되다니? 이게 어찌된 일이오?' 하며 되돌아나올 때까지 눈물을 흘린다. 미제의 하수인으로 그려진 여우가 '승냥이님께선 참 감정도 풍부하시지. 어쩌면 그리도 눈물을 잘 흘리시나이까?'라고 묻자, 승냥이는 '사실 난 전에 물에 빠져 죽은 내 새끼를 생각해서 울었지'라고 대답한다. 이 우화는 이런 승냥이와 여우의 문답을 통해서 승냥이의 눈물이 위선에 가득한 것임을 고발한다. 즉, 김선지의 우화는 미제가 위선의 가면을 쓴 승냥이에 불과하다는 것을 설파한다. 또한 김봉일의 풍자시 「변함없는 승냥이」에서는 미제가 '천하를 삼켜버릴 듯 개꿈을 꾸는 놈들'이며 '피묻은 달러더미

1) 김선지, 「승냥이가 흘린 눈물」, 『청년문학』 553, 2004. 12, 61쪽.
2) 김봉일, 「변함없는 승냥이」, 『청년문학』 551, 2004. 10, 64쪽.

에 올라앉아 개꼬리 황모된 듯, 신사복 차림에 자유를 부르짖는 놈들'이며, 더 나아가 '사람으로 볼 수 없는 두 발 가진 승냥이', '사람으로 될 수 없는 변함없는 승냥이'라고 비꼰다. 이러하듯, 북조선 문학에서 풍자의 대상으로 불러지는 미제는 "달콤한 말과 손톱만 한 동정"[3]을 가지고 남을 현혹하는 '위선의 가면'을 쓴 '승냥이'로 말해진다. 이런 미제의 표상인 '승냥이'의 원형은 어떤 작품일까? 이는 6·25전쟁 당시 창작된 한설야의 긴 단편소설 「승냥이」일 것이다. 그러면 한설야의 단편소설 「승냥이」는 어떤 작품인가?

이 작품이 바로 제 1 세대인 한설야의 가능한 문학적 최대치의 달성이자 그 한계라 할 것이다. 이른바 6·25조국해방전쟁을 맞고 있는 1951년의 마당에 작가 한설야가 할 수 있는 것은 이런 정도밖에 없었다. 일제와 미제가 동일한 것이며 조선인에 있어 그들의 가해자적 속성의 동일성을 이중으로 증폭시킴으로써 한설야는 제 1 세대적 한계를 보여주었다. 6·25전쟁의 소용돌이 속에서 그가 할 수 있는 반미사상이란 일제에의 항일사상의 연장선상에 있는 것이고 그 이상도 이하도 아니었던 것, 이 연속성의 인식이야말로 작가 한설야의 정직성이기도 한다. 적어도 고급간부인 한설야인만큼 그는 이른바 조국전쟁이 스탈린의 지령에 의한 남조선해방전이었음을 누구보다 정확히 알고 있었을 것이다. 그것이 이상과 현실의 실현이라 보았을 것이다. 이 지극히 숭고한 인류사적 이념을 가로 막는 세력이 미제였으며, 이에 대한 증오심이랄까 적개심을 드러냄이 창작의 기본과제라고 믿었음에 틀림없다. 그렇다 하더라도 거기에는 문학이 고유하게 할 수 있는 방식으로만 이 문제에 관여할 수 있다는 사실 앞에 그는 망연자실하였을 것이다. 그가 작가인 까닭이다. 「승냥이」를 일제 시대에 국한시키고, 그 범위 속에서 이른바 미제의 잔악상을 고발하는 방식을 취한 것은, 작품이란 작가의 체험적 범주에서 결코 자유로울 수 없다는 기본원칙에 충실한 증거인 셈이다.[4]

---

3) 김명철, 「가시를 뽑아준 승냥이」, 『아동문학』 633, 2008. 1, 56쪽.
4) 김윤식, 「북한문학의 세가지 직접성: 한설야의 「혈로」 「모자」 「승냥이」 분석」, 『예술과

그런데 한설야의 1960년 판본 「승냥이」를 저본으로 한 김윤식의 분석을 어떻게 평가해야 할까? 김윤식은 한설야의 「승냥이」를 논하면서, 일제와 미제가 동일한 것이며, 조선인에게 있어서 일제와 미제의 가해자적 속성의 동일성이 증폭되는데, 여기서 반미사상이란 일제에의 항일사상의 연장선상에 있는 것이라 지적하면서, 이를 '제1세대적 한계'라고 지적한다. 이런 김윤식의 주장은 해방 이후 재구성된 반미관에 대한 인식 부족을 동반한 지적이며, 한설야의 1951년 판본 「승냥이」의 창작 경위나 1950년대 중반에 행해진 개작, 여러 장르적 각색 등의 다양한 사항에 대한 검토가 선행되지 않은 평가이다.[5] 특히 김윤식은 한설야의 「승냥이」를 '선교사 콤플렉스'나 작가의 체험적 범주에서 제1세대적 한계를 지적하지만, 이런 그의 평가는 북조선 지식인의 미국에 대한 전반적 인식이나 한설야가 밝힌 창작 경위, 박웅걸의 작품 분석을 검토한다면 명확한 한계를 갖고 있음은 분명하다. 따라서 이 글에서는 새로 발굴한 여러 국외 자료를 바탕으로 하여 한설야의 「승냥이」의 반미관을 검토하는 한편 「승냥이」의 발견과 재발견의 과정을 논구해 보고자 한다.

2. 한설야의 「승냥이」의 분석

북조선에서 해방 후 기독교 비판을 수반한 반미관은 어떻게 재구성되었을까?

비평』 21, 1990. 가을호, 194~195쪽; 김윤식, 「1946~1960년대 북한 문학의 세 가지 직접성: 한설야의 「혈로」「모자」「승냥이」 분석」, 『한국 현대 현실주의 소설 연구』, 문학과지성사, 1990, 283~284쪽.

5) 현재 한설야의 「승냥이」에 대한 평가는 김윤식의 분석이 있은 후, 여러 오독을 포함한 단편적인 언급이나 분석이 주류를 이루고 있다(문영희, 『한설야 문학 연구』, 시와시학사, 1996, 조수웅, 『한설야 소설의 변모양상』, 국학자료원, 1999; 변란희, 「6·25 전쟁기 한설야 소설의 인물 유형 연구」, 경상대 석사논문, 2001; 신영덕, 「한국전쟁기 남북한 소설과 미군·중공군의 형상화 양상」, 『한중인문학연구』 10, 2003. 6; 이경재, 『한설야와 이데올로기의 서사학』, 소명, 2010).

이反面에 끗까지 宗教的良心을 직혓을뿐만아니라 平和와自由를 내걸고 日帝軍國主義와 思想的政治的鬪爭을하다가 投獄되고 또殉教한 教徒들도 많이있는것을 우리는 잘알고있다 (…중략…) 今次大戰科程에있어서 日帝가종教에 內在한 弱點과 動搖性을 利用하야戰爭協力을 强要하게 됨에따라 意識的或은 無意識的으로反動分子가 많었든것은 宗教界에서뿐만 아니라 民族的不幸이엇다 (…중략…) 宗教가 조선革命과建國을爲하야 人民의 刺戟劑가 못되고그否定的마醉的毒劑가 된다면 조선人民은 여기對한解毒劑를要求하게될것이다[6]

위의 '조선공산당 북부 조선분국' 기관지 『정로』에 실린 사설 「기독교에 대한 일 제언」에서 보듯, 해방 직후 조선공산당 북부 조선분국은 일제가 '영미사상'이란 구실로 기독교를 탄압함에 따라 일부 신도들이 침략전쟁에 협력하는 경향을 보였다고 비판하는 한편, 종교적 양심을 지켜 일제와 투쟁하다 투옥되고 순교한 교도들도 있었음을 높이 평가한다. 이런 양면적 평가에 이어 해방 이후 일제의 종교적 탄압이 끝났음에도 불구하고, 침체 상태에서 벗어나지 못하는 현재의 기독교 운동에 대한 의구심을 드러낸다. 과거 일제 탄압에 의한 기독교가 친일화한 것을 민족적 불행으로 보아 반성을 요구하는 한편, 기독교계가 일제를 대신한 '어떤 세력'에 이용되지 않고 조선공산당 및 소련과 친선을 유지한다면 협력을 아끼지 않겠다고 제안한다. 해방 직후 조선공산당 북부 조선분국의 이런 기독교에 대한 인식을 볼 때, 공산주의자들은 영미식 종교인 기독교가 향후에도 '어떤 세력', 즉 미국에 이용될 가능성이 있음을 염려는 하고 있지만, 그러나 해방 직후 기독교 비판은 친일성에 기초한 것이다. 따라서 그들은 기독교 운동의 타락이 후천적인 것이며, 원인 제공이 미국이 아니라 일제였다는 점에 대해 공감대를 형성한다.

---

6) 「基督教에對한一提言」, 『정로』 14, 1946. 1. 9. 본 논문의 인용문은 일부 오식이 있지만 원문 그대로 싣는 것을 원칙으로 했다.

그러나 해방 직후의 이런 기독교에 대한 인식은 현실 정치와 대미관의 영향을 받거나 상호작용하면서 변형과정을 겪는다. 해방 직후 기독교에 대한 비판은 기독교인들의 친일 문제에 맞추어졌지만, 1947년 10월 미소공동위원회가 완전히 결렬되고 난 후, 1947년 말부터 본격적으로 시작된 반미관은 기독교를 포함하는 형태로 진행된다. 조선 기독교가 미국인 선교사들로부터 유래되었다는 것이 재발견되면서 미국과 기독교 간의 연결고리가 형성된다. 더욱이 기독교에 종교적 기반을 둔 조선민주당이 북조선 체제에 반대하는 운동에 가담하여 드러낸 반공·친미적 성향은 당대인들에게 미국·기독교·조선민주당이 동일하다는 생각을 만들어 준다. 지도부의 교체를 통해 친체제적 성향으로 조선민주당을 개조한 이후 반미관은, 특히 기독교 비판과 강하게 접목되는 경향을 보였는데, 미국과 기독교의 표상을 모두 함축하고 있는 구한말 선교사야말로 미국과 기독교 비판의 상징적 테마로 활용된다. 여기서 극단적 반미관의 정립은 조미관계사의 재해석을 수반한다. 북조선 지식인들은 과거 미국의 직접적 침략행위보다 러일전쟁과 가쓰라-태프트 밀약 등 일본의 조선 강점에 기여한 미국의 협력적 역할에 더 주목한다. 이런 협력은 장기적 계획에 따라 조선을 식민지화하기 위한 일시적 전술로 이해된다.[7)]

해방기 기독교 비판을 수반한 이런 반미관은 6·25전쟁을 통해서 극단적인 방향으로 증폭된다. 김일성은 1950년 6월 26일 「전체 조선인민들에게 호소한 조선민주주의 인민공화국 내각수상 김일성장군의 방송연설」에서, '이승만 괴뢰정부의 군대'가 이북 지역에 대한 전면적인 무력 침공을 개시한 것으로 규정하고, '결정적인 반공격전'을 개시할 것을 호소한다. 그런데 6·25전쟁과 관련된 위의 방송 연설에서, 김일성은 해방기에 정착된 '제국주의론'을 활용하여 '애국적 충

7) 김재웅, 「북한의 논리를 통해 재구성된 미국의 상(1945~1950)」, 『한국사학보』 37, 2009. 11, 319~340쪽; 남원진, 「미국의 두 표상: 해방기 북조선 문학의 미국에 대한 인식 연구」, 『한국문예비평연구』 36, 2011. 12, 427~441쪽.

성'을 유도하는 전략을 펼친다. 그의 연설에 따르면, 이승만은 '미제'의 지시에 따라 조선인민의 철천의 원수인 '일본 군벌'과 결탁하는 한편, 자신의 사리탐욕과 지배를 유지하기 위해서 조선을 '미제의 식민지', '군사적 전략기지'로 만들며, 조선의 경제를 '미독점자본가들'의 지배에 맡겼다는 것이다. 결국 이런 김일성의 지적은 '미제의 하수인'인 '이승만 역도들'이 조선을 '미제의 식민지'로 만들려고 하며, 조선 인민을 '미제의 노예'로 만들려고 한다는 것이다. 이런 김일성이 펼치는 논리란 해방기에 재구성된 '미제국주의론'에 따른 것이다. 그는 해방기에 일제의 만행을 미제에 덧씌우는 과정을 통해서 만들어진 미제국주의론을 활용하여, 조선 인민이 '자기 생명을 아끼지 않는 애국적 충성을 다하여 마지막 피 한 방울까지 바쳐 싸워야' 함을 역설한다.8)

미제국주의자들은 가장 교활하고 포악하고 추악한 현대의 야만들입니다. 미제국주의자들은 수많은 조선사람들을 야수적인 방법으로 무참히 학살한 승냥이들입니다. 작가, 예술인들은 미제승냥이들의 교활성과 악랄성, 포악성과 야만성을 온 천하에 낱낱이 폭로하여야 합니다. (…중략…) 작가, 예술인들은 소설, 연극, 영화, 수필, 만화를 비롯한 여러가지 형식을 다 동원하여 미제국주의자들은 사람의 탈을 쓴 승냥이이며 조선인민의 철천지원쑤이라는 것을 철저히 폭로하여야 하겠습니다.9)

김일성은 1950년 12월 24일 작가·예술인·과학자들과 한 담화에서, '미제국주의자들의 만행을 폭로하는 글'을 많이 써야한다고 지적하면서, 6·25전쟁 때 있었던 '사실들만을 폭로할 것이 아니라 미제

8) 김일성, 「전체 조선인민들에게 호소한 조선민주주의 인민공화국 내각수상 김일성장군의 방송연설」, 『인민』 5-7, 1950. 7, 3~7쪽.
9) 김일성, 「우리의 예술은 전쟁승리를 앞당기는데 이바지하여야 한다: 작가, 예술인, 과학자들과 한 담화 1950년 12월 24일」, 『김일성저작집(6)』, 평양: 조선로동당출판사, 1980, 225~227쪽.

의 침략적이며 약탈적인 본성과 미제국주의자들이 역사적으로 내려오면서 저지른 야수적 만행을 철저히 폭로'하여, '미제침략자들에 대한 불타는 적개심을 불러일으키며 인민들을 원수를 반대하는 영웅적 투쟁에 힘있게 고무하여야 한다'고 지적한다. 특히 그는 미제국주의자들이 '사람의 탈을 쓴 승냥이'이며 '가장 교활하고 포악하고 추악한 현대의 야만들'이라고, 적대적 타자에 대해 부정적 표상을 덧씌운다. 여기서 『문학예술』 1951년 4월호(1951년 5월 20일 발행)에 발표된 한설야의 「승냥이」는 이런 적대적 타자에 대한 부정적 표상을 드러낸 대표적 단편소설이다.

작년 十二월이였다. 조선 로동당 중앙위원회 三차 정기회의 뒤에 우리는 김일성 장군을 중심으로 하룻밤 문학 예술인들의 좌담회를 가졌었다. (…중략…) 특히 내가 소설 『승냥이』를 쓰는데 있어서 큰 힘으로 된것은 다음과 같은 장군의 간단한 말씀이었다.

『왜놈들은 남을 침략할 때 먼저 갈보를 끌고 가지만 미국놈들은 남을 침략하기 위해서 먼저 선교사들을 끌고 오고 학교와 병원을 설치하는 사업을 했습니다. 즉 그들은 학교와 교회당을 조선 사람을 마춰 기만하는 도장으로 삼았고 병원에서 먼지가루 같은 약첩이나 내주고는 자선가인체 했습니다. 그러나 그들의 학교와 교회당은 모두 소위 연보니 무엇이니하는 명목으로 조선 사람의 돈을 긁어다가 지은것에 지나지 않습니다. 그놈들은 조선에서 착취해가고 도적질해 간것은 그놈들이 지은 학교나 교회당에 비해서 얼마나 더 큰 것인지 헤아릴수없소』[10)]

강계에서 우리 당 제 三차 전원 회의가 진행될 때의 일이다. 휴식 시간에 작가는 김 일성 원수와 작품에 대한 담화를 교환하였다. 김 일성 원수는 작품에서 미 제국주의자들을 많이 그리기는 하나 미제의 본성을 심각

---

10) 한설야, 「「승냥이」를 쓰기까지」, 『청년생활』, 1951. 10, 79쪽.

하게 표현한 작품이 적다는 말씀을 하시였다. 그리고 미 제국주의자들을 그리되 음흉하고 가장 야만적이고 잔인한 본성을 심각하게 폭로하는 작품을 써야 되겠다는 말씀을 하시였다. 이 말씀이 작가의 창조적인 정열을 자극했다.

작가는 이런 작품이 될 수 있는 자료들을 골라 보았다. 이 때 작가의 머리 속에는 한 개의 사건이 기억에 떠 올랐다. 그것은 벌써 오랜 옛이야기다. 지금부터 약 二〇년 전에 작가가 살던 함흥 근방에 양조 기술이 우수한 젊은 사람 하나가 있었다. 일본놈들이 그 젊은 사람의 양조 기술을 알아내려고 그를 여러 가지로 회유했다. 그러나 그 젊은 사람은 양조 기술의 비밀을 가르쳐 주지 않았다. 일본놈은 처음에는 회유하다가 듣지 않으니 그 젊은 사람을 구타했다. 그런데 그것이 원인이 되여 그 젊은 사람은 죽고 말았다. 일본놈은 그 젊은 사람이 맞아 죽었다는 증거가 나타나면 살인죄가 되리라고 생각했기 때문에 남 모르게 시체를 화장해 버렸다.

이것은 퍼그나 오랜 이야기이나 작가는 이 사건에서 일본 제국주의들의 교활성과 잔인성을 보았다. 이 사건을 생각해 낸 작가는 이것을 일제보다 더 잔혹한 미국놈으로 바꾸어 놓을 것을 생각했다. 물론 일본놈의 교활성과 미국놈들의 교활성과 잔인성에는 차이가 있다. 그렇기 때문에 작가는 이 사건을 빌어서 여기다 미 제국주의자들의 전형적인 성격을 배합하였으며 사건도 미 제국주의자들의 본성에 알맞게 더 잔인하고 더 교활하게 꾸며 나갔다.[11]

한설야의 「승냥이」는 1950년 12월 조선로동당 중앙위원회 제3차 정기회의 때 있었던 문학예술인들의 좌담회에서 한 김일성의 담화에 의거하여 창작된 것인데, 일제 시대 일본인이 우수한 양조 기술을 가진 젊은 조선인을 구타해서 죽이고 조선인의 시체를 화장한 사건을 변형해서 만들어진 작품이다. 특히 이 작품은 '일제의 교활성

11) 박웅걸, 『소설을 어떻게 쓸 것인가』, 평양: 국립출판사, 1957, 14~15쪽.

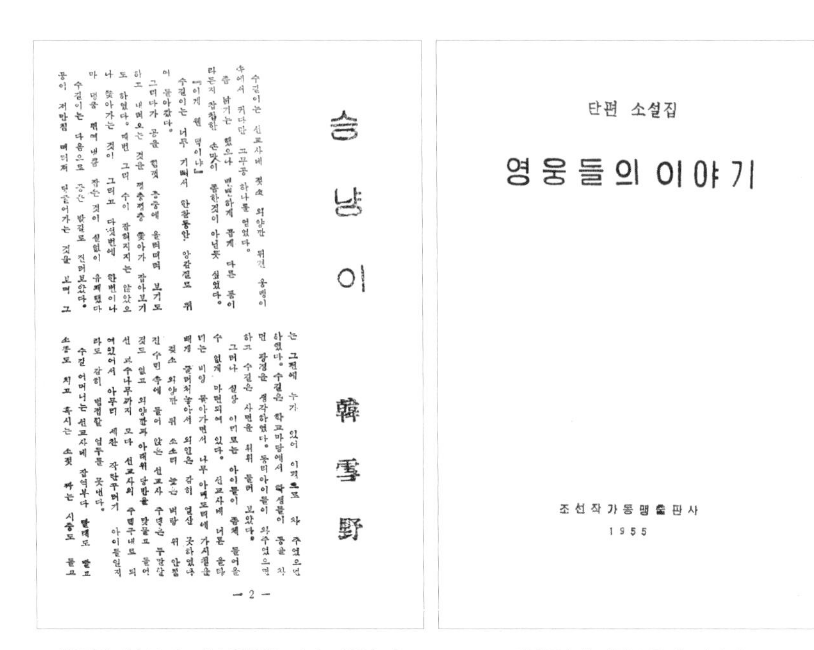
승냥이

韓雪野

수길이는 선교사네 젖소 외양깐 뒤견 웅뎅이
속에서 커다단 고무공 하나를 얻었다。
좀 낡기는 했으나 빤빤하게 곱게 다룬 품이
라든지 잡찹한 손맛이 좋한것이 아닌듯 싶었다。
『이게 웬 떡이냐』
수길이는 너무 기뻐서 한참동안, 앙감질로 뛰
어 돌아갔다。
그러다가 공을 힘껏 층층에 울려떠며 보기도
하고 내려오는 것을 껑충껑충 쫓아가 잡아보기
도 하였다。 때번 그러 수이 잡혀지지는 않았으
나 쫓아가는 것이 그리고 다섯번에 한번이나
마 멍충 튀여 내중 작은 것이 실없이 유쾌했다
수길이는 다음으로 궁산 밥길로 전머보았다。
공이 저만침 떼여져 덧굴어가는 것을 보며 그
는 그전에 누가 있어 이적으로 차 주었으면
하였다。 수길은 학교마당에서 학생들이 공을 차
면 광경을 생각하였다。 동리아이들이 와주었으면
하고 수길은 사면을 휘휘 둘러 보았다。
그러나 설상 이미로는 아이들이 좀체 들어올
수 없게 마련되여 있다。 선교사네 너룬 울타
리는 비잉 둘아가면서 나무 아때로미에 가시철을
배게 굴머처놓아서 외인은 감히 엄산 못하였나
젖소 외양깐 뒤 소소리 높은 벼랑 위 안쪽
진 수빈 속에 들어 않은 선교사 주택은 두말할
것드 없고 외양깐과 아래위 당밭을 맞물고 들어
선 과수나무까지 모다 선교사의 수때구내로 되
여있어서 아무리 세찬 작만꾸러기 아이들일지
라도 감히 범접할 엄두를 못낸다。
수길 어머니는 선교사네 잡역부다 빨래도 빨고
소똥도 치고 혹시는 소젖 짜는 시중도 들고

— 2 —

韓雪野, 「승냥이」, 『文學藝術』 4-1, 1951. 4.

단편 소설집

영웅들의 이야기

조선작가동맹출판사

1955

권정룡(외), 『영웅들의 이야기』, 조선작가동맹출판사, 1955.

과 잔인성'을 미제에 덧씌우는 변형 과정을 통해서 '가면과 위선으로 악행을 감행하는 미국인의 본성'을 드러내는 한편, '조선인민의 불굴한 정신'을 보여준 작품이라고 말해진다.

이런 한설야의 「승냥이」는 일제 시대 미국 선교사 집의 잡역부로 일하는 수길 어머니와 아들 수길을 중심으로 한 이야기이다. 어느 날 수길은 젖소 외양간 뒤쪽 웅덩이에서 커다란 고무공 하나를 얻는데, 고무공을 가지고 친구들과 놀다가 선교사의 아들인 시몬에게 공을 훔친 도둑으로 몰려 심하게 맞는다. 시몬에게 맞은 수길은 고열에 정신을 차리지 못하는 상태에 빠진다. 수길 어머니는 남편과 감옥 생활을 같이 했던 동건의 건의로 류 의사에게 맡기려하는데, 선교사 부인이 찾아와 교회에서 경영하는 병원에 입원시키기를 권한다. 선교사 부처는 교회 병원 원장인 맥 부인을 만나서 '미국 사람의 지혜와 용기와 도덕'이 필요함을 강변하며, '미국사람의 지혜'를 짜내어 수길을 전염병자로 가장하여 죽게 만든다. 수길의 죽음 후, 수길 어머니는 선교사 집으로 찾아가 처절하게 울부짖는다. 시몬의 연락으로 일본 경찰이 출동하여 수길 어머니는 붙잡혀 간다. 일본 경찰에 잡혀가면서 '그러나 두고 보아라. 조선 사람 다 죽지 않았다'고 외치는 수길 어머니의 처절한 절규로, 한설야의 「승냥이」는 마무리된다.

> 그러자 부인이 또 입을 종끗거리며
> 『그렇습니다. 도적해 갈 수 있습니다. 미국사람 지혜 부족합니다. 당신은 조선사람이 돼서는 안 됩니다. 무지한 사람들에게 전염돼서는 안된단 말입니다. 미국사람의 지혜와 용기와 도덕이 필요합니다』
> 하고 껴들었다. (…중략…)
> 『좋습니다. 꼭 있어야 합니다. 미국도덕, 미국사람을 위해서는 교회만 필요한 것이 아닙니다. 하누님은 우리에게 탄환을 주십니다. 비행기와 군함을 주십니다. 우리 선교사가 든 성경을 당신은 무엇이라고 생각합니다까. 의사가 잡은 주사기를 당신은 무엇이라고 생각합니까』
> 『………』
> 『그것은 미국과 미국인을 위한 무기입니다』
> 부인이 또 입을 종긋이 돟으며 말하였다.[12]

여기서 기독교 비판을 수반한 한설야의 반미관은 어떤 것인가? "왜놈들만 사람을 죽이는 줄 알았더니 미국놈도" 마찬가지라는 계득 어머니의 말에서나,[13] "후치날같은 매부리코 끝이 숭물스럽게 웃입술을 덮은 늙은 승냥이"와 같은 선교사와 "방장 멱자귀를 삼킨 구렁이 뱃대기처럼 젖가슴이 불쑥 내밀린 암여우"와 같은 선교사의 부

12) 韓雪野, 「승냥이」, 『문학예술』 4-1, 1951. 4, 23~24쪽.
13) 위의 글, 10쪽.

인, "지금 바루 껍대기를 벗고 나오는 독사 대구리처럼 독기에 반들거리는 매끈한 이리새끼"와 같은 선교사의 아들로 형상화한 것을 통해 보듯,[14] 한설야는 해방기 일제에 씌워진 부정적 표상을 미제에 덧씌워 극단적인 반미관을 창출한다. 결국 '세계를 지배하기 위해서는 비행기와 군함뿐만 아니라 성경과 주사기도 필요함'을 역설하는 선교사 부처의 말을 통해서, 한설야는 가면과 위선으로 악행을 감행하며, 세계제패에 미쳐 날뛰는 미제를 형상화함으로써 극단적인 반미관을 설파한다.

> 조선에서 종교를 전도한다는 명목으로 우리나라에온 선교사들은 미제의 조선침략을 원조하기 위하여 종교의 배후에서 스파이 역할을 하였다.[15)]

> 일찌기 미국선교사는 자기 사과밭에서 사과하나를 주어먹은 조선의 어린이를 불로 이마를 지졌고 또 인두로 손을 지졌다.
> 『이손에 악마가붙었다』고하면서 손을 지졌다. 그러나 사실은 사람의 손을 인두로지지는 자의 머리속에 악마가 백여있는것이다.
> 이 악마와 미치광이의 형제인 미제국주의자들이 해방후 남조선에 들어와서 우리 인민에게 감행한 야만적인 실례는너무도 많다.[16)]

> 과거에 조선에 와서 십자가를 들고 『하느님』을 우러러 주여를 부르던 미국 선교사들은 오늘 와서 십자가 대신에 카빙총을 들고 임신부를 몇십명씩 한데 모아 총살하며 땅크로 어린애를 깔고 넘어가고 있습니다.[17)]

---

14) 위의 글, 32쪽.
15) 리기영, 「피는 피로써 갚자!」, 『로동신문』 1234, 1950. 7. 20(문학예술총동맹(편), 『영예의 깃발밑에서』, 평양: 문화전선사, 1950, 118쪽).
16) 한설야, 「히틀러후계자 미제강도들은 우리 농촌과 도시들을 무차별적으로 폭격하고있다」, 『로동신문』 1228, 1950. 7. 14(『조선인민은 도살자 미제와 리승만 역도들의 야수적 만행에 복수하리라』, 평양: 조선인민군 전선사령부 문화훈련국, 출판년도 불명(1950(추정)), 9쪽).
17) 金日成, 「全體作家藝術家들에게주신金日成將軍의激勵의말씀」, 『문학예술』 4-3, 1951. 6, 8쪽.

특히 한설야는 '왜놈들은 남을 침략할 때 먼저 갈보를 끌고 가지만 미국놈들은 남을 침략하기 위해서 먼저 선교사들을 끌고 오고 학교와 병원을 설치하는 사업을 하는데, 교회당과 학교는 조선 사람들을 마취시키고 기만하는 도장으로 삼는다'는 김일성의 말에 큰 힘을 얻어 단편소설 「승냥이」를 창작했다고 말한다. 이런 김일성의 담화에 따라 한설야는 선교사를 비롯한 미국인들을 '갖은 위선과 기만과 죄악을 저지르는 승냥이떼'로 그리며, 교회와 학교, 병원은 '마취와 기만, 착취의 도장'으로 형상화한다. 위의 여러 예문을 통해 보듯, 기독교 비판을 수반한 극단적인 반미관은 6·25전쟁 동안에 있었던 미군의 무차별 폭격과 민간인 학살의 경험이 첨가되면서 증폭된다. 따라서 한설야의 「승냥이」는 미국인 선교사의 '널리 알려진 사실'[18]을 재발견하는 한편 6·25전쟁 당시의 만행이 증폭되면서, '미국인'은 '승냥이'와 동일하며, 교회·학교·병원은 '마취와 기만, 착취의 도장'이라는 기독교 비판을 수반한 반미관을 창출했던 것이다.[19] 특히 김윤식의 지적과 달리 한설야의 이런 반미관은 개인적 체험의 범주에 속하는 것이 아니라 북조선 지식인의 보편적 인식이었음은 분명하다.

> 우리 작가들은 미제 침략자들을 교활한 자들로 묘사합니다. 이 것은 물론 옳습니다. 그러나 미 제국주의 자들은 교활할 뿐만 아니라 가장 포학하며 가장 추악한 야만적인 존재라는 것을 잊어버리는 상례들이 있습니다.
>
> 우리의 도시와 농촌들을 무차별 폭격으로 재떼미 되게 하였고 우리 인민을 대중적으로 학살하고 있는 미제놈들이 그 얼마나한 신사적인 교활

18) "지난날 선교사의 탈을 쓰고 조선에 기여들었던 미제승냥이놈이 조선의 한 어린이가 사과밭에서 떨어진 사과 한알을 주었다고 하여 그의 이마에 청강수로 ≪도적≫이라고 새겨놓은 천인공노할 만행을 감행하였다는것은 널리 알려진 사실입니다. 이 얼마나 치떨리는 일입니다까. 이것이 바로 미제침략자들의 승냥이본성입니다."(김일성, 「우리의 예술은 전쟁승리를 앞당기는데 이바지하여야 한다: 작가, 예술인, 과학자들과 한 담화 1950년 12월 24일」, 226쪽)

19) 남원진, 「미제와 승냥이: '조국해방전쟁'기의 반미관에 대한 연구」, 『비교문화연구』 25, 2011. 12, 217~230쪽.

성을 보여 주고 있는 것인가? 미 제국주의 자들은 조선에서 자기의 추악무도한 비 인간성과 유사 이래 있어 보지 못한 잔인한 야만성을 스스로 폭로 시켰습니다. 그들은 이 것으로써 세계 인민을 정복하려는 야망을 보라는듯이 자랑하는 것입니다.[20]

한설야의 극단적 반미관처럼, 6·25전쟁기 미국에 대한 부정적인 인식의 일단을 파악할 수 있는 또다른 언급이 김일성이 작가들에게 한 격려의 말이다. 1951년 6월 30일 중견작가들과의 접견 석상에서 한 김일성의 담화에서, 김일성은 우리 작가 예술가들이 자기들의 작품에서 적에 대한 증오심을 옳게 표현해야 한다고 지적한다. 여기서 적을 어떻게 묘사해야하는가에 대한 문제가 제기된다. 전쟁 기간에 도시와 농촌을 무차별적인 폭격으로 잿더미로 만들었고 인민들을 학살했던 것에서 보듯,[21] 그는 '교활할 뿐만 아니라 가장 포학하고 추악하고 야만적인 존재'로 미제국주의자에 대해 묘사할 것을 강조한다. 하지만 '미제국주의자들의 만행을 그대로 보인다 하여 그것이 곧 예술이 될 수 없다는 것과 증오심을 더 고취시키지 않는다는 점'을 들어서 '자연주의적 수법'을 경계해야 함을 또한 지적한다. 여기서 한설야의 단편소설 「승냥이」에 대한 당대 평가는 어떠한가?

한설야씨는 「승냥이」에서 소박한 어머니의 아들에게 대한 깊은 사랑을 그렸으며 또한 소박한 것 속에서 가장 고귀한 항거의 정신을 찾아내였다. 이 작품에 있어서 소박한 애정과 항거의 정신은 다만 인간성의 진정한 가치와 아름다움만으로서만 나타나는 것이 아니라 그 것이 그대로 모든 비속하고 추악한 것에 대한 준엄한 심판으로서 나타난다. (…중

20) 金日成, 「全體作家藝術家들에게주신金日成將軍의激勵의말씀」, 『문학예술』 4-3, 1951. 6, 8쪽.

21) 『미제와 리승만도당들의 죄악에 대하여(조국전선조사위원회보도)』, 평양: 조선로동당출판사, 1951; 『조선에서의 미국침략자들의 만행에 관한 문헌집』, 평양: 조선로동당출판사, 1954.

략…) 작가는 미국놈들의 모든 용서할 수 없는 죄악에 대한 복쑤를 다만 개인적 복쑤로 처리하려 하지 않고 이러한 죄악의 폭로를 거쳐 인민들의 증오심을 더욱 올리며 전민족적인 전인민적인 복쑤로서 처리하려고 하였다.[22]

한설야씨의 「승냥이」는 주인공 어머니가 그 종말의 부분에서 정치적 과념으로 분식되였고 또 성격에 있어서 과장되였다는 꺼림이 없지 않다 하더라도 해방후 그의 어느 작품들 보다 우수한 단편이며 (…중략…) 한설야씨의 「승냥이」가 주인공에 대한 동정과 미국인 목사에 대한 증오로 독자들에게 강렬한 인상을 자아내게 하는 소이는 작가가 주인공을 동정하는 한편 주인공 자신과 함께 미국인 선교사를 깊이 증오한 작가적 정열로서 작품을 썼기 때문이다.[23]

한효는 한설야의 「승냥이」를 김남천의 「꿀」, 리북명의 「악마」, 박찬모의 「수류탄」, 한설야의 「전별」, 박찬모의 「밭갈이」, 임순득의 「꽃병」과 함께 '미국 강도들을 반대하여 싸우는 우리 문학의 전투적 모습'을 보인 작품의 하나로 평가한다. 그는 한설야의 「승냥이」에 대해서 '소박한 어머니의 아들에 대한 깊은 사랑을 그렸으며 그 소박한 것 속에서 가장 고귀한 항거의 정신을 찾아내었다'고 지적하면서, '미국인들의 모든 용서할 수 없는 죄악에 대한 복수를 다만 개인적 복수로 처리하지 않고 전민족적인 전인민적인 복수로 처리했다'고 말하면서 '조선인민들을 애국주의 사상으로 교양하는데 중요한 작품'이라고 평가한다.

엄호석도 리태준의 「고향길」, 리북명의 「악마」, 최명익의 「기관사」, 박태민의 「벼랑에서」, 현덕의 「복쑤」, 김남천의 「꿀」, 리태준의 「고귀

22) 한효, 「우리文學의戰鬪的모습과 提起되는 몇가지問題」, 『문학예술』 4-3, 1951. 6, 95~96쪽.
23) 엄호석, 「작가들의 사업과 정열: 최근의 창작을 중심으로」, 『문학예술』 4-4, 1951. 7, 76~80쪽.

한 사람들」 등의 최근 창작을 다루면서 한설야의 「승냥이」를 중요한 작품으로 언급한다. 그는 「승냥이」가 '마지막 부분에서 정치적 관념으로 분식(粉飾)되고 성격이 과장된 것이 있지만 해방 후 그의 작품 중에 우수한 단편소설'로 평가한다. 한효나 엄호석의 평가에서 보듯, 6·25전쟁 당시 한설야의 「승냥이」는 중요한 작품으로 거론되었지만, 그렇다고 반미관을 대표하는 작품으로 극찬하지는 않았다. 그러나 6·25전쟁이 끝난 후, 한설야의 「승냥이」는 반미관을 대표하는 작품으로 재발견된다.

3. 한설야의 「승냥이」의 발견과 재발견

1947년 10월 미소공동위원회가 완전히 결렬된 이후, 재구성된 반미관은 6·25전쟁을 거치면서 공고화된 것은 말할 필요도 없다. 특히 6·25 전쟁 기간 중에 개신교 신자임을 드러내는 것은 반공주의자임을 증명하는 것이었다. 한국군이 북진했을 때, '국군이 기독교 신자라면 무조건 관대히 봐주었기 때문에' 평양거리에는 십자가가 그려진 완장을 차고 다니는 사람들이 매우 많았다. 피난 과정에서도 선교사나 종군 목사들이 신자들에게 제공한 '교인 증명서'가 공산주의자가 아님을 입증하는 일종의 신원보증서 역할을 했다. 북조선의 친사회주의적 개신교인들이 전쟁을 적극적으로 지원하고 정당화했음에도 불구하고, 6·25 전쟁 후 북조선에서는 광범위한 '반기독교 풍조'와 '탈교 붐'이 일었고, 기독교가 반공의 확고한 상징이 되었다. 이에 따라 북조선에서 기독교와 공산주의가 양립 불가능한 것이라고 사회 전반이 인정했다. 따라서 해방 후 재발견된 기독교관은 6·25전쟁을 거치면서 기독교가 미제국주의자들의 침략의 도구라는 인식이 확고하게 자리잡게 되었다.[24]

<표 1> 한설야의 「승냥이」 작품군

작가	작품명	갈래	발행지역	발표지(출판사)	발행년도
韓雪野	「승냥이」	창작	평양	『문학예술』 4-1, 1951. 4.	1951. 5. 20.
한설야	『승냥이』		평양	문화전선사	1951. 6. 15. (미확인)
韓雪野	『狼』		吉林省	延邊敎育出版社	1954. (미확인)
류기홍·서만일	「승냥이」	희곡	평양	『조선문학』, 1955. 1.	1955. 1. 15.
한설야	「승냥이」	단편소설	평양	권정룡(외), 『영웅들의 이야기』, 조선작가동맹출판사	1955. 8. 15.
서만일·류기홍 (극문학), 윤홍기(연출)	「승냥이」	연극	평양	국립극장	1956. (미확인)
서만일(시나리오), 리석진(연출)	「승냥이」	영화	평양	국립영화촬영소	1956. (미확인)
서만일	「승냥이」	씨나리오	평양	『조선예술』 1, 1956. 9.	1956. 9. 15.
류기홍·서만일	『狼』	희곡	평양	외국문출판사	1956. 12. 25.
류기홍·서만일	「승냥이」	희곡	평양	류기홍·서만일(외), 『승냥이』, 조선작가동맹출판사	1956. 12. 30.
韓雪野	『狼』		北京	人民文學出版社	1958. 11.
한설야	『승냥이』	단편소설	평양	조선작가동맹출판사	1958. 12. 30.
한설야	「승냥이」	단편소설	평양	『한 설야 선집(8)』, 조선작가동맹출판사	1960. 9. 20.
한설야	「승냥이」		서울	송호숙(편), 『귀향』, 동광출판사	1990. 3. 1.
김희봉·리광호 (영화문학), 김덕규·조영철 (연출)	「승냥이」	영화	평양	조선예술영화촬영소	2000.
한설야	「승냥이」	단편소설	평양	『문학신문』 1862, 2003. 5. 31.	2003. 5. 31.
한설야	「승냥이」 (제1회)	단편소설	평양	『아동문학』 580, 2003. 8.	2003. 8. 5.
한설야	「승냥이」	단편소설	평양	『조선문학』 670, 2003. 8.	2003. 8. 5.

24) 강인철, 「한국 개신교 반공주의의 형성과 재생산」, 『역사비평』 70, 2005. 봄호, 50쪽; 강인철, 『한국의 개신교와 반공주의』, 중심, 2007, 74~75쪽.

한설야	「승냥이」(제1회)	단편소설	평양	『천리마』 531, 2003. 8.	2003. 8. 5.
한설야	「승냥이」	단편소설	평양	『청년문학』 537, 2003. 8.	2003. 8. 5.
한설야	「승냥이」(제2회)	단편소설	평양	『아동문학』 581, 2003. 9.	2003. 9. 5.
한설야	「승냥이」(제2회)	단편소설	평양	『천리마』 532, 2003. 9.	2003. 9. 5.
한설야	「승냥이」	단편소설	평양	『통일문학』 70, 2006. 3.	2006. 9. 30.
한설야	「승냥이」	단편소설	평양	유항림(외), 『불타는 섬』, 문학예술출판사	2012. 4. 25.

1953년 9월 26~27일에 제1차 전국작가예술가대회에서 '조선문학예술총동맹'이 해산되고 각 동맹으로 개편되면서 '조선문학동맹'은 '조선작가동맹'으로 변경된다. 여기서 한설야는 조선작가동맹 위원장이 된다.[25] 북조선 문학계를 지배하는 위치에 있던 한설야는 6·25전

25) 제一차 조선 작가 동맹 회의 결정서
본 회의는 조선 작가 동맹 중앙 위원회를 다음과 같이 구성한다.
한설야, 리기영, 안함광, 박팔양, 민병균, 한효, 홍순철, 김조규, 기석복, 신고송, 박세영, 윤두헌, 리북명, 황건, 한봉식, 정률, 김북원, 한태천, 송영, 조령출, 리종민, 정문향, 천세봉, 전동혁, 리정구, 홍건, 조벽암, 윤세중, 김영석, 한명천, 리원우, 김순석, 리찬, 남궁만, 안막, 김승구, 박웅걸, 조운, 신동철
조선 작가 동맹 제一차 중앙위원회는 조선 작가 동맹 상무 위원회를 다음과 같이 선거한다.
한설야, 리기영, 박팔양, 정률, 홍순철, 김조규, 한효, 송영, 민병균, 윤두헌, 박세영
후보 — 김북원, 조령출
조선 작가 동맹 제一차 상무 위원회는 각 분과 위원장 및 각 분과 위원들을 다음과 같이 임명한다.
소설 분과위원회
위원장 황건
위원 한설야, 리기영, 박웅걸, 김영석, 윤시철, 리춘진, 리북명, 변희근, 윤세중, 한봉식
시 분과위원회
위원장 민병균
위원 홍순철, 김북원, 김조규, 박세영, 김순석, 리용악, 조벽암, 리찬, 홍종린, 동승태, 전동혁, 박팔양
극문학 분과 위원회
위원장 윤두헌
위원 송영, 조령출, 신고송, 김승구, 한태천, 남궁만, 홍건, 박태영, 서만일, 한성
아동문학 분과 위원회
위원장 김북원
위원 송창일, 강효순, 리진화, 신영길, 리원우, 윤복진, 박세영, 리호남

쟁을 거친 후 1950년대 중반부터 해방 전후 작품들을 개작하는데, 단편소설 「승냥이」도 개작되는 한편 연극과 영화로도 제작된다.[26] 이 시점에서 한설야의 「승냥이」는 반미관을 대표하는 작품으로 발견되면서 급부상한다. 그런데 여기서 1951년 판본 단편소설 「승냥이」는 여러 측면이 개작되어 1960년 판본 단편소설 「승냥이」로 진화한다.[27]

1951년 판본 단편소설 「승냥이」에서 1955년 판본 단편소설 「승냥이」의 중요한 개작 사항은 다음과 같다.

① 1951년 판본 단편소설 「승냥이」

수길어머니는 (…중략…) 가르켜주곤 하였다. 그러나 그리고도 늘 미

평론 분과 위원회
위원장 한효
위원 정률, 김명수, 안함광, 엄호석, 기석복, 신구현
조선 작가 동맹 제一차 상무 위원회는 다음과 같이 위원장 및 서기장을 결정한다.
위원장 한설야
서기장 홍순철
조선 작가 동맹 제一차 상무 위원회는 기관지 주필을 다음과 같이 임명한다.
책임주필 김조규
조선 작가 동맹 제一차 상무 위원회는 편집 위원회를 다음 동무들로 구성하기로 결정한다.
박팔양, 홍순철, 김조규, 민병균, 조령출, 황건, 김순석, 서만일, 김명수
―「제一차 조선 작가 동맹 회의 결정서」, 『조선문학』 1, 1953. 10, 144쪽.

26) 현재 연극 「승냥이」나 영화 「승냥이」는 확인할 수 없지만, 연극 「승냥이」는 8·15 해방 10주년을 기념하고 조선로동당 제3차 대회를 맞이하여 '국립극장'에서 창작된 작품이라는 것을 신고송의 글에서 확인할 수 있고, 영화 「승냥이」는 『청년생활』에서의 줄거리 소개나 남궁만의 단평에서 확인할 수 있다(신고송, 『연극이란 무엇인가』, 평양: 국립출판사, 1956, 93쪽; 「조선예술영화 승냥이」, 『청년생활』 88, 1957. 1, 49쪽; 남궁만, 「≪승냥이≫에 대하여」, 『문학신문』 8, 1957. 1. 24).

27) 1951년 5월 20일 발행된 『문학예술』(제4권 제1호) 1951년 4월호에 실린 한설야의 「승냥이」는 문화전선사에서 '전선문고'판 『승냥이』로 1951년 6월 15일에 출판된다. 현재 전선문고판 『승냥이』의 원본은 확인할 수 없지만, 『문학예술』(제4권 제2호) 1951년 5월호(1951년 6월 10일 발행), 『문학예술』(제4권 제3호) 1951년 6월호(1951년 7월 20일 발행), 『문학예술』(제4권 제4호) 1951년 7월호(1951년 11월 15일 발행)에서 전선문고 '신간안내'를 통해서 전시문고판 『승냥이』의 출판 여부를 확인할 수 있으며, 1958년 12월 30일 발행된 재판 『승냥이』에서 초판 발행일(1951년 6월 15일)도 확인할 수 있다. 그런데 여기서 1951년 5월 20일 발행된 「승냥이」에서 1951년 6월 15일 출판된 전선문고판 『승냥이』의 개작 여부는 확인할 수 없지만, 1951년 두 판본의 개작은 없었을 것으로 추정된다. 설령 개작이 있었더라도 크게 이루어지지 않을 것으로 보이는데, 이는 『문학예술』에 발표된 후 전시문고판으로 발행된 시기가 크지 않기 때문이다.

타해서 꼭 한번 죽을성하고[28]

② 1955년 판본 단편소설 「승냥이」

수길어머니는 (…중략…) 가르쳐 주군 하였다.

그러는 중에 수길이는 한번

『어머니! 미국과 일본이 어느기 더 세나?』

하고 엉뚱한 것을 물었다.

그러나 어머니도 그런 것은 잘 몰랐다 하면서도 어머니는 그저 일본이 밉다는 생각에서

『일본이 약하지…』

하고 대답하였다.

『그래서 일본이 나쁘나?』

『그런건 묻지 않아. 순사한테 붙들려 가자구 그러겠니.』

하고 어머니는 이내 말머리를 돌려가지고 자기도 골돌히 생각해가며 (…중략…)

그래서 어머니는 꼭 한번 죽을셈 큰 맘 먹고[29]

③ 1951년 판본 단편소설 「승냥이」

원쑤를 못갚고 잡혀가는 것이 절통하였다.

『그러나 두고 보아라. 조선사람 다 죽지 않았다』

어둠이 깃들인 황혼의 거리를 수길어머니는 하염없이 걸어갔다. 깃을 찾는 새들이 하늘을 날아오고 날아가고 하였다.[30]

④ 1955년 판본 단편소설 「승냥이」

그러나 수길 어머니는 어깨로 그것을 탁 밀쳐버리고 포승을 진채 몸을

28) 韓雪野, 「승냥이」, 『문학예술』 4-1, 1951. 4, 7쪽.
29) 한설야, 「승냥이」, 권정룡(외), 『영웅들의 이야기』, 평양: 조선작가동맹출판사, 1955, 345쪽.
30) 韓雪野, 「승냥이」, 『문학예술』 4-1, 1951. 4, 34쪽.

수그려 수길의 유골이 든 상자를 두 손에 들었다.

『두고 보아라. 조선 사람 다 죽지 않았다.』

하고 수길 어머니가 밖으로 끌려 나갔을 때 마을 사람들이 울타리 테 밖에 모여 서서 하회를 기다리고 있었다. 계득 어머니와 최 령감이 맨 앞에 서 있었다. 계득 어머니는 수길이네 부엌문 앞에서 주은 수길 어머니의 고무신 한짝을 그의 피엉킨 발에 신겨 주었다.

『비켜. 웨들 모아섰어.』

일본 순사가 호기를 부렸다.

그러나 이웃 사람들은 헤여지지 않을뿐 아니라 슬금슬금 뒤를 따라 가고 있었다.

어둠이 깃 들은 황혼의 거리를 수길 어머니는 터벅터벅 걸어갔다. 그때 문득 수길 어머니의 머리에는 어저께 산에서 들은 아이들의 노래소리가 떠왔다.

옭매듭 그맘이야 하마나 풀리오리

물론 이 구절들이 꼭 그대로 기억된 것은 아니나 그 내용은 틀림없이 그에게 리해되였다. ―미국놈, 왜놈이 시시로 검은 시름을 조선 사람에게 가져다 주고 있으나 그러나 조선 사람의 마음은 마디마디 맺히여 꺼질줄 모르는 불ㅅ길로 붉게 붉게 타오르고 있다…

지금도 그 소리는 아름다운 리듬을 타고 수길 어머니의 귀에 쟁쟁 울려왔다. 수길 어머니는 문득 하늘을 쳐다 보았다. 깃을 찾는 새들이 낮은 하늘을 날아가고 날아오고 하였다.[31]

1955년 판본 단편소설 「승냥이」에서 1958년 판본 단편소설 「승냥이」의 중요한 개작 사항은 다음과 같다.

---

31) 한설야, 「승냥이」, 권정룡(외), 『영웅들의 이야기』, 374~375쪽.

⑤ 1955년 판본 단편소설 「승냥이」

그의 남편은 ××농민 동맹 재건 사건으로 왜놈에게 붙들려 四년반 동안 예심에서 썩다가 七년 징역을 받고 一년 남아 벽돌 나르는 고역을 하다가 바로 지난 겨울 추위에 심장 마비로 그 부르고 싶던 수길의 이름 한번 불러보지 못하고 졸지에 옥사하여 버렸다. (…중략…)

동건이는 감옥에서 나와 정양도 변변히 할 사이 없이 직업을 구하러 돌아다녔다. 그러더니 얼마 뒤부터 ××화학 공장에 로동자로 취직하여 경편차로 통근하게 되였노라고 수길 어머니에게 말하였다.[32]

⑥ 1958년 판본 단편소설 「승냥이」

그의 남편은 정평 농민 동맹 재건 사건으로 왜놈에게 붙들려 四 년 반 동안 예심에서 썩다가 七년 징역을 받고 一년 남아 벽돌 나르는 고역을 하다가 바로 지난겨울 추위에 심장마비로 그 부르고 싶던 수길의 이름 한 번 불러 보지 못하고 졸지에 옥사하여 버렸다. (…중략…)

동건이는 감옥에서 나와 정양도 변변히 할 사이 없이 직업을 구하러 돌아 다녔다. 그러더니 얼마 뒤부터 H 화학 공장에 로동자로 취직하여 경편차로 통근하게 되였노라고 수길 어머니에게 말하였다.[33]

1958년 판본 단편소설 「승냥이」에서 1960년 판본 단편소설 「승냥이」의 중요한 개작 사항은 다음과 같다.

⑦ 1958년 판본 단편소설 「승냥이」

『그러나 수길이는 령리하니까 들게 되겠지요. 학교에 가서 떼를 쓰십시오, 나도 가 보겠습니다.』

하고 안심시켜 주었다.

수길 어머니는 어찌하든지 아들을 잘 길러 죽은 남편의 뒤를 잇게 하

32) 위의 글, 342~344쪽.
33) 한설야, 『(단편소설) 승냥이』, 평양: 조선작가동맹출판사, 1958, 9~13쪽.

리라고 마음먹었다.[34]

⑧ 1960년 판본 단편소설 「승냥이」

『그러나 수길이는 령리하니까 들게 되겠지요. 학교에 가서 떼를 쓰십시오. 나도 가 보겠습니다.』

하고 안심시켜 주었다.

사실 동건이도 수길이 학교 드는 일이 못내 걱정되였다. 다만 한 가지 믿는 것은 그 애의 재주였다. 학교 입학 시험 때, 선생이 그 애와 문답해 보기만 하면 당장 들이고 싶으리라고 동건이는 생각하였다. (…중략…)

『키가 커선 무얼 하니. 전보대와 경쟁하겠니.』

『키가 크면 좋지요. 감옥 담장도 훌적훌적 넘을 수 있지 않아요.』

『옳아.』

그제사 동건이도 그 놈의 속을 알 만하였다. 아버지의 자유를 가로막고 있는 감옥 담장이 지금 수길에게 있어서는 가장 미운 존재였던 것이다. 동건이는 수길의 그 심정을 리해할 만하였다.

『알 만하다. 그리고 기운도 세고… 재주도 썩 많고… 그럼사 좋구말구. 옛날 우리 장수들에게는 따발칼이라는 게 있었단다. 그 칼은 도로로 말면 주머니에도 들어 가는데 꺼내서 원쑤놈을 칠 때는 십 리도 백 리도 넘게 좌르르 펴지면서 원쑤놈들의 모가지를 단칼에 다 잘라 버렸단다.』(…중략…)

『그렇지 수길이는 찾을 거야.』

동건이는 이렇게 말했다. 그 뒤부터 동건이는 진짬 수길이놈이 장차 동뜬 인물로 되리라고 생각하였다.

그래서 수길의 집으로 찾아 갈 때마다 수길이를 잘 기를 것을 그 어머니에게 당부하고 저도 그 애를 잘 키우는 일에 무슨 도움이든지 해 주려고 생각하였다.

---

34) 위의 책, 13쪽.

수길 아버지가 죽은 뒤에는 더욱 그랬다. 저나 수길 어머니나 힘은 없지만 종이도 맞들면 가볍다고 힘을 합해서 수길이를 잘 키우리라고 동건이는 생각하였다. 그러니 수길 어머니는 더 말할 것이 없었다.

수길 어머니는 어찌 하든지 아들을 잘 길러 죽은 남편의 뒤를 잇게 하리라고 마음먹었다.[35]

⑨ 1958년 판본 단편소설 「승냥이」

수길 어머니는 혼자 웨쳤으나 어디서 그 소리에 대답하는 소리가 어슴푸레 들려 오는 것 같았다. 그것은 바로 수길 아버지의 소린지도 모른다고 어머니는 생각하였다.

수길이는 그 뒤에도 주사 덕에 이따마큼 정신을 돌렸다.[36]

⑩ 1960년 판본 단편소설 「승냥이」

수길 어머니는 혼자 웨쳤으나 어디서 『그렇소』하고 그 소리에 대답하는 소리가 어슴푸레 들려 오는 것 같았다. 그것은 바로 수길 아버지의 소린지도 모른다고 어머니는 생각하였다.

수길 어머니는 문득 지난 날의 한 가지 기억을 더듬었다. 그것은 남편이 아직 감옥에 있던 때였다. 하루는 수길 어머니가 선교사네 빨래를 하고 있는데 수길이가 현관 저 편 둥나무 아래에 앉아서 무엇인가 하고 있었다.

수길 어머니는 그저 무슨 장난을 하고 있거니 생각했다. 그런데 오래도록 한 자리에서 뒤도 돌아 보지 않고 있어서 수길 어머니는 이상하다고 생각하였다.

그래서 빨래 첫물을 빨아 놓고 가만히 걸어서 그 뒤에 가 보았다. 한즉 수길이는 선교사네 구두를 닦고 있었다. 분명 시몬의 구두도 거기 섞여 있었다. 수길 어머니는 대뜸 눈에서 모닥불이 일었다. 제 일을 도와 주려

35) 한설야, 「승냥이」, 『한 설야 선집(8)』, 평양: 조선작가동맹출판사, 1960, 429~431쪽.
36) 한설야, 『(단편소설) 승냥이』, 40쪽.

는 수길의 동심도 생각할 겨를이 없었다. (…중략…)

사실 수길은 어머니의 구두 닦는 일만이라도 덜어 주려고 한 것이였다.

『이 새끼야, 내가 남의 일 해 주는 것만 해도 원통하다는데 너까지 종노릇할 게 무어냐. 썩 가서 놀아라. 아버지가 보았으면 넌 맞아 죽어.』(…중략…)

그러면서도 수길 어머니는 수길의 가슴에 얼굴을 박고 더욱 흐느꼈다.

수길 어머니는 이제금 다시 그 때 일을 생각하며

『어찌 하든지 수길이는 살려 놓아야 한다.』

하고 부르짖었다.

수길이는 그 뒤에도 주사 덕에 이따마큼 정신을 돌렸다.[37]

한설야의 1951년 판본 단편소설 「승냥이」와 1955년 판본 단편소설 「승냥이」의 줄거리는 큰 변화가 없다. 그런데 1955년 단편소설 「승냥이」에서는 미국에 대해 잘 몰랐던 수길 어머니의 생각을 보여줌으로써, 미국의 위선을 강조하는 방향으로 개작된다. 또한 수길 어머니의 저항 정신을 한층 강화하는 한편, 계득 어머니와 최 영감의 저항적 자세를 추가하면서 마을 사람들의 집단적 저항의 모습을 형상화함으로써, 개인적 저항에서 집단적 저항의 모습을 강화하는 방향으로 개작된다. 1955년 판본 단편소설 「승냥이」에서 1958년 판본 단편소설 「승냥이」로의 개작은 '××농민 동맹 재건 사건→정평 농민 동맹 재건 사건', '××화학 공장→H 화학 공장' 등으로 구체화시킨다.

수 길 엄마는 아침에 밥도 조곰 밖에 먹지 않았어요. 그런데도 아직 점심도 못 먹었는데… 내가 이걸 닦으면 어머니가 힘이 덜 들게 안예요? (…중략…)

최령감 좌우간 내 말부터 좀 듣소. (수길이를 뒤에 돌리며 성이 나서)

---

37) 한설야, 「승냥이」, 『한 설야 선집(8)』, 454~456쪽.

공연히 죄받을 소리 하지 마슈. 수길이 아니면 누가 그런 기특한 생각을 하겠소.

수길이가 이걸 훔쳐요? 어머니 힘을 덜어 준다고서 아까부터 신을 닦어 둔 아이보고 거 무슨 끔찍스러운 말을 합니까? (…중략…)

어머니 우리들은 억울하게 살었어도 너는 앞으로 훌륭하게 기쁘게 살아야 한다. 그렇다면 네 마음부터 비굴해선 안 돼. 알았지!

수길아, 네가 나를 도와준 마음은 고맙지만 아예 인제부터는 아무 걱정 말고 남과 같이 공부하고 즐겁게 뛰놀아라. 난 그것이 제일 좋다. 알겠니?[38]

1958년 판본 단편소설 「승냥이」에서 일부 개작된 1960년 판본 단편소설 「승냥이」는 수길이가 원수를 미워하고 아버지를 생각하는 영리한 인물로, 장차 '동뜬 인물'이 될 것을 제시하며, 어머니의 구두 닦는 일만이라도 덜어 주려고 한 일화를 통해서 효성이 깊은 인물로 설정한다. 1960년 판본 단편소설 「승냥이」의 수길의 이런 성격은 1955년 판본 희곡 「승냥이」를 전면 수정한 1956년 판본 희곡 「승냥이」, 1956년 판본 시나리오 「승냥이」를 참고하여 개작된 것이다.[39]

---

38) 류기홍·서만일, 「승냥이」, 류기홍·서만일(외), 『승냥이』(장막 희곡집), 평양: 조선작가동맹출판사, 1956, 25~28쪽.

39) 연출가 윤홍기는 연극 「승냥이」에 이런 장면을 설정한 이유를 '수길 어머니가 혁명가의 아내로서 아들을 남편의 고귀한 뜻을 받들어 계급적으로 교양 훈련하기 위한 것'이라고 지적한다. "수길 어머니가 아들을 진실로 사랑하면 할수록 야수적으로 아들을 죽인 미국≪승냥이≫들에 대한 화산처럼 터지는 분노와 증오의 불길은 온 몸을 불타게 할 것이다. 또한 아들을 단순한 모성애로서가 아니라 혁명가의 안해로서 아들이 귀여우면 귀여울수록 자기 남편의 고귀한 뜻을 받들어 계급적으로 교양 훈련하는 것을 반드시 보여주어야 할 것이 아니겠는가? 하는 것이다. (…중략…) 즉 온종일 로동에 시달린 어머니의 힘을 덜어 주려고 ≪시몬≫의 구두를 수길이는 닦는다. 이것을 발견한 어머니는 수길이가 구두에 탐이 나서 훔친 줄 알고 심한 추궁을 한다. 그러나 최 령감의 해명으로써 그 사실을 알게 된 어머니는 더욱 크게 수길이를 꾸짖는다. ≪이놈의 새끼 남의 종노릇이 그렇게도 마음에 들더냐?! 내가 이집 식모라고 너도 이집 머슴인 줄 아니……너는 훌륭한 아버지가 있다. 너는 항상 남보다 앞서 나가야해! 네가 만일 부자 놈들에게 굽실거리는 버릇이 생긴다면 어떻게 아버지의 훌륭한 뜻을 잇겠니!≫ 하며 수길이를 준렬히 타이른 다음 뒤돌아 가는 아들을 힘껏 포옹한 어머니 눈에는 두줄기 눈물이 흐르는 것이다."(윤홍기, 「연극 ≪승냥이≫ 연출 수기」, 『조선예술』 1, 1956. 9, 66쪽)

따라서 1958년 판본 단편소설 「승냥이」에서 1960년 판본 단편소설 「승냥이」의 개작은 수길의 인물됨을 강화하는 방향으로 수정된다.

또한 한설야의 「승냥이」는 단편소설 「승냥이」를 바탕으로 한 류기홍·서만일이 각색한 1955년 판본 희곡 「승냥이」(4막)로 창작되며, 김창석의 비판[40]이 있은 후 1956년 판본 희곡 「승냥이」로 개작된다.[41] 그러면 단편소설 「승냥이」에서 희곡 「승냥이」로의 각색은 어떻게 되었을까?

⑪ 1955년 판본 희곡 「승냥이」

군 중 소리— 문 열어라!

— 미국 살인 강도를 내놔라!

◁ 이때 밀고 재끼고 군중의 소동에 벽상에 걸렸던 「굶주린 승냥이 달밤에 우는 유화」가 거꾸로 떨어진다.

◁ 군중이 들어선다.

◁ 군중의 기세 자못 드높다. (…중략…)

어머니 그러나 너이들의 그 흉악한 승냥이 잇발이 머지않아 우리 조선 사람 주먹에 맞아서 부서질 날이 오고야 말 것이다!

◁ 수길 어머니를 선두로 리 동건과 문 경순 그 리고 군중들이 미국 승냥이들을 향하여 육박할 때 막이 내린다.[42]

⑫ 1956년 판본 희곡 「승냥이」

◁ 군중 홍분하여 승냥이들에게 달려든다.

◁ 미국 승냥이들 비슬비슬 층층대 우로 쫓겨 간다.

◁ 이때 기마병들의 말발굽소리 나더니 일본 경관 수명 소리치며 등장.

---

40) 김창석, 「최근 드라마뚜르기야 상에서 제기되는 몇가지 문제」, 박림(외), 『문학 예술과 계급성』, 평양: 국립출판사, 1955.

41) 서만일·류기홍의 희곡 「승냥이」는 윤홍기가 연출한 연극 「승냥이」로 공연되면서 여러 번의 수정 작업을 거친다(윤홍기, 앞의 글, 66쪽).

42) 류기홍·서만일, 「승냥이」, 『조선문학』, 1955. 1, 66~67쪽.

◁ 스티븐슨 경관에게 뭐라고 눈짓한다. (…중략…)

어머니 이 승냥이들아, 우리가 너희를 그냥 둘줄 아느냐! 너희놈들의 그 흉악한 잇발이 우리 조선 사람 주먹에 맞아서 부서질 날이 오고야 만다. 나도 그날을 위해서 싸울테다!

◁ 군중 소리치며 달려든다.

◁ 승냥이들 움츠러진다.[43)]

한설야의 단편소설 「승냥이」에서 수길 어머니의 개인적 저항 의지를 보여주었던 것이 류기홍·서만일의 희곡 「승냥이」에서는 조선인의 집단적 저항의 모습으로 각색된다. 단편소설 「승냥이」에서 계득 어머니, 쇠 영감이 수길 어머니를 동정하는 조선인으로 설정된 반면, 희곡 「승냥이」에서는 저항적 성격이 강한 인물로 각색되며, 단편소설 「승냥이」에서 수길 어머니를 도와주는 단순한 조력자이던 리동건도 미국인의 위선과 가면을 폭로하며 조선인을 이끄는 인물로 강화된다. 또한 단편소설 「승냥이」에서 '그러나 두고 보아라. 조선사람 다 죽지 않았다'고 하며 어둠이 깃들인 황혼의 거리를 하염없이 걸어가던 수길 어머니는 희곡 「승냥이」에서는 '그러나 너희들의 그 흉악한 승냥이 이빨이 머지 않아 조선 사람 주먹에 맞아서 부서질 날이 오고야 말 것이다'나 '너희 놈들의 그 흉악한 이빨이 우리 조선 사람 주먹에 맞아서 부서질 날이 오고야 만다. 나도 그 날을 위해서 싸울 테다'고 부르짖는 수길 어머니와 함께 군중들이 미국 승냥이들을 향하여 육박하거나 달려드는 것으로 변형되면서 집단적인 저항의 모습을 한층 강화한다. 따라서 단편소설 「승냥이」에서 희곡 「승냥이」로 변형되는데, 이런 각색은 희곡이라는 갈래의 특성에 맞게 전체적으로 극적 성격을 강화하는 방향으로 변화시킨 측면과 더불어 6·25전쟁 이후 강화되던 냉전 체제 아래에서 미제에 대한 집단

43) 류기홍·서만일, 「승냥이」, 류기홍·서만일(외), 『승냥이』(장막 희곡집), 108~109쪽.

적 저항성을 강조하는 방향으로 변형된 것이다.

그렇다면 북조선 문학사에서는 한설야의 「승냥이」를 어떻게 평가했을까? 또한 북조선 문학사에서 6·25전쟁기 '미제의 침략적 본성과 야수적 만행에 대해 폭로단죄'한 작품으로, 어떤 소설들을 언급했을까?

<표 2> '미제의 침략적 본성과 야수적 만행에 대한 폭로 단죄한 소설작품'

	문학사	소제목	소설명	출판사	출판년월일
1	조선문학통사(하)	×	한설야 「승냥이」 리북명 「악마」	과학원출판사	1959. 11. 30.
2	조선문학사 (1945~1958)	×	×	과학, 백과사전출판사	1978. 10. 30.
3	조선문학개관(2)	×	한설야 「승냥이」 김형교 「뼉다구장군」	사회과학원출판사	1986. 11. 25.
4	조선문학사(11)	미제의 침략적본성과 야수적만행에 대한 폭로단죄	한설야 「승냥이」 유항림 「누가 모르랴」 김형교 「뼉다귀장군」	사회과학원출판사	1994. 3. 15.

과학원 언어문학연구소 문학연구실에서 공동집필한 『조선 문학통사(하)』(1959)에서는 미제를 비판한 단편소설로 한설야의 「승냥이」(1951), 리북명의 「악마」(1951)[44]를 대표작으로 언급한다. 그런 반면 유일사상체계가 성립된 후, 첫 공식적인 문학사에 해당하는 사회과학원 문학연구소에서 공동집필한 『조선문학사(1945~1958)』(1978)에서는 미제를 비판한 소설 작품은 삭제되어 있다. 1980년대 박종원과 류만이 공동집필한 『조선문학개관(2)』(1986)에서는 한설야의 「승냥이」(1951)가 복권되는 한편, 미제의 하수인으로 그려진 '남조선괴뢰들의 추악상과 멸망의 불가피성을 예리하게 폭로 단죄'한 작품으로 김형교의 「뼉다구장군」(1953)[45]을 재발견한다.[46] 그리고 김선려와

44) 李北鳴, 「惡魔」, 『문학예술』 4-1, 1951. 4.

45) 김형교, 「뼉다구 장군」, 『뼉다구 장군』, 평양: 조선작가동맹출판사, 1960, 90쪽.

46) 『조선 문학 통사(하)』에서는 김형교의 단편소설 「뼉다구 장군」을 풍자의 대표적 작품으로 평가하고 있다. "풍자에 대한 이러한 요구로 볼 때 1953년에 발표된 김 형교의 단편소설 ≪뼉다구 장군≫과 1957년 초에 발표된 ≪검정 보자기≫는 극히 의의가 크며 그만

리근실, 정명옥이 공동집필한 『조선문학사(11)』(1994)에서는 한설야의 「승냥이」에 대한 평가와 함께 김형교의 「뻑다귀장군」(1953)을 상세하게 설명하는 한편, '인민군 정찰병을 도와준 한 농촌 여인의 형상을 통하여 그 누구에게 묻지 않아도 미제침략자들이 저지른 비열한 행위와 야수적 만행을 폭로한 작품'으로 유항림의 「누가 모르랴」(1951)[47]를 재발견한다.

그러면 북조선 문학사에서 '미제의 침략적 본성과 야수적 만행에 대한 폭로 단죄한 대표적 작품'으로 호명된 한설야의 「승냥이」는 어떻게 평가되었는가?

> 한 설야의 단편 소설 ≪승냥이≫(1951년)는 이러한 쩨마에 바친 가장 우수한 작품의 하나다. 작가는 여기서 수십년 전에 조선에 와서 ≪하느님≫의 아들로 자처하면서 온갖 흉악한 만행을 다한 미국 선교사와 그를 중심으로 한 미제 야만들의 정체를 폭로하고 직접 오늘의 문제에 해답하였다.[48]

과학원 언어문학연구소 문학연구실에서 집필한 『조선 문학 통사(하)』에서는 한설야의 단편소설 「승냥이」를, '미제의 천인공노할 만행과 그의 야수적 본질을 폭로한 가장 우수한 작품의 하나'라고 지적한다. 이런 평가는 '미제국주의자의 만행'을 드러낸 대표작으로 언급한 안함광의 지적[49]이나 '온갖 살인귀적 만행을 감행한 미제 침략자들의 음흉하고 교활한 죄행'을 폭로한 작품으로 언급한 윤세평의 지적[50]과 '비인간적 만행을 감행한 미제국주의자들의 추악한 면모'

큼 독자들의 주목을 끌었다."(조선민주주의 인민공화국 과학원 언어문학연구소 문학연구실, 『조선 문학 통사(하)』, 평양: 과학원출판사, 1959, 320쪽)

47) 유항림, 「누가 모르랴」, 『유항림 단편집』, 평양: 조선작가동맹출판사, 1958, 67쪽.

48) 조선민주주의 인민공화국 과학원 언어문학연구소 문학연구실, 『조선 문학 통사(하)』, 평양: 과학원출판사, 1959, 238쪽.

49) 안함광, 『조선문학사(1900~)』, 평양: 교육도서출판사, 1956(번인: 연변교육출판사, 1957), 522~524쪽.

를 풍자한 대표작으로 평가한 엄호석의 지적[51]과 마찬가지로, 1950년대 중반 공고하게 된 작품 평가를 강화하고 있다.

> 한설야선생집은 요란하였다. 전기온돌 큰 방에 수 많은 사람들이 모여 쐑소리, 곱새춤을 벌려 놓았다. (…중략…) 한설야는 시조를 써내고 쐑소리를 허용하면서 복고주의적경향에 빠져 들었고 당조직생활을 게을리하고 당의 령도체계와 어긋나게 행동하면서 자신도 모르게 변질되게 되였다.[52]

> 반당반혁명분자들과 그 추종분자들은 위대한 수령님께서 항일혁명투쟁시기에 이룩하신 영광스러운 혁명적문학예술전통을 내세울 대신 일부 불건전한자들을 내세워 ≪〈카프〉의 전통≫을 계승하여야 한다는 잡소리까지 치게 하였으며 민족문화유산계승에 있어서도 당의 로선과 원칙을 어기고 복고주의와 민족허무주의의 편향을 나타냈습니다.[53]

1961년 3월 2~3일 조선문학예술총동맹 결성 대회에서, 한설야는 조선문학예술총동맹이 재결성되면서 조선문학예술총동맹 중앙위원회 집행위원회 위원장으로 선출된다.[54] 그 후, 1961년 9월 조선로동당 제4차 대회 이후 '항일 빨치산들의 투쟁'이라는 '혁명 전통'을 강

50) 윤세평, 「해방후 조선 문학 개관」, 윤세평(외), 『해방후 우리 문학』, 평양: 조선작가동맹출판사, 1958, 61쪽.

51) 엄호석, 「해방 후의 산문 발전의 길」, 윤세평(외), 『해방후 우리 문학』, 109쪽.

52) 김철, 「작가의 참모습」, 『조선문학』 634, 2000. 8, 25~26쪽.

53) 김정일, 「4·15문학창작단을 내올데 대하여: 조선로동당 중앙위원회 선전선동부 책임일군들과 한 담화 1967년 6월 20일」, 『김정일선집(1)』, 평양: 조선로동당출판사, 1992, 242쪽.

54) 조선 문학 예술 총 동맹 결성 대회 진행
제1차 중앙 위원회에서는 다음과 같이 집행 위원회를 구성하였다.
위원장 한 설야
부위원장 박 웅걸
부위원장 리 면상
부위원장 리 찬
부위원장 심 영
위원 리 북명, 정 관철, 리 석호, 안 기옥, 최 승희, 정 지수, 배 용, 백 민, 윤 룡규, 고 룡진
— 김동전, 「조선 문학 예술 총 동맹 결성 대회 진행」, 『문학신문』 322, 1961. 3. 3.

조하던 시점에서,[55] 한설야는 "'카프'의 작가들이 항일구국 투쟁의 일원으로 자기 임무를 수행했으며, 지금도 조국의 어두운 밤 속에서 밝음을 찾아 싸우던 그 빛나는 전통을 지키고 있음'을 역설한다.[56] 이런 주장을 편 한설야의 숙청은 시조를 창작하고[57] 판소리(쐑소리)[58]를 허용하는 등의, 당의 노선과 원칙에 어긋나는 복고주의와

---

55) 김일성, 『조선 로동당 제4차 대회에서 한 중앙 위원회 사업 총화 보고(1961년 9월 11일)』, 평양: 조선로동당출판사, 1961, 157쪽.

56) 한설야, 「투쟁의 문학: '카프' 창건 37 주년에」, 『문학신문』 477, 1962. 8. 24.

57) 한설야는 1962년 6월 29일부터 8월 21일까지 조선작가동맹 중앙위원회 기관지 『문학신문』에 여러 편의 시조를 발표한다.
한설야, 「「부치는 말」, 「그 우에 꽃이 피리」, 「남녘 땅 형제들에게」, 「송악산에서」: 나의 생활 수첩에서(1)」, 『문학신문』 461, 1962. 6. 29.
한설야, 「「분계선 언덕에서」, 「이 한 밤에」, 「나의 개」: 『나의 생활 수첩』에서(2)」, 『문학신문』 462, 1962. 7. 3.
한설야, 「「그 우정이 못내 겨워」, 「어머니인 듯」: 『나의 생활 수첩』에서(3)」, 『문학신문』 463, 1962. 7. 6.
한설야, 「「별」, 「익재 묘 앞에서」, 「사람」: 『나의 생활 수첩』에서(4)」, 『문학신문』 464, 1962. 7. 10.
한설야, 「「바람을 안고」, 「땅」, 「무대놀이」: 『나의 생활 수첩』에서(5)」, 『문학신문』 465, 1962. 7. 13.
한설야, 「「옛날로 돌아 가서」, 「꽃나무를 심어 놓고」: 『나의 생활 수첩』에서(6)」, 『문학신문』 466, 1962. 7. 17.
한설야, 「「꽃과 같이」, 「발찍 해상에서」: 『나의 생활 수첩』에서(7)」, 『문학신문』 467, 1962. 7. 20.
한설야, 「「새 인간들 속에서(1)」, 「새 인간들 속에서(2)」: 『나의 생활 수첩』에서(8)」, 『문학신문』 468, 1962. 7. 24.
한설야, 「「새 인간들 속에서(3)」, 「농촌 써클 공연을 보고(1)」: 『나의 생활 수첩』에서(9)」, 『문학신문』 469, 1962. 7. 27.
한설야, 「「농촌 써클 공연을 보고(2), 「농촌 써클 공연을 보고(3)」: 『나의 생활 수첩』에서(10)」, 『문학신문』 470, 1962. 7. 31.
한설야, 「「갈매기」, 「가야금」, 「줄장미야!」: 『나의 생활 수첩』에서(11)」, 『문학신문』 471, 1962. 8. 7.
한설야, 「금강산: 금강산 시초」, 『문학신문』 474, 1962. 8. 14.
한설야, 「「세상에 비노라」, 「나도 그처럼」, 「향 오른 꽃 앞에서」: 『나의 생활 수첩』에서(12)」, 『문학신문』 475, 1962. 8. 17.
한설야, 「「길은 열린다」, 「만물상」: 『나의 생활 수첩』에서(13)」, 『문학신문』 476, 1962. 8. 21.

58) (사후적 평가에 해당되지만) 김일성은 "일부 사람들이 주장하는것처럼 쐑소리를 우리의 민족적선률에 맞는 발성으로 보는것은 잘못입니다"라고 지적한다(김일성, 「혁명적문학예술을 창작할데 대하여: 문학예술부문일군들앞에서 한 연설, 1964년 11월 7일」, 『김일성저작집(18)』, 평양: 조선로동당출판사, 1982, 449쪽).

민족허무주의의 편향에 있었다는 것과 더 나아가 '혁명적 문학예술 전통'(항일혁명문학)보다 '카프'의 전통을 무게 중심을 둔 입장을 피력한 것에 있었다는 것이 북조선의 공식적인 입장이다. 즉, 위에 인용한 김정일의 사후적 평가나 김철의 한설야에 대한 회상에서 짐작하듯, 한설야의 숙청은 문학예술계의 복고주의와 민족허무주의의 편향에 대한 비판과 더불어 전일적 혁명전통 수립(항일혁명문학)이라는 당의 노선에 반해 '카프'의 정통성을 더 강조한 입장과 관련된 것임은 분명하다.[59]

---

59) 참고로, 조선작가동맹 시인이었던 최진이는 한설야의 숙청의 원인을 '한설야 환갑잔치 때 최승희의 나체춤에 있었다'고 증언한다. 그러나 이런 이야기는 한갓 '가십'에 불과한 것이 아닐까? 왜냐하면 1960년 8월 26일 김창만, 하앙천, 강량욱, 리기영 등 많은 작가 예술인이 참석한 가운데 '한설야 탄생 60주년 기념 보고회'가 모란봉 극장에서 성대히 진행되었다 사실(「작가 한 설야 탄생 60주년 기념 보고회 진행」, 『문학신문』 269, 1960. 8. 30)에서 보거나, 한설야의 숙청이 1960년 한설야의 환갑잔치가 있었던 시점이 아니라 2년 후인 1962년이기 때문이다. 한설야의 숙청의 시점은 1962년 8월 24일에서 1963년 1월 8일 사이로 추정된다. 왜냐하면 1962년 8월 24일은 한설야의 현재 확인가능한 마지막 글이 『문학신문』에 실린 「투쟁의 문학」(『문학신문』 477, 1962. 8. 24)이기 때문이며, 1963년 1월 8일 조선문학예술총동맹 중앙위원회 제18차 집행위원회 확대회의가 진행되는데, 조선문학예술총동맹 중앙위원회 위원장이 '한설야'가 아니라 '박웅걸'이기 때문에, 한설야가 문예총 위원장에서 실각된 것을 확인할 수 있기 때문이다(「문예총 중앙 위원회 제 18 차 집행 위원회 확대 회의 진행」, 『문학신문』 517, 1963. 1. 11). 그리고 정확한 근거는 제시하지 않은 채, 남한에서 발행된 『북한인물록』에서는 '1962년 10월 문학예술가총동맹 중앙위원장('조선문학예술총동맹 중앙위원회 위원장'의 오류) 해임, 1962년 말 방탕과 출신성분이 좋지 않다는 이유로 숙청'된 것으로 기술한다(『북한인물록』, 국회도서관, 1979, 459쪽).

최진이의 증언은 다음과 같다. "얼마 후 중요한 사건이 하나 발생하였다. 한설야·최승희가 문화예술분야에서 축출당한 것이었다. / 그 원인은 한설야 환갑잔치 때 최승희가 그 마당에서 팬티까지 벗고 나체춤을 춘 데 있었다. 김창만은 한설야의 환갑잔치를 적극 막았다. 당시 북조선 6개년 고지 점령을 위하여 총 진군하고 있는 때에 너무 안일한 것 아니냐고 극력 반대했다. 그러나 누구도 건드릴 수 없는 작가적 권위를 확복하고 있던 한설야는 자기 고집을 굽히려 하지 않았다. 그는 환갑연에서 "문학에 대한 당의 령도는 문학을 포로화하는 것이다."는 발언을 공공연히 하였다. / 그 전에 소설작가 한설야는 「금강시초」 100수를 발표하여 북한 1류급 시인이라고 자처하던 민병준을 단단히 골탕먹인 적이 있었다. 시인으로서 소설가에게 당한 수치를 마음속에서 지우지 못하고 있던 민병준은 한설야가 환갑연에서 당을 헐뜯는 발언을 한데 대해 스치고 지나려 하지 않았다. 그는 김창만과 짜고 들어 김일성에게 한설야를 쏠았다. 김일성은 대노하여 당장 한설야를 잡아오라고 명령하였다. (…중략…) 한설야는 그 자리에서 체포되고 나체춤을 춘 최승희는 수정주의의 물을 먹었다고 같은 시각에 쫓겨났다."(최진이, 「북한에서 문학예술분야에 대한 당적 영도」, 목원대학교 국어교육과(편), 『북한문학의 이해』, 국학자료원, 2002, 214~215쪽)

이런 1962년 한설야의 숙청과 더불어 미제의 만행을 폭로한 대표작으로 언급되던 「승냥이」는 북조선 문학사에서 삭제된다. 유일사상체계가 성립된 후에 발간된 사회과학원 문학연구소에서 집필한 『문학예술사전』(1972)[60]이나 『조선문학사(1945~1958)』(1978), 김일성종합대학 부교수 리동원이 집필한 『조선문학사(3)』(1982)에서도 한설야의 「승냥이」에 대한 언급은 삭제되어 있다. 한설야의 숙청과 함께 시나 희곡에 대한 설명을 다룬 부분은 남겨둔 채 미제를 비판한 소설을 다룬 부분만이 사라진 것이다.

> 단편소설 ≪승냥이≫는 미제국주의자들의 야수적 본성과 만행을 날카롭게 폭로단죄한 강한 폭로적기백과 형상의 심오성으로 하여 이채를 띠는 작품의 하나이다.[61]

> 단편소설 ≪승냥이≫는 미제가 력사적으로 조선인민의 불구대천의 원쑤라는것을 폭로할데 대한 위대한 수령 김일성동지의 교시를 받들고 미제의 침략적본성과 그 야수성을 력사적사실에 근거하여 예리하게 폭로단죄한 작품이다.[62]

그리고 한설야의 일부 작품이 복권된 박종원, 류만이 공동집필한 『조선문학개관(2)』(1986)에서는 '미제와 그 앞잡이 남조선괴뢰도당의 부패상과 추악성을 폭로한 대표적인 작품'의 하나로 다시 언급된다. 그리고 김선려, 리근실, 정명옥이 공동집필한 『조선문학사(11)』(1994)에서도 '미제의 침략적 본성과 천인공노할 야수적 만행을 폭로단죄

60) 한설야의 「승냥이」가 삭제된 자리에, '유격근거지에서 아동유희대가 창조 공연한 혁명연극' 「승냥이」를 소개하고 있는데, 이 작품은 '원수들의 야수적인 만행에도 굴하지 않고 투쟁에 떨쳐나서는 유격근거지 인민들의 모습을 통하여 원수에 대한 증오와 불굴의 투쟁정신을 반영하고 있다'고 소개한다(사회과학원 문학연구소, 『문학예술사전』, 평양: 사회과학출판사, 1972, 552쪽).

61) 박종원·류만, 『조선문학개관(2)』, 평양: 사회과학출판사, 1986, 166쪽.

62) 김선려·리근실·정명옥, 『조선문학사(11)』, 평양: 사회과학출판사, 1994, 174쪽.

한 대표적 작품'의 하나로 재언급된다. 1986년 한설야의 일부 작품이 복권된 것과 함께, 『조선문학개관(2)』와 『조선문학사(11)』에서는 한설야의 「승냥이」를 미제의 만행을 다룬 대표작으로 강조한다. 그러면 여기서 한설야 문학이 복권된 현실적 이유는 무엇일까?

<표 3> 북조선 문학사에 수록된 해방 후 한설야 소설명

	문학사	소설명	출판사	출판년월일
1	조선 문학 통사(하)	「마을 사람들」(「자라는 마을」), 「탄갱촌」, 「혈로」, 「개선」, 「남매」, 「격침」, 「황초령」, 「땅크 214호」, 「전별」, 『대동강』, 「승냥이」, 『력사』, 『설봉산』, 『길은 하나다』, 『아동 혁명단』, 『만경대』	과학원출판사	1959. 11. 30.
2	조선문학개관(2)	「개선」, 「승냥이」	사회과학출판사	1986. 11. 25.
3	조선문학사(10)	「개선」	사회과학출판사	1994. 02. 16.
4	조선문학사(11)	『력사』, 『대동강』, 「승냥이」	사회과학출판사	1994. 03. 15.
5	조선문학사(12)	×	사회과학출판사	1999. 03. 25.
6	조선문학사(13)	×	사회과학출판사	1999. 06. 25.
7	조선문학사(14)	×	사회과학출판사	1996. 10. 20.
8	조선문학사(15)	×	사회과학출판사	1998. 04. 30.

『조선 문학 통사(하)』(1959)에서 한설야의 무수한 작품들이 거론되었던 것이 한동안 사라졌다가, 『조선문학개관(2)』(1986)에 와서 한설야의 「개선」과 「승냥이」가 언급되며, 『조선문학사(10)·(11)』에서는 『력사』와 『대동강』이 재발견된다. 한설야의 「개선」은 '김일성이 1945년 10월 14일 역사적인 개선 연설을 한 사실을 소재로 하여 김일성의 위대한 혁명적 풍모와 고매한 덕성을 형상화한 해방 후 첫 소설작품'으로 언급된다.[63] 한설야의 장편소설 『력사』는 '김일성의 위대성과 인민의 충성심'을 노래한 작품의 하나로 작품명만 소개한 반면, 한설야의 장편소설 『대동강』은 6·25전쟁시기 '적 강점지구 노

63) 박종원·류만, 『조선문학개관(2)』, 121~122쪽; 오정애·리용서, 『조선문학사(10)』, 평양: 사회과학출판사, 1994, 132~135쪽.

동계급의 반미애국투쟁을 서사시적 화폭 속에서 형상한 유일한 다부작 장편소설로서, 인민을 반제반미혁명정신으로 교양하여 전쟁의 최후 승리에로 고무하는데 이바지한 작품'으로 언급된다.64) 한설야의 「개선」은 김일성의 위대성을 형상화한 해방 후 첫 소설작품으로, 한설야의 「승냥이」나 『대동강』은 반제반미사상을 형상화한 작품으로 평가된다. 이런 재발견은 한설야의 「승냥이」를 재평가한 것과 마찬가지로, 한설야의 복권도 한설야나 한설야 문학의 복권이 아니라 김일성을 중심으로 한 체제 결속이나 체제 우월성을 강화하기 위한 현실적 이유에서 한설야의 몇 작품만을 재평가한 것에 해당된다.

Ⅱ. 한설야의 「승냥이」의 역사화

남한에서 '반공'과 '친미'가 기독교(개신교)에서 폭넓게 공유되고 높이 평가된 것65)에 반해 북조선에서는 기독교 비판을 수반한 '반미'가 확고한 자리를 잡았다. 즉, 해방 후 사실과 과장을 뒤섞거나 허구를 가미하여 적대적 타자인 '주린 이리'나 '미친 개'66)로 표상된 '일제'의 상을 '미제'에 덧씌우는 이미지 변형의 과정을 거쳐서 '승냥

64) 김선려·리근실·정명옥, 『조선문학사(11)』, 27~28쪽, 161~164쪽.

65) 남한에서 '반공'이라는 가치와 마찬가지로 '친미' 역시 개신교인의 절대 다수에 의해 폭넓게 공유되고 또 높이 평가된 가치였다. 개신교의 경우 복음을 전해준 것도 전도에 필요한 막대한 물질적 원조를 제공한 것도 미국인들이었고, 무엇보다 개신교인들은 일제의 지배하에서도 미국인들과 지속적 접촉을 유지한 거의 유일한 집단이었다. 해방과 함께 미군정이 실시된 남한 사회에서 가장 각광받은 집단은 단연 미국 유학 출신들이었고, 개신교 교회는 일제 시대 미국 유학자 집단의 압도적 다수를 포함하는 사회 부문이었다. 한국 개신교인들이 미국과 맺은 '특별한 인연'은 일제의 탄압과 6·25전쟁기의 파괴로부터 교회를 재건하는 과정에서 더욱 깊어진 '대미의존성'으로 인해 한층 돋보이는 것이 되었다. 미국계 선교사들을 매개로 남한 개신교 교회 내에는 공고한 '한·미 동맹'이 구축되었고, 어쩌면 개신교 교회 자체가 '한·미 공동체'의 성격을 띠고 있었다고도 말할 수 있을 것이다. 해방 후의 남한 사회에서 개신교 교회야말로 가장 '미국화된' 부분이었고, '친미'의 강력한 성채였으며, 친미적인 수사가 넘쳐흘러 여타의 시민적 영역들로 스며드는 발원지였다고 평가할 수 있다(강인철, 『한국의 개신교와 반공주의』, 중심, 2007, 526쪽).

66) 韓雪野, 「血路」, 韓載德(외), 『우리의太陽』, 평양: 북조선예술총련맹, 1946, 51~52쪽.

이'라는 미제의 표상을 창출했다. 이렇게 굴절된 미제의 표상은 각종 매체를 통해 북조선 전역에 확산되었고, 조미관계사가 새롭게 재조정됨에 따라 미제는 과거부터 '승냥이'였던 것으로 역사화된다. 여기서 한설야의 「승냥이」는 북조선 인민들에게 재구성된 반미관을 계몽하기 위해 호명되는 대표적 정전으로 굳어졌다.

1951년에 발표한 한설야의 「승냥이」는 1950년 중반에 이르면 개작본 단편소설 「승냥이」, 희곡 「승냥이」, 시나리오 「승냥이」로, 개작되거나 여러 장르로 각색되는 한편, 단편소설집과 장막희곡집에 소개되며, 연극이나 영화로 발표되며, 또한 「狼」으로 번역 소개된다.[67] 즉, 한설야의 「승냥이」는 1950년대 중반 확고하게 자리잡은 냉전 체제하의 반미관을 보여주는 대표적인 북조선의 정전으로 자리잡는 한편 지속적으로 개작되거나 각색된다. 그리고 1962년 한설야의 숙청과 함께 한동안 사라졌다가 재발견되는데, '승냥이'로 표상되는 반미관을 표출한 대표작으로 소개된다. 이는 북조선 내부의 대미 적대의식을 강화하는 한편 북조선 체제의 우월성을 창출하고 합리화하는 근거로 활용하기 위한 것이다.

2000년대에 북조선과 미국의 핵 위기와 함께 한설야의 「승냥이」는 『문학신문』, 『조선문학』, 『청년문학』, 『아동문학』, 『천리마』 등의 여러 기관지에 재발표된다.[68] 북조선에서는 김정일이 '새 세대 청년들에게 당과 조국에 바친 아버지, 어머니들의 청춘시절을 더 잘 알게 하고 그들처럼 살며 투쟁하도록 하는데 크게 이바지할 1950년대, 1960년대에 창작된 단편소설들을 다시 편집'할 것을 지시한 것으로 말해진다.[69] 이런 김정일의 지시에 따라서 한설야의 「승냥이」를 비

---

67) 한설야, 『狼』, 길림성: 연변교육출판사, 1954; 서만일, 「승냥이」, 『조선예술』 1, 1956. 9; 류기홍·서만일, 『狼』, 평양: 외국문출판사, 1956; 한설야, 『狼』, 북경: 인민문학출판사, 1958.

68) 한설야, 「승냥이」, 『문학신문』 1862, 2003. 5. 31; 한설야, 「승냥이」, 『아동문학』 580~581, 2003. 8~9; 한설야, 「승냥이」, 『조선문학』 670, 2003. 8; 한설야, 「승냥이」, 『청년문학』 537, 2003. 8; 한설야, 「승냥이」, 『천리마』 531~532, 2003. 8~9.

69) 「편집부의 말」, 『청년문학』 538, 2003. 9, 30쪽.

롯하여 황건의 「불타는 섬」, 김병훈의 「길동무들」, 권정웅의 「백일홍」 등의 많은 작품들이 조선작가동맹 중앙위원회 기관지 『문학신문』, 『조선문학』, 『청년문학』, 『아동문학』 등에 다시 소개된다. 여기서 1960년 판본 단편소설 「승냥이」를 현대적으로 수정한 2003년 판본 단편소설 「승냥이」를 재수록한 현실적 이유는 무엇일까?

> 인간의 탈을 쓴 승냥이 선교사놈들의 살인마적죄행을 백일하에 폭로한 단편소설 ≪승냥이≫는 당의 선군정치를 받들어 나가는 우리 군대와 인민들에게 미제국주의자들은 절대로 한하늘을 이고 같이 살수 없는 조선인민의 불대천의 원쑤이며 미제와는 끝까지 싸워 결판을 내야 한다는 사상적각오를 더욱 굳게 가지게 하는데 적극 이바지할것이다.[70]

> 총을 잡은 초병이 되여 장군님의 선군령도를 앞장서 받들겠다. 하여 남의 피와 살을 먹지 않고는 살수 없는 ≪승냥이≫들을 이 세상에 씨도 없이 영영 쓸어버릴것이다.[71]

2003년 5월 31일 『문학신문』에 발표된 한설야의 「승냥이」를 논한 평론에서, 안희열은 '당의 선군정치를 받들어 나가는 우리 군대와 인민들에게 미제국주의자들은 절대로 한하늘을 이고 같이 살 수 없는 조선인민의 불구대천의 원수이며 미제와는 끝까지 싸워 결판을 내야 한다는 사상적 각오'를 다지는 작품을 평가한다. 또한 2003년 8~9호 『아동문학』에 실린 한설야의 「승냥이」에 대한 '건지중학교 5학년 김수련'의 감상문에서도 '총을 잡은 초병이 되어 김정일의 선군 영도를 앞장서 받들며, 남의 피와 살을 먹지 않고서는 살 수 없는 승냥이를 이 세상에 씨도 없이 영영 쓸어버릴 것'이라고 적고 있다. 이런 평론

---

70) 안희열, 「미제의 교활성과 악랄성을 만천하에 폭로한 명작: 소설 ≪승냥이≫를 보고」, 『문학신문』 1864, 2003. 6. 28.
71) 김수련, 「≪승냥이≫의 본성은 변하지 않는다」, 『아동문학』 581, 2003. 9, 57쪽.

이나 감상문에서 보듯, 북조선에서는 한설야의 「승냥이」를 호명함으로써 적대적 타자에 대한 부정적 표상을 활용하여 체제 결속을 강화하여 선군정치의 정당성을 주장한다. 따라서 한설야의 「승냥이」의 재발견은 1990년대 후반에 창안된 '선군정치'의 정당성을 부여하면서도 경제난이나 핵 위기와 같은 국내외의 사회·정치적 난관을 돌파하기 위해 체제 결속을 강화하기 위한 포석인 동시에 여러 난관에 부딪친 체제의 모순을 은폐하는 도구로도 활용된다.72) 이는 현재의 목적에 맞게 과거를 선별하여 이용하려는 '과거의 재발견'에 해당된다.

72) 이와 마찬가지로 2010년대에도 한설야의 단편소설 「승냥이」는 "오늘의 선군시대에도 우리 군대와 인민이 경애하는 장군님의 유훈대로 최고사령관 김정은동지의 선군혁명령도를 높이 받들어 치렬한 반미대결전과 조국결사수호전에서 빛나는 승리를 떨쳐나가도록 하는데 적극 기여할" 작품들의 하나로 재발견된다(최광일, 「단편소설집 ≪불타는 섬≫에 대하여」, 유항림(외), 『불타는 섬』, 평양: 문학예술출판사, 2012, 13쪽).

참고문헌

1. 기본 자료

「기독교에 대한 일제언」, 『정로』 14, 1946. 1. 9.

「문예총 중앙 위원회 제 18 차 집행 위원회 확대 회의 진행」, 『문학신문』 517, 1963. 1. 11.

「작가 한 설야 탄생 60주년 기념 보고회 진행」, 『문학신문』 269, 1960. 8. 30.

「제1차 조선 작가 동맹 회의 결정서」, 『조선문학』 1, 1953. 10.

「조선예술영화 승냥이」, 『청년생활』 88, 1957. 1.

「편집부의 말」, 『청년문학』 538, 2003. 9.

김동전, 「조선 문학 예술 총 동맹 결성 대회 진행」, 『문학신문』 322, 1961. 3. 3.

김명철, 「가시를 뽑아준 승냥이」, 『아동문학』 633, 2008. 1.

김봉일, 「변함없는 승냥이」, 『청년문학』 551, 2004. 10.

김선지, 「승냥이가 흘린 눈물」, 『청년문학』 553, 2004. 12.

김수련, 「≪승냥이≫의 본성은 변하지 않는다」, 『아동문학』 581, 2003. 9.

김일성, 「전체 조선인민들에게 호소한 조선민주주의 인민공화국 내각수상 김일성장군의 방송연설」, 『인민』 5-7, 1950. 7.

김일성, 「전체작가예술가들에게 주신 김일성장군의 격려의 말씀」, 『문학예술』 4-3, 1951. 6.

김　철, 「작가의 참모습」, 『조선문학』 634, 2000. 8.

남궁만, 「≪승냥이≫에 대하여」, 『문학신문』 8, 1957. 1. 24.

류기홍·서만일, 「승냥이」, 『조선문학』, 1955. 1.

리기영, 「피는 피로써 갚자!」, 『로동신문』 1234, 1950. 7. 20.

리북명, 「악마」, 『문학예술』 4-1, 1951. 4.

서만일, 「승냥이」, 『조선예술』 1, 1956. 9.

서만일, 「작가와 평론가」, 『조선문학』 101, 1956. 1.

안희열, 「미제의 교활성과 악랄성을 만천하에 폭로한 명작」, 『문학신문』 1864, 2003. 6. 28.

엄호석, 「작가들의 사업과 정열」, 『문학예술』 4-4, 1951. 7.
윤홍기, 「연극 ≪승냥기≫ 연출 수기」, 『조선예술』 1, 1956. 9.
한설야, 「「승냥이」를 쓰기까지」, 『청년생활』, 1951. 10.
한설야, 「승냥이」, 『문학신문』 1862, 2003. 5. 31.
한설야, 「승냥이」, 『문학예술』 4-1, 1951. 4.
한설야, 「승냥이」, 『아동문학』 580~581, 2003. 8~9.
한설야, 「승냥이」, 『조선문학』 670, 2003. 8.
한설야, 「승냥이」, 『천리마』 531~532, 2003. 8~9.
한설야, 「승냥이」, 『청년문학』 537, 2003. 8.
한설야, 「투쟁의 문학」, 『문학신문』 477, 1962. 8. 24.
한설야, 「히틀러 후계자 미제강도들은 우리 농촌과 도시들을 무차별적으로 폭격하고 있다」, 『로동신문』 1228, 1950. 7. 14.
한 효, 「우리 문학의 전투적 모습과 제기되는 몇가지 문제」, 『문학예술』 4-3, 1951. 6.

권정룡(외), 『영웅들의 이야기』, 평양: 조선작가동맹출판사, 1955.
김형교, 『뼥다구 장군』, 평양: 조선작가동맹출판사, 1960.
류기홍·서만일, 『狼』, 평양: 외국문출판사, 1956.
류기홍·서만일(외), 『승냥이』, 평양: 조선작가동맹출판사, 1956.
문학예술총동맹(편), 『영예의 깃발밑에서』, 평양: 문화전선사, 1950.
유항림(외), 『불타는 섬』, 평양: 문학예술출판사, 2012.
유항림, 『유항림 단편집』, 평양: 조선작가동맹출판사, 1958.
한설야, 『狼』, 북경: 인민문학출판사, 1958.
한설야, 『승냥이』, 평양: 조선작가동맹출판사, 1958.
한설야, 『한 설야 선집(8)』, 평양: 조선작가동맹출판사, 1960.
한재덕(외), 『우리의 태양』, 평양: 북조선예술총련맹, 1946.

2. 논문

강인철, 「한국 개신교 반공주의의 형성과 재생산」, 『역사비평』 70, 2005. 봄호.
김윤식, 「북한문학의 세가지 직접성」, 『예술과 비평』 21, 1990. 가을호.
김재웅, 「북한의 논리를 통해 재구성된 미국의 상(1945~1950)」, 『한국사학보』 37, 2009. 11.

남원진, 「미국의 두 표상」, 『한국문예비평연구』 36, 2011. 12.
남원진, 「미제와 승냥이」, 『비교문화연구』 25, 2011. 12.
변란희, 「6·25 전쟁기 한설야 소설의 인물 유형 연구」, 경상대 석사논문, 2001.
신영덕, 「한국전쟁기 남북한 소설과 미군·중공군의 형상화 양상」, 『한중인문학연구』 10, 2003. 6.

3. 단행본

『미제와 리승만도당들의 죄악에 대하여』, 평양: 조선로동당출판사, 1951.
『조선에서의 미국침략자들의 만행에 관한 문헌집』, 평양: 조선로동당출판사, 1954.
『조선인민은 도살자 미제와 리승만 역도들의 야수적만행에 복쑤하리라』, 평양: 조선인민군 전선사령부 문화훈련국, 출판년도 불명(1950(추정)).
강인철, 『한국의 개신교와 반공주의』, 중심, 2007.
김선려·리근실·정명옥, 『조선문학사(11)』, 평양: 사회과학출판사, 1994.
김윤식, 『한국 현대 현실주의 소설 연구』, 문학과지성사, 1990.
김일성, 『김일성저작집(6)』, 평양: 조선로동당출판사, 1980.
김일성, 『김일성저작집(18)』, 평양: 조선로동당출판사, 1982.
김일성, 『조선 로동당 제4차 대회에서 한 중앙 위원회 사업 총화 보고』, 평양: 조선로동당출판사, 1961.
김정일, 『김정일선집(1)』, 평양: 조선로동당출판사, 1992.
남원진, 『양귀비가 마약 중독의 원료이듯…』, 도서출판 경진, 2012.
목원대학교 국어교육과(편), 『북한문학의 이해』, 국학자료원, 2002.
문영희, 『한설야 문학 연구』, 시와시학사, 1996.
박 림(외), 『문학 예술의 계급성』, 평양: 국립출판사, 1955.
박웅걸, 『소설을 어떻게 쓸 것인가』, 평양: 국립출판사, 1957.
박종원·류 만, 『조선문학개관(2)』, 평양: 사회과학출판사, 1986.
사회과학원 문학연구소, 『문학예술사전』, 평양: 사회과학출판사, 1972.
신고송, 『연극이란 무엇인가』, 평양: 국립출판사, 1956.
안함광, 『조선문학사(1900~)』, 평양: 교육도서출판사, 1956.(번인: 연변교육출판사, 1957)
윤세평(외), 『해방후 우리 문학』, 평양: 조선작가동맹출판사, 1958.
이경재, 『한설야와 이데올로기의 서사학』, 소명, 2010.

조선민주주의 인민공화국 과학원 언어문학연구소 문학연구실, 『조선 문학 통사 (하)』, 평양: 과학원출판사, 1959.
조수웅, 『한설야 소설의 변모양상』, 국학자료원, 1999.

북조선의 역사와 자주성의 욕망, 한설야의 『력사』론

1. 김일성의 항일무장투쟁

북조선에선 김일성이 '8·15 이전부터 민족해방을 위하여 일제의 아성을 육박하던 항일무력투쟁의 혁명적 전통을 선양'했다고 하는데,[1] 이런 김일성의 항일무장투쟁을 다룬 대표작으로 언급되었던 작품은 어떤 것이었을까?

망둥이가 제동무자버 먹으려고
銃칼메고 銃칼메고
倭놈軍隊에 서껴 간산봉 쳐온날밤
때는 一九三五年 정월 초나흣날밤 (…중략…)

——金師長동무
우리예산했던길로 놈들이왓소

1) 안함광, 「김일성 원수와 조선 문학의 발전(一)」, 『문학예술』 6-4, 1953. 4, 111쪽.

놈들은 제법우리를 包圍한줄아는모양이요……그속엔 망둥이 새끼들도 끼여있습니다 靑年은 이윽코 입을 열었다

——오늘밤도 큰 사냥을 시작하자

——왜놈도 망둥이도 모두잡아라

——놈들은 오늘밤도 우리 策略에 걸넛구나[2]

력사여 기록하라

김일성 반일유격대

승리의 가지가지 사실을

동능현 전투의 승리를

장백 통화의 승리를

三차구의 승리를

보천보의 승리를

침략자들과 영용하게 싸운

김일성 반일유격대의 크나큰 공훈을 기록하라[3]

북조선 문학은 초기부터 김일성의 항일무장투쟁사를 복원하려 했는데,[4] 리경복의 시 「귀환」(1946)이나 한설야의 단편소설 「혈로」(1946), 김사량의 희곡 「뢰성」(1946) 등의 여러 작품들이 있었다. 여기서 리원우의 「우리는 나서자 영예로운 길로」(1947)에서는 김일성의 항일무장투쟁사 가운데 1937년 6월 '간삼봉 전투'[5]를 다루고 있는데, 김일성이

2) 李園友, 「우리는나서자榮譽로운길로: 金日成빨지산鬪爭史中에서」, 『조선문학』 1, 1947. 9, 187~191쪽.

3) 박팔양, 「민족의영예: 김일성장군의 반일 유격전을 노래함」, 『문학예술』 2-9, 1949. 9, 120쪽.

4) 신형기, 「이야기의 역능(力能)과 김일성」, 『현대문학의 연구』 41, 2010. 6; 남원진, 「한설야의 「혈로」와 김일성의 항일무장투쟁에 대한 인식 연구」, 『한국근대문학연구』 25, 2012. 상반기(2012. 4).

5) 간삼봉(間三峯) 전투는 '간산봉(間山峯) 전투', '간상봉(間上峯) 전투'라고도 하는데, 와다 하루키는 이 전투를 다음과 같이 설명한다. "항일연군의 조선진출공격에 조급해진 일본군은 김인욱(金仁旭) 소좌의 지휘하에 함흥의 제74연대를 출동시켜 국경일대의 대

이 전투에서 일본 군대를 유인하는 책략을 펼쳐서 승리한다는 내용을 담았다.[6] 또한 박팔양의 「민족의 영예」(1949)에서도 김일성의 여러 반일 유격전의 승리를 노래하면서, 이 승리가 '백 번 싸워 백 번을 이기는 김 장군의 영특한 전법'과 '강철같은 조직, 주밀한 계획'에 있음을 강조했다. 그러나 해방기엔 항일무장투쟁 전적지를 답사하거나 항일투쟁에 대해서 들은 이야기로는 1930년대 김일성의 항일무장투쟁사를 전면화할 수는 없었다. 그래서 해방기 김일성의 항일무장투쟁사는 설화 수준에 머물렀다.

> 한 설야는 새로, 김 일성 원수의 항일 무장 투쟁에 바친 장편 소설 ≪력사≫(1953년)를 창작하였다. 작가는 이 작품에서 김 일성 원수가 1936년 봄, 인민 혁명군 제 6사 사장으로 취임하던 당시 즉 투쟁이 기동적인 대규모적 형태로 이행한 중요한 력사적 단계를 배경으로 삼고 ≪아동 혁명단≫, 시난차 및 황니허즈 전투의 이야기 등을 중심으로 작품 내용을 전개시켰다. 그러면서 작가는 이에 항일 유격 투쟁 및 직접 김 일성 원수에 관한 산 력사적 자료들과 모범적 사실들, 전기적 일화 등을 풍부히 도입함으로써

토벌전을 행하려고 하였다. 이 부대는 항일연군이 간삼봉으로 이동했다는 정보를 포착하고 그곳으로 서둘러 이동해갔다. 간삼봉에서 적을 기다린 3사 연합군은 6월 30일 도착한 일본군에게 집중공격을 퍼부어 괴멸적인 타격을 입혔다. 김인욱도 부상하고 퇴각하였다."(和田春樹, 『김일성과 만주항일전쟁』, 이종석 역, 창작과 비평사, 1992, 162쪽)

6) 이런 리원우의 시는 여러 착오를 갖고 있는데, '1935년 1월'에 있었던 전투라 하지만 실제로는 '1937년 6월'에 있었던 전투이며, '망둥이'로 표현된 김 소좌(少左)도 '김석원(金錫元)'이 아니라 '김인욱(金仁旭)'이다. 이렇듯 1940년대 설화 수준에 머물렀던 항일무장투쟁에 대한 복원 작업은 1950년대 중반에 접어들면서 활발하게 진행된다. 1950년대 간삼봉(間三峯) 전투에 대한 설명은 송영의 『백두산은 어데서나 보인다』(1956)나 리재림의 『김 일성 원수 령도하의 항일 무장 투쟁』(1958), 력사연구소의 『조선통사(중)』(1958) 등을 참고할 수 있다. 그리고 유일사상체계가 성립한 후 북조선의 『력사사전(1)』(1971)에서는 간삼봉 전투를 "김일성동지의 직접적인 지휘밑에 조선인민혁명군이 1937년 6월 30일 장백현 간삼봉일대에서 보천보전투와 구시산전투에서의 참패를 만회하여보려고 달려든 일제침략군과 위만군 대부대를 섬멸한 전투"라고 설명한다(송영, 『백두산은 어데서나 보인다』, 평양: 민주청년사, 1956, 265~273쪽; 리재림, 『김 일성 원수 령도하의 항일 무장 투쟁』, 평양: 아동도서출판사, 1958, 157~160쪽; 조선민주주의 인민공화국 과학원 력사연구소, 『조선통사(중)』, 평양: 과학원출판사, 1958(번인: 학우서방, 1961(재판)), 371~372쪽; 조선민주주의 인민공화국 사회과학원 력사연구소, 『력사사전(1)』, 평양: 사회과학출판사, 1971(번각·발행: 학우서방, 1972), 14~15쪽).

작품 내용에 큰 의의를 부여하였다.[7)]

이런 1930년대 항일무장투쟁 과정에서 펼친 김일성의 지략을 강조한 대표적 작품은 1946년에 창작한 한설야의 단편소설 「혈로」와 1953년에 발표한 한설야의 장편소설 『력사』일 것이다.[8)] 여기서 '조선인민군 창건 5주년 기념 문학예술상' 산문분야 1등상을 받은 작품이며 '인민상 계관 작품'으로 빈번하게 거론[9)]되었던 한설야의 『력사』는 김일성의 항일무장투쟁을 다루었던 '최초의 장편소설'[10)]이며 대표작이었다.

그러면 1950년대 북조선 문학사에서는 이 작품을 어떻게 평가했을까? 북조선 과학원 언어문학연구소의 집체작인 『조선 문학 통사(하)』(1959)에서는 '1936년 봄'[11)] 김일성이 인민혁명군 제6사 사장으로 취

7) 조선민주주의 인민공화국 과학원 언어문학연구소 문학연구실, 『조선 문학 통사(하)』, 평양: 과학원출판사, 1959, 240~241쪽.

8) 해방기부터 김일성에 대해 노래한 시편들은 많은데, 리경복의 「歸還: 金日成將軍을맞으며」(『문화전선』 1, 1946. 7), 리원우의 「우리는나서자榮譽로운길로: 金日成빨지산鬪爭史中에서」(『조선문학』 1, 1947. 9), 박팔양의 「민족의영예: 김일성장군의 반일 유격전을 노래함」(『문학예술』 2-9, 1949. 9), 백인준의 「그이를 모시고」(『문학예술』 3-2, 1950. 2), 박산운의 「경애하는 수령 앞에」(『문학예술』 4-6, 1951. 9), 리용악의 「어디에나 싸우는 형제들과 함께: 김일성 장군께 드리는 노래」(『문학예술』 5-1, 1952. 1), 림화의 「四○년: 김일성장군 탄생 四○년에 제하여」(『문학예술』 5-4, 1952. 4), 김우철의 「경애하는 수령」(『문학예술』 5-8, 1952. 8), 김영철의 「김일성 장군께」(『문학예술』 6-2, 1953. 2), 허진계의 「수령이시여」(『문학예술』 6-4, 1953. 4), 박팔양의 「수령께서 오시다」(『문학예술』 6-6, 1953. 6), 김경태의 「당신의 아들들은 용맹합니다: 김일성 원수께 드리는 노래」(『문학예술』 6-7, 1953. 7), 시집 『수령은 부른다』(문예총출판사, 1953. 7. 30) 등이 있다.

9) 정률, 「문학 예술이 쟁취한 성과: 『조선인민군 창건 五주년기념 문학 예술상』수상자 발표와 관련하여」, 『로동신문』 2542, 1954. 2. 17; 한설야, 「소설 『력사』를 창작하고」, 『로동신문』 2544, 1954. 2. 19; 「1960년 인민상 수여식 진행」, 『문학신문』 273, 1960. 9. 13; 「우수한 과학자 및 작가들과 예술 작품에 조선 민주주의 인민 공화국 인민상을 수여」, 『문학신문』 273, 1960. 9. 13; 한설야, 「이 영예에 보답하도록 노력하겠다」, 『문학신문』 273, 1960. 9. 13; 「작가 한 설야 ≪력사≫ 창작 경험을 피력」, 『문학신문』 283, 1960. 10. 18; 한설야, 「혁명 투사들의 진실한 성격 창조를 위하여: 인민상 계관 작품 장편 소설 ≪력사≫창작 경험」, 『문학신문』 283, 1960. 10. 18.

10) 한효, 「우리문학의 一○년(二)」, 『조선문학』, 1955. 7, 143쪽.

11) 한설야는 1953년 판본(1954년 판본, 1956년 판본, 1958년 판본, 1961년 판본) 『력사』에서 김일성이 '인민혁명군' 제6사 사장으로 취임한 시기를 '1935년 봄'으로 적고 있는데, 이는 한설야의 착오이다.

임한 시기를 배경으로 하여 '아동혁명단'과 '시난차 및 황니허즈 전투'의 이야기를 담고 있는 것으로, 김일성의 '항일무장투쟁의 혁명적 전통'을 훌륭히 형상화한 작품으로 한설야의 『력사』를 평가했다.

> 전시 위대한 수령님의 불멸의 형상을 창조한 문학작품에서 또한 중요한 의의를 가지는것은 어버이수령님의 위대성과 수령님에 대한 우리 인민의 불타는 충성심을 깊이있게 노래한 송가작품들과 소설작품들이다.
>
> 서정시 ≪크나큰 그 이름 불러≫(1952, 백인준), ≪수령께 드리는 노래≫(1952, 집체), ≪김일성장군님께≫(1953, 김영철), ≪수령≫(1952, 차덕화), ≪수령님의 이름과 함께≫(1951, 안룡만), ≪장군님께서 오신 마을≫(1951, 리맥), ≪사랑의 손길≫(1952, 김우철), 가사 ≪우리의 최고사령관≫(1950, 김북원), 장편소설 ≪력사≫(1951, 한설야) 등은 그 대표적인 작품들이다.[12]
>
> (모든 강조: 필자)

그런데 1962년 한설야의 숙청과 함께 한설야의 『력사』는 한동안 사라졌다가 1990년대 김선려, 리근실, 정명옥의 공저 『조선문학사(11)』(1994)에서는 작품에 대한 구체적인 설명 없이 김일성을 형상화한 소설작품으로 작품명만을 언급했다. 김일성의 항일무장투쟁을 다룬 한설야의 「혈로」가 『조선문학개관(2)』(1986), 『조선문학사(10)』(1994)에서 언급되지 않듯, 한설야의 『력사』도 마찬가지 이유로 작품명만을 언급한 것이다. 이는 유일사상체계가 성립한 후 김일성을 정점으로 한 항일무장투쟁을 전면화한 '총서 ≪불멸의 력사≫'가 출판되고 있는 시점에서, 북조선 문학사에서 한설야의 「혈로」나 『력사』를 전면적으로 복권시킬 필요는 없었을 것이었기에 그러하다.

---

12) 김선려·리근실·정명옥, 『조선문학사(11)』, 평양: 사회과학출판사, 1994, 27~28쪽.

우리의 시선을 더욱 끄는 것은 바로 이 무렵에 발표한 장편 『역사』이다. (…중략…) 그에게는 일제하 항일무장투쟁을 다룬 작품을 쓰는 것이 단순히 지난 일에 그치는 것이 아니라, 바로 오늘의 과제에 나름대로 충실하게 부응하는 길이라고 믿게 된 것이다.13)

이 작품은 「혈로」와 「개선」 등에서 부분적으로 언급되었던 김일성의 항일 무장투쟁이 종합적으로 집대성된 것이라는 점에서 한층 상세하고 복합적인 모습이다. (…중략…) 작품에는 해방 이후 북한이 견지하고 있던 이른바 민주기지론이 직접적으로 투사되어 있어 김일성의 투쟁정신은 한층 강조되는데, 당시 한설야는 민주기지노선에 적극적으로 찬동하고 그 실천에 앞장섰던 상태였다.14)

이러한 『력사』는 북한문학사에서 수령 형상의 문학적 표현과 항일무장투쟁사를 중점적으로 다룬 데 그 의의가 지적된다. 그러나 한설야는 『력사』를 통해 식민주의의 극복으로써 만주 항일혁명 투쟁을 복원하는 데 그 목적이 있었다. 한설야에게 조선의 역사는 김일성 개인의 역사가 아닌 조선 인민 전체의 역사를 의미했기 때문이다.15)

남한에서 『력사』에 대한 단편적인 언급이 대부분인 반면에 김재용, 강진호, 이승이 등의 논문은 『력사』를 구체적으로 다룬 대표적 성과물이었다. 이들 선행 연구는 김재용의 '일제하 항일무장투쟁의 복원'이라는 평가 이후 이 관점을 승인하는 입장에서 논의를 전개했다.16) 그런데 이들 논문들에서는 핵심적인 요소에 해당하는 1950년

---

13) 김재용, 「냉전시대 한설야 문학의 민족의식과 비타협성」, 『역사비평』 47, 1999. 여름호, 238쪽.

14) 강진호, 「해방 후 한설야 소설과 김일성의 형상」, 『민족문학사연구』 25, 2004. 7, 285쪽.

15) 이승이, 「민족 해방에 대한 열망과 탈식민·탈주체로서의 저항문학: 한설야의 『력사』와 「아버지와 아들」을 중심으로」, 『어문연구』 63, 2010. 3, 348쪽.

16) 이들 연구는 창작, 판본, 개작 등의 여러 문제가 있는데, 필자는 이 문제에 대해서 논문 「문학과 정치」(『한국학연구』 42, 2012. 9)에서 상세하게 언급했다. 선행 논문 「문학과

대 초반의 정치적 상황의 점검이나 항일무장투쟁에 대한 재해석이 빠진 채 평가가 이루어졌다. 그래서 1950년대 초반 김일성의 권력 강화와 맞물려 이루어진 '항일무장투쟁'에 대한 재해석, 특히 '마르크스레닌주의의 창조적 적용'이라는 핵심적 쟁점이 생략되어 있었다. 따라서 이 글에서는 국내외에서 수집한 여러 자료를 통해서 당대 상황과 평가를 재구성하는 한편 김일성의 항일무장투쟁을 형상화한 한설야의 입장을 정리해보고자 한다. 또한 북조선 중심의 역사, 더 나아가 김일성 중심의 역사와 자주성의 문제를 짚어보고자 한다.

2. 한설야의 『력사』 창작과 평가

한설야의 『력사』는 '조국해방전쟁'기에 발표된 대표작이었으며, 계속 재판되면서 1950년대 중요한 학습의 대상이 된 문제작이었다.[17] 그런데 한설야는 1951년 3월 10일에 조선문학예술총동맹 상무위원회 위원장이 되었는데,[18] 북조선문학예술계를 이끌던 한설야는 어떤 의도에서 장편소설 『력사』를 창작했을까?

> 원수께서 八·一五 해방과 동시에 빛나는 一五년의 유격 투쟁에서 조국으로 개선하시자 나는 원수의 오랜 전우를 만나서 유격 투쟁을 조직 지도하신 원수의 허다한 이야기들을 들었으며 또 때로는 직접 원수를 뵈일 기회를 얻어 당시의 이야기를 직접 원수에게서 듣기도 하였다. 그리고 그 이듬해 가을에 압록강, 두만강 연안 일대의 항일 유격 투쟁 전적지와 또는 중국 동북의 몇개 지대를 실지로 답사해 보았다. (…중략…) 나는 一九五一년 가을부터 『력사』 창작에 착수하였다. (…중략…) 나는 비록 몇번을

정치」가 개작과 평가의 문제에 집중했다면, 본 논문 「북조선의 역사, 자주성의 욕망」은 마르크스레닌주의의 창조적 적용에 대한 문제를 집중적으로 다루었다.

17) 로창남, 「장편 소설 ≪력사≫ 감상회」, 『문학신문』 135, 1959. 4. 2.

18) 「조선문학예술총동맹 및 각동맹 중앙위원」, 『문학예술』 4-1, 1951. 4, 35쪽.

다시 쓴다 하더라도 반드시 이 사업을 해 보리라는 결심으로 딴에는 고심에 고심을 더하여 一九五三년 봄에 이 장편 『력사』를 완성하였다.[19]

나는 1946년 9월에 혁명 전적지 답사를 떠났다. (…중략…) 많은 이야기들 중에서 특히 ≪시난차≫ 전투와 ≪황니허즈≫ 전투 이야기는 실로 흥분없이 들을 수 없었다. / 두 전투를 통하여 나는 수상 동지의 탁월한 전략가로서의 그 면모를 방불히 볼 수 있었다. / 그리하여 이 두 전투 이야기가 장편 소설 ≪력사≫를 쓰게 한 중요한 동기로 되었다. (…중략…) 조국 해방 전쟁의 승리를 위해서 나는 혁명 전통을 주제로 한 작품들이 인민들에게 주어지는 것이 필요하다고 생각하였다. (…중략…) 우리 인민들의 사상 의식을 혁명가적 기질로, 승리의 신심으로, 불요 불굴의 인내성으로, 원쑤에 대한 불타는 적개심으로 교양할 목적으로 나는 오래 동안 구상해 오던 ≪력사≫ 창작에 착수하였다. (…중략…) 이런 바쁜 가운데 1951년 9월부터 ≪력사≫의 초고를 쓰기 시작하여 다음해 봄부터 ≪조선 문학≫에 발표하기 시작하였다. (…중략…) 때문에 나는 ≪력사≫를 쓸 때 수상 동지의 성격적 특질 즉 그의 탁월한 전략가로서의 놀라운 지혜가 집중적으로 발현된 전형적인 사건 즉 ≪시난차≫ 전투와 ≪황니허즈≫ 전투를 기본 사건으로 하였다. (…중략…) 이상의 것들을 종합하여 한 마디로 말한다면 혁명가들의 영웅적 성격을 창조하기 위하여 무엇보다 그들이 오랜 투쟁 과정에서 축적한 높은 지혜, 재능, 창발성들을 깊이 파고 들어 가야 한다.[20]

한설야는 해방 후 김일성과 항일유격대원들에게서 김일성의 항일무장투쟁에 대한 이야기들을 듣는 한편 1946년 가을(9월)에 항일무장투쟁 전적지를 답사했다. 전적지 답사 과정에서 들은 '시난차 전

19) 한설야, 「소설 『력사』를 창작하고」, 『로동신문』 2544, 1954. 2. 19.
20) 한설야, 「혁명 투사들의 진실한 성격 창조를 위하여: 인민상 계관 작품 장편 소설 ≪력사≫ 창작 경험」, 『문학신문』 283, 1960. 10. 18.

투'와 '황니허즈 전투'에 대한 이야기에서 김일성의 탁월한 전략가의 면모를 볼 수 있었다고 말했다. 그리하여 이 두 전투에 대한 이야기가 『력사』 창작의 중요한 동기가 되었다고도 말했다. 그리고 1951년 9월에 『력사』 초고를 집필하기 시작했는데, 기차나 비행기, 도시와 농촌, 군대의 진지 등의 다양한 곳에서 창작했다고까지 말하면서,[21] 『력사』를 창작한 목적이 '영웅적 혁명가'를 형상하는 한편 '조국해방전쟁'기 인민들의 사상 교양을 위한 것이라고도 술회했다.

<표 1> 한설야의 『력사』 판본

작가	작품명	역자	발행지역	발표지(출판사)	출판년도
한설야	「력사(1~5)」		평양	『문학예술』, 6-4~6-8	1953. 4~8. (1953. 5. 20~ 1953. 8. 20)
	『력사(1)』		동경	평화와교육사	1953. 8. 25.
	『력사(2)』		동경	학우서방	1954. 4. 1.
	『력사』		평양	조선작가동맹출판사	1954. 11. 30.
	『아동 혁명단』		평양	민주청년사	1955. 7. 15.
	『력사』		평양	조선작가동맹출판사	1956. 3. 25.
	『歷史』	李烈	北京	作家出版社	1957. 7.
	『력사』		평양	조선작가동맹출판사	1958.(추정)
	『歷史』	李烈	北京	人民文學出版社	1958. 9.
	『아동단』		평양	아동도서출판사	1959. 6. 30.
	『歷史(上)』	村上知行	東京	くろしお出版	1960. 5. 30.
	『歷史(下)』	村上知行	東京	くろしお出版	1960. 6. 30.
	『력사』 (『한 설야 선집(9)』)		평양	조선작가동맹출판사	1961. 5. 30.

그런데 한설야의 『력사』는 '다음 해 봄'(1952년 봄)이 아니라 '1953년 봄'이며, '『조선문학』'이 아니라 '『문학예술』'에 연재되었다가 1954년 11월에 조선작가동맹출판사에서 단행본으로 출판되었다. 한설야는

21) 「작가 한 설야 ≪력사≫ 창작 경험을 피력」, 『문학신문』 283, 1960. 10. 18.

1953년 『력사』가 연재된 후 1954년 단행본으로 출간하면서 여러 부분 '추고(推敲)'했는데,[22] 특히 '황니허즈'와 '시난차'에 대한 부분을 변경했다.

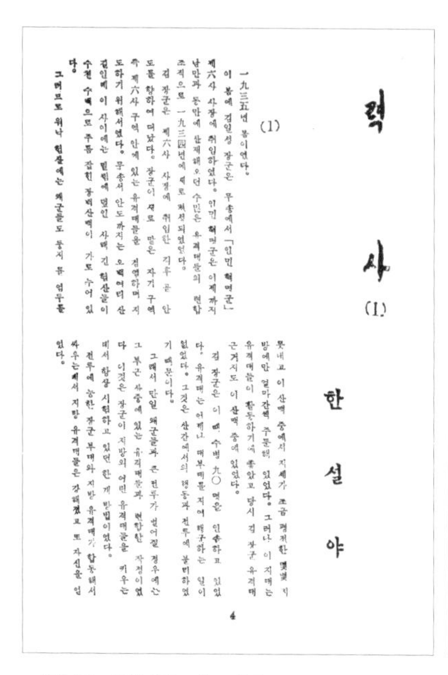

력 사 (1)

한 설 야

(1)

一九三五년 봄이였다.

이 봄에 김일성 장군은 무송에서 「인민 혁명군」 제六사 사장에 취임하였다. 인민 혁명군은 이제까지 남만과 동만에 산재해오던 수많은 유격대들의 련합 조직으로 一九三四년에 새로 편성되였었다.

김 장군은 제六사 사장에 취임한 직후 곧 안도를 향하여 떠났다. 장군이 새로 맡은 자기 구역 즉 제六사 구역 안에 있는 유격대들을 점열하며 지도하기 위해서였다. 무송서 안도까지는 오백여리 산길인데 이 사이에는 밀림에 덮인 사태 긴 험산들이 수천 수백으로 주름 잡힌 장백산맥이 가로 누어 있다.

그러므로 워나 험산에는 왜군들도 용지 뷴 엄두를 못내고 이 산맥 중에서 지세가 조금 평저한 몇몇 지방에만 얼마간씩 주둔해 있었다. 그러나 이 지대는 유격대들이 활동하기에 좋았고 당시 김 장군 유격대 근거지도 이 산맥 중에 있었다.

김 장군은 이 때 수병 九○ 명을 인솔하고 있었다. 유격대는 어쩌나 대부대를 지어 행군하는 일이 없었다. 그것은 산간에서의 행동과 전투에 불리하였기 때문이다.

그래서 만일 왜군들과 큰 전투가 벌어질 경우에는 그 부근 사중에 있는 유격대들과 련합할 작정이였다. 이것은 장군이 지방의 어떤 유격대들을 키우는 데서 항상 시험하고 있던 한 개 방법이였다.

전투에 능한 장군 부대와 지방 유격대가 합동해서 싸우는 데서 지방 유격대들은 강해졌고 또 자신을 얻었다.

4

한설야, 「력사(1)」, 『문학예술』 6-4, 1953. 4.

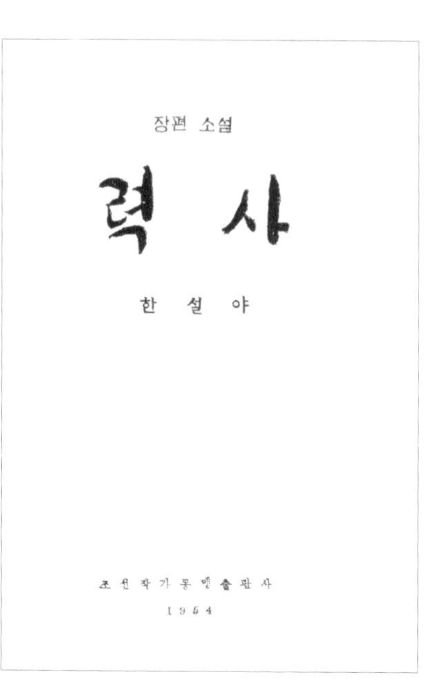

한설야, 『력사』, 조선작가동맹출판사, 1954.

또한 1955년 7월에 『력사』의 '아동혁명단' 부분만을 따로 떼어내고 수정해서 『아동 혁명단』이란 제명으로 민주청년사에서 출간했으며, 다시 1959년 6월에서 『아동단』으로 제명을 수정하여 아동도서출판사에서 출판했다.[23] 또한 한설야의 『대동강』 등의 여러 작품이 그

---

22) "작년 「문학 예술」에 련재되였던 한 설야 작 장편 소설 「력사」가 금번 작가 동맹 출판사 발행으로 세상에 나왔다. 소설 「력사」는 이미 많은 독자들로부터 사랑을 받아온 작품이다. 독자들의 목소리에 허심하게 귀를 기울인 작자는 이번에 다시금 적지 않은 부분에 걸쳐 추고를 가했다."(「한 설야의 장편 소설 「력사」(신간소개)」, 『조선문학』, 1954. 12, 139쪽)

23) 한설야는 '아동혁명단'에서 '아동단'으로 제명을 변경한 것에 대해서 다음과 같이 설명한다. "김 일성 원수께서 항일 무장 투쟁을 전개하던 시기 그 영향 아래에서 조직된 아

러했듯, 『력사』도 일본, 중국에서도 출판되었다.

> 이 작품은 해방 후 우리 문학에서 거대한 성과의 하나로 되는 것은 민족적 탄압과 압박이 극심하던 일제 통치의 암담한 시기에 항일 무장 투쟁의 불길을 올린 우리 민족의 절세의 애국자이시며 전설적 영웅이신 김일성 원수의 위대한 형상에 문학적 표현을 줌으로써 이 소설의 높은 사상성을 체현하고 있는데 기인한다. (…중략…) 소설은 一九三五년 봄 김일성 원수께서 그 때까지 남만과 동만에 산재해 오던 수많은 유격대들을 련합 조직한 「인민 혁명군」 제 六사 사장에 취임한 직후 시기의 투쟁을 작품 대상으로 하고 있다. (…중략…) 소설은 세개의 중요한 대목 즉 아동 혁명단의 생활과 황니허즈와 시난차의 전투로써 구성되였는바 (…중략…) 있다.[24]
>
> (모든 밑줄: 필자)

한설야의 여러 기록을 통해 볼 때, 『력사』는 '김일성의 탁월한 전략가의 면모'를 형상화하는 한편 '조국해방전쟁기 인민들의 사상 교양'을 목적으로 창작한 작품이라 할 수 있다. 그러면 이런 『력사』에 대한 당대 평가는 어떠했을까? 김명수는 한설야의 『력사』에 대해서 '일제 통치의 암담한 시기에 항일무장투쟁의 불길을 올린 김일성의 위대한 형상을 문학적으로 표현한 작품'으로 지적하면서 '작품의 사상성과 교양적 의의'가 큰 작품으로 평가했다.

동들의 조직은 본시 ≪아동단≫으로 되여 있었으나 다른 지역의 아동 조직과 구별하기 위해서 보통 ≪아동 혁명단≫이라는 이름으로 불러 왔다. 그래서 나는 처음에 이 속칭이 당시 유격 지구 내에 있었던 아동 조직의 성격을 더 잘 표현한 것이라 생각하고 그대로 썼으나 이제는 일반이 항일 무장 투쟁과 그 당시의 아동 조직의 성격을 잘 알게 되였으므로 본래의 이름대로 소설의 제명을 ≪아동단≫으로 고치기로 하였다."(한설야, 「독자들에게」, 『아동단』, 평양: 아동도서출판사, 1959)

24) 김명수, 「장편소설 「력사」에 대하여」, 『조선문학』, 1954. 4, 16~17쪽.

① 김명수의 1953년 평론 「장편소설 「력사」에 대하여」

장군은 「황니허즈」 지방 형편을 대강 알고 있었다.[25]

② 한설야의 1953년 연재본 『력사』

장군은 「황니허즈」 지방 형편을 대강 알고 있었다.[26]

③ 한설야의 1954년 단행본 『력사』

장군은 「시난차」 지방 형편을 대강 알고 있었다.[27]

그런데 김명수는 한설야의 여러 판본 『력사』 중에서 어떤 판본을 인용한 것일까? 김명수는 '황니허즈' 습격 전투를 준비하고 조직하는 김일성의 심정을 설명하기 위해서 위의 부분을 인용했다. 1954년 이후 단행본 『력사』(1956년 판본, 1958년 판본, 1961년 판본)에선 1953년 연재본 『력사』에서의 '황니허즈'는 '시난차'로 변경되었고, '시난차'는 '황니허즈'로 수정되었다. 이런 사실이나 출판 시기를 검토하면 김명수가 인용한 부분은 1954년 단행본 『력사』가 아니라 1953년 연재본 『력사』의 판본이다. 김명수는 황니허즈, 시난차 등에 대한 한설야의 여러 오류를 알아차리지 못한 채 1953년 판본 『력사』의 부분을 인용하면서 '시난차 전투'가 아니라 '황니허즈 전투'에 대해서 상세하게 설명했던 것이다. 이런 한설야나 김명수의 여러 착오는 당대 북조선의 항일무장투쟁사에 대한 복원 작업의 한계를 여실히 증명해 준다. 즉, 이는 항일무장투쟁 전적지 답사나 유격대원들의 이야기를 바탕으로 복원했기 때문에 그러하다.

『력사』는 조선 민족 항일 투쟁사에 있어서 획기적 전환기이며 무장 투

25) 위의 글, 21쪽.
26) 한설야, 「력사(3)」, 『문학예술』 6-6, 1953. 6, 10쪽.
27) 한설야, 『력사』, 평양: 조선작가동맹출판사, 1954, 188쪽.

쟁의 앙양기였던 一九三〇년대의 력사적 환경을 배경으로 하고 전개된다. 작자는 이 시기 분산된 수많은 무장 력량들이 인민 혁명군으로 통합되고 유격 지구들이 창설되고 또 대중적 민족 통일 전선인 조국 광복회가 형성되여 一〇개조 정강이 발표되던 시기의 앙양된 혁명적 시기의 감격적인 이야기로 씌여졌다. (…중략…) 이 시기의 민족 해방 투쟁의 새로운 력사적 단계를 배경으로 하고 『력사』는 아동 혁명단의 생활, 시난차의 전투, 황니허즈 전투 등 세가지 서로 련결된 사건들로 구성되였다.[28]

1950년대 김일성의 항일무장투쟁사에 대한 복원 작업이 본격적으로 진행되면서,[29] 김명수와 달리 엄호석을 비롯한 여러 평자들은 1954년 이후 개작본[30]을 대상으로 하여 한설야의 『력사』를 언급했다. 엄호석은 1930년대 김일성의 항일 빨치산의 영웅적 투쟁을 다룬 작품으로 지적한 후, 한중모도 '김일성의 항일무장투쟁을 서사시적 화폭 속에 묘사한 작품'[31]으로, 윤세평도 '김일성을 선두로 한 영웅

28) 엄호석, 「조국 해방 전쟁 시기의 우리 문학」, 안함광(외), 『해방후 10년간의 조선 문학』, 평양: 조선작가동맹출판사, 1955, 228~229쪽.

29) 김일성의 항일무장투쟁사에 대한 복원 작업의 하나가 '1953년 9월 초순부터 12월 하순까지 100여 일간에 걸쳐 이루어진 김일성의 항일유격투쟁 전적지 조사단'의 활동일 것이다. '국립중앙해방투쟁박물관 일군, 과학원 역사연구소원, 작가, 영화 촬영반, 사진사, 화가 등으로 구성된 이 조사단은 심양, 하얼빈, 길림을 거쳐 압록강, 두만강, 량강의 대안 지대인 장백산맥과 송화강변의 일부인 북만도까지 답사했으며, 혁명유격지구의 근거지, 밀영지, 전투지와 김일성의 청소년 시절의 연고지 등의 90여 개소를 찾아갔으며 당시 700여 명의 연고자와 대화를 나누었다'고 한다(송영, 앞의 책, 1~2쪽).

30) 한설야의 『력사』는 1953년 연재본에서 1954년 단행본으로 출간되면서 문장이나 배경, 맥락, 사건 등의 여러 부분이 개작되었는데, 중요한 변경 사항을 제시하면 다음의 〈표 2〉와 같다.

<표 2> 한설야의 『력사』의 개작 사항

	1953년 판본	1954년 판본	1956년 판본	1958년 판본	1961년 판본
세부 항목	1~29	1~30	1~30	1~30	1~30
아동혁명단	1~14	1~15	1~15	1~15	1~15
황니허즈 전투	15~23	25~30	25~30	25~30	25~30
시난차 전투	24~29	16~24	16~24	16~24	16~24
기타		'15' 추가	'15' 추가	'15' 추가	'15' 추가

31) 한중모, 『한 설야의 창작 연구』, 평양: 조선작가동맹출판사, 1959, 268쪽.

적 항일 빨치산들의 애국적 혁명적 전통'[32]을 형상화한 작품으로, 안함광도 '조선 인민의 항일무장투쟁을 조직 지도해 온 김일성의 형상을 창조'[33]한 작품으로, 한설야의 『력사』를 평가했다. 그런데 한설야의 『력사』는 김명수의 지적 이후 안함광, 엄호석, 한중모, 강능수 등의 북조선의 대표적 평자들의 1930년대 김일성의 항일무장투쟁을 다룬 대표작으로 지속적인 평가의 대상이었지만,[34] 1960년대 한설야의 숙청과 함께 한동안 사라졌다.[35]

3. 김일성과 항일무장투쟁의 형상화

한설야는 이런 『력사』에서 김일성과 항일무장투쟁을 어떻게 형상화했을까?

장군은 언제나 그런 것처럼 옛 추억할 때마다 어린이의 동심과 같은 천진성과 진리와 같이 단순한 순결성이 그 얼굴에 넘쳐 흘렀다. / 그러나 동시에 이 속에서 헤아릴 수 없는 무서운 힘과 지혜가 솟아오르고 있는 것을 또한 느끼게 하였다.[36]

장군은 언제나 쉴 새 없이 몸을 놀리고 웃고 하였다. 언제나 장군의 속에서는 샘이나 불길이 솟아오르고 있는 것 같았다. 그래서 한 시도 몸을

32) 윤세평, 「한 설야와 그의 문학」, 『조선문학』 156, 1960. 8, 180쪽.
33) 안함광, 「한 설야의 작가적 행정과 창조적 개성」, 『조선문학』 160, 1960. 12, 120쪽.
34) 안함광, 『조선 문학사(1900~)』, 평양: 교육도서출판사, 1956(번인: 연변교육출판사, 1957), 533쪽; 엄호석, 「해방 후의 산문 발전의 길」, 윤세평(외), 『해방후 우리 문학』, 평양: 조선작가동맹출판사, 1958, 110~111쪽; 윤세평, 「한 설야와 그의 문학」, 윤세평(외), 『현대 작가론(2)』, 평양: 조선작가동맹출판사, 1960, 62~63쪽; 강능수, 「혁명 전통과 우리 문학」, 김하명(외), 『전진하는 조선 문학』, 평양: 조선작가동맹출판사, 1960, 94쪽.
35) 남원진, 「문학과 정치: 한설야의 『력사』의 개작과 평가의 문제성」, 『한국학연구』 42, 2012. 9, 160~191쪽.
36) 한설야, 「력사(2)」, 『문학예술』 6-5, 1953. 5, 66쪽.

가만히 가지고 있지 못하는 것 같았다.[37]

그러나 그보다 더 마음 아픈 것은 아동들 일이었다. 날씨가 하루 하루 더워지고 아이들은 새 옷 입는다고 기다리고 있는데 창졸간 이 즐거운 기다림에 대답할 아무 묘리도 없었다. 장군의 아픔은 곧 모든 어버이의 아픔이었다.[38]

한설야는 1948년 「개선」에서 형상화했던 김일성을 1953년 연재본 『력사』에서는 어떻게 형상화했을까? 한설야의 「개선」에서는 '김일성이 젊다'는 것에 대해선 '부드럽고 자유롭게 움직이는 창조력의 표현'이라고 제시했으며, 또한 새로운 북조선을 이끌 지도자에 대한 특성, 즉 자애로운 어버이이며 스승의 품성도 함께 부여해서 조화를 이루려 했다. 그러나 한설야의 이런 욕망은 '젊은 지도자'와 '늙은 지도자'의 부조화된 형상을 탄생시켰다.[39] 이런 특성은 『력사』에서도 드러나는데, 김일성은 어린이의 속성인 '천진성과 순결성'과 함께 어른의 특성인 '힘과 지혜'를 동시에 지닌 부조화된 인물로 형상화되었다. 그러나 「개선」에 비해 『력사』는 어른의 특성, 즉 '힘과 지혜'를 지닌 인물의 측면이 훨씬 강하게 드러난다. 또한 이는 샘이나 불길처럼 솟아오르는 창조성보다는 어린 아동을 생각하는 어버이의 특성, 즉 유격대를 이끄는 '늙은 지도자'의 품성에 대한 형상화가 많은 부분을 차지한다는 말이다.

실로 화기로운 모임이었다. 평소에 원장 선생을 보면서 진심으로 웃었다. 자기의 잘못을 뉘우치고 있었던 것이다. 그는 속으로 이제부터는 원장 선생과 화목하리라 마음 먹었다. (…중략…) 이제까지 장군이 준 말이

37) 위의 글, 58쪽.
38) 한설야, 「력사(3)」, 『문학예술』 6-6, 1953. 6, 6쪽.
39) 남원진, 「한설야의 문제작 「개선」과 김일성의 형상화에 대한 연구」, 『비평문학』 44, 2012. 6, 183~191쪽.

마치 가물의 단 비처럼 가슴에 스며드는 것을 선생들은 느끼고 있었다. (…중략…) 장군의 말은 모든 사람에게 새로운 깨달음과 결심을 주었다. 힘을 주었고 그리고 깊은 사랑을 주었다.[40]

이런 점에서 장군은 항상 전투 전에 벌써 적을 이기고 있었다. 장군이 미리 생각한 것과 실지로 벌어지는 전투는 늘 어김없이 맞아 떨어졌다. 그러기 때문에 적보다 적은 수량과 낡은 무기로 적을 이길 수 있었던 것이다. (…중략…) 그래서 적들은 장군이 무슨 신기한 요술 같은 재주를 가지고 있는 것이라고도 생각하였다.[41]

그래서 김일성과 함께 논의하는 자리는 '화기로운 모임'이 되며, 김일성의 말은 '가물(가뭄)의 단비'처럼 자기의 잘못을 뉘우치게 하며 '새로운 깨달음과 결심', '힘과 사랑'을 주는 것이 된다. 여기서 전체 선생들과 직원들과 함께 아동혁명단 학원 사업을 풀어 가는 김일성은 마치 모든 문제를 아는 듯 여러 난제를 해결하는 지략을 지닌 인물이다. 또한 유격대의 전투를 지휘하는 김일성은 이길 조건을 확실하게 만든 후 전투를 실행하는데, 이를 두고 한설야는 '장군은 항상 전투 전에 벌써 적을 이기고 있었다'고까지 적고 있다. 그래서 이런 군사전략가이기에 김일성은 거의 불가능해 보이던 '황니허즈 전투'나 '시난차 전투'를 승리로 이끈다. 따라서 한설야의 『력사』에 등장하는 김일성은 어려운 문제나 불가능해 보이던 전투를 풀어 가는, 즉 지략과 전략을 겸비한 이상적 인물에 해당한다.

장군을 선두로 모다들 식당으로 갔다. 걸어가는 발소리조차 부드러웠다. 그러나 모다 그 언제보다 심장은 높게 뛰였다. / 장군의 말은 모든 사람에게 새로운 깨달음과 결심을 주었다. 힘을 주었고 그리고 깊은 사랑

40) 한설야, 「력사(1)」, 『문학예술』 6-4, 1953. 4, 50~51쪽.
41) 한설야, 「력사(3)」, 『문학예술』 6-6, 1953. 6, 16쪽.

을 주었다. / 五월의 훈풍이 한없이 가슴을 부풀어 오르게 하였다. 록음이 짙어가는 원근 산천을 바라보며 다 같이 승리의 신심을 새로이 하였다. / 『사장 동무 있는 한에는……우리는 반드시 승리한다』 / 선생들은 고개를 끄덕거리며 그렇게 생각하였다.[42]

그런데 근대소설의 인물은 이상적 인물이 아니라 평범한 인물인데, 특히 리얼리즘에선 구체적이고 생동감 있는 현실적인 정황 속에서 살아있는 인물로, 즉 '구체적 보편성'을 지닌 인물로 형상화해야 한다.[43] 당연히 사회주의 리얼리즘의 긍정적 인물 또한 이상적 인물이 아니라 영웅적인 노동계급의 훌륭한 자질을 소유한 인물임은 말할 필요도 없다.[44] 그런데 위의 한설야의 『력사』에서 보듯, '승리의 신심'을 부여하는 김일성은 성장하지 않는 인물, 즉 완결된 인물로 설정되어 있다. 이러하듯, 아동혁명단의 교장이나 선생들을 지도하거나 항일유격대를 이끌고 전투를 지휘하는 김일성은 모든 난제를 해결하는, 즉 오류를 범하지 않는 완결된 인물로 형상화되어 있다. 당연히 한설야의 『력사』에 등장하는 김일성이 리얼리즘과 배치되는 성장하지 않는 인물임은 분명하다.[45]

그러면 이런 이상적 인물인 김일성이 이끈 항일무장투쟁은 어떠했을까? 전체적인 내용은 '1935년 봄', 제6사 사장으로 취임한 직후 김일성이 안도를 향하여 떠나서 아동혁명단 학원을 검열하고 지도하며 지방유격대와 함께 '황니허즈 전투'와 '시난차 전투'를 승리로 이끈다는 것인데, '아동혁명단'과 '황니허즈 전투', '시난차 전투'로 크게 세 부분으로 나누어져 있다. 여기서 이 작품의 중요한 역사적

42) 한설야, 「력사(1)」, 『문학예술』 6-4, 1953. 4, 51쪽.
43) G. Bisztray, 『마르크스주의 리얼리즘 모델』, 인간사 편집실 역, 인간사, 1985, 72쪽.
44) 사회주의 리얼리즘의 긍정적 인물은 이상형의 주인공이 아니며 진부한 선인들의 총합도 아니며, 영웅적인 노동계급의 훌륭한 자질을 소유한 인간이다(Shcherbina(외), 『소련 현대문학비평』, 이강은 역, 한겨레, 1986, 276쪽).
45) 남원진, 「혁명적 대작의 이상과 북조선 문학의 근대적 문법」, 『이야기의 힘과 근대 미달의 양식』, 도서출판 경진, 2011, 375~378쪽.

사건은 '인민혁명군' 창설, '조국광복회' 조직과 함께 '황니허즈 전투'와 '시난차 전투'이다.

> 一九三五년 봄이였다. / 이 봄에 김일성 장군은 무송에서 「인민 혁명군」 제六사 사장에 취임하였다. 인민 혁명군은 이제까지 남만과 동만에 산재해오던 수많은 유격대들의 련합 조직으로 一九三四년에 새로 편성되였었다. / 김 장군은 제六사 사장에 취임한 직후 곧 안도를 향하여 떠났다. 장군이 새로 맡은 자기 구역 즉 제六사 구역 안에 있는 유격대들을 검열하며 지도하기 위해서였다.46)

> 장군은 「조국 광복회」 조직에 앞서 이에 관한 요강을 작성하였다. (…중략…) 이 강령의 작성과 동시에 「조국 광복회」는 一九三五년 五월 五일에 력사적인 첫 걸음을 내디디었다. 회장은 김일성 장군이었다. / 조국 광복회는 조직과 동시에 비상한 속도로 인민 대중 속에 침투하였다. 장군은 이 조국 광복회의 로선을 만주에서 뿐 아니라 국내에서 광범히 인민 대중 속에 침투시키기 위하여 벌써 국내에 공작원을 파견하였다.47)

한설야의 『력사』에서는 1934년에 남만과 동만에 산재한 수많은 유격대들의 연합조직인 '인민혁명군'이 새롭게 편성되었고, 김일성이 1935년 봄, 무송에서 '인민혁명군' 제6사 사장으로 취임했다고 기술했다. 또한 김일성이 1935년 5월 5일에 만주와 국내의 모든 반일반제 세력을 규합하는 민족통일전선인 '조국광복회'를 조직했으며 만주뿐만 아니라 국내에도 공작원을 파견했다고 적었다. 그런데 한설야의 『력사』에 기술된 사건에 대한 공식적인 해석의 근거가 된 저술은 무엇일까? 이는 해방기의 여타의 기록보다는 1952년에 출판된 『김일성장군의 략전』일 것이다.

---

46) 한설야, 「력사(1)」, 『문학예술』 6-4, 1953. 4, 4쪽.
47) 한설야, 「력사(2)」, 『문학예술』 6-5, 1953. 5, 17쪽.

一九三四年에는 「人民革命軍」이라하여 師團의힘은 더욱커젓는데 이때에가장큰 싸움하나를싸웠다. (…중략…) 「모스크바」에서 열린國際共產黨第七次大會에서는 「지미토로프」 同志의 報告에의하여 民族統一戰線을 高唱하게 되였고 우리는 滿洲에서 日本을反對하고 民主朝鮮의建設을 企圖하는 일체의 勢力을統合하여 統一線으로써 朝鮮祖國光復會를 組織하였다. / "金日成將軍은 光復會있는동안 總會會長이되였다. 그리고 一九三六年봄에는 遊擊隊를 反日聯軍으로 改名을하고 그 第六師長이되었다가 一九三八年에는 第二軍長이되엇다. 一五一節準備委員會發行冊子 (金日成將軍) 序文에서"[48]

一九三四년에 이르러 김일성 장군은 동만 반일 인민 유격대와 남만 반일 유격대를 통합하여 조선 인민 혁명군을 창설하였으며 그 이듬 해인 一九三五년 五월 五일에는 반일 민족 통일 전선체인 「조국 광복회」를 조직하고 그의 회장으로 추천되였다. (…중략…) 그리하여 조국 광복회의 조직망은 동북에서는 물론이고 압록강, 두만강 연안인 갑산, 호인, 신갈파, 무산, 경성, 신의주, 후창, 신흥, 풍산, 단천 등 국경 지대들을 위시하여 국내 깊이 함흥, 흥남, 원산, 성진, 철원 등 공장 지대에까지 분포되여 혁명적 로동자, 농민을 비롯한 수만명의 애국 인사들을 망라하였다.[49]

이에 대한 것은 김일성의 항일무장투쟁에 대한 해방기 기록이었던 한재덕의 1946년 판본 「김일성장군유격전사」와 최초의 공식적인 전기에 해당하는 1952년 판본 『김일성장군의 략전』을 비교해본다면 더욱 분명해진다. 한재덕의 글에서는 1932년에 중한반일유격대(中韓反日遊擊隊)인 '동만인민반일유격대'가 조직되었고, 1934년에 '인민혁명군'의 힘이 더욱 커졌으며, 국제공산당 제7차 대회의 결정에 따라

48) 韓載德, 「金日成將軍遊擊隊戰史」, 韓載德(외), 『우리의太陽』, 평양: 북조선예술총련맹, 1946, 9~10쪽.
49) 『김일성장군의 략전』, 평양: 조선로동당출판사, 1952, 17~21쪽.

'조선조국광복회'가 조직되었다고 적었다. 또한 김일성은 1935년에 '조선조국광복회'의 회장, 1936년 봄에 '반일연군'의 제6사장, 1938년에 제2군장이 되었다고 했다. 이에 비해 『김일성장군의 략전』에서는 김일성이 1934년에 동만과 남만의 유격대를 통하여 '조선인민혁명군'을 창설했으며, 1935년 5월 5일에 반일통일전선체인 '조국광복회'를 조직했다고 하며, 특히 조국광복회의 조직망이 동북뿐만 아니라 국경지대를 위시하여 국내 공장지대에까지 분포했다고 기술되었다. 이런 사실에서 한설야의 1953년 연재본 『력사』의 '공식적인' 역사해석의 근거가 1946년 판본 「김일성장군유격전사」에서 더 정제된 1952년 판본 『김일성장군의 략전』임은 물론이다.[50]

그러면 현재 김일성과 항일무장투쟁에 대한 역사적 사실은 어떻게 기술될까? 1935년 코민테른 제7차 대회에서는 식민지 피억압민족에 대한 반제국주의 민족통일전선방침을 채택했다. 이 대회를 계기로 하여, 1936년 3월 안도현 '미혼진(迷魂陣)'에서 열린 중공당 '동만특별위원회 및 동북인민혁명군 제2군 영도간부회의', 즉 '미혼진회의'에서는 동북항일연군 제2군 제3사를 편성하기로 결정했고, 김일성을 사장(師長)으로 한 이 부대가 백두산 일대의 조선과 중국의 국경지대에 활동하도록 했다. 동만특별위원회의 책임자인 웨이 정민(魏拯民)은 1936년 7월 '하리(河里)회의'에서 남만지방의 항일역량과 합쳐 '재만조선인조국광복회'를 조직할 것을 결정했다. 이 회의에서는 동북항일연군 제1군과 제2군을 합쳐 제1로군으로 편성하는 한편 제2군 제3사를 제2군 제6사로 개편했는데, 제6사는 조국광복회를 결

50) 이런 측면은 안함광이 한설야의 『력사』를 논하면서 『김일성장군 략전』을 바탕으로 역사적 배경을 설명하는 데서도 확인할 수 있다(안함광, 『조선 문학사(1900~)』, 615~617쪽). 또한 이런 사실은 '조국광복회'의 강령을 비교해 보면 더욱 선명해진다. 『김일성장군개선기』(1947)나 『조선민족해방투쟁사』(1949), 『김일성 원수 령도하의 항일 무장 투쟁』(1958), 『조선통사(중)』(1959), 『력사사전(2)』(1971)에서는 조국광복회 '10개조' 강령을 제시한다. 그런데 1954년 이후 단행본 『력사』와 달리, 1953년 연재본 『력사』에서는 '2번째 항목'이 빠진 조국광복회의 '9개조' 강령을 제시하는데, 이는 1952년 판본 『김일성장군의 략전』에서도 조국광복회의 강령을 '9개조'만을 제시하기 때문이다.

성하기 위한 구체적인 활동을 책임지는 임무를 맡았다.[51] 이런 역사적 사실과 달리 1950년대 초반의 역사적 해석은 김일성을 정점으로 해서 이루어지고 있다는 사실을 드러낸다.

「모스크바」에서 열린國際共産黨 第七次大會에서는「지미토로프」同志의 報告에의하여 (…중략…) 朝鮮祖國光復會를 組織하였다.[52]

反日民族統一戰線은 亦是 第七次콤민테른大會의 反팟쇼統一戰線에關한 決定이 採擇된 以後에 (…중략…) 一九三五年 在滿朝鮮人祖國光復會를 組織하였다.[53]

1935년에 인민 전선에 대한 국제 공산당의 로선에 근거하여 조국 광복회를 조직하였다.[54]

국제 공산당 제 七차 대회에서 채택된 반파쑈 인민 전선 로선에 대한 결정을 직접 접수한 후 (…중략…) 조국광복회의 결성은 바로 국제적으로는 인민 전선의 운동의 일부분이며,[55]

위의 여러 기록에서 보듯, 해방기 북조선에서는 국제공산당 제7차 대회의 결정에 따라 조국광복회가 결성된 것으로 파악했다가, 1950년대 초반에는 국제공산당 제7차 대회에 대한 부분이 삭제되었고, 1950년대 중반 이후에는 다시 국제공산당 제7차 대회에 대한 부분이 복원되었다.

---

51) 신주백, 『1920~30년대 중국지역 민족운동사』, 선인, 2005, 157~163쪽; 신주백, 「1930년대 만주지역 항일무장투쟁 되짚어 보기」, 강진호(외), 『북한의 문화정전, 총서 '불멸의 력사'를 읽는다』, 소명출판, 2009, 64~66쪽.

52) 韓載德, 앞의 글, 9쪽.

53) 尹世平, 「八·一五解放과 金日成將軍의 抗日武裝鬪爭」, 『력사제문제』 11, 1949. 9, 68~69쪽.

54) 리재림, 앞의 책, 87쪽.

55) 조선민주주의 인민공화국 과학원 력사연구소, 『조선통사(중)』, 344~347쪽.

장군은 일즉 一九三五년겨을('겨울'의 오식: 인용자)에 조국광복회(祖國光復會)를 조직하고 (…중략…) 이것은 국제당 제칠차대회에서의 지미또로프의 인민전선(人民戰線)에관한 테-제에 의하여 조직했던것이다.[56]

김일성 장군은 유격대의 통일 강화와 아울러 이 해 봄에 만주와 또는 국내의 일체 반일, 반제의 세력을 규합하는 민족 통일 전선인 「조국 광복회」를 조직하였다.[57]

이 해에는 오래 전부터 원수께서 생각해 오던 조선 민족 력사에 있어 최초의 민족 통일 전선인 『조국 광복회』를 조직하여 유격 투쟁의 정치적 안 받침을 부여하였던 것이다. 이 시기는 국제당이 『인민 전선』 로선을 제시하여 국제 프로레타리아 운동에 새로운 계기를 지은 시기인만큼 원수의 이해의 정치, 군사적 투쟁의 강화 발전은 보다 의의 깊은 력사적 사실로 되는 것이다.[58]

한설야도 1946년 판본 「혈로」에서 '국제당 제7차 대회에서의 디미트로프의 인민전선에 관한 테제에 따라 조국광복회가 조직된 것'으로 기술했으나, 1953년 연재본 『력사』에선 '국제당 제7차 대회'에 대한 부분을 삭제한 채 '만주와 국내의 모든 반일 반제의 세력을 규합하는 민족통일전선인 조국광복회를 조직하였다'고 적었는데, 1954년에 다시 '국제당의 인민전선 노선'을 언급했다. 그렇다면 한설야는 왜 이렇게 서술했으며, 1950년대 초반의 역사 인식의 변화는 어떤 것이었을까? 이에 대해서는 1950년대 초반의 상황을 점검할 필요가 있다.

북조선에서 6·25전쟁은 '남조선 해방'이라는 목적에서 보면 참담

56) 韓雪野, 「血路」, 韓載德(외), 『우리의太陽』, 평양: 북조선예술총련맹, 1946, 56~57쪽.
57) 한설야, 「력사(2)」, 『문학예술』 6-5, 1953. 5, 16쪽.
58) 한설야, 「소설 『력사』를 창작하고」, 『로동신문』 2544, 1954. 2. 19.

한 실패였지만, 김일성에겐 일시적 동요에도 불구하고 확고한 권력 기반을 굳히는 결과를 가져왔다. 북조선에선 1952년 4월 15일 김일성 탄생 40주년을 맞이하여 그를 찬양하는 일련의 조치가 결정되었으며, 최초의 공식 전기인 『김일성장군의 략전』이 발표되고 각지에서 이를 학습하게 되었고, 1953년 5월에 『김일성 선집』이 간행되기 시작했다.[59] 또한 1952년 12월에 원수 칭호가 제정되고 1953년 2월 8일 인민군 창건 5주년에 김일성은 공화국 최초의 원수가 되어 '김일성 장군'에서 '김일성 원수'로 변경되어 불리게 되었으며, 1953년 7월 28일 정전과 함께 공화국영웅 칭호와 국기훈장 제일급을 수여받았다. 이런 일련의 과정을 거치면서 김일성 개인은 민족의 지도자라는 초기의 상징적 위치로부터 당이나 정부와 나란히 서는 권력 원천의 하나가 되었다.[60]

어렵고 긴 四〇년 당신은
기쁨도 휴식도 모르는 고역의
비참한 감옥이였던 우리 세상을
즐거운 노력의 공화국으로 만들었으며
자유를 위한 투쟁의 횃불을 던져
조선 사람으로 하여금 영웅의 족속
용사의 겨레로 만들었다
어느 나라에 가나 어느 세상에서나
우리 대대 손손의 영예일 당신은—[61]

---

59) 『김일성 선집』의 출판에 대해선 다음과 같이 설명한다. "이 선집은 년대순에 四권으로 나누어 출판하기로 하였는바 제一권과 제二권에는 八·一五해방 후 조국의 통일 독립과 민주 발전을 위한 평화적 건설 시기에 서술한 김일성 동지의 중요한 저술들을 수록하였고 제三권과 제四권에는 미제 무력 침범자들을 반대하는 조국 해방 전쟁 시기에 서술한 김일성 동지의 중요한 저술들을 수록하였다. / 이 선집에는 과거에 발표되지 않았던 일부 중요한 저작까지도 수록하였다. / 조선 로동당 출판사는 전시의 긴급한 요구에 의하여 선집 제三권부터 먼저 출판하게 된다."(「김일성 선집 출판에 제하여」, 『김일성 선집(3)』, 평양: 조선로동당출판사, 1953, 1~2쪽)

60) 서동만, 『북조선사회주의체제성립사(1945~1961)』, 선인, 2005, 433~435쪽.

이런 김일성의 권력 강화에 따라 북조선 문학예술계에서도 김일성을 찬양하는 림화의 「40년」(『문학예술』 5-4, 1952. 4), 한설야의 『력사』(『문학예술』, 6-4~6-8, 1953. 4~8) 등의 여러 작품들이 발표되는 한편 '김일성과 문학예술'에 대한 것을 다룬 한설야의 「김일성 장군과 문학 예술」(『문학예술』 5-4, 1952. 4), 김남천의 「김일성 장군의 령도하에 장성 발전하는 조선 민족 문학 예술」(『문학예술』 5-7, 1952. 7), 한설야의 「김일성 장군과 민족 문화의 발전」(『문학예술』 5-8, 1952. 8), 한설야의 「우리의 스승 김일성 장군」(『문학예술』 5-10, 1952. 10), 안함광의 「김일성 원수와 조선 문학의 발전(1~4)」(『문학예술』, 6-4~6-7, 1953. 4~7) 등의 여러 평문들이 발표되었다.

> 우리 당은 우리 당원들에게 맑스-레닌-쓰딸린의 위대한 학설을 깊이 연구 습득시킴과 아울러 맑스-레닌주의의 위대한 리론과 방법을 자기의 사업에 적용하고 이 위대한 리론과 방법에 의하여 실제적으로 일어나는 문제들을 해결하기에 온갖 성의와 노력을 다하는 방향으로 끊임 없이 전진하여야 되겠습니다.[62]

> 맑스-레닌주의 교양사업을 강화한다는 것은 맑스, 엥겔스, 레닌, 쓰딸린의 저서들을 맹목적으로 몇 천권 몇 만권 읽기만 하라는 것은 아닙니다. 그것은 맑스-레닌주의의 교양 사업을 강화함으로써 당원들에게 맑

---

61) 림화, 「四〇년: 김일성장군 탄생 四〇년에 제하여」, 『문학예술』 5-4, 1952. 4, 70쪽.

62) 김일성, 「현 정세와 당면과업: 一九五〇년 十二월 二十一일 조선 로동당 중앙 위원회 제三차 전원 회의에서 진술한 보고」, 『김일성 선집(3)』, 평양: 조선로동당출판사, 1953, 202~203쪽. 유일사상체계가 성립된 후 출판된 『김일성저작집(6)』에선 다음과 같이 개작된다. "각급 당단체들은 당원들이 맑스-레닌주의의 위대한 학설을 깊이 연구하고 그것을 자기 사업에 창조적으로 적용하며 맑스-레닌주의 리론과 방법에 의거하여 실제적으로 제기되는 문제들을 해결하기 위하여 노력하도록 꾸준히 지도하여야 하겠습니다. 또한 당원들을에게 당정책을 철저히 인식시키며 실제사업을 통하여 당원들을 가르쳐주고 도와주도록 하여야 하겠습니다."(김일성, 「현정세와 당면과업: 조선로동당 중앙위원회 제3차전원회의에서 한 보고 1950년 12월 21일」, 『김일성저작집(6)』, 평양: 조선로동당출판사, 1980, 206쪽)

> 스-레닌주의적 사상 관점, 그의 방법 및 혁명적 실천에 대한 풍부한 지식과 선진 혁명 당들의 경험들을 소유시킴으로써 그들로하여금 우리 나라 정세에 부합되게 맑스-레닌주의를 적용할 줄 알게 하며 맑스-레닌주의에 기초하여 우리 나라의 군사, 정치, 경제 정세들을 분석할 줄 알게 하며 그 분석에 기초하여 현재 뿐만 아니라 장래까지 예견할 줄 알게 한다는 것을 의미하는 것입니다. (…중략…) 신문과 잡지들과 우리의 출판기관들은 맑스-레닌주의의 선전 문제들과 우리 나라에서 <u>맑스-레닌주의 리론의 창조적 적용</u>에 대한 론문들과 저서들을 계속 게재하며 출판하여야 하겠습니다.[63]

특히 이런 일련의 과정에서 1950년 12월 21일 조선로동당 중앙위원회 제3차 전원회의에서 진술한 보고 「현 정세와 당면과업」에서, 김일성은 당의 선전 선동 사업을 강화할 것을 지적하면서, 당원들이 마르크스와 레닌, 스탈린의 학설을 깊이 연구하고 습득할 것과 마르크스레닌주의의 이론과 방법을 사업에 적용하여 실제로 일어난 문제들을 해결하기를 요구했다. 또한 1951년 11월 1일 조선로동당 중앙위원회 제4차 전원회의에서 진술한 보고 「당 단체들의 조직사업에 있어서 몇가지 결점들에 대하여」에서, 김일성은 '마르크스레닌주의의 사상과 방법론을 우리 조선 현실에 부합하게 실천해야 한다'[64]

---

63) 김일성, 「로동당의 조직적 사상적 강화는 우리 승리의 기초: 一九五二년 十二월 十五일 조선 로동당 중앙 위원회 제五차 전원 회의에서 진술한 보고」, 『김일성 선집(4)』, 평양: 조선로동당출판사, 1954(재판), 331~332쪽. 유일사상체계가 성립된 후 출판된 『김일성 저작집(7)』에선 다음과 같이 개작된다. "맑스-레닌주의교양을 강화하자는것은 맑스, 엥겔스, 레닌, 쓰딸린의 저서들을 그저 닥치는대로 읽히고 그 개별적명제들을 기억하도록 하자는것이 아닙니다. 그것은 당원들로 하여금 맑스-레닌주의적 사상관점과 방법을 체득하여 그것을 우리 나라 실정에 맞게 적용할줄 알게 하며 맑스-레닌주의에 기초하여 우리 나라의 군사, 정치, 경제 정세를 분석하고 그 현재를 옳게 파악할뿐아니라 장래까지도 예견할줄 알게 하자는것입니다. (…중략…) 신문사, 잡지사 기타 출판기관들은 우리 나라에서의 맑스-레닌주의리론의 창조적적용과 관련된 론문, 저서들과 여러가지 교양자료들을 널리 게재하며 출판하여야 하겠습니다."(김일성, 「당의 조직적사상적강화는 우리 승리의 기초: 조선로동당 중앙위원회 제5차전원회의에서 한 보고 1952년 12월 15일」, 『김일성저작집(7)』, 평양: 조선로동당출판사, 1980, 427쪽)

64) 김일성, 「당 단체들의 조직사업에 있어서 몇가지 결점들에 대하여: 一九五一년 十一월

고도 지적했다. 그리고 1952년 12월 25일 조선로동당 중앙위원회 제5차 전원회의에서 진술한 보고 「로동당의 조직적 사상적 강화는 우리 승리의 기초」에서, 김일성은 사상 사업을 향상시키기 위해서 마르크스레닌주의 교양 사업을 강화할 것을 역설했다. 여기서 마르크스와 엥겔스, 레닌, 스탈린의 저서를 맹목적으로 읽을 것이 아니라 우리나라의 정세에 부합하게 마르크스레닌주의를 적용할 것을 강조했는데, 이는 김일성이 1950년 제3차 전원회의의 보고나 1951년 제4차 전원회의의 보고보다 1952년 제5차 전원회의의 보고에서 '마르크스레닌주의의 창조적 적용'을 한층 강조했다는 것을 의미한다.

> 김일성 장군이 작성한 조국 광복회 강령은 맑스=레닌주의 리론과 그의 전략 전술을 三〇년대의 우리 나라 현실에 가장 부합되게 적용하여 작성한 선진적, 혁명적 강령이였으며 혁명의 장래 전망과 목적을 명백히 천명한 강령이였다.[65]

이렇게 한층 강조되었던 '마르크스레닌주의의 창조적 적용'에 대한 문제는 김일성의 항일무장투쟁사에도 영향을 미쳤다. 이에 따라 1952년 판본 『김일성장군의 략전』에서는 김일성이 작성한 것으로 말해지는 조국광복회의 강령이 '마르크스레닌주의 이론과 전략 전술을 30년대 우리나라 현실에 가장 부합하게 적용한 선진적이고 혁명적인 강령'으로 해석되었다. 한설야의 1953년 연재본 『력사』에서도 1950년대 초반의 마르크스레닌주의의 창조적 적용 문제에 따라 김일성의 항일무장투쟁을 형상화했다. 다시 말해서 한설야가 국제

一일 조선로동당 중앙위원회 제四차 전원회의에서 진술한 보고」, 『김일성 선집(3)』, 평양: 조선로동당출판사, 1953, 352쪽. 유일사상체계가 성립된 후 출판된 『김일성저작집(6)』에선 제4차 전원회의 보고가 개작되면서 이 부분은 삭제된다(김일성, 「당단체들의 조직사업에서의 몇가지 결함들에 대하여: 조선로동당 중앙위원회 제4차전원회의에서 한 보고 1951년 11월 1일」, 『김일성저작집(6)』, 평양: 조선로동당출판사, 1980, 472쪽).

65) 『김일성장군의 략전』, 20쪽.

문제와 관련하여 조선 문제를 많이 연구해야함을 피력했듯,[66] 이는 '마르크스레닌주의를 조선의 현실에 맞게 창조적으로 적용하여 해석하려 했던 김일성의 항일무장투쟁사'를 복원하려는 의도에서 창작되었던 작품이 『력사』라는 말이다.[67]

『그러나 인민들의 투쟁이 확대되여 가고 있는 것은 어쩔 수 없는 사실이오. 이것은 우리 유격대의 항일 투쟁의 영향을 받고 있소. 즉 우리의 투쟁은 그들에게 큰 도움을 주고 있소. 그리고 동시에 우리도 그 힘의 영향을 받고 있소』

장군은 그 때 국내의 많은 공장들과 농촌들을 련상하였다. 그 속에서 자라고 있는 힘이 바로 장군발 밑에서 소용돌이 치고 있는 것 같았다.

『즉 우리는 이 호상 관계를 잘 알아야 하오. (…중략…) 우리는 국내 운동과 더욱 밀접한 련락을 가져야 하겠소. 또 그를 위해서 동지들을 국내에 더 많이 들여 보내야 하겠소. 지하 투쟁에 손을 넣어야 할 것은 물론이고 동시에 대중 속에 깊이 뿌리를 박는 광범한 운동이 국내에서 반

66) 한설야는 김일성의 입을 통해서 다음과 같이 역설한다. "그것도 필요하오. 그러나 이 국제 문제들과 우리 조국 문제들이 서로 관련되는 면을 특히 많이 연구하고 토론해야 하겠소. 우리는 항상 남의 일은 잘 아는데 제 일은 잘 모르오. 눈이 앞을 내다보는 것은 좋지만 동시에 뒤를 돌아볼 필요가 있소. 그래야 제 일이 잘 보이오. 눈 뒤에는 자기가 있는 것이오. 그런데 등잔 밑이 어둡다는 말과 같이 사람들은 자기를 잘 보지 않소. 자기를 잘 모르오. 그렇기 때문에 무슨 일에고 자신을 가지지 못하오. 자신이 없으면 나갈 길도 뒤로 물러설 수 바께 없소. 설사 나간다 할찌라도 거꾸러지기 쉽소. 그렇기 때문에 첫째 알아야 하오. 아는 것이 힘이오. 인민들을 먼저 알게 하면 반드시 강해지오. 우리 유격대도 마찬가지오"(한설야, 「력사(2)」, 『문학예술』 6-5, 1953. 5, 18쪽)

67) 안함광이나 한중모의 글에서도 '마르크스레닌주의의 창조적 적용'에 대한 문제를 지적한다. "≪김 일성 장군 략전≫에서는 항일 무장 유격 투쟁의 력사적 의의를 지적하면서 그것은 ≪첫째로 이 투쟁이 로동자 농민을 위시한 각계 각층의 광범한 인민 대중 속에 깊이 뿌리 박고 맑스-레닌주의 리론을 우리 나라 현실에 부합되게 적용한 데 있으며 이 투쟁이 국제 프로레타리아 혁명 운동과 식민지 및 반식민지 국가들에서의 민족 해방 운동과 국제적 련대성을 가진 데 있다≫고 지적하고 있는바 ≪력사≫는 빛나는 애국적 전형들을 통하여 이러한 사상적 의의를 기본적으로 천명하였다."(안함광, 『조선 문학사(1900~)』, 626쪽) "一九三〇년대에 들어 와서 김 일성 원수는 맑스-레닌주의 학설을 조국의 현실에 창조적으로 적용하여 항일 무장 투쟁을 전개함으로써 민족 해방 투쟁을 적극적인 무장 투쟁의 단계에로 제고시켰다. 이것은 조선 인민의 민족 해방 투쟁사에 있어서 위대한 획기적 사변이였다."(한중모, 앞의 책, 277쪽)

드시 전개되여야 하겠소』(…중략…)

『(…중략…) 그래서 우리는 일제를 반대하는 모든 사람을 흡수하기 위한 대중적 정치 조직으로 「조국 광복회」를 내온 것이오』[68]

한설야는 '코민테른 제7차 대회의 인민전선에 관한 테제'에 대한 것을 삭제한 채, 조선 인민의 공통한 의견을 모아 김일성이 조국광복회를 조직한 것으로 기술했다. 김일성이 모든 반일, 반제 세력을 규합한 민족통일전선의 단체인 조국광복회가 국내 운동과 밀접하게 연관되어 있음을 말했다고도 적었다.[69] 또한 김일성이 이끄는 유격대의 항일 투쟁이 국내의 운동에 영향을 미친 것으로도 기술했다. 특히 1953년 연재본 『력사』에서의 국내 투쟁이 김일성의 항일무장투쟁에 영향을 받았다는 해석은 매우 중요한 의미를 갖는다. 왜냐하면 이는 프롤레타리아 운동 위에 군림한 것이 김일성의 항일무장투쟁임을 단적으로 드러내는 근거로 활용되기 때문이다. 이는 1930년대 김일성의 항일무장투쟁의 영향을 강조하는 1950년대 중반 이후의 북조선의 주장을 증명하기에 더욱 그러하다.

이에 따라 한설야는 '황니허즈 전투'와 '시난차 전투'를 김일성이 국내의 투쟁에 영향을 미치기 위한 목적으로 실행한 것이라고 소개했다.

---

68) 한설야, 「력사(2)」, 『문학예술』 6-5, 1953. 5, 15~16쪽.

69) 한설야는 1953년 연재본을 1954년에 단행본을 출판하면서 '조국광복회'와 '유격대 투쟁'을 한층 강조하여 서술한다. 다음은 1953년 연재본 『력사』에서는 없던 것을 1954년 단행본 『력사』에 추가한 부분이다. "그리하여 김 장군은 각 지방에서 전투하면서 그 지방 인민들의 동향을 조사하였다. 인민들은 어디서나 일제를 미워했고 그들을 반대하여 싸울 것을 희망하고 있었다. 장군은 이 희망을 한데 묶어 세울 필요를 느꼈다. 장군은 이 사업을 달성하기 위하여 일제를 반대하는 모든 조선 사람들의 단체를 기간으로 하여 우리 민족 해방 투쟁에 있어서 최초의 민족 통일 전선인 「조국 광복회」를 조직하였다. / 이 조직은 인민들의 가슴 속에 뿌리 박고 탄생되였으니만큼 인민과 함께 자랐고 또 조선 사람이 사는 모든 지역으로 뻗어갔다. 그것은 이내 국내에 줄기뻗어 들어갔다. / 장군은 이와 동시에 유격 투쟁의 불길을 더욱 높이였다. 일제를 반대하는 하나의 목적에 묶어지는 조선 사람의 가슴에 불을 다는 사업이 더욱 간절히 요구되였던 것이다. / 김 장군의 횃불은 주로 국경 가까운 지대에서 련달아 올랐다. 그리하여 이 무장 투쟁은 정치 운동을 인민들 속으로 확대시키며 침투시키는데 있어 선봉적 역할을 놀았다"(한설야, 『력사』, 평양: 조선작가동맹출판사, 1954, 15~16쪽)

이번에도 장군은 백주를 리용해서 일거에 「황니허즈」의 일만군과 그들의 대장놈을 처단해 버리자는 것이었다. / 참모장은 장군의 머리 속에 이미 또 놀라운 작전이 되여 있는 것을 알 수 있었다.[70]

이러한 것을 전제로 장군은 주밀한 작전을 짜고 있었다. / 장군은 결국 문제는 공격하기 좋은 지대로 저놈들을 유도해 내오는데 있다고 생각하였다. 그 담부터 장군은 이것을 중심으로 작전을 짜기 시작하였다.[71]

김일성은 조선 국경에 가까운 황니허즈(시난차)[72] 지방 형편을 통해서 이 지방에 조선의 소작농들이 많이 살고 있으며 이중삼중의 고통에 신음하고 있다는 사실을 알아차리고 대낮을 이용하여 황니허즈(시난차) 병영을 공격해서 승리했다. 또한 황니허즈(시난차)에 인접한 시난차(황니허즈)에 있는 왕영청 부대와 일본군을 공격하기 좋은

---

70) 한설야, 「력사(3)」, 『문학예술』 6-6, 1953. 6, 38쪽.

71) 한설야, 「력사(5)」, 『문학예술』 6-8, 1953. 8, 20쪽.

72) 1953년 연재본 『력사』에서의 '황니허즈'는 1954년 판본 『력사』에선 '시난차(南西岔)'로 변경되었고, 또한 1953년 연재본 『력사』에서의 '시난차'도 1954년 판본 『력사』에선 '황니허즈(黃泥河子)'로 수정되었다.

① 1953년 연재본 『력사』
그 다음 장군은 바로 안도 유격대에 있다가 이번에 무송에서 멀지 않은 「황니허즈」 지방에 조직원으로 나간 리호 동무 이야기도 해주었다.(한설야, 「력사(1)」, 『문학예술』 6-4, 1953. 4, 6쪽)

② 1954년 단행본 『력사』
그 다음 장군은 바로 안도 유격대에 있다가 이번에 무송에서 멀지 않은 「시난차」(南西岔) 지방에 조직원으로 나간 리 호 동무 이야기도 해주었다.(한설야, 『력사』, 평양: 조선작가동맹출판사, 1954, 5쪽)

③ 1953년 연재본 『력사』
장백 산맥 중의 마안산에서 무송으로 가는 도중에 있는 「황니허즈」와 「시난차」 같은 지방에는 모두 왜군들이 주둔하고 있었다.(한설야, 「력사(3)」, 『문학예술』 6-6, 1953. 6, 7쪽)

④ 1954년 단행본 『력사』
장백 산맥 중의 마안산에서 무송 사이에 있는 「시난차」와 「황니허즈」(黃泥河子) 같은 지방에는 모두 왜군들이 주둔하고 있었다(한설야, 『력사』, 평양: 조선작가동맹출판사, 1954, 184쪽).

지대로 유인해서도 승리를 거두었다. 여기서 한설야는 황니허즈 전투나 시난차 전투와 같이 승산이 없는 불리한 상황을 이용하여 승리할 수 있는 조건으로 바꾸는 '주밀한 작전', '놀라운 작전'을 펼치는 군사전략가의 면모를 지닌 인물로 김일성을 형상화했다.

> 여기서 드는 횃불은 언제든지 이 지방에만 그치지 않고 바로 국내에 파급되였다. 국내 인민을 더욱 높은 불길로 고무하는 것이 장군의 첫 목적이었다. (…중략…) 이 지방에서 일어난 불길은 곧바로 국내에 미칠 수 있었기 때문이다.[73]

> 그들의 얼굴에 깃든 한가닥 새 희망의 빛이 장군의 눈속에서 언제까지나 사라지지 않았다. 장군은 오직 그 빛을 바라보고 있었다. 그 빛은 더욱 커질 것이라고 장군은 생각하였다. (…중략…) 장군의 발은 한걸음 한걸음 무겁게 옮겨졌다. 그것은 다름 아닌 조국에의 한걸음 한걸음이었다.[74]

한설야는 이런 전투를 펼치는 김일성의 목적이 국내에 인접한 지방의 승리가 국내에 영향을 미치고 국내 투쟁을 고무하기 위한 것이라고 설명했다. 또한 전투에서 승리한 후 김일성이 조선 농민들의 모습에서 '새 희망의 빛'을 발견했으며 '조선 사람은 결코 죽지 않는다. 영원히 살아 있을 것이다'라고 생각했다고 적었다. 그래서 김일성의 한 걸음 한 걸음이 조국으로 가는 한 걸음 한 걸음임을 강조했다. 김일성의 조국으로 향한 발걸음은 보천보 전투와 관련됨은 당연하다.[75] 이런 한설야의 설명은 김일성의 유격대의 활동이 국내로 진

---

73) 한설야, 「력사(3)」, 『문학예술』 6-6, 1953. 6, 11~17쪽.

74) 한설야, 「력사(5)」, 『문학예술』 6-8, 1953. 8, 50쪽.

75) 이에 대한 해석은 다음의 설명에서도 쉽게 확인된다. "조국에로 향하는 장군의 발걸음은 이로부터 이태 후 보천보의 횃불로써 나타났으며, 조국 강토의 암담한 침묵을 깨뜨린 요란한 총성은 민족 해방 운동의 거세인 파도를 내외에 보여 주었다."(「한 설야의 장편 소설 「력사」, 140쪽) "김 일성 원수의 무거운 발은 마치 조국을 향하여 떼여 놓는 것 같았다. 이 발길은 그로부터 二년후 보천보 진군으로 이어졌다."(엄호석, 「조국 해방 전

공하기 위한 한 과정이라는 사실을 여실히 보여준다. 이는 『력사』가 '함경북도 6도시 진공 계획'을 수립하는 과정을 다룬 「혈로」의 전 단계에 위치한 장편소설임을 드러낸 것이다. 따라서 한설야의 『력사』의 창작은 『력사』의 속편격인 『보천보』로 나아갈 수밖에 없었던 것이다.[76)]

> 그것은 내가 『력사』를 쓸 때부터 계획한 것이요, (…중략…) 그러나 그럼에도 불구하고 『보천보』는 이미 상당한 정도 진척되였으나, 이 창작 과정에서 나는 창작 계획을 변경하지 않으면 안될 필요를 느끼게 되였다. (…중략…) 종래 하나의 자연 발생적인 투쟁으로 발생하였던 농민 투쟁이 一九三〇년 전후부터, 특히 조선 북부에 있어서 대중의 조직적 혁명적 력량으로 조직 장성되였는데, 나는 먼저 이에 대하여 쓰는 것이 순서라고 생각하였다. (…중략…) 이 운동이 장성하는 과정에서 김 일성 원수의 항일 무장 혁명 투쟁과 련결되였으며 혁명 운동의 이러한 확대 강화의 과정에서 그의 력사적 산아로서 『보천보』 진공이 있었기 때문이다.[77)]

그런데 『력사』를 창작하면서부터 계획했던 『보천보』 창작은 중단되었는데, 이는 1930년 전후의 조선 북부에 있던 농민운동의 확대 강화되는 과정을 다룬 장편소설 창작으로 나아갔기 때문이었다. 이런 창작 방향의 전환은 김일성의 항일무장투쟁과 국내 운동이 연결된 것임을 밝히려는 의도에서였다. 이는 국내 진공 작전의 전 단계를 상세화하여 국내 투쟁과 연계된 김일성의 항일무장투쟁의 모든 과정을 형상화하려는 한설야의 욕망이 작용했던 것이다. 결국 이런

쟁 시기의 우리 문학」, 231쪽)

76) 한설야, 「소설 『력사』를 창작하고」, 『로동신문』 2544, 1954. 2. 19; 김명수, 앞의 글, 37쪽; 「조선 작가 동맹 출판사의 금년도 출판 계획에서」, 『조선문학』, 1955. 1, 196쪽; 엄호석, 「조국 해방 전쟁 시기의 우리 문학」, 228쪽.

77) 한설야, 「나의 창작 계획 실천 정형에 대하여(독자·작가·편집부)」, 『조선문학』, 1955. 10, 189~190쪽.

한설야의 창작적 실천은 1930년대 김일성의 항일무장투쟁이 국내 운동 위에 군림했다는 1950년대 중반 이후 북조선의 역사적 평가를 확인하는 방향으로 나아가게 된다.[78] 또한 이는 마르크스레닌주의의 창조적 적용을 강조함에 따라 북조선 중심의 역사 더 나아가서 김일성 중심의 역사로 해석하고자 했던 한설야, 더 나아가서 북조선 지식인이 가졌던 욕망의 단초를 드러낸 것이다.

Ⅳ. 북조선의 역사와 자주성의 욕망

한설야의 『력사』는 김일성의 항일무장투쟁을 다루었던 인민상 계관 작품이며 북조선에서 널리 읽혀졌던 대표작이었는데, 마르크스레닌주의의 창조적 적용에 대한 문제에 따라서 창작되었던 장편소설이었다. 이런 한설야의 『력사』에 대해서, 북조선 과학원 언어문학연구소의 『조선 문학 통사(하)』(1959)에서는 아동혁명단과 시난차 전투, 황니허즈 전투를 다룬 김일성의 '항일무장투쟁의 혁명적 전통'을 훌륭히 형상화한 작품으로 평가했다.

> 1936년 봄은 우리에게 특별히 유난스러운 봄이였다. (…중략…) 새 사단의 조직, 조국광복회의 창립, 백두산근거지의 창설준비… (…중략…) 왕가를 징벌한 시난차전투와 황니하자전투에 대하여서는 한설야의 장편소설 ≪력사≫에 비교적 상세하게 취급되여있다. (…중략…) 왕가대장을 치고 만순을 끌기 위한 우리의 활동은 남호두회의 이후의 조선인민혁명

78) 1953년 연재본 『력사』에서 국내 투쟁이 김일성의 항일무장투쟁에 영향을 받았음을 드러내듯, 1955년 판본 『대동강』의 '조선의 농민투쟁이 김일성의 항일 무장 투쟁의 영향을 받아 무장 봉기의 단계'로 나아간 것이라는 지적을 통해서도 이런 사실은 확인된다. 또한 1955년 판본 『황혼』에서의 '박상훈'이나 1958년 판본 『초향』에서의 '권'의 존재에서도 국내의 운동이 김일성의 항일무장투쟁과 직접적으로 연관된 것임을 증명한다(남원진, 「한설야의 『대동강』 창작과 개작의 평가와 그 의미」, 『어문론집』 50, 2012. 6, 409쪽).

> 군의 행로에서 하나의 의의있는 사변으로 되였다. 이 사변의 의의는 비단 적들을 군사적으로 제압하고 인민혁명군의 위력을 시위하였다는 거기에만 있지 않다. 무송지구에서 우리가 바친 불면불휴의 노력은 백두산지구 진출을 위한 발판을 마련하는데서 튼튼한 초석으로 되였다.[79)]

그런데 1962년 한설야의 숙청과 함께 한설야의 『력사』는 한동안 사라졌다가 1990년대 김선려, 리근실, 정명옥의 공저 『조선문학사(11)』(1994)에서는 작품에 대한 구체적인 설명 없이 김일성을 형상화한 소설작품으로 작품명만을 언급했다. 이와 달리 김일성의 회고록 『세기와 더불어(5)』(1994)에서는 한설야의 『력사』를 '시난차 전투'와 '황니하자 전투'를 상세하게 다룬 작품으로 거론했다.

그런데 여기서 김일성은 '왕가를 징벌한 두 전투'를 비롯한, 김일성이 이끄는 일련의 유격대 활동이 '적들을 군사적으로 제압하고 인민혁명군의 위력을 시위한 거기에만 있지 않고 백두산지구 진출의 발판을 마련하기 위한 튼튼한 초석이 되었다'는 것을 말했다. 즉, 이는 김일성의 항일무장투쟁이 국내 진군을 위한 일련의 활동이었음을 강조한 것이었다. 그런데 이런 항일무장투쟁사의 단초를 마련한 한설야의 1950년대 창작적 실천은 어떠했을까? 또한 김일성이 지도하는 항일무장투쟁을 중심으로 한 1950년대 북조선의 역사는 어떤 것이었을까?

1950년대 김일성의 항일무장투쟁을 다룬 장편소설 『력사』 창작이나 속편적인 『보천보』의 창작과 그 중단 등의 일련의 한설야의 창작적 실천은 1930년대 김일성의 항일무장투쟁이 국내 운동 위에 군림했다는 북조선 중심의 역사적 평가를 확인하는 방향으로 나아간 것이었다. 또한 이는 마르크스레닌주의의 창조적 적용을 강조함에 따라 북조선 중심의 역사 더 나아가서 김일성 중심의 역사로 해석하고

---

79) 김일성, 『세기와 더불어(5)』, 평양: 조선로동당출판사, 1994, 1~16쪽.

자 했던 한설야, 더 나아가서 북조선 지식인이 가졌던 욕망의 단초를 드러낸 것이었다. 그런데 이런 북조선을 중심으로 한 역사적 해석이나 조선의 자주성에 대한 강한 욕망은, 아마도 식민지 시대 민생단 사건의 쓰라린 과거의 경험과 함께 6·25전쟁기 중국의 참전 이후 전쟁 지휘에서 온전히 배제되는 굴욕적인 현재의 경험 등의 중첩적 경험이 낳은 결과일 것이다.[80] 또한 북조선 중심의 역사 또는 북조선의 자주성에 대한 욕망이 강화되면 될수록 한설야의 『력사』처럼 역사적 사실을 바탕으로 하지만 역사의 과장, 더 나아가서 역사의 왜곡을 낳는 것인지도 모른다.

---

80) 한홍구, 「民生團 事件의 비교사적 연구」, 『한국문화』(서울대) 25, 2000. 6, 228~229쪽; 和田春樹, 『북조선』, 서동만·남기정 역, 돌베개, 2002, 103~104쪽.

참고문헌

1. 기본자료

「1960년 인민상 수여식 진행」, 『문학신문』 273, 1960. 9. 13.
「우수한 과학자 및 작가들과 예술 작품에 조선 민주주의 인민 공화국 인민상을 수여」, 『문학신문』 273, 1960. 9. 13.
「작가 한 설야 ≪력사≫ 창작 경험을 피력」, 『문학신문』 283, 1960. 10. 18.
「조선 작가 동맹 출판사의 금년도 출판 계획에서」, 『조선문학』, 1955. 1.
「조선문학예술총동맹 및 각동맹 중앙위원」, 『문학예술』 4-1, 1951. 4.
「한 설야의 장편 소설 「력사」」, 『조선문학』, 1954. 12.
김명수, 「장편소설 「력사」에 대하여」, 『조선문학』, 1954. 4.
로창남, 「장편 소설 ≪력사≫ 감상회」, 『문학신문』 135, 1959. 4. 2.
림 화, 「40년」, 『문학예술』 5-4, 1952. 4.
박팔양, 「민족의 영예」, 『문학예술』 2-9, 1949. 9.
안함광, 「김일성 원수와 조선 문학의 발전(1)」, 『문학예술』 6-4, 1953. 4.
안함광, 「한 설야의 작가적 행정과 창조적 개성」, 『조선문학』 160, 1960. 12.
윤세평, 「8·15해방과 김일성장군의 항일무장투쟁」, 『력사제문제』 11, 1949. 9.
윤세평, 「한 설야와 그의 문학」, 『조선문학』 156, 1960. 8.
정 률, 「문학 예술이 쟁취한 성과」, 『로동신문』 2542, 1954. 2. 17.
한설야, 「나의 창작 계획 실천 정형에 대하여」, 『조선문학』, 1955. 10.
한설야, 「력사(1~5)」, 『문학예술』 6-4~6-8, 1953. 4~8.
한설야, 「소설 『력사』를 창작하고」, 『로동신문』 2544, 1954. 2. 19.
한설야, 「이 영예에 보답하도록 노력하겠다」, 『문학신문』 273, 1960. 9. 13.
한설야, 「혁명 투사들의 진실한 성격 창조를 위하여」, 『문학신문』 283, 1960. 10. 18.
한 효, 「우리문학의 10년(2)」, 『조선문학』, 1955. 7.

한설야, 『력사(1)』, 동경: 평화와교육사, 1953.

한설야, 『력사(2)』, 동경: 학우서방, 1954.
한설야, 『력사』, 평양: 조선작가동맹출판사, 1954.
한설야, 『력사』, 평양: 조선작가동맹출판사, 1956.
한설야, 『력사』, 평양: 조선작가동맹출판사, 1958.(추정)
한설야, 『아동 혁명단』, 평양: 민주청년사, 1955.
한설야, 『아동단』, 평양: 아동도서출판사, 1959.
한설야, 『한 설야 선집(9)』, 평양: 조선작가동맹출판사, 1961.
韓雪野, 『歷史』, 李烈(譯), 北京: 人民文學出版社, 1958.
韓雪野, 『歷史』, 李烈(譯), 北京: 作家出版社, 1957.

2. 논문

강진호, 「해방 후 한설야 소설과 김일성의 형상」, 『민족문학사연구』 25, 2004. 7.
김재용, 「냉전시대 한설야 문학의 민족의식과 비타협성」, 『역사비평』 47, 1999. 여름호.
남원진, 「문학과 정치」, 『한국학연구』 42, 2012. 9.
남원진, 「한설야의 「혈로」와 김일성의 항일무장투쟁에 대한 인식 연구」, 『한국근대문학연구』 25, 2012. 상반기(2012. 4).
남원진, 「한설야의 『대동강』 창작과 개작의 평가와 그 의미」, 『어문론집』 50, 2012. 6.
남원진, 「한설야의 『력사』의 개작과 평가의 문제성」, 『한국학연구』 42, 2012. 9.
남원진, 「한설야의 문제작 「개선」과 김일성의 형상화에 대한 연구」, 『비평문학』 44, 2012. 6.
신형기, 「이야기의 역능(力能)과 김일성」, 『현대문학의 연구』 41, 2010. 6.
이승이, 「민족 해방에 대한 열망과 탈식민·탈주체로서의 저항문학」, 『어문연구』 63, 2010. 3.
한홍구, 「민생단 사건의 비교사적 연구」, 『한국문화』 25, 2000. 6.

3. 단행본

『김일성장군의 략전』, 평양: 조선로동당출판사, 1952.

강진호(외), 『북한의 문화정전, 총서 '불멸의 력사'를 읽는다』, 소명출판, 2009.
김선려·리근실·정명옥, 『조선문학사(11)』, 평양: 사회과학출판사, 1994.
김일성, 『김일성 선집(3)』, 평양: 조선로동당출판사, 1953.
김일성, 『김일성 선집(4)』, 평양: 조선로동당출판사, 1954(재판).
김일성, 『김일성저작집(6)』, 평양: 조선로동당출판사, 1980.
김일성, 『김일성저작집(7)』, 평양: 조선로동당출판사, 1980.
김일성, 『세기와 더불어(5)』, 평양: 조선로동당출판사, 1994.
김하명(외), 『전진하는 조선 문학』, 평양: 조선작가동맹출판사, 1960.
남원진, 『이야기의 힘과 근대 미달의 양식』, 도서출판 경진, 2011.
리재림, 『김 일성 원수 령도하의 항일 무장 투쟁』, 평양: 아동도서출판사, 1958.
서동만, 『북조선사회주의체제성립사(1945~1961)』, 선인, 2005.
송 영, 『백두산은 어데서나 보인다』, 평양: 민주청년사, 1956.
신주백, 『1920~30년대 중국지역 민족운동사』, 선인, 2005.
안함광(외), 『해방후 10년간의 조선 문학』, 평양: 조선작가동맹출판사, 1955.
안함광, 『조선 문학사(1900~)』, 평양: 교육도서출판사, 1956(번인: 연변교육출판사, 1957).
윤세평(외), 『해방후 우리 문학』, 평양: 조선작가동맹출판사, 1958.
윤세평(외), 『현대 작가론(2)』, 평양: 조선작가동맹출판사, 1960.
조선민주주의 인민공화국 과학원 력사연구소, 『조선통사(중)』, 평양: 과학원출판사, 1958(번인: 학우서방, 1961(재판)).
조선민주주의 인민공화국 과학원 언어문학연구소 문학연구실, 『조선 문학 통사(하)』, 평양: 과학원출판사, 1959.
조선민주주의 인민공화국 사회과학원 력사연구소, 『력사사전(1)』, 평양: 사회과학출판사, 1971(번각·발행: 학우서방, 1972).
한재덕(외), 『우리의 태양』, 평양: 북조선예술총련맹, 1946.
한중모, 『한 설야의 창작 연구』, 평양: 조선작가동맹출판사, 1959.
和田春樹, 『김일성과 만주항일전쟁』, 이종석 역, 창작과 비평사, 1992.
和田春樹, 『북조선』, 서동만·남기정 역, 돌베개, 2002.
Bisztray, G., 『마르크스주의 리얼리즘 모델』, 인간사 편집실 역, 인간사, 1985.
Shcherbina(외), 『소련 현대문학비평』, 이강은 역, 흔겨레, 1986.

북조선 문학과 개작, 한설야의 「혈로」 개작론

1. 북조선 문학연구와 개작 문제

북조선 문학 연구에서 가장 먼저 검토해야 할 사항은 무엇일까? 이에 대한 대답의 하나가 여러 판본에 대한 점검과 그에 따른 개작 사항을 검토하는 문제일 것이다. 다시 말해서 북조선 문학 연구에서는 항상 개작의 문제가 존재하기 때문에 정확한 원본 대조와 함께 개작 여부에 대한 검토가 반드시 선행되어야 한다. 즉, 이는 북조선 문학을 연구 대상으로 하는 경우에는 작품의 원본 및 개작본까지도 고려하여 작품을 분석해야 한다는 말이다. 북조선 문학 연구에서 원본과 개작본에 대한 체계적인 정리와 연구는 방대하면서도 복잡한 작업이다. 특히 북조선 문학은 기관지나 여러 목적을 위해 만들어진 작품집이나 단편집에 최초로 수록된 후 인용이나 재수록 등의 복잡한 과정을 통해서 빈번하게 개작된다. 특히 북조선의 정치적 상황과 역사 인식의 변화에 따라 개작되는 경우가 많다. 이것이 북조선 문학의 한 특징이다. 이런 특징 때문에 원전 확정에 어려움을 준다. 필수적인 연구의 과정임에 불구하고, 현재 북조선에서 출간된 각종 기관지나 여러 작품집이 완전하게 구비된 국내 도서관은 없으며, 국외 도서관에 소장된 자료의 도움을 받아야 할 때가 많으며, 또한 이들 북조선 자료에 대한 전체적인 조사나 정리도 미흡한 상태이다. 이런 열악한 상황에서 개인적인 노력에 의존할 수밖에 없는 것이 작금의 현실이다.[1] 그래서 완전한 남북문학 더 나아가서 코리아문학의 지형도를 구축하기 위해서는 이에 대한 지속적인 작업이 필요하다. 따라서 필자는 이런 작업의 일환으로 해방 이후 1960년대까지 북조선 문학예술계를 이끌었던 제1세대 작가 한설야의 문제작인 「혈로」, 「모자」, 「승냥이」[2] 중에서 해방기 대표작인 「혈로」에 주목하고자 한다.

> 우리 작가들은 존경하는 김 일성 원수의 활동을 형상화함으로써 인민들을 사회주의적 애국주의 및 공산주의 사상으로 교양하려고 힘써 왔다. / 한 설야는 단편소설 ≪혈로≫(1946년)에서 항일 유격 투쟁 행정에서의 그의 단면을 취재하여 김 일성 원수의 비범한 전략가적 수완과 그의 넓고 깊은 정신 세계를 보여 주었다. / 이 작품은 함남 혜산읍을 습격한 이후 전투적 기세가 더욱 고조되는 시기에 다시 함경북도 6 도시 진공 계획을 수립하는 김 일성 원수의 전략가적 내면 세계를 형상적으로 보여준다. (…중략…) 작품은 김 일성 원수의 함경북도 6 도시 진공 계획의 수립 과정을 외면적인 발랄성과 내면적인 심오성으로써 보여 주면서 동시에 활달하고 섬세한 김 일성 원수의 가지가지의 성격적 특징과 대원들과 인민들 간의 혈연적인 련계를 반영하고 있다.[3]

---

1) 남원진, 「북조선 문학의 연구와 자료의 현황」, 『이야기의 힘과 근대 미달의 양식』, 도서출판 경진, 2011, 72~73쪽.

2) 남원진, 「한설야의 〈모자〉와 해방기 소련에 대한 인식 연구」, 『현대소설연구』 47, 2011. 8; 남원진, 「해방기 소련에 대한 허구, 사실 그리고 역사화」, 『한국현대문학연구』 34, 2011. 8; 남원진, 「북조선의 정전, 한설야의 「승냥이」 재론」, 『상허학보』 34, 2012. 2; 남원진, 「한설야의 「승냥이」 각색 양상 연구」, 『한국학연구』 40, 2012. 3; 남원진, 「한설야의 「혈로」와 김일성의 항일무장투쟁에 대한 인식 연구」, 『한국근대문학연구』 25, 2012. 상반기(2012. 4).

3) 조선민주주의 인민공화국 과학원 언어문학연구소 문학연구실, 『조선 문학 통사(하)』, 평양: 과학원출판사, 1959, 184~185쪽.

북조선 문학예술계에서 안함광이 한설야의 단편소설 「혈로」를 '천재적 군사전략가로서의 김 장군의 탁월한 모습과 그 계획의 정치적 의의에 대한 예술적 감명을 전달'[4]한 작품으로 평가한 후, 여러 논자들은 이 작품에 대해서 군사전략가로서의 측면을 강조하여 평가했다.[5] 또한 조선민주주의 인민공화국 과학원 언어문학연구소 문학연구실에서 발간한 집체작 『조선 문학 통사(하)』(1959)에서도 「혈로」를 '항일유격투쟁 행정에서의 김일성의 단면을 취재하여 김일성의 비범한 전략가적 수완과 넓고 깊은 정신세계'를 보여준 작품이라고 지적했다. 이러하듯, 북조선의 논자들은 김일성의 군사전략가의 측면에서 더 나아가 인간적 면모까지도 한층 강조하여 평가했다.

김일성부대의 진공을 미화하려는 의도로 씌어진 이 작품은 항일련군 토벌대와 조우하여 엿새를 싸운 후, 까마귀에게 적의 시체로 잔치를 배설해 주고 났다는 1937년 여름의 무송싸움과 임강싸움을 배경으로 했다.[6]

국경지대를 누비며 왜적과 싸우는 김일성유격대의 신출귀몰하는 모습을 그린 이 단편에서 주목되는 것은 보천보진격(1937) 한해를 앞둔 1936년을 보여주고 있다는 점이다.[7]

단편 「혈로」(1946. 1)는 1936년 무렵 김일성 부대가 향후 본격적인 국

---

4) 安含光, 「八·一五解放以後小說文學의發展過程」, 安含光(외), 『文學의前進』, 평양: 문화전선사, 1950, 24~25쪽.
5) 한효, 「우리 문학의 一○년(一)」, 『조선문학』, 1955. 6, 163~164쪽; 엄호석, 「해방 후의 산문 발전의 길」, 윤세평(외), 『해방후 우리 문학』, 평양: 조선작가동맹출판사, 1958, 93쪽; 한중모, 『한 설야의 창작 연구』, 평양: 조선작가동맹출판사, 1959, 267쪽; 윤세평, 「한 설야와 그의 문학」, 윤세평(외), 『현대 작가론(2)』, 평양: 조선작가동맹출판사, 1960, 62쪽; 강능수, 「혁명 전통과 우리 문학」, 김하명(외), 『전진하는 조선 문학』, 평양: 조선작가동맹출판사, 1960, 89쪽.
6) 김승환, 「해방직후 북조선노동당의 문예정책과 초기 김일성주의 문학운동」, 『개신어문연구』 8, 1991. 8, 259쪽.
7) 김윤식, 「북한문학의 세가지 직접성: 한설야의 「혈로」 「모자」 「승냥이」 분석」, 『예술과 비평』 6-3, 1990. 가을호, 186쪽.

내 진공을 준비하면서 압록강 부근에서 행군하는 장면을 그리고 있는데, 눈길을 끄는 것은 애국심을 통한 민족문제의 강조이다.[8)]

「혈로」는 북한에서 '식민지하 최고의 유격전'으로 평가하는 1937년 6월의 보천보 전투를 앞둔 1936년 시점의 압록강 유역을 배경으로 한 작품이다.[9)]

그런 반면 남한에서는 한때 한설야의 단편소설 「혈로」를 '수령 소설의 전형이자 북한 소설 창작의 기본 노선을 제시한 대표적 작품'으로 평가하기도 했다.[10)] 이런 한설야의 「혈로」를 분석한 대표적 성과물이 김윤식의 평가와 함께 김승환, 김재용, 강진호 등의 논문이다. 그런데 이런 논문에서 시간적 배경인 '1936년'과 '1937년'이라는 시점과 함께 '무송 싸움·임강 싸움'과 '보천보 진격(보천보 전투)'이라는 역사적 사건은 주목된다. 왜냐하면 김승환은 1937년 여름 무송 싸움과 임강 싸움을 배경으로 한 작품으로 분석한 반면, 김윤식이나 강진호 등의 대부분 연구자들은 1936년 보천보 전투를 앞둔 1936년을 시간적 배경으로 잡고 있기 때문이다. 이런 차이는 1946년 판본 「혈로」와 1960년 판본 「혈로」의 차이에 기인한다.[11)] 한설야의 1946년 판본 「혈로」와 1960년 판본 「혈로」는 동일한 작품이라고 말할 수도 있지만, 그러나 전혀 다른 작품이라고도 지적할 수 있다. 따라서 필자는 이런 사실을 확인하기 위해서 현재 확인 가능한 한설야의 1946년 판본과 1948년 판본, 1959년 판본, 1960년 판본 「혈로」를 대상으로 하여 여러 판본의 개작 양상을 면밀하게 추적하고자 한다.

---

8) 김재용, 「냉전시대 한설야 문학의 민족의식과 비타협성」, 『역사비평』 47, 1999. 여름호, 230쪽.

9) 강진호, 「해방 후 한설야 소설과 김일성의 형상」, 『민족문학사연구』 25, 2004. 7, 282쪽.

10) 김승환, 앞의 글, 258쪽; 문영희, 『한설야 문학 연구』, 시와시학사, 1996, 215쪽.

11) 해방 후 북조선에서 활동하던 시기에 발표한 한설야의 단편소설을 소개한 남한 출판물의 작품 목록은 아래와 같다. 여기서 한설야의 「혈로」를 수록한 서경석 편집의 한설야 단편선 『과도기』에서도 『한 설야 선집(8)』에 수록된 1960년 판본을 저본으로 하고 있다.

2. 한설야의 「혈로」 분석과 비교

한설야의 1946년 판본 「혈로」는 김일성이 '함경북도 6도시 진공계획'을 수립하는 과정을 다룬 단편소설이다.

(현재) 김일성 낚시터

'1937년 여름' 압록강에 다다른 '김일성 장군 부대'는 압록강을 바라보면서 조국에 대한 기억을 떠올린다. 김 장군도 이 강을 바라보

<표 1> 한설야의 해방 후 단편소설 목록(남한 발행)

작가	작품명	편자	작품집	출판사	출판년도
한설야	「모자」 「탄갱촌」 「자라는 마을」 「승냥이」 「레닌의 초상」	송호숙	『귀향』	동광출판사	1990. 3. 1.
	「개선」	신형기 오성호 이선미	『북한문학』	문학과지성사	2007. 11. 26.
	「모자」 「혈로」	서경석	『과도기』	문학과지성사	2011. 7. 29.
	「개선」	김종회	『력사의 자취』	국학자료원	2012. 6. 15.

며 여러 추억을 떠올리데, 압록강가 팔도구(八道構)에서 보낸 소학 시절 동무들과 함께 '왜놈 수비대 잡는 놀이'를 하던 기억을 떠올리며, 또한 '굳세게 바른 길로 인도해 주고 큰 일에 생각을 걸라'고 가르치시던 아버지의 깊은 사랑을 추억한다. 압록강 강반에서 좋아하는 낚시질을 하던 김 장군은 낚시질을 하면서 '함경도의 주요 도시를 진공할 계획'(함경북도 6도시 진공 계획)을 세운다. 김 장군이 작전 구상을 마무리한 것을 그린 후, 작가는 '김 장군의 부대'의 행군을 '암흑 속에서 싹트는 한 개의 거룩한 광경'이라고 끝맺고 있다. 한설야의 「혈로」의 전반부('1' 부분)에서는 압록강에 얽힌 추억과 관련 것을 서술하며, 중·후반부('2~5' 부분)에서는 대부분 낚시질을 통해서 새로운 전투를 구상하는 과정을 그린다. 여기서 한설야의 「혈로」는 구체적인 항일무장투쟁 과정을 묘사한 것이 아니라 김 장군의 작전 구상이 탄생하는 과정을 집중적으로 형상화한 것이다.

그런데 한설야의 「혈로」는 1946년 판본과 함께 1948년 판본, 1959년 판본, 1960년 판본 등의 여러 판본이 있다. 여기서 남한의 대부분의 연구자들은 1960년 판본 「혈로」를 저본으로 하여 분석하고 있는데, 북조선 문학사에서는 어떤 판본으로 평가하고 있을까?

북조선 과학원 언어문학연구소의 집체작인 『조선 문학 통사(하)』(1959)에서 한설야의 「혈로」를 평하면서 인용한 부분은 다음과 같다.

≪…무한히 큰 것인데 어디를 꼭 틀어 쥐어야 할는지 알지말지 하였다. 그러나 이미 그것이 보이고 잡히게 된 것만은 의식하고 있었다. 지금도 무엇이 무한히 큰 무엇이 성운(星雲)과 같이 머리 속에 탁 덮여 있었다. 그러나 그 구름 뒤에는 확실히 별이 있는 것이다≫.[12]

12) 조선민주주의 인민공화국 과학원 언어문학연구소 문학연구실, 앞의 책, 185쪽.

① 1946년 8월 판본 단편소설 「혈로」

무한히 큰것인데 어디를 꼭 틀어쥐어야 당헐일지 흐리마리 하였다.

그러나 이미 그것이 보이고 잡히게 될것만은 의식하고 있었다. 지금도 무엇이 무한히 큰 무엇이 성운(星雲)과같이 머리속에 탁 덥혀있었다. 그러나 그구름뒤에는 확실히 별이 있는것이다.[13]

② 1948년 8월 판본 단편소설 「혈로」

무한히 큰것인데 어디를 꼭 틀어쥐어야 헐일지 흐리마리 하였다.

그러나 이미 그것이 보이고 잡히게 될것만은 의식하고 있었다. 지금도 무엇이 무한히 큰 무엇이 성운(星雲)과같이 머리속에 탁 덥혀있었다 그러나 그 구름뒤에는 확실히 별이 있는것이다.[14]

③ 1959년 11월 판본 단편소설 「혈로」

그런데 이 날따라 무엇이 잡힐듯 잡힐듯 하면서 종시 잡히지 않았다.

그러나 끝내 그것이 보이고 잡히게 될 것만은 자신하고 있었다. 지금도 무엇이, 무한히 큰 무엇이 성운(星雲)과 같이, 머리 속에 자욱히 덮여 있었다. 그러나 그 구름 뒤에는 확실히 별이 있는 것이다.[15]

④ 1960년 5월 판본 단편소설 「혈로」

그런데 이 날따라 무엇이 잡힐 듯 잡힐 듯 하면서 종시 잡히지 않았다.

그러나 끝내 그것이 보이고 잡히게 될 것만은 자신하고 있었다. 지금도 무엇이, 무한히 큰 무엇이 성운(星雲)과 같이 머리'속에 자욱히 덮여 있었다. 그러나 그 구름 뒤에는 확실히 별이 있는 것이다.[16]

13) 韓雪野, 「血路」, 韓載德(외), 『우리의太陽』, 평양: 북조선예술총련맹, 1946, 52쪽.
14) 韓雪野, 「血路」, 『短篇集(炭坑村)』, 평양: 조쏘문화협회중앙본부, 1948, 180쪽.
15) 한설야, 「혈로(血路)」, 한설야(외), 『항일 전구』, 평양: 조선작가동맹출판사, 1959, 31쪽.
16) 한설야, 「혈로(血路)」, 『수령을 따라 배우자』, 평양: 민청출판사, 1960, 278쪽.

⑤ 1960년 9월 판본 단편소설 「혈로」

그런데 이 날따라 무엇이 잡힐 듯 잡힐 듯 하면서 종시 잡히지 않았다.

그러나 끝내 그것이 보이고 잡히게 될 것만은 자신하고 있었다. 지금도 무엇이, 무한히 큰 무엇이 성운(星雲)과 같이, 머리 속에 자욱히 덮여 있었다. 그러나 그 구름 뒤에는 확실히 별이 있는 것이다.[17]

(모든 밑줄: 필자)

『조선 문학 통사(하)』에서 인용한 부분은 1946년 판본, 1948년 판본, 1959년 판본, 1960년 판본 등의 어느 판본도 정확하게는 아니다. 단지 띄어쓰기를 하거나 단어나 문단을 고치고, 특히 '생각이나 기억, 일 따위가 분명하지 아니한 모양'을 나타내는 부사 '흐리마리'를 '알지말지'로 수정한 1946년 판본과 1948년 판본에 가깝고, 가장 유사한 판본은 1948년 판본 「혈로」이다. 여기서 『조선 문학 통사(하)』는 소설집 『항일 전구』나 『수령을 따라 배우자』, 『한 설야 선집(8)』의 개작 내용을 수렴할 수 없었는데, 왜냐하면 『조선 문학 통사(하)』(1959년 11월 30일 발간)는 『항일 전구』(1959년 11월 10일 발간)와 거의 비슷한 시기에 발간되었고, 『수령을 따라 배우자』(1960년 5월 25일 발간), 『한 설야 선집(8)』(1960년 9월 20일 발간)은 늦게 발행되었기 때문이다. 그런데 북조선 문학은 '필요에 따라', '임의적으로' 인용한 부분을 개작하는 경우가 많은데, 『조선 문학 통사(하)』의 일부 개작은 대중 교양에 맞게 쉽게 수정한 것으로 추정된다.[18] 그런데 1950~1960년대 북조선 문학사에서 임의적으로 수정한 것뿐만 아니라 더 나아가 유

---

17) 한설야, 「혈로(血路)」, 『한 설야 선집(8)』(단편집), 평양: 조선작가동맹출판사, 1960, 23~24쪽.

18) 조선민주주의 인민공화국 과학원 언어문학연구소 문학연구실에서 발간한 『조선 문학 통사(하)』에서 한설야의 「혈로」에 대한 평가 이후, 유일사상체계가 성립된 후에 발간된 사회과학원 문학연구소에서 집필한 『문학예술사전』(1972)이나 『조선문학사(1945~1958)』(1978), 김일성종합대학 부교수 리동원이 집필한 『조선문학사(3)』(1982), 박종원과 류만이 공동집필한 『조선문학개관(2)』(1986), 오정애와 리용서가 공동집필한 『조선문학사(10)』(1994)에서도 한설야의 「혈로」에 대한 언급은 없다.

일사상체계가 성립된 후 기술된 북조선 문학사는 김일성의 역사를 중심으로 필요에 따라 수정한 판본을 인용하는 것과 같은 심각한 문제를 안고 있다. 남한 연구자들에겐 지엽적인 문제로 판단할지 모르지만, 그러나 북조선 문학 연구에서는 원본과 인용한 부분과의 비교는 필수적인 항목에 해당한다.[19]

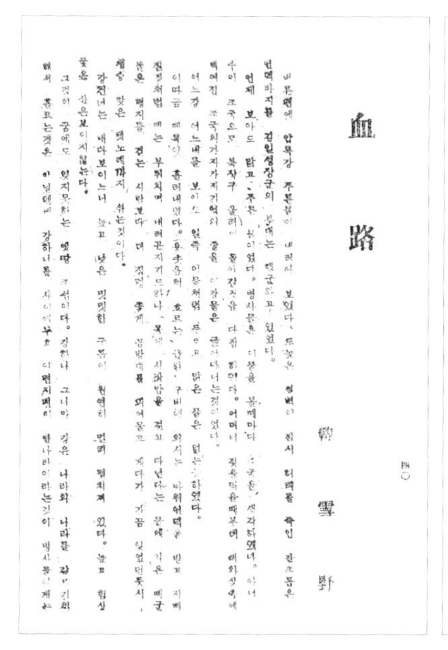
血路

韓雪野

[illegible]

韓雪野, 「血路」, 『우리의太陽』, 北朝鮮藝術總聯盟, 1946.

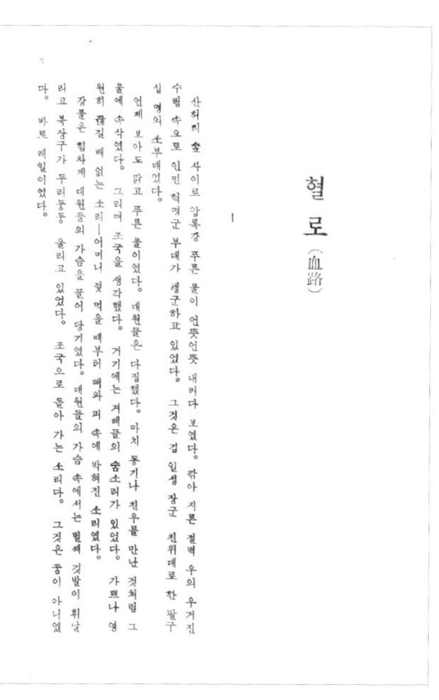
혈로(血路)

1

산허리 숲 사이로 압록강 푸른 물이 언뜻언뜻 내려다 보였다. 깎아 지른 절벽 우의 우거진 수림 속으로 인민 혁명군 부대가 행군하고 있었다. 그것은 김 일성 장군 친위대로 한 팔구십 명의 소부대였다.

언제 보아도 맑고 푸른 물이였다. 대원들은 다짐했다. 마치 동기나 친우를 만난 것처럼 그 물에 속삭였다. 그리며 조국을 생각했다. 거기에는 겨레들의 숨소리가 있었다. 가뜨나 영원히 끊길 배 없는 소리—어머니 젖 먹을 때부터 뼈와 피 속에 박혀진 소리였다.

강물은 힘차게 대원들의 가슴을 끌어 당기였다. 대원들의 가슴 속에서는 벌써 깃발이 휘날리고 북장구가 두리둥둥 울리고 있었다. 조국으로 돌아 가는 소리다. 그것은 꿈이 아니였다. 바로 래일이였다.

한설야, 「혈로(血路)」, 『한 설야 선집(8)』, 조선작가동맹출판사, 1960.

그러면 남한에서 대부분 인용하는 1960년 판본 「혈로」는 어떤 문제를 갖고 있는가? 1960년 판본 「혈로」의 문제를 파악하기 위해서는 1946년 판본 「혈로」와 함께 1948년 판본, 1959년 판본, 1960년 판본 「혈로」의 개작 사항을 검토해야 한다.

19) 남원진, 「북조선 문학의 연구와 자료의 현황」, 『이야기의 힘과 근대 미달의 양식』, 72~82쪽.

① 1946년 8월 판본 단편소설 「혈로」

언제 보아도 맑고 푸른 물이었다. 병사들은 이물을 볼때마다 조국을 생각하였다. 아니 수이 조국으로 북장구 울리며 돌아갈것을 다짐 하였다. 어머니 젖을먹을때부터 뼈와살속에 백여진 조국의 가지가지기억의 줄을 이강물은 글어다니는것이다. (…중략…)

장군은 낙수질 하면서도 다른 사람들처럼 그린듯이 앉았지않고 쉴새 없이 몸을 놀리고 있었다. 싸움하는때의 자새나 다름 없었다. 장군은 언제든지 몸을 가만이 가지고 있지못하였다. 속에서 쉴새없이 새것이 창조되고 그것이 움지기기때문이다.[20]

② 1948년 8월 판본 단편소설 「혈로」

언제 보아도 맑고 푸른 물이었다. 병사들은 다짐하였다. 이 물을 볼대마다 조국을 생각하였다. 아니 수이 조국으로 북장구 울리며 돌아갈것을 어머니 젖을 먹을때부터 뼈와 살속에 백여진 조국의 가지가지 기억의 줄을 이강물은 글어다니는것이다. (…중략…)

장군은 낚시질을 하면서도 다른 사람들처럼 그린듯이 앉았지않고 쉴새없이 몸을 놀리고 있었다. 싸움하는때의 기새나 다름 없었다. 장군은 언제든지 몸을 가만이 가지고 있지못하였다. 속에서 쉴새없이 새것이 창조되고 그것이 움지기기때문이다.[21]

③ 1959년 11월 판본 단편소설 「혈로」

언제 보아도 맑고 푸른 물이였다. 대원들은 다짐했다. 마치 동기나 친우를 만난 것처럼 그 물에 속삭였다. 그리며 조국을 생각했다. 거기에는 겨레들의 숨소리가 있었다. 가쁘나 영원히 끊길 배 없는 소리—어머니 젖 먹을 때부터 뼈와 피 속에 박혀진 소리다.

강물은 힘차게 대원들의 가슴을 끌어 당기였다. 대원들의 가슴 속에서

20) 韓雪野, 「血路」, 韓載德(외), 『우리의太陽』, 40~49쪽.
21) 韓雪野, 「血路」, 『短篇集(炭坑村)』, 159~175쪽.

는 벌써 깃발이 휘날리고 북장구가 두리둥둥 울리고 있었다. 조국으로 돌아 가는 소리다. 그것은 꿈이 아니였다. 바로 래일이였다. 래일과 이야기하는 것은 오늘의 고난을 이기는 길이였다. 어떤 괴롬도 밟고 넘고 차고 나가려는 그들이였다. (…중략…)

장군은 낚시질을 하면서도 다른 사람들처럼 그린듯이 앉아 있지 않고 쉴새없이 몸을 놀리고 있었다. 전투 지휘하는 때의 기세나 다름 없었다. 장군은 본시 어느때고 몸을 가만히 가지고 있지 않았다. 속에서 쉴새없이 새것이 창조되고 그것이 용솟음치기 때문이였다.[22]

④ 1960년 5월 판본 단편소설 「혈로」

언제 보아도 맑고 푸른 물이였다. 대원들은 다짐했다. 마치 동기나 친우를 만난 것처럼 그 물에 속사겼다. 그리며 조국을 생각했다. 거기에는 겨레들의 숨'소리가 있었다. 가쁘나 영원히 끊길 배 없는 소리— 어머니 젖 먹을 때부터 뼈와 피'속에 박혀진 소리다.

강물은 힘차게 대원들의 가슴을 끌어 당기였다. 대원들의 가슴 속에서는 벌써 기'발이 휘날리고 북장구가 두리둥둥 울리고 있었다. 조국으로 돌아 가는 소리다. 그것은 꿈이 아니였다. 바로 래일이였다. 래일과 이야기하는 것은 오늘의 고난을 이기는 길이였다. 어떤 괴롬도 밟고 넘고 차고 나가려는 그들이였다. (…중략…)

장군은 낚시질을 하면서도 다른 사람들처럼 그린듯이 앉아 있지 않고 쉴 새 없이 몸을 놀리고 있었다. 전투 지휘하는 때의 기세나 다름 없었다. 장군은 본시 어느 때고 몸을 가만히 가지고 있지 않았다. 속에서 쉴 새 없이 새것이 창조되고 그것이 용솟음치기 때문이였다.[23]

⑤ 1960년 9월 판본 단편소설 「혈로」

언제 보아도 맑고 푸른 물이였다. 대원들은 다짐했다. 마치 동기나 친

22) 한설야, 「혈로(血路)」, 한설야(외), 『항일 전구』, 5~27쪽.
23) 한설야, 「혈로(血路)」, 『수령을 따라 배우자』, 256~275쪽.

우를 만난 것처럼 그 물에 속삭였다. 그리며 조국을 생각했다. 거기에는 겨레들의 숨소리가 있었다. 가쁘나 영원히 끊길 배 없는 소리—어머니 젖 먹을 때부터 뼈와 피 속에 박혀진 소리였다.

강물은 힘차게 대원들의 가슴을 끌어 당기였다. 대원들의 가슴 속에서는 벌써 깃발이 휘날리고 북장구가 두리둥둥 울리고 있었다. 조국으로 돌아 가는 소리다. 그것은 꿈이 아니였다. 바로 래일이였다.

래일과 이야기하는 것은 오늘의 고난을 이기는 길이였다. 어떤 괴롬도 밟고 넘고 차고 나가려는 그들이였다. (…중략…)

장군은 낚시질을 하면서도 다른 사람들처럼 그린듯이 앉아 있지 않고 쉴새없이 몸을 놀리고 있었다. 전투 지휘하는 때의 기세나 다름 없었다. 장군은 본시 어느 때고 몸을 가만히 가지고 있지 않았다. 속에서 쉴새없이 새것이 창조되고 그것이 용솟음치기 때문이였다. 한마디로 말하자면 장군의 생활은 철두철미 창조의 련속이였다.[24]

위의 인용에서 보듯, 1946년 판본 「혈로」와 1948년 판본 「혈로」를 같은 판본으로 볼 수 있다면, 1959년 판본 「혈로」와 1960년 판본 「혈로」도 동일한 판본이다. 단지 이들 판본(1946년 판본·1948년 판본, 1959년 판본·1960년 판본)은 띄어쓰기를 하고 문단을 고치고 어휘나 문장을 수정하거나, 또는 부호가 첨가되고 문장을 삭제하고 문장이 추가되어 있을 뿐이다.[25] 그러나 1946년 판본·1948년 판본 「혈로」와 1959년 판본·1960년 판본 「혈로」의 전체 내용은 큰 차이가 없는 듯하지만, 그러나 전면 개작한 것처럼 세부적인 사항들은 많이 다르다. 사실 40년대 두 판본에 비해 50·60년대 판본은 분량이 엄청나게 늘어나면서 세부 사항들이 더욱 정교화되어 있다. 그러면 여러 판본 「혈로」의 중요한 개작 사항은 어떠한가?

---

24) 한설야, 「혈로(血路)」, 『한 설야 선집(8)』, 3~21쪽.

25) 1946년 판본 「혈로」에 있던 "므로 위선 함경도의 중요한 광산을 점령하야 그걸로 금고를 삼아야할것 이런것이 그순간에"가 1948년 판본 「혈로」에는 삭제되어 있고, 1959년 판본 「혈로」와 1960년 5월 판본 「혈로」에서 없던 "한마디로 말하자면 장군의 생활은 철두철미 창조의 련속이였다"라는 문장이 1960년 9월 판본 「혈로」에서는 추가되어 있다.

<표 2> 한설야 단편소설 「혈로」 세부 항목 개작 양상

「혈로」(1946)	「혈로」(1948)	「혈로」(1959)	「혈로」(1960)
1-전반부	1-전반부	1	1
×	×	2	2
×	×	3-전반부	3-전반부
1-후반부	1-후반부	3-후반부	3-후반부
2	2	4	4
3	3	5	5
4	4	6	6
5-전반부	5-전반부	7	7
5-후반부	5-후반부	8	8
부기	부기	×	×

위의 〈표 2〉에서 보듯, 1946년 판본·1948년 판본 「혈로」가 '1~5'(부기 포함)로 나누어져 있지만 1959년 판본·1960년 판본 「혈로」는 '1~8'로 확장되어 있다. 특히 1946년 판본·1948년 판본 「혈로」에 비해 1959년 판본·1960년 판본 「혈로」에서는 여러 부분이 개작되어 정확하게 구분을 할 수는 없지만, 대체적으로 '2'와 '3-전반부'가 추가되어 있고, '부기'가 삭제되어 있다.

① 1946년 8월 판본 단편소설 「혈로」

밤낮 엿새를 눈에 모닥불이 나도록 이어댄 피비린 쌈은 이제 잠시 물러갔다. (…중략…) 하나 김장군이 압록강가 깊은 골자기에 까마귀잔치를 베푸러줄때 까마귀만 수가 나는것이아니라 병사들도 그좋다는 장총이니 싸창이니 또 어떤때는 기관총이니 박격포니하는따위까지 생겼다. (…중략…) 때는 마침 여름철이라 미상불 덥기도하였다.[26]

26) 韓雪野, 「血路」, 韓載德(외), 『우리의太陽』, 41~42쪽.

② 1960년 9월 판본 단편소설 「혈로」

밤낮 엿새 동안 싸움을 이어 댔다. (…중략…) 장군은 이 때 주장 국경 가까운 지대를 이동하고 있었다. 왜군들도 이 지대에 보다 많이 포치되여 있었다. (…중략…) 먼저 적정을 세밀히 잡아 쥐여야 하였다. 그래서 일변으로 정찰 활동이 계속되였다. 인민들이 이 활동을 도와 주었던 것은 두말할 것이 없다. 뿐 아니라 계속 식량을 보내고 피복을 보냈다. (…중략…) 장군은 혁명군이 인민의 사랑 속에 살며 싸우고 있는 것을 다시 한번 확인하면서 새 전투를 구상하였다. / 먼저 공격 지점을 결정하였다. (…중략…) 작전은 어느덧 장군의 머리 속에 창작되였다. 그래 그 때 벌써 머리 속에서 전투는 이기고 있었고 이것이 실천에서의 승리의 기초가 되였다. 그렇게 해서 전투는 시작되였다. (…중략…) 첫전투는 구상 대로 전격전이였다. (…중략…) 부근에서 응원 부대도 출동되였다. (…중략…) 이미 별도로 매복시켜 두었던 부대가 기다리고 있다가 이를 급습했다. 그리고는 이내 대오를 수습해 가지고 밀림 지대를 향하여 이동하였다. (…중략…) 행군은 계속되였다. (…중략…) 그러나 장군이 본 지세에 틀림이 없었다. 그것은 이남박 같은 함지였다. 거기서 왜군은 별안간 좌우로부터 맹렬한 협격을 받았다. 왜군은 그 때 벌써 몹시 지쳐 있었다. 배도 고팠다. 하긴 그 날 유격대가 최대 마력을 내여 나는듯 행군했기 때문에 따라오는 왜군의 오금에서 불이 날 지경이였다. 그리고 점심도 먹을 사이 없었다. 까딱하면 다 잡은 공산군을 놓친다고 생각했던 것이다. 그러나 구경 불을 맞은 것은 이리떼들이였다. / 왜군은 전멸되었다. 왜군은 엿새 동안 죽을 악을 써 가며 무기와 탄환을 지여 나른 끝에 까마귀 밥이 되고 말았다. (…중략…) 때도 마침 삼복이라 미상불 덥기도 하였다.[27]

1959년 판본·1960년 판본 「혈로」의 '2'와 '3-전반부'에서는 1946년 판본·1948년 판본 「혈로」에 있던 까마귀를 바라보며 '동무들 중

27) 한설야, 「혈로(血路)」, 『한 설야 선집(8)』, 5~12쪽.

에 누가 제일 겁이 많나 그 동무 저 까마귀고기 좀 먹어보지'라는 김 장군의 웃기는 말이나 '중국 사람들은 까마귀 고기를 먹으면 사람의 간이 커진다'는 등의 까마귀와 관련된 서술 부분은 삭제되거나 축소된다. 그 대신에 1959년 판본·1960년 판본 「혈로」의 '2'와 '3-전반부'에서는 1946년 판본·1948년 판본 「혈로」에 없던 여러 부분이 추가되는데, 그 중에서 유격대와 인민과의 관계를 드러내는 부분과 김 장군이 지휘하는 유격대의 전투 과정을 상세하게 기술한다. 특히 '혁명군이 인민의 사랑 속에서 살며 싸우고 있는 것'을 제시하며, 김 장군의 주도면밀한 작전 계획과 상세한 전투 과정을 설명한다. 즉, 1946년 판본·1948년 판본 「혈로」에 없던 '인민 혁명군 부대'와 인민과의 밀착된 관계를 제시하는 한편, 구체적인 전투 과정이 없던 이전 판본에 비해 구체적인 전투 정형을 제시하면서 김 장군의 군사전략가적 측면을 한층 강화한다. 특히 1959년 판본·1960년 판본 「혈로」는, 1946년 판본·1948년 판본 「혈로」의 설화 수준의 전투 장면을, 구체적인 유격 전술을 소개하는 등의 전투 상황을 상세화함으로써 항일무장투쟁의 정형을 선명하게 부각시킨다.

3. 한설야의 「혈로」 판본의 개작

김일성의 항일무장투쟁을 한층 구체화시킨 1959년 판본·1960년 판본 「혈로」의 '서두'에서는 1946년 판본·1948년 판본 「혈로」의 '서두'의 '김일성 장군의 부대'를 '인민혁명군 부대' 곧 '김일성 장군 친위대'로 개작된다.

① 1946년 8월 판본 단편소설 「혈로」

바른편에 압록강 푸른물이 내려다 보였다. 드높은 절벽이 잠시 허리를 죽인 잔조롭은 언덕바지를 김일성장군의 부대는 행군하고 있었다.[28]

② 1948년 8월 판본 단편소설 「혈로」

바른편에 압록강 푸른물이 내려다 보였다. 드높은 절벽이 잠시 허리를 죽인 잔조롭은 언덕바지를 김일성장군의 부대는 행군하고 있었다.[29]

③ 1959년 11월 판본 단편소설 「혈로」

산허리 숲 사이로 압록강 푸른 물이 언뜻언뜻 내려다 보인다. 깍아 지른 절벽 우의 우거진 수림 속으로 인민 혁명군 부대가 행군하고 있었다. 그것은 김 일성 장군 친위대로 한 팔구십 명의 소부대였다.[30]

④ 1960년 5월 판본 단편소설 「혈로」

산허리 숲 사이로 압록강 푸른 물이 언뜻언뜻 내려다 보인다. 깍아 지른 절벽 우의 우거진 수림 속으로 인민 혁명군 부대가 행군하고 있었다. 그것은 김 일성 장군 친위대로 한 팔구십 명의 소부대였다.[31]

⑤ 1960년 9월 판본 단편소설 「혈로」

산허리 숲 사이로 압록강 푸른 물이 언뜻언뜻 내려다 보였다. 깍아 지른 절벽 우의 우거진 수림 속으로 인민 혁명군 부대가 행군하고 있었다. 그것은 김 일성 장군 친위대로 한 팔구십 명의 소부대였다.[32]

여기서 '김일성 장군의 부대'는 어떤 부대인가? 1935년 7~8월에 열린 코민테른 제7차 대회에서는 식민지 피억압민족에 대한 반제국주의 민족통일전선방침이 채택되었다. 중국공산당은 코민테른 제7차 대회를 계기로 조선인 유격대의 주력부대인 동만의 유격부대를 조선혁명의 추진 주체로 인정했다. 이 부대는 1936년 3월 항일연군

28) 한설야, 「血路」, 韓載德(외), 『우리의太陽』, 40쪽.
29) 韓雪野, 「血路」, 『短篇集(炭坑村)』, 159쪽.
30) 한설야, 「혈로(血路)」, 한설야(외), 『항일 전구』, 5쪽.
31) 한설야, 「혈로(血路)」, 『수령을 따라 배우자』, 256쪽.
32) 한설야, 「혈로(血路)」, 『한 설야 선집(8)』, 3쪽.

제2군으로 개편되었고, 이 개편에서 김일성이 제3사 사장에 취임했다. 이 제3사 부대가 조선해방과 연관된 사업을 추진하기 위해서 조·중 국경지대인 장백현 일대로 진출하게 되었다. 1936년 7월 '하리(河里)회의'에서는 동북항일연군 제2군 제3사를 제2군 제6사로 개편했다.[33] 이런 부대가 '김일성의 친위대'로 개작되는데, 이는 1950년대 중반 이후 진행된 김일성의 항일무장투쟁을 구체화시키는 작업에 따른 것이다. 또한 이는 유일사상체계가 성립된 후 본격화된 김일성 중심의 역사의 단초를 제시한 것이기도 하다.

여하튼, 1950년대 중반까지도 북조선에서는 '조선인민혁명군'이라는 명칭보다는 '반일인민유격대'와 같은 용어를 일반적으로 사용하였는데, 1950년대 말 민족해방투쟁에서 혁명전통을 수립하는 문제가 역사학계의 당면한 임무의 하나로 제기되면서부터 '조선인민혁명군'이라는 용어가 사용되었다. 다만, 이때까지도 북조선에서는 '조선인민혁명군'과 '인민혁명군'이라는 명칭을 혼용하여 사용했다.[34] 따라서 이런 개명은 '혁명전통'에 대한 문제가 활발하게 논의되었던 1950년대 중반 이후 김일성 중심의 항일혁명투쟁사에 대한 인식이 침투한 것임을 반증한다.

여기서 '김일성 장군의 부대'의 구체적 활동을 파악하기 위해서는 작품의 구체적인 역사적 배경을 확인할 필요가 있다. 그러면 한설야의 「혈로」의 역사적 배경은 언제이고, 1946년 판본·1948년 판본 「혈로」와 1959년 판본·1960년 판본 「혈로」의 차이는 무엇일까?

---

33) 이종석, 「북한 지도집단과 항일무장투쟁」, 김남식·이종석(외), 『解放前後史의 認識(5)』, 한길사, 1989, 80~82쪽; 신주백, 「김일성의 만주항일유격운동에 대한 연구」, 『역사와 현실』 12, 1994. 6, 173~174쪽; 이종석, 「김일성의 소위 '항일유격투쟁'의 虛와 實」, 『한국사 시민강좌』 21, 1997. 8, 141쪽; 이종석, 『(새로 쓴) 현대북한의 이해』, 역사비평사, 2000, 401쪽; 신주백, 『1920~30년대 중국지역 민족운동사』, 선인, 2005, 157~163쪽.

34) 신주백, 「조선인민혁명군: 기억의 정치, 현실의 정치」, 『내일을 여는 역사』 9, 2002. 9, 105~106쪽.

① 1946년 8월 판본 단편소설 「혈로」

장군은 일즉 一九三五년격을('겨울'의 오식: 필자)에 조국광복회(祖國光復會)를 조직하고 동만주에서 전만주에 또는 장백산 두만강 압록강에로 조선내지에로 손을 찔러 혜산 회령 종성 무산 경흥 온성 부령 갑산 성진 길주 명천에까지 혈맥을 통하고 있었다.

이것은 국제당 제칠차대회에서의 지미또로프의 인민전선(人民戰線)에관한 테-제에 의하여 조직했던것이다.[35]

② 1948년 8월 판본 단편소설 「혈로」

장군은 일즉 一九三五년 겨울에 조국광복회(祖國光復會)를 조직하고 동만주에서 전만주에 또는 장백산 두만강 압록강에로 조선내지에로 손을 찔러 혜산 회령 종성 무산 경흥 온성 부령 갑산 성진 길주 명천에까지 혈맥을 통하고 있었다.

이것은 국제당 제칠차 대회에서의 지미또로프의 인민전선(人民戰線)에 관한 테-제에 의하여 조직했던것이다.[36]

③ 1959년 11월 판본 단편소설 「혈로」

장군은 일찌기 一九三六년 초에 조국 광복회(祖國光復會)를 조직하고 동만주에서 장백산, 두만강, 압록강 전 지구에로, 전 만주에로, 또는 조선 국내에로 손을 뻗쳐 혜산, 회령, 종성, 무산, 경흥, 온성, 부령, 갑산, 성진, 길주, 명천, 원산, 흥남 등지에 줄을 늘이고 있었다.

이것은 당시의 국제 공산주의 로선인 『인민 전선』 운동의 조선에서의 실천이였다. 장군은 자기가 손수 만든 조직의 움직임 속에서 마치 육체의 핏줄이 켕기는 것을 깨닫는 것 같은 그런 느낌을 받았다.[37]

---

35) 韓雪野, 「血路」, 韓載德(외), 『우리의太陽』, 56~57쪽.
36) 韓雪野, 「血路」, 『短篇集(炭坑村)』, 188쪽.
37) 한설야, 「혈로(血路)」, 한설야(외), 『항일 전구』, 38쪽.

④ 1960년 5월 판본 단편소설 「혈로」

장군은 일찌기 1936년 초에 조국 광복회(祖國 光復會)를 조직하고 동만주에서 장백산, 두만강, 압록강, 전 지구에로, 전 만주에로, 또는 조선 국내에로 손을 뻗쳐 혜산, 회령, 종성, 무산, 경흥, 온성, 부령, 갑산, 성진, 길주, 명천, 원산, 흥남 등지에 줄을 늘이고 있었다.

이것은 당시의 국제 공산주의 로선인 ≪인민 전선≫ 운동의 조선에서의 실천이였다. 장군은 자기가 손수 만든 조직의 움직임 속에서 마치 육체의 피'줄이 캥기는 것을 깨닫는 것 같은 그런 느낌을 받았다.[38]

⑤ 1960년 9월 판본 단편소설 「혈로」

장군은 일찌기 一九三六년 초에 조국 광복회를 조직하고 동만주에서 장백산, 두만강, 압록강 전 지구에로, 전 만주에로, 또는 조선 국내에로 손을 뻗쳐 혜산, 회령, 종성, 무산, 경흥, 온성, 부령, 갑산, 성진, 길주, 명천, 원산, 흥남 등지에 줄을 늘이고 있었다.

이것은 당시의 국제 공산주의 로선인 『인민 전선』 운동의 조선에서의 실천이였다. 장군은 자기가 손수 만든 조직의 움직임 속에서 마치 육체의 핏줄이 켕기는 것을 깨닫는 것 같은 그런 느낌을 받았다.[39]

김윤식 등의 대부분 남한 연구자가 중요하게 언급하는 예문은 『우리의 태양』(1946), 『단편집(탄갱촌)』(1948)이나 『항일 전구』(1959), 『수령을 따라 배우자』(1960)가 아니라 『한 설야 단편집(8)』(1960)에 수록된 「혈로」의 위의 부분이다. 여기서 1946년 판본·1948년 판본 「혈로」와 1959년·1960년 판본 「혈로」의 중요한 변화는 다음과 같다. 첫째, 조국광복회 결성의 시기가 '1935년 겨울'에서 '1936년 초'로 변화하고 활동 지역이 연장된다.[40] 둘째, '디미트로프(G. M. Dimitrov)의 인민

38) 한설야, 「혈로(血路)」, 『수령을 따라 배우자』, 284쪽.
39) 한설야, 「혈로(血路)」, 『한 설야 선집(8)』, 29쪽.
40) 유일사상체계가 성립된 이후 북조선의 '조국광복회'에 대한 공식적인 설명은 다음과 같

전선에 관한 테제'에서 '국제 공산주의 노선인 인민전선 운동'으로 개작된다. 이는 1940년대 설화 수준에 머물렀던 김일성의 항일무장투쟁에 대한 연구가 본격화된 1950년대 역사 인식이 침투한 것을 보여준다. 여하튼 한설야의 「혈로」는 코민테른 제7차 대회 결정에 따라 조국광복회를 조직한 후를 역사적 배경으로 한다.

① 1946년 8월 판본 단편소설 「혈로」

밤낮 엿새를 눈에 모닥불이 나도록 이어댄 피비린 쌈은 이제 잠시 물러갔다. (…중략…) 때는 마침 여름철이라 미상불 덥기도하였다. (…중략…) 장군은 거사전 예비조사를 하기위하여 우선 국내에 사람을 보낼것 국내각지의 조국광복회를 확대강화하여 만일의 경우에는 아닌밤중에 홍두깨식으로 붉궒 일떠설수있게할것 주요도시를 점령한다음 그것을 발판으로해가지고 싸움을 계속하자면 막대한 자금을 필요로 할것이므로 위선 함경도의 중요한 광산을 점령하야 그걸로 금고를 삼아야할것 이런것이 그순간에 장군 머리에 번개처럼 떠왔고 그모든것이 뭉처서 한개의 무서운 생물처럼 아니 차라리 악마처럼 장군의 머릿속에서 사납게 굼틀거리고 있었다. 장군은 이때에 일즉 없던 무서운 싸움을 그머리속에서 창조했던것이다. (…중략…) 머리에 벌어진 그 엄청나게 큰 계획을계속하야 철통같이 짜고 있은것이다. (…중략…)

(附記—김장군의 함경북도 육도시진공계획은 그뒤 예정대로 착착진행되었으나 국내에 파견된 한사람이 무산광에 들어와서 정세를 조사하다가 체포되여 사전에 계획이 탄로되고 말았다. 그래서장군은 그계획을 바꾸어 함남으로 지대를 돌려 一九三八年봄에 혜산읍을 백주에 습격하였고 그뒤에 여러사건이 첩출하였던것이다.[41]

다. "혁명의 위대한 수령 김일성동지께서 항일무장투쟁시기 위대한 주체사상을 구현하시여 창건령도하신 우리 나라에서의 첫 반일민족통일전선조직. 1936년 5월 5일에 창건되였다."(조선민주주의 인민공화국 사회과학원 력사연구소, 『력사사전(2)』, 평양: 사회과학출판사, 1971(번각·발행: 학우서방, 1973), 299쪽)

41) 韓雪野, 「血路」, 韓載德(외), 『우리의太陽』, 41~58쪽.

② 1960년 9월 판본 단편소설 「혈로」

밤낮 엿새 동안 싸움을 이어 댔다. (…중략…) 때도 마침 삼복이라 미상불 덥기도 하였다. (…중략…) 장군은 거사 전 면밀한 정세 조사를 하기 위하여 우선 국내에 정치 공작원을 보낼 것. 국내 각지의 조국 광복회를 확대 강화할 것. 그리하여 인민 혁명군의 국내에서의 행동을 용이하게 하는 엄호로 되게 할 것. 필요한 지대를 습격한 다음 그것을 발판으로 싸움을 계속하는 경우 식량과 자금을 국내에서 조달할 것… / 이런 것이 장군의 머리 속에서 번개쳤다. 그리고 그 모든 것이 뭉쳐서 한 개의 무서운 생물처럼 장군의 머리 속에서 사납게 꿈틀거리고 있었다. 벌써 무서운 싸움이 머리 속에 버러지고 있었던 것이다. 그것은 바로 전투와 그것의 승리의 창조 과정이였다. (…중략…) 머리에 버러진 그 엄청나게 큰 전투를 면밀히 짜고 있었던 것이다.[42]

한설야의 1946년 판본·1948년 판본 「혈로」의 배경은 조국광복회를 조직한 후 '밤낮 엿새 동안 이어진 피비린 싸움'이 잠시 물러간 후 '여름철'이다. 그런데 여기서 '피비린 싸움'은 어떤 전투일까? 1946년 판본·1948년 판본 「혈로」에서는 구체적인 설명을 찾을 수 없다. 단지 조국광복회가 결성된 '1935년 겨울' 이후 '여름철'이라고 적힌 본문과 '1938년 봄에 혜산읍을 백주에 습격하였고'라고 적힌 '부기'의 내용을 참조한다면, '1936년 여름이나 1937년 여름'으로 추정된다. 또한 '피비린 싸움' 이후 '함경북도 6도시 진공 계획'이 구상되고 '1938년 봄'에 '혜산읍을 습격'했기에, 1935년 겨울에서 1938년 봄 사이이기 때문에 '1936년 여름이나 1937년 여름'으로 추정되는데, 여기서 한설야의 『영웅 김일성장군』(1947)을 참조한다면 '피비린 싸움'이 '1937년'이기 때문에 작품의 배경은 '1937년 여름'이 된다.

42) 한설야, 「혈로(血路)」, 『한 설야 선집(8)』, 5~31쪽.

> 一九三七年이되자 다시 撫松縣城 進攻을開始하였다. (…중략…) 縣城에進入한 金將軍의 部隊는 捕虜된 日「滿」兵中 가장 惡質者는 그 자리에서 斬刑에 處하고 그밖에者들은 說諭해서 各各 歸農했다. 勿論 이때에도 武器 其他의 收穫이 많았는데 이戰鬪에서 알려진것은 倭軍勢力이 顯著히 弱化된 事實이다. (…중략…) 이 弱勢를 利用하여 金將軍의 部隊는 곧 臨江縣으로 進攻하여 亦是 無難히 敵을 全滅시키고 많은 戰利品을 獲得하였다.
>
> 이兩地싸움에서 革命氣勢를 올린 金將軍은 곧 撫松, 臨江, 一帶의 祖國光復會를 擴大强化하는 政治工作으로 나아갔다. 將軍은 이氣勢로 그냥 國內로밀고 들어갈 胸算이있고 그리하기 爲하여서의 偉大한 構圖를 혼자머리속에 그리고 있었으나 이것은 意外의 곳에서 蹉跌이 생겼다하더라도 保田, 惠山事件等 大膽無雙인 싸움은 그 雄圖의 一部를 말하는것들이다.[43]

여기서 '피비린 싸움'은 어떤 전투인가? 한설야는 『영웅 김일성장군』(1947)에서 '1937년이 되자 다시 무송현성(撫松縣城) 진공을 개시'했고, '이 약세를 이용하여 김 장군의 부대는 곧 임강현(臨江縣)으로 진공하여 역시 무난히 적을 전멸시키고 많은 전리품을 획득'했다고 적고 있다. 이 두 전투에서 '기세를 올린 김 장군은 조국광복회를 확대강화하는 정치공작으로 나갔으며', '국내로 밀고 들어갈 흉산(胸算)'을 가지고 있었는데, 이를 위해서 김 장군은 '위대한 구도를 혼자 머릿속에 그리고 있었다'. 이런 한설야의 『영웅 김일성장군』(1947)의 설명은 '피비린 싸움' 이후 '국내 각지의 조국광복회를 확대 강화하여 주요 도시를 점령하는 큰 계획'을 서술한 1946년 판본·1948년 판본 「혈로」의 내용과도 일치한다. 따라서 이 '피비린 싸움'은 '무송(撫松) 전투'와 '임강(臨江) 전투'에 해당한다.

---

43) 韓雪野, 『英雄 金日成將軍』, 신생사, 1947, 41~42쪽.

將軍은 咸鏡北道 六都市를 襲擊하는 동시 朝鮮內地의 革命勢力의 昂揚을 꾀하여 惡化하는 反動의 過中에서 內外呼應에 依한 飛躍의 礎石을 賦與하려한것이다. 그리하여 우선 幕下에서 適任者를 選拔하여 密命을 주어 國內로 派遣하였다. 將軍의 計劃은 이國內進攻과 同時에 莫大한 軍資金을 要하겠으므로 우선 그財源으로 茂山鑛山의 占領을 企圖하였는데 이 調査로보낸 사람이 그만 事牛에 倭官에 逮捕되어 捲土重來의 大計가 結局 倭軍에 알려지게되었다. (…중략…) 將軍은 急히 方向을 돌려 咸南進入을 세웠다. 그리하여 一九三八年봄에 咸南惠山으로 步武堂堂 白晝에 進攻하여 들어온것이다.[44]

또한 '주요 도시를 점령하는 큰 계획'은 '함경북도 6도시 진공 계획'이며, '혜산읍 습격'은 '혜산 싸움'이다. 한설야의 『영웅 김일성장군』(1947)에서 기술하고 있는 '국내 진공'과 함께 '막대한 군자금'이 필요하기에 '우선 그 재원으로 무산 광산을 점령하는 기도'를 했다는 설명은, '싸움을 계속하자면 막대한 자금을 필요로 할 것이므로 우선 함경도의 중요한 광산을 점령'해야 한다는 1946년 판본·1948년 판본 「혈로」의 부분과 일치한다. 또한 국내 진공 계획은 '의외의 곳에서 차질이 생'겼지만, 그러나 '보전, 혜산 사건 등의 대담무쌍한 싸움'을 벌렸고, 이것은 국내 진공 계획이라는 '웅도(雄圖)의 일부'인 것이다. 이런 『영웅 김일성장군』(1947)의 설명은 '국내에 파견된 한 사람이 무산광에 들어와서 정세를 조사하다가 체포되어 사전에 계획이 탄로나고 말았'으나 '장군은 그 계획을 바꾸어 함남으로 지대를 돌려 1938년 봄에 혜산읍을 백주에 습격'했다는 1946년 판본·1948년 판본 「혈로」의 '부기'의 내용과도 일치한다.

따라서 1946년 판본·1948년 판본 「혈로」의 역사적인 내용은 '1935년 겨울'에 '조국광복회'를 조직했고, '1937년'에 있었던 '무송

44) 위의 책, 49~50쪽.

현성(撫松縣城) 전투'와 '임강현(臨江縣) 전투' 이후 1937년 여름에 압록강에서 낚시를 하면서 '함경북도 6도시 진공 계획'을 세웠고, 함경북도 진공 계획이 일본군에게 사전에 발각되어 이 계획을 변경하여, '1938년 봄'에 함경남도의 '혜산읍을 습격했다'는 것으로 정리된다. 그런데 이런 1946년 판본·1948년 판본 「혈로」의 역사적인 내용은 여러 가지 문제를 갖고 있다.

> 제6사가 보천보전투와 간삼봉전투에서 개가를 올린 직후 1937년 7월 7일 노구교사건을 계기로 중일전쟁이 발발했다. (…중략…) 김일성은 1937년 가을 소수의 병력을 남겨둔 채 주력부대를 이끌고 장백현을 떠나 임강·몽강·휘남현 등으로 진출하였다. (…중략…) 1937년 겨울부터 1938년 봄 사이에 유례 없는 강도로 실시되었던 일제의 대토벌에 부딪히면서 많은 희생자를 내게 되었다. 이 시기에 수많은 항일연군의 부대들이 괴멸적인 타격을 입었다. 적의 발악적인 대토벌을 피해 김일성이 이끄는 제6사는 1937년 겨울 몽강현 마당거우에서 깊은 산속의 밀영으로 자취를 감추고 그 곳에서 이듬해 봄까지 군정학습을 실시하였다. / 적의 대토벌 속에서 항일연군 제1로군의 주요 지도자들은 1938년 5월 11일에서 6월 11일까지 집안현 노령에서 제1로군 군정간부회의를 개최하였다.[45]

이 작품에서 조국광복회를 '1935년 겨울'에 조직했다고 했는데 실상은 '1936년 봄'이며, '무송현성 전투'나 '임강현 전투'가 일어난 해를 '1937년'이 아니라 '1936년'으로 수정해야 한다. 특히 '1938년 봄'에 '혜산읍을 습격했다'는 설명은 어떻게 판단해야 할까? 물론 '혜산 습격'을 '1937년 6월'에 있었던 '보천보 전투'를 지칭하는 것은 당연히 아니다. 왜냐하면 『영웅 김일성장군』(1947)에서 '보전(保田)싸움'과 '혜산(惠山)싸움'을 다르게 설명하고 있기 때문이다. 여기서 '보전싸

45) 이종석, 「북한 지도집단과 항일무장투쟁」, 김남식·이종석(외), 『解放前後史의 認識(5)』, 88~89쪽.

움'은 '보천보 전투'에 대한 설명이다. '혜산 싸움'은 '1938년 봄 함남 혜산으로 백주에 진공'했다는 설명으로 보아 1946년 판본·1948년 판본 「혈로」의 '부기'에 나오는 설명과 동일하다.[46] 이종석의 위의 인용에서 보듯, 김일성이 이끈 제6사는 1937년 '보천보 전투'와 '간삼봉 전투' 등의 중요한 전투를 치르고 일제의 대토벌을 피해 1937년 겨울부터 1938년 봄까지 '몽강현 마당거우 밀영'에서 군정학습을 실시했다. 이런 역사적 사실에 근거하자면, '1938년 봄' 백주에 진공한 '혜산 싸움'을 추정하기는 쉽지 않다. 도대체 '혜산 싸움'은 어떤 전투일까?

> 一九三八年봄에 咸南惠山으로 步武堂堂 白晝에 進攻하여 들어온것이다. (…중략…) 將軍은 먼저 日語에 能通한 約三十名의 兵士를 뽑아가지고 倭軍과 꼭같이 武裝을 차렸는데 이것은 일찍 倭軍이 목숨까지 껴서 將軍에게 받친 軍服, 武裝은 얼마든지 있는것이다. 이 僞裝部隊가 先頭에 서고 뒤에 主力部隊가 멀리 떠러져 따랐는데 이 先頭部隊는 守備하는 倭警의 敬禮를 받으면서 버젓이 惠山市街로 突入하자 電光石火와같이 駐在所와 守備隊를 包圍攻擊하고 뒤따라 主力部隊가加勢하였다. 그리하여 一大攻擊戰이 전개되었다. (…중략…) 敵은 도가니속에서 닭아라 볶아라 하다가 죽고 도망하고하여 金將軍은 無難히 全部를 占領할수있었는데 이것이 金將軍直接指揮下에서 行하여진것은 勿論이다.[47]

> 이번에도 장군은 백주를 리용해서 일거에 「황니허즈」의 일만군과 그들의 대장놈을 처단해 버리자는 것이었다. (…중략…) 그리자 대원들은 한

---

46) 함경북도 6도시 진공계획을 수립한 후 함남 혜산읍을 습격한 것인데, 『조선 문학 통사(하)』에서는 '함남 혜산읍을 습격한 이후 함경북도 6도시 진공 계획을 수립하는 것'으로 설명한다. 이는 한설야의 1946년 판본 「혈로」의 여러 착오 때문에 이렇게 수정해서 기술한 것으로 판단된다(조선민주주의 인민공화국 과학원 언어문학연구소 문학연구실, 앞의 책, 184쪽).

47) 韓雪野, 『英雄 金日成將軍』, 49~52쪽.

사람씩 농민을 골라잡고 옷을 바꿔 입기 시작하였다. (…중략…) 돌격조 아홉 사람은 앞서거니 뒤서거니하며 걸어갔다. 「황니허즈」 병영이 가까워졌다. (…중략…) 그리자 금철 소년이 목판을 내던지고 쏜살 같이 앞을 달려 병영 대문안으로 들어갔다. 아홉 돌격조원은 궤춤에서 싸창을 빼여 들고 소리를 지르며 달려 들어갔다. (…중략…) 그 때 뒤에서 본대가 돌입해 들어오는 소리가 들렸다. (…중략…) 대원들은 죽어 자빠진 놈들까지 발길로 궁그리며 찾았으나 종시 보이지 않았다. 그래 그들은 눈을 까뒤집고 계속해 찾고 있었다. / 이윽고 취군 나팔이 우렁차게 울렸다. 퇴각 신호였다. (…중략…) 싸움은 완전히 끝났다. 대원들은 석양까지 전리품을 전부 산상으로 날라 올렸다.48)

이곳에 진출한 인민 혁명군 부대들은 무송, 림강 일대에서 대소 전투들을 진행하면서 6월 21일에는 서강을 떠나 시난차에 이르렀다. / 대낮에 행군하여 시난차 앞산에 도착한 부대는 시난차 부락을 습격하기로 하였다. / 김 일성 원수께서는 용감한 대원 9 명을 선발하여 중국 농민으로 가장시킨 다음 백주에 부락을 진공할 것을 명령하였다. 이 습격조는 부락에 진공하여 삽시간에 위만 경찰서를 제압하였으며 30 여명의 적을 살상 포로하고 이 부락을 해방시켰다.49)

김일성이 이끈 부대가 '백주에 진공'한 전투는 1936년 6월에 수행한 '시난차 전투'로 추정된다.50) 한설야는 「혈로」 창작 이후 1946년

48) 한설야, 「력사(3)」, 『문학예술』 6-6, 1953. 6, 38~57쪽.
49) 리재림, 『김 일성 원수 령도하의 항일 무장 투쟁』, 평양: 아동도서출판사, 1958, 98쪽.
50) 유일사상체계가 성립된 이후 북조선의 '시난차 전투'에 대한 공식적인 설명은 다음과 같다. "혁명의 위대한 수령 김일성동지께서 조선인민혁명군 주력부대를 친솔하시고 1936년 6월 무송현 시난차에 둥지를 틀고있던 적경찰대를 소멸하신 전투. (…중략…) 그이께서는 이 모임에서 편의대를 조직하고 편의대는 대낮에 적들을 불의에 습격하여 무장을 해제한 다음 포대우에 붉은기발을 올릴것이며, 적포대우에 붉은기발이 오르자 주력부대는 신에 진입하여 대중속에서 정치사업을 진행하는 동시에 전제 부락인민들을 집합시킬것이며, 부락인민들이 모이면 연예공연을 진행할데 대한 전투계획을 세우시였다."(조선민주주의 인민공화국 사회과학원 력사연구소, 『력사사전(2)』, 162쪽)

9월 항일무장투쟁 전적지를 답사하고 김일성의 항일무장투쟁을 다룬 『력사』 창작을 준비했다고 하는데,[51] 『력사』(1953)에서도 김 장군이 지휘한 '시난차 전투'와 '황니허즈 전투'를 상세하게 다루고 있다. 위의 1953년 판본 『력사』의 '황니허즈 전투'는 '시난차 전투'에 해당하는데, 한설야는 이런 오류 때문에 1954년 개작본 『력사』가 출판된 이후부터는 '황니허즈 전투'를 '시난차 전투'로 수정한다.[52] 따라서 '1938년 봄' 백주에 진공한 '혜산싸움'은 구체적인 내용이 다소 다르긴 하지만 '1936년 6월'에 '백주를 이용해서' 행한 '시난차 전투'로 추정된다. 이런 차이는 '보천보 전투'나 '시난차 전투', '황니허즈 전투'가 뒤엉켜 만들어진 한설야의 착오일 것이다. 이런 착오 때문에 1959년 판본·1960년 판본 「혈로」에서는 1946년 판본·1948년 판본에 있던 '부기' 부분이 삭제된다.

그러면 한설야는 1946년 판본·1948년 판본 「혈로」의 이런 착오를 1959년 판본·1960년 판본 「혈로」에서는 어떻게 수정했을까?

> 각 부대는 8월 16일 오후 9 시 경 집결 장소를 출발하여 다음 날(8월 17일) 이른 새벽 먼 동이 터올 때 무송현성 부근에 이르렀다. / 기다리던 총공격 명령은 내리였다. 주력 부대는 순식간에 동산포대를 점령하였다. 이와 함께 9 련대의 일부는 소남문 밖에 있는 첫 포대를 점령하는 데 성공하였다. (…중략…) 모두 동산 포대 뒤'산으로 철수하여 새로운 지시를 기다리고 있으라는 것이다. 그것은 성내에 있는 적을 유도하여 동산 고지에서 섬멸하기 위한 계획이였다. (…중략…) 한편 200 여명의 일본군 부대들이 동산 포대를 습격하여 왔다. (…중략…) 명령이 내리자 이 부대

51) 한설야, 「혁명 투사들의 진실한 성격 창조를 위하여: 인민상 계관 작품 장편 소설 ≪력사≫창작 경험」, 『문학신문』 283, 1960. 10. 18.

52) "독자들의 목소리에 허심하게 귀를 기울인 작자는 이번에 다시금 적지 않은 부분에 걸쳐 추고를 가했다."(「한 설야의 장편 소설 「력사」」, 『조선문학』, 1954. 12, 139쪽) "이번에도 장군은 백주를 리용해서 일거에 「시난차」의 일, 만군과 그들의 대장놈을 처단해 버리자는 것이였다."(한설야, 『력사』, 평양: 조선작가동맹출판사, 1954, 230쪽)

는 용감한 공격을 개시하였다. (…중략…) 전투 승리 후 김 일성 원수께서는 날이 어두울 무렵에 유유히 서강 방면으로 전군을 철수하였다. 혁명군 부대들이 철수한 다음 적들의 비행기가 나타나 맹폭격을 감행하였으나 아무런 성과도 얻을 수 없었다.[53]

8월 16일 저녁 제6사 부대의 기습공격이 전투의 서곡이었다. 본격적인 공격은 17일 날 이 샐 무렵부터 시작되었다. 제6사의 주력인 7단과 8단은 소남문(小南門)을 공격하고 반일부대는 동대문(東大門)과 북대문(北大門)을 공격하였다. 그러나 미리 짠 계획대로라면 소남문파출소 경관의 내응으로 문이 당연히 열려야 했지만 그가 체포되고 말아 문이 열리지 않았다. 반일부대는 맹렬한 기관총 사격을 받고 퇴각하였다. 날이 새자 일본군 수비대는 성문을 열고 출격하였다. 그러나 오히려 항일연군의 기관총의 표적이 되어 다수의 전사자를 냈다. 당황해서 성내로 도망쳐 들어간 일본군은 관동군 본부에 구원을 요청하여 비행기 2대, 그리고 주변에서 원군이 무송으로 향해 오게 되었다. 그러나 그때에는 제2군은 멀리 떠나 있었다.[54]

한설야는 1946년 판본·1948년 판본 「혈로」와 달리 1959년 판본·1960년 판본 「혈로」에서는 '1936년 초'에 조국광복회를 결성한 것으로 수정하고, 시간적 배경도 '밤낮 엿새 동안 싸움'이 있은 후 1936년 여름(삼복)으로 설정한다. 1959년 판본·1960년 판본 「혈로」에서의 '삼복'은 정확하게 '함경도의 주요 지점들을 진공할 계획'을 세운 '1936년 여름'[55]이다.[56] 여기서 1959년 판본·1960년 판본 「혈로」의

53) 리재림, 앞의 책, 102~104쪽.

54) 和田春樹, 『김일성과 만주항일전쟁』, 이종석 역, 창작과비평사, 1992, 148~149쪽.

55) 한설야, 「혈로(血路)」, 한설야(외), 『항일 전구』, 38쪽; 한설야, 「혈로(血路)」, 『수령을 따라 배우자』, 284쪽; 한설야, 「혈로(血路)」, 『한 설야 선집(8)』, 29쪽.

56) 그러나 본문의 '왜군의 중국 침략'과 관련된 설명이 '중일전쟁'에 대한 것이라면, 또는 '김일성 전사' 보도와 관련된 이야기로 짐작한다면, 작품의 배경은 '1937년'으로도 추정할 수 있다. 아마도 이는 작가의 실수나 착오로 보인다.

‘밤낮 엿새 동안 싸움’을 상세하게 많은 부분을 추가한 장면은 공격하고 후퇴하여 적을 유도하고 다시 습격하여 승리한 후 퇴각하는 1936년 8월 ‘무송현성 전투’와 유사하다.57) 그리고 한설야는 1946년 판본·1948년 판본 「혈로」에 있었던 ‘1938년 봄’ 백주에 진공한 ‘혜산 싸움’ 부분을 1959년 판본·1960년 판본 「혈로」에서는 삭제한다. 한설야가 이런 부분을 삭제하여 ‘보천보 전투’와 연결시키려는 의도는 아니었을까.58) 그렇다면 작품은 1936년 여름, 함경도의 주요 지점들을 진공할 계획을 세우고 1937년 6월 ‘보천보 전투’를 치른 것으로도 추정이 가능하다.59) 그러나 1959년 판본·1960년 판본 「혈로」를 통

---

57) 유일사상체계가 성립된 이후 북조선의 ‘무송현성진공전투’에 대한 공식적인 설명은 다음과 같다. “백전백승의 강철의 령장이시며 천재적군가전략가이신 김일성동지께서 조선인민혁명군 주력부대를 친솔하시고 1936년 8월 17일 적들의 ≪토벌≫작전의 중심지의 하나였던 무송현성의 적을 섬멸하신 력사적인 성시진공전투.”(조선민주주의 인민공화국 사회과학원 력사연구소, 『력사사전(1)』, 평양: 사회과학출판사, 1971(번각·발행: 학우서방, 1972), 811쪽)

58) 1950년대 중반 한설야는 ‘보천보 진공’을 다룬 장편소설 『보천보』를 창작하려고 준비했으나, 결국 완성하지는 못했다. “나는 금년 一월호 『조선 문학』에서 금년도의 나의 창작 계획으로 『보천보』를 완성할 데 대하여 독자들에게 약속하였다. 그것은 내가 『력사』를 쓸 때부터 계획한 것이요, 또 이 창작에 요구되는 자료도 이미 오랜 기간에 걸쳐 수집하였으나, 금년 봄에 건강이 좋지 못했던 관계와 장기의 인도 려행, 또는 그 뒤의 불건강 등으로 집필이 계획보다 늦어졌다. / 그러나 그럼에도 불구하고 『보천보』는 이미 상당한 정도 진척되였으나, 이 창작 과정에서 나는 창작 계획을 변경하지 않으면 안될 필요를 느끼게 되였다. / 나는 『보천보』를 쓰기 전에, 아니 『보천보』를 좀 더 좋은 작품으로 만들기 위해서 이것을 쓰기 전에 적어도 두 편의 장편을 먼저 내놔야 할 필요를 직면하게 되였다. / 즉 간단히 말하자면 나는 『보천보』를 쓰기 전에 조선의 농민 운동에 대해서 써야 할 것을 생각하였으며, 그것은 적어도 두편으로 될 것으로 예상하였다. / 좀 더 구체적으로 말하면, 종래 하나의 자연 발생적인 투쟁으로 발생하였던 농민 투쟁이 一九三〇년 전후부터, 특히 조선 북부에 있어서 대중의 조직적 혁명적 력량으로 조직 장성되였는데, 나는 먼저 이에 대하여 쓰는 것이 순서라고 생각하였다. / 왜 그러냐 하면 이 운동이 장성하는 과정에서 김 일성 원수의 항일 무장 혁명 투쟁과 련결되였으며 혁명 운동의 이러한 확대 강화의 과정에서 그의 력사적 산아로서 『보천보』 진공이 있었기 때문이다.”(한설야, 「나의 창작 계획 실천 정형에 대하여(독자·작가·편집부)」, 『조선문학』, 1955. 10, 189~190쪽)

59) 유일사상체계가 성립된 이후 북조선의 ‘보천보전투’에 대한 공식적인 설명은 다음과 같다. “백전백승의 강철의 령장이시며 천재적인 군사전략가이신 김일성동지께서 1937년 6월 4일 조선인민혁명군 주력부대를 친솔하시고 일제의 전략상 요충지인 보천보를 들이쳐 일제침략자들에게 심대한 정치, 군사적 타격을 줌으로써 일제의 식민지통치밑에서 신음하던 조선인민에게 민족해방의 서광을 안겨주신 력사적인 전투.”(조선민주주의 인민공화국 사회과학원 력사연구소, 『력사사전(1)』, 903쪽)

해서는 '1937년 6월' 보천보 전투를 실행했다고 추측할 수 있을 뿐이지 정확하게 실행했다고는 말할 수는 없다.

여하튼 1959년 판본·1960년 판본 「혈로」에 대한 이런 추정을 바탕으로 하여 역사적인 내용을 요약하자면, 이 판본은 1936년 초에 조국광복회를 조직하고, 1936년 8월에 '무송현성 전투'를 치른 후인 1936년 여름에 함경도 진공계획을 수립하여 1937년 6월에 보천보 전투를 실행한 것으로 된다. 이런 요약에서 보듯, 1946년 판본·1948년 판본 「혈로」와 1959년 판본·1960년 판본 「혈로」의 역사적 사실이나 작품의 배경은 상당한 차이를 드러낸다. 이는 1946년 판본·1948년 판본 「혈로」에서 설화 수준으로 형상화되었던 김일성의 항일무장투쟁이, 1950년대 중반 이후 항일무장투쟁에 대한 본격적인 연구가 침투하여 개작된 1959년 판본·1960년 판본 「혈로」에 와서야 역사적 사건에 맞게 구체화되었음을 보여준다. 즉, 1946년 판본·1948년 판본 「혈로」가 풍문이나 김일성의 담화나 전적지 답사 등의 자료를 참조하여 창작한 설화 수준으로 형상화된 항일무장투쟁사의 복원이라는 것을 보여주는 판본이라면, 1959년 판본·1960년 판본 「혈로」는 1950년대 중반 이후에 진행된 본격적인 항일무장투쟁사가 침투하여 개작된 판본임을 드러낸다.

이런 역사적 사실에 대한 개작뿐만 아니라 1946년 판본·1948년 판본 「혈로」와 1959년 판본·1960년 판본 「혈로」는 또 다른 차이가 있다.

> 우리 문학 예술의 고전들을 옳게 계승 발전시키는 사업이 일층 중요성을 띠게 되었습니다. / 무엇 보다도 이 사업의 옳은 실행을 방해하는 온갖 반동적 시도들을 철저히 폭로 규탄하여야 하겠습니다. (…중략…) 이러한 고전들을 옳게 계승 발전시키자면 우선 이러한 고전들을 연구하는 사업과 아울러 그것을 광범하게 수집하여 정리하는 사업이 병행되여야 하겠습니다. (…중략…) 이렇게 우리의 고전들을 탐구함으로써 다종 다

> 양한 형식에 새로운 생활에 알맞은 풍부한 내용을 담은 새로운 문학 예술이 창조될 것입니다.[60]

> 고전 연구와 문학 유산의 계승은 사회주의 사실주의 문학 발전에 있어서 중요한 부분으로 되고 있습니다. (…중략…) 현재 우리 가운데는 고전 계승 문제에 있어서 잡다한 속학적 견해가 나타나고 있는바 그중의 어떤 것은 고전 계승을 복고주의로 오인하고 있으며, 어떤 것은 고전의 현대적 개작을 서두르는 속단도 있습니다. 앞으로 생길 고전 연구 분과 위원회는 이러한 면에서 리론적 문제들로 해명하여 옳바른 고전 계승 문화 유산의 풍부한 발전에 기여하여야 하겠습니다.[61]

한설야는 1953년 9월 26~27일에 있었던 제1차 전국작가예술가대회에서 진술한 보고에서 '문학예술의 고전들을 옳게 계승하고 발전시키는 사업이 일층 중요성을 띠게 되었다'고 지적한다. 또한 1956년 10월 14~16일에 있었던 제2차 조선작가대회에서도 '고전 연구와 문학 유산의 계승은 사회주의 사실주의 문학 발전에 있어서 중요한 부분'이라고 지적한다. 고전 유산의 계승과 발전 문제와 관련하여 '고전 작품들이 전 인민적으로 애독되도록 군중적 연계를 강화할 것'[62]과 '인민들로 하여금 민족 고전에 친숙하게 하도록 하는 것이 필요하다'[63]고도 지적한다. 더 나아가 '제2차 조선작가대회의 결정에 기초하여 고전문학 유산들을 계승하며 인민의 공동 재부로 만드는데 새로운 성과를 올렸다'[64]고까지 지적한다. 조선작가동맹 중앙

60) 한설야, 「전국 작가 예술가 대회에서 진술한 한설야 위원장의 보고」, 『조선문학』 1, 1953. 10, 135~136쪽.

61) 한설야, 「전후 조선 문학의 현 상태와 전망: 제2차 조선 작가 대회에서 한 한 설야 위원장의 보고」, 한설야(외), 『제2차 조선작가대회 문헌집』, 평양: 조선작가동맹출판사, 1956, 58쪽.

62) 한설야, 「우리 문학의 새로운 창작적 앙양을 위하여: 조선 작가 동맹 중앙 위원회 제2차 전원 회의에서 한 한 설야 위원장의 보고」, 『조선문학』 124, 1957. 12, 21쪽.

63) 한설야, 「조선 작가 동맹 중앙 위원회 5개년 전망 계획에 관하여: 동맹 제12차 확대 상무 위원회에서 한 한 설야 위원장의 보고」, 『문학신문』 76, 1958. 5. 15.

위원회 위원장 한설야의 여러 지적에서 보듯, 1950년대 활발하게 진행된 민족 고전 유산의 계승과 발전 문제와 관련하여 한설야는 1959년 판본·1960년 판본 「혈로」에 고려가요 「청산별곡」을 삽입한다.

① 1946년 8월 판본 단편소설 「혈로」

하늘에는 흰구름이 송이송이 소담스레 피어 있었다. 그구름뒤의 푸름 맑음………그 하늘을 날고 싶도록 정다운 날세였다.

압록강 낮은 언덕바지에는 이따금 수풀이 욱어저 진한 물감이 흐르는 듯한 록음이 언덕과 물을 절반씩 가르타고 늠실그린다.

장군은 이윽고 보따리를 뒤지기시작하였다.[65]

② 1960년 9월 판본 단편소설 「혈로」

몸이 구름이 되고 바람이 되여 날고 싶은 날씨였다. 멀리 남쪽 하늘에 흰 구름이 송이송이 소담스럽게 피여 있었다. 그 구름 뒤의 푸름과 맑음… 그것이 바로 조국의 모습이요 맘인 듯하여 그 하늘을 안고 한나산까지 훨훨 날고 싶었다.

그리며 문득 생각했다. 부대에서 제일 나이 먹은 최 아바이가 강산 자랑 끝에 부르던 『청산별곡』이라는 노래 중에서

살어리 살어리 랏다
청산에 살어리 랏다
멀위랑 ᄃᆞ래랑 먹고
청산에 살어리 랏다
얄리 얄리 얄라셩 얄라리 얄라

라는 귀익은 구절들이 새삼스레 맘에 울렸다. 나라를 사랑하는 맘에는

64) 한설야, 「공산주의 교양과 우리 문학의 당면 과업」, 『조선문학』 141, 1959. 5, 11쪽.
65) 한설야, 「血路」, 韓載德(외), 『우리의太陽』, 45쪽.

예이제가 없었다.

대원들은 지난 봄의 무송 만강 전투에서 부상 당하여 지금 후방 료양소에서 옛이야기며 옛노래를 동무들에게 들려 주고 있을 최 아바이의 잘 웃는 얼굴을 생각했다. 그 얼굴은 다름 아닌 자기들의 할아버지, 아버지의 얼굴이며 참된 조선 사람들의 얼굴이였다.

사람도 강산도 더한층 그리웠다. 압록강가 낮은 언덕배기를 걸으려니 정은 더욱 겨웠다. 풍경도 더 아름다웠다. 이따금 숲이 우거져 진한 물감이 흐르는 것 같은 록음이 언덕과 물을 절반씩 가로타고 늠실거린다.

장군은 이윽고 부관을 불러 행낭을 뒤지기 시작하였다.[66]

위에서 보듯, 한설야는 1959년 판본·1960년 판본 「혈로」의 '4' 항목에 1946년 판본·1948년 판본 「혈로」의 '2' 항목에 없던 '최 아바이'가 부른 고려가요 「청산별곡」과 관련된 부분을 추가하고 있다. '인민혁명군 부대'는 하늘의 흰 구름 뒤의 푸름과 맑음을 보면서 '조국의 모습이요 맘인 듯하여' 부대에서 제일 나이 많은 최 아바이가 강산자랑 끝에 부르던 「청산별곡」을 떠올린다. 유격대원들은 「청산별곡」의 귀에 익은 구절을 통해서 나라를 사랑하는 마음에는 옛날이나 지금이나 다르지 않다고 생각한다. 그들은 최 아바지의 잘 웃은 얼굴을 생각하며 자기들의 할아버지, 아버지의 얼굴을 떠올리며 참된 조선사람들의 얼굴이라고 생각하며 사람도 강산도 더한층 그리워진다. 여기서 「청산별곡」의 인용한 구절은 '강산 자랑'과 관련된 것인데, 이는 조국 강산의 아름다움에 대한 자랑으로 드러나면서 '나라를 사랑하는 마음'으로 연결된다. 그런데 흔히 말하듯 「청산별곡」이 현실도피의 노래가 아니라 여기서는 '조국애'로 해석된 것일까?

이靑山別曲은 고려국가의 봉건적 지배 아래서 呻吟하는 農民階級의 生

66) 한설야, 「혈로(血路)」, 『한 설야 선집(8)』, 14~15쪽.

活 감정을 잘 표현하였으며 그들의 根氣 있는 生活力을 如實히 보여준 逸品이다. 悲哀에 빠지는 듯 能히 彼岸을 바라 헴쳐 나가며 絶望에 꺼지는듯 오히려 새生活을 設計하는 努力이 나타나 있다. 이것은 근로인민의 根氣 있고 樂天的이며 强力한 生活力의 솔직한 표현인 것이다.67)

그렇다고 하여 이 작품의 서정적 주인공을 마치 정권 쟁탈전에서 패배한 사람처럼 사회학적인 해석을 가할 필요는 없는 것이며 소란한 정치 생활을 떠나서 소박한 전원 생활을 례찬한 우리 중세 시가의 하나의 경향성으로 보아야 할 것이다. / 따라서 『청산별곡』의 이러한 경향성은 단순한 현실 도피 사상으로 볼 것이 아니라 오히려 인민 생활과 자연에의 접근으로 보아야 할 것이니 『청산별곡』의 우수한 점도 바로 여기에 있다고 본다. (…중략…) 이렇듯 아름다운 리듬으로 엮어 나간 이 시행들에는 향토적인 정서가 그대로 안겨 오고 있다.68)

류창선은 '근로인민의 생기 있고 낙천적이며 강력한 생활력의 솔직한 표현'이라고 「청산별곡」을 평가한다. 이런 류창선의 평가 이후 윤세평도 '단순한 현실 도피 사상으로 볼 것이 아니라 오히려 인민 생활과 자연에의 접근으로 보아야' 된다며, 이런 측면에서 「청산별곡」의 우수성을 지적한다.69) '인민의 생활력'이나 '소박한 전원생활

---

67) 劉昌宣, 「高麗歌謠에 대한 一考察」, 『문학예술』 3-1, 1950. 1, 63쪽.

68) 윤세평, 『해방전 조선 문학』, 평양: 조선작가동맹출판사, 1958, 60~61쪽.

69) 『조선 문학 통사(상)』에서는 「청산별곡」을 다음과 같이 평가한다. "우리는 ≪청산별곡≫이 (…중략…) 산과 강을 경계선으로 하는 혹심한 토지 겸병과 갖은 형태의 착취로 인한 농민들의 대량적인 토지 리탈의 정형을 반영하고 있다고 생각한다. (…중략…) ≪청산별곡≫은 머래나 다래, 나마자기나 구조개로 연명하면서도 산으로 바다로 비인간적인 억압—착취자들의 탐욕의 마수를 피해서 류랑하지 않으면 안 되었던 이 시기 농민들의 일반적인 처지를 반영하고 있다. 산 속으로 들어 간 ≪청산별곡≫의 주인공은 억눌린 자의 서름에 겨워 산새와 함께 울며 돌자갈 밭을 갈다가도 불현 듯 치미는 향수를 억제하지 못한다. 그러나 토지를 쥔 자들의 집요한 손'길은 여기에도 미친다. 그는 산을 떠나 바다로 가면서 더욱 더 심해가는 지배자들의 추악한 생활을 다시금 목도하고 그들을 마음껏 조소한다. 그러나 갈 바를 알지 못하는 이 주인공은 한 잔의 독한 술로 자기를 위로 하려 한다—이것이 ≪청산별곡≫의 내용이다."(조선민주주의 인민공화국 과학원 언어문학연구소 문학연구실, 앞의 책, 174~176쪽)

예찬'이라는 북조선 평자들의 논의에 힘입어, 한설야는 「청산별곡」을 '현실 도피'가 아니라 '조국의 자연 예찬'의 노래로 파악하며, 이를 연결시켜 '조국애'로 해석하고 있다. 한설야는 조국의 자연을 예찬한 고전 작품들을 인민들이 친숙하게 접할 수 있게 하여 애독하게 함으로써 인민과의 연계를 강화하고자 한다. 그는 이를 위해서 「청산별곡」을 추가한 것이다. 또한 김일성이 이끄는 유격대원들의 조국에 대한 그리움과 사랑을 한층 강화하기 위해 삽입한 것이기도 하다. 따라서 1946년 판본·1948년 판본 「혈로」에 없던 고전시가를 1959년 판본·1960년 판본 「혈로」에 삽입한 것은 인민과의 연계뿐만 아니라 조국애를 한층 강화하기 위한 작가의 의도로 추정된다. 여하튼, 1959년 판본·1960년 판본 「혈로」의 「청산별곡」과 관련된 부분의 첨가는 1950년대 활발하게 논의되었던 민족 고전 유산을 계승하고 발전시키는 문제와 관련된 것임은 분명하다.[70]

4. 북조선 문학과 개작의 문제성

한설야의 문제작 「혈로」는 김일성의 함경도 진공 계획을 수립하는 과정을 다룬 단편소설인데, 압록강에 이른 유격대원들은 압록강을 바라보면서 조국에 대한 기억을 떠올리며, 또한 김 장군은 좋아하는 낚시질을 하면서 함경도의 주요 도시를 진공할 계획을 세운다는 것이, 이 작품의 전체적인 내용이다. 1946년 판본·1948년 판본 「혈로」

70) 한설야는 『력사』에서도 민족 고전의 계승과 관련하여 김일성의 말을 빌어 '조선의 민요와 민족 무용을 배합시킨 것'에 대해서 '자기 것을 살릴 줄 알아야 한다'는 것을 지적했다. "장군은 이 놀음은 처음이었다. 그러나 그것은 매우 필요한 것이라고 말하였다. 그것은 조선의 훌륭한 민요와 민족 무용을 배합시킨 것이라고 지적하였다. / 『매우 좋소. 남의 것을 배우는 것도 좋지만 그보다 먼저 자기 것을 살릴 줄 알아야 하오. 백성들은 이런 것을 제일 사랑하오. 만약시 우리가 이런 형식을 빌어가지고 그 속에 새 사상을 담아서 해보란 말이오. 우리 유격대의 투쟁 같은 것을 말이오. 그럼 정말 굉장할 것이오. 우리는 선전에 있어 이런 방법을 많이 써야 하겠소』"(한설야, 「력사(2)」, 『문학예술』 6-5, 1953. 5, 46쪽)

나 1959년 판본·1960년 판본 「혈로」의 이런 전체적인 내용은 동일하다. 이런 측면에서 두 판본(1946년 판본·1948년 판본 「혈로」이나 1959년 판본·1960년 판본 「혈로」)은 동일한 판본에 해당한다. 그러나 1946년 판본·1948년 판본 「혈로」와 1959년 판본·1960년 판본 「혈로」의 작품의 시간적 배경을 중심으로 한 역사적 사실을 검토한다면 두 판본은 전혀 다른 판본이 된다.

<표 3> 1946(1948)년 판본 「혈로」와 1960(1959)년 판본 「혈로」의 비교 양상

	1946년 판본·1948년 판본 「혈로」	1959년 판본·1960년 판본 「혈로」
시간적 배경	1937년 여름	1936년 여름
조국광복회 조직	1935년 겨울	1936년 초
피비린 전투	무송 전투, 임강 전투	무송현성 전투
진공 계획	함경북도 6도시 진공 계획	함경도 주요 도시 진공 계획
혜산 싸움	1938년 봄	×
보천보 전투	×	1937년 6월(?)

1946년 판본·1948년 판본 「혈로」의 역사적인 내용은 '1935년 겨울'에 '조국광복회'를 조직했고, '1937년'에 있었던 '무송현성 전투'와 '임강현 전투' 이후 '1937년 여름'에 압록강에서 김 장군이 낚시를 하면서 '함경북도 6도시 진공 계획'을 세웠고, 함경북도 진공 계획이 일본군에게 사전에 발각되어 이 계획을 변경하여, '1938년 봄'에 함경남도의 '혜산읍을 습격했다'는 것이다. 그런 반면 1959년 판본·1960년 판본 「혈로」의 역사적인 내용은 '1936년 초'에 '조국광복회'를 조직했고, 1936년 8월 '무송현성 전투'를 치른 후인 '1936년 여름'에 '함경도 진공계획'을 수립했다는 것이다. 또한 '1937년 6월'에 보천보 전투를 수행했다고 짐작할 수도 있다. 그러나 이 판본을 통해서는 정확하게 보천보 전투를 실행했다고 말할 근거는 없다. 여하튼 위의 〈표 3〉에서 보듯, 1946년 판본·1948년 판본 「혈로」와 1959년 판본·1960년 판본 「혈로」의 역사적 사실이나 작품의 배경은 상당한 차이가 있

다. 그래서 1946년 판본·1948년 판본 「혈로」와 1959년 판본·1960년 판본 「혈로」는 전혀 다른 판본이라는 것이다.

이런 한설야의 여러 「혈로」 판본 검토에서 보듯, 북조선 문학 연구에서는 항상 개작의 문제가 존재하기 때문에 정확한 원본 대조 및 개작 여부에 대한 검토가 반드시 선행되어야 함은 물론이다. 김윤식 등의 연구에서 보듯, 한설야의 「혈로」 판본에 대한 개작 사항을 검토하지 않고 개작본을 대상으로 한 연구는 심각한 오류를 불러오게 마련이다. 특히 해방기 판본과 1950~1960년대 판본뿐만 아니라, 더 나아가서 유일사상체계가 성립된 후 개작된 판본은 김일성 중심의 역사가 침투하여 원본과 다른 판본이 만들어지고 다른 의미로 해석되는 작품들이 허다하다는 것이 더욱더 문제이다. 이런 오류는 자료 수집의 어려움 때문에 북조선 문학 연구에서 무한 반복되는 특성 또한 갖고 있다.

참고문헌

1. 기본자료

「한 설야의 장편 소설 「력사」」, 『조선문학』, 1954. 12.
류창선, 「고려가요에 대한 일고찰」, 『문학예술』 3-1, 1950. 1.
한설야, 「공산주의 교양과 우리 문학의 당면 과업」, 『조선문학』 141, 1959. 5.
한설야, 「나의 창작 계획 실천 정형에 대하여」, 『조선문학』, 1955. 10.
한설야, 「력사(1~5)」, 『문학예술』 6-4, 6-5, 6-6, 6-7, 6-8, 1953. 4~8.
한설야, 「우리 문학의 새로운 창작적 앙양을 위하여」, 『조선문학』 124, 1957. 12.
한설야, 「전국 작가 예술가 대회에서 진술한 한설야 위원장의 보고」, 『조선문학』 1, 1953. 10.
한설야, 「조선 작가 동맹 중앙 위원회 5 개년 전망 계획에 관하여」, 『문학신문』 76, 1958. 5. 15.
한설야, 「혁명 투사들의 진실한 성격 창조를 위하여」, 『문학신문』 283, 1960. 10. 18.
한　효, 「우리 문학의 10년(1~3)」, 『조선문학』, 1955. 6~8.

김종회(편), 『력사의 자취』, 국학자료원, 2012.
서경석(편), 『과도기』, 문학과지성사, 2011.
송호숙(편), 『귀향』, 동광출판사, 1990.
신형기·오성호·이선미(편), 『북한문학』, 문학과지성사, 2007.
한설야(외), 『항일 전구』, 평양: 조선작가동맹출판사, 1959.
한설야, 『단편집(탄갱촌)』, 평양: 조쏘문화협회중앙본부, 1948.
한설야, 『력사』, 평양: 조선작가동맹출판사, 1954.
한설야, 『수령을 따라 배우자』, 평양: 민청출판사, 1960.
한설야, 『한 설야 선집(8)』, 평양: 조선작가동맹출판사, 1960.
한재덕(외), 『우리의 태양』, 평양: 북조선예술총련맹, 1946.

2. 논문

강진호, 「해방 후 한설야 소설과 김일성의 형상」, 『민족문학사연구』 25, 2004. 7.
김승환, 「해방직후 북조선노동당의 문예정책과 초기 김일성주의 문학운동」, 『개신어문연구』 8, 1991. 8.
김윤식, 「북한문학의 세가지 직접성」, 『예술과 비평』 6-3, 1990. 가을호.
김재용, 「냉전시대 한설야 문학의 민족의식과 비타협성」, 『역사비평』 47, 1999. 여름호.
남원진, 「북조선의 정전, 한설야의 「승냥이」 재론」, 『상허학보』 34, 2012. 2.
남원진, 「한설야의 〈모자〉와 해방기 소련에 대한 인식 연구」, 『현대소설연구』 47, 2011. 8.
남원진, 「한설야의 「승냥이」 각색 양상 연구」, 『한국학연구』 40, 2012. 3.
남원진, 「해방기 소련에 대한 허구, 사실 그리고 역사화」, 『한국현대문학연구』 34, 2011. 8.
신주백, 「김일성의 만주항일유격운동에 대한 연구」, 『역사와 현실』 12, 1994. 6.
신주백, 「조선인민혁명군」, 『내일을 여는 역사』 9, 2002. 9.
이종석, 「김일성의 소위 '항일유격투쟁'의 허와 실」, 『한국사 시민강좌』 21, 1997. 8.

3. 단행본

김남식·이종석(외), 『해방전후사의 인식(5)』, 한길사, 1989.
김하명(외), 『전진하는 조선 문학』, 평양: 조선작가동맹출판사, 1960.
남원진, 『이야기의 힘과 근대 미달의 양식』, 도서출판 경진, 2011.
리재림, 『김 일성 원수 령도하의 항일 무장 투쟁』, 평양: 아동도서출판사, 1958.
문영희, 『한설야 문학 연구』, 시와시학사, 1996.
신주백, 『1920~30년대 중국지역 민족운동사』, 선인, 2005.
안함광(외), 『문학의 전진』, 평양: 문화전선사, 1950.
윤세평, 『해방전 조선 문학』, 평양: 조선작가동맹출판사, 1958.
윤세평(외), 『해방후 우리 문학』, 평양: 조선작가동맹출판사, 1958.
윤세평(외), 『현대 작가론(2)』, 평양: 조선작가동맹출판사, 1960.

이종석, 『(새로 쓴) 현대북한의 이해』, 역사비평사, 2000.
조선민주주의 인민공화국 과학원 언어문학연구소 문학연구실, 『조선 문학 통사 (상, 하)』, 평양: 과학원출판사, 1959.
조선민주주의 인민공화국 사회과학원 력사연구소, 『력사사전(1)』, 평양: 사회과학출판사, 1971(번각·발행: 학우서방, 1972).
조선민주주의 인민공화국 사회과학원 력사연구소, 『력사사전(2)』, 평양: 사회과학출판사, 1971(번각·발행: 학우서방, 1973).
한설야, 『영웅 김일성장군』, 신생사, 1947.
한설야(외), 『제2차 조선 작가 대회 문헌집』, 평양: 조선작가동맹출판사, 1956.
한중모, 『한 설야의 창작 연구』, 평양: 조선작가동맹출판사, 1959.
和田春樹, 『김일성과 만주항일전쟁』, 이종석 역, 창작과비평사, 1992.

냉전 체제의 '미제', 한설야의 「승냥이」 각색론

1. 북조선 문학에서 '아메리카'의 표상

북조선 문학에서, '아메리카'로 연상하는 '기독교'라는 표상은 어떤 의미일까?

> 어느 때였는가?— 백 년 전이였다.
> 아메리카가 조선에 처음 통성해 온 것은…
> 오만한 손님은 「샤먼」호 우에서
> 대포에 기대여 통성—호통을 했다. (…중략…)
>
> 「샤먼」호를 타고 왔던 너의 하내비들 같이
> 먼 외국 땅에서 객사하지 않으려면
> 물러가라 아메리카! 백 년의 죄악사를 결속할 때가 왔다.[1)]

1) 백인준, 「물러가라! 아메리카」(1958), 『벌거벗은 아메리카』, 평양: 조선작가동맹출판사, 1961, 17~21쪽; 백인준, 「물러 가라 ! 아메리카」(1958), 백인준(외), 『단죄한다 아메리카』, 평양: 조선문학예술총동맹출판사, 1963, 32~34쪽.

아메리카는 말하기 좋아한다
「하느님」과 「예수」에 대해…
부녀자에게 달려들면서도 「하느님」을 찾는다.

그들은 바로 그 이름으로 조선에도
처음에는 선교사, 다음에는 대포,
마지막엔 파리와 모기를 보내 왔다.[2)]

북조선 문학사에서, 백인준의 「물러가라! 아메리카」와 「「하느님」과 아메리카」는 '남조선을 강점한 미제 강도 무리들의 침략적, 야수적 본질을 폭로 규탄'한 대표적 풍자시들로 거론된다. 풍자시 「물러가라! 아메리카」에서는 '아메리카'가 '샤먼호' 위에서 '대포'에 기대어 조선 침략의 첫 발을 내딛었고, 칼 대신 '십자가'를 들고 '사기사(詐欺師), 밀정, 매음녀'를 조선에 파견했고, '조선전쟁'에서는 'B-29 폭격기' 위에서 '페스트균'을 뿌렸다고 지적하며, '아메리카'의 '백년 죄악사'를 정리하고 있다. 북조선 문학사는 이 풍자시에 대해서 '위선과 허위, 사기와 협잡, 약탈과 살인을 업으로 삼는 미제의 본성을 풍자적 야유와 조소로 폭로했다'고 평가한다. 또한 풍자시 「「하느님」과 아메리카」에서는, '아메리카'가 '하느님'과 '예수'를 말하기 좋아한다고 하면서, 그 이름으로 수백 년 동안 동방에서는 '황금', 남방에서는 '고무', 아프리카에서는 '흑인'을 실어 갔으며, 또한 조선에서도 처음에는 '선교사', 다음에는 '대포', 마지막엔 '파리와 모기'를 보냈다고 지적하며, 비꼬고 있다. 이에 대해 북조선 문학사는 "'하느님'과 '예수'의 탈을 쓰고 행한 미제의 강도적, 흡혈귀적 본성을 낱낱이 드러내고 폭로 규탄했다'고 평가한다.[3)]

2) 백인준, 「「하느님」과 아메리카」(1958), 『벌거벗은 아메리카』, 27~28쪽; 백인준, 「≪하느님≫과 아메리카」(1958), 백인준(외), 『단죄한다 아메리카』, 38쪽.
3) 사회과학원 문학연구소, 『조선문학사(1945~1958)』, 평양: 과학,백과사전출판사, 1978, 375~376쪽; 리기주, 『조선문학사(12)』(1994), 평양: 사회과학출판사, 1999, 91~92쪽.

『로동신문』 1208, 1950. 6. 24.

그런데 이런 북조선 문학사의 평가는 재구성된 것임은 분명하다. 북조선에서 해방 직후 기독교에 대한 비판은 기독교인들의 친일 문제에 맞추어졌는데, 1947년 말부터 본격적으로 시작된 반미관은 기독교를 포함하는 형태로 진행되었다. 조선 기독교가 미국인 선교사들로부터 유래되었다는 것이 재발견되면서 미국과 기독교 간의 연결고리가 형성되었다. 특히 기독교 비판과 강하게 접목되는 경향을 보였던 반미관은 미국과 기독교의 표상을 모두 함축하고 있는 구한말 선교사야말로 미국과 기독교 비판의 상징적 테마로 활용되었다. 여기서 이런 반미관의 정립은 조미관계사의 재해석을 수반했다. 북조선 지식인들은 일본의 조선 강점에 기여한 미국의 협력적 역할에 더 주목했는데, 이런 협력은 장기적 계획에 따라 조선을 식민지화하기 위한 일시적 전술로 이해되었다. 조선 해방에 기여한 미국의 역할마저 부인하고 있는 1947년 말의 반미관은 6·25전쟁을 거치면서 냉전체제 아래 고착되면서 현재까지 지속되고 있는 실정이다.[4]

이런 기독교 비판을 수반한 반미관의 원형에 해당하는 작품이 6·25 전쟁기 창작된 한설야의 단편소설 「승냥이」이다. 한설야의 단편소설 「승냥이」는 희곡 「승냥이」, 시나리오 「승냥이」 등으로 각색되어 연극이나 영화로 상연되었고, 단편소설집과 장막희곡집에 소개되었으며, 또한 「狼」으로도 번역되었다. 여기서 필자는 단편소설 「승냥이」의 개작과 재발견 과정을 다룬 논문의 후속편으로, 한번도 연구되지 않은 희곡 「승냥이」와 시나리오 「승냥이」의 각색과 개작 양상을 중점적으로 다루고자 한다.[5] 왜냐하면 이는 단편소설 「승냥이」의 개작보다 희곡 「승냥이」와 시나리오 「승냥이」의 각색이나 개작이 1950년대 형성된 반미관을 선명하게 드러내기 때문이며, 또한 「승냥이」 작품군의 전체적 의미를 파악하기 위해서는 반드시 거쳐야 할 작업이기 때문이다.

2. 단편소설에서 희곡으로의 각색

한설야의 1951년 판본 단편소설 「승냥이」는 1950년 12월 24일 조선로동당 중앙위원회 제3차 전원회의 뒤에 있었던 문학예술인들의 좌담회에서 한 김일성의 담화에 의거하여 창작된 작품이라고 말해진다. 이 작품은 일제 시대 일본인이 함흥 근방에 살던 우수한 양조기술을 가진 젊은 조선인을 구타해서 죽이고, 조선인의 시체를 화장

4) 김재웅, 「북한의 논리를 통해 재구성된 미국의 상(1945~1950)」, 『한국사학보』 37, 2009. 11, 319~340쪽; 남원진, 「미국의 두 표상: 해방기 북조선 문학의 미국에 대한 인식 연구」, 『한국문예비평연구』 36, 2011. 12, 427~441쪽; 남원진, 「미제와 승냥이: '조국해방전쟁'기의 반미관에 대한 연구」, 『비교문화연구』 25, 2011. 12, 217~230쪽.

5) 필자의 논문을 제외한, 현재 남한에서 한설야의 단편소설을 원작으로 한 류기홍·서만일 각색의 희곡 「승냥이」와 시나리오 「승냥이」에 대해 언급한 글은 없는 듯하며, 이로 인해 희곡 「승냥이」와 시나리오 「승냥이」에 대한 연구도 전무한 것으로 보인다. 가장 최근에 발간된 강진호의 『그들의 문학과 생애, 한설야』(한길사, 2008)나 서경석 편집의 한설야 단편선 『과도기』(문학과지성사, 2011)에 제시한 '작품목록'에서도 희곡 「승냥이」와 시나리오 「승냥이」에 대한 언급은 없다. 이 '작품목록'에서 원작을 각색한 희곡이라서 제외시킨 것으로 보기도 어려운데, 왜냐하면 한설야의 원작으로 한 한성 각색의 희곡 「형제」를 소개하고 있기 때문이다.

한 사건을 변형해서 만들어진 것인데, '일제의 교활성과 잔인성'을 미제에 덧씌우는 변형 과정을 통해서 '가면과 위선으로 악행을 감행하는 미국인의 본성'을 드러내는 한편, '조선인민의 불굴한 정신'을 보여준 작품이라고 말해진다.6)

한설야의 「승냥이」는 일제 시대 미국 선교사 집의 잡역부로 일하는 수길 어머니와 아들 수길을 중심으로 한 이야기이다. 어느 날 수길은 젖소 외양간 뒤쪽 웅덩이에서 커다란 고무공 하나를 얻는데, 고무공을 가지고 친구들과 놀다가 선교사의 아들인 시몬에게 공을 훔친 도둑으로 몰려 심하게 맞는다. 시몬에게 맞은 수길은 고열에 정신을 차리지 못하는 상태에 빠진다. 수길 어머니는 남편과 감옥 생활을 같이 했던 동건의 건의로 류 의사에게 맡기려하는데, 선교사 부인이 찾아와 교회에서 경영하는 병원에 입원시키기를 권한다. 선교사 부인은 교회병원 원장인 맥 부인을 만나서 '미국 사람의 지혜와 용기와 도덕'이 필요함을 강변하며, '미국사람의 지혜'를 짜내어 수길을 전염병자로 가장하여 죽게 만든다. 수길의 죽음 후, 수길 어머니는 선교사 집에 쳐들어가 처절하게 울부짖는다. 시몬의 연락으로 일본 경찰이 출동하여 수길 어머니는 붙잡혀 간다. '그러나 두고 보아라. 조선 사람 다 죽지 않았다'고 잡혀가는 수길 어머니의 처절한 절규로, 한설야의 「승냥이」는 마무리된다.

여기서 한설야가 말하는, 기독교 비판을 수반한 반미관은 어떤 것일까? "왜놈들만 사람을 죽이는 줄 알았더니 미국놈도" 마찬가지라는 계득 어머니의 말에서나, "후치날같은 매부리코 끝이 숭물스럽게 웃입술을 덮은 늙은 승냥이"와 같은 선교사와 "방장 멱자귀를 삼킨 구렁이 뱃대기처럼 젖가슴이 불쑥 내밀린 암여우"와 같은 선교사의 부인, "지금 바루 껍대기를 벗고 나오는 독사 대구리처럼 독기에 반들거리는 매끈한 이리새끼"와 같은 선교사의 아들로 형상화한 것을

---

6) 한설야, 「「승냥이」를 쓰기까지」, 『청년생활』, 1951. 10, 79쪽; 박웅걸, 『소설을 어떻게 쓸 것인가』, 평양: 국립출판사, 1957, 14~15쪽.

통해 짐작하듯,[7] 한설야는 해방기 '주린 이리'나 '미친 개'[8]로 말해지는 일제에 씌워진 부정적 표상을 미제에 덧씌워 극단적인 반미관을 만든다. 결국 '세계를 지배하기 위해서는 비행기와 군함뿐만 아니라 성경과 주사기도 필요함'을 역설하는 선교사 부처의 말을 통해서, 한설야는 가면과 위선으로 악행을 감행하며 세계제패에 미쳐 날뛰는 미제를 형상화함으로써 극단적인 반미관을 설파했던 것이다.

특히 '왜놈들은 남을 침략할 때 먼저 갈보를 끌고 가지만 미국놈들은 남을 침략하기 위해서 먼저 선교사들을 끌고 오고 학교와 병원을 설치하는 사업을 하며, 교회당과 학교는 조선 사람들을 마취시키고 기만하는 도장이다'라는 김일성의 말에 힘을 얻어 한설야는 「승냥이」를 창작했다고 말한다. 김일성의 담화에 따라 그는 선교사를 비롯한 미국인들을 '갖은 위선과 기만과 죄악을 저지르는 승냥이떼'로 그리며, 교회와 학교, 병원은 '마취와 기만, 착취의 도장'으로 형상화했던 것이다. 해방기에 재발된, 기독교 비판을 수반한 극단적인 반미관은 6·25전쟁 동안에 있었던 미군의 무차별 폭격과 민간인 학살의 경험이 첨가되면서 증폭되었다. 여기서 한설야의 「승냥이」는 미국인 선교사의 '널리 알려진 사실'[9]을 재발견하는 한편 6·25전쟁 당시의 악행이 증폭되면서, '미국인'은 '승냥이'와 동일하며, 교회, 학교와 병원은 '마취와 기만, 착취의 도장'이라는 기독교 비판을 수반한 반미관을 창출했던 것이다.[10]

---

7) 韓雪野, 「승냥이」, 『문학예술』 4-1, 1951. 4, 10쪽, 32쪽.

8) 韓雪野, 「血路」, 韓載德(외), 『우리의太陽』, 평양: 북조선예술총련맹, 1946, 51~52쪽.

9) "일찌기 미국선교사는 자기 사과밭에서 사과하나를 주어먹은 조선의 어린이를 불로 이마를 지졌고 또 인두로 손을 지졌다. / 『이손에 악마가붙었다』고하면서 손을 지졌다. 그러나 사실은 사람의 손을 인두로지지는 자의 머리속에 악마가 백여있는것이다. / 이 악마와 미치광이의 형제인 미제국주의자들이 해방후 남조선에 들어와서 우리 인민에게 감행한 야만적인 실례는너무도 많다."(한설야, 「히틀러후계자 미제강도들은 우리농촌과 도시들을 무차별적으로 폭격하고있다」, 『로동신문』 1228, 1950. 7. 14(『조선인민은 도살자 미제와 리승만 역도들의 야수적만행에 복수하리라』, 평양: 조선인민군 전선사령부 문화훈련국, 출판년도 불명(1950(추정)), 9쪽)).

10) 남원진, 「북조선의 정전, 한설야의 「승냥이」 재론」, 『상허학보』 34, 2012. 2.

수길어머니는 묶기운채 허리를 굽혀 유골이 든 상자를 집었다.

원쑤를 못갚고 잡혀가는 것이 절통하였다.

『그러나 두고 보아라. 조선사람 다 죽지 않았다』

어둠이 깃들인 황혼의 거리를 수길어머니는 하염없이 걸어갔다. 깃을 찾는 새들이 하늘을 날아오고 날아가고 하였다.[11)]

'한설야의 동명의 단편소설'을 바탕으로 한 류기홍·서만일의 희곡「승냥이(전4막)」(1955)는 위에 제시한 단편소설「승냥이」(1951)보다 등장인물의 성격을 한층 강화하여 결말의 집단적 저항을 강조하는 방향으로 각색된다.

<표 1> 단편소설「승냥이」(1951)와 희곡「승냥이」(1955)의 등장인물 비교

<table>
<tr><th></th><th>단편소설「승냥이」(1951)</th><th>희곡「승냥이」(1955)</th><th colspan="2">기타</th></tr>
<tr><td>1</td><td>수길 어머니</td><td>수길 어머니</td><td colspan="2">미국 선교사 소제부</td></tr>
<tr><td rowspan="2">2</td><td rowspan="2">수길 아버지</td><td rowspan="2">수길 아버지</td><td>단편소설</td><td>××농민동맹재건사건→감옥→옥사</td></tr>
<tr><td>희 곡</td><td>사상가→감옥→옥사</td></tr>
<tr><td>3</td><td>수길</td><td>수길</td><td colspan="2">조선 소년</td></tr>
<tr><td>4</td><td>최 영감</td><td>최 령감</td><td colspan="2">미국 선교사 잡역부</td></tr>
<tr><td>5</td><td>계득 어머니</td><td>계득 어머니</td><td colspan="2">동네 여인</td></tr>
<tr><td rowspan="2">6</td><td rowspan="2">류 의사</td><td rowspan="2">류 의사</td><td>단편소설</td><td>의사</td></tr>
<tr><td>희 곡</td><td>민생병원 의사</td></tr>
<tr><td rowspan="2">7</td><td rowspan="2">리동건</td><td rowspan="2">리동건</td><td>단편소설</td><td>도립병원 급사→약제사 조수→태평양로동조합 사건→감옥→×× 화학공장 노동자</td></tr>
<tr><td>희 곡</td><td>도립병원 약제사→감옥→공장 노동자</td></tr>
<tr><td>8</td><td>×</td><td>문경순</td><td colspan="2">도립병원 간호원→기독병원 간호원</td></tr>
<tr><td>9</td><td>미국 선교사</td><td>스티븐슨</td><td colspan="2">미국 선교사</td></tr>
<tr><td>10</td><td>미국 선교사 부인</td><td>메리</td><td colspan="2">미국 선교사 부인</td></tr>
</table>

11) 韓雪野,「승냥이」, 34쪽.

<table>
<tr><td>11</td><td>시몬</td><td>시몬</td><td colspan="2">미국 선교사 아들</td></tr>
<tr><td rowspan="2">12</td><td rowspan="2">맥 부인</td><td rowspan="2">맥 부인</td><td>단편소설</td><td>교회병원 원장</td></tr>
<tr><td>희 곡</td><td>기독병원 원장</td></tr>
<tr><td>13</td><td>×</td><td>윌리암스</td><td colspan="2">미국 실업가: 몰간 회사 극동지부 근무</td></tr>
<tr><td>14</td><td>로 선생</td><td>로 선생</td><td colspan="2">조선인 의사</td></tr>
<tr><td>15</td><td>리 목사</td><td>리 목사</td><td colspan="2">조선인 목사</td></tr>
<tr><td>16</td><td>요한</td><td>요한</td><td colspan="2">리 목사 아들</td></tr>
<tr><td>17</td><td>일본 순사</td><td>일본 경찰</td><td colspan="2">일본 경찰</td></tr>
</table>

단편소설 「승냥이」에 비해 희곡 「승냥이」에서는 주요 등장인물들인 수길 어머니, 리동건, 미국 선교사, 미국 선교사 부인, 맥 부인의 성격을 강화하는 한편, 주변적인 등장인물들인 최 영감, 계득 어머니의 저항적 면모나 리 목사, 로 선생의 교활성을 강조하는 방향으로 각색된다.

윌리암스 우리 회사의 사장 몰간씨는 사업에 있어서 정력적이면서도 지혜롭습니다. 구라파는 개발된 곳이지만 극동은 미개합니다. 비률빈, 조선, 중국, 이것들은 장차 미국의 번영을 위하여 종사하게 될 것입니다. 몰간씨는 예견하는바 있어 군부 출신인 자기 사위 맥아더를 이미 극동 지대에 파견했습니다. (…중략…)

윌리암스 당신들은 나보다 먼저 조선 나와 있지만 현하 조선 정세와 미국의 대외 정책을 잘 리해 못하구 있습니다. 미국은 지금 표면상으로는 조선 사람을 동정하는 것처럼 해야할 시기입니다. 윌손 대통령이 「민족 자결론」을 내놓은 것도 그것입니다. 그런데 당신들은 여기 신경을 돌리지 않고 있습니다.[12]

맥부인 병원에는 병균을 죽이는 주사도 있지만 병균을 넣어주는 주사도 있어요. (…중략…)

12) 류기홍·서만일, 「승냥이」, 『조선문학』, 1955. 1, 16~24쪽.

맥부인 그건 념려 마서요. (잔인하게) 어쨌든 난 이 일에 퍽 흥미를 가집니다. 이건 과학자로서의 오래전부터 내가 해보고 싶던 실험의 하나이니까요. (흥분해지며) 다행히도 바로 얼마전에 시내에 티브스 환자가 발생했습니다. 이것이 내게 암시를 주었소. (…중략…)

맥부인 고맙습니다. 난 과학을 위한 것이라면 어떤 희생이라도 꺼리지 않습니다.[13]

특히 긍정적 인물과 부정적 인물의 선명한 대립 구도를 강조한 희곡 「승냥이」에서는 단편소설 「승냥이」에 없던 '미국에서도 유력한 자본가인 몰간 회사 극동지부에 근무하는 윌리암스'를 새롭게 설정한다. 윌리암스는 미국 자본가에 의한 조선의 경제적 침략을 보여주는 한편, '미국은 지금 표면상으로는 조선 사람을 동경하는 것처럼 해야할 시기'라는 '미국의 대외정책'을 강조하면서 '미국의 세계 지배를 촉진시킬 것'을 주장하는 부정적 인물이다. 이 인물은 해방기에 조미관계사를 재조정하여 만들어진 미제국주의론을 충실하게 반영하여 설정된 것이다.[14] 또한 기독병원 원장인 맥 부인은 단편소설 「승냥이」에 비해 더 '냉혹하고 잔인한 인물'로 형상화되는데, 단편소설 「승냥이」에서 수길을 죽음으로 몰아가는 인물이 선교사 부부인 반면, 희곡 「승냥이」에서는 맥 부인으로 설정되어 있다. 북조선에서 주장하는 6·25전쟁 당시 세균전과 관련한 설정으로 보이는데,[15] 여

---

13) 위의 글, 46~47쪽.

14) 1956년 판본 시나리오 「승냥이」에서는 1955년 판본 희곡 「승냥이」의 미국 실업가 윌리암스의 역할을 하는 인물이 새로 설정된 일본인 재벌 노무라이다. 1955년 판본 희곡 「승냥이」에서 윌리암스가 '미제'의 입장을 말하듯, 1956년 판본 시나리오 「승냥이」에선 노무라가 '일제'의 입장을 대변한다. 동경에서 온 유명한 일본 재벌 노무라는 경제 공황의 회오리바람(旋風)으로 인해 일본이 영토가 필요하며 조선에서 일본과 미국의 협력적 관계를 지적한다. 더 나아가 미국과 일본, 두 강국의 세계 지배를 촉진시킬 것을 강조한다. 이러하듯 북조선에서는 미제나 일제나 자국의 이익을 위해서 서로 협력한 사실을 주목한다. 그러나 1956년 판본 시나리오 「승냥이」에서는 노무라와 스티븐슨, 즉 일제와 미제가 협력적 관계에 있지만 스티븐슨, 즉 미제의 교활성을 한층 더 강화하는 방향으로 각색된다.

15) 리기영은 1952년 3월 29일부터 5일 간 노르웨이에서 개최된 '세계 평화 리사회 뷰로 회

하튼 맥 부인은 '티푸스(typhus)균'이 들어 있는 주사를 놓음으로써 수길을 전염병으로 죽게 만든다. 여기서 윌리암스의 새로운 설정이나 맥 부인의 성격 강화는 미국의 대외 정책의 야만성을 보여주는 한편 미국인의 허위를 강조하기 위한 것이다.

> 문경순 (쓸쓸하게 이리저리 거닐으며) 난 동건씨를 만나기 직전까지두 제 하는 일을 보람 있게 여겨 왔어요. 사람들에게 글을 가르치구…. 삼일 례배와 주일날에 찬양대원으로서 노래를 부르면 한결 마음이 거뜬해지는 것 같구……. (…중략…)
>
> 문경순 (제 말을 계속한다) 민족의 수치가 무엇인지 나두 알았소. 허울 좋게 꾸미구 여우꼬리를 감춘 당신들을 믿는건 내 수치였소![16]

> 리동건 (흥분해지며) 경순! 지금 동북에서는 민족 해방의 큰 횃불이 일어났소. 김 일성 장군께서 장백의 밀림을 중심으로 하구 유격대를 조직했소. 이분들은 손수 총을 들고 일본 침략자들을 물리치고 있소. (…중략…)
>
> 리동건 난 미국 선교사들이 조선에 와서 「자선 사업」을 하는데 숨은 목적을 알구 있소. 그들의 기도와 행동은 영 다르오. 순안에서는 어떤 조선 아이가 과수원의 배를 하나 따 먹었다구서 그 애 이마에 청강수로 「도적」이란 글자를 새겨준 미국 선교사가 있었소.[17]

의'에 참석했는데, 이 회의 중요한 안건이 "미제가 조선 및 중국 변경에서 감행하고 있는 세균전을 폭로 규탄하는 것"이었다고 말한다. 또한 김일성도 1952년 12월 15일 조선로동당 중앙위원회 제5차 전원회의에서 진술한 보고에서 "미제 침략자들의 세균 무기 사용"을 언급하고 있다(「미제의 세균 만행을 세계 평화 투사들 통렬히 규탄: 세계 평화 리사회 뷰로 회의에 참석하였던 조선 대표 리기영 동지의 귀환담」, 『로동신문』 1882, 1952. 4. 28; 김일성, 「로동당의 조직적 사상적 강화는 우리 승리의 기초」, 『김일성 선집(4)』, 평양: 조선로동당출판사, 1954(재판), 281쪽). 이런 6·25전쟁기 세균전과 관련된 내용은 다음의 책이나 논문을 참고할 수 있다. 『조선에서의 미국침략자들이 만행에 관한 문헌집』, 평양: 조선로동당출판사, 1954, 105~111쪽; 강정구, 「한국전쟁과 미국의 세균전」, 『동국사회연구』 1, 1992. 12, 164~175쪽; 강정구, 「미국과 한국전쟁」, 『역사비평』 21, 1993. 여름호, 211~214쪽.

16) 류기홍·서만일, 「승냥이」, 31~65쪽.

또한 희곡 「승냥이」에서는 단편소설 「승냥이」에 없던 인물인 문경순을 새롭게 설정한다. 문경순은 리동건과 한 마을에서 함께 자란 인물로, 그녀는 미국의 본성을 깨닫고 저항적 인물로 성장한다. 그녀는 교회 활동에 충실한 기독교인이며, 교회에서 운영하는 야학교에서 문맹자들을 모아놓고 계몽사업을 한다. 또한 맥 부인이 원장으로 있는 기독병원에서 간호사로도 근무한다. 그런데 그녀는 맥 부인이 수길을 전염병으로 죽게 만든 사실을 알게 되면서, 미국인들의 위선을 깨닫고 조선인들과 함께 저항하는 인물로 변모한다. 또한 단편소설 「승냥이」에 비해 희곡 「승냥이」에서는 리동건의 성격이 훨씬 강화되는 쪽으로 각색된다. 리동건은 '미제'의 위선과 가면을 폭로하는 한편 간호원 문경순을 각성시키는 역할을 하며, 또한 조선인들을 이끄는 전위적인 인물로 변모된다. 특히 단편소설 「승냥이」에서 선교사의 입을 통해서 "두만강을 넘나드는 바람이 더욱 거세여졌다"[18]고 했던 것이, 희곡 「승냥이」에서는 리동건의 입을 통해서 일본 침략자와 싸우고 있는 김일성의 항일유격대의 존재를 알린다. 여기서 이는 1950년대 중반 북조선 문학에 김일성의 항일무장투쟁사가 침투한 모습을 보여준다. 여하튼, 1951년 판본 단편소설 「승냥이」나 1955년 판본 단편소설 「승냥이」에 비해 1955년 판본 희곡 「승냥이」는 긍정적 인물과 부정적 인물의 선명한 대립구도를 설정하여 조선인의 집단적 저항의 모습을 한층 강조하는 방향으로 각색되어 있다.[19] '미제를 증오하는 복수심이 충만할 것'을 요구하는 한설야 위원장의 진술에서 짐작하듯,[20] 단편소설 「승냥이」에서 희곡 「승냥

17) 위의 글, 31~32쪽.

18) 韓雪野, 「승냥이」, 『문학예술』 4-1, 1951. 4, 15쪽.

19) 필자는 「북조선의 정전, 한설야의 「승냥이」 재론」에서 여러 판본의 단편소설 「승냥이」의 개작 양상을 상세하게 다루었다.

20) 한설야는 전국작가예술가대회에서 진술한 보고에서 다음과 같이 강조한다. "원쑤들의 만행을 폭로하는 사업이 또한 적지 않은 결함을 내포하고 있습니다. 전 세계의 선량한 량심들은 우리의 평화적 도시들과 농촌들에 대한 원쑤들의 무차별 폭격과 나팜탄 독까스탄 등의 대량적 학살 무기의 사용과 범죄적 세균 무기의 사용에 견결히 항의하여 왔

이」로의 이런 각색은 '미제'에 대한 교양사업이 강화되던 1950년대 중반 이후의 냉전체제의 산물로 보인다.

류기홍·서만일의 1955년 판본 희곡 「승냥이」는 김창석에 의해 비판을 받는데, 서만일은 김창석의 비판에 대해 재비판을 행한다. 김창석은 「최근 드라마뚜르기야 상에서 제기되는 몇가지 문제」에서 1955년 판본 희곡 「승냥이」를 다음과 같이 비판한다.

> 반동적인 적 진영에 속하는 사람들 속에서 긍정적인 면을 찾으려고 시도한 결과에 미국 실업가 윌리암스는 수길이를 죽인데 대해서 스티븐슨을 책망하게까지 되며, 메리와 맥부인은 수길을 죽인후 량심적 가책을 못이겨 눈물까지 흘리게 되며, 리 목사는 조상의 뼈가 파묻힌 땅을 사랑하는 나머지 윌리암스의 계약서에 도장을 찍는 것을 거절하게까지 된다. —이 얼마나 악랄한 인간들이 『량심적』인 무리로 되였는가?
>
> 반대로 긍정적인 선량한 조선 사람들이 압제자를 반대하여 일어서는 이것을 강조하지 못하고 오히려 이를 퇴보시키고 말았다. 이런 결과 직업적 혁명가 리 동건은 수길을 살리기 위한 하등의 능동적 역할도 수행 못할 뿐더러 기독교 광신자와 련애나 하고 있으며, 크리스마스밤에 감옥옆을 지나면서 찬송가를 부르고 지나갔다. 동건이를 위안했다는 문 경순은 수길이를 죽인 주사 껍대기를 발견하고서도 하등의 대책도 취하지 않으며, 직업적 혁명가의 전형적인 안해답지 못하게 미국놈들의 시중을 하는 수길 어머니는, 사랑하는 아들이 죽은 다음에도 하등의 강렬한 반항도 하지 않고 있다. 원작은 이렇게까지 비굴하며 원쑤앞에서 무능력한 인간들은 아니였을 것이다.[21]

습니다. / 우리는 반드시 보다 높은 승리와 함께 적을 증오하는 정신으로 인민을 교양하여야 할 것입니다. / 우리 작가들은 우리의 전체 강토를 미제국주의자를 증오하는 복수심으로 충만시켜야 할 것이였습니다."(한설야, 「전국 작가 예술가 대회에서 진술한 한설야 위원장의 보고」, 『조선문학』 1, 1953. 10, 128~129쪽)

21) 김창석, 「최근 드라마뚜르기야 상에서 제기되는 몇가지 문제」, 박림(외), 『문학 예술과 계급성』, 평양: 국립출판사, 1955, 42~43쪽.

김창석은 1955년 판본 희곡 「승냥이」에 대해서 긍정적 인물과 부정적 인물의 창조에 드러난 결함을 다음과 같이 지적한다. 그는 부정적 인물의 형상화에 대해 ㉠ 윌리암스가 스티븐슨을 책망하는 문제, ㉡ 메리와 맥 부인이 양심적 가책을 느끼는 문제, ㉢ 리 목사가 계약서에 도장을 찍지 않은 문제 등을 들어, 부정적 인물을 '양심적인 무리'로 그린 문제에 대해 비판한다. 긍정적 인물의 형상화에 대한 비판은 ㉣ 리동건이 수길의 죽음에 대해 능동적 역할을 하지 못한 문제, ㉤ 문경순이 주사 껍데기를 발견하고도 대책을 세우지 못한 문제, ㉥ 수길 어머니가 수길의 죽음 후 강렬한 반항을 하지 못한 문제 등을 들어 긍정적 인물을 '무능력한 인간'으로 그린 문제에 대한 것이다.

㉠ 윌리암스가 스티븐슨을 책망하는 문제

윌리암스 이 조그마하고도 불유쾌한 사건을 난 누구보다도 랭정한 립장에서 관찰해 왔소. 부인! 미스터 스티븐슨! 난 오늘과 같은 결과를 예측했기에 원만한 처결을 암시했던 것이오! (…중략…)

윌리암스 그러나 이 맹랑하면서도 불유쾌한 사건을 당신들이 좀더 주의 깊이 연구했더라면 달리 방법이 있었을게요.[22]

㉡ 메리와 맥 부인이 양심적 가책을 느끼는 문제

메 리 (류 달리 약한 녀성이 된 듯 부드러운 목소리로) 맥부인! 난 걱정이 납니다. 불안해요! (…중략…)

맥부인 (처음으로 인간의 본성을 찾은듯 측은한 목소리로) 당신은 우는군요 메리!

메 리 고향이 그리워요 맥부인! 무엇 때문에 우리는 이 낯설은 나라에 와서 살아야 합니까?

맥부인 내게 그걸 묻지 마시오. 나는 그걸 모른채 살아온 사람입니다.

---

22) 류기홍·서만일, 「승냥이」, 『조선문학』, 1955. 1, 56쪽.

메 리　그 넓은 미국을 저바리고 왜 남들이 반가워도 하지 않는 조선에 와 살아야 합니까?[23]

㉢리 목사가 계약서에 도장을 찍지 않은 문제

리목사　(탐욕적인 교활성을 가지고) 첫째로…. (…중략…)

리목사　탄광 경영 기간을 一〇년만 하구는 그 다음은 내게….

윌리암스　(벌떡 일어서며) 그건 살인이요! 계약이 아니라 살인이요. (이리저리 화가 나서 거닐으며) 당신은 아마 목사가 아니였더라면 미국식 꺙그가 됐을게요. (…중략…)

리목사　나종에 찍겠소. (하고 서류 한 통을 집어 넣으련다)

윌리암스　(독기를 품고) 찍기 전에는 손대지 마시오. 그 서류를 가지고 일본인에게 가서 흥정하려는 당신의 심뽀 아오! (서류를 홱 잡아채서 자기 주머니에 걷어 넣는다)[24]

서만일은 1955년 판본 희곡 「승냥이」에 대한 김창석의 ㉠ 윌리암스가 스티븐슨을 책망하는 문제, ㉡ 메리와 맥 부인이 양심적 가책을 느끼는 문제, ㉢ 리 목사가 계약서에 도장을 찍지 않은 문제 등에 대한 비판을, 다음과 같이 부정적 인물을 각색한 이유를 밝힌다. 윌리암스가 수길의 죽음을 동정하여 스티븐슨을 질책한 것이 아니라, 교묘한 살인 방법을 쓰지 못하고 조선인들의 소동을 야기시킨 스티븐슨의 '능숙하지 못한 솜씨'를 비방한 것이다. 즉, 윌리암스는 양심적인 인물이 아니라 더욱 악랄하고 교활한 미국인으로 설정된 것이다. 또한 선교사 부인인 메리와 기독병원 원장인 맥 부인은 수길이를 죽인 후 양심적 가책 때문에 눈물까지 흘린 것이 아니라 조선 아이를 학살한 무서운 범죄를 저질러놓고 조선 인민의 심판이 두려워 공포와 전율에 쌓인 채 위선적인 애상에 휩싸인 것이다. 그리고 리

23) 위의 글, 57~58쪽.
24) 위의 글, 61~63쪽.

목사가 윌리암스와의 계약서에 도장을 찍지 않은 것은 그가 조상의 뼈를 사랑하는 지성에서가 아니라 일본 자본가와 미국 자본가 사이에 광산의 매매 경쟁을 시키고 시세를 올린 다음 한 몫 잡자는 그의 검은 뱃심 때문이다. 즉, 인색하고 비굴하고 교활한 부정적 인물인 리 목사의 다각적인 면모를 보여 준 것이다.[25] 부정적 인물 설정에 대한 김창석의 비판에 대한 이런 서만일의 재비판은 위에 인용한 1955년 판본 희곡 「승냥이」를 검토할 때 타당한 것이다.

㉣ 리동건이 수길의 죽음에 대해 능동적 역할을 하지 못한 문제

리동건 난 미국 선교사들이 조선에 와서 「자선 사업」을 하는데 숨은 목적을 알구 있소. (…중략…)

리동건 우지 마십시요. 아주머니! 눈물은 원쑤들 앞에서 보이는 것이 아닙니다. (…중략…)

리동건 눈물은 원쑤와의 싸움에서 보탬이 안됩니다. (…중략…)

리동건 (앞으로 나가며) 당신은 쏘지 못할게요! 제 목숨을 귀애하는 당신들인걸 난 잘 아오! (미국놈들을 쏘아보며 무섭게) 당신들은 오늘 조선의 어린애를 하나 죽임으로써 당신들의 숨은 수 많은 죄악을 폭로했소![26]

㉤ 문경순이 주사 껍데기를 발견하고도 대책을 세우지 못한 문제

문경순 작년 크리쓰마쓰 밤에는 초롱불을 들구 지나가면서 형무소 앞에서 막 찬송가를 불렀어요. 난 그 때 동건씨가 잠 못 이루구 내 목소리를 알아주려니 했어요. (수집은 듯이 머리를 수그린다.) (…중략…)

문경순 (제 말을 계속한다) 민족의 수치가 무엇인지 나두 인젠 알았소.

---

25) 서만일, 「작가와 평론가」, 『조선문학』 101, 1956. 1, 132쪽. 1955년 판본 희곡 「승냥이」에서는 '윌리암스'인데, 서만일의 「작가와 평론가」에서는 '월리암스'로 되어 있다.

26) 류기홍·서만일, 「승냥이」, 32~66쪽.

허울 좋게 꾸미구 여우꼬리를 감춘 당신들을 믿는건 내 수치였소! (…중략…)

문경순 (무섭게 맥부인을 노리며) 그렇소. 다 바쳤소! 그러나 당신은 자기의 과학적 힘을 구원에 바친게 아니라 살인에 바쳤던 것이요! (맥부인에게 다가서며) 당신이 세균 주사로 죽어가던 수길일 마자 죽였소![27]

ⓑ수길 어머니가 수길의 죽음 후 강렬한 반항을 하지 못한 문제

어머니 그래두 난 여기 오게 해 준게 고마워요. 나야 수길이 하나 학교 보내는 것밖에 더 바랄게 있나요. 참아서 된다면 참아야지요. (사이) 마지막 번에 면회 갔을 때 애 아버지가 날더러 신신 당부합디다. 『여보! 어떤 고생을 하더래도 부디 수길일 사람 만드시오. 그게 당신께 바라는 부탁이요』 이렇게 말하면서 차입했던 달걀두 수길일 먹이라구 되돌려 보내두군요…… (…중략…)

어머니 (힘차게 스티븐슨과 메리에게 육박하며) 이년놈들아 알구보니 너이들은 미국의 승냥이였구나! 승냥이였어! (…중략…)

어머니 그러나 너이들의 그 흉악한 승냥이 잇발이 머지 않아 우리 조선 사람 주먹에 맞아서 부서질 날이 오고야 말 것이다![28]

또한 서만일은 1955년 판본 희곡 「승냥이」에 대한 김창석의 ㉣ 리동건이 수길의 죽음에 대해 능동적 역할을 하지 못한 문제, ㉤ 문경순이 주사 껍데기를 발견하고도 대책을 세우지 못한 문제, ㉥ 수길 어머니가 수길의 죽음 후 강렬한 반항을 하지 못한 문제 등에 대한 비판에 대해서도 긍정적 인물을 각색한 이유를 다음과 같이 밝힌다. 리동건은 출옥하는 길에 우연히 수길의 죽음이라는 사건을 접하는데, 비록 수길의 목숨을 구원하지는 못했지만 수길을 구하기 위해

27) 위의 글, 30~66쪽.
28) 위의 글, 15~67쪽.

노력했으며, 수길이가 살해당한 후에는 미국 선교사의 간악한 음모를 폭로하면서 긍정적인 인물들을 사상적으로 지도한다. 또한 간호원 문경순도 기독교 광신자가 아니라 현실적인 투쟁의 길을 찾지 못하고 모색하던 30년대 조선의 평범한 여성으로서 리동건의 사상적 영향 밑에 점차적으로 각성하고 장성하며 마침내 혁명의 길로 나서는 형상이다. 그리고 수길 어머니도 선교사네 시중을 드는 것은 어떻게 해서든지 수길을 공부시켜 보겠다는 아들에 대한 지극한 애정에서 온 것이며, 이는 그녀의 사상적 제한성에서 오는 것이었나 끝까지 비굴하고 무능력한 것이 아니라 미국 선교사를 육박하여 준엄하게 논고하는 인민의 심판자로서 나타난다.[29] 긍정적 인물 설정에 대한 김창석의 비판에 대한 이런 서만일의 재비판에서도 위에 인용한 1955년 판본 희곡 「승냥이」를 검토할 때 타당한 것이다.

따라서 김창석의 부정적 인물과 긍정적 인물 설정에 대한 비판은 1955년 판본 희곡 「승냥이」에 대한 오독에 해당된다. 여하튼, 김창석의 비판과 달리 1955년 판본 희곡 「승냥이」는 부정적 인물과 긍정적 인물의 선명한 대립 구도를 형성하여 조선인의 집단적 저항을 한층 강조하고 있다. 즉, '원작은 이렇게까지 비굴하며 원수 앞에서 무능력한 인간들은 아니었다'고 김창석이 지적하지만, 실제로는 한설야의 단편소설 「승냥이」보다 류기홍·서만일의 희곡 「승냥이」가 훨씬 저항적 성격이 강하다.

3. 희곡의 개작과 시나리오의 각색

그런데 1955년 판본 희곡 「승냥이」는 김창석의 비판과 서만일의 재비판이 있은 후 개작된다.[30] 여기서 1955년 판본 희곡 「승냥이」와

29) 서만일, 「작가와 평론가」, 135쪽.
30) 서만일·류기홍의 희곡 「승냥이」는 윤홍기(국립극장 연출가)가 연출한 연극 「승냥이」로

1956년 판본 희곡 「승냥이」의 '때, 곳, 나오는 사람들'을 그대로 옮기면 다음과 같다.

<표 2> 1955년 판본 희곡 「승냥이」와 1956년 판본 희곡 「승냥이」의 비교

	때		
	1955년 판본	1956년 판본	기타
	一九三〇년대, 가을	一九三〇년대, 늦가을	
	곳		
	1955년 판본	1956년 판본	기타
	북조선에 있는 어떤 작은 도시의 교외	북조선에 있는 어떤 작은 도시의 교외	
	나오는 사람들		
	1955년 판본	1956년 판본	기타
1	어머니	어머니	
	미국 선교사네집 소제부	미국 선교사네 집 소제부	
2	수길	수길	
	그의 아들	그의 아들	
3	리동건	리동건	
	전 약제사	전 약제사	
4	최령감	최령감	
	미국 선교사네집 잡부	미국 선교사네 집 잡부	
5	계득 어머니	계득모	
	동네 녀인	동네 부인	
6	문경순	문경순	
	간호원	간호원	
7	리목사	리목사	
	조선인 목사	조선인 목사	
8	스티븐슨	스티븐슨	
	미국 선교사	미국 선교사	
9	메리	메리	
	미국 선교사의 안해	스티븐슨의 안해	
10	시몬	시몬	
	미국 선교사의 아들	그들의 아들	

공연되면서 여러 번의 수정 작업을 거친다(윤홍기, 「연극 ≪승냥기≫ 연출 수기」, 『조선예술』 1, 1956. 9, 66쪽; 「국립 극장 창립 10년 맞이」, 『문학신문』 1, 1956. 12. 6).

11	월리암스	월리암스	'월리암스'(1955년 판본)에서 '월리암스'(1956년 판본)로 수정
	미국 실업가	미국 실업가	
12	맥부인	맥부인	
	기독병원 원장	기독 병원 원장	
13	로선생	로선생	
	조선인 의사	조선인 의사	
14	기타	기타	
	수위, 간호원, 소독수, 로인, 군중 다수	동네 아이들, 수위, 간호원, 소독수, 로인, 일본 경관, 군중 다수	
15	×	계득과 장손	1956년 판본에 추가된 등장인물들
		수길의 동무들	

위에서 보듯, 1955년 판본 희곡 「승냥이」와 1956년 판본 희곡 「승냥이」에서 제시한 '때'와 '곳', '나오는 사람들'은 표면적으로 거의 변화가 없는 듯하다. 단지 1956년 판본 희곡 「승냥이」는 '수길의 동무들'인 '계득과 장손'과 '동네 아이들', '일본 경관' 등이 추가된 듯하지만, 실제적으로는 확연히 달라져 있다.

① 1951년 판본 단편소설 「승냥이」

수길이는 선교사네 젖소 외양깐 뒤켠 웅뎅이 속에서 커다란 고무공 하나를 얻었다.

좀 낡기는 했으나 밴밴하게 곱게 다른 품이라든지 찹찹한 손맛이 좀한 것이 아닌듯 싶었다.

『이게 웬 떡이냐』

수길이는 너무 기뻐서 한참동안 앙감질로 뛰여 돌아갔다.

그러다가 공을 힘껏 공중에 올려떠려 보기도 하고 내려오는 것을 껑충껑충 쫓아가 잡아보기도 하였다. 매번 그리 수이 잡혀지지는 않았으나 쫓아가는 것이 그리고 다섯번에 한번이나마 덩쿵 뛰여 냉큼 잡는 것이 실없이 유쾌했다.[31]

---

31) 韓雪野, 「승냥이」, 『문학예술』 4-1, 1951. 4, 2쪽.

② 1955년 판본 단편소설 「승냥이」

수길이는 선교사네 젖소 외양간 뒤켠 웅덩이 속에서 커다란 고무공 하나를 얻었다.

좀 낡기는 했으나 반반하게 닳아 고운 때 오른 품이라든지 손에 닿는 찹찹한 맛이 본시는 조만것이 아닌듯 싶었다.

『이게 웬 떡이냐.』

수길이는 너무 기뻐서 한참동안 앙금질로 뛰여 돌아갔다.

그러다가 공을 힘껏 공중에 올려 뜨려 보기도 하고 내려오는 것을 껑충껑충 뛰여오르며 잡아보기도 하였다. 매번 그리 수이 잡혀지지는 않았으나 쫓아가는 것이, 그리고 다섯번에 한번이나마 덩쿵 뛰여 오르며 냉큼 잡는 것이 실없이 재미났다. 수길이는 학교 마당에서 학생들이 공차는 광경을 련상하였다.[32]

③ 1955년 판본 희곡 「승냥이」

막이 열리면—

가을 햇빛이 쬐는 창가에서 선교사 부인 메리가 앉아 겨울 샤쯔를 뜨고 있다. 그는 여우같이 하관이 빠른 얼굴에다 돋보기에 가느다란 테 안경을 썼고 가끔 안경 우로 눈을 걷뜨며 보는 습관이 있다. 그의 성격은 얼음처럼 차거우나 반면에 어떤 외적 충격을 받을 때는 곧잘 쎈치멘탈해진다. 수길 어머니는 二층에서 내려오며 구름다리와 복도를 소재한다. 그는 큰 체구에 수건을 쓰고 위생복을 입었다. 매우 소박하고 온후하면서도 영악한 녀인이다.

메 리　어멈! 그동안 남편 소식 들었소?

어머니　여기 온 뒤로는 못들었어요. (…중략…)

메 리　하나님 아버지께 믿음을 가지시요. 믿음 가지면 근심이 덜어집니다. 수길 아버지 좋지 못한 일 했지만 당신 때문에 내가 일본 사람

32) 한설야, 「승냥이」, 권정룡(외), 『영웅들의 이야기』, 평양: 조선작가동맹출판사, 1955, 310쪽.

에게 많이 타일렀습니다.

어머니 에이구 고맙습니다. 그 은혜야 언제나 잊지 못하지요.[33]

④ 1956년 판본 희곡 「승냥이」

막이 오르면—

무대 잠시 공허.

이윽고 수길 외양간에서 고무공을 얻어 가지고 뛰여 나온다.

수 길 이게 웬 떡이냐!

◁ 수길은 좋아서 한참 동안 뛰여 돌아간다. 공을 힘껏 공중에 띄워 보는가 하면 머리로 슬쩍 받아 보기도 한다. 그러다가 공을 옷에다 빡빡 씻어 보기도 하고 뺨에 대여 보기도 하며 무척 기뻐한다.[34]

한설야의 1951년 판본 단편소설 「승냥이」를 바탕으로 하여 각색된 1955년 판본 희곡 「승냥이」[35]는 1955년 판본 단편소설 「승냥이」의 집단적 저항성을 강조 방향으로 개작된 것보다 더 한층 강화되는 방향으로 각색된다. 그런데 1956년 판본 희곡 「승냥이」는 1955년 판본 희곡 「승냥이」에 대한 김창석의 비판과 서만일의 재비판이 있은 후, 위의 인용에서 보듯 한설야의 1951년 판본 단편소설 「승냥이」의 기본 줄거리에 충실한 방향으로 대폭 개작된다.

한설야의 1951년 판본 단편소설 「승냥이」 첫 장면과 달리 1955년 판본 희곡 「승냥이」의 처음 장면은 선교사의 부인인 메리와 수길 어머니의 성격을 제시하면서 시작된다. 선교사 부인 메리는 얼음처럼

---

33) 류기홍·서만일, 「승냥이」, 『조선문학』, 1955. 1, 7쪽.

34) 류기홍·서만일, 「승냥이」, 류기홍·서만일(외), 『승냥이』(장막 희곡집), 평양: 조선작가동맹출판사, 1956, 20~21쪽.

35) 1955년 판본 희곡 「승냥이」(1955. 1. 15 발행)는 1955년 판본 단편소설 「승냥이」(1955. 8. 15 발행)를 바탕으로 수정한 것이 아니라 1951년 판본 단편소설 「승냥이」(1951. 5. 20 발행)를 바탕으로 각색한 것이다. 왜냐하면 인용문에 제시한 1955년 판본 단편소설 「승냥이」에 추가된 "수길이는 학교 마당에서 학생들이 공차는 광경을 련상하였다."가 각색되지 않은 것이나 단편소설과 희곡의 발행일을 참고할 때도 그러하다.

차가우나 어떤 외적 충격을 받을 때는 곧잘 감상적인(sentimental) 성격을 띠는 여성인 반면 수길 어머니는 매우 소박하고 온후하면서도 영악한 여인이다. 이렇게 미리 성격을 제시한 것은 사건의 진행 과정에서 드러나는 두 여인의 성격적 차이를 쉽게 파악할 수 있게 하기 위한 의도이다. 그런 반면 1956년 판본 희곡 「승냥이」는 수길이 외양간에서 고무공을 얻어 뛰어 노는 1951년 판본 단편소설 「승냥이」의 첫 장면을 그대로 각색하여 제시한다. 1956년 판본 희곡 「승냥이」는 1951년 판본 단편소설 「승냥이」와 마찬가지로 외양간에 주운 공에서부터 시작하여 수길이가 시몬에게 맞아서 입원하게 되고 전염병균에 감염되어 죽으며, 수길의 죽음에 대한 수길 어머니의 저항으로 사건이 발전된다. 이런 첫 장면의 설정은 아마도 김창석의 수길 어머니와 메리의 설정에 대한 비판을 의식해서 단편소설 「승냥이」의 첫 장면에 충실하게 수정한 것으로 보인다.

이런 첫 장면의 변경뿐만 아니라 여러 장면이 수정되는데, 여기서 가장 중요한 개작 사항을 제시하면 다음과 같다.

① 1955년 판본 희곡 「승냥이」

스티븐슨 보잘것 없던 황무지 두메 우에 과수원을 꾸미고 별장이 들어서고 벽돌집 교회가 생기고 기독 병원이 신설되고……

메 리 (신이나서 남편의 말을 앵무새처럼 옮기며) 그래요. 벽돌집 교회가 생기고 저녁마다 때를 맞춰서 울리는 종소리에 따라 신자들은 무릎을 꿇고……

윌리암스 (위정 능청스럽게) 그렇군요. (다시 위쓰키를 따르며) 아메리카 합중국의 번영을 위해 애쓰는 주님의 사도 선교사의 건강을 위하여![36]

---

36) 류기홍·서만일, 「승냥이」, 12~13쪽.

② 1956년 판본 희곡 「승냥이」

스티븐슨 (마을을 내려다 보며) 이처럼 본시 주민이 적은 데다가 그 대다수가 주로 농업과 소상업에 종사하고 있지요. 우리 기관이래야 아직은 교회가 하나 있을 뿐 그 부속으로… (…중략…)

윌리암스 (다시 말을 막으며) 미스터 스티븐슨… 아니 ≪四九호 큐씨≫

스티븐슨 (자못 놀라며) 어떻게 저를…

윌리암스 (크게 웃으며) 내가 바로 극동 지대 ≪一二호 와이≫요. 나도 본격적으로 정치계에 출마했소.

스티븐슨 그러니 나는 결국 누군지 모르고 당신한테 二년간이나 지도를 받아 온 셈이군요.

윌리암스 쉬잇! (잔인할만치 극히 사무적인 어조로) 미국 륙군성 정보국은 당신의 첩보 공작에 만족을 느끼지 못하고 있소. 첫째로 재료 수집에 정치적 분석력이 미약하고, 둘째로는 사건 공작이 전혀 없다 싶이 하고, 세째로 가장 중요한 것은 당신이 한평생을 두고… 아니 심지어는 뼈를 파묻을 이 땅에서 하여야 할 책임적인 공작이 부족하다는 것이요.

스티븐슨 책임적인…

윌리암스 심복자들을 많이 만드시오. 조선 청년들… 특히 사회 운동의 사상을 가진 조선 청년들의 중추 신경을 친미 사상으로 배양하는 것—이것이 제일 중요한 일이요.[37]

③ 1955년 판본 희곡 「승냥이」

윌리암스 당신들은 나보다 먼저 조선 나와 있지만 현하 조선 정세와 미국의 대외 정책을 잘 리해 못하구 있습니다. 미국은 지금 표면상으로는 조선 사람을 동정하는 것처럼 해야할 시기입니다. 윌손 대통령이 「민족 자결론」을 내놓은 것도 그것입니다. 그런데 당신들은 여

37) 류기홍·서만일, 「승냥이」, 류기홍·서만일(외), 『승냥이』, 20~21쪽.

기 신경을 돌리지 않고 있습니다. (…중략…)

메　리　여보! 스티븐슨! 윌리암스의 그 말이 뭘 의미합니까?

스티븐슨　(불안에 사로잡혀서) 설마하니?

메　리　(문득) 여보!

스티븐슨　뭔데?

메　리　(스티븐슨의 귀에 뭐라고 속삭인다)

스티븐슨　(메리의 간교성에 감탄한듯) 메리! 우리는 은혜 받은 사람들이요. 하나님은 당신에게 특별한 지혜를 많이 주셨소. (늙은 메리를 신부처럼 껴 안고 키스를 한다)[38]

④ 1956년 판본 희곡 「승냥이」

윌리암스　미스터 스티븐슨! 당신은 우리 미국의 대외 정책을 념두에 두고 행동해야 합니다. 우리는 어데까지나 표면상으로는 조선 사람을 동정하는 것처럼 보여 주어야 합니다. 웰손 대통령이 민족 자결안을 내놓은 것도 그 까닭입니다. 그런데 지금 당신이 하는 모험은 그 정신과 어긋나갈 위험성이 농후합니다.

스티븐슨　윌리암스씨! 난 한두 살 먹은 어린애가 아닙니다. 벌써 조선에서 이십년 가까이 살면서 미국의 정책을 실천해 온 선교사입니다. 이점을 잊지 않기 바랍니다.

윌리암스　좋소, 그렇다면 어디 당신의 수완을 한번 봅시다. 만약 이 사건의 처리를 잘못할 때 당신에겐 결정적으로 불리할 것입니다. (싸늘한 공기가 잠시 흐른다) 오늘 밤은 몹시 침침하군. … 조선 날씨는 늘 이런가요. 스티븐슨? 어제만 해도 따뜻했는데 금방 나무잎을 말끔히 훑어 갈 것 같군그래.[39]

1956년 판본 희곡 「승냥이」에서는 선교사의 아들인 시몬을 담배

---

38) 류기홍·서만일, 「승냥이」, 23~24쪽.

39) 류기홍·서만일, 「승냥이」, 류기홍·서만일(외), 『승냥이』, 97쪽.

를 피우고 술을 마시거나 조선 아이들과 싸우는 '막돼먹은 아이'로, 윌리암스와 스티븐슨을 '미국 육군성 정보국 특무(spy)'로, 수길을 죽음으로 몰아가는 주도적 인물로 맥 부인이 아니라 스티븐슨으로 설정하는 등의 부정적 인물의 성격을 한층 강화한다. 또한 긍정적 인물들도 한층 강화되는데, 수길을 어머니를 위하는 인물로 드러내거나 수길 아버지를 '공산주의자'로 설정하며, 수길 어머니나 리동건을 중심으로 한 조선인의 저항성을 한층 드러내는 방향으로 개작된다.

① 1955년 판본 희곡 「승냥이」

군 중 소리— 문 열어라!

— 미국 살인 강도를 내놔라!

◁ 이때 밀고 재끼고 군중의 소동에 벽상에 걸렸던 「굶주린 승냥이 달밤에 우는 유화」가 거꾸로 떨어진다.

◁ 군중이 들어선다.

◁ 군중의 기세 자못 드높다.

메 리 조선 형님! 이게 무슨 짓이요 경찰이 오면 재미없소.

어머니 (힘차게 스티븐슨과 메리에게로 육박하며) 이년놈들아 알구보니 너이들은 미국의 승냥이였구나! 승냥이였어!

◁ 가까이 들려오는 싸이드카 소리. 호각소리.

◁ 군중의 소음.

어머니 그러나 너이들의 그 흉악한 승냥이 잇발이 머지않아 우리 조선 사람 주먹에 맞아서 부서질 날이 오고야 말 것이다!

◁ 수길 어머니를 선두로 리 동건과 문 경순 그 리고 군중들이 미국 승냥이들을 향하여 육박할 때 막이 내린다.[40]

---

40) 류기홍·서만일, 「승냥이」, 66~67쪽.

② 1956년 판본 희곡 「승냥이」

◁ 군중 흥분하여 승냥이들에게 달려든다.

◁ 미국 승냥이들 비슬비슬 층층대 우로 쫓겨 간다.

◁ 이때 기마병들의 말발굽소리 나더니 일본 경관 수명 소리치며 등장.

◁ 스티븐슨 경관에게 뭐라고 눈짓한다.

경관— 여기가 어딘 줄 알고 그래?

어머니 옳지. 너희놈들이 다 같은 승냥이떼였구나.

경관— 썩 나가지 못해!

어머니 너희들이나 나가거라! 여긴 우리 땅이다!

경관— 닥쳐! 선교사님 미안합니다.

스티븐슨 나는 미국 사람으로 한마디 부탁합니다. 그 사람이 자기의 죄를 회개하면 용서해 주기 바랍니다.

◁ 리 목사 슬그머니 피하고 만다.

◁ 경관 포승을 꺼내더니 어머니를 묶으려 한다.

어머니 (자기를 묶으려는 경관에게) 저기 썩 물러가거라 나는 죄인이 아니다!

경 관 뭐야!… (달려들려고 할때 군중이 대든다. 경관 뒤로 물러선다.)

리동건 여러분! 우리는 밤낮 이렇게 억울하게 살 수 없습니다. 저놈들을 눈여겨 보십시오!

◁ 경관 뭐라고 허세를 부린다.

◁ 군중들의 기세 더욱 높아진다.

어머니 이 승냥이들아, 우리가 너희를 그냥 둘줄 아느냐! 너희놈들의 그 흉악한 잇발이 우리 조선 사람 주먹에 맞아서 부서질 날이 오고야 만다. 나도 그날을 위해서 싸울테다!

◁ 군중 소리치며 달려든다.

◁ 승냥이들 움츠러진다.

— 막41)

특히 1956년 판본 희곡 「승냥이」의 마지막 장면은 선교사나 경관으로 대표되는 미국과 일본에 대항하는 조선인들을 설정하여, 즉 집단과 집단의 대결 구도로 만들어 조선인의 집단적 저항을 강화하는 방향으로 변형된다. 더 나아가 '수길 어머니를 선두로 리동건과 문경순 그리고 군중들이 미국 승냥이들을 향하여 육박할 때 막이 내린다'에서 '군중 소리치며 달려든다. 승냥이들 움츠러진다'로 수정함으로써 집단적 승리를 암시하는 것으로 개작된다. 따라서 1955년 판본 희곡 「승냥이」에서 1956년 판본 희곡 「승냥이」로의 개작은 김창석의 비판을 의식해서 긍정적 인물과 부정적 인물의 성격을 강조하는 방향으로 수정하는 한편 집단적 대결 구도를 강조하여 조선인의 승리를 암시하는 방향으로 각색된다.

그러면 단편소설 「승냥이」에서 희곡 「승냥이」로의 각색은 어떤 차이가 있는가? 단편소설 「승냥이」의 수길 어머니의 개인적 저항 의지를 보여주었던 것이 희곡 「승냥이」에서는 조선인의 집단적 저항의 모습으로 각색된다. 단편소설 「승냥이」에서 계득 어머니, 최 영감이 수길 어머니를 동정하는 조선인으로 설정된 반면, 희곡 「승냥이」에서는 저항적 성격이 강한 인물로 각색되며, 단편소설 「승냥이」에서 수길 어머니를 도와주는 단순한 조력자이던 리동건도 미국인의 위선과 가면을 폭로하며 조선인을 이끄는 인물로 강화된다. 또한 단편소설 「승냥이」에서 '그러나 두고 보아라. 조선사람 다 죽지 않았다'고 하며 어둠이 깃들인 황혼의 거리를 하염없이 걸어가던 수길 어머니도 변모하는데, 희곡 「승냥이」에서는 '그러나 너희들의 그 흉악한 승냥이 이빨이 머지 않아 조선 사람 주먹에 맞아서 부서질 날이 오고야 말 것이다'나 '너희 놈들의 그 흉악한 이빨이 우리 조선 사람 주먹에 맞아서 부서질 날이 오고야 만다. 나도 그 날을 위해서 싸울 테다'라고 부르짖는 수길 어머니와 함께 군중들이 미국 승냥이들을 향하여

41) 류기홍·서만일, 「승냥이」, 류기홍·서만일(외), 『승냥이』, 108~109쪽.

육박하거나 달려드는 것으로 변형되면서 집단적인 저항성을 한층 드러낸다. 다시 말해서 단편소설 「승냥이」는 희곡 「승냥이」로 변형되는데, 이런 각색은 희곡이라는 갈래의 특성에 맞게 전체적으로 극적 성격을 강화하는 방향으로 변화시킨 측면과 더불어 미제에 대한 집단적 저항성을 강조하는 방향으로도 변모된 것이다.[42]

또한 한설야의 단편소설 「승냥이」는 시나리오로 창작되어 영화로 제작되는데, 한설야(원작), 서만일(각색), 리석진(연출), 강신원(제작), 배용·김선영·주인규·김련실(배우)의 '조선예술영화' 「승냥이」는 1956년 4월 2일 '내각 결정 제32호' 「영화 예술의 급속한 발전 대책에 관하여」에 의거해서 만들어진 것이다.[43]

> 바'줄을 놓고 최 령감 마른 짚단을 가져다 놓고 성냥을 꺼내여 든다.
>
> 『마귀들의 소굴이였구나! 소굴이였어.』
>
> 떨리는 령감의 손이 성냥을 그어 짚단에 불을 지른다. 풍기는 검은 연기 피여 오르는 불길. 불'길을 거쳐 보이는 격분한 최 로인의 얼굴.
>
> 군중의 선두에 선 어머니. 그들은 선교사의 집을 향하여 비탈길을 올라간다.
>
> 례배당 쪽에서 불'길이 충전한다. 군중들의 함성. (…중략…)
>
> 풀이 죽어서 쩔쩔매는 미국 승냥이들을 내려다보는 어머니의 얼굴. 어머니의 얼굴을 올려다보는 문 경순과 계득과 장손의 얼굴들.
>
> 다시 범인을 론고하듯한 어머니의 준엄한 얼굴.
>
> 화창한 새벽 마을에 동이 튼다.[44]

---

42) 연극 「승냥이」도 "긍정적 집단이 갖는 애국주의적인 기본 빠포스를 더 강하고 인상적으로 살리기에 주력하였다."(윤홍기, 앞의 글, 66쪽)

43) 주동인, 「씨나리오 문학의 발전을 위하여」, 『제2차 조선 작가 대회 문헌집』, 평양: 조선작가동맹출판사, 1956, 291쪽; 『조선중앙년감(1957)』, 평양: 조선중앙통신사, 1957, 115쪽; 황재곤, 「현지 촬영 소식-예술 영화 부문: ≪승냥이≫ 스탑」, 『조선예술』 2, 1956. 10, 91쪽; 배용, 「≪로년 유치원≫: 배우들의 수첩에서」, 『조선예술』 2, 1956. 10, 72쪽.

44) 서만일, 「승냥이: 한설야 작 단편 소설에서」, 『조선예술』 1, 1956. 9, 98쪽.

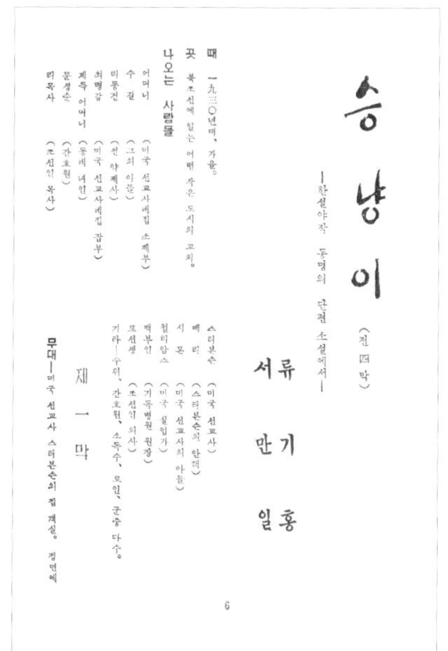

승냥이 (전四막)

— 한설야 작 동명의 단편 소설에서 —

류기홍
서만일

때 一九三〇년대, 가을.
곳 북조선에 있는 어떤 작은 도시의 교외.
나오는 사람들
어머니 (미국 선교사네집 소제부)
수길 (그의 아들)
리동건 (전 약제사)
최령감 (미국 선교사네집 잡부)
계득 어머니 (동네 녀인)
문경순 (간호원)
리목사 (조선인 목사)
스터본슨 (미국 선교사)
메리 (스터본슨의 안해)
시몬 (미국 선교사의 아들)
힐티압스 (미국 실업가)
백부인 (기독병원 원장)
로선생 (조선인 의사)
기타 — 수위, 간호원, 소독수, 로인, 군중 다수.

제一막

무대 — 미국 선교사 스터본슨의 집 객실. 정면에

6

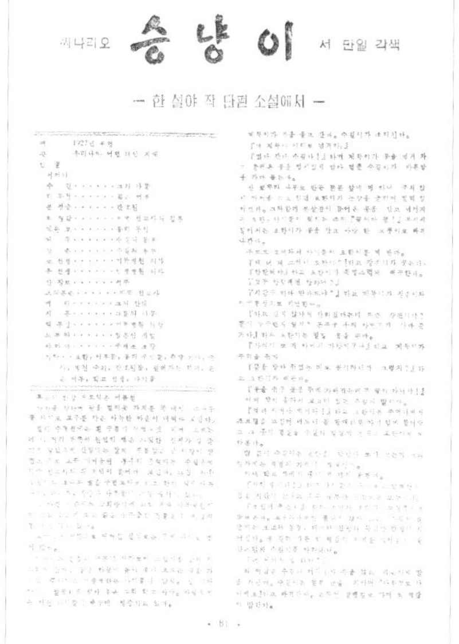

시나리오 승냥이 서만일 각색

— 한 설야 작 단편 소설에서 —

류기홍·서만일, 「승냥이」, 『조선문학』, 1955. 1. 서만일, 「승냥이」, 『조선예술』 1, 1956. 9.

1956년 판본 시나리오 「승냥이」는 1951년 판본 단편소설 「승냥이」나 1955년 판본·1956년 판본 희곡 「승냥이」에 비해 새로운 인물인 안 장로, 노무라, 야마다 등의 새로운 인물을 배치하거나 리동건의 직업과 역할이 변경되고 최 령감의 저항이 강화되는 등의 여러 부분이 수정된다.

<표 3> 단편소설 「승냥이」(1951), 희곡 「승냥이」(1955), 시나리오 「승냥이」(1956) 비교

	단편소설 「승냥이」(1951)	희곡 「승냥이」(1955)	시나리오 「승냥이」(1956)
때	1930년대(추정)	1930년대, 가을	1927년 무렵
곳	S강과 고깔봉 근처 마을	북조선에 있는 어떤 작은 도시의 교외	우리나라 어떤 해안 지대
인물	수길어머니	어머니	어머니
	미국 선교사네 잡역부	미국 선교사네 소제부	
	수길	수길	수길

그의 아들	그의 아들	그의 아들
리동건	리동건	리 동건
전 약제사 조수	전 약제사	젊은 어부
×	문경순	문 경순
	간호원	간호원
최영감	최령감	최 령감
미국 선교사네 잡역부	미국 선교사네 잡부	미국 선교사의 잡부
계득어머니	계득 어머니	계득 모
과부	동네 녀인	동리 부인
계득	×	계득
수길의 동무		수길의 동무
×	×	장손
		수길의 동무
로선생	로선생	로 선생
조선인 의사	조선인 의사	기독병원 의사
류선생	×	유 선생
조선인 의사		민생병원 의사
×	×	안 장로
		선주
선교사	스티븐슨	스티븐슨
미국 선교사	미국 선교사	미국 선교사
선교사 부인	메리	메리
미국 선교사의 아내	스티븐슨의 안해	그의 안해
시몬	시몬	시몬
미국 선교사의 아들	미국 선교사의 아들	그들의 아들
맥부인	맥부인	맥 부인
교회병원 원장	기독병원 원장	기독병원 원장
×	×	노무라
		일본인 재벌
×	×	야마다
		주재소 소장
기타	기타	기타
요한, 함선생, 간호부, 소제부, 수위, 약제사, 순사	수위, 간호원, 소독수, 로인, 군중 다수	요한, 어부들, 동리 주민들, 측량기사, 순사, 병원 수위, 간호원들, 팔려가는 처녀, 늙은 어부, 학교 선생, 아이들

	리목사	리목사	×
	조선인 목사	조선인 목사	
	×	윌리암스	×
		미국 실업가	

특히 1956년 판본 시나리오 「승냥이」에서는 수길 어머니나 최 령감 등의 조선인들의 저항성을 강조하는 방향을 변형된다. 1951년 판본 단편소설 「승냥이」에서 '그러나 두고 보아라. 조선사람 다 죽지 않았다'고 하며 어둠이 깃들인 황혼의 거리를 하염없이 걸어가던 수길 어머니도 변모하는데, 1955년 판본 희곡 「승냥이」에선 '그러나 너희들의 그 흉악한 승냥이 이빨이 머지 않아 조선 사람 주먹에 맞아서 부서질 날이 오고야 말 것이다'라고 부르짖는 어머니로, 1956년 판본 시나리오 「승냥이」에선 군중의 선두에 서서 범인을 논고하듯 준엄한 얼굴을 한 심판자인 어머니로 변형되어 저항적 성격을 더 한층 강화한다. 또한 최 령감이 수길의 죽음을 통해 '예배당'이 '마귀의 소굴'임을 깨닫고 교회를 방화하는 장면이나 수길 어머니를 중심으로 한 군중들의 항거하는 장면 등의 마지막 부분에서 보듯, 단편소설 「승냥이」에서 수길 어머니의 개인적 저항이 희곡 「승냥이」나 시나리오 「승냥이」에선 조선인들의 집단적 저항으로 각색된다.[45] 결국 단편소설 「승냥이」에서 희곡 「승냥이」, 시나리오 「승냥이」로의 각색은 제국주의에 대한 집단적 저항성을 강화하는 한편 조선인들의 승리라는 낙관적 전망을 제시하는 방향으로 변형된다.[46]

---

45) 또한 영화 「승냥이」를 소개한 1957년 1월호 『청년생활』의 글에서는 '미제의 야수성을 폭로하며 조선 사람들의 고상한 도덕적 품성과 미제를 반대하여 일어서는 불굴의 애국주의 정신을 보여준다'고 「승냥이」를 설명한다. 그런데 남궁만은 단평 「≪승냥이≫에 대하여」에서, 시나리오 「승냥이」와 영화 「승냥이」를 희곡 「승냥이」 비해 여러 변화가 사건 발전과 유기적이고 필연적인 연계가 없기 때문에 산만한 감을 느끼게 한다고 평가한다(「조선예술영화 승냥이」, 『청년생활』 88, 1957. 1, 49쪽; 남궁만, 「≪승냥이≫에 대하여」, 『문학신문』 8, 1957. 1. 24).

46) 남원진, 「냉전 체제, 일제와 미제」, 『한국근대문학연구』 27, 2013. 상반기(2013. 4), 361~369쪽.

> 미 제국주의자들이 감행하는 ≪힘의 정책≫은 침략적 군사 뿔럭의 결성, 타국 령토내에 군사 기지의 축성, 발광적 군비 확충, 원자 전쟁의 위협 등으로 표현되고 있습니다. (…중략…) 그러나 세계 각국에서 로동 계급을 비롯한 광범한 인민 대중은 전쟁 도발자들의 음모를 폭로하며 자국의 자주성을 고수하며 제 인민간의 평화를 위하여 치렬한 투쟁을 전개하고 있습니다.[47]

한설야의 단편소설 「승냥이」보다 희곡·연극 「승냥이」나 시나리오·영화 「승냥이」는 조선인의 집단적 저항성과 낙관적 전망을 강조하는 방향으로 각색된다. 그런데 이런 각색은 당대 상황과 어떤 관계를 가질까? '미제가 감행하는 힘의 정책'에 맞서 '치열한 투쟁'을 전개할 것을 호소하는 김일성 위원장의 조선로동당 제3차 대회의 보고나, '미국식 생각과 미국식 생활 양식'으로 인한 '적대적인 사상 조류'를 비판하는 한설야 위원장의 제2차 조선작가대회의 보고[48]에서 당대 상황을 짐작할 수 있듯, 이런 측면에서 볼 때 「승냥이」 작품군은 6·25전쟁 이후 강화되던 냉전 체제의 압력 아래에서 미제에 대한 집단적 저항성과 낙관적 전망을 강조하는 방향으로 개작된 것이다. 또한 이런 각색은 일제와 미제의 억압에도 조선인들은 절대 굴하지 않고 저항했으며, 또한 역사 발전의 객관적인 법칙에 따라 제국주의는 반드시 멸망한다는 냉전 체제 아래 북조선의 역사 인식을 그대로 보여준 것이다.[49] 따라서 「승냥이」 작품군은 냉전 체제에 의해서 창출되고 유포된 논리의 압력 아래에서 탄생된 것임이 분명하다.

47) 김일성, 「조선 로동당 제 3차 대회에서 진술한 중앙 위원회 사업 총결 보고」, 『조선 로동당 제 3차 대회 주요 문헌집』, 평양: 조선로동당출판사, 1956, 10~11쪽.

48) 한설야, 「전후 조선 문학의 현 상태와 전망: 제二차 조선 작가 대회에서 한 한 설야 위원장의 보고」, 한설야(외), 『제2차 조선 작가 대회 문헌집』, 평양: 조선작가동맹출판사, 1956, 12쪽.

49) 서만일, 「≪아브로라≫의 포성은 우리 가슴속에 영원히 울릴 것이다」, 『조선문학』 123, 1957. 11, 114~115쪽; 서만일, 「생활과 창작」, 『조선문학』 126, 1958. 2, 3쪽.

4. 「승냥이」 작품군에 대한 단상

조선인의 집단적 저항을 드러내는 방향으로 「승냥이」 작품군을 각색한 의도는 무엇일까? 여기서 일단 소련과 미국의 표상을 잘 드러낸 김순석과 전초민의 시를 한번 살펴보자.

해방의 즐거운 날
거기서 끌어안은 이나라 용사들,
꺾어준 꽃을 모자에 꽂고
다시 남쪽으로 달려가던…
지금도 만나면 알아 볼듯, 웃던 얼굴들.[50]

대답해 보라
너희 하느님이란 어떤 것인가 ?
침략과 략탈과 학살…
그 밖에 무엇이 또 너희에게 있단 말인가 ?[51]

김순석의 시편에서 보듯, '미국'과 달리 '소련'에 대한 표상은 사뭇 다르다. 김순석은 '1954년 봄에 소련작가동맹의 초정에 의하여 소련 방문 조선작가대표단의 일원으로 소련 각지를 약 3개월 간에 걸쳐 여행'했는데, 그의 『찌플리쓰의 등잔불』은 이 과정을 담은 시집이다.[52] 소련 방문 중 레닌그라드에서 있었던 일화를 실은 「찔레꽃」에서, 김순석은 나에게 소녀가 선물로 준 찔레꽃에 대해서 노래한다.

50) 김순석, 「찔레꽃」, 『찌플리쓰의 등잔불』, 평양: 조선작가동맹출판사, 1955, 30쪽.
51) 전초민, 「아메리카에 대한 나의 론고」, 『조선문학』 155, 1960. 7, 27쪽; 전초민, 「아메리카에 대한 나의 론고」, 백인준(외), 『단죄한다 아메리카』, 평양: 조선문학예술총동맹출판사, 1963, 131쪽.
52) 김순석, 「후기」, 『황금의 땅』, 평양: 조선작가동맹출판사, 1958(표지: 1957, 판권지: 1958. 1. 15 발행), 130쪽.

'평화의 하늘 아래 마음껏 봄을 안고 자유의 토양에 핀 찔레꽃'에서 '조선의 산야에도 흔히 피는 꽃', 고향의 낮은 동산을 떠올리며, 8·15 해방 때 소련의 용사들에게 꺾어준 꽃을 모자에 꽂고 다시 남쪽으로 달려가던 소련 용사의 웃던 얼굴들을 기억하며, '이제 천년이 가고 만년이 가도 언제나 꽃으로 덮여 있을 온 조선의 동산'을 생각한다.

이에 반해 종합 시집 『단죄한다 아메리카』는 '조선 시인들의 미제에 대한 증오와 저주, 멸시와 조소의 목소리'를 담은 시편들을 모은 시집인데,[53] 이 종합 시집에 실린 전초민의 시 「아메리카에 대한 나의 론고」는 남한의 1960년 '인민 봉기'(4·19)을 접하면서 '미제 침략군은 남조선에서 물러가라!'[54]라는 구호 아래 소개된 작품 중의 하나이다. 전초민의 시에는 미제가 '성경책과 성조기를 들고 조선에게 큰 은혜를 베풀 듯이' 찾아왔으나 '이 나라 여인들의 은비녀와 아기들의 색동저고리'를 빼앗고, '삼남의 기름진 논밭을 군용지로 빼앗고, 굶주리고 헐벗은 사람들의 집마저 불사르고도' 하느님을 외우고 있다고 비꼬며, 아메리카가 외우는 하느님이란 '그 어떤 만행의 연막', 즉 '침략과 약탈과 학살'의 연막으로 외우는 방패라고 지적하며, 아메리카의 길, 즉 침략자의 길은 하늘과 땅에 충천한 '항쟁의 불길'을 면하지 못하리라고 노래한다.

그런데 김순석과 전초민의 시뿐만 아니라 여러 작품들에서 보듯,[55] 소련이나 북조선에 대해서는 '평화'나 '자유'와 같은 긍정적인

---

53) 「서문」, 백인준(외), 『단죄한다 아메리카』, 9쪽.

54) 「내용」, 『조선문학』 155, 1960. 7, 2쪽. '미제 침략군은 남조선에서 즉시 물러가라!'라는 구호 아래 소개한 작품은 한설야의 장편소설 『사랑』(제12~13장), 전초민의 시 「아메리카에 대한 나의 론고」, 김귀련의 시 「항쟁하는 소년」, 「부산서도 초량」, 한성의 정론 「끝낼 수 없는 정론」, 김광현의 수필 「서울을 생각하며」, 김희도의 정론 「원쑤에게 준엄한 심판을 내리라」 등이다.

55) 조선작가동맹 중앙위원회 기관지 『조선문학』, 『문학신문』 등에 「친선」(1956. 5), 「모쓰크바에서」(1957. 6), 「파주는 남조선」(1957. 5. 9), 「돌려 보내라! 우리의 모든 것을!」(1957. 6) 등의 여러 시편들이 실려 있는데, 이런 소련과 미국에 대한 글들을 모은 대표적인 선집이 『친선의 손길』(1956), 『10월의 깃발』(1957), 『아브로라의 여운』(1957), 『미제는 물러가라』(1957), 『평화와 친선』(1958), 『해방의 은인』(1959), 『위대한 친선』(1960), 『단죄한다 아메리카』(1963) 등이다.

어휘를 사용하여 의미화하는 반면, 미국이나 남조선에 대해서는 '침략'이나 '약탈', '학살', '만행'과 같은 단어를 사용하여 부정적으로 의미화한다. 이런 상반된 의미화는 해방기에 형성된 냉전 체제의 진영 논리가 1950년대 중반 이후 확고하게 침투하고 자리잡았음을 반증한다. 남한에서 '친미'가 기독교(개신교)에서 폭넓게 공유되고 높이 평가된 것에 반해 북조선에서는 기독교 비판을 수반한 '반미'가 확고한 자리를 잡았는데, 이런 냉전 체제의 무게 아래 만들어진 「승냥이」 작품군은 냉전 체제 속으로 편입시키려는 방향으로 개작되고 각색된다. 따라서 「승냥이」 작품군은 긍정적 인물과 부정적 인물의 선명한 대립구도로 설정하여 조선인의 집단적 저항을 강조하여, 1950년대 중반 확고하게 자리잡은 냉전체제에서 반미관을 보여주는 대표적인 북조선의 정전으로 자리잡는다. 여하튼, 필자는 작가의 의도적 개작이나 각색이라 하더라도 「승냥이」 작품군은 냉전 체제의 압력을 실감하게 하는 대표작이 아닐까라고 판단한다.

참고문헌

1. 기본 자료

「국립 극장 창립 10년 맞이」, 『문학신문』 1, 1956. 12. 6.
「미제의 세균 만행을 세계 평화 투사들 통렬히 규탄」, 『로동신문』 1882, 1952. 4. 28.
「양의 탈을 벗은 승냥이 「유·엔조선위원단」」, 『로동신문』 1208, 1950. 6. 24.
「조선예술영화 승냥이」, 『청년생활』 88, 1957. 1.
남궁만, 「≪승냥이≫에 대하여」, 『문학신문』 8, 1957. 1. 24.
류기홍·서만일, 「승냥이」, 『조선문학』, 1955. 1.
배 용, 「≪로년 유치원≫」, 『조선예술』 2, 1956. 10.
서만일, 「≪아브로라≫의 포성은 우리 가슴속에 영원히 울릴 것이다」, 『조선문학』 123, 1957. 11.
서만일, 「생활과 창작」, 『조선문학』 126, 1958. 2.
서만일, 「승냥이」, 『조선예술』 1, 1956. 9.
서만일, 「작가와 평론가」, 『조선문학』 101, 1956. 1.
윤홍기, 「연극 ≪승냥기≫ 연출 수기」, 『조선예술』 1, 1956. 9.
전초민, 「아메리카에 대한 나의 론고」, 『조선문학』 155, 1960. 7.
한설야, 「「승냥이」를 쓰기까지」, 『청년생활』, 1951. 10.
한설야, 「승냥이」, 『문학예술』 4-1, 1951. 4.
한설야, 「전국 작가 예술가 대회에서 진술한 한설야 위원장의 보고」, 『조선문학』 1, 1953. 10.
한설야, 「히틀러 후계자 미제강도들은 우리 농촌과 도시들을 무차별적으로 폭격하고 있다」, 『로동신문』 1228, 1950. 7. 14.
황재곤, 「현지 촬영 소식」, 『조선예술』 2, 1956. 10.

권정룡(외), 『영웅들의 이야기』, 평양: 조선작가동맹출판사, 1955.
류기홍·서만일(외), 『승냥이』, 평양: 조선작가동맹출판사, 1956.

서경석(편), 『과도기』, 문학과지성사, 2011.
한설야, 『승냥이』, 평양: 조선작가동맹출판사, 1958.
한설야, 『한 설야 선집(8)』, 평양: 조선작가동맹출판사, 1960.

2. 논문

강정구, 「미국과 한국전쟁」, 『역사비평』 21, 1993. 여름호.
강정구, 「한국전쟁과 미국의 세균전」, 『동국사회연구』 1, 1992. 12.
김윤식, 「북한문학의 세가지 직접성」, 『예술과 비평』 21, 1990. 가을호.
김재웅, 「북한의 논리를 통해 재구성된 미국의 상(1945~1950)」, 『한국사학보』 37, 2009. 11.
남원진, 「냉전 체제, 일제와 미제」, 『한국근대문학연구』 27, 2013. 상반기(2013. 4).
남원진, 「미국의 두 표상」, 『한국문예비평연구』 36, 2011. 12.
남원진, 「미제와 승냥이」, 『비교문화연구』 25, 2011. 12.
남원진, 「북조선의 정전, 한설야의 「승냥이」 재론」, 『상허학보』 34, 2012. 2.

3. 단행본

『조선 로동당 제 3차 대회 주요 문헌집』, 평양: 조선로동당출판사, 1956.
『조선에서의 미국침략자들의 만행에 관한 문헌집』, 평양: 조선로동당출판사, 1954.
『조선중앙년감(1957)』, 평양: 조선중앙통신사, 1957.
『조선인민은 도살자 미제와 리승만 역도들의 야수적만행에 복쑤하리라』, 평양: 조선인민군 전선사령부 문화훈련국, 출판년도 불명(1950(추정)).
강진호, 『그들의 문학과 생애, 한설야』, 한길사, 2008.
김순석, 『찌플리쓰의 등잔불』, 평양: 조선작가동맹출판사, 1955.
김순석, 『황금의 땅』, 평양: 조선작가동맹출판사, 1958.
김일성, 『김일성 선집(4)』, 평양: 조선로동당출판사, 1954(재판).
박 림(외), 『문학 예술과 계급성』, 평양: 국립출판사, 1955.
박웅걸, 『소설을 어떻게 쓸 것인가』, 평양: 국립출판사, 1957.
백인준, 『벌거벗은 아메리카』, 평양: 조선작가동맹출판사, 1961.
백인준(외), 『단죄한다 아메리카』, 평양: 조선문학예술총동맹출판사, 1963.

한설야(외), 『제2차 조선 작가 대회 문헌집』, 평양: 조선작가동맹출판사, 1956.
한재덕(외), 『우리의 태양』, 평양: 북조선예술총련맹, 1946.

'조국해방전쟁'기 한설야의 『대동강』 창작과 개작론

1. 한설야의 문제작 『대동강』 재론

강토가 짓밟혀
피에 젖었고
형제들의 죽엄이
섬돌 마다 사모쳐
가시지 않는 이 거리에

아 어느 누가
죽엄과 패망으로
원쑤를 멸하기 전
살어 다시
여기에 도라오리

피 흘린
강토의 아픔과

죽은
형제들의 원한이
백배로 천배로 풀리는 날

그 날에야 우리는
수령의 이름 부르며
사랑하는 우리
평양 거리로
도라오리라 도라오리라[1)]

림화의 시 「평양」처럼, '조국해방전쟁'기에 있었던 '투쟁'을 다룬 북조선 문학의 대표작은 무엇일까? 아마도 한설야의 장편소설 『대동강』일 것인데, 왜냐하면 전후 '장편소설 창작의 기초'를 마련한 작품, 또는 독자들의 '가장 애독하는 작품'이나 '중요한 교과서'의 하나라고 말해지기에 더욱 그러하다.

> 장편소설 ≪대동강≫은 1950년 10월부터 1951년 2월까지를 시대적배경으로 하여 평양인쇄공장 로동자들의 애국적인 투쟁을 형상하고있다. (…중략…) 이들의 형상에서 공통적인것은 위대한 수령님에 대한 끝없는 흠모와 충실성, 나라와 인민에 대한 끝없는 애정이다. 또한 용감하고 대담무쌍하며 지혜롭고 날파람있는것으로 특징적이다. / 장편소설 ≪대동강≫은 조국해방전쟁시기 싸우는 우리 인민의 전형적인 모습, 애국자—영웅의 생동한 형상을 창조함으로써 전시문학의 긍정적주인공의 형상을 개성적으로 부각시켰다.[2)]

한 설야는 이 시기에 조선 인민의 애국적 영웅주의 특히는 로동 계급

1) 林和, 「平壤」, 『문학예술』 4-1, 1951. 4, 47쪽.
2) 김선려·리근실·정명옥, 『조선문학사(11)』, 평양: 사회과학출판사, 1994, 161~164쪽.

> 의 불패성을 넓은 서사시적 화폭 가운데 반영하는 우리 문학 발전에서 중요한 의의를 가지는 3부작 ≪대동강≫의 제1부(1952년)를 창작 발표하였다. 작가는 여기서 적 강점하에서도 청소년 로동자—애국자들의 영웅적 투쟁을 형상화함으로써 우리 인민의 불패의 영웅적 애국주의를 훌륭히 보여 주었다. (…중략…) 이리하여 ≪대동강≫은 점순이와 그 동료들이 발휘한 용감한 투쟁과 그 공훈으로써 뿐만 아니라 점순이의 근로 계급의 딸다운 성격적 미로써 독자들을 매혹하였으며 우리 청년들을 근로 계급의 강의하고 전투적 성격으로 형성시키며 그 품성으로 배양함에 있어서 중요한 교과서의 하나로 되였다.[3]

1990년대 김선려, 리근실, 정명옥의 『조선문학사(11)』(1994)에서는 '조국해방전쟁'기 점순을 중심으로 한 상락, 동수, 문일 등 '젊은 세대'의 '반미애국투쟁'을 형상화한 '다부작[4] 장편소설'로 한설야의 『대동강』을 평했다. 특히 점순 등의 '새 세대 노동청년들'의 형상에서 '위대한 수령에 대한 끝없는 흠모와 충실성, 나라와 인민에 대한 끝없는 애정'이 공통적인 특징이라고 강조했다. 그런데 이런 『조선문학사(11)』(1994)에서 평한 김일성 중심의 해석을 어떻게 평가해야 할까? 1950년대 언어문학연구소의 『조선 문학 통사(하)』(1959)에서는 한설야의 『대동강』에 대해서 조선 인민의 '애국적 영웅주의'나 '영웅적 애국주의'를 강조했다. 즉, 1990년대 한설야의 『대동강』을 재발견한 『조선문학사(11)』(1994)의 '김일성' 중심의 해석과 달리 1950년대 문학사는 '노동계급'의 '대중적 영웅주의'[5]에 무게 중심을 두고 있었다. 이

3) 조선민주주의 인민공화국 과학원 언어문학연구소 문학연구실, 『조선 문학 통사(하)』, 평양: 과학원출판사, 1959, 232~301쪽.

4) 다부작: "2부나 3부 또는 그이상의 부로 이루어진 문학작품. 다부작의 매개 부는 작품의 총체적인 구성에서 호상 밀접한 련관을 가지고 주제사상을 밝히는데 복종되면서도 상대적인 독자성을 가지며 일정하게 완결된 매듭을 이룬다. 다부작은 보통 2부작 또는 3부작으로 된것이 많지만 그이상으로 되는것도 있다."(사회과학원, 『문학대사전(1)』, 평양: 사회과학출판사, 1999, 428쪽)

5) 여러 연구자들이 인용하는 『김일성저작집(6)』(1980)에 나오는 '대중적 영웅주의'는 원본 『김일성장군의 격려의 말씀』(1951)에선 '대중성'으로 표현되어 있는데, 이 용어는 리정

는 주체사상과 마르크스레닌주의에 입각한 다른 해석에 기인했다.

> 『대동강』 3부작의 배경은 유엔군이 평양을 장악한 3개월간(1950. 10. 19~1950. 12. 4)이며, 젊은 세대들이 어떻게 평양(조국) 방어전에 자발적으로 참여함으로써 이른바 고귀한 애국주의와 인간주의를 발휘했는가를 그린 것이다. (…중략…) 이는 발생적 범주도, 모사적 범주도 아닌, 기능적 범주에 한설야 문학이 놓여 있음을 단적으로 평가한 대목이다. 한설야, 그는 북조선 문학예술총동맹의 최고 지도층에 서서, 창작의 '교과서'를 펼치고 있었다. 혁명적 낙관주의가 그 기초였다.[6]

> 〈대동강〉은 유엔군의 만행과 평양점령에 적극적으로 대결하는 주인공을 등장시키고 있다. 치밀하고 생동한 묘사보다는 적들에 맞서 용감하고 슬기롭게 싸우는 노동자들의 투쟁을 보여주는데 치중하고 있는바 작가가 겨냥하고 있는 것은 전시 평양 노동자들이 보여준 고귀한 애국심과 불굴의 투지, 그리고 필승의 신념이다. 〈대동강〉은 현실 반영과 인물형상부각에서 당 정책에의 호응이 뚜렷이 나타난다. 문학을 '강력한 무기'로 간주한데서 생긴 당연한 결과로서 작품은 혁명적 낙관주의로 일관되고 있는데 그 결과 작품을 단순화시켜 예술적 감화력에 영향을 준 아쉬움도 크다.[7]

남한에선 해금 조치 이후 월북이나 재북 작가에 대한 연구가 활발하게 진행되었는데, 김윤식은 이런 연구의 중심에 위치했다. 김윤식은 한설야의 『대동강』에 대해서 '젊은 세대들이 어떻게 평양 방어전에 자발적으로 참여함으로써 고귀한 애국주의와 인간주의를 발휘했

구나 엄호석, 안함광, 김명수, 한설야 등의 1950년대 여러 평문에서 흔히 볼 수 있는 것이다.

6) 김윤식, 「우리 현대 문학사의 연속성: 염상섭의 『취우』와 한설야의 『대동강』」, 『한국 현대 현실주의 소설 연구』, 문학과지성사, 1990, 365~370쪽.

7) 김춘선, 「염상섭의 〈취우〉와 한설야의 〈대동강〉비교」, 『현대문학의 연구』 38, 2009. 6, 38쪽.

는가를 그린 것'이라 말하며, 『조선 문학 통사(하)』(1959)의 평가를 들어 '발생적 범주도, 모사적 범주도 아닌, 기능적 범주에 한설야 문학이 놓여 있음'을 지적했다. 이런 김윤식의 평가 이후 여러 논의가 진행되었는데,[8] 김윤식의 연구를 보충하는 성격이 한동안 강했다. 또한 중국 중앙민족대 김춘선은 '당 정책에 호응하여 혁명적 낙관주의로 일관'하고 있다고 평가하는데, 이도 김윤식의 연구에 크게 벗어나지 않았다.

그런데 김윤식의 연구 이후 대부분 논문에선 1952년 판본 『대동강』이 아니라 1955년 판본 『대동강』을 대상으로 하여 평가했지만, 김춘선은 1961년 판본 『한 설야 선집(10)』의 『대동강』을 저본으로 해서 분석했다. 그렇다면 1952년 판본 『대동강』과 1955년 판본 『대동강』, 1961년 판본 『대동강』은 어떤 차이가 있을까? 또한 김윤식이나 김춘선과 마찬가지로 대부분의 논문들은 '조국해방전쟁'기에 발표한 『대동강』에 대한 당대 평가를 삭제한 채 후대 평가에 의존해서 기술하고 있는데, 그러면 당대 평가는 어떠했을까? 따라서 이 글은 국내외에서 수집한 새로운 자료를 바탕으로 하여 당대 평가를 재구성하는 한편 1952년 판본 『대동강』과 1955년 판본 『대동강』, 1961년 판본 『대동강』의 개작과 김일성의 항일무장투쟁사의 침투 양상을 아울러 점검하고자 한다. 필자는 이런 검토를 통해서 한설야의 『대동강』의 연구에서 결락된 부분을 복원해보고자 한다.

---

8) 趙秀雄, 「韓雪野 現實主義 小說의 變貌 樣相 硏究」, 조선대 박사논문, 1998; 조수웅, 『한설야 소설의 변모 양상』, 국학자료원, 1999; 신영덕, 「한국전쟁기 남북한 전쟁소설의 특성: 한국군과 북한군의 형상화 양상을 중심으로」, 『한국현대문학연구』 14, 2003. 12; 안미영, 「1950년대 한국전쟁 배경 소설에 나타난 '서울'과 '평양': 염상섭의 『취우』와 한설야의 『대동강』 비교」, 『개신어문연구』 20, 2003, 12; 강진호, 「해방 후 한설야 소설과 김일성의 형상」, 『민족문학사연구』 25, 2004. 7; 김재용, 「민족주의와 탈식민주의를 넘어서: 한설야 문학의 저항성을 중심으로」, 『인문연구』(영남대) 48, 2005. 6; 강진호, 『그들의 문학과 생애 한설야』, 한길사, 2008; 김재용, 「염상섭과 한설야: 식민지와 분단을 거부한 남북의 문학적 상상력」, 『역사비평』 82, 2008. 봄호; 이경재, 「한설야 소설에 나타난 여성 표상 연구: 도제구조에 나타난 여성 표상을 중심으로」, 『현대소설연구』 38, 2008. 8.

2. 한설야 『대동강』의 창작과 판본

한설야의 『대동강』은 제1부 「대동강」, 제2부 「해방탑」, 제3부 「룡악산」으로 된 3부작 장편소설이다. 다음과 같은 여러 판본이 있는데, 이 작품은 일본이나 중국, 소련에서도 출판되었다.[9]

<표 1> 한설야의 『대동강』 판본

작가	작품명	역자	발행지역	발표지(출판사)	출판년도
한설야	「대동강(1~7)」		평양	『로동신문』 1877~1883	1952. 4. 23~29.
	『대동강』		평양	문예총출판사	1952. 6. 30.
	「해방탑: 장편 『대동강』의 제二부」		평양	『조선문학』 1-3	1953. 12. (1953. 12. 25)
	「해방탑(2): 장편 「대동강」의 제二부」		평양	『조선문학』	1954. 1. (1954. 1. 20)
	「룡악산(一): 장편 「대동강」의 제三부」		평양	『조선문학』	1954. 11. (1954. 11. 10)
	「룡악산(二): 장편 「대동강」의 제三부」		평양	『조선문학』	1954. 12. (1954. 12. 15)
	『대동강』		평양	조선작가동맹출판사	1955. 6. 10.
	『대동강』 (『한 설야 선집(10)』)		평양	조선작가동맹출판사	1961. 4. 20.
한설야(원작) 유환기(그림)	『대동강(제1부)』		평양	미술출판사	1957. 12. 31.
	『대동강 제2부: 해방탑』		평양	국립미술출판사	1958. 9. 1.
	『대동강 제3부: 룡악산』		평양	국립미술출판사	1959. 10. 10.
한설야	『대동강』		동경	재일본조선인교육자동맹문화부	1952. 12.
	『해방탑: 장편 『대동강』의 제二부』		동경	학우서방	1954. 4. 20.
韓雪野	『大同江』	金波	上海	上海文藝出版社	1954. 10.
	『大同江』	李烈	北京	作家出版社	1955. 6.
	『大同江』	李烈 曲本進	北京	人民文學出版社	1959. 4.

9) 「쏘련에서 한 설야 작 ≪대동강≫ 번역 출판」, 『문학신문』 359, 1961. 7. 11.

여기서 한설야의 『대동강』 제1부는 '1951년 12월 모스크바 크렘린 병원'에서 창작해서 1952년 4월 23일부터 29일까지 『로동신문』에 연재한 후 '전선문고'로 1952년 6월 문예총출판사에서 출간되었으며, 『대동강』 제2~3부는 6·25전쟁이 끝난 후 1953년~1954년 『조선문학』에 발표되었으며, 『대동강』 제1~3부를 합친 『대동강』 3부작이 1955년 6월에 조선작가동맹출판사에서 출간되었으며, 또한 『한설야 선집(10)』에 『대동강』 3부작이 수록되어 1961년 4월에 조선작가동맹출판사에서 출판되었다.

이런 『대동강』 3부작은 점순을 중심으로 한 평양 인쇄 공장 노동자들이 유엔군이 평양을 점령하자 평양에 잔류하면서 평양을 수복하기 위한 공작을 펼쳤으며, 평양 수복 후에도 인쇄 공장을 중심으로 복구 사업에 전념했다는 내용이다.

그러면 한설야는 당시 어떤 활동을 했으며, 어떤 과정을 거쳐 『대

한설야, 「대동강(1)」, 『로동신문』 1877, 1952. 4. 23.

한설야, 『대동강』, 문예총출판사, 1952.

동강』을 창작했을까? 조선문학예술총동맹은 1951년 3월 10일 북조선문학예술총동맹과 남조선문화단체총련맹 중앙위원회 연합회의에서 결성되었으며, 그는 조선문학예술총동맹 상무위원회 위원장이 되었다.[10] 1951년 4월 26일 '전선원호사업 및 창작사업으로서 특출한 공훈을 세운 문학예술부문 일군에게 조선민주주의 인민공화국 훈장 및 메달을 수여'했는데, 한설야는 리기영, 리태준, 림화, 조기천, 최승희 등과 함께 '국기훈장(제2급)'을 받았다.[11] 그리고 1951년 11월 27~28일 소련 모스크바에서 열린 제3차 '쏘련평화옹호대회'에서 한설야는 '조선 평화옹호 전국 민족위원회 위원장' 자격으로 참가하여 연설했다.[12] 그런데 한설야는 1951년 11월 '윈나(Vienna)'에서 개최되었던 세계평화이사회 회의를 마치고 돌아오던 중에 신병으로 모스크바 교외의 '사나또리(휴양소)'에 입원 치료하게 되었다.[13] 아마도 그는 신병으로 휴양소에서 입원 치료하면서 『대동강』을 창작한 것으로 보이는데, 그래서 한설야는 '1951년 12월 모스크바 크렘린 병원'[14]에서 『대동강』을 완성했다고 적고 있다.

> 우리 작가 예술가들은 인간정신의 기사로서 자기들의 작품에 우리 인민이 갖고있는 숭고한 애국심과 견결한 투지와 종국적인 승리를 위한 철석같은 결의와 믿음을 가장 뚜렷하게 표현할 뿐만아니라 자기들의 작품이 싸우는 우리인민의 수중에서 가장 강력하고도 예리한 무기가 되게하며 전체 인민을 최후의 승리에로 고무 추동시켜야 할것입니다.[15]

---

10) 「조선문학예술총동맹 및 각동맹 중앙위원」, 『문학예술』 4-1, 1951. 4, 35쪽.
11) 「조선민주주의 인민공화국 최고인민회의 상임위원회 정령」, 『민주조선』 1600, 1951. 5. 2.
12) 「제三차 쏘련평화옹호대회: 찌호노브보고에 대한 토론: 한설야씨도 연설에 참가」, 『로동신문』 1736, 1951. 12. 4.
13) 한설야, 「북경 평화 대회의 인상」, 『문학예술』 5-12, 1952. 12, 104쪽; 한설야, 「쓰딸린은 우리와 함께 살아 있다」, 『문학예술』 6-3, 1953. 3, 32쪽. 한설야는 1952년 2월 6일 소련 모스크바 교외의 휴양소에서 창작한 작품으로 「황초령」을 소개했다(한설야, 「황초령」, 『문학예술』 5-6, 1952. 6, 38쪽; 한설야, 『황초령』, 평양: 문예총출판사, 1953, 58쪽).
14) 한설야, 『대동강』, 평양: 문예총출판사, 1952, 146쪽.
15) 김일성, 『김일성장군의 격려의 말씀(전체작가예술가들에게)』, 평양: 문화선전성, 1951,

> 우리군대의 영용성과 아울러 후방에서와 적의 림시적 강점에 들었던 지대에서의 우리인민의 혁혁한 투쟁과 용감무쌍한 영웅성도 우리 문학 예술 작품에 잘 표현되여야 하겠습니다.[16]

그러면 한설야의 『대동강』 창작에 직접적인 영향을 미친 문예정책은 무엇이었을까? 1951년 6월 30일 중견작가들과의 접견 석상에서 한 담화 「김일성장군의 격려의 말씀: 전체 작가 예술가들에게」에서, 김일성은 '조선 인민이 갖고 있는 숭고한 애국심과 견결한 투지, 종국적인 승리를 위한 철석같은 결의와 믿음을 뚜렷하게 표현한 작품'을 창작하기를 요구했다. 또한 이 담화에서 '조국해방전쟁' 기간에 제기된 중요한 문제를 다루고 있는데, 김일성은 ① 인민들의 숭고한 애국심을 다룬 작품, ② 민족에 대한 높은 자부심을 표현한 작품, ③ 인민군대의 영웅성과 완강성을 표현하고 묘사한 작품, ④ 많은 공화국 영웅을 묘사한 작품, ⑤ 임시적 강점에 들었던 후방 지대에서의 혁혁한 투쟁과 용감무쌍한 영웅성을 표현한 작품, ⑥ 인민과 군대에게 승리에 대한 신심을 고무하고 격려하는 작품, ⑦ 적에 대한 증오심을 옳게 표현한 작품, ⑧ 인민문학 중에서 민요, 구전문학을 연구할 것, ⑨ 창작사업에서 비판과 자기비판을 철저하게 전개할 것, ⑩ 세계 선진문화를 섭취할 것 등에 대한 문제를 지적했다. 여기서 '임시적 강점에 들었던 후방 지대에서의 혁혁한 투쟁과 용감무쌍한 영웅성을 표현한 작품'을 창작할 것을 요구한 김일성의 담화에 따라, 북조선 문학예술계를 이끌던 조선문학예술총동맹 상무위원회 위원장 한설야도 『대동강』 창작에 나아간 것이었다.

> 작가 한설야는 주제 자체가 서사시의 특징을 가진 장편 「대동강」의 제一부를 발표하였다. 이 작품에서 작가는 인민군대의 일시적 후퇴 시기에

1~2쪽.

16) 위의 책, 7~8쪽.

적에게 강점된 평양시에서 원쑤들을 반대하여 싸운 젊은 투사들의 영웅적 모습을 묘사하였다. 이 작품에서 작가가 조선 인민의 조국 해방 투쟁사상 가장 흥미있고 의의있는 페—지의 하나에 대하여 충실하고 심오한 분석을 한 것은 커다란 공적이다. (…중략…) 이 작품은 앞으로 조국 해방 전쟁에로 발전할 것이 예견되고 있는바 한설야의 「대동강」과 아울러 조국 해방 전쟁을 주제로 삼은 장편이 나오기 시작한 것은 주목할만한 현상이다.[17]

한설야의 『대동강』이 발표된 후에 있었던 당대 평가는 어떠했을까? 한효는 1951년 6월 30일 김일성의 담화에 따라 1952년 상반기에 발표된 작품들을 논했는데, 리기영의 『삼팔선』과 함께 한설야의 『대동강』을 주목했다. 한효는 '인민군대의 일시적 후퇴기 적에게 강점된 평양시에서 적을 반대하여 싸운 젊은 투사들의 영웅적 모습을 묘사'한 작품으로 『대동강』 제1부를 평했으며, '조선 인민의 조국해방투쟁사상 가장 흥미 있고 의의 있는 페이지의 하나에 대해서 충실하고 심오한 분석을 한 것이 한설야의 커다란 공적'이라 하여 고평했다.

한설야의 작품 「대동강」은 장편의 일부로 보는 한 그 생기 있는 광범한 예술적 묘사로 보아 훌륭한 작품이며 그만큼 독자들의 다대한 흥미를 자아내고 있다. 그러나 그 주인공 점순의 성격에 관하여는 진실답지 않다는 것을 이 작품을 읽는 누구나 다 알 수 있다. 즉 점순은 인민층으로부터 나온 소박한 보통 처녀로 등장하고 있음에도 불구하고 그 감정이나 사색과 심리나 말투에 있어서 지식 녀성만이 가질 수 있는 그러한 내면세계로 그려졌다. 그리하여 근로자 가정의 소박한 처녀가 그 따운 말과 사유를 하지 않고 아주 성숙한 인테리 녀성의 말과 생각을 하는 때의 부자연성을 느끼게 했다. 성격에 있어서의 이 불일치는 인물 묘사에 있어

17) 한효, 「우리 문학의 새로운 성과: 1952년 상반기에 발표된 작품들에 대하여」, 『문학예술』 5-8, 1952. 8, 103~104쪽.

서 작가가 생활에 충실하고 그 진실성을 추구하면서 그 인물을 뒤집어 쓰고 객관적으로 따라갈 대신 그 인물을 빌어 작가 자신을 묘사하게 되는 그러한 착오로써 레알리즘을 위반하고 있다는 것을 말하여 준다. 인물에 있어서의 이러한 비진실성은 「대동강」에만 있는 것이 아니다. 적지 않은 작가들이 인물의 외피 속에 자기들의 사상 감정으로 채워버린다.[18]

엄호석도 '생기 있는 광범한 예술적 묘사로 보아 훌륭한 작품이며 그만큼 독자들의 다대한 흥미를 자아내는 작품'으로 한설야의 『대동강』을 평했지만, 작품의 주인공인 '점순의 성격이 진실하지 못하다'는 측면에 대해선 비판했다. 비판의 핵심은 '점순이 조선인민의 소박한 보통 처녀로 등장하지만 그녀의 감정이나 사색, 심리, 말투는 지적 여성만이 가질 수 있는 그러한 내면세계로 그려져 있기에' '점순의 성격은 부자연스럽다'는 것이었다. 즉, '점순의 성격의 비진실성'은 '작가들이 인물의 외피 속에 작가들의 사상이나 감정을 채우는' 것에 기인했는데, 엄호석은 리얼리즘을 위반한 것이라고 비판했다.

그런데 한효와 달리 이런 엄호석의 비판은 어디에서 온 것일까? 이는 김일성의 1951년 6월 담화에서 지적한 '영웅 형상화'의 문제에서 온 것이었다. 김일성은 담화에서 '영웅이라고 해서 반드시 신기한 사실, 전설적인 비범한 인간'이 아니라 '어젯날의 노동자, 농민, 사무원, 학생들이나 그들의 자제'를 그릴 것을 말했으며, '그들의 풍부한 감정과 인간성, 그들이 갖고 있는 사상과 신심 그대로 묘사해야 한다'고 지적했다.[19] 이런 김일성의 지적에 따라 북조선 문학예술계에서는 영웅 형상화에 따른 여러 결함에 대한 것을 논의하게 되었다.[20]

---

18) 엄호석, 「문학 발전의 새로운 징조: 최근의 작품들과 그 경향을 말함」, 『문학예술』 5-11, 1952. 11, 96쪽.

19) 김일성, 『김일성장군의 격려의 말씀(전체작가예술가들에게)』, 1951, 6~7쪽.

20) 리원조도 김일성의 담화에 따라 영웅 형상화의 문제를 다음과 같이 지적했다. "영웅을 형상화한 작품들이 전투장면이나 영웅적 행동, 그 자체가 단순하며 비슷 비슷하다고 해서 그들의 과거 생활과 그들의 개성을 그린것이 이것 또한 천편일률적의 류형에 떨어진 것은 무슨 때문인가? 이것이 다름 아닌 노-트식 영웅제조 방법에서 유래한 것으로서 작

이에 따라 엄호석도, 작가가 '실재의 영웅을 형상화함에 있어서 이 영웅의 생애에서 일어난 여러 가지 사실 가운데서 그가 영웅으로 형성되는 과정을 밝히는데 필요한 특징적 디테일을 선택하여 써야 하며', 독자들에겐 '평범하고 소박한 사람들이 어떻게 하여 영웅이 되었으며 어떻게 하여 그가 조국을 위한 무한한 사랑의 감정으로 말미암아 희생적으로 싸웠는가 하는 것을 설득시켜야 하며', '독자들의 마음에서 평범한 사람이 가진 총명, 지혜, 창조력과 위대성의 감정과 같은 인민의 정신적 소질의 자각을 환기시키는데' 목적을 두어야 한다고 강조했다.[21] 이런 영웅 형상화에 대한 논의에 힘입어 엄호석은 『대동강』의 주인공인 점순의 성격적 결함을 지적했던 것이다. 즉, 그는 '어젯날의 노동자'인 평범한 주인공이 지식인 여성이 가진 성격적 특질을 함께 가짐으로써 발생하는 '비진실성'을 지적한 것인데, 이는 당대 있었던 리얼리즘에 벗어난 '자연주의적 경향'에 대한 비판에 해당한다. 그런데 1950년대 초반의 논의가 인물 형상화에 대한 것이라면, 『대동강』 3부작이 완성된 1950년대 중반 이후의 논의는 '당의 역할'을 추가하여 강조하는 방향으로 진행되었다.

3. 한설야의 『대동강』의 개작과 평가

한설야의 『대동강』에서 '당의 역할'에 대한 강조는 '덕준'이란 인물을 평하면서 드러나는데, 이는 어떤 평가일까?

가, 예술가들이 영웅의 생활과 그의 사상 감정과 내면적 발전에 대해서 깊이 연구하지 않고 다만 노-트에다가 그의 리력서와 전투정형과 몇가지의 담화를 적은 것으로써 작품을 쓰기 때문이란 것을 우리는 단언할수 있는 것이다."(리원조, 「영웅 형상화의 문제에 대하여」, 『인민』, 1952. 2, 128쪽)

21) 엄호석, 「우리문학에 있어서의 자연주의와 형식주의 잔재와의 투쟁」, 『로동신문』 1780, 1952. 1. 17.

점순이는 자기가 그동안 덕준이 밑에서 그리고 덕준이 뒤에 있는 덕준이보다 훨씬 더 큰 힘의 영향 밑에서 좀 더 다져지고 강해진 것을 느꼈다.[22)]

덕준이가 자기 같은 조그만 녀자에게까지 조직선을 늘이고 있는 것으로 보아 그가 다른데 얼마나 많은 눈과 손과 발과 연장을 가지고 있을지 십상 모르는 것이였다. 그러기에 평양 거리에서만도 매일 같이 뜻 밖에 일이 일어나고 있는 것이며 또 아직은 알려지지 않고 있다 하더라도 지금 무슨 일들이 어느 구석에서 어떻게 준비되고 있는지 모르는 것이였다.[23)]

어느 날 사동에서 마지막 지하당 회의를 열었다. 회의는 빨찌산을 조직할데 대한 결정을 채택하였다. 그리고 나서 덕준은 빨찌산을 산 속에 두는 것과 동시에 사동에 그대로 지하당을 둘 것과 또 자기가 그 책임을 질데 대하여 제의하였다. (…중략…) 점순이들의 투쟁이 지하당의 인정을 받게 되였던 것과 이번 공작의 중요성이 덕준이로 하여금 그들을 합작케 하였던 것이다.[24)]

(모든 밑줄: 필자)

한설야의 『대동강』의 제1부 「대동강」에서는 덕준의 지시에 따라 점순이 투쟁의 길로 나아가게 되는데, 여기서 '덕준의 지도'와 '덕준 뒤에 있는 더 큰 힘의 영향 밑'에서 점순이 다져지고 강해진 것으로 표현했다. 『대동강』 제1부의 「대동강」에서 암시된 '덕준'과 '덕준보다 더 큰 힘'이 『대동강』 제2부 「해방탑」에서는 더욱 선명하게 드러난다. 『대동강』 제2부 「해방탑」에서는 덕준을 '지하당 책임자'로 설정하는 한편, 덕준과 연결된 '당'과 연관되어서 평양에서의 투쟁이

22) 한설야, 「대동강(2)」, 『로동신문』 1878, 1952. 4. 24.(한설야, 『대동강』, 평양: 문예총출판사, 1952, 30쪽)
23) 한설야, 「해방탑: 장편 『대동강』의 제二부」, 『조선문학』 1-3, 1953. 12, 31쪽.
24) 한설야, 「해방탑(2): 장편 「대동강」의 제二부」, 『조선문학』, 1954. 1, 61~62쪽.

행해진 것이라고 설명했다. 즉, 이는 제1부 「대동강」에 비해 제2부 「해방탑」, 제3부 「룡악산」이 당의 역할을 한층 강조했다는 말이다. 또한 더 나아가 당의 역할을 강조하는 한편 김일성의 항일무장투쟁사도 한층 강화했다.

> 우리의 애국주의를 형상화함에 있어서 우리 작가들이 특별히 자기의 경애하는 수령의 투쟁 력사에 깊은 주의를 돌리게 된 것은 지극히 당연한 일입니다.
>
> 그것은 우리의 애국주의의 가장 구체적이며 숭고한 표현을 우리 작가들이 수령의 투쟁 력사에서 보게 되는 까닭입니다. 바로 그렇기 때문에 김일성 원수의 빛나는 투쟁 력사는 우리 문학의 가장 영광스러운 애국적 테—마로 되며 또한 영원한 테—마로 되는 것입니다.[25]

1953년 9월 26~27일 제1차 전국 작가 예술가 대회에서 한설야는 조선작가동맹 위원장으로 선출되었는데,[26] 이 대회 보고에서 그는 '김일성의 투쟁 역사에서 가장 구체적이고 숭고한 애국주의'를 볼 수 있다고 했으며, 이것은 문학의 '가장 영광스러운 애국적 주제이며, 영원한 주제'라고 강조했다. 이렇게 김일성의 투쟁 역사를 한층 강조하듯, 1952년 발표된 『대동강』의 제1부 「대동강」에 비해 전후 1953~1954년 발표한 『대동강』의 제2부 「해방탑」, 제3부 「룡악산」에서는 김일성의 형상이 깊이 침투해서 김일성의 투쟁사가 한층 강화되어 표현되었다.

> 단신으로 권총 두 자루에서부터 강력한 <u>항일 빨찌산 부대</u>를 길러 一五년간이나 일제를 반대하여 싸운 김일성 원수는 이 조그만 싹을 오늘 전체

25) 한설야, 「전국 작가 예술가 대회에서 진술한 한설야 위원장의 보고」, 『조선문학』 1, 1953. 10, 112~113쪽.
26) 「제一차 조선 작가 동맹 회의 결정서」, 『조선문학』 1, 1953. 10, 144쪽.

인민이 전사로서 싸우는 조건하에서 점차 전선과 후방에 확대시켰다.[27]

점순은 그 때, 다시금 김일성 장군 빨찌산 이야기를 련상하였다. 처음에 김 장군 유격대는 고추 가루를 가지고 다니다가 왜놈 군대나 순경 놈들을 만나면 그것을 눈에 치고 그놈이 눈을 싸쥐고 뭉개는 틈에 권총을 떼냈다. 또 놈들을 강으로 업어 건너 주다가 깊은 물곬에 처박아 죽이고 무기를 떼내기도 하였다. 농민으로 차리고 다니다가 뒤에서 낫이나 호미로 놈들을 찍어 넘기고 혹은 발길과 주먹으로 때려 번지고 또는 돌팔매로 꺼꾸러뜨리고 무기를 탈취하기도 하였다. / 이렇게 먼저 무기를 얻음으로써 유격대는 자기들의 첫무장을 차릴 수 있었고 무장을 가짐으로써 전투를 할 수 있게 되였다. 김 장군 유격대 이야기는 누구나 감탄하면서도 그 교훈을 자기의 살로 하지 못한 것이라고 점순은 뉘우쳤다.[28]

김일성의 항일무장투쟁사는 한설야의 『대동강』의 여러 부분에 영향을 미쳤다. 『대동강』의 제2부 「해방탑」에서는 김일성의 항일 유격대 활동이 감탄의 대상인 동시에 6·25전쟁기 후방 유격대 활동의 중요한 교훈이라고 지적했다. 또한 『대동강』의 제3부 「룡악산」에서는 김일성이 두 자루의 권총을 가지고 강력한 항일 유격대를 만들어 15년 간 일제에 반대하여 투쟁했듯, 이런 행적은 6·25전쟁기 전선과 후방의 활동의 중요한 지침이 되어 확대되고 있다고 했다. 이러하듯, 김일성의 항일무장투쟁사가 6·25전쟁 후 한층 강조되었음을 『대동강』의 제2부 「해방탑」과 제3부 「룡악산」은 증명한다.

그런데 『대동강』에서 '덕준과 당의 연관성'이나 '김일성의 항일무장투쟁사'는 다른 작품에도 영향을 미치는데, 특히 이런 영향은 한설야의 장편소설 『황혼』의 개작본에도 나타난다.[29]

---

27) 한설야, 「룡악산(一): 장편 「대동강」의 제三부」, 『조선문학』, 1954. 11, 43쪽.
28) 한설야, 「해방탑: 장편 『대동강』의 제二부」, 『조선문학』 1-3, 1953. 12, 12쪽.
29) 1952년 판본 『대동강』은 '1951년 12월'에 창작하여 1952년 4월 23~29일 『로동신문』에

> 그것은 그들의 올그 박 상훈의 지도 아래에서 언제나와 같이 맑스—레닌주의적 립장에서 행하여졌다. (…중략…) 준식이들은 자기의 올그가 어디서 왔는지 어디 묵고 있는지 그런 것은 전연 알지 못했고 알려고도 하지 않았다. (…중략…) 준식은 박상훈의 지도를 받게 되면서부터 자기 자신과 자기들이 하는 일에 대하여 더욱 긍지를 가지게 되였고 따라서 남들을 자기들의 길로 이끌어 갈데 대한 신념을 가지게 되였다.[30]

1936년 판본 『황혼』보다 1955년 개작본 『황혼』의 준식은 노동자를 지도하는 인물이며 더 나아가 그들을 의식화시키고 새로운 정치투쟁으로 이끄는 선구적인 인물로 한층 강화되었다. 이렇게 강화된 준식의 뒤에는 초판본에 등장하지 않던 '박상훈'이라는 공작원이 존재했다. 준식은 박상훈의 지도에 따라 자기 자신과 자기들이 하는 일에 대하여 긍지를 가지게 되었고 남들을 자기들의 길로 이끌어 갈 데 대한 신념을 가지게 되었다. 여기서 박상훈은 일본인 자본가들을 추종하는 조선인 자본가들에 의하여 조선에 도입된 산업합리화의 본질을 해명하고 폭로하는 한편 이것에 반대하여 싸울 방법들을 준식을 통하여 일반 노동자들에게 침투시키는데 힘을 쓰는 직업적 혁명가, 즉 지하 공작원이었다.[31]

발표한 후 '1952년 6월 30일'에 단행본으로 발행되었고, 3부작을 합친 1955년 판본 『대동강』은 '1954년 9월 20일' 개작하여 '1955년 6월 10일'에 발행되었다. 1955년 판본 『황혼』은 '1954년 12월' 이전에 개작하여 '1955년 3월 25일'에 발행되었다(한설야, 「대동강(1~7)」, 『로동신문』 1877~1883, 1952. 4. 23~29; 한설야, 『대동강』, 평양: 문예총출판사, 1952, 146쪽; 한설야, 『대동강』, 평양: 조선작가동맹출판사, 1955, 363쪽; 한설야, 『황혼』, 평양: 조선작가동맹출판사, 1955, 6쪽).

30) 한설야, 『황혼』, 평양: 조선작가동맹출판사, 1955, 70~85쪽(한설야, 『황혼』(현대 조선 문학 선집 16), 평양: 조선작가동맹출판사, 1959, 88~106쪽; 한설야, 『황혼』(현대조선문학선집 25), 평양: 문학예술종합출판사, 1999, 99~116쪽).

31) 김병길, 「한설야의 〈황혼〉 개작본 연구」, 『연세어문학』 30·31, 1999. 2, 170쪽; 이경재, 「한설야 소설의 개작 양상 연구」, 『민족문학사연구』 32, 2006. 12, 302~303쪽.

김 일성 동지와 그의 전우들에 의하여 조직 지도되는 항일 무장 유격 투쟁의 사상 정치적 영향은 조선 문학의 발전을 또한 촉진시켰다. 조선의 진보적 문학가들은 김 일성 동지의 항일 유격 투쟁에 고무되면서 조선 인민의 민족 해방 투쟁을 좀 더 높은 사상 예술적 심도와 방대한 서사시적 화폭으로 형상하는 길에로 진출하였다. 이상의 설정은 김 일성 동지가 조직 령도한 항일 유격 투쟁이 이 시기 각 분야에 걸친 조선 인민의 혁명 투쟁에 대하여 당의 지도적 역할을 대변하고 있었다는 것을 의미한다.[32]

박 상훈의 일언 일행은 그가 당시의 진정한 공산주의자이며 직업적 혁명가—지하 공작원이라는 것을 명백히 말하여 주고 있다. (…중략…) 여기에서 박 상훈은 조국 광복회에 소속한 공작원의 초상이거나 그렇치 않으면 조국 광복회가 조직되기 이전에 김 일성 동지에 의하여 국내에 파견된 정치 공작원의 초상이라는 것이 명백하다.[33]

그런데 한설야가 김일성의 항일무장투쟁의 영향을 지적한 이후 여러 평자들이 이에 대해 논했는데,[34] 안함광은 '김일성과 그의 전

32) 안함광, 「조선에 있어서의 사회주의 사실주의 문학의 발생과 발전(2): 1930년대 조선 문학의 특성」, 『조선어문』 1956. No.3, 1956. 6, 25쪽.

33) 계북, 「한 설야 작 장편 소설 『황혼』과 사회주의적 사실주의 제 문제」, 리효운·계북, 『≪고향≫과 ≪황혼≫에 대하여』, 평양: 조선작가동맹출판사, 1958, 200~201쪽.

34) 한설야는 1955년 판본 『황혼』에서 김일성의 항일무장투쟁의 영향을 다음과 같이 지적한다. "더욱 一九三〇년 이후부터 김 일성 원수의 무장 항일 투쟁의 거센 파도와 또는 김 일성 원수의 직접적 지도에 의한 정치 공작으로 말미암아 조선 로동 계급은 더욱 장성하였으며 그 투쟁과 력량은 더욱 강화되였다." 한설야 이후 이런 지적은 여러 평자들이 언급하는데, 안함광은 "조선 인민의 민족 해방 투쟁을 새로운 력사적 단계에로 이끌어 올린, 김 일성 원수의 항일 빨치산 투쟁의 사상 정치적 영향은 조선 문학의 발전을 일층 높은 단계에로 촉진하였다"고, 엄호석도 "민족 해방 투쟁이 김 일성 원수의 항일 무장 투쟁에 의한 적극적 무장 투쟁의 새로운 단계에 들어섬에 따라 원산 제네스트, 평양 고무 공장 파업, 부산 부두 로동자들의 파업 등 로동 계급의 투쟁이 도시들에서 일상적으로 벌어지고 함남북 일대의 농촌엣 농민 투쟁이 계속적으로 발발한 시기였으며 보천보에서 민족의 해방을 예고하는 수령의 높이 추켜든 홰불이 조선 인민의 심장을 밝게 비쳐준 시기였다"고, 김명수도 "김 일성 원수가 지도한 항일 무장 투쟁과 깊은 관계를 가지는바 당시의 로동 운동은 항일 무장 투쟁의 직접 간접의 지도 및 고무 속에서 성장 발전하였다"고, 또한 한중모도 "김 일성 원수에 의하여 령도된 항일 무장 투쟁의 직접적인 지도와 영향 하에서 국내에서도 투쟁의 불'길이 일층 치렬하게 타 올랐다"고 적고 있

우들이 조직하고 지도한 항일무장유격투쟁의 사상 정치적 영향'이 '조선문학의 발전을 촉진'시키는 한편, '김일성이 조직하고 영도한 항일유격투쟁이 1930년대 각 분야에 걸쳐 조선인민의 혁명 투쟁에 대하여 당의 지도적 역할을 대변'했다고 평했다. 이런 안함광의 설정에 따라 『황혼』도 김일성의 항일무장투쟁에 영향을 받은 작품이 되었다. 더 나아가서 계북은 박상훈을 '조국광복회에 소속한 공작원이거나 조국광복회가 조직되기 이전에 김일성에 의하여 국내에 파견된 정치공작원'이라고 지적했다. 이런 평가에서 보듯, 박상훈이라는 지하 공작원을 설정함으로써 한설야의 『황혼』은 김일성의 항일무장투쟁의 직접적인 영향하에서 창작된 작품으로 변모했다.[35] 『대동강』의 '덕준'과 '덕준보다 더 큰 힘'이 '지하당 책임자'와 '지하당'이 되듯, 『황혼』도 '상훈'과 '상훈을 이끄는 조직'이 '조국광복회 공작원이나 김일성이 파견한 정치공작원'과 '김일성의 항일 투쟁 조직'이 되는 동일한 설정을 갖는다. 즉, 덕준이 당과 연결되듯, 상훈도 김일성이 이끄는 조직과 연관되는 것이다.

다. 더 나아가 윤세평은 "우리 나라 혁명 발전에서 새로운 무장 투쟁 단계를 열어 놓은 30년대 김 일성 동지의 영웅적 항일 무장 투쟁은 카프 작가들을 직접 고무하는 원천이 되였다"고까지 기술한다(한설야, 「『황혼』 재간에 제하여」, 『황혼』, 평양: 조선작가동맹출판사, 1955, 3쪽; 안함광, 「해방전 진보적 문학」, 『조선문학』, 1955. 8, 177쪽; 엄호석, 「한 설야의 문학과 『황혼』」, 『조선문학』, 1955. 11, 147쪽; 김명수, 『새 인간의 탐구: 해방전의 한 설야와 그의 창작』, 평양: 조선작가동맹출판사, 1957, 128쪽; 한중모, 「한 설야의 해방전 문학 활동」, 『청년문학』 27, 1958. 7, 65쪽; 윤세평, 「한 설야와 그의 문학」, 『조선문학』 156, 1960. 8, 177쪽).

35) 신형기나 김병길의 논문은 개작본 『황혼』에 대해서 1930년대 노동운동과 '김일성의 항일무장투쟁'과의 관련성을 지적한 반면 이경재의 논문에서는 1955년 판본 『황혼』에 대해서 논하면서 '한설야가 1930년대 노동운동과 김일성과의 관련성 속에서 찾으려 하지 않았다'고 판단하고 있다. 그런데 1953년 판본 『력사』나 1955년 판본 『대동강』의 직접적인 '김일성의 항일무장투쟁'과의 관련성을 지적한 것이나 1955년 판본 『황혼』의 서문 형태의 글에서 '김일성의 항일무장투쟁'에 대해 언급한 것을 볼 때, 1955년 개작본 『황혼』도 김일성의 항일무장투쟁과 관련된다고 판단하는 것이 더 타당하다(신형기, 「북한문학의 발단과 기원(1)」, 한국문학연구회, 『현역중진작가연구(III)』, 국학자료원, 1998, 279~280쪽; 김병길, 「한설야의 〈황혼〉 개작본 연구」, 『연세어문학』 30·31, 1999. 2, 172쪽; 이경재, 「한설야 소설의 개작 양상 연구」, 『민족문학사연구』 32, 2006. 12, 305쪽).

① 1952년 4월 판본 『대동강』

점순은 예상보다 오히려 흡족한 마음으로 공장을 나왔다.

그는 이제 다시 그 공장에 들어가서 할 일에 대해 자신을 얻었다. 그는 해방 오년 동안에 더우기 적의 강점 하에서의 요 얼마 동안의 투쟁에서 자기가 사뭇 변해졌으며 또 무척 자란 것을 이때처럼 똑똑히 보고 또 자랑스럽게 생각한 적은 일찌기 없었다.36)

② 1952년 6월 판본 『대동강』

점순은 예상보다 오히려 흡족한 마음으로 공장을 나왔다.

그는 이제 다시 그 공장에 들어가서 할 일에 대해 자신을 얻었다. 그는 해방 오년 동안에 더우기 적의 강점하에서의 요 얼마 동안의 투쟁에서 자기가 사뭇 변해졌으며 또 무척 자란 것을 이 때처럼 똑똑히 보고 또 자랑스럽게 생각한 적은 일찌기 없었다.37)

③ 1955년 6월 판본 『대동강』

점순은 예상보다 오히려 흡족한 마음으로 공장을 나갔다.

홀로 뒤에 남은 상락은 잠시 동안 정신이 취하였다. 점순의 이야기에서 물론 십분 만족을 느끼지는 못 했다. 그러나 어쩐지 점순의 말은 무엇을 깊이 생각하게 하였다. (…중략…)

상락이가 이렇게 생각하는 그 시간에 점순은 거리를 걸어가며 이제 그 공장에 들어가서 할 일에 대해 생각하였다. 짐짓 자신이 생겼다.

점순은 해방 五년 동안에 더우기 적의 강점하에서의 요얼마 동안의 투쟁에서 자기가 사뭇 변해졌으며 또 무척 자란 것을 이때처럼 똑똑히 보고 또 자랑스럽게 생각한 적은 일찌기 없었다.

그리면서 점순은 새삼스레 덕준에 대한 감사를 느꼈다. 점순을 오늘 같이 키워준 사람도 그였고 다시 그 공장으로 들어가게 한 것도 그였다. 그

36) 한설야, 「대동강(4)」, 『로동신문』 1880, 1952. 4. 26.
37) 한설야, 『대동강』, 평양: 문예총출판사, 1952, 55쪽.

것은 자기에게 대한 진정한 도움이였다.

물론 덕준은 보다 크고 중요한 줄을 많이 쥐고 있을 것이였다. 그러나 그러면서도 있는지 없는지도 알아줄 사람이 없는 조그만 자기를 그처럼 가르쳐 주고 인도해 주었던 것이다.[38)]

④ 1961년 4월 판본『대동강』

점순은 예상보다 오히려 흡족한 마음으로 공장을 나섰다.

홀로 뒤에 남은 상락은 잠시 동안 정신이 아리숭하였다. 점순의 이야기에서 물론 십분 만족을 느끼지는 못 했다. 그러나 어쩐지 점순의 말은 무엇을 깊이 생각하게 하였다. (…중략…)

상락이가 이렇게 생각하는 그 시간에 점순은 거리를 걸어 가며 이제 그 공장에 들어 가서 할 일에 대해 생각하였다. 짐짓 자신이 생겼다.

점순은 해방 五 년 동안에 더우기 적의 강점하에서의 요 얼마 동안의 투쟁에서 자기가 사뭇 변해졌으며 또 무척 자란 것을 이 때처럼 똑똑히 느끼고 또 자랑스럽게 생각한 적은 없었다.

그리면서 점순은 새삼스레 덕준에 대한 감사를 느꼈다. 점순을 오늘 같이 키워 준 사람도 그였고 다시 인쇄 공장으로 들어 가게 한 것도 그였다. 그것은 자기에게 대한 진정한 도움이였다.

물론 덕준은 보다 크고 중요한 줄을 많이 쥐고 있을 것이다. 그러나 그러면서도 있는지 없는지도 알아 줄 사람이 없는 조그만 자기를 그처럼 가르쳐 주고 인도해 주었던 것이다.[39)]

여기서 1952년 판본『대동강』보다『대동강』의 제2부「해방탑」에서 덕준의 역할을 한층 강조하자, 이에 따라 1955년 판본『대동강』제1부「대동강」에선 상락의 심리적 동요나 점순의 성장과 이를 지도한 덕준에 대한 감사 등과 같은 기술들이 추가되었다. 이를 통해

38) 한설야,『대동강』, 평양: 조선작가동맹출판사, 1955, 30~31쪽.
39) 한설야,『한 설야 선집(10)』, 평양: 조선작가동맹출판사, 1961, 40~42쪽.

1955년 판본이나 1961년 판본 『대동강』의 제1부 「대동강」은 덕준의 역할이 한층 더 강화되어 있음은 물론이다. 즉, 이는 『대동강』의 제2부 「해방탑」에 의해서 다시 『대동강』의 제1부 「대동강」이 개작되어 1955년 판본 『대동강』이 탄생했다는 것이다. 또한 이런 덕준의 강화와 더불어 김일성의 항일무장투쟁에 관한 것도 1955년 판본이나 1961년 판본 『대동강』에 추가되었다.

① 1952년 4월 판본 『대동강』

사장은 그리고 나서 처음으로 사장실에 앉았을 때처럼 몸을 뒤로 저빠두름 제꼈다.

그래서 결국 이러니 저러니 피차 발뺌하는 한계에서 이야기가 오고 가는데 그제사 스미쓰가 싱긋이 웃으며 일어나 이쪽으로 걸어오면서[40]

② 1952년 6월 판본 『대동강』

사장은 그리고 나서 처음으로 사장실에 앉았을 때처럼 몸을 뒤로 저빠두름 제꼈다.

그래서 결국 이러니 저러니 피차 발뺌하는 한계에서 이야기가 오고가는데 그제사 스미쓰가 싱긋이 웃으며 일어나 이쪽으로 걸어오면서[41]

③ 1955년 6월 판본 『대동강』

사장은 그리고 나서 처음으로 사장실에 앉았을 때처럼 몸을 뒤로 저빠두름 제끼며 말하였다. (…중략…)

그 험집은 그가 일제 때 함경북도 경찰부 고등과 형사로 길주 농민 동맹 재건 사건 관계자를 체포하기 위하여 그들의 아지트인 어떤 광산 페굴 속을 습격했을 때 쟁기에 맞은 자리였다. 그때는 <u>조선 농민 투쟁이 김일성 원수 항일 무장 투쟁의 영향</u>을 받아 무장 봉기의 단계로 넘어서려는

---

40) 한설야, 「대동강(7)」, 『로동신문』 1883, 1952. 4. 29.
41) 한설야, 『대동강』, 평양: 문예총출판사, 1952, 123쪽.

무렵이였다. (…중략…)

그래서 결국 이러니저러니 피차 발뻄하는 한계 안에서 이야기가 오고 가는데 그제사 스미쓰가 싱긋이 웃으며 일어나 그쪽으로 걸어가면서[42]

④ 1961년 4월 판본 『대동강』

사장은 그리고 나서 처음으로 사장실에 앉았을 때처럼 몸을 뒤로 저빠두름 제끼며 말하였다. (…중략…)

그 흠집은 그가 일제 때 함경북도 경찰부 고등과 형사로 길주 농민 동맹 재건 사건 관계자를 체포하기 위하여 그들의 아지트인 어떤 광산 페굴 속을 습격했을 때 쟁기에 맞은 자리였다. 그 때는 <u>조선 농민 투쟁이 김 일성 장군 항일 무장 투쟁의 영향</u>을 받아 무장 봉기의 단계로 넘어 서려는 무렵이였다. (…중략…)

그래서 결국 이러니저러니 피차 발뻄하는 한계 안에서 이야기가 오고 가는데 그제사 스미스가 싱긋이 웃으며 일어 나 그 쪽으로 걸어 가면서[43]

1952년 판본 『대동강』에서 없던 '김일성의 항일무장투쟁의 영향'을 받아 '조선농민투쟁이 무장봉기의 단계'로 나아간 것이라고 1955년 판본이나 1961년 판본 『대동강』은 설명했다.

『그러나 인민들의 투쟁이 확대되여 가고 있는 것은 어쩔 수 없는 사실이오. 이것은 우리 유격대의 항일 투쟁의 영향을 받고 있소. 즉 우리의 투쟁은 그들에게 큰 도움을 주고 있소. 그리고 동시에 우리도 그 힘의 영향을 받고 있소』

장군은 그 때 국내의 많은 공장들과 농촌들을 련상하였다. 그 속에서 자라고 있는 힘이 바로 장군발 밑에서 소용돌이 치고 있는 것 같았다.[44]

---

42) 한설야, 『대동강』, 평양: 조선작가동맹출판사, 1955, 70~74쪽.
43) 한설야, 『한 설야 선집(10)』, 평양: 조선작가동맹출판사, 1961, 102~106쪽.
44) 한설야, 「력사(2)」, 『문학예술』 6-5, 1953. 5, 15쪽.

『그러나 인민들의 투쟁이 확대되여 가고 있는 것은 어쩔 수 없는 사실이오. 이것은 우

1953년 연재본 『력사』에서 국내 투쟁이 김일성의 항일무장투쟁에 영향을 받았음을 드러내듯, 『대동강』의 개작도 김일성의 항일무장투쟁의 영향 아래 국내 투쟁이 이루어졌다는 북조선의 역사 해석을 단적으로 보여준다.[45] 이는 1955년 판본 『황혼』에서 선명하지 않던 김일성의 항일무장투쟁의 영향을, 1953년 판본 『력사』나 1952년 판본 『대동강』을 개작한 1955년 판본 『대동강』에선 구체적으로 증거하고 있다는 것이다. 이러하듯, 1958년 판본 『초향』에서도 "멀고도 가까운 백두산"[46]이란 표현을 통해 국내의 활동이 김일성의 항일무장투쟁과 직접적으로 연관된 것임을 드러낸다.[47]

이런 여러 판본은 1930년대 김일성의 항일무장투쟁의 영향을 강조하는 1950년대 중반 이후 북조선의 주장을 증명한다. 1959년 8월 21일 과학원 어문학연구소 학술보고회 「우리 문학의 혁명 전통에 대하여」에서 발표한 현종호의 보고 「항일 무장 투쟁 영향하에서 발전된 국내 프로레타리아 문학」이나 해방 후 문학사를 정리한 결정판 『조선 문학 통사(하)』(1959)에서처럼, 북조선의 평가는 프롤레타

리 유격대의 항일 투쟁의 영향을 받고 있소. 즉 우리의 투쟁은 그들에게 큰 도움을 주고 있소. 그리고 동시에 우리도 그들 로동자, 농민의 투쟁과 그 힘의 영향을 받고 있소』
장군은 그 때 국내의 많은 공장들과 농촌들을 련상하였다. 그 속에서 자라고 있는 힘이 바로 장군의 신변에서 소용돌이 치고 있는 것 같았다.

— 한설야, 『력사』, 평양: 조선작가동맹출판사, 1954, 87쪽.

45) 북조선의 공식적인 역사를 처음 정리한 『조선통사』에서는 '조국광복회의 조직망을 확대 강화하기 위한 정치 공작을 강력히 전개'하여 '국내외 각지에 조국광복회의 조직망이 급속히 확대'되었고, '국내 운동은 항일무장투쟁과의 직접적인 유기적 연계 하에서 목적지향성을 띠고 힘차게 전개되었다'고 기술하고 있다. 그러나 북조선 역사에서 말하듯, 조국광복회는 '동만과 남만 지방의 한인 유격대원들의 역량이 모여 결성된 조직이지 동만 지방의 항일 역량만이 결집된 조직은 아니며, 만주 전역을 관장하는 조직은 더더욱 아니었다' 또한 '전국적 범위에서 조선인 사회주의자들의 단결을 보장하지는 못했고' '당시 전체 민족운동을 중심적인 위치에서 지도할만한 위상도 갖고 있지 않았다'(조선민주주의 인민공화국 과학원 력사연구소, 『조선통사(중)』, 과학원출판사, 1958(번인: 학우서방, 1961), 361~367쪽; 신주백, 『1920~1930년대 중국지역 민족운동사』, 선인, 2005, 161~163쪽)

46) 한설야, 『초향』, 평양: 조선작가동맹출판사, 1958(재판), 466쪽.

47) 김명수는 한설야의 『초향』에 대해 평하면서, '권'이 "동북에서 항일 빨찌산 부대에 의하여 조직된 민족 통일 전선인 조국 광복회의 국내 비밀 공작원"임을 말함으로써 '김일성의 항일무장투쟁'과 연관된 인물임을 지적한다(김명수, 『새 인간의 탐구: 해방전의 한설야와 그의 창작』, 평양: 조선작가동맹출판사, 1957, 211~212쪽).

리아 운동 위에 군림한 것이 바로 김일성의 항일무장투쟁임을 단적으로 드러낸다.[48] 또한 이것은 김일성의 항일무장투쟁의 정치사상적 영향 아래 발전한 것이 프롤레타리아 문학임을 천명한 것이다.[49] 따라서 1952년 판본 『대동강』에 없던 김일성의 항일무장투쟁의 영향을 추가한 1955년 판본 『대동강』은 이런 북조선의 역사 해석의 근거를 제공한다는 점에서 주목을 요하는 판본이다.

Ⅳ. 한설야의 『대동강』의 평가의 추이

그러면 1950년대 중반에 한설야의 『대동강』 3부작이 완성된 후에 행해진 평가는 어떠한가?

> 소설의 중심 쩨마는 모든 승리의 조직자로서의 당의 고상한 역할에 관한 쩨마이다. 작가는 우리 현실의 가장 특징적인 현상— 우리 인민의 모든 승리의 조직자인 당의 지도적 및 향도적 역할을 예술적으로 묘사하는 데 깊은 주의를 돌리였다. 소설에서 당의 역할은 덕준이라는 한 인물의 역할로써 훌륭히 인격화되였다. 작가는 이와 같은 인격화를 통하여 모든 작품들에 반드시 당 자체를 출현시켜야만 당의 역할에 대하여 쓴 것처럼 간주하는 사람들의 견해에 자기의 형상을 론쟁적으로 대립시키고 있다.[50]

1950년대 초반의 『대동강』 제1부에 대한 평가가 점순을 비롯한 노동자들의 특질에 대한 것에 집중되었다면, 『대동강』 3부작이 완성된

48) 김진태, 「우리 문학의 혁명 전통에 대한 학술 보고회 진행」, 『문학신문』 177, 1959. 8. 28; 조선민주주의 인민공화국 과학원 언어문학연구소 문학연구실, 『조선 문학 통사(하)』, 평양: 과학원출판사, 1959, 91쪽.
49) 남원진, 「노동문학과 북조선 문학의 정석: 리북명 연구」, 『이야기의 힘과 근대 미달의 양식』, 도서출판 경진, 2011, 219쪽.
50) 한효, 「우리 문학의 一○년(三)」, 『조선문학』, 1955. 8, 164쪽.

1950년대 중반 이후의 논의에서는 '당의 역할'을 추가하여 강조하는 방향으로 진행되었다. 한효는 조선인민의 '애국주의'와 '당의 지도적 및 향도적 역할'을 지적했는데, '덕준'이란 인물을 통해서 당의 역할을 강조했다. 윤세평이나 안함광 등의 여러 평문에서는 당의 역할을 반복적으로 지적했는데, 여기서 더 나아가 '당과 수령'의 역할을 강조하는 방향으로 평가하기도 했다.[51] 이것이 더 진전되면 '당과 수령'에서 '수령과 당'의 관계로 역전되면서 유일사상체계로 나아가게 되는 것이다.

1950년대 한설야의 『대동강』은 '조국해방전쟁'기 '애국주의'를 형상화한 대표작으로 평가되었던 것이 1962년 한설야의 숙청과 함께 북조선 문학사에서 한동안 사라졌다.

> 소설은 또한 조국해방전쟁시기 적강점지구 로동계급의 반미애국투쟁을 서사시적화폭속에서 형상한 유일한 다부작 장편소설로서 싸우는 우리 인민을 반제반미혁명정신으로 교양하여 전쟁의 최후승리에로 고무하는데 이바지하였으며 전후시기 장편소설창작의 기초를 마련하고 창작적 경험을 넘겨주는데 일정하게 이바지하였다.[52]

유일사상체계가 성립된 후에 발간된 사회과학원 문학연구소에서 집필한 『문학예술사전』(1972), 『조선문학사(1945~1958)』(1978)나 김일성종합대학 부교수 리동원이 집필한 『조선문학사(3)』(1982), 박종원과

---

51) 윤세평, 「전후 복구 건설 시기의 조선 문학」, 안함광(외), 『해방후 10년간의 조선 문학』, 평양: 조선작가동맹출판사, 1955, 329쪽; 양재춘, 「한설야작 「대동강」(三 부작)에 대하여」, 『청년생활』 73, 1955. 10, 75쪽; 안함광, 『조선 문학사(1900~)』, 평양: 교육도서출판사, 1956(번인: 연변교육출판사, 1957), 613쪽; 안함광, 「조선의 현실과 평화의 력량: 한설야 작 장편 『대동강』에 대하여」, 『조선문학』 103, 1956. 3, 136~137쪽; 엄호석, 「해방후의 산문 발전의 길」, 윤세평(외), 『해방후 우리 문학』, 평양: 조선작가동맹출판사, 1958, 113쪽; 한중모, 『한 설야의 창작 연구』, 평양: 조선작가동맹출판사, 1959, 346~348쪽; 윤세평, 「한 설야와 그의 문학」, 윤세평(외), 『현대 작가론(2)』, 평양: 조선작가동맹출판사, 1960, 67쪽; 엄호석, 「조국 해방 전쟁과 우리 문학」, 김하명(외), 『전진하는 조선문학』, 평양: 조선작가동맹출판사, 1960, 344쪽.

52) 김선려·리근실·정명옥, 『조선문학사(11)』, 평양: 사회과학출판사, 1994, 164쪽.

<표 1> 한설야의 『대동강』과 북조선 문학사(해방 후편)

	문학사	소설명	출판사	출판년월일
1	조선 문학 통사(하)	『대동강』	과학원출판사	1959. 11. 30.
2	조선문학사(1945~1958)	×	과학,백과사전출판사	1978. 10. 30.
3	조선문학사(1959~1975)	×	과학,백과사전출판사	1977. 12. 20.
4	조선문학개관(2)	×	사회과학출판사	1986. 11. 25.
5	조선문학사(10)	×	사회과학출판사	1994. 02. 16.
6	조선문학사(11)	『대동강』	사회과학출판사	1994. 03. 15.
7	조선문학사(12)	×	사회과학출판사	1999. 03. 25.
8	조선문학사(13)	×	사회과학출판사	1999. 06. 25.
9	조선문학사(14)	×	사회과학출판사	1996. 10. 20.
10	조선문학사(15)	×	사회과학출판사	1998. 04. 30.

류만의 공저 『조선문학개관(2)』(1986)에서도 한설야의 『대동강』에 대한 언급은 삭제되어 있었다. 김선려와 리근실, 정명옥의 공저 『조선문학사(11)』(1994)에 와서야 '조국해방전쟁'기 '노동계급의 반미애국투쟁'을 형상화한 장편소설로 재발견되었다. 여기서 『대동강』은 '반제반미혁명정신'을 형상화한 작품으로 평가되었는데, 이는 국내외 현실과 연동하면서 수령을 중심으로 한 북조선의 체제 결속과 함께 체제 우월성을 강화하기 위한 현실적 이유에서 재평가했던 것이다.[53] 여기서 한설야의 『대동강』은 각 단계별 평가를 점검함으로써 북조선 문학예술계의 중요한 쟁점을 확인할 수 있는 문제작에 해당된다.

53) 남원진, 「북조선의 정전, 한설야의 「승냥이」 재론」, 『상허학보』 34, 2012. 2, 246~247쪽.

참고문헌

1. 기본 자료

「쏘련에서 한 설야 작 ≪대동강≫ 번역 출판」, 『문학신문』 359, 1961. 7. 11.
「제3차 쏘련평화옹호대회」, 『로동신문』 1736, 1951. 12. 4.
「제1차 조선 작가 동맹 회의 결정서」, 『조선문학』 1, 1953. 10.
「조선문학예술총동맹 및 각동맹 중앙위원」, 『문학예술』 4-1, 1951. 4.
「조선민주주의 인민공화국 최고인민회의 상임위원회 정령」, 『민주조선』 1600, 1951. 5. 2.
김진태, 「우리 문학의 혁명 전통에 대한 학술 보고회 진행」, 『문학신문』 177, 1959. 8. 28.
리원조, 「영웅 형상화의 문제에 대하여」, 『인민』, 1952. 2.
림 화, 「평양」, 『문학예술』 4-1, 1951. 4.
안함광, 「조선에 있어서의 사회주의 사실주의 문학의 발생과 발전(2)」, 『조선어문』 1956. No.3, 1956. 6.
안함광, 「조선의 현실과 평화의 력량」, 『조선문학』 103, 1956. 3.
안함광, 「해방전 진보적 문학」, 『조선문학』, 1955. 8.
양재춘, 「한설야작 「대동강」(3부작)에 대하여」, 『청년생활』 73, 1955. 10.
엄호석, 「문학 발전의 새로운 징조」, 『문학예술』 5-11, 1952. 11.
엄호석, 「우리문학에 있어서의 자연주의와 형식주의 잔재와의 투쟁」, 『로동신문』 1780, 1952. 1. 17.
엄호석, 「한 설야의 문학과 『황혼』」, 『조선문학』, 1955. 11.
윤세평, 「한 설야와 그의 문학」, 『조선문학』 156, 1960. 8.
한설야, 「대동강」, 『로동신문』 1877~1883, 1952. 4. 23~29.
한설야, 「력사(2)」, 『문학예술』 6-5, 1953. 5.
한설야, 「룡악산(1~2)」, 『조선문학』, 1954. 11~12.
한설야, 「북경 평화 대회의 인상」, 『문학예술』 5-12, 1952. 12.
한설야, 「쓰딸린은 우리와 함께 살아 있다」, 『문학예술』 6-3, 1953. 3.

한설야, 「전국 작가 예술가 대회에서 진술한 한설야 위원장의 보고」, 『조선문학』 1, 1953. 10.
한설야, 「해방탑(1~2)」, 『조선문학』 1-3, 1953. 12, 『조선문학』, 1954. 1.
한설야, 「황초령」, 『문학예술』 5-6, 1952. 6.
한중모, 「한 설야의 해방전 문학 활동」, 『청년문학』 27, 1958. 7.
한 효, 「우리 문학의 새로운 성과」, 『문학예술』 5-8, 1952. 8.
한 효, 「우리 문학의 10년(3)」, 『조선문학』, 1955. 8.

서경석(편), 『과도기』, 문학과지성사, 2011.
한설야, 『대동강』, 평양: 문예총출판사, 1952.
한설야, 『대동강』, 평양: 조선작가동맹출판사, 1955.
한설야, 『력사』, 평양: 조선작가동맹출판사, 1954.
한설야, 『초향』, 평양: 조선작가동맹출판사, 1958(재판).
한설야, 『한 설야 선집(10)』, 평양: 조선작가동맹출판사, 1961.
한설야, 『황초령』, 평양: 문예총출판사, 1953.
한설야, 『황혼』(현대 조선 문학 선집 16), 평양: 조선작가동맹출판사, 1959.
한설야, 『황혼』(현대조선문학선집 25), 평양: 문학예술종합출판사, 1999.
한설야, 『황혼』, 평양: 조선작가동맹출판사, 1955.

2. 논문

강진호, 「해방 후 한설야 소설과 김일성의 형상」, 『민족문학사연구』 25, 2004. 7.
김병길, 「한설야의 〈황혼〉 개작본 연구」, 『연세어문학』 30·31, 1999. 2.
김재용, 「민족주의와 탈식민주의를 넘어서」, 『인문연구』(영남대) 48, 2005. 6.
김재용, 「염상섭과 한설야」, 『역사비평』 82, 2008. 봄호.
김춘선, 「염상섭의 〈취우〉와 한설야의 〈대동강〉비교」, 『현대문학의 연구』 38, 2009. 6.
남원진, 「북조선의 정전, 한설야의 「승냥이」 재론」, 『상허학보』 34, 2012. 2.
신영덕, 「한국전쟁기 남북한 전쟁소설의 특성」, 『한국현대문학연구』 14, 2003. 12.
안미영, 「1950년대 한국전쟁 배경 소설에 나타난 '서울'과 '평양'」, 『개신어문연구』 20, 2003, 12.

이경재, 「한설야 소설에 나타난 여성 표상 연구」, 『현대소설연구』 38, 2008. 8.
이경재, 「한설야 소설의 개작 양상 연구」, 『민족문학사연구』 32, 2006. 12.
조수웅, 「한설야 현실주의 소설의 변모 양상 연구」, 조선대 박사논문, 1998.

3. 단행본

강진호, 『그들의 문학과 생애 한설야』, 한길사, 2008.
김명수, 『새 인간의 탐구』, 평양: 조선작가동맹출판사, 1957.
김선려·리근실·정명옥, 『조선문학사(11)』, 평양: 사회과학출판사, 1994.
김윤식, 『한국 현대 현실주의 소설 연구』, 문학과지성사, 1990.
김일성, 『김일성장군의 격려의 말씀(전체작가예술가들에게)』, 평양: 문화선전성, 1951.
김하명(외), 『전진하는 조선 문학』, 평양: 조선작가동맹출판사, 1960.
남원진, 『이야기의 힘과 근대 미달의 양식』, 도서출판 경진, 2011.
리효운·계북, 『≪고향≫과 ≪황혼≫에 대하여』, 평양: 조선작가동맹출판사, 1958.
문학과사상연구회, 『한설야 문학의 재인식』, 소명출판, 2000.
사회과학원, 『문학대사전(1)』, 평양: 사회과학출판사, 1999.
신주백, 『1920~1930년대 중국지역 민족운동사』, 선인, 2005.
안함광(외), 『해방후 10년간의 조선 문학』, 평양: 조선작가동맹출판사, 1955.
안함광, 『조선 문학사(1900~)』, 평양: 교육도서출판사, 1956(번인: 연변교육출판사, 1957).
윤세평(외), 『해방후 우리 문학』, 평양: 조선작가동맹출판사, 1958.
윤세평(외), 『현대 작가론(2)』, 평양: 조선작가동맹출판사, 1960.
조선민주주의 인민공화국 과학원 력사연구소, 『조선통사(중)』, 평양: 과학원출판사, 1958(번인: 학우서방, 1961).
조선민주주의 인민공화국 과학원 언어문학연구소 문학연구실, 『조선 문학 통사(하)』, 평양: 과학원출판사, 1959.
조수웅, 『한설야 소설의 변모 양상』, 국학자료원, 1999.
한국문학연구회, 『현역중진작가연구(Ⅲ)』, 국학자료원, 1998.
한중모, 『한 설야의 창작 연구』, 평양: 조선작가동맹출판사, 1959.

문학과 정치, 한설야의 『력사』 개작론

1. 한설야의 『력사』의 연구

조선의 빨찌산 金隊長!
이는 長白을 쥐락펴락하는,
太山을 주름잡아 한손에 넣고
東西에 번쩍—
千里許의 大嶺도 단숨에 넘나드니
축지법을 쓴다고—
北天에 새ㅅ별 하나이 솟아
압록의 줄기줄기에
그唯獨한 채광을 베푸노니
이나라에 天命의 장수났다고
백두산 두메에서 우러러 떠드는
조선의 빨찌산 金隊長—[1]

1) 趙基天, 『白頭山』, 평양: 로동신문사, 1947(번인: 용정인민학원인쇄부, 1947), 6쪽.

1950년대 북조선에서 김일성의 항일무장투쟁을 다룬 대표작으로 거론되었던 작품은 조기천의 1947년 작 『백두산』과 함께 한설야의 1946년에 창작한 「혈로」와 1953년에 발표한 『력사』일 것이다. 특히 한설야의 『력사』는 '조선인민군 창건 5주년 기념 문학예술상' 산문분야 1등상을 받은 작품[2]이며 또한 '인민상 계관 작품'[3]인 한편 김일성의 항일무장투쟁을 다룬 대표작으로 거론되었던 장편소설이었다.

> 한 설야는 (…중략…) 장편 소설 ≪력사≫(1953년)를 창작하였다. (…중략…) 김 일성 원수가 1936년 봄, 인민 혁명군 제 6사 사장으로 취임하던 당시 (…중략…) 력사적 단계를 배경으로 삼고 ≪아동 혁명단≫, 시난차 및 황니허즈 전투의 이야기 등을 중심으로 작품 내용을 전개시켰다.[4]

조선민주주의 인민공화국 과학원 언어문학연구소 문학연구실의 집체작 『조선 문학 통사(하)』(1959)에서는 한설야의 『력사』에 대해서 '1953년'에 창작했으며, '1936년 봄'에 김일성이 인민혁명군 제6사 사장으로 취임한 시기를 배경으로 하여 '아동혁명단'과 '시난차 및 황니허즈 전투'의 이야기를 담고 있다고 기술했다. 그런데 한설야의 『력사』의 원본인 '1953년' 연재본에서는 김일성이 인민혁명군 제6사 사장으로 취임한 시기를 '1935년 봄'으로 적고 있으며, 또한 '시난차 전투'와 '황니허즈 전투'의 경우 '황니허즈 전투' 이후 '시난차 전투'

---

2) 정률, 「문학 예술이 쟁취한 성과: 『조선인민군 창건 五주년기념 문학 예술상』 수상자 발표와 관련하여」, 『로동신문』 2542, 1954. 2. 17; 한설야, 「소설 『력사』를 창작하고」, 『로동신문』 2544, 1954. 2. 19.

3) 「1960년 인민상 수여식 진행」, 『문학신문』 273, 1960. 9. 13; 「우수한 과학자 및 작가들과 예술 작품에 조선 민주주의 인민 공화국 인민상을 수여」, 『문학신문』 273, 1960. 9. 13; 한설야, 「이 영예에 보답하도록 노력하겠다」, 『문학신문』 273, 1960. 9. 13; 「작가 한설야 ≪력사≫ 창작 경험을 피력」, 『문학신문』 283, 1960. 10. 18; 한설야, 「혁명 투사들의 진실한 성격 창조를 위하여: 인민상 계관 작품 장편 소설 ≪력사≫ 창작 경험」, 『문학신문』 283, 1960. 10. 18.

4) 조선민주주의 인민공화국 과학원 언어문학연구소 문학연구실, 『조선 문학 통사(하)』, 평양: 과학원출판사, 1959, 240~241쪽.

를 형상화하고 있다. 왜 이런 차이가 생긴 것일까? 이에 대해서는 상세하게 검토할 필요가 있다. 왜냐하면 김일성의 항일무장투쟁의 복원이라는 문제가 가로놓여 있기 때문이다.

> 우리의 시선을 더욱 끄는 것은 바로 이 무렵에 발표한 장편 『역사』이다. 이 작품은 1951년 하반기부터 착수되어 그 다음해에 연재되었다가 1953년에 단행본으로 출판된 것으로서 일제하 항일무장투쟁을 담고 있다.[5)]

> 시난차는 위만군과 일본군이 두 겹으로 철옹성을 두르고 있었고 무장과 화력에서 월등했음에도 불구하고, 김일성은 여러 명의 첩자를 보내서 정보를 수집하고 또 몸소 지형을 답사하는 등의 세심한 준비를 통해서 백주 대낮의 기습을 감행했고, 마침내 적을 궤멸시키다시피 했다. (…중략…) 유격대의 통일 강화와 더불어 만주와 국내의 일체 반일·반제세력을 규합하는 민족 통일전선이 필요했고 그런 이유에서 "일제를 물리치고 인민의 정부를 수립할 것"(89면) 등을 내용으로 하는 조국광복회 '10대 강령'을 발표한 것이다.[6)]

> 본 글에서는 『조선문학』에 연재된 장편소설 『력사』(1953.4-8)와 속편으로 발표된 「아버지와 아들」(1962.4)을 살펴보고자 한다. (…중략…) 『력사』는 『문학예술』 1953년 4월호부터 8월호까지 5회에 걸쳐 연재된 장편소설이다. 총 29장으로 구성된 소설의 다양한 에피소드들은 〈김장군〉의 영웅적 행적을 중심으로 전개된 아동 혁명단 지도, 황니허즈와 시난차 전투 이야기를 주요 사건으로 한다.[7)]

---

5) 김재용, 「냉전시대 한설야 문학의 민족의식과 비타협성」, 『역사비평』 47, 1999. 여름호, 238쪽.
6) 강진호, 「해방 후 한설야 소설과 김일성의 형상」, 『민족문학사연구』 25, 2004. 7, 286쪽.
7) 이승이, 「민족 해방에 대한 열망과 탈식민·탈주체로서의 저항문학: 한설야의 『력사』와 「아버지와 아들」을 중심으로」, 『어문연구』 63, 2010. 3, 347~348쪽.

남한에서 한설야의 『력사』는 여러 논자들에 의해 중요하게 언급되었지만 원본 확인의 문제 때문에 활발하게 연구되지 못했다.[8] 그나마 김재용, 강진호, 이승이 등의 논문은 한설야의 『력사』에 대해 구체적으로 연구한 몇 안되는 성과물이었다. 그런데 김재용이나 강진호, 이승이의 논문에서도 북조선과 마찬가지로 창작이나 발표지면, 내용에 대한 혼란을 보여준다.[9] 특히 강진호의 논문에선 시난차 전투나 조국광복회 '10대 강령'에 대한 설명은 더욱 혼란을 가중시킨다. 왜냐하면 1953년 『문학예술』 연재본에서는 강진호의 '시난차 전투'에 대한 설명이 '황니허즈 전투'에 대한 것이고, 조국광복회 '10대' 강령이 조국광복회 '9개조' 강령만이 제시되어 있기 때문이다. 이런 혼란은 어디에서 온 것일까? 이는 원본의 확인이나 여러 판본의 검토, 판본의 개작 문제에 대한 연구가 선행되지 않았기 때문에 발생한 것이다.

그렇다면 남한의 선행 연구는 한설야의 『력사』의 어떤 판본을 가지고 연구했을까? 김재용이나 강진호는 어떤 판본을 참고했는지 확인할 수 없고, 이승이는 1953년 연재본 『력사』를 대상으로 분석했다. 여기서 김재용의 논문에선 1960년 10월 18일 『문학신문』에 게재한 『력사』의 창작 경험을 바탕으로 하여 창작 시기나 연재, 출판 사항을 검토한 것으로 미루어보아, 1953년 연재본 『력사』가 아니라 1954년 이후 판본 『력사』를 참조한 것으로 보인다. 강진호의 논문에서는 '시난차 전투'나 '황니허즈 전투'에 대한 개작된 내용을 바탕으로 서술한 것으로 보아 1954년 이후 판본 『력사』를 가지고 연구한

8) 신형기·오성호의 『북한문학사』에선 한설야의 1954년 단행본 『력사』를 대상으로 해서 '아동혁명단' 부분을 상세하게 설명하고 있으며, 김용직의 『북한문학사』에선 한설야의 『력사』를 간략하게 언급하고 있다(신형기·오성호, 『북한문학사』, 평민사, 2000, 151~153쪽; 김용직, 『북한문학사』, 일지사, 2008, 206쪽).

9) 특히 이런 혼란은 여러 작품목록에서도 발견되는데, 조수웅의 『한설야 소설의 변모 양상』(1999)이나 문학과사상연구회의 『한설야 문학의 재인식』(2000)의 목록에선 '1951'로만 제시되어 있고, 강진호의 『그들의 문학과 생애, 한설야』(2008)나 서경석 편의 『과도기(한설야 단편선)』(2011)의 목록에서도 '로동신문, 1953. 4~7'로 잘못 제시되어 있다.

것으로 추정된다. 그렇다면 1953년 연재본 『력사』와 1954년 이후 판본 『력사』는 어떤 차이가 있을까?

이런 문제 때문에 이 글에서는 국내외에서 수집한 여러 자료를 바탕으로 하여 1953년 연재본 『력사』와 1954년 단행본(1956년 판본, 1958년 판본, 1961년 판본) 『력사』의 개작 양상을 중점적으로 검토하고자 한다. 특히 필자는 한번도 언급되지 않았던 판본의 개작 사항에 대한 연구를 통해서 한설야의 『력사』의 평가에서의 오류를 바로잡는 한편 여러 결락된 부분도 복원해보고자 한다.

2. 한설야의 『력사』의 판본과 개작

한설야는 해방 후 김일성과 항일유격대원들에게서 항일무장투쟁과 관련된 여러 이야기를 듣는 한편 1946년 9월에 항일무장투쟁 전적지를 답사했는데, 이 과정에서 들은 '시난차 전투'와 '황니허즈 전투'에 대한 이야기에서 김일성의 탁월한 전략가의 면모를 볼 수 있었다고 말했다. 그리하여 이 두 전투에 대한 이야기가 『력사』 창작의 중요한 동기가 되었다고도 지적했다. 그리고 1951년 9월에 『력사』의 초고를 집필하기 시작했는데, 기차나 비행기, 도시와 농촌, 군대의 진지 등의 다양한 곳에서 창작했다고까지 말하면서 『력사』를 창작한 목적이 '조국해방전쟁'기 인민들의 사상 교양을 위한 것이라고도 술회했다.[10] 이런 한설야의 『력사』는 1953년 봄에 『문학예술』에 연재되었다가 1954년 11월에 조선작가동맹출판사에서 단행본으로 출판되었다. 또한 1955년 7월에 『력사』의 '아동혁명단' 부분만을 따로 떼어내고 수정하여 『아동 혁명단』이란 제명으로 민주청년사에서

10) 한설야, 「소설 『력사』를 창작하고」, 『로동신문』 2544, 1954. 2. 19; 「한 설야의 장편 소설 「력사」(신간소개)」, 『조선문학』, 1954. 12, 139쪽; 「작가 한설야 ≪력사≫ 창작 경험을 피력」, 『문학신문』 283, 1960. 10. 18; 한설야, 「혁명 투사들의 진실한 성격 창조를 위하여: 인민상 계관 작품 장편 소설 ≪력사≫ 창작 경험」, 『문학신문』 283, 1960. 10. 18.

출간했으며, 다시 1959년 6월에서 『아동단』으로 제명을 변경하여 아동도서출판사에서 출판했다.11) 여기서 이러한 한설야의 『력사』는 '김일성의 탁월한 전략가의 면모'를 형상화해서 '조국해방전쟁기 인민들의 사상 교양'을 목적으로 창작한 작품이라고 말해졌다.

<표 1> 한설야의 『력사』 판본

작가	작품명	역자	발행지역	발표지(출판사)	출판년도
한설야	「력사(1~5)」		평양	『문학예술』, 6-4~6-8	1953. 4~8. (1953. 5. 20~ 1953. 8. 20)
	『력사』		평양	조선작가동맹출판사	1954. 11. 30.
	『아동 혁명단』		평양	민주청년사	1955. 7. 15.
	『력사』		평양	조선작가동맹출판사	1956. 3. 25.
	『력사』		평양	조선작가동맹출판사	1958.(추정)
	『아동단』		평양	아동도서출판사	1959. 6. 30.
	『력사』 (『한 설야 선집(9)』)		평양	조선작가동맹출판사	1961. 5. 30.
	『력사(1)』		동경	평화와교육사	1953. 8. 25.
	『력사(2)』		동경	학우서방	1954. 4. 1.
	『歷史』	李烈	北京	作家出版社	1957. 7.
	『歷史』	李烈	北京	人民文學出版社	1958. 9.
	『歷史(上)』	村上知行	東京	くろしお出版	1960. 5. 30.
	『歷史(下)』	村上知行	東京	くろしお出版	1960. 6. 30.

위의 〈표 1〉에서 보듯, 한설야의 『력사』는 여러 판본이 있는데, 이런 판본들은 어떤 차이가 있을까?

11) 한설야, 「독자들에게」, 『아동단』, 평양: 아동도서출판사, 1959.

<표 2> 한설야의 『력사』의 세부 항목과 사건 전개

	1953년 판본	1954년 판본	1956년 판본	1958년 판본	1961년 판본
세부 항목	1~29	1~30	1~30	1~30	1~30
사건 전개	아동혁명단→ 황니허즈 전투 →시난차 전투	아동혁명단→ 시난차 전투→ 황니허즈 전투	아동혁명단→ 시난차 전투→ 황니허즈 전투	아동혁명단→ 시난차 전투→ 황니허즈 전투	아동혁명단→ 시난차 전투→ 황니허즈 전투
아동혁명단	1~14	1~15	1~15	1~15	1~15
황니허즈 전투	15~23	25~30	25~30	25~30	25~30
시난차 전투	24~29	16~24	16~24	16~24	16~24
기타		'15' 추가	'15' 추가	'15' 추가	'15' 추가
			'14'·'15' 구분 변경, '16' 기호 누락		

위의 〈표 2〉에서 보듯, 한설야의 1953년 연재본 『력사』와 1954년 이후 단행본 『력사』의 가장 큰 차이는 '15 항목'이 추가되며,[12] '황니허즈'와 '시난차'에 대한 부분이 변경된 것이다.

> 회의는 이것으로 끝났다. 교직원들은 모두 새로운 마음의 준비를 가지게 되였다. 몹시 무거웁게 느껴지던 그들의 어깨가 도리여 거뜬해 지는 것을 한결 같이 느꼈다. 또 여하히 무거운 짐이라도 가볍게 떠메고 나갈 것 같았고 먼길도 가깝게 갈 것 같았다.
>
> 교직원들은 장군의 비판과 지적이 바로 그들에게 주는 진군 명령이였고 전투 명령이였던 것을 다시금 깨달았다.[13]

1953년 판본 『력사』 '14' 항목은 '갑룡의 권총'에 대한 이야기가 서술되어 있는데, 1954년 판본 『력사』에서는 1953년 판본 『력사』에 없던 새로운 항목인 '15' 항목이 추가되어 있다.

12) 1954년 판본, 1958년 판본, 1961년 판본 『력사』와 달리 1956년 판본 『력사』는 '14' 항목과 '15' 항목의 구분이 변경되고 '16' 항목의 기호가 누락되어 있다.
13) 한설야, 『력사』, 평양: 조선작가동맹출판사, 1954, 178쪽.

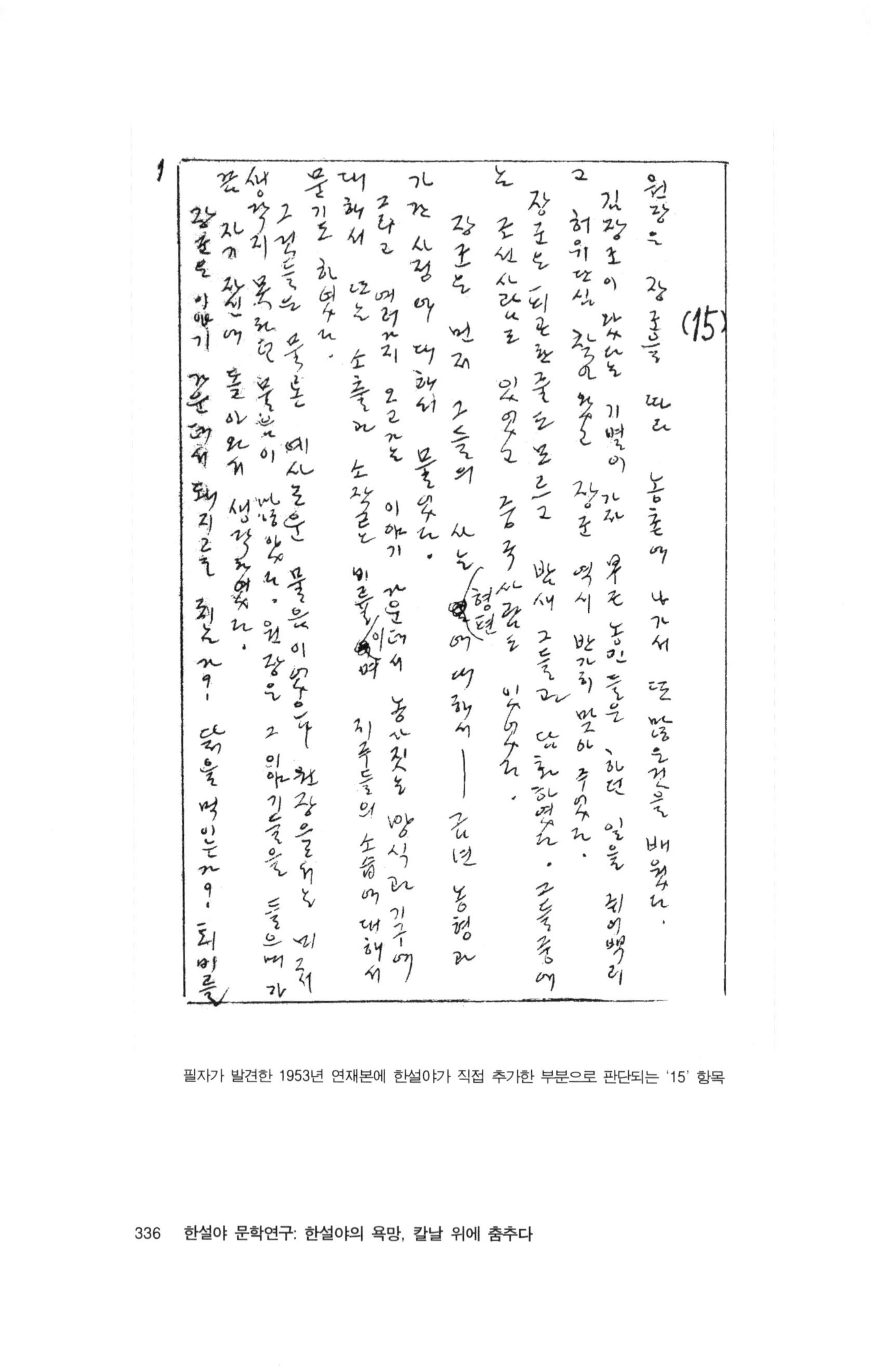

필자가 발견한 1953년 연재본에 한설야가 직접 추가한 부분으로 판단되는 '15' 항목

1954년 판본 『력사』의 '15' 항목에서는 다음과 같은 내용이 기술되어 있다. 아동혁명단 학원 원장은 김 장군을 따라 농촌에 나가서 많은 것을 배운 후 교직원 회의에서 여러 가지 문제를 논의한다. 김 장군은 농촌에 나아가서 농민들과 담화하면서 '지킬 것이 있어야 강해진다'는 것을 일깨워준다. 이런 교훈을 통해서 원장은 학원으로 돌아와서 교직원 회의를 열고, 여러 가지 토론을 거친 후에 ① 연구 토론회에 대한 것, ② 부업 농장에 대한 것, ③ 문학예술 교양에 대한 것 등의 3가지 문제에 대한 것을 합의한다.[14] 특히 여기서는 김 장군의 비판과 교훈을 통해서 원장이 회의를 열고 여러 가지 문제를 논의한 후 해결했다는 것을 강조한다. 한설야는 회의가 끝난 후 '교직원들은 모두 새로운 마음의 준비를 가지게 되었다'고 힘주어 적고 있다. 1954년 판본 『력사』의 '15'의 항목은 김일성의 학원 사업에 대한 지적과 비판을 통해서 교직원들의 깨달음과 새로운 결의를 드러내는데, 이를 통해서 김일성의 지도력을 한층 강조한다.

① 1953년 판본 『력사』

그 다음 장군은 바로 안도 유격대에 있다가 이번에 무송에서 멀지 않은 「황니허즈」 지방에 조직원으로 나간 리호 동무 이야기도 해주었다.[15]

② 1954년 판본 『력사』

그 다음 장군은 바로 안도 유격대에 있다가 이번에 무송에서 멀지 않은 「시난차」(南西岔) 지방에 조직원으로 나간 리 호 동무 이야기도 해주었다.[16]

③ 1956년 판본 『력사』

그 다음 장군은 바로 안도 유격대에 있다가 이번에 무송에서 멀지 않

---

14) 위의 글, 169~170쪽.
15) 한설야, 「력사(1)」, 『문학예술』 6-4, 1953. 4, 6쪽.
16) 한설야, 『력사』, 평양: 조선작가동맹출판사, 1954, 5쪽.

은 『시난차』(南西岔) 지방에 조직원으로 나간 리 호 동무 이야기도 해주었다.[17]

④ 1958년 판본 『력사』

그 다음 장군은 바로 안도 유격대에 있다가 이번에 무송에서 멀지 않은 <시난차> (南西岔) 지방에 조직원으로 나간 리 호 동무 이야기도 해주었다.[18]

⑤ 1961년 판본 『력사』

그 다음 장군은 바로 안도 유격대에 있다가 이번에 무송에서 멀지 않은 『시난차』 지방에 조직원으로 나간 리 호 동무 이야기도 해 주었다.[19]

(모든 밑줄: 필자)

또한 1953년 연재본 『력사』에서의 '황니허즈'와 '시난차'는 1954년 이후 판본 『력사』에서는 '황니허즈'는 '시난차'로, '시난차'는 '황니허즈'로 변경된다. 특히 1953년 연재본 『력사』에서는 황니허즈 전투와 시난차 전투 순으로 이 두 전투에 대해서 상세하게 다룬다. 김일성은 조선 국경에 가까운 황니허즈 지방 형편을 통해서 이 지방에 조선의 소작농들이 많이 살고 있으며 이중삼중의 고통에 신음하고 있다는 사실을 알아차리고 대낮을 이용하여 황니허즈 병영을 공격하여 승리한다. 또한 황니허즈에 인접한 시난차에 있는 왕영청 부대와 일본군을 공격하기 좋은 지대로 유인해서도 승리를 거둔다.

17) 한설야, 『력사』, 평양: 조선작가동맹출판사, 1956, 7쪽.
18) 한설야, 『력사』, 평양: 조선작가동맹출판사, 1958, 5쪽.
19) 한설야, 『력사』, 『한 설야 선집(9)』, 평양: 조선작가동맹출판사, 1961, 13쪽.

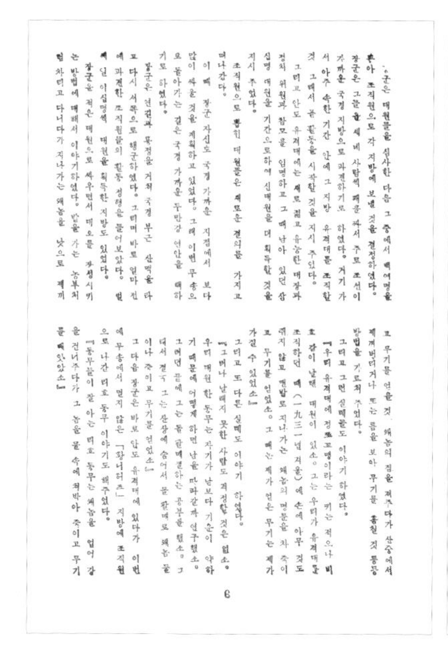

…군은 대원들을 심사한 다음 그 중에서 백여명을 뽑아 조직원으로 각 지방에 보낼 것을 결정하였다. 장군은 그들을 세 내 사람씩 패를 짜서 주로 조선이 가까운 국경 지방으로 파견하기로 하였다. 거기 가서 아주 속한 기간 안에 그 지방 유격대를 조직할 것 그래서 곧 활동을 시작할 것을 지시 주었다.

그리고 안도 유격대에는 새로 젊고 유능한 대장과 정치 위원과 참모를 임명하고 그 때 남아 있던 삼십명 대원을 기간으로하여 신대원을 더 획득할 것을 지시 주었다.

조직원으로 뽑힌 대원들은 새로운 결의를 가지고 떠나갔다.

이 때 장군 자신도 국경 가까운 지점에서 보다 많이 싸울 것을 계획하고 있었다. 그래 이번 무송으로 돌아가는 길은 국경 가까운 두만강 연안을 택하기로 하였다.

장군은 연길과 룡정을 거쳐 국경 부근 산맥을 타고 다시 서쪽으로 행군하였다. 그리며 바로 얼마 전에 파견한 조직원들의 활동 정형을 들어보았다. 벌써 일 이십명씩 대원을 획득한 지방도 있었다.

장군은 적은 대원으로 싸우면서 대오를 장성시키는 방법에 대해서 이야기하였다. 밭을 가는 농부처럼 차리고 다니다가 지나가는 왜놈을 낫으로 제끼고 무기를 얻을 것, 왜놈의 짐을 져주다가 산중에서 통뚱 제껴버리거나 또는 틈을 보아 무기를 훔칠 것 등등 방법을 가르쳐 주었다.

그리고 그런 실례들도 이야기 하였다.

「우리 유격대에 정표고맹이라는 키는 적으나 비호 같이 날랜 대원이 있소. 그는 우리가 유격대를 조직하던 때(一九三一년 겨울)에 손에 아무 것도 쥐지 않고 맨발로 지나가는 왜놈의 명문을 차 죽이고 무기를 얻었소. 그 때는 제가 얻은 무기는 제가 가질 수 있었소」

그리고 또 다른 실례도 이야기 하였다.

「그러나 날래지 못한 사람도 걱정할 것은 없소. 우리 대원 한 동무는 자기가 남보다 기운이 약하기 때문에 어떻게 하면 남을 따라갈까 연구했소. 그러던 끝에 그는 돌팔매질하는 공부를 했소. 그래서 결국 그는 산상에 숨어서 돌 팔매로 왜놈 둘이나 죽이고 무기를 얻었소」

그 다음 장군은 바로 안도 유격대에 있다가 이번에 무송에서 멀지 않은 「황니허즈」 지방에 조직원으로 나간 리효 동무 이야기도 해주었다.

「동무들이 잘 아는 리효 동무는 왜놈을 업어 강을 건너주다가 그 놈을 물 속에 처박아 죽이고 무기를 빼앗았소」

6

한설야, 「력사(1)」, 『문학예술』 6-4, 1953. 4.

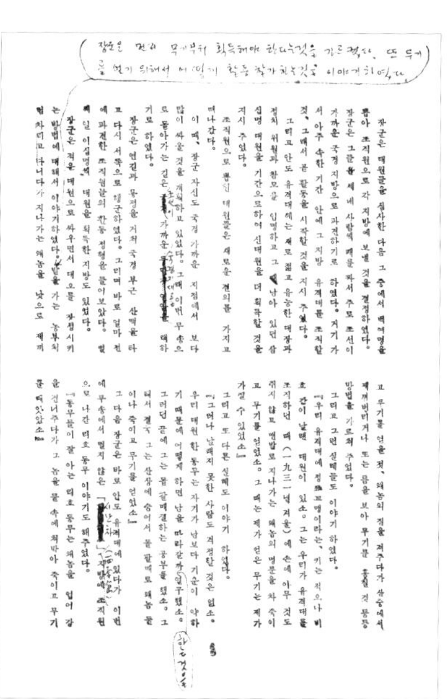

한설야(수정), 「력사(1)」, 『문학예술』 6-4, 1953. 4.

그런데 1953년 연재본 『력사』에서의 시난차와 황니허즈에 관련된 부분은 1954년 이후 단행본 『력사』에서는 두 지방에 대한 명칭이 바뀐다. 이로 인해 1953년 연재본 『력사』의 두 전투에 대한 설명이 1954년 단행본 『력사』에서는 '황니허즈 전투'는 '시난차 전투'로, '시난차 전투'는 '황니허즈 전투'로 변경된다. 그리고 1954년 이후 다른 단행본 『력사』에서의 두 전투에 대한 설명은 1954년 단행본 『력사』와 동일하다.

① 1953년 연재본 『력사』

이번에도 장군은 백주를 리용해서 일거에 「황니허즈」의 일만군과 그들의 대장놈을 처단해 버리자는 것이었다. (…중략…) 그리자 대원들은 한 사람씩 농민을 골라잡고 옷을 바꿔 입기 시작하였다. (…중략…) 돌격조 아홉 사람은 앞서거니 뒤서거니하며 걸어갔다. 「황니허즈」 병영이 가까워졌다. (…중략…) 그리자 금철 소년이 목판을 내던지고 쏜살 같이 앞을 달려 병영 대문안으로 들어갔다. 아홉 돌격조원은 궤춤에서 싸창을 빼여 들고 소리를 지르며 달려 들어갔다. (…중략…) 그 때 뒤에서 본대가 돌입해 들어오는 소리가 들렸다. (…중략…) 대원들은 죽어 자빠진 놈들까지 발길로 궁그리며 찾았으나 종시 보이지 않았다. 그래 그들은 눈을 까뒤집고 계속해 찾고 있었다. / 이윽고 취군 나팔이 우렁차게 울렸다. 퇴각 신호였다. (…중략…) 싸움은 완전히 끝났다. 대원들은 석양까지 전리품을 전부 산상으로 날라 올렸다.[20]

② 1954년 단행본『력사』

이번에도 장군은 백주를 리용해서 일거에 「시난차」의 일,만군과 그들의 대장놈을 처단해 버리자는 것이었다. (…중략…) 그리자 대원들은 한 사람씩 농민을 골라잡고 옷을 바꿔 입기 시작하였다. (…중략…) 돌격조 아홉 사람은 앞서거니 뒤서거니 하며 걸어갔다. 「시난차」 병영이 가까워졌다. (…중략…) 그리자 금철 소년이 목판을 내던지고 쏜살 같이 앞을 달려 병영 대문안으로 들어갔다. 아홉 돌격조원은 궤춤에서 싸창을 빼여 들고 소리를 지르며 달려 들어갔다. (…중략…) 그때 뒤에서 본대가 돌입해 들어오는 소리가 들렸다. (…중략…) 대원들은 죽어 자빠진 놈들까지 발길로 궁그리며 찾았으나 종시 보이지 않았다. 그래 그들은 눈을 까뒤집고 계속해 찾고 있었다. / 이윽고 취군 나팔이 우렁차게 울렸다. 퇴각 신호였다. (…중략…) 싸움은 완전히 끝났다. 대원들은 석양까지 전리품을 전부 산상으로 날라 올렸다.[21]

위에서 보듯, 한설야는 왜 1953년 판본『력사』의 '황니허즈 전투'를 1954년 판본『력사』에선 '시난차 전투'로 수정했을까? 한설야는 1953년 판본『력사』에서 9명의 대원들을 농민으로 변장해서 황니허

20) 한설야,「력사(3)」,『문학예술』6-6, 1953. 6, 38~57쪽.
21) 한설야,『력사』, 평양: 조선작가동맹출판사, 1954, 230~259쪽.

즈 병영을 대낮에 공격해서 승리한 전투로 황니허즈 전투를 설명했으나 1954년 판본『력사』에선 시난차 전투로 변경한다. 또한 시난차 전투에서 황니허즈 전투로 변경하면서 1954년 판본『력사』의 황니허즈 전투를 설명하는 뒷부분도 대폭 수정한다.[22] 이는 한설야가 1953년 판본『력사』 연재 후 여러 비판을 통해서 여러 부분을 수정해서 1954년 단행본으로 출간했다는 것을 보여준다.[23] 1950년대 중반 이후 북조선의 시난차 전투에 대한 설명은 다음과 같은데, 1936년 6월 21일에 9명의 유격대를 중국 농민을 가장하여 시난차 부락으로 진공하여 위만 경찰서를 제압하고 30명의 적을 사로잡거나 살상하고 이 부락을 해방한 것으로 시난차 전투를 설명한다.[24] 이로 볼 때, 한설야의 착오는 1950년대 초반 북조선의 항일무장투쟁에 대한 복원 작업의 한계를 드러낸 것이다. 즉, 1953년 연재본『력사』가 1946년 9월에 항일무장투쟁 전적지를 답사하면서 들은 이야기를 바탕으로 하여 구상한 것이라면, 1954년 이후 단행본『력사』는 1950년대 중반 이후 항일무장투쟁사의 복원이 구체화되면서 역사적 사건에 맞게 소설도 개작한 것이다.

---

22) 다음은 1954년 판본『력사』에 추가된 부분의 일부를 제시한 것인데, 황니허즈 전투 후 군중대회를 열어서 열렬한 환호를 받았다는 내용이다. "장군은 여기서 잠시 생각한 뒤에 곧 다음 행동으로 넘어갈 것을 결정하였다. (…중략…) 그리고 다음 부대는 시가에 들어가서 군중대회를 조직할 임무를 주었다. (…중략…) 연설이 끝난 후 유격대들은 다시 혁명가를 고창하며 거리를 돌기 시작하였다. 어느 구석에선가 한번『혁명군 만세!』소리가 나더니 내쳐 소리소리가 꼬리를 물고 대렬 뒤에 따랐다. / 대렬은 시가를 세바퀴 돈 다음 서서히 산중으로 행진하였다. 대렬이 뒷산 등성이를 따라왔다. 그리고 뒤에 남은 군중들도 어둠 속에서 오래도록『만세!』를 외치고 있었다."(위의 글, 351~353쪽)

23) 「한 설야의 장편 소설「력사」(신간소개)」, 139쪽.

24) 리재림,『김 일성 원수 령도하의 항일 무장 투쟁』, 평양: 아동도서출판사, 1958, 98쪽. 유일사상체계가 성립된 이후 북조선의 '시난차 전투'에 대한 공식적인 설명은 "혁명의 위대한 수령 김일성동지께서 조선인민혁명군 주력부대를 친솔하시고 1936년 6월 무송현 시난차에 둥지를 틀고있던 적경찰대를 소멸하신 전투"라는 것이다(조선민주주의 인민공화국 사회과학원 력사연구소,『력사사전(2)』, 평양: 사회과학출판사, 1971(번각·발행: 학우서방, 1973), 162쪽).

① 1953년 연재본 『력사』

一九三五년 봄이였다. / 이 봄에 김일성 장군은 무송에서 「인민 혁명군」 제六사 사장에 취임하였다. 인민 혁명군은 이제까지 남만과 동만에 산재해오던 수많은 유격대들의 련합 조직으로 一九三四년에 새로 편성되였었다. (…중략…) 이 강령의 작성과 동시에 「조국 광복회」는 一九三五년 五월 五일에 력사적인 첫 걸음을 내디디었다.[25]

② 1954년 단행본 『력사』

一九三五년 봄이였다. / 이 봄에 김 일성 장군은 무송에서 「인민 혁명군」 제六사 사장에 취임하였다. 인민 혁명군은 이제까지 남만과 동만에 산재해 오던 수많은 유격대들의 련합 조직으로 一九三四년에 새로 편성되였었다. (…중략…) 이 강령의 작성과 동시에 「조국 광복회」는 一九三五년 五월 五일에 력사적인 첫걸음을 내디디였다.[26]

한설야의 1953년 판본 『력사』에서는 1934년에 '인민혁명군'이 편성되었고, 김일성이 1935년 봄, 무송에서 '인민혁명군' 제6사 사장으로 취임했고, 1935년 5월 5일에 '조국광복회'를 조직했다고 기술한다. 여기서 한재덕의 1946년 판본 「김일성장군유격대전사」에서는 김일성이 1935년에 '조선조국광복회'의 회장, 1936년 봄에 '반일연군'의 제6사장, 1938년에 제2군장이 되었다고 적는다.[27] 1952년 판본 『김일성장군의 략전』에서는 김일성이 1934년에 '조선인민혁명군'을 창설했으며, 1935년 5월 5일에 '조국광복회'를 조직했다고 기술한다.[28] 1959년 판본 『조선통사(중)』에서는 1934년 3월에 '조선인민

25) 한설야, 「력사(1)」, 『문학예술』 6-4, 1953. 4, 4쪽; 한설야, 「력사(2)」, 『문학예술』 6-5, 1953. 5, 17쪽.
26) 한설야, 『력사』, 평양: 조선작가동맹출판사, 1954, 1~90쪽.
27) 韓載德, 「金日成將軍遊擊隊戰史」, 韓載德(외), 『우리의太陽』, 평양: 북조선예술총련맹, 1946, 10쪽.
28) 『김일성장군의 략전』, 평양: 조선로동당출판사, 1952, 17~28쪽.

혁명군'이 창건되었고, 1935년 김일성이 회장으로 추대된 '조국광복회'가 결성되었다고 설명한다.[29]

여기서 한설야의 『력사』에서 기술한 역사적 시기는 1952년 판본 『김일성장군의 략전』에 따른 것인데, '인민혁명군' 제6사 사장 취임의 시기는 문제일 수밖에 없다. 왜냐하면 이는 제6사 사장 취임 시기를 '1935년'으로 설정하면 '시난차 전투'나 '황니허즈 전투'가 '1935년'에 일어난 전투가 되기 때문에 그러하다. 또한 조국광복회의 결성 시기도 '1935년'으로 잡으면 문제가 되기는 마찬가지이다. 즉, 이는 『력사』의 시간적 배경을 '1936년'으로 잡아야만 전체적인 내용 설명이 가능해진다는 말이다.[30] 또한 조국광복회의 강령에 대한 것도 문제이다.

① 1953년 연재본 『력사』

장군은 이에 근거하여 「조국 광복회」의 강령을 작성하였다. 그 강령의 줄거리는 다음과 같은 아홉개조로 된것이었다.[31]

② 1954년 단행본 『력사』

장군은 이에 근거하여 「조국 광복회」의 강령을 작성하였다. 그 강령의 줄거리는 다음과 같은 一○개조로 된 것이였다.[32]

---

29) 조선민주주의 인민공화국 과학원 력사연구소, 『조선통사(중)』, 평양: 과학원출판사, 1959(번인: 학우서방, 1961(재판)), 320~347쪽.

30) 1935년 코민테른 제7차 대회에서는 식민지 피억압민족에 대한 반제국주의 민족통일전선방침을 채택했다. 이 대회를 계기로 하여, 1936년 3월 안도현 '미혼진(迷魂陣)'에서 열린 중공당 '동만특별위원회 및 동북인민혁명군 제2군 영도간부회의' 즉, '미혼진회의'에서는 동북항일연군 제2군 제3사를 편성하기로 결정했고, 김일성을 사장(師長)으로 한 이 부대가 백두산 일대의 조선과 중국의 국경지대에 활동하도록 했다. 동만특별위원회의 책임자인 웨이 정민(魏拯民)은 1936년 7월 '하리(河里)회의'에서 남만지방의 항일역량과 합쳐 '재만조선인조국광복회'를 조직할 것을 결정했다. 이 회의에서는 동북항일연군 제1군과 제2군을 합쳐 제1로군으로 편성하는 한편 제2군 제3사를 제2군 제6사로 개편했는데, 제6사는 조국광복회를 결성하기 위한 구체적인 활동을 책임지는 임무를 맡았다(신주백, 『1920~30년대 중국지역 민족운동사』, 선인, 2005, 157~163쪽; 신주백, 「1930년대 만주지역 항일무장투쟁 되짚어 보기」, 강진호(외), 『북한의 문화정전, 총서 '불멸의 력사'를 읽는다』, 소명출판, 2009, 64~66쪽).

31) 한설야, 「력사(2)」, 『문학예술』 6-5, 1953. 5, 17쪽.

1953년 연재본 『력사』에서 김일성이 작성한 것으로 말해진 조국광복회 '9개조' 강령은 1954년 단행본 『력사』에선 '10개조'로 변경된다.

① 1953년 연재본 『력사』

一, 일제를 물리치고 인민의 정부를 수립할 것.

二, 인민 군대를 창설할 것.

三, 토지를 개혁하며 산업을 국유화할 것.

四, 인민들의 농업, 상업, 공업을 자유로 발전시킬 것.

五, 언론, 출판, 결사, 집회의 자유를 보장할것,

六, 인민들의 평등권과 남녀 평등권을 확립할것,

七, 인민 교육 제도를 창설할 것.

八, 八시간 로동제와 로동 법령을 확립할 것.

九, 국제 간의 친선을 유지할 것.[33]

② 1954년 단행본 『력사』

一, 일제를 물리치고 인민의 정부를 수립할 것.

<u>二, 조중 인민의 친밀한 련합으로써 일본 및 그 주구, 「만주국」을 전복하고 각각 자기가 선거한 혁명 정부를 창설할 것.</u>

三, 인민 군대를 창설할 것.

四, 토지를 개혁하며 산업을 국유화할 것.

五, 인민들의 농업, 상업, 공업을 자유로 발전시킬 것.

六, 언론, 출판, 결사, 집회의 자유를 보장할 것.

七, 인민들의 평등권과 남녀 평등권을 확립할 것.

八, 인민 교육 제도를 창설할 것.

九, 八시간 로동제와 로동 법령을 확립할 것.

十, 국제간의 친선을 유지할 것.[34]

32) 한설야, 『력사』, 평양: 조선작가동맹출판사, 1954, 89쪽.
33) 한설야, 「력사(2)」, 『문학예술』 6-5, 1953. 5, 17쪽.

이러한 1953년 연재본 『력사』의 조국광복회 '9개조' 강령은 1954년 단행본 『력사』에서는 '조중 인민의 친밀한 연합으로써 일본 및 그 주구, '만주국'을 전복하고 각각 자기가 선거한 혁명 정부를 창설할 것'이란 '2' 항목을 추가해서 '10개조' 강령으로 만든다. 한설야는 왜 이렇게 수정했을까?

一, 朝鮮民族의 總動員으로 廣汎한 反日統一戰線을 實現함으로서 强盜日本의 統治를 顚覆하고 眞正한 朝鮮人民政府를 樹立할것이다

二, 朝鮮民族의 親密한 聯合으로써 日本及 그走狗 『滿洲國』을 顚覆하고 中國人民들이 自己가選擧한 革命政府를 創設하며 中國領土內에 居住하는 朝鮮人의 眞正한 自治를 實行할것이다

三, 日本軍隊 憲兵 警察及 走狗의武裝을 解除하고 우리愛國同志의 行動을 援助하는 人民의武裝으로써 朝鮮人의 眞正한 獨立을爲하여 싸울수있는 軍隊를 組織할것이다

四, 日本의 모-든企業 銀行 鐵道 船舶 農場 修理機關및 賣國的 親日分子의 全財産 土地를沒收하여 獨立運動의 經濟의 充當하며 一部 貧困한同志를 救濟할것이다

五, 日本及 그走狗들의 人民에對한 債務 各種稅金 專賣制度等을取消하고 大衆生活을 改善하며 民族的, 工農商業을 障碍없이發展시킬것이다

六, 言論 出版 思想 集會 結社의自由를 戰取하고 倭奴의 恐怖政策實現과 封建思想의 奬勵를反對하며 一切政治犯을 釋放할것이다

七, 兩班 常民 其他 不平等을 排除하고 男女 民族 宗教等의 差別없는 一律的 平等과 婦女의 社會上待遇를提高하고 女子의人格을 尊重히 할것이다

八, 奴隷同化教育의撤廢 强制軍事服務및 青少年에對한 軍事教育을 反

34) 한설야, 『력사』, 평양: 조선작가동맹출판사, 1954, 89~90쪽.

對하며 우리말과 글로써 教育하며 義務的인 免費教育을 實施할것이다

九, 八時間勞動制實施 勞動條件의改善 賃金의引上 勞動法案의確定 國家機關으로부터 各種勞動者의 保險法을 實施하며 失業하고있는 모-든 勤勞大衆을 救濟할것이다

十, 朝鮮民族에對하여 平等的으로 대우하는 民族及國家와 親密히 聯合하며 우리民族解放運動에 對하여 善意의 中立을 表示는 國家及 民族과同志的 親善을 維持할것이다[35]

해방기 조국광복회의 강령은 어떻게 제시되었을까? 1937년 6월 보천보 시가에 뿌린 것으로 '부록'에 수록한 한재덕의 『김일성장군개선기』(1947)에서도 '조선민족의 친밀한 연합으로써 일본 급 그 주구 '만주국'을 전복하고 중국인민들이 자기가 선거한 혁명정부를 창설하며 중국 영토 내에 거주하는 조선인의 진정한 자치를 실행할 것이다'라는 '2' 항목을 포함한 조국광복회 '10대 강령'을 제시하고 있다.[36] 그렇다면 한설야는 왜 『김일성장군개선기』(1947)나 『조선민족해방투쟁사』(1949)에서처럼 해방기 널리 유포된 조국광복회 10대 강령이 아니라 1953년 연재본 『력사』에선 조국광복회 9개조 강령만을 제시했을까? 이는 한설야의 단순한 착오일까? 그렇지만은 않다. 이는 1950년대 초반의 정치적 상황과 밀접한 관련을 갖고 있는 것이다.

「조선 민족의 총동원으로 광범한 반일 통일 전선을 실현함으로서 강도 일본 제국주의의 통치를 전복시키고 진정한 조선 인민 정부를 수립할것」.

35) 「祖國光復會十大綱領(普天堡市街에뿌린것)」, 韓載德, 『金日成將軍凱旋記(附錄)』, 평양: 민주조선출판사, 1947, 1~2쪽.

36) 한재덕의 『김일성장군개선기』(1947)뿐만 아니라 『조선민족해방투쟁사』(1949)에서도 '조국광복회 10대 강령'을 동일하게 제시하고 있다. 이로 볼 때 해방기 북조선에 널리 유포된 판본은 한재덕이 제시한 '조국광복회 10대 강령'일 것이다(崔昌益, 「日本帝國主義大陸侵略戰爭行程에있어서의 反日武裝鬪爭」, 白南雲(외), 『朝鮮民族解放鬪爭史』, 평양: 김일성종합대학, 1949, 396~397쪽).

「일본 군대, 헌병, 경찰 및 그 주구들의 무기를 해제하고……인민의 무장력으로 조선 인민의 진정한 독립을 위하여 싸울 수 있는 군대를 조직할것」.

「일본 국가 및 일본인 소유의 모든 기업소, 철도, 은행, 선박, 농장, 수리 기관 및 매국적 친일 분자의 전체 재산과 토지를 몰수하여 독립 운동의 경제의 충당하며 일부분으로는 빈곤한 인민을 구제할것」.

「일본 및 그 주구들의 인민에 대한 채권, 각종 세금, 전매 제도를 취소하고 대중 생활을 개선하며 민족적, 공, 농, 상업을 장애 없이 발전시킬것」.

「언론, 출판, 사상, 집회, 결사의 자유를 전취하고 왜놈의 공포 정책 실현과 봉건 사상 장려를 반대하며 일체 정치범을 석방할것」.

「량반, 상민, 기타 불평등을 배제하고 남녀, 민족, 종교 등 차별 없는 일률적 평등과 부녀의 사회상 대우를 제고하고 여자의 인격을 존중히 할것」.

「노예 로동과 노예 교육의 철폐, 강제 군사 복무 및 청 소년에 대한 군사 교육을 반대하며, 우리 말과 글로써 교육하며, 의무적인 면비 교육을 실시할것」.

「八시간 로동제 실시, 로동 조건의 개선, 임금의 인상, 로동 법안의 확정, 국가 기관으로부터 각종 로동자의 보험법 실시, 실업 근로 대중의 구제」.

「조선 민족에 대하여 평등적으로 대우하는 민족 및 국가와 친밀히 련합하며 우리 민족 해방 운동에 대하여 선의와 중립을 표현하는 나라 및 민족과 동지적 친선을 유지할것」[37]

1950년대 초반 김일성의 권력 강화에 따라 여러 작업이 이루어지는데, 그 중에서 1952년 4월 15일 김일성 탄생 40주년을 맞이하여 최초의 공식 전기에 해당하는 『김일성장군의 략전』이 『로동신문』에 발표되었고 각지에서 이를 학습하게 되었다.[38] 여기서 『김일성장군의 략전』의 조국광복회의 강령은 해방기에 제시된 조국광복회 10대

37) 『김일성장군의 략전』, 19~20쪽.
38) 서동만, 『북조선사회주의체제성립사(1945~1961)』, 선인, 2005, 434쪽.

강령을 '일부' 수정하는 한편 '2' 항목을 삭제한 채 '9개조'만을 제시하였다. 또한 조국광복회 강령을 '마르크스레닌주의를 30년대 조선의 현실에 가장 부합되게 작성한 강령'이라고 평했다.[39] 이런 평가는 1950년대 초반의 북조선에서 강조했던 '마르크스레닌주의의 창조적 적용'이라는 문제와 관련된 것이었다.[40] 이에 따라 한설야도 1953년 연재본 『력사』에서 『김일성장군의 략전』에 제시된 조국광복회 강령을 요약해서 '9개조'만을 제시했던 것이다.

> 이 작품의 무대가 중국일 뿐만 아니라 수령의 항일 유격 투쟁이 중국 인민들과의 굳은 련계와 국제적 우의 속에서 진행된 만큼 반드시 이러한 대목이 설정되여야 할 것을 거듭 부언한다.[41]

> 작년 「문학 예술」에 련재되였던 한 설야 작 장편 소설 「력사」가 금번 작가 동맹 출판사 발행으로 세상에 나왔다. 소설 「력사」는 이미 많은 독자들로부터 사랑을 받아온 작품이다. 독자들의 목소리에 허심하게 귀를 기울인 작자는 이번에 다시금 적지 않은 부분에 걸쳐 추고를 가했다.[42]

---

39) 『김일성장군의 략전』, 20쪽.

40) 김일성은 '마르크스레닌주의의 창조적 적용 문제'에 대해서 다음과 같이 지적한다. "맑스-레닌주의 교양사업을 강화한다는 것은 맑스, 엥겔스, 레닌, 쓰딸린의 저서들을 맹목적으로 몇 천권 몇 만권 읽기만 하라는 것은 아닙니다. 그것은 맑스-레닌주의의 교양사업을 강화함으로써 당원들에게 맑스-레닌주의적 사상 관점, 그의 방법 및 혁명적 실천에 대한 풍부한 지식과 선진 혁명 당들의 경험들을 소유시킴으로써 그들로하여금 우리 나라 정세에 부합되게 맑스-레닌주의를 적용할 줄 알게 하며 맑스-레닌주의에 기초하여 우리 나라의 군사, 정치, 경제 정세들을 분석할 줄 알게 하며 그 분석에 기초하여 현재 뿐만 아니라 장래까지 예견할 줄 알게 한다는 것을 의미하는 것입니다. (…중략…) 신문과 잡지들과 우리의 출판 기관들은 맑스-레닌주의의 선전 문제들과 우리 나라에서 맑스-레닌주의 리론의 창조적 적용에 대한 론문들과 저서들을 계속 게재하며 출판하여야 하겠습니다."(김일성, 「로동당의 조직적 사상적 강화는 우리 승리의 기초: 一九五二년 十二월 十五일 조선 로동당 중앙 위원회 제五차 전원 회의에서 진술한 보고」, 『김일성 선집(4)』, 평양: 조선로동당출판사, 1954(재판), 331~332쪽)

41) 김명수, 「장편소설 「력사」에 대하여」, 『조선문학』, 1954. 4, 36쪽.

42) 「한 설야의 장편 소설 「력사」(신간소개)」, 139쪽.

그런데 한설야는 1953년 『력사』를 연재한 후 여러 부분에 대해 비판을 받았던 것으로 보이는데, 이에 따라 1954년 단행본 『력사』를 출간하면서 여러 부분을 수정했을 것이다.[43] 특히 김명수는 1953년 연재본 『력사』에 대해 평하면서 '김일성의 항일유격투쟁이 중국 인민들과의 굳은 연계와 국제적 우의 속에서 진행된 것인 만큼 이런 대목을 설정할 것'을 요구했다. 김명수와 같은 이런 지적에 따라서 한설야는 1954년 단행본 『력사』에서 '중국'과 관련된 조국광복회 강령의 '2' 항목인 '조중 인민의 친밀한 연합으로써 일본 및 그 주구, '만주국'을 전복하고 각각 자기가 선거한 혁명 정부를 창설할 것'을 추가했던 것으로 보인다.[44] 이러한 한설야의 『력사』는 1950년대 중

---

43) 다음에서 보듯, 한설야는 여러 부분을 개작하는데 문장이나 배경, 맥락 등을 고려해서 수정하거나 추가한 부분도 많다.

① 1953년 연재본 『력사』
이 때 장군 자신도 국경 가까운 지점에서 보다 많이 싸울 것을 계획하고 있었다. 그래 이번 무송으로 돌아가는 길은 국경 가까운 두만강 연안을 택하기로 하였다. (…중략…) 장군은 적은 대원으로 싸우면서 대오를 장성시키는 방법에 대해서 이야기하였다. (…중략…) 『그러나 날래지 못한 사람도 걱정할 것은 없소. 우리 대원 한 동무는 자기가 남보다 기운이 약하기 때문에 어떻게 하면 남을 따라갈까 연구했소. 그러던 끝에 그는 돌 팔매질 하는 공부를 했소. 그래서 결국 그는 산상에 숨어서 돌 팔매로 왜놈 둘이나 죽이고 무기를 얻었소』(한설야, 「력사(1)」, 『문학예술』 6-4, 1953. 4, 6쪽)

② 1954년 판본 『력사』
이 때 장군 자신도 국경 가까운 지점에서 보다 많이 싸울 것을 계획하고 있었다. 그래 이번 무송으로 돌아가는 길은 조선이 가까운 국경 지대를 택하기로 하였다. (…중략…) 장군은 적은 대원으로 싸우면서 대오를 장성시키는 방법에 대해서 이야기하였다. 장군은 부단히 자기의 대오를 확대시키면서 무기를 획득해야 한다는 것을 가르쳤다. 또 무기를 얻기 위해서 어떻게 활동할까 하는 것을 이야기하였다. (…중략…) 『그러나 날래지 못한 사람도 걱정할 것은 없소. 우리 대원 한 동무는 자기가 남보다 기운이 약하기 때문에 어떻게 하면 남을 따라갈까 하는 것을 연구했소. 그러던 끝에 그는 돌 팔매질 하는 공부를 했소. 그래서 결국 그는 산상에 숨어서 돌 팔매로 왜놈 둘이나 죽이고 무기를 얻었소』(한설야, 『력사』, 평양: 조선작가동맹출판사, 1954, 4~5쪽)

44) 1950년대 초반 『김일성장군의 략전』의 '9개조'만 제시했던 조국광복회의 강령은 다음에서 보듯 1950년대 중반 이후 '10대 강령'으로 복원되고 '일정 부분' 계속 수정된다.

(一) 조선 민족의 총동원으로 광범한 반일 통일 전선을 실현함으로써 강도 일본 제국주의의 통치를 전복시키고 진정한 조선 인민 정부를 수립할 것.
(二) 조 중 민족의 친밀한 련합으로써 일본 및 그 주구 『만주국』을 전복하고 중국 인민들이 자기가 선거한 혁명 정부를 창설하여 중국 령토 내에 거주하는 조선인의 진정

반 이후 본격화된 항일무장투쟁사의 복원 작업에 따라 역사적 사실

한 자치를 실행할 것.

(三) 일본 군대, 헌병, 경찰 및 그 주구들의 무장을 해제하고 조선의 독립을 위하여 진정하게 싸울 수 있는 혁명 군대를 조직할 것.

(四) 일본 국가 및 일본인 소유의 모든 기업소, 철도, 은행, 선박, 농장, 수리 기관 및 매국적 친일분자의 전체 재산과 토지를 몰수하여 독립 운동의 경제에 충당하며, 일부분으로는 빈곤한 인민을 구제할 것.

(五) 일본 및 그 주구들의 인민에 대한 채권, 각종 세금, 전매 제도를 취소하고 대중 생활을 개선하며 민족적 공, 농, 상업을 장애 없이 발전시킬 것.

(六) 언론, 출판, 집회, 결사의 자유를 전취하고 왜놈의 공포 정책 실현과 봉건 사상 장려를 반대하며 일체 정치범을 석방할 것.

(七) 량반, 상민, 기타 불평등을 배제하고 남녀, 민족, 종교 등 차별 없는 일률적 평등과 부녀의 사회상 대우를 제고하고 녀자의 인격을 존중히 할 것.

(八) 노예 로동과 노예 교육의 철폐, 강제 군사 복무 및 청소년에 대한 군사 교육을 반대하며 우리 말과 글로써 교육하며 의무적인 면비 교육을 실시할 것.

(九) 八시간 로동제 실시, 로동 조건의 개선, 임금의 인상, 로동 법안의 확정, 국가 기관으로부터 각종 로동자의 보험법을 실시하며 실업하고 있는 근로 대중을 구제할 것.

(一〇) 조선 민족에 대하여 평등적으로 대우하는 민족 및 국가와 친밀히 련합하며 우리 민족 해방 운동에 대하여 선의와 중립을 표현하는 나라 및 민족과 동지적 친선을 유지할 것.

— 조선민주주의 인민공화국 과학원 력사연구소, 『조선통사(중)』, 349~350쪽.

1. 조선민족의 총동원으로 광범한 반일통일전선을 실현함으로써 강도 일본제국주의의 통치를 전복하고 진정한 조선인민정부를 수립할것.
2. 재만 조선인들은 조중민족의 친밀한 련합으로써 일본 및 그 주구 〈만주국〉을 전복하고 중국령토내에 거주하는 조선인의 진정한 민족자치를 실행할것.
3. 일본군대, 헌병, 경찰 및 그 주구들의 무장을 해제하고 조선의 독립을 위하여 진정하게 싸울수 있는 혁명군대를 조직할것.
4. 일본국가 및 일본인 소유의 모든 기업소, 철도, 은행, 선박, 농장, 수리기관 및 매국적 친일분자의 전체 재산과 토지를 몰수하여 독립운동의 경비의 충당하며, 일부분으로는 빈곤한 인민을 구제할것.
5. 일본 및 그 주구들의 인민에 대한 채권, 각종 세금, 전매제도를 취소하고 대중생활을 개선하며 민족적 공, 농, 상업을 장애없이 발전시킬것.
6. 언론, 출판, 집회, 결사의 자유를 전취하고 왜놈의 공포정책실현과 봉건사상장려를 반대하며 일체 정치범을 석방할것.
7. 량반, 상민 기타 불평등을 배제하고 남녀, 민족, 종교 등 차별없는 일륜적평등과 부녀의 사회상 대우를 제고하고 녀자의 인격을 존중히 할것.
8. 노예로동과 노예교육의 철폐, 강제적 군사복무 및 청소년에 대한 군사교육을 반대하며 우리 말과 글로써 교육하며 의무적인 면비교육을 실시할것.
9. 8 시간로동제실시, 로동조건의 개선, 임금의 인상, 로동법안의 확정, 국가기관으로부터 각종 로동자의 보험법을 실시하며 실업하고있는 근로대중을 구제할것.
10. 조선민족에 대하여 평등적으로 대우하는 민족 및 국가와 친밀히 련합하며 우리 민족해방운동에 대하여 선의와 중립을 표시하는 나라 및 민족과 동지적친선을 유지할것.

— 조선민주주의 인민공화국 사회과학원 력사연구소, 『력사사전(2)』, 302쪽.

에 부합되는 방향으로 수정되었던 것이다.[45)]

3. 한설야의 『력사』의 평가와 문제점

한설야의 『력사』의 이런 개작은 김일성의 형상을 한층 강화하는 한편 항일무장투쟁에 대한 문제를 해결하는 방향으로 수정되었다. 특히 한설야의 『력사』는 1953년 연재본에서 1954년 단행본으로 출판되면서 '시난차 전투'와 '황니허즈 전투'에 대한 것이 변경되고 조국광복회의 강령도 수정되었다.[46)] 이에 따라 1953년 연재본 『력사』와 1954년 단행본 『력사』는 이런 부분에서 큰 차이를 드러냈다. 그러면 이런 한설야의 『력사』에 대한 당대 평가는 어떠했으며, 그 한계는 무엇이었을까?

---

45) 김일성의 항일무장투쟁사에 대한 복원 작업의 하나가 '1953년 9월 초순부터 12월 하순까지 100여 일간에 걸쳐 이루어진 김일성의 항일유격투쟁 전적지 조사단'의 활동일 것이다. '국립중앙해방투쟁박물관 일군, 과학원 역사연구소원, 작가, 영화 촬영반, 사진사, 화가 등으로 구성된 이 조사단은 심양, 하얼빈, 길림을 거쳐 압록강, 두만강, 량강의 대안 지대인 장백산맥과 송화강변의 일부인 북만도까지 답사했으며, 혁명유격지구의 근거지, 밀영지, 전투지와 김일성의 청소년 시절의 연고지 등의 90여 개소를 찾아갔으며 당시 700여 명의 연고자와 대화를 나누었다'고 한다(송영, 『백두산은 어데서나 보인다』, 평양: 민주청년사, 1956, 1~2쪽).

46) 또한 다음의 1953년 연재본 『력사』에서는 없던 것을 1954년 단행본 『력사』에 추가한 부분에서 보듯, 한설야는 1954년 판본 『력사』에서 '조국광복회'와 '유격대 투쟁'을 한층 강조하여 서술한다. "그리하여 김 장군은 각 지방에서 전투하면서 그 지방 인민들의 동향을 조사하였다. 인민들은 어디서나 일제를 미워했고 그들을 반대하여 싸울 것을 희망하고 있었다. 장군은 이 희망을 한데 묶어 세울 필요를 느꼈다. 장군은 이 사업을 달성하기 위하여 일제를 반대하는 모든 조선 사람들의 단체를 기간으로 하여 우리 민족 해방투쟁에 있어서 최초의 민족 통일 전선인 「조국 광복회」를 조직하였다. / 이 조직은 인민들의 가슴 속에 뿌리 박고 탄생되였으니만큼 인민과 함께 자랐고 또 조선 사람이 사는 모든 지역으로 뻗어갔다. 그것은 이내 국내에 줄기뻗어 들어갔다. / 장군은 이와 동시에 유격 투쟁의 불길을 더욱 높이였다. 일제를 반대하는 하나의 목적에 묶어지는 조선 사람의 가슴에 불을 다는 사업이 더욱 간절히 요구되였던 것이다. / 김 장군의 횃불은 주로 국경 가까운 지대에서 련달아 올랐다. 그리하여 이 무장 투쟁은 정치 운동을 인민들 속으로 확대시키며 침투시키는데 있어 선봉적 역할을 놀았다"(한설야, 『력사』, 평양: 조선작가동맹출판사, 1954, 15~16쪽)

<표 3> 한설야의 『력사』를 논한 대표적 평문

작가	평론(논문)	단행본	발표지(출판사)	출판년도
김명수	「장편소설 「력사」에 대하여」		『조선문학』	1954. 4. (1954. 4. 15)
엄호석	「조국 해방 전쟁 시기의 우리 문학」	『해방후 10년간의 조선 문학』	조선작가동맹출판사	1955. 9. 15.
안함광	「조국 해방 전쟁 시기의 문학」	『조선 문학사(1900~)』	교육도서출판사	1956. 6.
엄호석	「해방 후의 산문 발전의 길」	『해방후 우리 문학』	조선작가동맹출판사	1958. 9. 5.
한중모	「한 설야의 창작에서의 김 일성 원수의 형상」	『한 설야의 창작 연구』	조선작가동맹출판사	1959. 8. 25.
문학연구실	「조국 해방 전쟁 시기의 문학」	『조선 문학 통사(하)』	과학원출판사	1959. 11. 30.
윤세평	「한 설야와 그의 문학」	『현대 작가론(2)』	조선작가동맹출판사	1960. 7. 10.
윤세평	「한 설야와 그의 문학」		『조선문학』	1960. 8. (1960. 8. 9)
안함광	「한 설야의 작가적 행정과 창조적 개성」		『조선문학』	1960. 12. (1960. 12. 9)

김명수는 한설야의 『력사』에 대해서 '일제 통치의 암담한 시기에 항일 무장투쟁의 불길을 올린 김일성의 위대한 형상을 문학적으로 표현한 작품'으로 지적하면서 '작품의 사상성과 교양적 의의'가 큰 작품으로 평가했다.[47]

"장군은 여기서 깊이 생각하였다—왜군이고 위만군이고 이런 놈들은 반드시 멸망한다는 것을 인민들에게 보여주리라 생각하였다. (…중략…) 장군은 「황니허즈」 지방 형편을 대강 알고 있었다. (…중략…) 그런데 마침 또 귀여운 아동들의 물건을 략탈 당하였다는 사실이 장군의 가슴 속에 불길을 더욱 키질하였다"[48]

47) 김명수, 「장편소설 「력사」에 대하여」, 16쪽.
48) 위의 글, 21쪽.

그런데 김명수는 한설야의 여러 판본 중에서 어떤 판본을 선택해서 인용한 것일까? 김명수는 '황니허즈' 습격 전투를 준비하고 조직하는 김일성의 심정을 설명하기 위해서 위의 부분을 인용했다.

① 1953년 연재본 『력사』

장군은 여기서 깊이 생각하였다—

왜군이고 위만군이고 이런 놈들은 반드시 멸망한다는 것을 인민들에게 보여 주리라 생각하였다. (…중략…) 장군은 「황니허즈」 지방 형편을 대강 알고 있었다. (…중략…) 그런데 마침 또 귀여운 아동들의 물건을 략탈 당하였다는 사실이 장군의 가슴 속에 불길을 더욱 키질하였다.[49]

② 1954년 단행본 『력사』

장군은 여기서 깊이 생각하였다—왜군이고 위만군이고 이런 놈들은 반드시 멸망한다는 것을 인민들에게 보여 주리라 생각하였다. (…중략…) 장군은 「시난차」 지방 형편을 대강 알고 있었다. (…중략…) 그런데 마침 또 귀여운 아동들의 물건을 략탈 당하였다는 사실이 장군의 가슴 속 불길을 더욱 키질하였다.[50]

앞에서 지적했듯, 1953년 연재본 『력사』에서의 '황니허즈'는 1954년 단행본 『력사』에선 '시난차'로 수정되었다. 이런 사실이나 출판 시기를 검토한다면, 김명수가 인용한 부분이 1953년 연재본 『력사』의 것이란 사실은 쉽게 확인된다. 그런데 김명수는 '시난차'와 '황니허즈'에 대한 한설야의 착오에 대해 알아차리지 못한 채 1953년 판본 『력사』의 부분을 인용하면서 '시난차 전투'가 아니라 '황니허즈 전투'에 대해서 상세하게 설명했다. 이런 한설야나 김명수의 착오는 당대 북조선의 항일무장투쟁에 대한 복원 작업의 한계를 여실히 증

49) 한설야, 「력사(3)」, 『문학예술』 6-6, 1953. 6, 10~11쪽.
50) 한설야, 『력사』, 평양: 조선작가동맹출판사, 1954, 188쪽.

명하는 것이기도 하였다.

김명수의 평가 이후 엄호석, 안함광 등의 북조선의 대표적 논자들은 한설야의 『력사』를 언급하면서 1930년대 김일성의 항일무장투쟁을 형상화한 작품으로 고평했다.

> 『나는 인간을 사랑하고 인간의 생명을 아끼는 동지들의 따뜻한 마음을 여기서 좀 더 보고 싶었소.』 (…중략…) 『조선 사람은 결코 죽지 않았다. 영원히 살아 있을 것이다.』[51]

> ① 1953년 연재본 『력사』
>
> 『나는 인간을 사랑하고 인간의 생명을 아끼는 동지들의 따뜻한 마음을 여기서 좀 더 보고 싶었소.』 (…중략…) 『조선 사람은 결코 죽지 않는다. 영원히 살아 있을 것이다』[52]

> ② 1954년 단행본 『력사』
>
> 『나는 인간을 사랑하고 인간의 생명을 아끼는 동지들의 따뜻한 마음을 여기서 좀 더 보고 싶었소.』 (…중략…) 『조선 사람은 결코 죽지 않는다. 영원히 살아 있을 것이다』[53]

엄호석은 '김일성의 항일 빨치산 투쟁을 다룬 작품'으로 한설야의 『력사』에 대해 평하면서 위의 두 부분을 인용했는데, 위의 인용한 두 부분은 1953년 연재본 『력사』나 1954년 단행본 『력사』의 부분과 동일하다.

---

51) 엄호석, 「조국 해방 전쟁 시기의 우리 문학」, 안함광(외), 『해방후 10년간의 조선 문학』, 평양: 조선작가동맹출판사, 1955, 229~231쪽.

52) 한설야, 「력사(1)」, 『문학예술』 6-4, 1953. 4, 38~39쪽; 한설야, 「력사(5)」, 『문학예술』 6-8, 1953. 8, 50쪽.

53) 한설야, 『력사』, 평양: 조선작가동맹출판사, 1954, 54쪽, 366쪽.

> 대중적 민족 통일 전선인 조국 광복회가 형성되여 一○개조 정강이 발표되던 시기의 앙양된 혁명적 시기의 감격적인 이야기로 씌여졌다. (…중략…) 「시난차」에 대한 대한 진공은 인민들을 략탈과 학살의 대상으로 하고 있는 일만군에게 큰 위혁적 타격으로 되며 (…중략…) 『황니허즈』병영은 견고하며 이때까지 어떤 유격대도 건드리지 못하였으나 김 일성 원수는 강대한 적 앞에서 물러서지 않았다.54)

그런데 위에서 엄호석이 설명한 부분을 참조할 때, 그가 저본으로 삼은 판본은 1953년 연재본 『력사』가 아니라 1954년 단행본 『력사』이다. 왜냐하면 이는 조국광복회 '9개조' 강령이 아니라 조국광복회 '10개조' 정강에 대해 지적했고, '황니허즈' 진공이 아니라 '시난차' 진공에 대해서 설명했기 때문이다. 그런데 엄호석은 '시난차 병영'에 대한 설명을 '황니허즈 병영'에 대한 것으로 잘못 설명했는데, 이로 볼 때 1954년 단행본 『력사』를 바탕으로 하지만 두 판본이 혼용되어 착오를 일으킨 것으로 보인다.

> ≪우리는 언제나 우리 강토를 사랑합니다. 우리 것임을 확신합니다.우리의 것이기 때문에 지켜야 합니다.살찐 열매를 맺게 하고 아름다운 꽃을 피게 해야 합니다.그래야 강토를 사랑하며 또 그 사랑은 강할 수 있습니다.
>
> 우리는 강해야 합니다.원쑤를 이겨야 합니다.원쑤를 이기는 것처럼 아름다운 것은 없습니다.그렇기 때문에 싸우는 우리의 유격대원들은 모든 조선 사람들의 사랑을 받고 있습니다. 유격대는 모든 조선 사람 중에서 가장 아름다운 사람들입니다. 유격대는 옳바른 사상으로 무장되여 있습니다.나라를 사랑하며 인민을 사랑하며 근로를 사랑합니다.≫55)

54) 엄호석, 「조국 해방 전쟁 시기의 우리 문학」, 228~230쪽.
55) 안함광, 『조선 문학사(1900~)』, 평양: 교육도서출판사, 1956(번인: 연변교육출판사, 1957), 622쪽. 원문에 띄어쓰기가 이상한데, 원문 그대로 인용한다.

① 1953년 연재본 『력사』

『우리는 언제나 우리 강토를 사랑합니다. 우리 것임을 확신합니다. 우리의 것이기 때문에 지켜야 합니다. 살찐 열매를 맺게 하고 아름다운 꽃을 피게 해야 합니다. 그래야 강토를 사랑하며 또 그 사랑은 강할 수 있습니다.

우리는 강해야 합니다. 원쑤를 이겨야 합니다. 원쑤를 이기는 것처럼 아름다운 것은 없습니다. 그렇기 때문에 싸우는 우리의 유격 대원들은 모든 조선 사람들의 사랑을 받고 있습니다. 유격대는 모든 조선 사람 중에서 가장 아름다운 사람들입니다.

유격대는 옳바른 사상으로 무장되여 있습니다. 나라를 사랑하며 인민을 사랑하며 근로를 사랑합니다』[56]

② 1954년 단행본 『력사』

『우리는 언제나 우리 강토를 사랑합니다. 우리 것임을 확신합니다. 우리의 것이기 때문에 지켜야 합니다. 살찐 열매를 맺게 하고 아름다운 꽃을 피게 해야 합니다. 그래야 강토를 사랑하며 또 그 사랑은 강할 수 있습니다.

우리는 강해야 합니다. 원쑤를 이겨야 합니다. 원쑤를 이기는 것처럼 아름다운 것은 없습니다. 그렇기 때문에 싸우는 우리의 유격 대원들은 모든 조선 사람들의 사랑을 받고 있습니다. 유격대는 모든 조선 사람 중에서 가장 아름다운 사람들입니다.

유격대는 옳바른 사상으로 무장되여 있습니다. 나라를 사랑하며 인민을 사랑하며 근로를 사랑합니다』[57]

② 1956년 단행본 『력사』

『우리는 언제나 우리 강토를 사랑합니다. 우리 것임을 확신합니다. 우

56) 한설야, 「력사(2)」, 『문학예술』 6-5, 1953. 5, 10쪽.

57) 한설야, 『력사』, 평양: 조선작가동맹출판사, 1954, 79~80쪽.

리의 것이기 때문에 지켜야 합니다. 살찐 열매를 맺게 하고 아름다운 꽃을 피게 해야 합니다. 그래야 강토를 사랑하며 또 그 사랑은 강할 수 있습니다.

우리는 강해야 합니다. 원쑤를 이겨야 합니다. 원쑤를 이기는 것처럼 아름다운 것은 없습니다. 그렇기 때문에 싸우는 우리의 유격대원들은 모든 조선 사람들의 사랑을 받고 있습니다. 유격대는 모든 조선 사람 중에서 가장 아름다운 사람들입니다.

유격대는 옳바른 사상으로 무장되여 있습니다. 나라를 사랑하며 인민을 사랑하며 근로를 사랑합니다』[58)]

또한 안함광은 한설야의 『력사』에 대해서 '김일성의 지도 밑에 전개된 반일민족해방의 산 역사'를 보여준 작품으로 평하면서 위의 부분을 인용했는데, 이 인용 부분은 1953년 판본 『력사』와 1954년 판본 『력사』나 1956년 판본 『력사』의 부분과 별 차이는 없다.

한 설야 작 장편 소설 ≪력사≫(1953)는 웅대한 화폭속에 조선 인민의 광휘로운 항일 무장 투쟁을 지도해 온 김 일성 원수의 빛나는 형상을 창조하였는바 작자는 이 형상을 통하여 그의 지도 밑에 전개된 반일 민족 해방 투쟁의 산 력사를 보여 주었다. (…중략…) 이 작품은 소설의 첫 장면—장군이 분산된 유격대들을 통합 강화하기 위하여 안도로 행군하는 첫 장면에서부터 ≪황니허즈≫의 승리적 전투에 이르기까지의 모든 사건들과 현상의 발전은 유격대와 인민의 력량의 점차적 장성 강화를 표시하면서 ≪황니허즈≫의 대규모적 전투 승리에서 그 정점을 이루는 전 발전 과정을 보여줌을 리해할 수 있다.[59)]

그런데 안함광은 대학용 교재로 집필한 『조선문학사(1900~)』(1956)

58) 한설야, 『력사』, 평양: 조선작가동맹출판사, 1956, 89~90쪽.
59) 안함광, 『조선 문학사(1900~)』, 621쪽.

에서 1953년 판본 『력사』에 대해 평하면서 개작된 1954년 이후 판본 『력사』의 내용을 가지고 설명했다. 왜냐하면 위의 인용에서 보듯, 1953년 연재본 『력사』의 '시난차 전투'에 대한 것을 '황니허즈 전투'에 대한 부분으로 설명했기 때문이다. 이런 안함광의 『조선문학사(1900~)』(1956)의 판본 문제는 북조선 공식적인 첫 문학사에 해당하는 『조선 문학 통사(하)』(1959)에서도 그대로 적용된다.

≪유격대는 모든 조선 사람 중에서 가장 아름다운 사람들입니다≫.[60)]

① 1953년 연재본 『력사』

『유격대는 모든 조선 사람 중에서 가장 아름다운 사람들입니다.』[61)]

② 1954년 단행본 『력사』

『유격대는 모든 조선 사람 중에서 가장 아름다운 사람들입니다.』[62)]

③ 1956년 단행본 『력사』

『유격대는 모든 조선 사람 중에서 가장 아름다운 사람들입니다.』[63)]

④ 1958년 단행본 『력사』

≪유격대는 모든 조선 사람 중에서 가장 아름다운 사람들입니다.≫[64)]

⑤ 1961년 단행본 『력사』

『유격대는 모든 조선 사람 중에서 가장 아름다운 사람들입니다.』[65)]

---

60) 조선민주주의 인민공화국 과학원 언어문학연구소 문학연구실, 『조선 문학 통사(하)』, 242쪽.

61) 한설야, 「력사(2)」, 『문학예술』 6-5, 1953. 5, 10쪽.

62) 한설야, 『력사』, 평양: 조선작가동맹출판사, 1954, 80쪽.

63) 한설야, 『력사』, 평양: 조선작가동맹출판사, 1956, 89~90쪽.

64) 한설야, 『력사』, 평양: 조선작가동맹출판사, 1958, 84쪽.

65) 한설야, 『력사』, 『한 설야 선집(9)』, 평양: 조선작가동맹출판사, 1961, 85쪽.

조선민주주의 인민공화국 과학원 연어문학연구소 문학연구실의 집체작 『조선 문학 통사(하)』(1959)에서는 한설야의 『력사』에 대해서 '김일성의 항일무장투쟁'을 다룬 장편소설로 논하면서 위의 한 부분을 인용했는데, 이 인용 부분은 기호의 차이는 있으나 1953년 판본 『력사』이나 1954년 판본 『력사』, 1956년 판본 『력사』, 1958년 판본 『력사』의 부분과 동일하며, 『조선 문학 통사(하)』(1959)가 출판된 후인 1961년 판본 『력사』의 부분과도 차이가 없다.

> 한 설야는 새로, 김 일성 원수의 항일 무장 투쟁에 바친 장편 소설 ≪력사≫ (1953년)를 창작하였다. 작가는 이 작품에서 김 일성 원수가 1936년 봄, 인민 혁명군 제 6사 사장으로 취임하던 당시 즉 투쟁이 기동적인 대규모적 형태로 이행한 중요한 력사적 단계를 배경으로 삼고 ≪아동 혁명단≫, 시난차 및 황니허즈 전투의 이야기 등을 중심으로 작품 내용을 전개시켰다.[66]

그런데 안함광의 『조선문학사(1900~)』(1956)의 판본 문제는 과학원의 『조선 문학 통사(하)』(1959)에도 그대로 적용된다. 여기서 『조선 문학 통사(하)』는 1953년 판본 『력사』에 대해 논하면서 1954년 이후 판본 『력사』에 대한 내용으로 설명했다. 왜냐하면 이는 1953년 판본 『력사』의 내용이 '아동혁명단→황니허즈 전투→시난차 전투'의 순으로 진행된 반면, 1954년 이후 단행본 『력사』는 '아동혁명단→시난차 전투→황니허즈 전투'의 순으로 내용이 전개되기 때문이다. 그리고 『조선 문학 통사(하)』(1959)의 더 심각한 문제가 있는데, 한설야의 모든 『력사』 판본에서 김일성의 '인민혁명군' 제6사 사장으로 취임한 시기를 '1935년 봄'으로 기술했지만 『조선 문학 통사(하)』(1959)에서는 '1936년 봄'으로 임의적으로 수정했다. 단순한 착오로 볼 수도 있지만 그렇지만도 않다. 왜냐하면 북조선 문학사에선 '필

66) 조선민주주의 인민공화국 과학원 언어문학연구소 문학연구실, 『조선 문학 통사(하)』, 240~241쪽.

요에 따라' '임의적으로' 인용 부분을 개작하는 경우가 빈번하기 때문에 그러하다.[67] 『조선 문학 통사(하)』(1959)의 이런 수정은 1950년대 중반 이후 항일무장투쟁사의 복원이 진행되면서 그 문제성을 인식했기 때문에 개작한 것으로 보인다. 그런데 북조선 문학사가 임의적으로 수정하거나 개작된 판본을 가지고 북조선 문학사를 기술하는데는 여전히 문제가 남는다.

> 작품은 김 일성 원수가 지도한 수 많은 유격 전투와 그 활동 중에서 시난차와 황니허즈의 두 전투와 아동 혁명단의 생활 등 세 가지 서로 련결된 사건들로 구성된바 그 전반은 거의 아동 혁명단에서의 김 일성 원수에 바쳐지고 있다.[68]

> 장편 『력사』는 크게 아동 혁명단, 시난차 전투, 황니허즈 전투의 세 개 부분으로 구성되여 있다.[69]

> 『력사』는 그 구성으로 보아 『아동단』, 『시난차』, 『황니허즈』의 세 부분으로 나누어져 개성적인 화폭을 제시하고 있으나 일관하여 김 일성 사장의 풍모를 천명하는 데 돌려지고 있다.[70]

> 이 작품을 구성하고 있는 중심 사건들은 아동 혁명단의 지도와, 시난차, 황니허즈의 두 전투들인바 작가는 이것들을 련결시키면서 매개 화폭들의 생활적 내용을 풍부히 하였으며 지향적 성격을 뚜렷이 하였다.[71]

---

67) 남원진, 「한설야의 문제작 「개선」과 김일성의 형상화에 대한 연구」, 『비평문학』 44, 2012. 6, 164쪽.
68) 엄호석, 「해방 후의 산문 발전의 길」, 윤세평(외), 『해방후 우리 문학』, 평양: 조선작가동맹출판사, 1958, 111쪽.
69) 한중모, 『한 설야의 창작 연구』, 평양: 조선작가동맹출판사, 1959, 277쪽.
70) 강능수, 「혁명 전통과 우리 문학」, 김하명(외), 『전진하는 조선 문학』, 평양: 조선작가동맹출판사, 1960, 94쪽.
71) 안함광, 「한 설야의 작가적 행정과 창조적 개성」, 『조선문학』 160, 1960. 12, 120쪽.

또한 안함광의 『조선문학사(1900~)』(1956)나 과학원의 『조선 문학 통사(하)』(1959)뿐만 아니라 엄호석, 한중모, 윤세평, 강능수 등의 북조선 대표적 논자들의 여러 평문에서도 이런 판본 문제는 그대로 적용된다. 즉, 이는 1953년 연재본 『력사』의 '아동혁명단→황니허즈 전투→시난차 전투'의 순서가 아니라 1954년 이후 개작본 『력사』의 '아동혁명단→시난차 전투→황니허즈 전투'의 순을 따르고 있다는 말이다. 그런데 이런 판본에 대한 것은 한설야의 『력사』에 대한 평가에서만 국한된 문제는 아니다.[72] 이는 심각한 문제이다. 또한 이런 측면 때문에 북조선 문학을 연구할 때 빈번한 착오를 일으키는 원인이 된다. 특히 북조선 문학은 기관지나 여러 목적을 위해 만들어진 작품집이나 단편집에 최초로 수록된 후 인용이나 재수록 등의 과정을 통해서 빈번하게 개작되었는데, 북조선 평문이나 문학사도 이에 자유롭지 못하다는 한계를 갖고 있다. 왜 이런 문제가 생겼을까?

4. '문학과 정치'에 대한 단상

한설야의 『력사』는 김일성의 항일무장투쟁을 다루었던 인민상 계관 작품이며 널리 북조선에서 읽혀졌던 장편소설이었는데, 일본과 중국에서도 출판되는 등의 여러 판본이 있었다. 1953년 연재된 후 1954년 단행본으로 출판되면서 여러 부분이 개작되었는데, 김일성의 형상을 한층 강화하는 한편 항일무장투쟁사에 대한 문제를 해결하는 방향으로 수정되었다. 특히 '시난차 전투'와 '황니허즈 전투'에 대한 것이 변경되었고 조국광복회의 강령도 개작되었다. 김명수의 평가 이후 이런 개작으로 인해 엄호석 등의 여러 평문이나 안함광

72) 남원진, 「한설야의 〈모자〉와 해방기 소련에 대한 인식 연구」, 『현대소설연구』 47, 2011. 8; 남원진, 「한설야의 「승냥이」의 각색 양상 연구」, 『한국학연구』 40, 2012. 3; 남원진, 「한설야의 문제작 「혈로」의 개작 양상 연구」, 『한국현대문학연구』 36, 2012. 4; 남원진, 「한설야의 『대동강』 창작과 개작의 평가와 그 의미」, 『어문론집』 50, 2012. 6.

등의 문학사에서는 개작본 『력사』를 가지고 내용을 정리하거나 평하는 문제를 발생시켰다. 이는 한설야의 문학에 국한된 것이 아니기에 더욱 문제일 수밖에 없었다. 북조선 문학이 최초로 발표된 후 인용이나 재수록 등의 과정을 통해서 빈번하게 개작되었듯, 북조선 평문이나 문학사도 이에 자유롭지 못했다. 이런 것이 북조선 문학이나 연구의 한 특징이었다. 그래서 여러 가지 문제가 생겼다. 그렇다면 왜 이런 문제가 발생했을까?

> 사회주의적 사실주의는 현실을 혁명적 발전 속에서 력사적 구체성을 가지고 진실하게 묘사함으로써 근로 대중을 공산주의 사상으로 교양할 것을 요구한다. 이것은 사회주의적 사실주의 문학의 목적을 의미하며 동시에 그의 지도적 원칙인 공산주의적 당성의 요구이기도 하다.[73]

> 사회주의 사실주의는 근로 인민들을 사회주의 정신으로 교양하는 과업을 가진다. (…중략…) 작가는 반드시 당이 가리키는 길로 인민들을 불러 일으켜야 하며 당 정책을 인민 대중 속에 침투시켜야 하며 근로 인민들을 애국주의 사상과 영웅주의로 교양함에 있어서 당과 국가를 방조해야 한다.[74]

아마도 이는 문학이나 문학사를 바라보는 북조선의 근본적 입장에서 온 것이었다. 북조선 문학은 줄곧 정치적 문제를 떠맡았는데, 이로 인해 북조선 인민들에게 공산주의 사상을 교양해야 하며 더 나아가 당 정책을 교양해야 하는 과제를 안게 되었다. 즉, 북조선 문학은 '공산주의 사상'의 교양뿐만 아니라 '당이 가리키는 길로 인민들을 불러 일으켜야 하며 당 정책을 인민 속에 침투시켜야 하며 인민들을 애국주의와 영웅주의로 교양해야 한다'는 과제를 맡았다는 것

73) 강능수, 『문학의 기초』, 평양: 조선문학예술총동맹출판사, 1966, 186쪽.
74) 김명수, 『문학 리론의 기초』, 평양: 국립출판사, 1956, 200~201쪽.

이다. 이런 당 정책에 대한 교양적 기능이 강화되면 될수록 당 정책에 따라 문학 작품의 수정이나 평가를 할 수밖에 없는 상황에 가로놓이게 되었다. 이로 인해 문학의 창작이나 평가는 여러 가지 문제에 봉착할 수밖에 없었다. 이는 북조선 문학이 정치적 문제를 떠맡으면서 생긴 난제인 한편 중심 과제인 것인데, 사회주의 문학 더 나아가 근대문학이 그러했듯[75] 북조선 문학에선 문학과 정치는 분리할 수 있는 성질의 문제가 아니란 말이다. 이러하듯 북조선 문학은 '문학과 정치'라는 근대문학의 오래된 과제를 떠맡고 있다.

75) 西川長夫, 『국민이라는 괴물』, 윤대석 역, 소명출판, 2002, 78~86쪽; 炳谷行人, 『근대문학의 종언』, 조영일 역, 도서출판 b, 2006, 52~53쪽.

참고문헌

1. 기본자료

「1960년 인민상 수여식 진행」, 『문학신문』 273, 1960. 9. 13.
「우수한 과학자 및 작가들과 예술 작품에 조선 민주주의 인민 공화국 인민상을 수여」, 『문학신문』 273, 1960. 9. 13.
「작가 한 설야 ≪력사≫ 창작 경험을 피력」, 『문학신문』 283, 1960. 10. 18.
「한 설야의 장편 소설 「력사」」, 『조선문학』, 1954. 12.
김명수, 「장편소설 「력사」에 대하여」, 『조선문학』, 1954. 4.
안함광, 「한 설야의 작가적 행정과 창조적 개성」, 『조선문학』 160, 1960. 12.
정 률, 「문학 예술이 쟁취한 성과」, 『로동신문』 2542, 1954. 2. 17.
한설야, 「력사(1~5)」, 『문학예술』 6-4~6-8, 1953. 4~8.
한설야, 「소설 『력사』를 창작하고」, 『로동신문』 2544, 1954. 2. 19.
한설야, 「이 영예에 보답하도록 노력하겠다」, 『문학신문』 273, 1960. 9. 13.
한설야, 「혁명 투사들의 진실한 성격 창조를 위하여」, 『문학신문』 283, 1960. 10. 18.

한설야, 『력사』, 평양: 조선작가동맹출판사, 1954.
한설야, 『력사』, 평양: 조선작가동맹출판사, 1956.
한설야, 『력사』, 평양: 조선작가동맹출판사, 1958(추정).
한설야, 『아동단』, 평양: 아동도서출판사, 1959.
한설야, 『한 설야 선집(9)』, 평양: 조선작가동맹출판사, 1961.

2. 논문

강진호, 「해방 후 한설야 소설과 김일성의 형상」, 『민족문학사연구』 25, 2004. 7.
김재용, 「냉전시대 한설야 문학의 민족의식과 비타협성」, 『역사비평』 47, 1999. 여름호.

남원진, 「한설야의 〈모자〉와 해방기 소련에 대한 인식 연구」, 『현대소설연구』 47, 2011. 8.
남원진, 「한설야의 「승냥이」의 각색 양상 연구」, 『한국학연구』 40, 2012. 3.
남원진, 「한설야의 『대동강』 창작과 개작의 평가와 그 의미」, 『어문론집』 50, 2012. 6.
남원진, 「한설야의 문제작 「개선」과 김일성의 형상화에 대한 연구」, 『비평문학』 44, 2012. 6.
남원진, 「한설야의 문제작 「혈로」의 개작 양상 연구」, 『한국현대문학연구』 36, 2012. 4.
이승이, 「민족 해방에 대한 열망과 탈식민·탈주체로서의 저항문학」, 『어문연구』 63, 2010. 3.

3. 단행본

『김일성장군의 략전』, 평양: 조선로동당출판사, 1952.
강능수, 『문학의 기초』, 평양: 조선문학예술총동맹출판사, 1966.
강진호(외), 『북한의 문화정전, 총서 '불멸의 력사'를 읽는다』, 소명출판, 2009.
김명수, 『문학 리론의 기초』, 평양: 국립출판사, 1956.
김용직, 『북한문학사』, 일지사, 2008.
김일성, 『김일성 선집(4)』, 평양: 조선로동당출판사, 1954(재판).
김하명(외), 『전진하는 조선 문학』, 평양: 조선작가동맹출판사, 1960.
리재림, 『김 일성 원수 령도하의 항일 무장 투쟁』, 평양: 아동도서출판사, 1958.
백남운(외), 『조선민족해방투쟁사』, 평양: 김일성종합대학, 1949.
서동만, 『북조선사회주의체제성립사(1945~1961)』, 선인, 2005.
송 영, 『백두산은 어데서나 보인다』, 평양: 민주청년사, 1956.
신주백, 『1920~30년대 중국지역 민족운동사』, 선인, 2005.
신형기·오성호, 『북한문학사』, 평민사, 2000.
안함광, 『조선 문학사(1900~)』, 평양: 교육도서출판사, 1956(번인: 연변교육출판사, 1957).
안함광(외), 『해방후 10년간의 조선 문학』, 평양: 조선작가동맹출판사, 1955.
윤세평(외), 『해방후 우리 문학』, 평양: 조선작가동맹출판사, 1958.
조기천, 『백두산』, 평양: 로동신문사, 1947(번인: 용정인민학원인쇄부, 1947).
조선민주주의 인민공화국 과학원 력사연구소, 『조선통사(중)』, 평양: 과학원출판사, 1959(번인: 학우서방, 1961(재판)).
조선민주주의 인민공화국 과학원 언어문학연구소 문학연구실, 『조선 문학 통사(下)』, 평양: 과학원출판사, 1959.
조선민주주의 인민공화국 사회과학원 력사연구소, 『력사사전(2)』, 평양: 사회과학출판사, 1971(번각·발행: 학우서방, 1973).
한재덕, 『김일성장군개선기』, 평양: 민주조선출판사, 1947.
한재덕(외), 『우리의 태양』, 평양: 북조선예술총련맹, 1946.
한중모, 『한 설야의 창작 연구』, 평양: 조선작가동맹출판사, 1959.
柄谷行人, 『근대문학의 종언』, 조영일 역, 도서출판 b, 2006.
西川長夫, 『국민이라는 괴물』, 윤대석 역, 소명출판, 2002.

[부록] 한설야 보고

전국 작가 예술가 대회에서 진술한 한설야 위원장의 보고

전후 조선 문학의 현 상태와 전망

천리마 시대의 문학 예술 창조를 위하여

전국 작가 예술가 대회에서 진술한 한설야 위원장의 보고

一

친애하는 동무들!

오늘 우리들은 조국의 자유와 독립을 수호하는 정의의 조국 해방 전쟁을 영광스러운 승리로써 결속하고 민주기지 강화를 위한 전후 인민 경제 복구 건설에 전 인민적 총 력량을 집결시키고 있는 장엄한 환경 속에서 이 대회를 가지게 되였습니다。

오늘 우리들은『모든 것을 전후 인민 경제 복구 발전을 위하여』라는 경애하는 수령의 호소를 높이 받들고 당과 조국과 수령에 대한 더욱 높은 충성심으로써 우리 작가 예술가들에게 부과된 임무를 원만히 수행할 대책들을 강구하기 위하여 이 자리에 모였습니다.

전후 인민 경제 복구 건설 투쟁은 조국의 평화적 통일을 쟁취하는 위업과 직접 관련됩니다. 조선 로동당 중앙위원회 제六차 전원 회의에서 하신 김일성 원수의 교시는 전후 인민 경제 복구 발전에 궐기한 우리 인민들이 나갈바 투쟁의 길을 천명하여 준 것으로서 우리의 투쟁의 지침으로 되며 우리를 승리에로 불러 일으키는 커다란 고무로 됩니다。

우리 앞에 제기되는 이 과업은 실로 방대하며 간급합니다。

조선 인민은 영웅적 투쟁으로써 침략자들을 타승하였으며 자기 조국의 독립과 자유를 고수하였습니다。

미제국주의자들은 三년 동안 우리와 전투하는 행정에서 조선 인민의 힘이 얼마나 위대하며 우리들의 백전 불굴의 투지가 얼마나 강대하며 우리 조국 북반부에 설정된 인민 민주 제도가 얼마나 강대한 생활력을 가지고 있는가 하는 것을 알게 되였습니다。

자유와 독립을 위한 성전에서 우리 조국의 우수한 아들 딸들이 흘린 피와 우리 인민이 당한 고통과 희생의 댓가는 헛되지 않았습니다.

조선 전쟁에서 미제의 수치, 침범자들이 당한 군사 정치 도덕적 패배는 제 인민간의 평화를 수호하는 전 세계 민주 진영의 거대한 승리로 됩니다。

영웅한 우리 조선 인민군과 중국 인민 지원군은 무력 침범자들에게 심대한 타격을 가하여 조선에서

『조선문학』 1, 1953. 10.

전국 작가 예술가 대회에서 진술한 한설야 위원장의 보고

1

친애하는 동무들!

오늘 우리들은 조국의 자유와 독립을 수호하는 정의의 조국 해방 전쟁을 영광스러운 승리로써 결속하고 민주기지 강화를 위한 전후 인민 경제 복구 건설에 전 인민적 총 력량을 집결시키고 있는 장엄한 환경 속에서 이 대회를 가지게 되였습니다.

오늘 우리들은 '모든 것을 전후 인민 경제 복구 발전을 위하여'라는 경애하는 수령의 호소를 높이 받들고 당과 조국과 수령에 대한 더욱 높은 충성심으로써 우리 작가 예술가들에게 부과된 임무를 원만히 수행할 대책들을 강구하기 위하여 이 자리에 모였습니다.

전후 인민 경제 복구 건설 투쟁은 조국의 평화적 통일을 쟁취하는 위업과 직접 관련됩니다. 조선 로동당 중앙위원회 제6차 전원 회의에서 하신 김일성 원수의 교시는 전후 인민 경제 복구 발전에 궐기한 우리 인민들이 나갈바 투쟁의 길을 천명하여 준 것으로서 우리의 투쟁의 지침으로 되며 우리를 승리에로 불러 일으키는 커다란 고무로 됩니다.

우리 앞에 제기되는 이 과업은 실로 방대하며 긴급합니다.

조선 인민은 영웅적 투쟁으로써 침략자들을 타승하였으며 자기 조국의 독립과 자유를 고수하였습니다.

미 제국주의자들은 3년 동안 우리와 전투하는 행정에서 조선 인민의 힘이 얼마나 위대하며 우리들의 백전 불굴의 투지가 얼마나 강대하며 우리 조국 북반부에 설정된 인민 민주 제도가 얼마나 강대한 생활력을 가지고 있는가 하는 것을 알게 되였습니다.

자유와 독립을 위한 성전에서 우리 조국의 우수한 아들 딸들이 흘린 피와 우리 인민이 당한 고통과 희생의 댓가는 헛되지 않았습니다.

조선 전쟁에서 미제의 무력 침범자들이 당한 군사 정치 도덕적 패배는 제 인민간의 평화를 수호하는 전 세계 민주 진영의 거대한 승리로 됩니다.

영용한 우리 조선 인민군과 중국 인민 지원군은 무력 침범자들에게 심대한 타격을 가하여 조선에서의 그들의 흉악한 계획을 분쇄하고 그들의 전쟁 열병의 불을 끔으로써 제3차 세계 대전의 발생을 지연시켰으며 세계의 평화와 안전, 특히 극동의 평화와 안전을 수호하는 위업에 커다란 기여를 하였습니다.

조선 인민이 쟁취한 거대한 승리는 우리 인민의 수령이시며 우리 인민군의 강철의 령장이신 김일성 원수의 이름과 불가분리의 것으로 되였습니다.

조선 인민은 전쟁의 가렬한 불길 속에서도, 어떠한 곤난과 애로속에서도 굴하지 않고 승리의 신심을 더욱 높이면서 수령이 부르는 길로 진군하였습니다.

오늘 우리들은 다함없는 존경과 사랑과 신뢰감으로써 전체 조선 인민을 오늘과 같은 승리와 영광에로 이끌어 주신 김일성 원수와 그가 령도하는 조선 로동당과 공화국 정부에 전 민족적 감사를 드리고 있습니다.

오늘 위대한 승리와 함께 우리 인민들 앞에는 새로운 희망의 길이 열리였으며 전쟁의 상처를 하루속히 없애고 우리 나라를 공업국으로 복구 발전시키는 장엄한 과업이 나서고 있습니다.

김일성 원수께서는 "일분 일초도 지체하지 말고 전후 인민 경제를 급속히 복구하며 인민 생활을 안정시키며 국방력을 강화함에 전 인민적 총 력량을 집결시켜야 하겠습니다"라고 전체 인민에게 호소하시였습니다.

전쟁 중에 적을 타승함에 무비의 영웅성과 완강성을 발휘하였던 우리 인민들은 지금 자기의 모든 창발적 노력과 불요불굴의 투지를 새로운 건설에 돌리고 있습니다.

새로운 공장과 주택과 학교와 병원, 웅장한 도시—모든 것의 복구 건설 사업에 우리 인민들은 한 사람처럼 궐기하였습니다.

인민은 정지를 모릅니다.

인민은 오직 전진만을 알고 있습니다. 위대한 쓰딸린이 주신 '돌격대'의 영예를 지니고 우리 인민은 앞으로 앞으로 전진하고 있습니다.

ㄹ

우리들은 항상 승리만을 향하여 전진하는 인민의 문학 예술인들입니다.

인간 정신의 기사로서 불리워지고 있는 우리들 앞에는 지금 장엄하고도 귀중한 새로운 과업이 나서고 있습니다.

조선 로동당 중앙 위원회 제5차 및 제6차 전원 회의에서 김일성 원수께서는 사상 전선에 남아 있는 참을 수 없는 현상들을 지적하시고 사상 사업을 강화할데 대한 당면 과업과 투쟁 대책들을 구체적으로 천명하시였습니다.

돌이켜보건대 영용한 쏘베트 군대에 의한 1945년 우리 조국의 해방은 우리에게 제반 민주 개혁의 길을 열어주었으며 자기 민족이 가지고 있는 풍부한 정서를 마음껏 개화 발전시킬 수 있는 문학 예술 창조의 대로를 열어주었습니다.

우리 조국과 인민의 요구에 상응하는 문학 예술을 창조하기 위하여 1946년 3월에 평양에서 북조선 예술 총련맹을 조직하였습니다.

이리하여 이데올로기 전선에서 가장 중요한 일익적 임무를 담당한 우리 작가 예술인들은 조국과 인민과 수령에 대한 충성심과 영예를 지니고 창작 활동의 장엄한 전진을 시작하였습니다.

이와 아울러 남반부의 애국적 문학가 예술인들은 북반부에서 쟁취한 제반 민주 성과에 고무되면서 미제 침략과 리승만 매국 배족 정책을 반대하는 인민 항쟁의 대렬에 용감히 나섰습니다.

우리 작가 예술인들은 인민을 교육하며 그들의 의식을 무장시키며 영웅적 조선의 현실 속에서 창조되는 새 형의 인간들—즉 전형적인 주인공들을 통하여 인민들 앞에 그들의 명일을 밝혀주는데 노력하였습니다.

우리 문학 예술은 가장 사상성이 높고 가장 진보적이며 혁명적인 것으로 되기 위하여 노력하였으며 어떻게 인민을 동원하여 투쟁의 길로 조직하며 어떻게 우리 생활에서의 부정면을 제거할 것인가에 대한 자기의 긍정적 리상과 실천적 능력을 보여주는 것을 최대의 신조와 지표로 삼았던 것입니다.

이러한 행정에서 조선 로동당은 우리 문학 예술 사업에 항상 당적 배려와 지도를 기울여줌으로써 우리 문학 예술의 발전을 추동하여 주었으며 조국 해방 전쟁의 종국적 승리에로 전체 애국적 인민들을 불러 일으키는 창조적 사업을 백방으로 고무하여 주었습니다.

이것은 우리 작가 예술가들에게 무한한 힘과 용기를 주었으며 조선의 전체 진보적인 작가 예술가들은 로동당의 로선과 정책에 복무하는 것을 자기의 유일한 목표와 신조와 영광으로 생각하고 있는 것입니다.

김일성 원수께서는 우리에게 문학 예술의 뚜렷한 방향과 로선을 제시하였습니다.

특히 1951년 6월에 우리 작가 예술가들에게 주신 수령의 격려의 말씀은 매개 작가 예술가들의 전투적 창작 강령으로 되였습니다.

이 력사적 문헌은 다만 작가 예술가들에게 대한 격려일 뿐만 아니라 고전적 맑쓰주의 미학의 원칙과 문학 예술에 관한 레닌 쓰딸린적 명제들을 조선 현실에 구체화시킨 리론적 저술로서 또한 력사적인 의의를 가지고 있는 것입니다.

김일성 원수께서는 자기의 격려의 말씀에서 "우리 작가 예술가들은 인간 정신의 기사로서 자기들의 작품에 우리 인민들이 가지고 있는 숭고한 애국심과 견결한 투지와 종국적인 승리를 위한 철석 같은 결의와 신심을 가장 뚜렷하게 표현할 뿐 아니라 자기들의 작품이 싸우는 우리 인민의 수중에서 가장 강력하고도 예리한 무기가 되여야 하며 전체 인민을 최후의 승리에로 고무 추동시켜야 할 것이다"라고 가르쳐 주셨습니다.

우리 작가 예술가들은 수령의 교시를 실천하기 위하여 우리들의 창작 활동을 전투 태세로써 개편하였습니다.

이로 말미암아 우리 문학 예술은 그 질과 량에 있어서 일찌기 조선 문학 예술 사상에서 볼 수 없던 성과를 거두게 되였습니다.

특히 로동당 중앙 위원회와 김일성 원수의 지도 밑에 1951년 3월에 수행된 남북 문화 단체 련합은 우리 나라의 애국적 진보적 문학 예술의 조직 대렬을 강화하며 그로하여금 당의 현명한 정책을 받들고 왕성한 창조 사업에 일층 궐기케 하는 획기적인 계기로 되였습니다.

우리 문학 예술은 로동 계급이 령도하는 혁명 사업의 중요 부문의 하나인 것입니다.

우리는 로동 계급의 사상으로 인민을 무장시키고 교육하여야 할 것입니다.

위대한 쓰딸린은 우리에게 가르치시기를 "초 당적인 것의 가면을 벗기고 투명하고 명확한 정치 로선을 꾸준히 실천에 표시할 것—이 것이 우리들의 구호이다"라고 말씀하셨습니다.

우리 문학 예술은 어느 한 순간에도 이 구호를 잊지 않았으며 이 구호가 가리키는 길로 용감히 전진하였습니다.

선진 쏘베트 문학 예술의 고상한 모범을 배우면서 우리 문학 예술은 진실로 진보적이며 혁명적이며 전투적인 문학 예술에로 자기 발전을 계속하였습니다.

동무들!

다 아는 바와 같이 위대한 쏘베트 군대에 의하여 해방된 북반부에서는 정권이 인민의 손으로 돌아오고 력사적 민주 개혁들이 실시됨으로써 민주주의 독립 국가 건설의 토대가 구축되였으며 민족 문화의 진실한 발전을 위한 온갖 가능한 조건들이 갖추어졌습니다.

미 제국주의자들이 강점하고 있는 남반부에 있어서는 놈들의 야만적 문화 말살 정책 때문에 진정한 민족 문화가 개화 발전될 수 없었습니다.

조선 문학 예술의 새로운 발전적 토대를 구축할 영예로운 사명을 띤 공화국 북반부의 문학가 예술가들은 력사적 민주 개혁의 성과들을 정확하게 반영하여 사상적 정치적 예술적으로 고상한 작품을 생산함에 한 사람처럼 궐기하였습니다.

북조선 문예총에 망라된 전체 작가 예술가들은 새롭고 영광스러운 창조 사업에 착수하였으며 경찰 테로 정책 밑에서 자기의 문학 예술을 뜻대로 발양시킬수없게 된 남반부의 많은 진보적 작가 예술가들은 공화국 북반부에 들어와 같은 길에 서게되였습니다.

우리들이 오늘 특별한 자랑을 가지고 말할 수 있는 일은 우리의 대렬에 인민 속에서 나온 새롭게 믿음직한 신인들이 수다하게 육성된 사실입니다.

8·15 해방 이후, 과거 일제의 탄압 밑에 억제되였던 우리 문학 예술

은 공장, 농촌, 직장, 학교들에서 자유롭게 움트기 시작하였습니다.

7년 전에 우리들이 문예총을 조직하던 그 당시 우리 대렬에는 전문적인 작가 예술가들이 겨우 100명 내외에 불과하였지만 오늘에 와서는 그 수가 실로 2,500명에 달하고 있습니다.

오늘 우리들은 인민 속에서 나서 인민의 사랑을 받는 재능있고 력량있는 허다한 신인들에 대하여 말할 수 있으며 그들의 많은 로작들에 대하여 말할 수 있습니다.

우리는 오늘 해방 후, 8년 동안에 조선 로동당의 제도 밑에 우리의 문학 예술이 쟁취한 찬란한 성과들을 회고하면서 인민이 주권을 장악한 나라에서 문학 예술이 그 얼마나 현란한 개화 발전을 보게 되는가를 다시금 깨닫게 됩니다.

오늘 방대한 력량으로 장성한 우리 문학 예술의 대오는 그대로 공고 발전된 우리 인민 민주주의 제도의 반영인 것이며 우리의 무진장한 민주 력량의 시위로 됩니다.

인민과 함께 있으며 인민의 사상과 의지를 대변하면서 인민의 리익과 운명을 자기의 리익과 운명으로 하는 우리의 사실주의적 문학 예술이 공화국 북반부에서 장족의 개화 발전을 달성한 것은 극히 자연스러운 일입니다.

8·15 해방 후, 력사적 민주 개혁의 제반 성과들과 미 제국주의를 반대하는 정의의 조국 해방 전쟁의 영웅적 현실을 토대로 하여 질적 량적으로 거대한 발전을 보게된 우리의 문학 예술의 대오 속에서 인민들이 사랑하는 불멸의 창작들을 허다하게 손꼽을 수 있으며 인민의 사랑과 존경을 받는 수많은 작가 예술가들을 헤아릴 수 있습니다.

그리하여 오늘 우리의 문학 예술은 인민들의 예리한 투쟁적 무기로 되였으며 생활의 교과서로 되였으며 작가 예술가들은 쓰딸린이 주신 '인간 정신의 기사'라는 영예로운 칭호를 빛내고 있습니다.

우리 문학 예술의 대오에서 1,000여명의 국가 수훈자 표창자를 내인 사실은 결코 우연한 일이 안입니다.

동무들! 오늘의 이 회합은 공화국 문학 예술 발전을 위한 획기적이며 력사적인 회합으로 되는 것입니다.

우리는 먼저 지난 기간에 우리의 문학 예술이 거둔 거대한 성과들을 쟌르 별과 주제 별로 총화할 필요를 느낍니다.

해방 후, 평화적 건설과 조국 해방 전쟁은 우리의 영웅적 현실을 노래함으로써 인민들을 고도의 애국적 헌신성으로 교양할 과업을 작가 예술가들에게 부과하여 주었습니다.

영웅적 인민들에게 상응하는 문학 예술은 그 쟌르에 있어서나 그 주제에 있어서 지극히 다양합니다.

그리고 평화적 건설 시기에 있어서나 전쟁 시기에 있어서나 우리 문학 예술을 일관하는 중심적 테-마는 우리의 수령 김일성 원수에 의하여 고무되고 있는 고상한 애국주의입니다.

김일성 원수께서 항상 가르치신 바와 같이 우리의 애국주의는 우리 조국과 인민에 대한 심절한 충성심과 진실감과 근로자들의 철석같은 단결을 토대로 삼는 것입니다.

그렇기 때문에 우리 문학 예술의 모든 인민적인 테-마는 바로 이 애국주의와 련결되는 것입니다.

우리의 애국주의를 형상화함에 있어서 우리 작가들이 특별히 자기의 경애하는 수령의 투쟁 력사에 깊은 주의를 돌리게 된 것은 지극히 당연한 일입니다.

그것은 우리의 애국주의의 가장 구체적이며 숭고한 표현을 우리 작가들이 수령의 투쟁 력사에서 보게 되는 까닭입니다. 바로 그렇기 때문에 김일성 원수의 빛나는 투쟁 력사는 우리 문학의 가장 영광스러운 애국적 테-마로 되며 또한 영원한 테-마로 되는 것입니다.

우리의 전투적 시인 조기천의 장편 서사시 「백두산」을 비롯하여 한명천의 서사시 「북간도」 박영보의 희곡 「태양을 기다리는 사람들」 등 기타 작품들은 수령에 대하여 쓴 작품 중에서 가장 우수한 작품들입니다.

공화국의 재능있고 진실한 시인들은 김일성 원수에게 바치는 종합 시집 『우리의 태양』, 『수령은 부른다』를 출판하였는바 이 시집에는 다만 수령의 전설적이며 영웅적인 사적들만 노래되여 있는 것이 아니라 수령을 우러러 받드는 우리 인민들의 간절한 심정들과 그에게 바치는 충성심들이 표현되여있습니다. 수령에 대한 인민들의 충성심을 노래하며 수령이 싸워온 영광의 길을 노래한 리찬의 「김일성 장군의 노래」 김승구의 씨나리오 「내 고향」 등은 그가 인민들에게 끼친 영향력으로보아 특기할 작품들입니다.

우리 조국의 민주주의적 발전에 있어서 거대한 의의를 가지는 공화국 북반부에 있어서의 제반 민주 개혁의 모든 성과들은 필연적으로 우리 문학 예술의 가장 보편적이며 광범한 애국적 테-마로 되였습니다.

이 테-마와 관련하여 우리 문학 예술 위에는 진실로 애국적이며 전형적인 주인공들이 나타나기 시작하였습니다.

사회주의 레알리즘 문학의 새로운 주인공들인 새 시대의 영웅들에 대하여 말씀하시면서 쓰딸린 대원수는 지적하기를 "떠들지 않고 호언장담함이 없이 공장과 제조소, 탄광과 철도, 꼴호즈와 쏩호즈를 건설하며 생활의 모든 복리를 창조하여 온 세상을 먹여 살리고 입히는 로동자들과 농민들—바로 이 사람들이 새 생활의 진정한 영웅들이고 창조자들이다"라고 하셨습니다.

우리 문학은 진실로 이러한 영웅들을 창조하는 길에 들어섰습니다.

그리하여 장편 서사시 조기천의 「생의 노래」 동승태의 「동트는 바다」를 비롯하여 소설 황건의 「목축기」 박웅걸의 「류산」 리종민의 「령」 천세봉의 「호랑 령감」 희곡 송영의 「나란히 선 두 집」 남궁만의 「림산 철도」 박태영의 「갱도」에 나오는 주인공들은 모두 우리 시대의 새로운 주인으로 공장을 건설하며 석탄을 캐내고 증산 투쟁에서 승리의 기록을 창조하는 그런 로동 영웅들입니다.

또한 리기영의 장편 소설 『땅』 백문환의 희곡 「성장」 박영호의 희곡「비룡리 농민들」 등 작품들에서는 토지 개혁이 실시된 조건하에서 자기의 헌신성과 창발성을 발휘하는 우리 시대의 농민들—즉 토지의 주인이 된 그들의 벅찬 생활의 모습이 묘사되여 있습니다.

이러한 새 주인공들의 묘사를 통하여 우리 문학은 새 생활의 길에 들어선 우리 인민들의 행복한 모습과 그 앞날을 옳게 반영하였으며 력사적 민주 개혁의 의의를 진실하게 천명하였습니다.

일찌기 막씸 고리끼는 "사회주의 레알리즘은 활동으로서의 생활을 주장한다"고 말하였습니다.

실로 우리 시대의 주인공들은 가장 어려운 환경에서 그것을 극복하는 가능성—사람들의 생활 속에 있다는 것을 보여주고 있습니다.

때문에 우리의 새로운 사회 제도 하에서 장성되는 주인공들은 자기의 력량과 가능성들을 로동 가운데서와 사회 정치 활동 가운데서 발휘하게 되는 것입니다.

로동 가운데서 그의 성격 즉 적극적이며 목적 의식적이며 혁신적이며 의지적인 성격이 발로되는 것입니다.

그러기 때문에 사회주의 레알리즘은 근로를 영예로 삼는 우리 시대의 선발된 전형적 주인공들을 형상화 할 것을 요구하는 것입니다.

로동에 있어서 특히 뚜렷이 표현되는 것은 우리 인간의 창조적 활동의 집단주의적 성격인 것입니다.

사회주의 레알리즘을 자기 창작 방법의 기본으로 하고 있는 우리 작가 예술가들은 자기의 창조 사업에서 항상 우리의 해방자이며 원조자인 영웅적 쏘련 군대의 은공을 잊을 수 없으며 특히 우리의 해방의 은인이시며 친근한 벗이며 전세계 근로자들의 아버지인 위대한 쓰딸린을 잊을 수 없습니다.

전쟁 전에 우리가 출판한 소설집『위대한 공훈』과 시집『영원한 친선』,『영광을 쓰딸린에게』는 우리 작가 시인들이 위대한 해방자에게 바치는 끊임없는 감사와 친선의 정으로 엮어진것들이였습니다.

조기천의 장편시「우리의 길」은 위대한 쏘련 인민과의 영원한 친선에서 자기 조국의 미래의 영광을 바라보는 우리 인민들의 심정을 벅찬 정열로 노래한 감명 깊은 작품입니다.

리춘진의 「안나」 윤시철의 「지질기사」에서는 조쏘 인민간의 친선이 가장 아름다운 것으로 그리고 그것이 조선 인민의 새 생활에서 가시어질 수 없는 엄숙한 원리로 되여있다는 것이 묘사되여 있습니다.

진실로 오늘 우리 인민들에게 있어서 조쏘 친선은 그들의 생활에서 떼여낼 수 없는 부분으로 되였습니다. 그러니만큼 이것은 우리 문학의 가장 중요한 테-마로 되였으며 또한 앞으로 영원히 그렇게 될 것입니다.

이는 오늘 쏘련을 비롯한 중국 및 인민 민주주의 국가의 인민들과 자본주의 국가의 근로 인민들과의 형제적 친선 단결을 강화시키고 있는 프로레타리아 국제주의 사상의 구체적 표현으로 되는 것입니다.

해방 후, 우리 문학 예술의 주제에서 또한 중요한 부분을 차지하고 있는 것은 미제국주의자들의 강점 하에서 착취와 억압에 시달리고 있는 남반부 인민들의 비참한 생활이며 또한 강점자들과 그 주구들을 반대하여 일어나는 남반부 애국적 인민들의 영웅적 투쟁 모습이였습니다.

민병균의 「분노의 서」를 비롯하여 조기천의 「항쟁의 려수」 백인준의 「지리산 전구」 등의 시들과 강승한의 「한라산」 남궁만의 「하의도」 송영의 「금산 군수」 등 희곡들과 박태민의 소설 「제2전구」 등은 남반부 인민들의 참담한 생활 형편들과 미제의 만행과 그리고 직접 손에 무기를 잡고 일어선 남반부 인민들의 장엄한 구국 투쟁을 묘사한 작품들입니다.

평화적 건설 시기에 거둔 우리 문학의 성과들은 간단히 이러합니다.

조국 해방 전쟁 시기에 들어와서 우리 문학의 테-마는 더욱 다향하고 다채로워졌습니다.

김일성 원수는 우리들에게 주신 자기의 격려의 말씀 가운데서 "영웅적 인민이 요구하는 예술은 또한 영웅적이여야 하며 세계 무대에 오른 인민이 요구하는 예술은 또한 세계적 수준에 도달하여야 합니다"라고 말씀하셨습니다.

수령의 이 교시를 받들고 전체 작가 예술인들은 그 어느 때보다도 정력적으로 영웅적 자기 인민이 요구하는 그러한 문학 예술을 창조하기 위하여 다양한 주제들을 선택하면서 분발하여 나섰으며 우리 문학 예술을 더욱 풍부하게 만들었습니다.

전쟁이 시작된 첫 시기부터 많은 작가 예술가들은 인민군대에 종군하여 전선으로 출동하였습니다.

그들은 전사들과 함께 생활하며 그들의 투지, 그들의 용맹성, 그들의 애국심을 자기의 것으로 하려 하였습니다.

그 중에는 자신 총 칼을 들고 화선에 나섰으며 전사들과 함께 직접 적을 무찌르며 나간 동무들도 허다합니다.

또 그 중에는 영예스럽게 전사하였거나 또 전상한 동무가 적지 않습니다.

전시 문학 예술에서 특별한 자리를 차지하는 것은 종군한 작가들의 전선에서 보내오는 루뽀르타쥬였습니다.

전쟁의 첫 시기에 특히 우리 작가들의 종군기들이 우리의 출판물들을 화려하게 장식하면서 싸우는 우리 인민군대의 영웅적 모습을 힘 있고 감격적인 말로써 후방 인민들에게 전해주었던 사실은 우리의 전시 문학에 있어 특별한 의의를 가지는 것이였다고 말할 수 있습니다.

전선 루뽀르타쥬와 아울러 선진 쏘베트 문학에서 생동적인 쟌르로 널리 리용되고 있는 오체르끄가 우리 문학에 광범히 리용되였으며 또 리용되고 있는 사실을 반드시 이야기할 필요가 있습니다.

많은 작가들은 또한 전쟁에서 불멸의 위훈을 세운 공화국 영웅들의 전기를 작품화하는 사업에 광범히 동원되였습니다.

영웅들의 빛나는 전투 기록을 널리 인민군 전사들과 후방 인민들에게 알리는 사업의 교양적 의의가 매우 큰 것입니다.

이전에는 그다지 널리 리용되지 않던 이 쟌르들의 광범한 리용은 싸우는 우리 문학의 새로운 면모를 말해주는 것이며 더 한층 풍부하여진 우리 문학의 전투적 성격을 말해주는 것입니다.

전쟁 시기에 우리 시 문학은 많은 로작들을 생산하였습니다. 김조규의 시집 『이 사람들 속에서』 김북원 시집 『운로봉』 등은 영웅적 인민군대의 위훈과 영웅성을 노래한 시편들 중 가장 우수한 것들입니다.

산문에 있어서 황건의 「행복」 윤세중의 「구대원과 신대원」 박웅걸의 「상급 전화수」 등 성과작들이 적지 않게 창작되였습니다.

희곡에 있어서도 적지 않은 로작들이 나왔는바 윤두헌의 「소대 앞으로」 조령출의 「전우」 홍건의 「1,211고지」 등 작품들은 인민군대를 취급한 작품들 중 비교적 우수한 것들입니다.

이와 같이 우리 문학은 우리 전사들의 영웅주의적 특성을 보다 뚜렷이 표현하면서 새 시대 즉 평화와 자유를 위하여 싸우는 영광스러운 우리 시대에 적응한 새 타잎의 인간들을 창조하고 있습니다.

그들은 조국의 운명과 향토의 부원을 원쑤의 유린으로부터 구원하기 위하여 자기 청춘과 생명을 조국과 당에 바치는 불굴의 영웅들입니다.

이러한 영웅주의적 성격의 사람들은 오늘 우리 시대에 있어서의 현실의 진정한 주인공인 동시에 가장 아름다운 인간의 전형들인 것입니다.

이와 아울러 싸우는 후방을 취급한 작품들 중에도 자랑할만한 로작들이 많이 있습니다.

황건의 「안해」 리종민의 「궤도 위에서」 유근순의 「회신 속에서」 변희근의 「첫 눈」 한봉식의 「아버지」 등 작품들은 우리 전시 문학을 빛내고 있는 소설들입니다.

시에 있어서 조기천의 시집 『조선은 싸운다』를 비롯하여 민병균의 장편 서사시 「어러리 벌」 김순석의 시집 『영웅의 땅』 등 작품들은 후방을 노래한 작품들 중에서 뛰여난 것들입니다.

희곡 씨나리오 분야에 있어서도 윤두헌의 씨나리오 「소년 빨찌산」, 「향토를 지키는 사람들」과 한봉식의 희곡 「탄광 사람들」 등 우수한 작품들이 창작되였습니다.

이와 같이 후방 인민들의 영웅적 투쟁 모습과 전선과 후방의 유기적인 련계와 그 공고화를 보여주는 작품들은 인민들에게 승리에 대한 확신심을 더욱 북돋아주는데 이바지하였습니다.

조 중 친선은 우리 전시 문학의 기본 테-마의 하나로 되였습니다.

조 중 인민의 친선과 단결을 고상한 국제주의적 정신으로 표현한 작품들 중에서 특히 홍순철의 시집 『영광을 그대들에게』를 높은 성과로 말할 수 있습니다. 이 시인은 이 시집에서 5억만 항미원조 전렬들의 고상한 성품들과 기개와 강의한 투지와 영웅 조선의 훌륭한 애국적 전통과 불패의 위력을 웅장하게 노래 불렀습니다.

전쟁 시기에 들어와서 조 쏘 친선은 우리 인민의 생활에서 더 한층 떼여낼 수 없는 부분으로 되였습니다.

많은 시인들은 자기의 몸으로써 적 화구를 막은 우리의 영웅들을 조선의 마뜨로쏘브로 노래하였습니다.

또 작가들은 우리 빨찌산의 녀성 영웅 조옥희를 조선의 죠야로 노래 불렀습니다.

우리 인민들은 자기의 아들 딸들의 영웅적 위훈을 항상 위대한 쏘련 인민들과 그 아들 딸들의 빛나는 영웅적 위훈과 결부시키고 있습니다. 이것은 조 쏘 친선의 사상이 우리 인민들의 생활 속에 얼마나 간절한 것으로 또 얼마나 아름다운 것으로 튼튼히 자리잡고 있는가를 말하는 것입니다. 때문에 위대한 쏘련의 조국 전쟁 시기에 있어서의 수많은 영웅들의 형상은 곧 싸우는 우리 인민군 전사들의 가슴마다에 살고 있으며 또한 실제 전투에서 그들의 형상을 자기의 모범으로 삼고 있습니다.

그리하여 우리 인민군 전사들은 전투에서 무비의 영웅성을 발휘하였을 뿐 아니라 그 중 적지않은 전사들이 직접 자기들의 전투 행정에서 생활화된 모든 감정과 정서를, 그리고 조국 앞에 바치여 아낌없는 청춘들의 온갖 고귀한 자랑들을 노래 불렀습니다.

「동부 전선을 지킨다」, 「그가 부르는 노래」 등 우리 시대의 가장 용감한 사람들의 생활감정을 소박하고 청신한 형식을 통해서 노래한 한진태 동무와 「당과 조국을 위하여」를 노래한 김영철 동무의 작품들은 그야말로 해방된 민주 조국의 은혜로운 품안에서 수령의 직접적인 훈육을 받아 장성한 조선 청년들이 어떻게 외래 무력 침략자들을 반대하여 싸웠으며 또 싸우고 있는가를 여실히 보여준 작품들입니다.

영웅적 인민군 용사들의 전투 생활을 반영한 이 작품들은 전사들뿐 아니라 진실로 후방 인민들에게 신심과 투지를 불러 일으키는 우수한 작품이였습니다.

김경일, 주태순, 전태정, 리호일, 신상호, 박근, 신봉원, 석광희 동무들을 비롯한 많은 인민군대 출신의 이 젊은 세대들은 우리 문학의 미래에 훌륭한 역군으로 들어설 수 있으리라는 것을 무한한 자랑으로 말할 수 있습니다.

진실로 조국 해방 전쟁 행정에서 우리 문학 예술인들의 대렬은 량적으로나 질적으로 그 어느 때보다 급속히 장성하였습니다.

후방의 공장, 농촌, 직장들에서 수다한 신인들이 계속하여 배출하고 있습니다.

우리 문학 예술의 새로운 세대는 이렇게 싸움의 불길 속에서 힘차게 자라나고 있습니다.

우리들은 우리 문학 예술의 찬란한 미래를 우리 신인들에게서 봅니다.

우리들은 오늘 진실한 자랑과 신뢰와 희망을 가지고 우리 문학 예술의 미래에 대하여 말할 수 있습니다.

이는 우리의 사회 제도가 얼마나 우월하며 민족 문화를 개화 발전시킬 수 있는 온갖 토대가 보장되여 있다는 것을 말해주는 사실로 됩니다.

인민 속에서 자라나는 예술은 생활을 그의 끊임없는 전진 운동에서 반영하며 사람들의 성격의 아름다운 면을 개발하며 그 형상을 촉성하며 그 특징들이 비단 선발된 사람들에게서 뿐만 아니라 수백만 우리 인민들에게 저마끔 자라나고 있다는 것을 말해주고 있습니다.

연극 부문에 있어, 전쟁전 창작극으로 리석진 연출 「백두산」과 라웅 연출 「리순신 장군」을 비롯하여 김순익 연출 「불길」 맹심 연출 「땅」 한공수 연출 「비룡리 농민들」 강렬구 연출 「성장」 고기선 연출 「태양을 기다리는 사람들」 번역극에 있어 최건 연출 「외과의 크레체트」 리수약 연출 「흑인 부렛트 중위」, 「어느 한 나라에서」 윤홍기 연출 「세2전선의 배후」 등은 광범한 인민 속에서 사랑을 받은 우수한 작품들입니다.

전쟁 기간중에 있어 전투적 태세로 전환된 우리 연극 운동에서 가장 특기할만한 작품들로서는 백민 연출의 「1,211고지」를 비롯하여 최건 연출 「바다가 보인다」 안영일 연출 「탄광 사람들」 김용악 연출 「소대 앞으로」 등을 들수 있습니다.

번역극으로서 리서향 연출 「청년 근위대」 리운룡 연출 「전투 속의 성장」 등을 들수 있습니다.

다음 미술 분야에 있어서도 해방 후 평화적 건설 시기와 조국 해방 전쟁 시기를 통하여 일찌기 없던 빛나는 발전을 보였습니다.

평화 시기의 작품으로 선우담의 「김일성 장군」 정관철의 「보천보 전투」 김익성의 「도라오는 배마다」 문학수의 「추수」 탁원길의 「환송도」 문석오의 조각 「애국의 불길」 등은 우수한 작품들이며 전쟁 시기에 들어와 김만형의 「김일성 원수의 영웅들과의 담화」 문학수의 「조옥희」 선우담의 「돌다리 전투」 정관철의 「월가의 고용병」 정현웅의 「미제의 만행」 기웅의 「위대한 상봉」 림자연의 「철교 복구」 김익성의 「고지의 병사들과 어랑 농민들」 전순용의 「미둔 전투」 한

상익의 「피로써 맺아진 형제」 김진항의 「태평리 전투」 정종여의 「바다가 보인다」 림홍은의 「웽그리야 병원」 유현숙의 「미제의 패주후」 등 작품들이 인민들의 사랑을 받고 있습니다.

전시하 인민들을 위한 직관물 선전에 있어 다대한 역할을 놀고 있는 만화 제작에 있어서 장진광, 포스타 제작에 있어서 정관철, 림홍은 등 작가들의 수다한 작품들도 또한 성과적인 것들이였습니다.

뿐만 아니라 미술가들은 금년에 들어와서 170여점의 우수한 작품들을 웽그리야에 보내여 거기서 조선 미술 전람회를 열어 다대한 성과를 거두었습니다.

다음으로 음악 부문에 있어서 가극 리면상 작곡 「춘향」, 「우물가에서」를 비롯하여 관현악곡으로 리정언 작곡 「돌격대 조선」 교성곡으로 김옥성 작곡 「압록강」 합창곡으로 안기옥 작곡 황학근 편곡으로 된 「법성포 뱃노래」 가요곡으로 김원균 작곡 「애국가」, 「김일성 장군의 노래」 리면상 작곡 「쓰딸린 대원수의 노래」 박한규 작곡 「인민 공화국 선포의 노래」, 「빨찌산의 노래」 김옥성 작곡 「섬멸의 노래」 윤승진 작곡 「샘물터에서」 등을 성과작으로 헤일 수 있습니다.

우리 작곡가들의 이러한 가곡들은 해방 후 우리 공화국의 제반 민주 건설과 또한 조국 해방 전쟁의 승리에 있어 막대한 역할을 놀았습니다.

다음 연주 부문에서 우리 작곡가들의 우수한 로작들은 물론, 로씨아 고전 음악들을 비롯한 많은 선진 악곡들을 연주하였습니다.

글린까, 챠이꼽쓰끼, 무쏠르그쓰끼, 베토벤들의 우수한 작품들은 물론이고 특히 비제-의 가극 「칼맨」과 메이루쓰의 가극 「청년 근위대」의 공연들은 우리 민족 가극 발전에 막대한 도움을 주었습니다.

뿐만 아니라 쏘련 방문 예술단을 비롯하여 청년 축전 참가 예술단, 중국 방문 예술단, 몽고 방문 예술단들이 민주주의 국가들을 순회 연주하여 조선의 음악 예술을 시위하였습니다.

그 중에서도 성악 부문에서 유은경, 림소향, 김완우, 정남희, 조경,

박복실, 기악 부문에 있어 안기옥, 백고산, 유대복, 문학준, 지휘에 있어 박광우, 김기덕 동무 등은 우리 공화국 음악 예술 발전에 특출한 공훈을 세웠습니다.

다음 무용에 있어서 최승희 안무 「조선의 어머니」, 「평화의 노래」와 라숙희 안무 「조국의 아들」 등은 우리 나라의 광범한 인민들 속에서 뿐만 아니라 멀리 쏘련과 중국을 비롯한 인민 민주주의 국가들에서 절찬과 환호를 받았습니다.

리석예 안무 「영웅을 맞이하는 마을 사람들」 정지수 안무 「고지의 깃발」 등도 성과작들입니다.

무용가로서 우선 최승희 동무를 비롯하여 라숙희, 정지수 등 동무들은 직접 자기 연기와 후배를 육성하는 사업 과정을 통하여 우리 나라 무용 예술 발전에 빛나는 공훈을 세웠습니다.

종합 대중 예술로서 큰 위력을 가지고 있는 영화 부문에 있어 우선 대규모의 근대식 시설 설비를 갖추어서만 발전할 수 있는 영화 예술 발전의 기초에 대해서 상기할 필요가 있습니다.

8·15 이전 우리 나라에는 영화를 제작하는 완전한 시설 설비가 없었으며 영화 예술 인재들과 기술 일꾼들이 희소했습니다.

이런 정황에서 우리가 자랑으로 말해야 할 것은 북조선 국립 영화 촬영소의 웅대한 건설에 대해서 반드시 지적해야 합니다.

조선에서의 유일한 영화 제작소의 건립은 극 예술 영화 「내 고향」을 비롯한 수다한 시보 뉴-쓰들과 극 예술 영화를 제작하여 조선 예술의 급속한 발전을 조건 지였던 것입니다.

뿐만 아니라 새로운 영화 일꾼들의 급격한 장성은 이 부문에서의 커다란 성과의 기초가 되었습니다.

영화 예술가들은 조국 해방 전쟁의 어려운 조건하에서 더욱 눈부신 투쟁을 전개하였습니다. 그들은 직접 싸우는 전선에 출동하여 전사들과 생활을 같이 하면서 전투 기록 영화와 시보들을 촬영하였습니다.

기록 영화 「친선의 노래」, 「정의의 전쟁」 등은 국제 축전에서 최고의 기록상과 영예상을 받음으로써 싸우는 조선 영화의 명성을 세계에 떨치였습니다.

조국 해방 전쟁 기간에 제작된 「소년 빨찌산」, 「또 다시 전선으로」 등은 조선 인민에게 뿐만 아니라, 위대한 쏘련 중국을 비롯한 인민 민주주의 각 나라 인민들과 자본주의 나라 영화인들에게까지 관람되여 절찬을 받았으며 국제 축전에서 포상 받았습니다.

이 외에도 극 영화 「향토를 지키는 사람들」, 「정찰병」 등 우수한 작품들이 계속 제작되였습니다.

영화 부문에서 우리는 국가 표창 수훈자들인 배우 박학, 류경애, 심영, 연출가 윤용규, 천상인, 정준채 등 인민의 사랑과 존경을 받고 있는 동무들의 공로에 대하여 말해야 할 것입니다.

여기에서 반드시 지적해야 할 것은 조국 해방 전쟁의 가렬한 전투 환경 속에서 자라난 군중적인 인민 예술의 비약적 발전입니다.

당과 정부의 심심한 배려에 의하여 부단히 장성 보급되고 있는 각 예술 단체와 각 문예 써클들의 예술적 수준과 창조적 성과를 군중적으로 검열한 전국 예술 경연 대회를 통하여 우리들은 생활화된 근로 인민들의 예술적 발전에 경탄하지 않을 수 없었습니다.

전국 예술 경연대회의 특징은 근로 인민들 속에서 자라난 써클원들이 가렬한 전쟁의 참화 속에서도 굴하지 않고 자기들의 투지와 생활 감정으로 안바침하는 영예로운 로력 투쟁을 높은 예술적 재능으로 형상화한 거기에 있습니다.

우리들은 전국 예술 경연 대회를 통하여 근로 대중들이 자기의 윤택한 문화적 생활 속에서 자체의 로력을 즐기는 동시에 그것이 또한 군중적으로 발전되고 있는 것과 고전 예술 계승에 로력하고 있음을 똑똑히 보았습니다. 이처럼 우리의 문화적 예술적 활동이 인민적 기초 위에서 나날이 육성 발전되고 있는 사실은 우리 문학 예술이 광활한 앞길을 개척하면서 있다는 것을 실증하는 것입니다.

3

동무들!

우리들이 지나간 평화적 건설 시기와 전쟁 시기에 거둔 성과들은 이상과 같습니다.

이 빛나는 성과들은 곧 우리의 절대 다수의 작가 예술가들이 당과 수령의 교시를 받들고 그 교시에 충실하였다는 것을 말하여주는 것이며 우리 문학 예술이 앞으로 더욱 발전할 수 있는 기본 토대를 튼튼히 구축하였다는 것을 실증하여 줍니다.

그러나 우리가 쟁취한 이상의 성과들은 다만 평온한 가운데서 아무런 투쟁이 없이 이루어진 것은 결코 아닙니다.

우리의 새로운 문학 예술은 오직 우리의 문학 예술을 침해하려는 온갖 반동적 조류들과 경향들과의 맹렬한 계급 투쟁 속에서만 거대한 성과를 달성할 수 있으며 앞으로 전진할 수 있습니다.

오늘 우리들은 우리의 창조 사업을 총화함에 있어 이 사업을 백방으로 좀 먹으며 저해하려고 광분하여온 우리의 사상적 반대자들에 대하여 반드시 말하는 것이 필요하다고 인정합니다.

위선 우리들은 1946년 원산에서 예술 지상주의자들에 의하여 발간된 반동 시집 『응향』에 대한 투쟁을 지적하여야 하겠습니다.

다 아는 바와 같이 이 '시집'은 우리 인민들의 민주 건설 투쟁을 로골적으로 비방하며 인민들에게 불신과 회의와 위축의 사상을 전파할 목적 밑에 출판된 것입니다.

이 '시집'에서 한 반동 시인은 민주 건설 투쟁에 궐기한 우리 인민들을 "울며 불며 정처없이 설레는 가엾은 인생"이라고 하였으며 또 다른 한 '시인'은 "진리 진리 찾아도 못찾는 진리 앞산 넘어가면 찾을듯하다"라고 읊었습니다.

이렇게 로골적으로 인민을 반대하여 또는 민주 건설을 반대하여 북반부의 새로운 사회 제도를 반대하여 출판된 이 '시집'에 대한 우리의 투쟁은 곧 예술의 순수성 밑에 가장된 반동적인 탈을 벗기고 그 정체를 폭로하였으며 이는 우리 문학 예술의 계급성과 당성을 고수하는데 있어 막대한 성과로 되였습니다.

우리 문학 예술을 침해하려는 반동적인 온갖 조류들과 경향들에 대한 우리들의 투쟁은 높은 당적 경각성 밑에 계속 근기있게 진행되였습니다.

이러한 꾸준하고 진지한 사상적 투쟁과 당적 지도에 의하여 우리 대렬에 잠입한 사상적 반대자인 림화 도당들의 반국가적 반당적인 음모 책동은 마침내 적발 분쇄되였습니다.

조국과 인민을 배반하고 미제국주의자들의 더러운 머슴꾼으로 전락한 리승엽, 림화, 조일명, 리원조 등 간첩 도당들의 반당적 반인민적 파괴 행동은 우리 문학 예술 분야에도 그 독수를 뻗치려 하였습니다.

반국가적 간첩 테로 음모를 획책하여 온 박헌영, 리승엽, 림화, 조일명, 리원조 등의 조종하에 리태준, 김남천, 김순남, 박찬모 등 악당들은 당과 조국과 인민의 리익을 옹호하는 진정한 인민적 문예 로선을 반대하여 반동적 부르죠아 문예 로선을 대치하려 하였습니다.

미제의 탐정꾼으로 된 리승엽 도당은 북반부에 넘어와 조선 민주주의 인민 공화국과 조선 인민의 지도적 향도적 력량인 조선 로동당을 내부로부터 파괴할 목적으로 온갖 흉모를 다하여 왔던 것입니다. 놈들은 최후적으로 미제의 군사적 지원 밑에 무장 폭동으로써 공화국 정부를 전복하고 변생된 자본주의 주권을 세우기 위한 준비를 갖추는 동시에 소위 새 정부와 새 당의 수반까지 구성하였던 것입니다. 이와 같은 간첩 파괴 암해 공작을 위하여 문학 예술 분야에 잠입한 림화 도당들은 사회주의 레알리즘의 작품의 출현을 막고 부르죠아적 자연주의 작품들을 전파하기 위한 파괴 공작에 광분하였던 것입니다.

오늘 우리들은 우리 총동맹이 발족했을 당시에 우리들 앞에 놓였던 한가지 문건을 회상하게 됩니다. 그 문건은 서울에서 우리 당내에 잠입하였던 박헌영, 리승엽, 림화, 조일명 등을 비롯한 반당적 스파이 분자들에 의하여 날조된 소위 문화 로선에 관한 테-제입니다.

이 수치스러운 문건에는 우리가 건설하여야 할 민족 문학은 "계급적인 민족 문학이여서는 아니된다"고 지적되여 있습니다.

미제의 간첩이며 반역적 파괴 분자인 림화 도당들은 해방 전후 시종일관하게 자기 작품을 통하여 우리 인민을 절망과 영탄의 세계에 처넣으려고 시도하였으며 우리의 영웅적 현실을 파렴치하게 비속화하였으며 로골적인 반쏘 사상과 꼬쓰모뽈리찌즘을 선전하려고 시도하였습니다.

림화를 비롯하여 리원조, 김남천, 리태준 등 파괴 종파 도당들은 제국주의 침략자들에 대한 굴종과 투항을 권고했으며 미국과 서구라파에 대한 아첨을 설교하였으며 개인주의와 에로찌즘을 전파하기 위하여 광분했으며 우리의 문학적 전통을 파렴치하게 말살하려고 시도하였습니다.

한 마디로 요약하여 림화 도당은 문학에서 당성과 계급성을 거세하며 우리 문학의 사상적 무장 해제를 획책하였으며 현실을 의곡 비방하는 것을 주안으로 하는 자연주의 및 형식주의를 백방으로 부식시키려고 기도하였습니다.

이렇게 하여 이 악당들은 영웅적 우리 인민의 투지를 말살하고 공고 발전되여 가는 우리의 인민 민주 제도를 약화시키며 나아가 우리 조국을 미제 식민지로 전변시키려고 광분하였던 것입니다.

림화 도당들은 기술이 내용보다도 우위를 점한다고 주장하면서 새로운 내용이 새로운 기술을 요구한다는 것을 부정합니다.

묘사를 위한 묘사 기술을 위한 기술 이런 것은 벌써 오늘에 있어 퇴폐 몰락하여가는 부르죠아 예술의 보편화된 현상입니다.

그러나 오늘도 우리의 사상적 반대자들은 여기에서 그들의 출구를 구하려 합니다.

카프 해산을 일제 앞에서 선고함으로써 일제의 앞잡이로 된 변절자 림화는 리태준이 지도하던 반동적 문학 단체인 '구인회'에 추파를 던지면서 일제 주구로 복무해 왔으며 작년에 출판된 그의 저서 『조선 문학』이라는 력사 위조 문건에서 서구라파 문학에 대한 자기의 아첨을 더욱 확증하였습니다.

문학에 있어서의 서구라파 문학에 대한 이와 같은 아첨은 음악과 미술 분야에서 모더니즘과 꼬쓰모뽈리찌즘과 자연주의 및 형식주의로써 표현되였습니다.

이 유해한 독소는 음악 분야에 있어서 특히 종파분자 김순남에 의하여 전파되였습니다.

서구라파 부르죠아 음악의 광신자인 김순남은 항상 새 것을 표방하고 나서면서 우리 민족의 고전적 음악 유산을 거부하였습니다.

김순남의 이러한 기도는 자기의 반동 음악을 통하여 우리 인민들의 혁명성을 거세하며 부르죠아 반동 이데올로기의 독소들을 전파시키려는 의식적인 행동인 것입니다.

이렇듯 림화 도당들은 자기들의 세력을 규합하여 우리 문학 예술의 계급적 무장 해제를 기도하였지만 그것들은 맑쓰-레닌주의 사상으로 안바침된 우리 문학 예술의 거세인 격류 앞에서는 한개 쪽배의 운명을 면치 못하였습니다.

해방 후, 8년간 인민 민주주의 제도를 수호하는 가렬한 계급 투쟁 속에서 백전 백승의 조선 로동당과 경애하는 수령 김일성 원수의 영명한 령도를 받들고 장성 발전한 우리 민족 문학 예술의 력량 앞에서 림화 도당들의 반동적 정체는 백일하에 폭로되였으며 그들의 흉악 무도한 음모 책동은 여지없이 분쇄되였습니다.

우리의 문학 예술 대오는 림화 도당을 적발 소탕하는 투쟁 행정에서 더욱 단일적이며 강력한 력량으로 발전하였습니다.

이와같이 우리의 사상적 반대자들과의 투쟁에서 얻은 우리의 성과들은 결코 우연한 것이 아닙니다.

이것은 곧 우리의 문학 예술이 맑쓰-레닌주의적 미학의 원칙을 고수하면서 우리의 민족 문학 예술의 전통을 옳게 계승하고 선진 쏘베트 문학 예술이 달성한 위대한 성과와 모범을 섭취함으로써 우리 민족 문학 예술의 력량이 장성한데 그 중요한 조건이 있는 것입니다.

동무들!

서구라파 문학에 대한 비렬한 아첨은 두말할 것도 없이 우리 문학을 초계급적인 것으로 비민족적인 것으로 만들려는 반당적인 경향입니다.

이것은 우리 문학과는 아무런 인연도 없는 이색적이며 적대적인 이데올로기의 표현입니다.

이것이 오늘 제국주의자들의 사상적 무기로 되여 있는 코쓰모뽈리찌즘입니다. 여기서부터 정치적 무관심성과 '예술을 위한 예술'의 빈 말공부들이 퍼지게 되는 것입니다.

소위 '계급적이 아닌 민족 문화' 또 '근대적인 의미에 있어서 민족문학'의 허위적인 억칙들은 결국 우리 문학이 로동 계급에 복무하는 것을 그만두게 하며 로동 계급이 선봉이 되여 진행하는 조국의 자유와 독립을 위한 투쟁에서 우리 문학으로 하여금 그 중요한 무기로서의 역할을 놀 수 없게 하려는 반동적 시도의 표현입니다.

문학에 있어서의 계급성의 부인, 서구라파 문학에 대한 굴종의 다른 표현은 조선 사실주의 문학의 전통을 신경향파 문학 및 카프 문학에서 찾을 대신에 서구라파 문학의 모방으로써 특징 지여진 반동적 부르죠아 문학에서 찾으려는 경향입니다.

모든 나라에 있어서 사회주의 레알리즘이 발생할 필연적 조건이 있는 것입니다. 그것은 로씨아에 있어서 혁명전의 앙양기와 1905년~1907년의 로씨아 제1차 혁명 년간에 로동 계급의 혁명적 투쟁 과정을 통하여 로씨아 문학에 발생한 것처럼 다른 나라에 있어서도 로동 계급과 그가 령도하는 근로 대중이 자기의 목적과 과업을 실시하기 위하여 투쟁하는 과정에서 발생하게 되는 것입니다.

우리 작가 예술가들은 영웅적 인민에게 상응하는 영웅적 문학 예술의 창조를 위하여 현실적 묘사를 그의 혁명적 발전에서 추구하며 그를 위하여 광범히 생활을 관찰 파악하며 인민의 생활을 작품 창조의 진실한 기초로 삼고 있는 것입니다.

우리 작가 예술가들은 인민의 충복이며 우리의 모든 생활은 우리 인민에 대한 복무입니다.

영용한 쏘베트 군대에 의하여 우리 조국이 일제의 식민지 통치의 기반으로부터 해방된 후 우리 공화국 북반부에서의 모든 민주 개혁과 더불어 문화 혁명이 실현되였습니다.

그리하여 조선 로동당과 우리의 경애하는 수령 김일성 원수의 문예 로선을 받들고 새로운 내용에 부합되는 새로운 형식의 탐구에 전체 작가 예술가들은 동원되였으며 그들은 선진 쏘련 문학 예술에 있어서의 창작 방법인 사회주의 레알리즘의 체득을 자기의 기본 과업으로 내세웠습니다.

물론 우리 조선에 사회주의 레알리즘의 창작 방법이 적용된 것은 오래인 력사를 가지고 있는 것입니다.

우리 나라에 있어서 사회주의 레알리즘 문학이 발생할 조건에 대하여 말한다면 두 말할 것 없이 로동계급의 령도하에 진행된 민족해방 투쟁에 고려를 돌려야 할 것입니다.

특히 로씨아 10월 혁명의 승리가 조선 인민에게 준 고무와 또한 10월 혁명의 영향하에 1919년 3월에 일본 략탈자들을 반대하여 일어난 조선 인민들의 첫 폭동을 비롯하여 급격히 앙양되는 로동 계급의 계급적 장성과 투쟁에 고무되여 조선 프로레타리아 예술 동맹이 출현되였는바 이러한 력사적 사실들을 고려함이 없이 사회주의 레알리즘 문학의 발생 조건을 이야기할 수는 없습니다.

김일성 원수께서는 "10월 혁명의 승리의 결과에 맑쓰-레닌주의 선진적 혁명 사상이 조선에 침투되여 급히 전파되기 시작하였으며 점차적으로 조선 민족 해방 운동의 전략 전술의 기초로 되였다"라고 말씀하시였습니다. 바로 이러한 시기에 민족 해방 투쟁에 있어서의 계급적 문화 단체로서 창건된 것이 '카프'였습니다. 여기서 먼저 지적하여야 할 것은 '카프' 문학의 전계단인 '신경향파' 문학입니다. 이 문학은 우리 문학사에서 극히 의의있는 특별한 자리를 차지합니다. 다 아는 바와 같이 신경향파 문학은 카프 문학에 이르기까지의 우리 문학사에서 가장 진보적이고 민주주의적인 문학이였습니다.

1927년 카프는 자기의 맑쓰-레닌주의적 새 강령을 채택함으로써 혁명 계급인 로동 계급과 계급으로서의 프로레타리아를 그 작품에 등장시키게 되였으며 이것으로 신경향파 시기와 확연히 구분되였습니다.

1930년대에 들어서면서 카프 문학은 비록 사회주의 레알리즘의 창작 방법이 요구하는 그런 높은 수준의 작품을 내놓을 수는 없었지만 20년대에 비하여 훨씬 우수하고 의의있는 작품들을 생산하였습니다. 카프 작가들의 활동은 1935년 놈들의 카프 해산 선언 이후 해방 전까지 계속되였습니다.

쏘베트 군대에 의한 조선 해방—공화국 북반부에 있어서의 제반 민주 개혁의 실시와 그 빛나는 성과, 이 모든 사실은 우리 나라에 있어서 사회주의 레알리즘 문학이 일층 높은 단계에서 개화 발전할 수 있는 조건으로 되였습니다.

카프 문학의 고귀한 전통을 계승하여 새로 발족한 우리 조선의 사회주의 레알리즘 문학은 조선 력사에서 처음으로 인민 주권에 의하여 보장되여 있는 새로운 질서 밑에서 자기들의 창조 사업을 전개하게 되였습니다.

새로운 긍정적 성격을 창조함에 있어 우리 작가들이 가지는 유리한 점은 인민들의 모든 투쟁이 특히 새로운 호상 관계가 긍정적인 인민 민주주의적 형태들 안에서 발전되고 있다는 사실에 의존하는 것입니다.

사회주의 레알리즘의 창작 방법은 우리 작가들에게 우리의 새로운 생활 자체 내에서 아름다운 것과 랑만적인 것의 원천을 찾아내도록 가르치고 있습니다.

우리 문학은 모든 인민들과 모든 나라들이 가지고 있는 문학들 중에서 가장 선진적이며 가장 혁명적인 쏘베트 문학에서 많은 것을 배웠으며 또 배우고 있습니다.

쏘베트 문학은 쏘베트 인민들이 창조한 새롭고 위대한 사회 질서에 립각하여 쏘베트 인민들의 새로운 심미관을 반영하는 새로운 문학입니다.

쏘베트 작가들은 인간의 인간에 대한 착취를 청산한 새로운 생활의 법칙—그 생활 속에서 인간이 처음으로 체험한 새로운 감정을 그리며 형상화하며 또한 새로운 인간 관계와 인류의 청춘과 미래와 자유와 행복에 대하여 노래하였습니다.

고리끼는 세계에서 처음으로 로동 계급과 레닌-쓰딸린의 영웅적 당을 선두에 세우고 자주적이고 자각적인 력사를 창조하는 길에 들어선 인민 자체를 떳떳한 주인공으로 자기의 작품 속에 등장시킨 작가입니다.

쏘베트 문학 예술은 세계 력사에서 처음으로 인민이 자기 국가를 관리하며 자기의 생활을 건설하는 시기의 새로운 력사적 현실을 그려내였으며 그 현실로부터 더 찬란한 미래에 대한 전망을 그려내였습니다.

마야꼬브쓰끼의 작품에 나오는 주인공들은 어느 때나 새로운 생활의 창조와 젊은 사회주의 국가 건설과 그를 위한 투쟁으로부터 인민을 분리시키지 않았습니다.

쏘베트 문학은 그 형상과 테-마가 모두 인민들의 근본적 리익을 반영한 것들입니다.

수많은 쏘련 작품 속에 그려진 주인공들은 현대의 가장 긍정적인 새 형태의 인간들입니다. 즉 고리끼의 『어머니』, 『크림사므낀의 생애』, 『지하층』 파제예브의 『청년 근위대』, 『괴멸』 숄로호브의 『고요한 돈』, 『개척된 처녀지』 쎄라피모위츠의 『철의 흐름』 그라드꼬브의

『쎄멘트』 에렌보르그의 『폭풍우』 씨모노브의 『낮과 밤』 웰쉬고라의 『깨끗한 량심을지닌 사람들』 와씰레브쓰까야의 『무지개』, 『사랑』과 찌흐노브, 이싸꼬브쓰끼, 또와르도브쓰끼, 크리바쵸브 등 저명한 시인들의 작품의 주인공들의 형상은 우리 조선 작가들의 창작 사업에서의 인간 성격 구성에 좋은 교훈으로 됩니다.

동무들!

벌써 누구에게 있어서나 명백히 된 바와 같이 우리 문학 예술은 당성에 대한 비난을 조금도 무서워하지 않습니다.

우리는 다시 한번 우리의 문학 예술은 당적인 문학 예술이라고 선언합니다—왜 그러냐 하면 계급 투쟁 시기에는 비계급적이고 마치 정치성이 없는 것 같은 그런 문학 예술은 존재하지 않으며 또 존재할 수도 없다고 위대한 레닌이 우리에게 가르치고 있습니다.

조선 로동당과 김일성 원수의 문예 정책과 문예 로선에 립각한 북조선 문예총은 창립 최초부터 자기의 강령에서 명백히 인민적인 토대 위에서 문학 예술의 건설을 지향하는 자기의 고상한 목적을 천명하였습니다.

북조선 문예총은 매개 작가 예술가들의 창작 활동이 로동 계급이 선봉이 되여 진행하는 조국의 통일 독립과 민주화를 위한 투쟁과 혈연적으로 결부되여 있다는 것을 선언하였습니다.

김일성 원수께서는 우리 작가 예술가들을 가리켜 "당신들은 사회의 발전을 추동하는 투사들"이라고 말씀하셨습니다.

수령께서 주신 이 영예로운 투사의 칭호는 우리의 창조 사업이 전적으로 인민들의 투쟁과 결부되여 있으며 그 투쟁의 일환이라는 것을 의미하는 것입니다.

그렇기 때문에 영예스러운 투사들인 우리들은 우리 문학과 예술을 비계급적인 것으로 만들려는 반동 요소들과의 정력적인 투쟁을 전개하여 왔습니다. 이 투쟁 속에서 우리 문학 예술은 장성, 발전하여 왔습니다.

4

동무들!

우리가 말할 수 있는 문학 예술의 성과는 이미 도달한 것에 불과합니다. 그것은 도달해야 할 지표와는 다른 것입니다.

일찌기 경애하는 수령 김일성 원수께서는 "아직도 우리 작가 예술가들은 조국과 인민이 요구하는 그러한 창작적 성과는 올리지 못하였습니다"라고 말씀하신바 있습니다.

더우기 "조국 해방 전쟁 기간을 통하여 우리 작가 예술가들은 많은 문학 예술 작품을 창작하였으나 그 사상적 내용으로나, 그 예술성으로 보아 우리 영웅적 인민들이 응당히 가져야 할 고상한 예술 작품을 창작하지 못하였습니다"(김일성) 우리의 결함에 대하여 총괄적으로 말한다면, 우리들에게는 아직도 전선과 후방에서의 영웅들을 형상화하는 사업이 불만족하며 영웅적 조선 로동 계급의 로력 투쟁을 묘사한 작품이 극히 적습니다. 국제 친선 작품이 아직도 적게 나오고 있으며 당원들의 형상이 불충분하며 우리의 후대를 교양하는 사업에 특별한 의의를 가지는 아동 문학은 가장 락후한 형편에 처하여 있습니다.

적지 않은 신인들이 출현하였음에도 불구하고 신인에 대한 지도 사업이 또한 원만히 진행되지 못하였다는 것을 지적하지 않을 수 없습니다.

무엇 보다도 우리 대렬 내에 잠입하였던 반당적 파괴 분자들로 말미암아 수백편의 신인들의 작품이 개봉도 되지 않은채 먼지 속에 파묻혀 있었던 사실을 말하여야 하겠습니다.

평론 사업과 합평회 사업이 말할 수 없이 락후하였던 사실을 또한 이야기할 필요가 있습니다.

평론 사업과 합평회 사업이 락후한 결과로 우리들은 비판의 무기를 충분히 리용하지 못하였으며 우리들 내부에 존재하는 질병들을 제때에 또 옳게 적발해내지 못하였습니다. 심지어 한 때, 평론가들의 사업이 말할 수 없이 위축되고 합평회 사업이 옳지 못하게 조직되였던 사실까지 있습니다.

탁월한 리론가인 즈다노브 동지는 "비판이 없이는 문학 예술 단체들을 포함한 온갖 조직은 부패한다. 비판이 없이는 질병은 더 악화되며 그것을 이겨내기가 더 한층 어렵게 된다"고 말하였습니다.

우리 문학 예술을 앞으로 더 발전시키며 당과 수령의 호소에 직접 련결시키기 위하여서는 우리에게 존재하고 있는 결함을 더 구체적으로 말할 필요가 있습니다.

첫째로 전선 취재 작품의 부진 상태는 무엇으로써 설명됩니까? 그것은 무엇보다도 일부 우리 작가들의 안일성과 태만성으로써 설명됩니다.

전쟁이 3년 1개월이나 진행된 과정에서 우리 작가들 중에는 한편의 작품도 쓰지 않은 사람까지 있습니다.

조국 해방 전쟁 3년간에 우리 나라는 거대한 변천과 진보의 길을 걸어왔습니다. 이 위대한 시련의 시기에 많은 작가 예술가들이 창조 활동에 참가하였으나 일부 동무들은 우리 문학 예술 운동에서 떨어져 있습니다.

그들은 우선 새로운 사물에 대하여 부단히 탐색하고 추구하려는 노력이 없으며 새로운 생활과 새로운 인물에 대하여 흥미도 형상화하려는 열정도 결여되여 있습니다.

우리 문학 예술은 응당 새로운 생활과 새로운 인물을 표현하여야 하며 혁명적 락관주의와 영웅주의를 표현하여야 함에도 불구하고 그들은 개인 경험의 울타리 속에 처박혀 안일한 생활을 계속하고 있습니다.

그들은 말로써만 군중 속으로 들어간다고 하지만 적극적으로 군중의 활동과 투쟁에 참가하지 않고 충심으로 인민들의 운명에 대하여 관심하지 않으며 다만 자기의 안일한 생활에만 관심을 두고 있는 것입니다.

그러므로 작품 창작을 위한 아무런 행동도 투쟁도 하지 않고 있는 것입니다.

우리는 투쟁과 행동의 예술을 지지합니다.

둘째로 우리 일부 작품들 속에서 우리 시대의 영웅들이 옳게 형상화되지 못하고 기록주의로써 비속화되여 나타나고 있습니다. 다 아는 바와 같이 기록주의는 대상을 '있는 그대로' 피상적으로 촬영함으로써 현실의 본질을 의곡하는 자연주의적 독소인 것입니다.

그러면 여기에 있어서 영웅 형상화의 기본 결함은 어데 있습니까? 무엇보다도 그들은 진정으로 영웅들의 마음 속에 깊이 파고 들어가 그 곳에서 령감을 얻고 힘을 얻으며 자기의 온 생명의 력량과 열정을 다하여 영웅들을 노래하지 못하였기 때문인 것입니다. 영웅들과 친숙하고 그들을 진정으로 사랑하여야 할 것입니다.

우리에게는 리상이 있고 화려한 장래를 소극적으로 기다리는 것이 아니라 자기의 혁명적 당의 지도 하에서 화려한 장래를 위하여 투쟁하고 있는 그런 주인공이 요구되는 것입니다.

리상이 없이는 굵직한 형상들과 위대한 성격들은 있을 수 없는 것입니다.

오늘 위대한 조국 해방 전쟁을 승리하고 전후 민주 기지 강화를 위한 인민 경제 복구 발전 사업을 수행하는 전 인민적 투쟁이 최고도로 앙양되고 있는 환경 속에서 광범한 대중에게 모범으로 되는 형상의 의의는 실로 심대한 것입니다.

그러면 이 형상 묘사의 성공은 무엇에서 찾을 것입니까?

작가들은 서로 다른 각종의 주인공들의 성격을 형상화함에 있어서 중요한 결정적인 것을 분리할 줄 알며 주인공들의 활동의 가장 근본적이고 가장 심오한 동기들을 밝혀야 할 것입니다.

성격을 형성하는 이 특성들을 리해하기 위하여서는 선진 쏘련 공산당이 인민의 활동가들에게 어떠한 요구들을 제기하고 있는가를 회상하여야 할 것입니다. 쏘련 공산당은 정치 활동가들에게 레닌을 본받도록 가르쳐 주고 있는 것입니다.

그들은 레닌처럼 전투에서 명확하고 확고 부동하고 대담하게 되여야 하며 온갖 종류의 공포를 모르며 인민의 원쑤들에 대하여 무자비하며 복잡한 정치 문제들의 해결에 있어서 현명하며 성급하지 않으며 또 진실하며 자기 인민을 사랑하도록 요구하고 있는 것입니다.

이러한 성격을 가진 긍정적이며 전형적인 주인공들을 우리 인민들은 요구하고 있습니다.

영웅을 형상화하는 문제는 별다른 문제가 아니고 바로 전형을 창조하는 문제입니다. 그리고 그것은 오늘에 새삼스레 우리 문학 예술에 제기된 문제인 것이 아니라 우리 문학 예술의 오래인 전통적인 지향이며 과업이며 또한 항상 그것을 향하여 나아가고 있는 전진의 길입니다.

말렌꼬브 동지는 쏘련 공산당 제19차 당 대회에서 한 자기 보고에서 “전형성이란 것은 어떤 통계적 평균성을 의미하는 것이 아니다”라고 말하면서 “전형적인 것은 사실주의 예술에 있어서 당성이 발현되는 기본 분야이다. 전형성의 문제는 항상 정치적 문제이다”라고 강조하였습니다.

우리 일부 작가들은 우리 문학 예술에서 제기된 영웅 형상화 문제를 전형 창조의 기본 임무의 수행으로서가 아니라 기록적 촬영식의 추구로 일관된 전투 기록으로서 이에 대치하여온 경향을 일소하여야 하겠습니다.

세째로 전쟁 기간을 통하여 근로 인민의 로력 투쟁을 묘사한 작품이 아주 적게 나왔습니다. 이것은 우리 작가들이 우리 인민의 로력 투쟁과 어떠한 난관도 돌파하면서 있는 영웅적 모습에 주의를 적게 돌리고 있다는 것을 말하는 것입니다. 전쟁 승리를 위한 투쟁에서의 후방의 역할에 대해서는 새삼스럽게 말할 필요도 없습니다.

그럼에도 불구하고 우리 문학 예술에는 우리의 영웅적 로동자들의 로력 투쟁을 테-마로 삼은 작품이 매우 적습니다. 우리 인민들의 로력 투쟁은 취급한 작품들 중에는 그 형상에 있어서 극히 불만족한 점이 많습니다.

특히 로력 영웅들의 인물 묘사에 있어서도 많은 결함이 있습니다.

네째로 국제 친선의 사상을 형상화하는 사업이 매우 불만족하게 진행되고 있는 현상을 지적하지 않을 수 없습니다. 그것은 일부 작가들이 수령께서 항상 가르치고 계시는 프로레타리아 국제주의 사상을 깊이 리해하지 못하고 있다는 사실로써 설명됩니다.

강형구의 「림진강」은 조 중 친선의 주제를 취급하였으며 또 그것을 협동 작전의 구체적 화폭 가운데 묘사하려고 노력한 작품이기는 하나 공안립의 복수심을 그의 고상한 사상 감정에서 흘러나오는 것으로 묘사하지 않고 어떠한 생물 병리학적으로 표현한 작품입니다. 이것은 우리의 고상한 국제 친선의 사상에 대한 용납할 수 없는 비속화입니다.

다섯째로 원쑤들의 만행을 폭로하는 사업이 또한 적지 않은 결함을 내포하고 있습니다. 전 세계의 선량한 량심들은 우리의 평화적 도시들과 농촌들에 대한 원쑤들의 무차별 폭격과 나팜탄 독까스탄 등의 대량적 학살 무기의 사용과 범죄적 세균 무기의 사용에 견결히 항의하여 왔습니다.

우리는 반드시 보다 높은 승리와 함께 적을 증오하는 정신으로 인민을 교양하여야 할 것입니다.

우리 작가들은 우리의 전체 강토를 미제국주의자를 증오하는 복수심으로 충만시켜야 할 것이였습니다.

우리의 위대한 선배이며 스승인 고리끼는 일찌기 "파시스트는 미처서 날뛰는 야수이며 박멸해버려야 할 야수이다"라고 말하였습니다.

우리들이 우리의 원쑤를 박멸해버리기 위하여 그 야수적 만행을 폭로하는 사업이 얼마나 중요한가는 구태여 설명할 필요가 없습니다.

일부 작가들은 적의 만행을 폭로하는 사업에서 지극히 무책임한 태도를 취하고 있습니다.

작가 현덕은 「복수」에서 적에 대하여 증오심을 느낄 대신에 도리여 공포심을 가지게 하는 극악한 자연주의적 묘사 방법을 채용하였습니다. 이것은 옳지 못합니다.

여섯째로 전쟁 기간을 통하여 장편 소설과 장편 서사시들이 적게 나오고 있는 사실을 반드시 지적하여야 하겠습니다.

어느 누구든지 우리 생활에 장편이 요구하는 그런 웅대한 서사시적 테-마가 없다고 말할 수 없을 것입니다.

우리 생활의 장엄한 내용은 그것이 담기여질 웅장한 형식을 요구하고 있습니다. 그럼에도 불구하고 우리 일부 작가들은 장편을 쓰는데 주의를 돌리지 않고 있습니다. 심지여 어떤 작가들은 서사 형식의 대폭 캄파스에 우리의 장엄한 생활이 담겨지는 것을 더없이 못마땅한 일로 생각하고 있습니다. 이렇게 함으로써 그들은 우리 문학 예술을 약화시키며 그 역할을 감살시키려고 시도하였습니다.

이러한 경향들은 잠시도 용인될 수 없습니다.

어떤 작가든지 우리 생활의 요구를 거부할 권리는 없습니다. 특히 우리 젊은 작가들은 마음 놓고 대담히 웅대한 서사 형식을 들고 우리 문학을 빛내여야 하겠습니다.

일곱째로 아동 문학의 부진 상태에 대하여 말하지 않을 수 없습니다. 우리들의 대렬에는 물론 적지 않은 아동 문학의 작가들이 있으며 특히 우리의 가장 우수한 시인들이 동시 동요들을 쓰고 있습니다. 그럼에도 불구하고 우리의 아동 문학이 부진 상태에 있는 것은 무슨 까닭입니까?

어떤 사람들은 말합니다. 이 복잡한 정세하에서 무슨 그런 어른답지 못한 일을 하겠느냐고—이런 사람들은 아동을 가르치는 일을 어른들이 할 일이 아닌 것처럼 생각하고 있으며 조국의 준엄한 정세하에서는 아동들에 대한 교양 사업을 그만두는 것이 좋다고 생각하고 있는 것 같습니다.

이 사람들의 견지로 본다면 「안주 소년 빨찌산」을 비롯하여 우리의 자랑스러운 소년 영웅들이 아무런 교양도 없이 제멋대로 우연히 나타난 것으로 될 것입니다.

송창일의 소년소설 「돌맹이 수류탄」은 극히 무책임하며 안일하게 씌여진 작품입니다. 이 작가는 이 작품에서 그야말로 돌맹이를 던져서도 때려 잡을 수 있는 적을 그려놓고 독자들을 향하여 적개심을 가지라고 요구하고 있습니다.

그러면 우리가 오늘 돌맹이로 때려 잡을 수 있는 그런 적과 싸우고 있다는 말입니까?

우리 인민의 힘에 겨운 전쟁을 이렇게 안일하게 묘사하는 것은 극히 유해합니다.

아동 문학의 부진 상태는 또한 우리 작가들의 이와 같은 안일하고 무책임한 태도와 련결되고 있습니다.

여덟째로 평론 사업의 락후성에 대하여 말하지 않을 수 없습니다.

우리 평론가들 중 극히 적은 부분을 제외한다면 많은 사람들이 전쟁 기간을 통하여 아무 것도 쓰지 않고 있습니다. 신남철, 윤세평, 라선영 등은 무엇 때문에 우리 동맹에 이름을 걸고 있습니까? 이 사람들은 필시 자기들이 우리 동맹원이며 평론 분과 위원회 위원이라는 것조차 잊고 있을 것입니다.

우리 평론은 우리 문학 예술에서 제기되는 중요한 문제들에 해답을 주지 못하고 있습니다.

우리 문학 예술의 적대적 경향인 자연주의 및 형식주의와의 투쟁에 있어서도 우리 평론의 역할은 지극히 미약합니다.

생각컨대 평론가들 중 많은 사람들은 오류를 범할까 두려워하고 있는 것 같습니다. 그들은 오류를 범하지 않는 것 보다도 아무 일도 하지 않은 것이 얼마나 더 큰 죄과인 것을 모르고 있습니다.

그들은 될 수 있는대로 무난하게 살려고 하며 시끄럽고 골치 아픈 일에 관여하지 않는 것이 현명한 처세술인줄 알고 있습니다.

일부 평론가들은 작품에 근거함이 없이 개인 정실과 관록주의로써 무원칙하게 작품을 비평하는가 하면 딴 방면으로는 작품에 대한 예리한 분석 대신에 피상적인 론리로써 작품을 례찬하는 광고문식 평론을 전개하고 있습니다. 더우기 엄중한 것은 평론의 추상성으로 인하여 작가들에게 교육적 의의를 부여하지 못하는 것과 친절성을 상실한 곤봉식 중상 비방으로써 작품을 공격하는 관료주의적 경향이 아직 잔존하고 있습니다.

일부 평론가들은 평적 기준을 아첨과 융화에 둠으로써 요령있게 눈치만 보면서 비위를 잘 맞춰가는 사교식 평론 사업에 복무하고 있습니다.

이상의 결함들은 우리 문학 예술이 싸우는 영웅적 인민과 수령의 요구와 기대에 원만히 보답하지 못하고 있음을 말하는 것이며 우리 대렬 내에는 아직도 부르죠아 이데올로기적 잔재가 부분적으로 남아 있다는 것을 말합니다.

동무들!

우리들은 더욱 더 경각성을 높여야 하겠으며 온갖 부르죠아 이데올로기와의 투쟁을 조금도 늦추지 말아야 하겠습니다.

그러기 위하여 우리들은 문학 예술의 창작 방법인 선진 쏘베트 문학 예술이 자기의 허다한 빛나는 성과로써 그 모범을 보여주고 있는 사회주의 레알리즘을 고수하여야 하겠습니다.

사회주의 레알리즘은 우리 문학 예술의 볼쉐위끼적 당성 원칙과 인민성을 위하여 투쟁하고 있는 우리 문학 예술과 문학 예술 평론의 기본 방법입니다. 이 방법 이외에 다른 방법은 우리에게는 필요되지 않으며 또 있을 수도 없습니다.

이 방법과 병립된 또 이 방법과는 달리 자립하고 있는 그 어떤 다른 원칙을 우리는 모릅니다. 그렇다고 해서 우리는 결코 혁명적 로만티시즘을 모르지는 않습니다.

아·아 즈다노브는 "견고한 유물론적 토대 위에 두 다리로 서있는 우리 문학 예술에 대해서 로만찌까는 무관계할 수 없다. 그러나 여기에서 말하는 로만찌까는 새형태의 로만찌까이며 혁명적 로만찌까이다"라고 말하였습니다. 그는 또한 말하기를 "이것은 혁명적 로만티시즘이 문예 창작의 구성 부분으로서 들어가야 된다는 것을 전제로 한다"고 하였습니다.

우리 문학 예술의 방법상 원칙은 바로 이렇습니다.

혁명적 로만티시즘은 사회주의 레알리즘의 한 구성 요소입니다. 거기에는 어떤 병립성도 자립성도 있을 수 없습니다.

우리 작가들은 결코 사실들이나 실증 문헌들의 노예가 되여서는 안됩니다.

말렌꼬브 동지는 "형상에 대한 의식적인 과장과 강조는 전형성을 잃지 않으며 오히려 그것을 더욱 완전히 발로시키며 그것을 강조한다"고 말하였습니다.

우리에게 무엇이 요구됩니까?

우리에게는 픽숀이 요구되며 과장과 강조가 요구됩니다. 그리고 이것은 의식적인 요구이며 사회주의 레알리즘의 요구입니다. 이것이 없이는 어떠한 전형도 창조할 수 없습니다.

우리는 하나의 인물에다가 반드시 여러 사람들에게서 관찰한 우리 시대의 수다한 특징들을 부여하여야 하겠습니다. 우리는 픽숀에 의거한 여러가지 부차적인 모티브들과 특징들을 사회주의 레알리즘의 기본 원칙에 부가하면서 인물을 대담히 수식하여야 하겠습니다.

우리들이 이와 같은 견지를 튼튼히 고수하는 것은 사회주의 레알리즘의 반대자들—적대적인 파괴 분자들에게 결정적인 타격을 주는 것입니다.

선진 쏘베트 문학 예술의 고상한 창작 방법이며 또한 우리 문학 예술의 창작적 방법인 사회주의 레알리즘은 인류 문학 예술이 도달한 최고의 방법입니다.

즈다노브 동지가 지적한 바와 같이 사회주의 레알리즘의 발생은 문학 예술에 있어서의 "진정한 발견이였으며 진정한 혁명"이였습니다.

사회주의 레알리즘은 결코 선행한 예술적 방법들—특히 비판적 레알리즘의 단순한 후계자는 아닙니다.

다 아는 바와 같이 우리 나라에 있어 사회주의 레알리즘의 첫 출발인 카프 문학은 선행한 문학 사상의 모든 가장 우수한 성과들 중에서도 신경향파 문학의 훌륭한 유산을 토대로 삼아 발생하였습니다.

어떠한 시대에 있어서나 력사를 창조한 것은 인민입니다.

우리 인민의 지나간 날의 고귀한 재산 그 진보의 축재를 멸시하고서는 어떠한 새로운 것도 창조할 수 없습니다. 이것은 비단 신경향파 문학이나 카프 문학에 한한 문제가 안입니다.

사회주의 레알리즘의 문학 예술은 과거의 진보적 고전 문학과 관계를 끊지 않을 뿐만 아니라 과거 문학 예술 가운데서 인민과는 인연이 없는 반동적인 찌꺼기들을 배제하면서 모든 선진적인 것을 섭취 계승하며 개조합니다.

그렇기 때문에 김일성 원수께서는 "인민 문학 그 중에는 특히 민요 구전 문학 등을 연구하여 광범히 리용하여야 하겠다……"고 가르치셨습니다.

우리의 민요와 구전 문학에는 얼마나 풍부히 우리 인민들의 깊은 념원이 깃들어 있는 것입니까? 그것을 깊이 연구하고 그 재보를 참되게 계승할 사람은 사회주의 레알리즘의 기치를 들고 나아가는 우리들 바께는 없습니다.

사회주의 레알리즘의 반대자들, 적대자들은 우리들의 이러한 원칙을 부정합니다.

고전에 대한 옳지 못한 멸시의 경향과 무원칙성을 폭로하는 것은 우리들에게 있어서 매우 중요한 일입니다.

우리들은 우리 문학의 당성을 제고하는데 더욱 더 많은 로력을 기울여야 하겠습니다.

위대한 레닌은 당성이 없는 문학 예술은 있을 수 없으며 또 문학

예술은 전체 프로레타리아 사업의 중요한 구성 요소가 되여야 한다고 가르치셨습니다.

우리 문학 예술에 있어서 당성은 우리 문학 예술의 의식적이고 철저한 정치적 방향성을 규정합니다. 우리 문학 예술의 장성이 우리나라 근로자들의 투쟁과 련결을 가지고 있다는 것은 움직일 수 없는 사실입니다. 우리 문학 예술의 장성이 우리 인민의 문화적 요구의 장성 발전에 대해서 또한 그의 충족에 대해서 무제한한 가능성을 제공하는 인민 민주주의 승리에 밀접히 련결되여 있다는 것은 아무도 부인할 수 없는 사실입니다.

우리가 만일 우리 인민들에게 부정적 영향만을 줄 수 있는 그런 정치적 무관심성, 무사상성의 정신으로 인민들을 교양하였다면 우리가 만일 우리 청년들을 림화나 리태준의 문학에서 볼 수 있는 절망적 정신과 불신과 영탄과 패배주의로써 교양하였다면 어떠한 결과가 나타나겠습니까?

우리는 무한한 자랑을 가지고 우리 문학 예술의 당성에 대하여 말합니다.

당성은 우리 문학 예술의 가장 소중한 내용입니다.

우리 문학 예술의 발전을 가로 막고 있는 제 결함을 퇴치함에 있어서 문학 예술의 내용을 엄격하게 당적 원칙에 확립시키는 일은 아주 중요합니다.

우리는 우리의 모든 결함을 하루 속히 퇴치하기 위하여 전력을 기울여야 하겠습니다.

5

동무들!

우리 국가는 발전하고 향상되기를 멈추지 않습니다.

우리들은 승리가 완전히 우리 편에 있다는 것을 확신하고 있습니다.

우리 문학 예술도 날마다 새 성과를 거두면서 발전 향상되고 있습니다.

인민 민주주의 자체가 혁신자인 것처럼 우리 문학도 또한 혁신자입니다.

우리 문학 예술은 오늘 전 세계의 선량한 벗들로부터 영웅적 인민으로 불리우는 그런 영광스러운 인민의 문학 예술로 되였습니다.

사회주의 레알리즘은 인민의 문학 예술인 우리 문학 예술로 하여금 우리 인민의 속에 더욱 깊이 뿌리박을 것을 요구합니다. 인민 속에 뿌리 박는다는 것—이것은 우리의 경애하는 수령께서 이미 명백히 천명하신 바와 같이 "우리 작가들이 우리 당 사업을 위한 사상적 투사로" 되는 것을 의미하며 모든 점에 있어서 우리 사업이 항상 우리 국가의 정책과 결부된다는 것을 의미하며 인민들을 용기와 대담성과 혁명적 정열과 그리고 당과 수령과 조국에 대한 무한한 사랑과 충성심으로써 교양하는 것을 의미합니다.

우리들에게 있어서 가장 중요한 것은 우리 문학 예술이 우리 시대의 목소리로 되는 것입니다.

인민들이 곤난할 때에 그를 뚫고 나가게 하며 우리 애국심의 심오한 근원을 깨닫게 하며 그 완강성과 인내성을 유감없이 발휘케 함으로써 끝까지 전진하도록 교양을 주는 그런 호소성!—이것이 바로 우리 문학 예술의 지향입니다.

우리의 경애하는 수령 김일성 원수께서는 조선 로동당 중앙 위원회 제6차 전원 회의에서 진술한 자기의 연설에서 전후 인민 경제 복구 발전을 위한 투쟁을 전 인민적 과업으로 제기하였습니다.

동무들!

오늘 조선 인민들 앞에는 조국 해방 전쟁 3년간의 가렬한 불길 속에서 단련되였으며 일층 강화된 력량과 풍부한 투쟁적 경험을 가지고 새로운 전투적 과업인 전후 인민 경제 복구 발전을 위하여 자기의 총력량을 발휘할 것이 요구되고 있습니다.

전후에 있어서 우리 앞에 제기되는 정치 경제 문화적 과업을 명시한 우리의 경애하는 수령 김일성 원수의 호소는 전체 조선 인민을 새로운 경제 건설 투쟁에로 힘차게 고무하고 있습니다.

우리들은 약동하는 영웅적 시대의 줄기찬 맥박을 노래 부르며 이 장엄한 현실 속에서 우리 시대의 전형적 인간들을 높은 예술성과 사상성으로 형상화하여야 하겠습니다.

우리 문학 예술이 전체 인민들을 전후 인민 경제 복구 건설에 불러 일으키는 추동력으로 되기 위하여서는 우리 작가 예술가들을 총동원하여 질에 있어 더 훌륭하며 량에 있어서 더 많은 작품들을 창작하여야 하겠습니다.

우리들에게는 아직도 우리 인민 속에서 나온 특출한 인간들, 즉 우리 시대의 영웅들이 자기의 투쟁을 통하여 발휘하고 있는 그 정신적 특성들, 그 고상한 도덕적 품성들이 깊이 반영된 작품들이 극히 적습니다.

이 결함들을 퇴치하기 위해서는 우리들은 더욱 더 인민 속에 들어가야 하겠습니다.

새 건설의 길에 들어선 공장과 농촌에 더 많은 작가들을 계속 파견하는 것이 절대적으로 요구됩니다.

오늘 우리 공장에는 가혹한 전쟁 시기에 불굴의 투지와 헌신성과 영웅성을 발휘한 로력 영웅들과 로력 혁신자들이 수다하게 있습니다.

그들은 오늘에 있어서도 수백만 근로자들의 선두에서 갖은 애로와 난관을 박차고 복구 건설에로 줄기차게 나아가고 있습니다.

그들은 우리 문학 예술의 새로운 주인공들입니다.

우리 작가들은 약동하는 현실 속에 대담하게 뛰여 들어가 그들과 함께 생활하면서 그들을 관찰하고 연구하며 그들의 체험을 내 것으로 함으로써 자기 작품에서 전형을 창조하고 인물의 성격을 생동하고도 풍부하게 그려야 하겠습니다. 그러기 때문에 작가의 장기 혹은 단기 현지 파견은 우리 문학 예술의 질을 제고하는데 있어 기본 요인의 하나로 됩니다.

창작의 질을 높이는 다른 요인의 하나는 선진 쏘베트 문학 예술의 제 달성에서 배우는 문제입니다. 더욱 위대한 조국 전쟁 시기와 전후 경제 복구 건설에서 쏘베트 작가들이 어떻게 자기의 문학을 진실로 투쟁하는 인민의 교사로 되게 하였는가를 배우는 것은 가장 긴급하고 절실한 문제입니다.

우리들은 쏘베트 문학의 훌륭한 걸작들을 더 많이 읽어야 하겠으며 그것을 더 깊이 연구하여야 하겠으며 거기에서 우리의 진실한 모범을 습득하여야 하겠습니다.

쏘베트 문학 예술의 제 달성—그것은 우리의 등대이며 우리의 앞길입니다.

우리들은 신인들을 육성하는 사업에 대하여 더 많이 로력하여야 하겠습니다. 어제까지의 무계획적이며 무책임한 그런 경향들을 철저히 배격하고 이 사업을 체계있게 광범히 진행하여야 하겠습니다.

우리 문학 예술의 화려한 미래는 우리들이 오늘 얼마나 훌륭하며 믿음직한 우리의 후대들을 육성해 내는가에 달렸습니다.

신인 육성에 불성실하거나 주의를 돌리지 않는 사람은 미래에 대하여 아무런 희망도 가지지 않는 사람입니다.

우리에게는 아직 신인 육성을 위한 어떠한 기구도 출판물도 없습니다. 이것은 참을 수 없는 일입니다. 우리는 더는 이런 상태를 참고 볼 수 없습니다. 매월 몇십편씩의 신인 작품을 읽어주는 것만으로는 부족합니다.

우리는 신인을 육성하는 기관을 만들어야 하며 그것을 위한 광범한 사업들을 조직하여야 하며 그런 출판물을 내놔야 하겠습니다.

평론 사업을 더욱 강화하여야 하겠습니다. 그러기 위해서 우리는 무엇 보다도 평론을 쓰지 않는 평론가들에게 책임을 추궁하여야 하겠습니다.

비판은 우리 발전의 법칙입니다. 비판이 없이 우리는 앞으로 나갈 수 없습니다. 그런데 우리들이 이 비판의 무기를 리용하지 않는다면 어떻게 되겠습니까. 우리의 창조 사업에서 당면에 제기되는 여러가지 문제들을 해명함에 있어 특히 우리 문학 예술 내부에 잔존하는 부르죠아 이데올로기와 투쟁함에 있어 우리의 유산 계승과 문학사 서술에 관한 문제에 있어 후대를 양성하며 작가들의 교양을 높이는 문제에 있어 우리 평론가들이 하여야 할 일은 너무도 많습니다.

우리 대렬 내에서 비판이 무디였던 결과로 또 평론 사업이 부당하게 압축되였던 결과 우리들은 얼마나 쓰라린 체험을 맛보지 않으면 안되였습니까?

우리 대렬 일부에 아직도 잔존하고 있는 자유주의자들과 종파분자들에게 결정적인 타격을 주며 반동적인 부르죠아 이데올로기의 잔재인 서구라파 문학 예술에 대한 비렬한 아첨과 굴종을 반대하며 우리 문학 예술을 자연주의와 형식주의의 진탕 속으로 이끌고 가려는 유해한 경향들을 철저히 일소하는 사업은 현 계단에 있어서 가장 중요한 사업으로 됩니다.

간첩 분자 파괴 분자 종파 분자들과의 투쟁은 우리 대렬을 그 어느 때 보다도 강화하였으며 우리 대렬은 어느 때 보다도 순결해졌습니다. 우리 대렬 내에서 질시와 중상과 온갖 비렬한 음모 책동들이 자취를 감추게 되였습니다.

그러나 이것은 우리들이 앞으로 리승엽, 조일명, 림화, 리태준 등, 간첩 파괴 분자들의 사상적 잔재와의 투쟁을 늦추어도 좋다는 것을 의미하지는 않습니다. 우리들은 더욱 경각성을 높이여 일체의 적대적 사상 잔재와의 무자비하고 근기있는 투쟁을 전개하여야 하겠습니다.

오늘 우리 대렬 내에 한 사람이라도 자기에게 맡겨진 사업을 충실히 집행하지 않으며 자기 사업에서 발생한 자기의 잘못을 검토 시정하지 않으며 당과 정부의 결정과 혁명에는 복종하지 않으며 그러면서 표면과 형식만으로 되는 열성을 가장하여 나서는 자들이 있다면 반드시 이러한 자들 가운데 적들의 간첩 도당들이 발을 붙일 수 있다는 것을 우리는 명심하여야 하겠습니다.

수천명의 외부의 적 보다 우리 대렬 내에 기여든 한명의 적이 더 무섭다는 레닌의 교시를 깊이 명심해야 하겠습니다.

우리 문학 예술의 고전들을 옳게 계승 발전시키는 사업이 일층 중요성을 띠게 되였습니다.

무엇 보다도 이 사업의 옳은 실행을 방해하는 온갖 반동적 시도들을 철저히 폭로 규탄하여야 하겠습니다.

김일성 원수께서는 "우리는 고전이라고 해서 죄다 리용해서는 아니됩니다. 우리들은 우리 민족이 소유하고 있는 우수한 특성들을 보존함과 아울러 새로운 생활이 요청하는 새로운 리듬, 새로운 선률, 새로운 률동을 창조하여야 하겠습니다"라고 말씀하시였습니다.

우리에게는 선조들이 남긴 우수한 고전들이 풍부히 있습니다.

이러한 고전들을 옳게 계승 발전시키자면 우선 이러한 고전들을 연구하는 사업과 아울러 그것을 광범하게 수집하여 정리하는 사업이 병행되여야 하겠습니다.

고전 소설들을 비롯하여 가사, 구전 민요, 리언, 속담, 전설, 위인들의 전기를 광범히 수집 정리하여 과학적으로 체계화하여 섭취하여야 하겠습니다.

그리고 정리된 고전들을 광범히 출판하여야 하겠습니다.

이렇게 우리의 고전들을 탐구함으로써 다종 다양한 형식에 새로운 생활에 알맞는 풍부한 내용을 담은 새로운 문학 예술이 창조될 것입니다.

우리는 아동 문학 예술 창작 사업을 더욱 왕성히 전개할데 대하여 특별한 관심을 돌려야 하겠습니다.

새 조선의 미래의 주인공인 우리의 수백만 아동들과 소년들을 생기 발발하고 명랑한 기질과 고상한 도덕 품성으로 교양함에 있어서 작가 예술가들의 임무는 실로 중대합니다.

우리 당과 경애하는 수령 김일성 원수께서는 아동 교양 문제에 특별한 의의를 부여하면서 항상 심심한 관심과 주목을 돌려 왔습니다.

김일성 원수께서는 이미 항일 유격 투쟁의 곤난한 시기에 있어서 친히 '아동 혁명단'을 조직하고 그 교양 사업을 지도하였으며 해방 후에는 우리 아동들을 "새 조선의 꽃봉오리, 새 조선의 보배, 새 조선의 주인공"이라고 하시면서 "소년들을 옳게 정신적으로 육체적으로 교양함으로써 앞으로 우리의 계승자로 만들어야 한다"라고 교시하였습니다.

우리들은 김일성 원수의 교시를 높이 받들고 지금까지 아동 문학을 홀시하던 일부 옳지 않은 경향을 철저히 분쇄하고 아동 문학가는 물론 전체 작가 예술가들로 하여금 우리의 계승자들의 옳바른 교양을 위하여 의무적으로 아동 문학에 참가하도록 할 것이며 우리의 아동 문학을 급속한 시일 내에 높은 수준에로 제고시킴에 온갖 력량을 경주해야 하겠습니다.

그리하여 우리 아동들을 인민 민주주의 제도 하에 새로운 특징의 아동들로 즉 우리를 교대하는 장래의 새 사회의 건설자로 우리의 로력의 후비대로 교양하며 조국을 사랑하며 조국을 침해하는 온갖 원쑤들에 대하여 무한히 증오하는 심정으로 배양하는 작품들을 많이 창작해야 하겠습니다.

우리들은 기술 습득에 더 한층 정력적인 노력을 기울여야 하겠습니다.

우리의 기술은 우리 문학 예술의 민주주의적 사회주의적 내용과 부합되는 훌륭하고 참된 기술이여야 합니다.

그것은 청소한 우리 문학 예술을 더욱 풍부하게 만들 것이며 그의 교양자적 역할을 더욱 높일 것입니다.

더 훌륭한 문학 예술을 위하여 우리 문학 예술의 교양자적 역할을 더욱 높이기 위하여 우리들은 기술 습득에 특별한 노력을 기울여야 하겠으며 세련된 문장과 풍부하고 자유 분방한 어휘의 구사와 생신한 연기에 진실한 주의를 돌려야 하겠습니다.

우리의 출판물들의 역할을 더욱 높일 필요가 있습니다.

더 많은 작품들을 인민 속에 보내여 인민들을 광범히 교양하는 사업에 우리 출판물들이 원만히 작용하게 하여야 하겠습니다.

우리 기관지들에서 사업하는 일부 동무들 가운데 무책임하며 자기 사업에 열성이 없는 동무들이 있습니다.

특히 적대적 경향의 작품들이 전쟁 기간에 허다히 출판된 사실과 반종파 투쟁 과정에서까지 루차 이런 경향의 작품들이 발표된 사실을 엄격히 지적하지 않을 수 없습니다.

우리 기관지들에서는 신인들의 작품에 더욱 많은 관심을 돌려야 하겠습니다.

인민 속에서 새로운 작가를 발굴하며 이를 육성하는 일은 우리 출판물의 중요한 과업입니다.

전체 작가들은 백전 백승의 학설인 맑쓰-레닌주의로 더욱 튼튼히 자기를 무장해야 하겠습니다. 맑쓰-레닌주의로 무장한다는 것은 곧 작가들의 창조 사업의 질을 높이는 문제와 관련됩니다.

우리는 맑쓰-레닌주의를 교조식으로 공부할 것이 아니라 조선 현실에 부합시킬 줄 알아야 하며 자기의 창작에 활용할 줄 알아야 합니다.

그것은 위대한 쓰딸린 동지가 가르친 바와 같이 작가들에게 "현상을 그 호상 관계 호상 제약의 견지에서만 관찰할 것이 아니라 그 운동 그 변화 그 발전의 견지에서 그 생성과 사멸의 견지에서 관찰"하는데 도움을 주기 때문입니다.

맑쓰-레닌주의를 모르고 현상을 옳게 파악할 수는 없으며 사회주의 레알리즘의 요구에 적응하여 작품을 쓸 수 없습니다. 가장 훌륭하고 력량있는 작가가 되기 위해서는 무엇 보다도 우리들 자신이 맑쓰-레닌주의자가 되여야 되겠습니다.

동무들!

우리 조국의 국토 완정과 통일 독립의 강력한 담보로 되며 전반적 인민 경제를 복구 발전시키며 우리 나라의 공업화를 위하여 경애하는 수령 김일성 원수께서 호소하신바 '모든 것을 전후 인민 경제 복구 발전을 위하여'라는 호소에 호응하기 위하여 우리 문학 예술의 총 력량을 동원합시다.

우리 문학 예술의 창조의 불길로하여 경제 건설 투쟁에 궐기한 전체 인민들의 필승의 신심을 더욱 북돋아 주며 전쟁의 승리를 위하여 발휘된 고상한 애국주의와 대중적 영웅주의를 더욱 더 발양시킬 것을 나는 동지들에게 호소합니다.

동무들!

우리에게는 승리할 수 있는 모든 조건이 구비되여 있습니다.

나는 동무들이 전후 인민 경제 복구 건설의 성과적 달성을 위하여 우리 문학 예술인 앞에 제기된 영광스럽고 거대한 과업을 자기의 모든 재능과 정열을 다하여 승리적으로 완수하리라는 것을 확신합니다.

—『조선문학』 1, 1953. 10(1953. 10. 25).

전후 조선 문학의 현 상태와 전망

—제二차 조선 작가 대회에서 한 한 설야 위원장의 보고—

一、서 론

친애하는 동지들!

존경하는 래빈 여러분!

오늘 조선 작가 동맹은 三년만에 다시금 대회의 이름으로 자기 대렬을 한 자리에 모이게 하였습니다。

정전 직후에 있은 제一차 작가 대회에는 아직 포연의 냄새가 가시지 않은 군복으로 몸을 다진 작가들이 많이 참석했었습니다。 그러나 오늘 제二차 작가 대회에는 로동자、농민들의 애국적 정열을 안고 복구된 공장、기업소들과 농촌 협동 조합에서 달려 온 현지 파견의 작가들로 가득 찼습니다。

三년 전에 있은 첫번 대회가 조국 해방 전쟁에서 영웅적으로 전사한 벗들을 추모하는 분위기에 싸여 있었다면 오늘 두번째 우리 모임은 새로이 증강된 신인들로 하여 긍지와 신심을 금할

한설야(외), 『제2차 조선 작가 대회 문헌집』, 조선작가동맹출판사, 1956.

전후 조선 문학의 현 상태와 전망

: 제2차 조선 작가 대회에서 한 한설야 위원장의 보고

1. 서론

친애하는 동지들!

존경하는 래빈 여러분!

오늘 조선 작가 동맹은 3년 만에 다시금 대회의 이름으로 자기 대렬을 한 자리에 모이게 하였습니다.

정전 직후에 있은 제1차 작가 대회에는 아직 포연의 냄새가 가시지 않은 군복으로 몸을 다진 작가들이 많이 참석했었습니다. 그러나 오늘 제2차 작가 대회에는 로동자, 농민들의 애국적 정열을 안고 복구된 공장, 기업소들과 농촌 협동 조합에서 달려 온 현지 파견의 작가들로 가득 찼습니다.

3년 전에 있은 첫번 대회가 조국 해방 전쟁에서 영웅적으로 전사한 벗들을 추모하는 분위기에 싸여 있었다면 오늘 두번째 우리 모임은 새로이 증강된 신인들로 하여 긍지와 신심을 금할 수 없는 그런 분위기 속에 모였습니다.

3년간이란 세월은 문학 생활에 있어서 극히 짧은 시일인 것입니다.

그러나 이 짧은 기간에 국제 무대에는 물론 국내 생활에 얼마나 많은 변천이 있었습니까! 얼마나 많은 기적들이 실천되였습니까!

이 기간에 위대한 사회주의 나라 쏘련에서는 제20차 당 대회가 소집되였습니다.

쏘련 공산당 제20차 대회는 사람들의 의식과 생활을 독단주의의 질곡으로부터 해방함으로써 복잡 다단한 문제들을 해결하는 데 있어서 집체적 지혜를 동원하게 하였으며 모든 사람으로 하여금 맑스주의 사상의 활짝 펼쳐진 창조적 날개를 가지게 하였습니다.

쏘련 공산당 제20차 대회와 조선 로동당 제3차 대회의 정신에 립각하여 이미 우리 조선 작가들은 앙양된 기세로써 현대 조선 문학의 가일층의 발전을 위하여 자유로운 토론들을 전개하여 왔습니다.

문학 분야에서의 이러한 자유로운 론쟁은 창작 사업에도 좋은 영향을 주었습니다.

사람들은 보다더 자기 목소리로 말하기 시작하였으며, 보다더 자기 결함들을 대담하게 비판하기 시작하였으며, 보다더 독자적으로 사색하기 시작하였으며, 인류의 봄을 위하여 자기들의 온갖 정열과 천재와 로력을 투쟁에로 이바지하는 광활한 길로 자신 있게 걸어 나가게 되였습니다. 드디여 독단주의가 종식될 날은 왔습니다.

오늘처럼 세계의 모든 사람들이 알고 싶어하고, 듣고 싶어하고, 자기의 의견을 피력하고 싶어한 때는 없습니다.

사람들은 평화적 공존의 진리를 깨달았으며 의견 교환과 협의와 상호 리해에 의하여 파괴적인 전쟁의 불ㅅ길은 미연에 방지될 수 있다는 신심과 세계의 평화를 공고히 하는 운동이 자기 집 부엌살이를 보살피는 일보다 얼마나 더 귀중하며 절실하다는 것을 자각하게 되였습니다.

이러한 획기적인 시기에 인간 정신의 기사로서의 작가들의 임무는 비상히 중대한 것입니다.

쏘련 공산당 제20차 대회 정신에 비추어서 많은 나라들의 작가들이 대회를 열고 자기 사업들을 검토했습니다.

알고 싶어하고, 듣고 싶어하고, 자기 의견을 말하고 싶어하는 모든 사람들에게 문학 예술 분야에서도 해답을 줌으로써 평화 옹호이라는 인류적인 인도주의 사업을 더욱 촉진시키고 구체화하기 위해서였습니다.

많은 나라에서 진행된 대회에서 작가들은 한결같이 자유로운 분위기 속에서 얻은 성과를 확대하고 잔존한 약점들을 급속히 제거하기 위하여 속임 없이 진지하게 그리고 어디까지나 준렬한 비판 정신을 가지고 자기 사업들을 검토했습니다.

형제적 나라들의 작가들이 론쟁했으며 주목을 이끌은 중심 문제는 창작 방법으로서의 사회주의 사실주의였습니다. 또한 전위적 문학 예술의 금후 발전을 위하여 작품에 반영된 개인 숭배 사상과 그 후과에 대한 면밀한 연구들이 있었으며 창작 과정에 끼친 행정적 간섭과 주관적 조치의 유해성을 규탄했으며 독단주의를 없애기 위한 치렬한 투쟁이 벌어졌습니다. 동시에 민족 유산에 대한 허무주의적, 종파적 경향을 비판했으며 쏘베트 문학과 자기 나라 해방후 10년간에 수확된 문학적 업적을 거부하는 꼬쓰모뽈리찌즘을 폭로했습니다.

이 모든 론쟁은 결코 무의미하지 않았습니다.

왜냐하면 그러한 준렬한 비판으로서 결국 모든 작가 대회들은 진지한 토론과 학구적인 심의와 자유로운 의견 교환을 거쳐서 사회주의 사실주의가 진보적이고 혁명적이고 인류를 해방하는 문학을 건설하는 훌륭한 창작 방법이라는 것을 확인했으며, 이러저러하게 리론적 면에서나 실천적 면에서 범한 속학적 독단적 오유들을 급속히 제거할 데 대한 결론들을 얻었기 때문입니다.

우리 조선 작가들의 제2차 작가 대회는 형제적 작가들이 얻은 고귀한 경험을 살려가면서 자기 사업을 진행하여야겠습니다.

우리 작가 대회는 바로 조선 로동당 제3차 대회와 8월 및 9월 전원 회의가 있은 뒤에 소집되였습니다.

제3차 당 대회는 조선 인민의 당면한 최대 과업으로 되는 조국의 평화적 통일 달성과 공화국 북반부에서의 사회주의 건설을 위한 중요한 새 과업들을 전 당과 전 인민 앞에 제시함으로써 우리 작가들의 금후 창작 활동의 방향을 또한 열어 주었습니다.

당 대회는 제기된 새로운 과업에 수응하도록 문학 작품의 질을 더욱 높일 것과 문학의 전진 운동이 인민들의 전진 운동과 보조를 같이하면서 날로 장성하여 가는 인민의 문화적 수요를 충족시킬 것을 호소했습니다.

이 당적인 과업을 더욱 훌륭하게 집체적으로 실천하기 위해 우리는 오늘 여기 모였습니다.

그러기 위해서는 무엇이 우리의 힘이며 무엇이 우리의 약한 고리인가를 잘 분간해내여야 하겠습니다. 그것은 다만 기탄없는 의견들의 교환과 정당한 비판과 집체적 지혜의 발휘로써만 해결될 것입니다.

우리 당 8월 전원 회의 결정서에는 다음과 같이 지적되였습니다.

"과학, 문학, 예술 분야에서 사업하는 일꾼들은 더욱 대담하게 자기들의 연구 및 창작 결과들을 발표하며 자유로이 의견을 교환하며 활발한 공개적 토론을 전개함으로써 우리의 과학 문학의 발전을 촉진시키기 위하여 보다 높은 열성과 창발성을 발휘하여야 할 것이다."

동지들!

오늘 우리는 당이 제시하여 주는 이와 같은 방향에서 대담한 자기들의 연구의 결과들과 의견을 자유로이 교환하는 활발한 공개적인 토론으로써 자기 사업을 검토하여야겠습니다.

대회의 연단을 리용하여 구체적으로 우리의 결점과 오유들을 비판할 것이며 이미 전취한 성과를 분석하여 그것을 더욱 공고히하고 확대하여야 하겠습니다.

오유는 시정치 않고 덮어 두면 더 큰 오유를 파생시킬 것입니다. 대회가 만약 용감하게 자기 대오내의 결점과 오유를 지적하고 그것을 극복하여 나간다면 반드시 우리 문학은 보다더 높은 데로 진일보

할 것은 틀림 없습니다.

우리는 지난 시기에 우리들이 문학에 있어서의 레닌적 원칙을 위해서 어떻게 싸웠으며 거기서 얻은 성과는 무엇이였던가를 말해야 할 것이며 창작 방법으로서의 사회주의 사실주의에 대한 편협한 인식과 그의 실천적 면에 나타난 창작상 오유를 밝혀야 할 것이며 우리 작품에 나타나는 개인 우상화는 어떤 것이였으며, 현지 파견 사업에서 시정할 점은 무엇이며, 동맹 지도 사업에서 급속히 시정을 요하는 문제는 무엇인가를 자유로운 분위기 속에서 비판해야 하겠습니다.

이러한 의미에서 나는 나의 보고에서 중점적으로 우리 문학의 현 상태를 해부하며 그의 발전을 위한 몇 가지 의견을 내놓으려고 합니다.

그러면 우선 지난 기간에 우리 작가들은 우리 문학에 있어서의 레닌적 원칙을 고수하기 위하여 어떻게 투쟁하여 왔습니까!

2. 문학의 레닌적 원칙을 위한 투쟁

동지들!

우리 현대 문학은 레닌적 원칙을 고수하는 당적 문학입니다.

해방후 조선 문학의 모든 발전 단계와 작품들은 언제나 영예스러운 조선 로동당의 시책과 련결지어져 있으며 일신 동체의 혈육적 관계를 가지고 있습니다.

우리 현대 문학은 과거 일제의 식민지 통치와 거기 야합한 민족 배신자들을 반대하는 전투적인 지하 투쟁의 문학을 전신으로 하였으며 해방 후에는 정권을 자기 손안에 틀어 쥔 근로 인민에게 직접적으로 복무하는 인민 문학으로 되였습니다.

이러한 해방 문학에 종사하는 작가들의 사회적 위치도 전적으로 달라졌습니다. 과거 우리들의 진보적이며 혁명적인 작가들이 지배적 계급을 반대하는 진보를 위하여 싸웠다면 지금은 인민 정권을 수립한 로동자 농민으로 된 지배적 계급을 방조하는 진보를 위하여 투쟁하고 있습니다.

우리는 작가이기 전에 먼저 공민이며 애국자로 되였습니다.

이러한 사실은 매개 작가들이 변증법적 유물론을 자기의 세계관으로 가질 것과 맑스-레닌주의 미학을 체득함으로써 오로지 근로 인민의 리익에만 복무하는 문학을 수립하게 하였습니다.

우리는 사회주의 사실주의를 창작 방법으로 하고 현실 생활에서 가장 중요하고 본질적인 것, 즉 생활의 진실로 되는 전형을 개성적이며, 구체적—감성적 형상을 거쳐서 인민을 사회주의 의식으로, 애국주의 사상으로, 국제주의 정신으로 교양하여 왔으며 또 그렇게 하는 것을 자기 사명으로 삼고 있습니다.

그러나 이러한 사업은 결코 안일한 환경 속에서 지어진 것도 아니며 평탄한 길을 거쳐 진행된 것도 아닙니다.

우리 당 작가들은 언제나 폭풍을 뚫고 부르죠아 이색 분자들이나 그들의 견해를 추종하는 자들과의 치렬한 투쟁 속에서 우리 당 문학을 건설하여 왔으며 문학 예술에서의 레닌적 원칙을 고수하여 왔습니다.

계급의 원쑤들은 마치 우리의 문학이 당의 이러저러한 명령에 의하여 씌여지는 문학이라고 비방합니다. 그러나 사태는 이와 다릅니다.

우리는 우리 문학을 자기 심장의 고동 대로 쓰고 있습니다. 그런데 당의 커다란 심장은 언제나 우리의 심장과 같이 고동합니다.

당은 인민의 심장이며 정신이며 지향입니다.

물론 창작에 있어서 자유와 자주성은 신성한 권리입니다.

그러나 이 신성한 권리는 작가가 생활의 진실을 표현하지 않거나 인민의 리익에 복무하지 않을 때는 있을 수 없습니다.

피상적으로 창작에서의 자유와 자주성의 권리를 부르짖는 뒤에는 우리 문학을 파괴하려는 부르죠아 이색 사상의 무서운 적이 잠복하여 있다는 것을 우리는 자기들의 체험을 통하여 잘 알고 있습니다.

당은 항상 우리 문학이 급속히 전진하며 사회주의 사실주의 문학으로 더욱 완성되며 그의 사상 예술적 제고와 함께 인민의 예리한 사상적 투쟁의 무기로 됨으로써 당의 믿음직한 방조자로 되도록 주목을 돌려 왔으며 지도하여 왔습니다.

이러한 당의 지도는 우리 문학의 전진을 가로막는 온갖 적대적인 사상 조류와의 투쟁에 돌려진 주목이며 방조이기도 하였습니다.

그러면 우리 나라 문학 생활에 나타난 적대적인 사상 조류는 무엇이였으며 그들은 우리를 반대하여 어떠한 도전을 하여 왔습니까!

이데올로기 분야에서 적성은 각이 각양한 형태로 복잡하게 나타나군 합니다.

그 어떤 것은 삼팔선 이남 저쪽에서부터 미국식 생각과 미국식 생활 양식의 직접적인 전성관이 되여 들어 오기도 했으며 어떤 것은 우리 자체내 의식 속에 깊이 뿌리박고 있는 소부르죠아적 잔재 속에서 은연히 머리를 추켜 드는 분파 행동에서도 나타났습니다.

전자는 문학에서의 레닌적 당성을 거부하는 반동적인 림화 도당의 매국적 문학 그루빠였으며 후자는 무의식적으로 전자를 추종하면서 우리 민족 문학 유산을 거부하고 우리가 전취한 해방후 10년간에 달성한 문학적 업적을 과소 평가하려는 민족적 허무주의 그루빠였습니다.

림화 도당은 리론적인 면에서 "현대 조선 문학은 계급적 문학이 되여서는 안 되며 어디까지나 현대적 의미에서 민족적 문학이여야 한다"는 반동적 구호를 들고 나왔습니다. 그들은 민족적이란 미명 밑에 '문학의 초계급성'과 '창작의 정치로부터의 자립'을 제창하면서 결국 우리 문학을 원쑤들의 수중에로 팔아 먹을 것을 꿈꾸었습니다. 이처럼 그들이 표방한 리론적 주장은 숨길 수 없이 반인민적인 것이기 때문에 그 본질을 구명하는 길도 그만치 명백하였으나 그들이 자기들의 사상을 교묘하게 선전하는 실천적 면—즉 작품에서는 이것이 처음부터 누구에게나 다 명백했던 것은 아닙니다. 때문에 우리는 일정한 기간을 두고 그들과 같이 살아야 했으며 그들과 함께 일해야 했으며 그들의 동태를 오래 동안 관찰하고 주목해야 했습니다.

변절자 림화 도당 중에서 중요한 자리를 차지하고 있던 리태준은 자기 작품 『농토』에서 북조선에서 진행된 토지 개혁을 무의미한 것으로 만들기 위하여 무기력한 노예를 주요 인물로 등장시켰으며 「미국 대사관」이란 작품에서는 포로된 미국 장교를 동물적 복쑤심으로 대하는 인민 군대를 날조하여 우리 전사들의 높은 도덕적 품성을 외곡하였으며 「먼지」에서는 남북 조선은 판이한 세계를 이루고 있으므로 도저히 평화적 통일이 불가능한 것으로 선전하는 허무주의적 사상을 선포하고 있습니다.

김남천은 「꿀」에서 전선과 후방과의 철벽 같은 련결을 왜소하게 그려서 우리 조국 해방 전쟁의 빛나는 공훈을 보잘 것 없이 작은 것으로 뵈였습니다. 뿐만 아니라 반인민적인 문학 리론을 가졌던 림화는 실천적 면에서는 영탄과 허무, 염세와 비관을 노래하는 퇴패적인 시를 씀으로써 승리에 대한 신념에 뒤끓는 인민의 심장에 부르죠아적 독소를 부어 넣어 그늘을 지으려고 했습니다.

문학에 있어서의 레닌적 당성의 기치를 고수한 우리들의 치렬한 투쟁이 있은 오늘에 와서는 그들의 정체가 적라라하게 드러났으며 누구나 다 그들의 배신 행위를 알고 있습니다.

그러면 어째서 이러한 반당적인 패덕한들이 우리 문학계에 오래 동안 뿌리박고 있을 수 있었습니까?

거기에는 대체로 세 가지 조건이 있었습니다.

그 하나는 박헌영, 리승엽과 같은 미 제국주의자들의 고용 간첩이 우리 당 지도부에 교묘하게 잠입하여 와서 림화 도당을 적극 비호한 데 있습니다.

둘째로는 자기들의 소부르죠아적 문학관을 합리화하기 위하여 작가들의 대동 단결이란 명목 밑에 리태준, 김남천 등의 문학을 극구 찬양한 당시 문학 예술 지도 부문에서 지도적 직위에 있었던 일부 사람들의 그릇된 문학 예술의 '행정적 조치'에 있었습니다.

그리고 마지막으로는 문학을 사랑하기보다 문학에서의 자기를 더 사랑하는 출세주의적 야욕을 가진 우리 내부 중견 작가의 일부가 둘째에 속하는 소위 문학 지도 일꾼들과 장단을 맞추어 줌으로써 림화 도당의 종파적 행동을 조장시킨 데 있습니다.

첫째 계렬에 속하는 제국주의자들의 신복자들은 그 죄상이 폭로됨과 함께 그들의 활동이 종식된만큼 우리들에게 있어 그들의 공공연한 적대 행위도 또한 명백한 것입니다.

그러나 둘째 계렬에 속한 사람들의 본성은 그들이 자기 의식 속에 남아 있는 부르죠아적 미학의 잔재를 합리화시키려고 시도한만큼 사태는 극히 복잡하였습니다.

그들은 문학 예술 분야에서 8·15의 의의를 강조한다는 미명 밑에 위대한 민족적 전통의 하나인 문화 유산을 거부하였으며 작품에서의 생경성을 배격하고 예술의 다양한 쓰찔을 장려한다고서 결국은 무사상성인 퇴페 문학을 받들고 나왔습니다.

그들은 우리 현대 조선 문학의 혁명적 전통인 카프와 그의 오늘에서의 영향력을 말살하려 하였습니다. 뿐만 아니라 그들은 현재 생존한 카프 작가와 카프 문학의 혁명적 전통을 계승하려고 하는 애국적 작가군을 홀시하고 그와 반대로 과거나 현재에 이르러 카프를 비방하여 활동하는 반인민적 작가들인 리태준, 김남천 등을 비호하였습니다. 세상에 널리 알려진 바와 같이 카프는 사회주의 10월 혁명의 영향하에 맑스-레닌주의가 국내에 보급되고 로동 운동이 급속히 발전함에 따라 그 투쟁 속에서 배태되기 시작한 인민적이며, 진보적이며 혁명적인 작가들의 조직체였습니다. 여기 망라된 작가들은 변증법적 유물론을 자기의 세계관으로 하고 사회주의 사실주의를 창작방법으로 하여 혁명적 발전 단계에 적응하며 현실을 혁명적 전망 속에서 개괄하는 훌륭한 작품들을 썼습니다.

뿐만 아니라 카프의 핵심 부대는 가혹한 일제의 탄압 앞에서도 굴하지 않고 끝내 혁명의 완수를 위하여 근로 인민의 편에 서서 싸웠습니다.

때문에 카프의 작품들은 그것이 일제 통치 시기에 씌여졌음에도 불구하고 오늘 사회주의 건설에 매진하고 있는 해방후 독자들에게 애독되고 있으며 그들을 사회주의 의식으로 교양하는 당적 역할을 놀고 있습니다.

이러한 문학 전통을 거부하거나 말살할 수는 도저히 없는 것입니다. 그런데도 불구하고 그들은 리태준과 김남천의 비애국적인 작품들을 인민에게 추천하는 옳지않은 평론들을 써서 마치 자기의 평가를 받아야 문학에서 좋고 나쁜 것은 갈라진다는듯이 오만한 세력 행세를 한동안 했습니다.

그리고 그중의 어떤 동무는 극장 상연 희곡을 자기 취미 대로 살릴 수도 있고 죽일 수도 있는듯이 문학 예술 분야에 란포한 행정적 간섭을 했습니다.

이러한 결과는 우리에게 무엇을 남겨 주었습니까?

그것은 림화 도당이 우리 문학에서 자기들의 파괴적 세력을 확대할 수 있는 발판을 지어 주었으며 우리들의 민족적 문화 유산과 문학의 혁명적 전통이 옳게 계승되는 데 지장을 주었으며 일부 독자와 관중들의 미학적 견해에 혼란을 일으켜 주었습니다.

이것은 문학 예술 분야에 나타난 종파주의의 발현이였습니다.

종파주의는 문학에 있어서의 레닌적 원칙을 거부하기도 하며 독단주의적인 비속한 주관으로써 예술 창작의 규격화를 강요하여 창작 수법, 형식, 쓰찔의 다양성을 무시하기도 하며 온갖 행정적인 간섭으로써 문학 전진 운동에 막대한 지장과 손해를 주고 있습니다.

일찌기 레닌은 자기의 천재적인 로작 「당 조직과 당 문학」에서 문학 예술 분야에 있어서의 행정적 조치의 해독성을 지적하면서 다음과 같이 쓴 바 있습니다.

"…물론 문학 사업에 있어서는 기계적인 평등화라든가, 수평화라든가, 소수에 대한 다수의 지배라든가 하는 일은 도저히 있을 수 없는 일이다. 물론 이 사업에 있어서는 개인적 창의성이나 개인적 기호의 자유, 사색과 환상, 형식과 내용의 자유가 보다 많이 보장되도록 하는 것이 절대로 필요하다."

레닌의 이 말씀은 문학 예술 부문에서의 당성 원칙의 진정한 본질을 밝혀 주는 유일한 등불입니다.

그러나 우리는 이 귀중한 명제를 평론에 인용은 하면서도 그 진의를 심각하게 숙고하지도 않았으며 예술가들의 창조적 창발성의 발현을 주인다운 배려와 함께 지지하지도 못했습니다.

림화 도당과 그들의 문학 활동을 리론적 면이나 실천적 면에서 지지하여 나섰던 일부 동무들은 이 레닌적 명제를 완전히 전도하는 결과를 가져 왔습니다.

즉 예술가의 개인적 특수성을 살린다는 의미에서는 무사상적인, 아니 반인민적인 내용의 작품을 추대했으며, 문학의 당성을 옹호한다는 의미에서는 과거의 민족적 유산을 거부하는 란포한 조치로 나왔던 것입니다.

사태는 바로 이와 같습니다.

때문에 조선 로동당 제3차 대회의 총결 보고에서 김일성 동지는 아래와 같이 우리 작가들이 가지고 있는 약점을 지적하였습니다.

"…그러나 일부 문학 예술인들은 아직도 과거 사회에서 물려 받은 자유주의적 산만성을 극복하지 못하였으며 문예 분야에 인민의 원쑤들이 뿌려 놓은 악영향을 청산하지 못하고 있습니다."

이 말씀은 문학에 있어서의 레닌적 원칙을 고수하기 위하여 더욱 견결하고 집요하게 온갖 부르죠아 이색 사상을 반대하여 투쟁할 것을 호소하고 있습니다.

우리는 이와 같은 당적 신호를 받들고 제때에 온갖 부르죠아 이색 문학 조류 및 그 추종자들을 반대하여 견결한 투쟁을 하여 왔으며 또 하고 있습니다.

여기서 얻은 성과는 현저합니다.

이것은 문학에 있어서 레닌적 원칙을 고수하는 데 큰 도움이 되였습니다.

우리는 자기 대렬의 의식 속에 잔존한 부르죠아적 악영향을 송두리채 빼내기 위하여 인내성 있는 투쟁을 계속하여야겠으며 동시에 자기 자신 속에 잠복하여 있는 자유주의적 산만성을 극복하기 위하여 대담한 자기의 내부 투쟁이 있어야 하겠습니다.

그리하여 우리들은 문학에서 자기를 사랑하기 전에 문학 자체를 사랑하는 기풍을 키울 것이며 자기 개인의 영달을 꾀하는 것보다 집체적으로 당 문학을 건설하는 영예를 지니고 전투적이며 명랑한 기백으로 활동하여야 하겠습니다.

이러기 위하여서는 무엇보다도 우리 문학 대렬에서 원칙적인 단결을 더욱 강화하는 일이 중요합니다.

우리 문학 대렬의 단결은 본신적 창조 사업을 일층 강화하기 위한 구체적 투쟁 가운데서, 그리고 일체 반동적 문학 사상과의 가혹한 투쟁 속에서 이루어져 왔으며 앞으로도 그렇게 될 것입니다.

이와 동시에 우리 문학가들은 동지들을 서로 아끼며 신뢰하며 도와주는 아름다운 생활 기풍을 더욱 발양하여야 하겠습니다.

사상적 통일은 고상한 인도주의의 정신으로 일관되여져야 합니다.

그리고 이 모든 것은 결국 인간에 대한 신임, 인간에 대한 소망, 지향, 운명에 대한 진실한 사람의 감정을 떠나서는 있을 수 없는 일입니다.

우리들은 모두가 다 문학을 가지고 조국과 인민 앞에 복무하기를 결심하였으며 그 길에 일생을 바치고 나선 투사들입니다.

우리들은 모두가 생활의 분류 속에서 아름다운 것을 조장하며 추악한 것을 제거하기 위하여 자기들의 재능과 능력을 창작 사업에 고스란이 바치고 있는 평화의 열렬한 기수인 것입니다.

그러나 아직도 우리들 가운데는 당 문학의 건설과 그 운명에 대하여 생각하기 전에 자기 일신상의 출세를 념두에 두는 사람이 적지않으며 문학을 발전시키는 론쟁보다도 개인의 약점에 대하여 뒷공론을 즐기는 동무들도 있습니다.

우리 작가들은 누구보다도 먼저 무원칙하고 편협한 감정을 가지고 동지들을 헐고 깎고 중상하며 질투하는 등의 우리 대렬의 단결과 사상 통일을 방해하는 행동을 격멸할 줄 알아야 하겠습니다.

동지들간에 리간과 중상을 일삼으며 거기서 어부지리를 얻으려하며 쏠라닥거리는 경향에 대하여 제때에 타격을 주며 호상 명랑하며 동지적 애정으로 협조하며 당성의 거울 앞에서 부끄러운 일이 없도록 행동하여야겠습니다.

그와 함께 우리들은 동지들의 잘하는 점을 기뻐하며 동지들의 잘못한 점, 부족한 점을 리해와 방조의 마음으로 충고하여 옳은 데로 이끌어 주어야 하겠습니다.

특히 오늘 우리들이 수행하여야 할 우리 나라 혁명 과업의 간고성에 비추어 또 우리들의 창조 사업이 우리 나라의 혁명을 수행하는 과정에서 차지하는 고귀한 위치와 무거운 비중에 비추어 우리들은 우리 대렬의 단결을 더욱 강화하여야 하겠습니다.

그러나 문학에서의 당성 고수는 예술 분야에서 부르죠아적 이색 사상들을 반대하여 싸우는 리론적 투쟁에만 머물러서는 안 될 것입니다.

우리는 현실을 그 혁명적 발전에서 진실하게 력사적으로 구체적으로 묘사하는 개성적이며 다양한 형식을 가진 사회주의 사실주의 방법으로 창작된 우수한 작품들을 많이 내놓을 때야만 진정으로 레닌적 원칙의 당 문학이 성공한다는 것을 잘 알고 있습니다.

실천이 없는 리론은 공허한 것이며, 작품에 예술성이 미약한 곳에 진정한 레닌적 미학의 승리가 있을 수 없습니다.

그러면 우리가 지난 3년간에 거둔 실천적 면에서의 수확은 어떤 것이며 그의 성과적 특징들은 어떤 것입니까?

3. 전후 조선 문학의 특징

동지들!

지난 3년간에 우리 작가들이 자기 창작 사업에서 거둔 성과는 결코 적지 않습니다.

우리 인민들은 전후 시기에 실로 기적적인 로력의 공훈들을 세웠습니다.

미제의 야수적인 파괴로부터 다시금 조국의 강토를 화원으로 일으키게 하는 일—이 위대한 사업은 세계 인민들의 이목을 한 몸에 집중시키면서 진행되였습니다. 세계의 모든 량심 있는 사람들은 전쟁에서 우리들의 전투를 주목하였던 것처럼 복구와 건설 사업에서도 우리를 주목하고 있습니다.

조선 인민이 전화 속에서 온갖 희생을 무릅쓰고 가슴으로 적탄을 막아 나가며 향토를 용감하게 수호한 것처럼 전후 건설 사업에서도 승리한 인민의 긍지와 영예를 인내성 있게 견지하여 나갈 것인가 하는 것을 관심과 동정과 공명의 긴장한 눈으로 보아 왔습니다.

그것이 어떻게 되였습니까?

조선 인민은 세계 벗들의 기대에 어그러지지 않았습니다.

불과 3년간이란 짧은 세월 밖에 경과하지 않았으나 북반부 인민들은 잿더미를 헤치고 주택들을 즐비하게 세웠으며 학교와 병원, 그리고 극장들을 수많이 신축했으며 많은 공장과 기업소들을 완전하게 복구 건설하였으며 농촌 경리의 급속한 발전을 위한 자연 개조 사업에 놀랄만한 기적들을 실생활에 구현시켜 놓았습니다.

전후 이와 같은 짧은 시간에 오늘 우리들이 누리는 것과 같은 물질 문화 생활의 안정은 결코 용이한 일이 아닙니다.

이와 같이 눈부신 건설과 조국의 평화적 통일을 계획하고 조직하고 실천하는 현실 생활은 작가들에게 풍부한 소재를 주었습니다. 전선에서와 마찬가지로 로력 전선에서 위훈을 세우는 온갖 애국적인 정신과 훌륭한 성격들과 의지와 행동과 사색들은 우리 문학을 얼마든지 풍부케 할 가능성을 보장하여 주었습니다.

작가들은 생활의 진실을 형상화하기 위하여 자기의 모든 력량을 창작에 집중하게 되였습니다. 그들은 현실에 접근했으며 생활 속에 뛰여 들었으며 인민과 호흡을 같이 하며 시대적 요구와 시대의 문제성을 해명하려고 긴장된 태세로 사업하고 있습니다.

오늘에 와서 작가들이 작품 내용을 책상머리에 매달려서 고안해 내거나 줄기찬 생활의 강기슭에 홀로 쭈그리고 앉아 환상 속에서 이야기꺼리를 꾸며 보거나 또는 망원경을 끼고 멀리서 현실 생활을 관조하려는 보헤미얀적인 생각은 우리들 가운데 없습니다.

우리는 저마다 문학에서 혁명의 주인공들인 인민과 더불어 그들의 모범적인 성격과 애국적인 사업을 표현하여 력사를 창조하는 커다란 전진에서 '유일한 바퀴와 나사못'이 되려고 노력하고 있으며 또 되고 있습니다.

이러한 힘을 우리들이 가지게 된 것은 무엇보다도 먼저 우리들이 우리 당의 옳바른 문예 정책에 의하여 교양된 데 있으며 또는 조국해방 전쟁에서 인민과 함께 고난을 겪고 과감한 전투를 하면서 심신이 단련된 데도 있습니다.

김일성 동지는 조선 로동당 제3차 대회에서 진술하신 총결 보고에서 당 사상 사업과 관련하여 우리 문학 발전의 현 상태에 대하여 아래와 같이 지적하였습니다.

"우리 당의 령도하에 우리의 문학 예술은 옳바른 방향에서 발전되고 있으며 조선 인민의 영웅적 투쟁과 보람찬 생활과 그의 아름다운 내면 세계를 기본적으로 옳게 반영하며 형상화하고 있습니다. 우리의 작가 예술인들은 가렬한 투쟁 속에서 단련되였으며 간고한 시련에서 승리한 문학 예술인들의 대렬로 되였습니다."

그렇습니다. 우리는 정말 투쟁 속에서 단련되였으며 간고한 시련 속에서 승리한 대렬로 되였습니다.

조국 해방 전쟁 시기에 우리 작가들은 인민의 전사로서 포화를 헤치고 군대와 함께 전선으로 나아갔으며 적 강점 지구에서는 인민들과 함께 향토를 지켜 유격전을 조직하였으며 이 모든 투쟁을 작품화하여 세계 앞에 적의 만행을 폭로 규탄하였으며 인민을 멸적의 증오에로 불러일으켰던 것입니다.

조국 우에 검은 구름이 맴돌던 그 준엄한 후퇴 시기에도 우리 작가들은 당과 인민과 함께 최후의 승리를 확신하면서 영웅적인 후퇴를 했던 것입니다.

이렇듯 당과 조국에 자기의 운명을 튼튼히 의탁한 우리 작가들은 종국적 승리에 대한 신심과 함께 일시도 손에서 붓과 수첩을 놓은 일이 없습니다.

우리 작가들은 폭탄이 지동치고 추위가 뼈짬을 쑤시는 토굴 속에서 작품들을 썼습니다.

이리하여 우리들은 작가—투사, 작가—애국자라는 새로운 찌쁘를 형성하게 되였습니다.

포성이 멎자 우리 작가들은 자기 작품의 주인공들과 함께 평화적 건설의 로력 전선에로 돌아왔습니다. 그러나 우리의 생각은 옛날에로 돌아간 것이 아닙니다.

우리 가운데서 아무도 상아탑 안에서 자기를 대상으로 고요한 사색에 잠기려는 사람은 없었습니다. 종전에 불리워지던 작가에 대한 편협한 개념은 바뀌여졌습니다.

우리에게서 작가라는 개념은 우리 나라의 정치 문화 생활과 다방면적으로 직접 관계되고 그 속에서 활동하는 특수한 사회 활동가를 의미하게 되였습니다.

많은 우수한 중견 작가들이 공장과 기업소, 농촌과 건설장을 찾아서 장기 현지 생활을 하게 되였습니다. 우리 동무들은 생활에의 적극적인 참가자로 또는 방조자로 되였습니다.

거기서 그들은 소여의 력사적 단계에서 인민 앞에 제기된 거대한 과업을 인민들이 어떻게 해결하는가를 목격하게 되였으며, 수동적인 관찰자가 아니라 인민의 창조적 활동의 적극적인 방조자로 나서고 있습니다.

그리하여 우리 작가들은 근로자들의 리해관계의 직접적이며, 의식적이며, 공공연한 옹호자로 되고 있습니다.

인민과 불가분적으로 련결되여 있는 이 생활은 작가들을 위하여 얼마나 고귀한 원천으로 되였습니까? 얼마나 심각한 경험으로써 작가들은 이 생활을 더욱 풍부하게 할 수 있습니까!

이리하여 우리 작가들은 정치—문화적 시야가 전례 없이 넓어지고 사회적 경력이 풍요해지는 행정에서 저저마다 개성이 뚜렷하여지며 그 내부 세계가 더욱 넓어지고 있습니다.

또 우리의 이 모든 현실에서의 적극적 참가로 인하여 작가들에 대한 독자들의 신뢰와 관심이 오늘처럼 깊어진 때는 일찌기 없었습니다.

그러면 3년간의 전후 조선 문학의 성과적 특징은 무엇입니까? 심각한 전쟁의 체험을 체득하고 인민과 더불어 로력 전선에서 사회주의 건설에 직접 참가하고 있는 작가들의 새로운 목소리들은 어떤 것입니까?

우리는 지금 아무런 주저도 없이 전후 우리 문학이 달성한 업적을 내놓고 자랑할 수 있는 긍지감을 가지고 있습니다.

그러한 성과의 특징은 전후 짧은 시기에 허다한 작품이 창작된 실례에서도 찾을 수 있으며, 작가들이 다양한 주제를 가지고 폭넓게 생활을 개괄하려는 거기에서도 볼 수 있으며 예술 형상에 있어서 자기의 독특한 형식 쓰찔을 확립하려는 예술적 독창성에서도 볼 수 있으며 작가 대렬에 많은 신인들이 등용되여 신성한 력량을 보장하여 주는 데서도 볼 수 있습니다.

전후 시기에 우리 작가들은 많은 작품을 생산했습니다.

작가 동맹 출판사에서 전후 3년간에 발행한 문학 서적만 하더라도 그것은 종수에 있어서 그 이전 8년간에 발행한 출판 종수와 거의 대비되고 있으며 부수에 있어서는 정전 이전의 8년간 보다 전후 단 3년간에 되려 23.7%를 릉가하고 있습니다.

이와 아울러 전후 문학을 풍부하게 하고 다양하게 하는 실례는 날로 성장되는 신인 작가들의 배출에서도 찾아 볼 수 있습니다.

우리는 전쟁 시기에 김사량, 현경준, 리동규, 한식, 조기천, 함세덕을 비롯한 우수한 작가들을 아깝게도 자기 대렬로부터 잃었습니다.

그러나 오늘은 많은 재능 있는 새로운 력량으로 우리 전투 부대가 보강되였습니다.

이러한 신인들로서는 소설 진영에서 권정룡, 희곡 분야에서는 지재룡, 박태홍, 김재호 같은 동무들이며 시인 부대로서는 허진계, 김병두, 김철, 주태순, 평론 분야에서는 김하명, 연장렬 같은 동무들을 들어야 하겠습니다.

그러면 기성 작가들은 지난 기간에 어떠한 작품들을 가지고 독자들의 미학적 취미와 정서적 교육에 이바지하였습니까?

작가 리기영은 장편 『두만강』의 제1부를 독자들 앞에 선물하였습니다. 작가는 농촌 묘사의 능수로서 또한 농민 생활과 그들 정신의 참된 탐구자로서의 자기의 장구한 경력과 행로와 축적된 지식을 이 작품에 집중시켰습니다. 작자는 자기 작품의 기본 내용을 일제가 조선을 강점하기 시작한 19세기 말부터 20세기 초엽에 이르는 력사적 기간으로서 제1부를 꾸몄습니다. 그는 이 서사시적 화폭 속에서 일제가 조선을 강점하는 전야에 있어서의 조선 사람의 복잡한 과정을 종합적으로 묘사하면서 그 중심에 인민적 봉기의 의병 투쟁의 발생과 그 발전 과정을 구체적으로 묘사하였습니다. 작자는 우리 민족의 과거 력사에서 암담한 극적인 순간을 분석하면서 거기에서 주인공인 보통 농민 곰손을 통하여 력사를 창조하는 주동적 력량이 인민이라는 사상을 밝히면서 자기 작품을 사회주의적 사실주의 방법의 구현으로 나아가게 하였습니다.

『두만강』 제1부는 먼 과거의 력사적 자료를 포괄했으면서도 불구하고 우리 사회 발전에 있어서 주동력은 인민이라는 진리를 말하여 줌으로써 오늘 우리에게 생신한 교양력을 가지고 미적 감흥을 일으켜 주고 있습니다.

특히 이러한 의미에서 송영의 장편 오체르크 「백두산은 어데서나 보인다」와 리원우의 「도끼 장군」은 모두 력사적 자료를 료리하면서도 제가끔 작가들의 생생한 체취가 풍기는 작품들입니다.

작가 송영은 자기 작품 「백두산은 어데서나 보인다」에서 조선 사람이면 누구나가 다 잘 알고 있는 우리 민족의 산 혁명적 전통을 묘사했습니다. 작자는 장기간 김일성 장군의 항일 유격대의 전적을 실지로 답사한 후 많은 자료를 얻었습니다. 작가는 여기서 보고 들은 것을 다만 기록하여 나간 것이 아니라 세련된 수법으로써 우리 민족의 빛나는 혁명적 전통인 항일 빨찌산들의 애국적 정신을 인민과의 련계에서 그려냈습니다.

아동 문학 작가 리원우는 「도끼 장군」이라는 흥미 진진한 작품을 써 냈습니다. 작자는 옛날의 전설적인 영웅담을 자기 작품의 소재로 하면서 오늘 우리들의 맥박을 애국주의의 정신으로 들끓게 하는 박력 있고도 진실한 수법을 구사하였습니다.

그는 아동들의 기호와 취미와 상상이 힘껏 발휘될 수 있는 생동한 산문에 민요들을 자유롭게 삽입하여 서정적 정취를 자아냈으며 인민성을 풍부하게 예술화하였습니다.

이처럼 오늘 우리 작가들이 력사적 자료를 작품의 소재로 하면서 거기서 현대적 주제와 사회적 문제성을 들고 나오는 것은 하나의 긍정적 특징입니다. 이것은 물론 력사적 진실을 오늘의 각도에서 보고 조작적으로 외곡하는 것을 의미하는 것이 아니라 어디까지나 해당 사회의 본질적인 것과 부차적인 것을 구분하여 생활의 진실을 묘사하여 내는 것을 의미합니다.

이러한 의미에서 볼 때 지금 우리 작가들이 많이 쓰고 있는 지난 조국 해방 전쟁에서 소재를 찾은 작품들은 단지 전쟁 환경이나 자기 체험의 기록에 머물러 있지 않고 우리 인민의 영웅적 투쟁에 대한 화폭을 산 인간의 심장에서, 그들의 사색에서, 그들의 행동과 정서에서 발굴하여 내려는 로력의 흔적이 보이는 것도 또한 하나의 특징이 아닐 수 없습니다.

정전으로 인하여 포화는 멎고, 정전은 우리 인민들의 의지에 의하여 평화에로 공고하여지고 있으나 우리 작가들의 작품 주제는 전쟁 문학에 많이 돌려지고 있습니다. 그것은 우리들이 겪은 체험이 너무 심각하고 가혹하였기 때문에 말하지 않고는 견딜 수 없다는 거기에만 있는 것이 아니라 아직도 조국이 남북으로 갈라지고 있는 실정에 비추어 보아서 조국을 평화적으로 통일하는 데 우선 원쑤의 본질을 구명하는 동시에 생활의 아름다운 모범이 되는 인민의 영웅적 기개를 예술화하지 않을 수 없기 때문입니다.

전후에 나타난 우리 전쟁 문학의 특징은—전쟁 환경을 진실하게 묘사하면서 주인공의 성격을 리상화하지 않으려는 점이며, 전선의 공훈을 개별적으로 고립 상태에 그리지 않고 후방 인민의 전 인민적인 애국 정신과 련계시켜서 묘사하는 점이며, 원쑤에 대한 불타는 증오로 주인공을 무장시키면서도 결코 동물적 복쑤심이 없는 도덕적 품성의 소유자로 그리는 점이며, 애국주의 사상을 언제나 프로레타리아 국제주의 사상을 기간으로 하여 발양시키는 점들입니다.

그리고 가장 특징적인 점은 인간 성격들의 발전 과정을 향토애와 향토를 수호하려는 인민성과 결부시켜 그린 점들입니다.

민병균의 장편 서사시 「조선의 노래」는 영웅적인 전사 장명의 형상을 거쳐서 평화적 조국 통일을 위하여 원쑤를 향토에서 몰아내는 우리 인민의 애국적 정열이 예술적으로 일반화되였으며 김학연의 「소년 빨찌산 서 강렴」은 소년의 애국적인 형상을 거쳐서 영웅적 기개가 노래 불리워졌습니다.

구성상 결함은 있으나 윤시철의 『향토』는 정의의 전쟁에 나선 우리 전사들과 후방 인민들의 활동을 옛날 선조들의 조국을 지켜 싸운 향토애와 결부시켰으며 한효의 『밀림』은 역시 조국 해방 전쟁 환경의 가장 극적인 순간에 있어서의 우리 보통 청년들의 성격적 특징들을 그리려하였으나 성격 발전을 전쟁 과정의 도해에 굴복시킨 기록주의적 경향이 농후하며 군사 규정을 위반한 작품이므로 개작이 요구됩니다.

극 작가 한성은 우리 해군에서 취재하여 재치 있는 작품을 발표했으며 김승구는 씨나리오 「빨찌산 처녀」를 내놓았습니다. 한성은 희곡 「우리를 기다리라」에서 해병들의 작전과 련결된 인민의 애국적 군상을 극적으로 그렸으며 오래 인상에 남는 감격적인 무대 장면들을 우리에게 남겨 주었습니다.

또한 극작가들인 리종순과 최건의 합작인 「다시는 그렇게 살 수 없다」와 박태영, 리서영 합작인 「우리는 언제나 함께 싸웠다」가 모두 관중에게 일정한 감명을 준 작품들입니다.

시인 신동철은 자기의 처녀 시집 『전사의 노래』에서 전사들의 전투 모습, 정서 생활, 그들의 조국에 대한 지극한 애정을 서정적으로 노래했습니다.

다시 소설 분야로 돌아 와서 전쟁 시기의 인민 생활을 폭 넓게 그린 작품으로 우리는 꺼리낌 없이 천세봉의 력작 『싸우는 마을 사람들』을 들게 됩니다. 이 작품에는 인민의 무궁 무진한 력량이 보통 농민의 군상을 거쳐서 힘차게 묘사되였으며 그들의 의식 성장 과정이 또한 진실하게 그려졌습니다. 뿐만 아니라 자칫하면 도식적으로 일면적 창백한 초상으로 머물러지기 쉬운 원쑤들의 모습이 또한 생동하게 다각면으로 그려짐으로써 이 작품은 독자들에게 싫증을 주지 않습니다.

그리고 나는 단편 소설에서 권정룡의 「도강」을 상기시키고 싶습니다. 이 작품에는 조중 량국 인민의 호상 원조와 상호 리해의 국제주의적 정신이 훌륭한 예술적 형상을 가지고 표현되였기 때문입니다.

이처럼 우리는 군사적 주제와 전쟁 시기를 포괄한 작품 중에서 적지않은 작품을 들어 그 장점들을 렬거할 수 있으나 이 부문에서 아직도 인민이 요구하는 그런 대작은 보기 힘든 현상입니다.

인민들은 조국 해방 전쟁에서 자기들이 겪은 가혹한 희생이 숨김없이 반영되고 그 고귀한 희생을 거쳐서 조국에 바쳐진 자기들의 영웅적 공훈을 우리 작품에서 찾고저 합니다.

우리 인민 군대가 남으로 반격하면서 남녘 동포들의 목마르던 가슴에 생명수처럼 자유에 대한 권리를 안겨 주던 그 감격적인 장면들과 미제의 발광적인 공세에 의하여 후퇴하던 시기의 인민들의 준엄한 시련과 종국적 승리에 대한 철석 같은 자기들의 신념이 강조된 대서사시적 작품을 우리한테서 기대하고 있습니다.

인민은 우리한테서 락천적인 승리의 문학을 요구하고 있으며 영웅적 비극의 장엄한 작품을 희망하고 있습니다. 그들은 우리들의 전쟁 문학에서 자기들의 영웅적 초상을 찾으려 하고 있으며 원쑤들의 가중된 모습을 다시 한번 확인하려고 하며 다시는 있어서 안될 파괴적인 전쟁을 평화의 힘으로써 짓누를 신념을 더욱 공고히 다지려고 합니다.

우리들은 앞으로도 계속 남북 삼천리 강토가 전화에 휩쓸렸던 조국 해방 전쟁에서 취재한 진실한 작품을 써내야 하겠습니다.

동지들!

그러나 우리는 우리 작품의 세계를 전쟁에만 국한할 수는 없습니다.

전선은 커다란 전변을 가지고 평화 로력 진지에로 돌려졌습니다.

우리들의 화선 영웅들은 많이 로력 전선에로 돌아 왔으며 인민들은 총탄으로 다지던 자기들의 애국적 정열을 건설과 증산에로 꽃피우고 있습니다.

전후 우리 문학 작품이 로력을 주제로 하고 로동자와 농민들의 생활을 예술화하는 데 주력이 기울여진 것은 우연한 일이 아닙니다.

로력에 대한 주제는 무엇보다 로력하는 인간에 대한 주제라는 것을 우리는 잘 알고 있습니다.

그렇기 때문에 전후 문학에 있어서 로력하는 인간에 대한 모든 주제들은 바로 로력 속에서 형성되는 사회주의적 개성의 발전을 촉진시키는 거기에 귀착됩니다. 전후 문학에 있어서의 사회주의적 사실주의의 과업은 작가들로 하여금 난관과 곤난에서 물러서지 않고 그것을 극복하면서 인민 경제 복구 건설에 헌신하는 사회주의 건설자들의 긍정적 주인공을 진실하게 창조해 내는 것입니다.

특히 사회주의 건설 행정에서 벌어지는 생활상 모순들과 새것과 낡은 것과의 투쟁을 묘사하면서 사람들로 하여금 일제 시대의 낡은 자본주의 잔재를 청산하고 사회주의 의식으로 개조하도록 적극 도와주는 사회주의적 사상성을 표현하는 데로 지향하는 것입니다.

이러한 내용을 자기들의 골간으로 한 작품들 중에서도 주목할만한 작품들이 적지않게 창작되였습니다.

작가 변희근은 단편 「빛나는 전망」, 「작업반장」 등을 썼으며 유항림은 「직맹반장」 박태민은 「방임하지 말아야 한다」를 제각기 발표하였습니다.

그리고 작가 천세봉은 『석개울의 새 봄』을 내놓았습니다.

단편 「빛나는 전망」은 현실 생활에서 절실한 문제를 단적으로 포착하여 옳은 사회적 해답을 주는 데 성공한 작품이며 유항림의 「직맹반장」과 박태민의 「방임하지 말아야 한다」는 모두 우리 공업 건설 분야에 조성된 난관과 곤난한 사업 환경을 모순 속에서 대담하게 드러내놓고 그것을 극복하는 주인공의 심각한 투쟁 과정과 그들의 심리 발전을 진실하게 그린 데 그 모범들이 있습니다.

그리고 극 문학 분과에서도 활발한 창작 활동이 있었는바 류기홍의 「그립던 곳에서」, 오철순의 「새로운 전변」, 탁진의 「승리의 탑」, 김형의 「어선 전진호」, 리득홍의 「무지개 비낀 초원」 등을 꼽을 수 있습니다.

전후 문학을 풍부히 하는 데 특히 시인들의 역할이 눈부셨다는 것을 나는 강조하게 됩니다.

시인 김순석, 정문향, 한명천, 리용악 등 동무들은 모두 생활에 깊이 침투하여 로동자 농민들의 애국적 로력 생활을 자기 독특한 개성적인 목소리로 노래부르고 있습니다. 그들의 시가 우리의 기억 속에 오래 남게 되는 것은 시인들이 현실 속에서 산 소재를 독자적으로 발굴하여서 서정화한 데만 있는 것이 아니라 시인들이 모두 형식이나 쓰찔에 있어서 개성적인 데도 있습니다.

또한 아동 문학 분야에서 현저한 역할을 놀고 있는 강효순, 리원우, 윤복진, 리진화, 박응호 등 작가들의 이름을 여기에 내놓지 않을 수 없습니다.

그러나 우리 공화국의 믿음직한 후비 부대인 아동들의 정서 교육을 담당 맡은 아동 문학 작가들은 동화, 동시, 동요, 소년 소설, 아동극 등 다채로운 쟌르로써 종래에 학교 생활에만 국한시킨 주제의 협애성을 벗어나서 로력과 과학적 공상과 넓은 사회적 생활에까지 시야를 점점 확대하여야 하겠습니다.

전후 우리 문학에서 이채를 날린 하나의 성과적 특징은 산문 작품의 각색들인바 조령출의 「량반전」, 한태천의 「유격대의 아들」, 류기홍과 서만일의 「승냥이」들은 이 부문의 모범으로 되여 앞으로의 커다란 전망을 제시하여 주었습니다.

평론가들은 문학의 부르죠아 이색 조류를 반대하는 도식주의 경향을 비판하는 평론들로써 현저한 활동을 하였습니다.

번역 문학 부문에 대하여 언급한다면 전후 시기에 들어서 고리끼 전집을 위시로 하여 체홉 선집, 뿌슈낀 선집 등이 발간되고 있으며, 로씨야 고전을 비롯하여 쏘베트의 탁월한 작품들이 많이 번역되여 독자들의 미학적 견해를 높여 주고 있습니다. 번역가들은 창작가의 긍지와 책임감을 가지고 우리 나라에 선진 국가들의 작품을 체계적으로 번역 소개하여야 할 것이며 동시에 가장 중요한 것은 우리 나라 작품을 외국에 소개하는 영예로운 사업에 보다 많이 관심과 로력이 돌려져야 하겠습니다.

나는 이상과 같이 전후 우리 문학의 현 상태를 성과적인 면에서 특징지으며 마지막으로 우리 시단을 아름답게 하여준 여섯 권의 시집에 대하여 언급 아니 할 수 없습니다. 그것은 『박 팔양 선집』, 『박 세영 시 선집』을 비롯하여 김순석의 『찌플리쓰의 등잔불』, 정문향의 『승리의 길에서』, 서만일의 『봉선화』 및 김북원의 『대지의 서정』입니다.

오랜 시인 박팔양과 박세영은 자기들의 문단 생활 30여 년에서 훌륭한 시편들을 묶어 내놓았습니다.

시인 김순석은 『찌플리쓰의 등잔불』에서 쏘련을 방문한 시인의 감격적 인상을 우리 인민의 쏘련에 대한 애정으로 일반화시킨 서정으로 특징지어졌으며 정문향은 『승리의 길에서』 무엇보다 우리 시대의 력사적 창조자로서의 로동하는 새 인간을 광범한 미래를 내다보며 모든 곤난을 뚫고 나가는 락천적 투지의 소유자로 그들의 내면적 세계를 그렸습니다.

서만일은 『봉선화』에서 자기의 향토에 대한 사랑으로 상냥하고 소박한 고향 사람들의 도덕적 특징들을 아름다운 풍습과 배합하여 가며 독특한 민족적 정서를 노래했으며 김북원은 『대지의 서정』에서 전변하는 농촌의 새 현실을 관조자로서가 아니라 생활의 적극적인 참가자로서 표현하고 있습니다.

전후 시기에 창작된 작품들을 들어서 그 성과를 말하면 대략 이상과 같습니다.

그러나 우리는 오늘 대회에서 결코 이미 전취된 성과나 작가들의 명단을 내놓고 자기 위안이나 자기 만족에 도취하려는 것은 아닙니다.

우리는 우리 대회를 명절날이나 명절 전야의 기분으로 만들어서는 안 되겠습니다.

우리는 우리가 이미 전취한 성과 뒤에 남아 있는 결점들과 약점들을 샅샅이 드러내 놓고 군중적 토의에 부쳐야 하겠으며 치렬하고도 진지한 토론들을 거쳐서 문제의 해결을 보아야 할 것입니다.

이 길만이 우리 현대 조선 문학 건설에 광활한 전망을 열어 줄 것입니다.

그러면 우리 전후 문학이 가진 약점으로서 아직도 현실이 인위적으로 외곡되거나 보라색갈로 도색되거나 개성이 없고 천편일률적인 작품이 허다하여 독자들로부터 권태를 자아내는 원인은 어디에 있습니까?

그것은 한 마디로 말하여 아직도 우리 작가들이 자기 작품에 생활의 진실을 형상화하지 못하고 있는 데 중요 원인이 있습니다.

그러면 어째서 우리는 다 알고 있는 우리의 공통적인 약점—즉 작품에 생활의 진실을 옳게 반영하지 못하고 있습니까?

4. 생활의 진실을 반영하자

문학 예술 작품을 평가하는 중요한 척도는 생활의 진실입니다. 생활의 진실이 옳게 반영되였는가, 혹은 그릇되게 반영되였는가에 따라 그 작품의 사상성과 예술성, 그리고 그 작품의 생명이 재여지는 것입니다.

문학에 있어서의 당성 문제도, 전형성의 문제도 모두 작품에 생활의 진실이 잘 반영되였는가 잘못 반영되였는가 하는 예술적 형상에 종속됩니다.

그런데 우리 작품의 적지않은 부분들이 독자에게 무르익은 감흥을 주지 못하거나 덜 주는 원인도 결국은 작가들이 생활의 진실을 예술화하지 못한 데 기인되는 것입니다. 그리고 또 일부 우리 작품이 생경하거나 비개성적이거나 천편일률적이라는 비난도 주로 여기서 오는 것입니다.

현실 생활의 화폭은 그처럼 다양하고 굴곡이 많으며 인간들의 성격은 그처럼 개성적인데 왜 우리 작품에 나타난 생활의 폭은 그처럼 협소하며 주인공들의 내면 세계는 그처럼 단순하고 무미 건조합니까!
나의 견해에 의하면 이것은 우리 작가들의 대부분이 창작 방법으로서의 사회주의 사실주의를 교조주의적으로 인식하거나 일면적으로 보는 데 첫 원인이 있다고 생각합니다.
물론 우리는 사회주의 사실주의가 작가나 예술가에게 현실을 그 혁명적 발전에서 진실하게, 력사적으로, 구체적으로 묘사할 것을 요구한다는 것과 이에 있어서 예술적 묘사의 진실성과 력사적인 구체성은 근로하는 사람들을 사회주의 정신으로써 사상적으로 개조하며 교양하는 과업과 반드시 결합되여야 한다는 일반적 진리를 잘 알고 있습니다. 또한 우리는 사회주의 사실주의는 사회주의를 위하여 투쟁하는 인민들의 진리만을 확인하고 이 진리와 모순되게 나타나는 부분적 현상은 묘사의 대상으로는 될 수 있으되 긍정의 대상으로는 될 수 없다는 관점에 서 있으며 사회주의 사실주의의 문학은 지상에서 공정한 사회주의적 관계가 승리한다는 인민 대중의 확고한 신념에 그 근거를 둔다는 명제도 잘 알고 있습니다.
여기서부터 우리들은 부지부식간에 사회주의 사실주의는 오로지 현실을 긍정만 한다는 일면을 강조하게 되였습니다. 물론 우리들은 리론적인 면에서는 사회주의 사실주의가 현실을 긍정할 뿐만 아니라 현실의 부정면을 비판한다는 것도 론의하여 왔습니다.
그러나 우리의 많은 작가들은 실천적 면에서는 사회주의 사실주의를 현실 긍정의 일면만을 강조하는 창작 방법으로 리용하여 왔던 것입니다.
여기서부터 우리들은 자기 작품에 묘사되는 긍정적 주인공이 자유롭게 론쟁하거나 대담한 독자적인 행동을 하거나 때로는 실수와 과오를 저지르지만 심각한 자기 고민과 가혹한 갈등의 복잡한 곡선을 거쳐서 드디여 승리의 전망을 획득한다는 생활의 진실을 자주 잊어버리게 되였던 것입니다.
사회주의 사실주의는 본래부터 가장 비판적인 사실주의인 동시에 현실을 긍정하는 사실주의입니다.

사회 발전에 있어 비판이 없이는 전진이 있을 수 없는 것처럼 문학도 사회 현상을 비판함이 없이는 존재할 수 없습니다. 그렇지 않으면 문학의 사회 교육적 기능을 상실하고 말 것이기 때문입니다.

이러한 사회주의 사실주의의 강력한 측면인 전진 운동으로서의 비판성을 마비시킨 데서부터 현실의 미화와 도색이 나왔으며 임의로 만들어진 리상적 주인공이 작품의 가장 모범적인 주인공으로 등장하게 되였습니다.

물론 리상적 주인공이 나쁘다거나 존재할 곳이 없다는 것이 아니라 죄는 작가들이 가상적으로 완전 무결한 인물을 만들어서 그를 현실 생활과 리탈시키는 데 있습니다. 이러한 원인은 우리들이 현실 생활을 철저하게 모르고 있는 데서 오는 것이며 생활의 진실, 현실의 본질을 파악하는 변증법적 인식의 부족에서 오는 것이며 예술적 재능과 창작 경험이 부족한 데서 오는 것입니다.

우리가 현상의 표면이나 포말에 사로잡힘이 없이 현실의 본질을 똑바로 인내성 있게 응시한다면 그것은 결코 우리가 작품에서 취급하는 것처럼 단순하지는 않습니다. 생활에서 모범을 보이고 있는 긍정적 인물의 내부 세계를 치밀하게 연구하여 보면 복잡한 심리와 성격과 지향이 모순과 갈등 속에서 발전되여 나가고 있습니다.

그런데 적지않은 우리 작품의 주인공들의 사고와 생활과 움직임이 그처럼 단순하고 그처럼 일면적이며 직선적인 것은 작가들이 현실 긍정이라는 일면에 사로잡혀 피상적으로 생활을 속단하며 작가가 임의로 현실을 빚어 만드는 데서 오는 것입니다. 그리하여 흔히 정치적 구호와 인민의 희망적 관점을 속단함으로써 현실을 미화하고 겉치레하는 도식에로 떨어지게 되는 것입니다. 혁명적 민주주의자이며 위대한 사실주의 작가인 박연암은 "수박을 겉으로 핥고 호도를 통채로 삼키는 그를 데리고 맛을 의논할 수는 없으며, 이웃 사람의 털옷이 부러워서 한여름에 빌려 입고 나서는 그를 데리고서는 계절을 이야기할 수 없으며, 화상을 만들어 놓고 거기다 암만 의관을 씌워 놓아도 천진한 어린아이들이 속지 않는다"라고 벌써 170여 년 전에 도식주의와 형식주의의 해독에 대하여 경고를 주었습니다. 실지 현실의 영웅이나 모범적 인물들이 모두 저마다 각이한 운명을 걸어 왔으며 독자적인 사고와 고난과 난관을 거쳐서 긍정적 면을 발휘하게 된 것처럼 문학 작품의 주인공도 내면적 갈등과 비판적인 세례를 받고서 긍정 인물이 될 때에야만 진실성을 가지고 인민에게 산 교양으로 됩니다.

바로 『괴멸』의 주인공 레빈손이 그러했고 『강철은 어떻게 단련되였는가』의 꼬르챠낀이 그러한 인물입니다. 그들은 자기들의 초상만이 각이했던 것이 아니라 그들의 성격이 사회적 환경의 온갖 곤난과 장애와 충돌되는 데서, 성장하는 과정에서 각이하게 형성되였습니다. 우리는 그들에게서 산 심장을 느끼게 되며 우리와 흡사한 심리 상태를 발견하게 됩니다. 때문에 그들의 고민은 우리의 고민으로 되며, 그들의 환희는 우리들의 환희로 되면서 그 뚜렷한 개성이 예술적 일반화를 갖고 우리를 그처럼 감동시키는 것입니다.

변희근의 「보리 마당」이나 강형구의 「출발」 같은 단편들은 모두 개인농의 협동 조합에 들어가는 사회적 문제성을 제기하면서도 결국은 현실 생활의 복잡하고도 다양한 풍모들을 왜소하게 하는 결과를 가져오고 있습니다. 그것은 이 작품들이 사회주의 사실주의의 현실 긍정면 만을 고집하고 사물에 대한 변증법적 인식이 없고 준렬한 비판적 정신을 포기했기 때문입니다. 개인농을 어서 하루 바삐 협동 조합에 가입시켜야겠다는 정치적 긴급 과업만을 념두에 두고 너무도 조급히 이 결론에 달려 갔기 때문에 농민의 의식 속에 그처럼 뿌리 깊이 박혀져 있는 소생산자적인 개인 소유의 낡은 심리적 잔재도 비판함이 없이 그저 작중의 인물을 정치적 구호의 전성관으로 만들어 버렸습니다. 이런 데서는 도저히 생활의 진실이 반영될 수 없습니다.

어떤 국가적 행사나 명절날에 바치는 시를 쓸 때 김우철, 김북원, 박문서, 홍순철, 원진관 등 시인의 시들이 서로 두 개의 물방울처럼 흡사한 구호시로 된 원인도 여기에 있습니다.

그것은 이 시인들이 개성적으로 노래하지 못하고 다만 명절날의 일반적 의의만을 서술하기 때문입니다.

오랜 시 창작의 경력을 가지고 벌써 해방 전에 「진달래」, 「산제비」, 「강동의 품」과 같은 개성적인 훌륭한 작품을 내놓은 시인 박팔양, 박세영, 안룡만 같은 동무들도 최근에 이와 류사한 시들을 발표하고 있는 사실은 유감한 일이 아닐 수 없습니다.

시인은 시위날의 프랑카트를 높이 쳐들은 행렬의 기수가 아니라 인간 정신 내부의 가장 훌륭하고 아름다운 것들, 매 개인의 다양한 개성, 그리고 특히 이 모든 것들을 조성하는 힘을 우람차게 노래하는 가수인 것입니다. 그러기 위해서는 현실을 대하는 시인의 사고가 유물 변증법적 세계관에 립각하여야 할 것이며 생활에서 새 싹을 비판적으로 포착하여 내는 능력을 구비해야 할 것입니다.

더구나 갈등을 자기의 생명으로 하는 극 작품에서 현실 긍정에만 조급하고 비판성을 포기할 때 우리는 리동춘의 「새길」과 같은 현실 미화의 작품을 대하게 됩니다.

이처럼 사회주의 사실주의 창작 방법을 현실 긍정의 면에서만 보려는 데 우리 작품의 일부를 도식주의의 함정에 떨어뜨리게 한 주요한 요인이 있습니다.

때문에 우리의 일부 도식주의적 작품들을 생활을 몰리해하고 그의 변증법적 발전을 무시하고 다만 자기식으로 현실을 걷치레했습니다. 고난과 부닥치면 도피하거나 눈을 감거나 그렇지 않으면 그 고난를 허위적으로 감소하거나 하면서 사람의 의식 속에 잠복한 완강한 낡은 잔재와는 정전 협정을 체결하고 말았습니다.

이것이 사회주의 건설을 방조하는 문학이 될 수 없는 것은 자명한 사실입니다.

이와 같은 결과는 사회주의 사실주의의 각양한 기능을 일면적으로 적용한 데만 그의 중요한 착오가 있는 것이 아니라 우리들이 지금까지 문학에 있어서의 전형성 문제를 아주 그릇되게 인식한 데도 있습니다.

다 아는 바와 같이 맑스-레닌주의 미학의 중심적 문제의 하나는 전형성 문제입니다. 사회주의 사실주의의 문학의 발전 여하는 오로지 이 문제의 성과적인 해결에 달려 있으며 정확하고 심오한 이 문제의 인식은 예술 작품의 사상적 예술적 수준의 제고를 위한 투쟁을 크게 고무하게 될 것입니다.

그런데 우리는 한때 선진 쏘베트 문학 리론 중에서 일부 평론가들이 범한 오유를 기계적으로 답습함으로써 전형성 문제를 정치성의 발현으로만 인식했으며 전형화의 방법은 반드시 과장하여야만 되는 줄로 알아 왔습니다.

여기서부터 우리는 부지부식간에 생활의 다양한 모습과 그의 변증법적 발전 과정을 거부하게 되였으며 력사적 구체적 환경을 망각하는 결과를 가져 오게 되였습니다.

이것은 곧 창작에서의 개성적 다양성을 포기하고 일정한 도식을 안출하여 이와 대치하는 후과를 가져 왔습니다.

전형화는 개성적이며 구체적이며 감흥적인 미학적 형식으로 생활현상과 개성을 일반화하고 그 일반성을 다시 개성화하는 예술에서의 창작 수단인 것입니다.

전형적 형상에는 현실 생활의 보다 성격적인 특질이 반영되여야 하며 어디까지나 현실의 기계적 재현이나 사진식 복사가 허용되지 않습니다.

보다 전형적인 것은 현실의 특질을 보다 광활하게 보급하되 그것은 시종 선명한 개성, 개별적인 운명, 뚜렷한 화폭의 본질을 해부하여 놓아야 합니다. 도식적인 작품들은 우리 생활의 특질을 전형적으로 보일 수 없습니다.

왜냐하면 그것은 현상의 외피를 겉핥기만 하고 심오한 내면 세계를 드러내지 못하기 때문입니다.

우리의 일부 작품들이 따분하고 저조하며 류형적이며 도식적이라는 독자들의 항의는 정당한 것입니다. 그러한 결함들은 현실을 반영함에 있어서 자기의 독자적 법칙을 소유하고 있는 문학 예술의 특수성에 대한 작가들의 홀시와 무지에서 유래하는 것입니다.

그리고 그 홀시는 전형성을 정치성의 발현으로만 본 결과이며 이것은 나아가서 전형적인 것을 다만 사회 력사적 현상의 본질에 귀착시키여 문학 예술을 다른 리론 과학 및 선진 수단들과 동일시했을 뿐 아니라 그것은 동시에 문학 작품을 사회학적 비속화의 견지에서만 평가하고 규격화하는 견해에 길을 열어 주게까지 되였던 것입니다.

우리들은 여기서 우리의 일부 평론가들이 왕왕 문학 작품을 다만 사회학적 견지에서 그 주제를 해설하고 그 주제의 의의로써 작품의 가치를 규정하는 일들이 얼마나 많았던가를 상기할 필요가 있습니다.

여기서부터 작품에 담겨진 작가가 말하려는 의도와 내용만 좋으면 형상성과 형식 표현 등 일체의 기교는 비난하지 않으려는 페풍도 생겨 나왔습니다.

그런데 우리 작품 가운데 과연 어떤 작품이 그렇게 내용이 나빴습니까? 모두가 다 좋은 주제를 들고 해설했던 것이며 모두가 다 잘 일하고 평화스럽게 잘 사는 내용이 아닙니까? '적극적 주제'니 '기본 주제'라는 작품의 사회학적 견지에서의 평론은 사회주의 사실주의를 다만 현실 긍정의 창작 방법으로 해석하는 것과 또 그 긍정을 일면적으로 강조하게 하는 것과 마찬가지로 모두 예술을 기성적인 어떤 '틀'에 맞출 것을 강요하는 결과를 가져 오게 하였습니다.

그런데 우리 일부 작가들은 생산 문제와 관련된 자료의 산더미 속에 주인공을 틀어 박아 숨 막히게 하는가 하면 창의 고안 운동의 단순한 해설이나 선진 영농법 혹은 어떤 금방 발표된 법령을 해설하는 데 자족하고 있습니다.

조정국의 단편 「싹」이나 허춘, 김덕운 합작의 희곡 「세멘트」 등이 사회주의적 의의, 정치성의 발현 등을 작품에서 일면적으로 강요하고 예술적 형상성을 잊어버린 나머지 결국은 생산 과정만을 번잡스럽게 진렬하는 결과를 가져 왔으며, 가끔 시사적인 문제를 들고서 비교적 성과를 내군하는 변희근도 최근 그의 단편 「안해」에 와서는 조급한 정치적인 안목에 사로잡혀 인물들을 생동하게 전형적으로 살리지 못하고 해설로써 인물을 처리한 불만을 우리들에게 주고 있습니다.

전형적인 것을 다만 사회 력량의 본질로서만 귀착시키는 정의는 개성화의 요구를 무시하게 되며 번쇄 철학적인 오유를 범하게 됩니다.

예술 작품에서 전형화는 일반화와 개성화의 유기적 통일에서 지어지며 그 어느 것이 앞서고 뒤서는 것이 아니라 호상 유기적으로 침투되면서 동시에 진행되는 데 그 특성이 있습니다.

이것은 작가들이 이러저리한 형상의 물결에서 본질적인 것을 캐여 내며 그것들을 호상 련계 속에서 예술화하는 능력을 말합니다.

적은 진실을 많이 라렬하고 생활의 중요 진실을 망각할 때 작품은 잡다하여지며 전형적 성격을 모호하게 만들고 맙니다.

박연암은 이에 대하여 "글 하는 사람의 중요한 결함은 항상 방향을 못 잡고 요령을 얻지 못하는 데 있다. 방향을 못 잡으면 한 글자도 쓸 수 없어 지둔하고 난잡하지 않을 수 없으며 요령을 얻지 못하면 아무리 세밀하게 늘어 놓더라도 결국 중심점을 흐리게 하고 만다. 이는 마치 패퇴하는 장수가 길을 잃어버린 동시에 탔던 말이 가지 않으며 적군의 긴장한 포위 속에서 뚫고 나갈 기마대가 먼저 도망한 것과 같다"고 말하였습니다.

또 하나 우리의 작품을 도식적 구호적으로 만든 리론적 면에서의 오유는 전형적 형상 창조에서 의식적 과장은 모든 쟌르에서 필수적이라는 독단주의였습니다.

이러한 번쇄 철학적인 견해는 많은 작품의 종말을 피상적인 락천주의에로, 무사 태평주의에로, 경사로운 종말로 결속짓게 하는 결과를 가져 왔습니다.

연극에 등장하는 당 위원장은 대개는 행동은 하지 못하고 결정서를 전달하는 정치적 확성기로 되였으며 대부분의 긍정적 주인공은 별로 한 일도 없이 종말에 가서 꽃다발을 안기우거나 어딘가 공부를 가는 경사로운 종말로 미화되며 시에 있어서의 서정적 주인공은 "앞으로 나아가자!"하고 웨치는 데 그치는 것도 이 의식적 과장설이 모든 쟌르에 기계적으로 적용되였기 때문입니다.

여기서부터 우리 문학에도 개인 우상화가 나타났습니다. 력사적 탁월한 인물을 그리거나 전투 혹은 로력에서의 영웅, 그리고 어떤 특수한 인물을 그리는 데 있어서 생경한 정치적 개념에만 사로잡히고 구체적이며 개성적인 감동적 형상을 주지 못했기 때문에 공허한 웨침, 감정의 허위적 호소, 아첨적인 우상화를 피치 못하게 되였습니다.

이것 역시 긍정적 면의 의식적 과장이라는 명제 밑에 저질러졌으며 예술의 정치성을 그야말로 다만 정치적으로만 강조하고 문학 예술의 고유한 특성과 감성적인 표현과 개성적인 독창적 형식을 경시한 데서 생겨난 현실 미화의 도색으로 떨어지고 만 것입니다.

예술에서의 의식적 과장은 희극이나 풍자 같은 사회 비판적 쟌르에서는 절대적으로 필요한 수법입니다.

그러나 이것이 모든 쟌르에 한결같이 평등적으로 적용될 때 작품은 생활의 진실을 담지 못하게 되며 도식에 빠지게 됩니다.

진정한 사회주의적 락천주의는 이처럼 의식적으로 과장된 경사로운 종말에 있는 것이 아니라 주인공의 적극성, 그의 보람찬 행동, 그의 부단한 사색이 세계 변혁, 즉 혁명에로 지향되는 때 개화되는 것입니다.

사회주의적 락천주의는 디켄쓰의 과장된 경사로운 종말에 있었던 것이 아니라 파제예브의 『괴멸』과 『청년 근위대』의 영웅적인 비극적 종말에 깊이 숨쉬고 있습니다.

"매 얼굴—이는 찌쁘다. 그러나 그와 동시에 그것은 완전히 개성이 되여야 한다"라고 엥겔스는 예술의 전형화에 대하여 말했으며 레닌은 이에 대하여 "예술 작품의 모든 진수는 개성적인 환경에서 성격의 분석에서 그 찌쁘의 심리에서 찾아야 한다"라고 지적했습니다.

이 귀중한 교훈을 살려서 일반성을 포괄한 하나의 찌쁘, 개성적인 일반적 전형화를 창작에 구현하려면 작가들은 무엇보다도 사물에 대한 변증법적 관찰력을 가져야 하며 사회주의 사실주의가 예술 창작에 보장하여주는 온갖 위력 있는 무기—즉 창조적 이니시야티브의 발휘, 각양한 형식, 쓰찔의 다양성, 쟌르 선택의 특별한 가능성 등을 자기 것으로 소유하고 자유롭게 구사할 줄 알아야 할 것입니다.

문학 예술의 특수성을 고려하지 않고 정치적 명제와 문학의 주제를 직접적으로 동일시하며 작품의 쓔제트와 주인공의 운명을 정치적 구호로 도해하는 그런 도식주의를 다시는 허용해서는 안 되겠습니다.

도식주의는 생동한 문학 형상을 심장과 피가 없는 창백한 시체로 만들어 버리며 자연주의와 마찬가지로 우리 작품에서의 생활적 진실의 반영을 거부합니다.

때문에 전후 우리 문학을 보다 다채롭게 보다 풍부하게 보다 만발하는 화원으로 만들려고 할 것 같으면 무엇보다도 우리 대렬에서 도식주의를 추방해야 하겠습니다.

그러나 아직 우리들 가운데는 문학에 있어서의 도식주의의 해독성을 절실히 깨닫지 못하는 폐단이 적지않습니다.

어떤 사람은 내용이 좋으니 형식은 부차적 문제가 아니냐고 하는가 하면 또 어떤 누구는 내용은 좋지만 형식이 부르죠아적이라고 하며, 세번째의 누구는 형식은 훌륭하지만 내용이 나쁘다고 합니다. 이것은 모두 정리되지 않은 잡다스러운 견해들인 것입니다.

우리한데 명백한 것은 제아무리 내용이 좋으려고 해도 형식이 커다란 정서적 영향력을 가지고 있는 감성적—구체적이며 개별적—개성적인 형상적 특징들을 구비하지 못하였을 때 그 내용은 좋아질 수 없으며 어떠한 형식이건 내용을 본질적으로 선명하게 적극 살려주는 형식이면 그것이 이른바 형식주의에 떨어질 수 없으며 그와 반대로 무사상적 내용을 담은 훌륭한 형식은 존재할 수 없다는 진리입니다.

도식주의와 함께 우리 문학 작품을 빈곤하게 하려는 위험한 적성은 기록주의적 편향입니다. 도식주의가 어떤 기성의 틀을 가지고 현실을 대함으로써 생활의 진실을 외곡시킨다면 기록주의는 예술의 형상과 생활 자체를 혼돈하면서 현실의 본질적인 것과 우연적인 것을 구분하지 못하는 자연주의의 변종인 것입니다.

여기서 속단과 억측을 피하기 위하여 도식주의의 본질과 그의 발생을 오인하는 그릇된 견해를 첨부하여 설명할 필요를 느끼게 됩니다.

도식주의는 워낙 미학적으로는 작품의 내용에 대한 속학적 견해와 직접적으로 련결되여 있는 주관주의적 창작 태도의 발현으로 되는 것입니다. 이미 밝혀진 바와 같이 문학 작품에 있어서는 작가의 사상이 곧 작품의 내용으로 되는 것은 아닙니다. 작가에 의하여 선택된 일정한 생활 현상 즉 객관적 모멘트와 작가의 세계관—사상 즉 주관적 모멘트가 형상적으로 통일되는 곳에 작품은 형성되는 것입니다. 그리고 형상적 형식과 그의 모든 요소들의 사명은 그 내용을 진실하고 생동하게 전달하는 데 있는 것입니다. 그럼에도 불구하고 작가의 사상이 작가의 평가를 통하여 선택되여진 생활 현상과 형상적으로 통일되여지지 못하고 작가의 사상성만이 인공적인 확성기를 통하여 직선적으로 울려나올 때에 그것은 독자들을 예술적으로 감동시킬 수 없는 도식주의적 작품이 되는 것입니다. 즉 문학 예술의 고유한 개성적인 형식, 쓰찔 등이 무시되기 때문입니다.

그런데 우리들 가운데 어떤 사람은 우리 문학의 일부를 틀어 쥐고 있는 도식주의적 경향의 발생이 우리가 당의 정책 및 그에 의거한 구체적 과업을 자기 작품의 주제로 선택하는 때문이라고 잘못 인식하고 있습니다. 당의 정책이란 결국 사회 발전의 객관적 법칙에 의거하여 인민 생활의 리익을 집중적으로 표현하는 것입니다. 오늘 우리 당의 정책은 실지 생활 속에서 항상 인민 대중에게 접수되여 거대한 물질적 력량으로 장성되고 있으며 새로운 것의 전진 운동을 촉진시키고 군중 가운데서 무수한 새로운 인간 찌쁘를 육성하여 주는 거대한 역할을 놀고 있습니다. 인간 생활의 반영인 우리의 문학이 우리 나라의 이러한 산 생활과 불가분리의 관계에 있는 당의 정책을 자기 작품의 주제로 도입한다는 것은 당연한 일입니다.

다만 문제는 그 당의 정책—즉 생활의 목적을 인간의 산 현상 즉 그것을 사고하고 실천하는 성격의 창조로써 뵈여 주지 못하고 그 정책의 복사로써 그 정책 해설로 인간을 조종하고 성격화하려는 데서 도식주의는 파생되는 것입니다. 더구나 작가의 고유한 형식 쓰찔 구성 등이 선택되지 못하였을 때 그 작품은 벌거숭이 전성관이 될 수밖에 달리 도리는 없을 것입니다.

우리들은 우리 문학을 좀먹는 도식주의와 기록주의적인 편향을 급속히 퇴치하기 위하여 하루바삐 경쟁적으로 매 작가마다 기교 연마에 주력을 기울여야 하겠습니다. 훌륭한 사상적 내용을 충분히 개성적으로 살리는 데 손색이 없는 직업적이며 전문적인 고도의 기술을 체득하여야 하겠습니다.

이름을 보지 않고도 곧 그 작품의 작가를 알아낼 수 있는 문장의 고유한 쓰찔을 체득하여야 하겠으며 다채롭고 특출한 구성과 형식으로써 현실의 보라색 분식이나 인위적 과장이 없이 비판적으로 생활의 진실을 작품 속에 반영하여야 하겠습니다.

그러기 위해서는 무엇보다도 꾸준한 작가적 노력이 있어야 하겠습니다.

우리 중의 카프 시대에 활약한 작가들은 자기들의 문학 수업을 가시덤불로 된 '좁은 문'을 거쳐서 쌓아 올렸습니다.

그 당시에 있어서는 작가의 사업을 고귀한 정신적 창작으로 평가하는 제도는 고사하고 호구할 수 있는 원고료의 보장도 거의 없었습니다.

그리고 카프 작가의 문학 활동의 보수로서 기다리고 있는 것은 투옥과 고문이였을 뿐입니다. 그러나 당시의 작가들은 문학을 위대한 일반적 프로레타리아 사업의 한 부분으로 사회 발전 또는 혁명의 '하나의 유일한 바퀴의 라사못으로' 알고 창작을 신성한 투쟁으로 했으며 투쟁을 창작으로 알았습니다.

그런데 오늘 해방후 우리 작가들이 처해 있는 환경은 어떻습니까? 우리들의 사회적 위치는 얼마나 달라졌습니까!

정말 문학을 안일한 분위기 속에서 취미적으로 하려는 소시민적 근성을 송두리채 빼여버려야 하겠습니다.

5. 작품의 문제성에 대하여

동지들!

나는 우리의 일부 작품들이 따분하고 저조하며 류형적이며 도식적이라는 독자들의 비난을 정당한 것이라고 다시 한번 접수합니다.

우리 일부 작품이 재미 없는 병집을 나는 문학에서의 문제성의 결여에서 찾아 보려고 합니다.

최근 대회를 앞두고 우리 중의 일부 시인들과 평론가들 사이에는 서정시를 중심으로 론쟁이 벌어졌었습니다. 누구는 서정시에 있어서의 서정적 주인공은 시인 자신을 말한다고 고집했으며 그와 의견을 달리하는 사람은 서정적 주인공은 시인 자신도 되며 그 어떤 제삼자도 되여 나아가서는 군중의 대변인으로도 된다고 주장했습니다. 그러던 나머지 이번에는 서정시에 갈등을 요구하는 것은 독단적인 주관설이라고 론박하면, 그를 반대하는 의견으로서는 서정시에서 새것과 낡은 것의 모순 갈등이 반드시 직접적인 형태로 노래되여야 하는 것이 아니라 현실의 인공적 도색을 거부하는 것이라고 답변하고 있습니다.

나는 이러한 론쟁들이 모두 작품의 기본 빠포쓰로 되는 문제성과 긴밀히 련결되여 있다고 생각합니다.

내가 말하려는 작품의 문제성이란 어떤 작품의 쓔제트를 도해하면서 나가는 정책이나 생산 문제의 시기성을 념두에 둔 것이 아닙니다.

내가 말하려는 작품에서의 문제성이란 인간의 개별적 운명까지를 포괄하는 인류의 일반적 진리, 항구적인 사회적인 문제성을 념두에 둔 것입니다.

문학 작품에서의 문제성 여부는 그 작품이 가지는 생명의 장단을 결정하는 데도 주요한 비결로 됩니다.

작품의 문제성은 작가의 철학적 사색과 깊이 련결되여 있습니다. 작가의 사색이 인간과 사회의 특수적 개별적인 것과 동시에 일반적 보편적인 것을 포괄하는 철학적 사고의 심오성을 가지면 가질수록 작품의 문제성도 심각하여질 것이며 정중하여지는 것입니다.

작품의 문제성은 또한 언제나 개성화할 수 있고 일반화시킬 줄 아는 작가의 비상하고 특출한 형상적 수단과도 직접적으로 련결되여 있습니다. 작가에게 형상력이 결여되였을 때 제기된 문제성은 공허한 구호로 변하며 집행되지 않는 결정서로 화하고 말기 때문입니다. 개성적이면서도 강력한 일반성을 가진 창조적 생활을 거쳐서야만 작품의 문제성은 인류의 심금을 울리는 철학적 사색으로 됩니다.

물론 「보리 마당」, 「출발」 같은 단편 소설에도 문제성은 있습니다. 그것은 개인농들이 협동 조합에 들어 감으로써 우리 나라 농촌 경리는 부강하여진다는 문제성을 가지고 있습니다. 그러나 이러한 긴급하면서도 당면한 문제성이 개인의 심각한 내면적 세계의 발굴이 없이 전달될 때 우리는 거기서 사회적인 문제거리로서 흥분할 수 없습니다. 거기에는 철학이 후퇴하고 사색이 빈곤하여지고 다만 시사성의 해설만이 뼈따귀처럼 앙상하게 드러나기 때문입니다.

작품의 문제성은 언제나 계급적인 두뇌 인류의 고상한 인도주의에 안받침되여져야 합니다. 이것이 훌륭하게 심각하게 작품의 기본 빠포쓰를 이루울 때 사소한 문제성도 사회적 반향을 일으키게 되며 모든 계층의 심장들을 한결같이 격동시켜 줄 것입니다. 이러한 의미에서도 박연암의 작품들은 고전적 구감으로 됩니다.

작가는 「량반전」에서 단지 량반들의 무위하고 추악한 생활면들을 폭로했을 뿐만 아니라 인간의 로력을 착취하고 무위 도식하는 곱사둥이와 같은 봉건적 통치 계급은 소멸되여야 하며 소멸되면서 있으며 그 대신 다른 새 시대가 오고야 만다는 사회적 문제성을 크게 취급하였으며 명작 「범의 꾸중」에서는 위선이라는 죄악을 사회적으로 넓게 문제화했습니다. 박연암의 작품이 오늘 우리들한데 애독되는 원인은, 그가 풍자 작가로서 예리한 비판성, 풍부한 해학성, 특출한 구성과 독창적인 문장의 힘을 가진 데도 있지만 결국 교양적 미학적 큰 요소들은 그의 인도주의와 결부된 사회적 문제성에 있습니다.

쉑쓰피어의 「오셀로」도 속학적 사회학적 견지에서만 본다면 오셀로의 데즈데모나에 대한 사랑과 질투, 즉 한 남편의 안해에 대한 멜로드라마로 되고 말 것입니다. 그러나 그 탁월한 극문학이 수백년을 두고 모든 사람을 흥분시키는 것은 오셀로의 데즈데모나에 대한 살해가 야고의 그 악독한 개성에서 구현된 중상과 비방과 리간이라는 간악한 죄악에 대한 불타는 증오와 인간에 대한 믿음이라는 높은 인도주의적 문제성으로 형상화되였기 때문입니다.

작품의 문제성을 살리려면 작자는 풍부한 예술적 환상의 소유자로 되여야 합니다. 예술적 환상은 생활의 진실을 선명하게 완전하게 보이기 위하여 절대로 필요한 주요 창작 수단입니다.

창작적 환상은 언제나 자기 주관적 기호에서 되는 것이 아니라 목적 지향성과 유기적으로 련계되여 있습니다.

예술적 환상은 작가의 사상이 원숙하여질 때에만 날개를 펼치는 법입니다.

작가의 사상이 영웅주의적으로 여물었을 때야만 작품의 주인공들은 영웅적 행동을 하게 될 것입니다. 그렇지 못하고 주인공이 별반 곡절과 풍파 없이 허풍선처럼 공훈을 세운다면 그것은 작중의 주인공이 허수아비처럼 작자의 조작에 의하여 탈춤을 춘 데 불과할 것입니다.

여기서는 예술적 환상이 날개를 펼 수 없으며 생활의 진실을 폭넓게 선명히 보여 줄 수 없습니다.

김영석의 『젊은 용사들』이나 윤세중의 『도성 소대장과 그의 전우들』에서 우리 인민 군대들은 용감하며 대담하며 빛나는 공훈들을 많이 세웁니다. 그러나 이 작품들이 작가들의 착상이나 의도와는 어긋난 방향을 독자들 가운데서 일으키고 있는 것은 거기 취급된 내용이 무사상적이거나, 비전형적이거나 혹은 군사 규정에 맞지 않기 때문이 아닙니다.

그 원인은 다름아닌 작가들의 사상이 주인공들의 영웅적 행동을 발현시킬만큼 영웅적인 것으로 원숙되지 못한 데 있으며 때문에 그것은 두드러지게 형상화할 예술적 환상이 꽃피지 못했기 때문입니다. 그것은 또 쉽게 말해서 조국에 대한 사랑이라는 커다란 개념이 작자의 문제성으로서 이 작자들에 의하여 제기되지 못한 데 있습니다.

인물의 특징, 성격의 특유성은 결코 초상의 외면적 설계로서는 형성되지 않습니다. 꼬마 전사의 일상적 습관이나 외모를 아무리 섬세하게 묘사해도 꼬마 전사의 성격은 개성화되지 못합니다.

주인공의 독자적인 생각, 그 인물의 고유한 심리 과정이 묘사되지 않고는 예술의 개성화도 있을 수 없으며 문제성의 예술적 일반화도 기대할 수 없습니다.

주인공의 독자적인 생각이 없거나 생활에 대한 개성적인 관계가 없다면 어떻게 주인공의 개성이 생기겠습니까! 독자들은 문학 예술 작품에서 생활적 진실을 느낄 뿐만 아니라 미학적 감흥을 받으려고 합니다. 그런데 그렇게 만드는 것은 다름아닌 우리를 흥분시키는 작품의 문제성이며 정서이며 심리 묘사입니다.

인류의 환희와 고통, 행복에로의 지향과 원쑤에 대한 증오, 이와 같은 미학적 사회적 문제성과 결부되지 않을 때 작품의 갈등은 우연한 충돌로 떨어지고 맙니다.

갈등은 모든 쟌르의 문학 작품에서 문제성을 두드러지게 하며 특히 극 문학에서는 심장과 같은 역할을 놀고 있습니다.

우수한 작가의 첫째가는 능력은 생활을 온갖 모순 속에서 보며 거기서 정당한 갈등을 찾아내는 힘입니다. 여기서 생활의 진실이 반영됩니다. 생활의 진실을 쓴다는 것은 생활 속에서의 난관, 그의 모순, 그의 갈등을 보며, 그것을 자기 작품에 진실하고 정직하게 반영함을 의미합니다. 만약 작품에 거대한 생활적 갈등이 반영되지 않는다면 긍정적 주인공의 활동은 없고 그는 결국 실재적이 아닌 사람으로 되고 말 것입니다.

작가들이 생활의 흐름에서 이때까지 누구도 알아 내지 못했던 새로운 갈등을 발견했거나 이전에는 발견되지 못했던 새로운 생활 측면과 방금 발생되고 있는 새로운 현상들에 자기 주목을 돌리게 되고 그것들을 심각하게 다면적으로 또한 독창적으로 형상화하게 되면 작품의 첫 성공은 약속될 것입니다.

그러나 모든 훌륭한 조건들도 작가의 높은 인도주의적 문제성과 결부되지 않으면 그만치 작품의 생명은 무게 있게 되지 못할 것입니다.

물론 서만일의 희곡 「가족」이나 박령보의 희곡 「젊은 세대」나 리북명의 소설 「새날」에도 우리 사회의 전진 운동을 지체시키는 낡은 것과 그것을 극복하고 나아가려는 새것과의 갈등은 있었습니다.

그러나 이 작품들에는 그 새것의 힘을 일반화하는 문제성이 심각하게 안받침되여 있지 못했습니다. 따라서 작품은 우리를 교양하여 주는 커다란 사회적 흥분에로 이끌어 주지 못했으며 달리는 도식주의에로 떨어지고 말았던 것입니다.

더구나 백인준의 희곡 「최 학신의 일가」는 숭미 사상을 폭로하는 것이 작가의 의도였으나 옳바른 사회적 문제성을 제기 못했을 뿐만 아니라 계급 투쟁에 대한 문제성이 적 진영 내부의 자연 소멸에로 잘못 설정되였기 때문에 갈등은 단순한 개별적 충돌에로 전락되고 말았던 것입니다.

우리들의 소설이나 연극에서 그 많은 주인공들이 로력에 대하여 말할 때 기술 전습서를 읽는 것 같고, 심지어는 달밤에 사랑을 속삭이는 장면에 가서도 우리의 정서적 공명을 자아내지 못하는 것은 모두 그 죄가 작가의 원숙한 사상에서 울려나오는 인류의 항구적인 문제성과 인연이 없이 피상적으로 그려졌기 때문입니다.

문학 작품에 있어서의 미학적 사회적 철학적 문제성은 비단 산문이나 극 문학 쟌르에만 요구되는 것이 아닙니다.

만약 어떤 단시의 개성적이고 독특한 시상이 서정적으로 우리를 감동시킨다면 우리는 반드시 거기서 작가가 제기하는 문제성과 만나게 될 것입니다.

동지들!

우리는 여기서 잠간 우리 평론가들의 사업에 주목을 돌려야 하겠습니다.

우리 평론가들은 그 수효가 아주 적은 데도 불구하고 많은 평론 활동들을 하고 있습니다.

그러나 그들의 활동이 독자와 작가들을 만족시켜 주지 못하는 것은 그들이 실로 자기 평론에 문제성을 들고 나오지 못하는 데 있습니다.

우리는 작품 주제의 시기성이나 쓔제트의 시사성을 해설하는 평론과는 자주 만나게 되나 그 작품에 깊이 깔려 있는 작가의 철학적 사색과 작가가 내놓은 사회적 문제성을 일반화하고 특징짓는 평론은 만나기 힘듭니다.

일부 평론가들의 이러한 피상적 평론 활동은 세 가지 약점에서 생겨난다고 보아도 무방할 것입니다. 그 첫째는 평론가들이 현실 생활을 모르는 데서 평론가로서의 철학적 사색과 미학적 관점을 빈곤하게 만드는 점에 있습니다.

두번째는 선진 문학에서 론의되는 명제들을 기계적으로 받아 들여서 맹목적으로 추종하는 나머지 독단주의에 떨어지는 점이며, 세째로는 사회학적 비속화의 관점으로 이 일면만을 안일하게 적당하게 해설 처리하려는 데서 적당히 작품의 쓔제트나 설명하는 데 그치고 마는 것입니다.

그런가 하면 사소한 론쟁에 어성과 핏대를 돋구거나 작가를 질식시킬 독설을 퍼붓습니다. 이것은 론쟁의 예리성을 얻으려는 데서 오는 것인지 모르나 원칙적인 문제성이 없는 곳에 평론은 예리하여질 수 없습니다.

평론가들은 자신들로부터 현실 생활의 연구로써 자기들의 생활 경험을 풍부히 하고 군중적 관점으로 시야를 넓히며 작가에게 미학적 사회적 문제성을 제기하는 동시에 독자들의 독서에서 얻은 교양을 조직하여 주어야 하겠습니다.

그리고 나는 여기서 아울러 작가들이 평론 사업에 적극 참가할 것을 거듭 강조합니다. 이 길만이 우리 문학 평론 활동을 더욱 활발하게 할 것입니다. 이렇게 하려면 우선 작가이건 평론가이건 일체의 안일성을 버려야 하겠습니다.

안일성은 생활로부터 우리를 리탈하게 하며 사회주의 문화 건설의 긴요한 과업에 대하여 우리를 무책임하게 하며 악과 이색 분자들과의 투쟁에서 저항력을 상실케 하며 집단에서 도피를 낳게 할 것입니다.

뿐만 아니라 안일성은 우리들이 당 문예 정책을 받들고 현재 조선 문학을 건설하는 전투 부대로서의 정예성을 마비케 할 것입니다.

6. 동맹 지도 사업 개선에 대한 몇 가지 제안

동지들!

나는 마지막으로 우리의 모든 창작 사업을 더욱 왕성하게, 더욱 정력적으로, 더욱 원만하고도 합법적으로 진행시키기 위하여 동맹 지도 사업에서의 몇 가지 개선안을 내놓으려 합니다. 동무들의 집체적인 협의에 의하여 대회를 계기로 하고 동맹 지도 사업에 획기적 전환을 가져오도록 할 것을 기대합니다.

첫째로 동맹 중앙 위원회 상무 위원회의 역할과 기능을 개편하여야 하겠습니다. 현재까지의 상무 위원회의 위원들의 실질적인 지도 사업에의 참여가 없고 또 그들이 동맹 실정에 어두움으로 해서 문제가 제기된 후이거나 이미 채택된 결정을 형식적으로 거수 가결하고 통과시키는 그런 죽은 기구로 되였습니다.

여기서부터 동맹 지도부에 집체적 협의와 집체적 결정이 원만하게 수행되지 못하는 약점을 가져 오게 되였습니다.

이번 대회에서는 새로운 상무 위원회를, 실질적으로 나와서 일상적 사업과 련계를 맺을 수 있는 해당 쟌르의 권위자로써 선거 구성하고 그 위원들로 하여금 한 주일에 적어도 2회씩은 동맹에 나와서 자기 기능에 따라 분과와 출판사 사업에 지도적 방조를 주게 하여야 하겠습니다.

다음은 각 분과들의 창작 지도 사업인바 현재 우리가 하는 지도 방식은 현 실정에 맞지 않으며 이미 낡았다는 것을 승인하지 않을 수 없습니다.

각 분과 위원회들은 동맹내의 핵심 부서로서 문학상에 제기되는 문제들에 대한 리론적 지도와 창작 지도 사업이 기본 임무인 데도 불구하고 종래에는 보다 많이 행정 사업에만 몰두하였습니다.

동맹의 행정 사업이 작가들의 창작 사업에 충분히 종속되지 않았기 때문에 사무 기관화하는 경향조차 나타내고 있었습니다. 작가 동맹은 무엇보다 창작 사업을 위한 자기들의 집단인만큼 작가들의 창작상 문제들이 항상 활발하게 토의되여야 할 것입니다.

각 분과 위원회는 종래의 일률적, 평균주의적 원고 륜독 사업에서 한 걸음 벗어나야 하겠습니다. 특별히 위원회에서 자기 원고를 집체적으로 검토하여 줄 것을 희망하는 작가를 제외하고는 모든 작가의 원고들을 직접 해당 출판사 편집부로 넘겨 주는 데로 발전적 이행을 해야 하겠습니다.

종전 대로 매 작가가 제출하는 원고를 지방과 분과 기타에서 륜독하고 시정을 권고하는 사업방식에서는 불가피적으로 각 분과의 기능이 원고더미에 파묻히게 되며 편집부 사업을 초보적으로 대행하는 사업에서의 이중성과 몇 명 안 되는 분과 위원들의 륜독에서 오는 작품 시정 방향이 실질적으로 작가를 도와주지 못할 뿐만 아니라 때로는 작품의 개성을 죽이는 약점들이 로출되고 있습니다.

각 분과 위원회들은 종래 일률적으로 진행하던 원고 륜독 사업을 버리고 각 분과 본신 사업인 작품의 출판후 합평회, 리론적 미학적 문제의 집체적 연구 등에로 돌려져야 하겠습니다.

그러면 분과와 편집부와의 이중 관문에서 생기던 작품에 대한 의견의 차이가 작가를 혼란케하던 결점이 제거될 것이며 편집부에서의 원고 처리의 일원화는 그만큼 작가에게 집중적이며 단일적인 방조를 줌으로써 작품의 발표가 그만큼 활발하여질 것입니다.

그 대신 각 분과 위원회는 사전에 준비된 작품 합평회와 리론적 연구회에 자기 력량을 집중시키고 발표된 작품의 구체적인 분석으로써 창작 경험들을 일반화시키고 맑스-레닌주의적 미학 리론들을 구명하는 연구회들로써 리론 수준을 높이는 결과를 가져 오게 될 것입니다.

이렇게 지도 사업의 목적과 방법이 달라진다면 현재의 상임 제도로부터 대담하게 각 분과 위원회들을 비상임 제도로 개방할 수 있다고 생각합니다.

그러나 여기서 촌시라도 잊어서는 안 될 것은 이 개선은 오로지 작가들과 분과 위원들의 고도로 자각된 규률과 당적인 책임감과 사업에의 헌신적 적극적 참여를 각오하는 열성에서만 보장될 것입니다.

그러면 매일 산적하여 오는 신인들의 작품은 어떻게 처리하여야 할 것입니까?

신인들을 계통적으로 육성 지도하기 위하여 우리 동맹에는 직속 작가 학원과 기관지 『청년문학』이 있습니다. 그러나 이것으로써는 날로 장성하여 가는 신인 부대의 문학적 열의를 충당시켜 줄 수 없습니다.

동맹에는 신인 지도부를 새로 설치하여야 하겠습니다. 신인 지도부는 상임으로 되여서 일상적 지도 공작을 담당하여야 할 것이며 거기에는 각 쟌르별 유능한 중견 작가들로써 상무 지도원들을 두어야 할 것입니다. 그래서 이 상무 일꾼들은 신인들의 작품을 정독하고 필요에 의하여 꾸준한 개작을 권고할 것이며 이미 수준에 오른 작품들은 해당 편집부에 보내서 발표케 할 것이며 일상적으로 신인들과 구체적 련계를 맺고 서한 지도를 해야 할 것이며, 계획을 세워서 신인 좌담회, 문학 강연회, 창작 쎄미나르 등을 조직하여 계통적으로 체계 있는 지도 사업을 전개하여야 하겠습니다.

평론 분과 위원회와 아동 문학 분과 위원회는 자기 위원회를 전문가 외의 권위자로써 보충 강화할 필요가 있다고 생각합니다. 그것은 평론과 아동 문학 창작 사업에 많은 력량을 동원하는 데 도움이 될 것이며, 특히 평론은 문학 전반에 관한 미학적, 리론적인 문제이기 때문에 다른 작가들과 상호 접촉에서 어려운 문제를 해결하는 데 집체적 도움을 받을 것입니다.

비상임제로 된 모든 분과 위원회들은 자기들의 위원회 성원들을 지방 작가들을 포함하여 확대할 필요가 있으며 월별 계획에 의한 합평회나 연구회에 지방에 파견되여 있는 작가들을 소집하여 집체적 지혜를 동원할 필요가 있습니다.

현재 있는 각 분과 위원회 외에 역시 비상임 위원회로서 두 개의 분파를 신설할 필요가 있다고 생각합니다.

그것은 고전 연구 분과 위원회와 남조선 문학 분과 위원회입니다.

고전 연구와 문학 유산의 계승은 사회주의 사실주의 문학 발전에 있어서 중요한 부분으로 되고 있습니다.

고전 연구와 문학 유산의 계승 문제는 우리 문학 발전이 요구하는 수준에 아직 따라서지 못하고 있습니다. 그것은 현재 이 부분을 담당하고 있는 평론 분과 위원회로서는 그 기능이 약하기 때문입니다. 우리는 이 부문의 전문 일꾼들을 한곳에 집중시킬 필요가 있다고 생각합니다. 그래서 고전 연구 분과에서는 전문적으로 우리 나라의 풍부한 문화 유산을 발굴 정리하며 계승 문제의 리론적 실천적 방법들을 연구해내야 하겠습니다.

우리 나라의 민화, 전설, 속담, 민요, 동화 등등의 인민 구두 창작을 적극적으로 수집하여 출판하여야 하겠으며 거기 력사적인 고증과 해제 사업도 병행되여야 하겠습니다.

또는 과거 시기의 고전 작품들은 계속 체계를 세워 출판하는 사업도 진행하여야 하겠습니다.

현재 우리 가운데는 고전 계승 문제에 있어서 잡다한 속학적 견해가 나타나고 있는바 그중의 어떤 것은 고전 계승을 복고주의로 오인하고 있으며, 어떤 것은 고전의 현대적 개작을 서두르는 속단도 있습니다. 앞으로 생길 고전 연구 분과 위원회는 이러한 면에서 리론적 문제들로 해명하여 옳바른 고전 계승 문화 유산의 풍부한 발전에 기여하여야 하겠습니다.

우리 작가 동맹은 전 조선적 현대 조선 문학의 운명을 지니고 있으며 전 조선적 문학의 지도 사업을 담당하고 있습니다. 그럼에도 불구하고 사태는 여기까지 가지 못하고 있습니다. 우리는 오늘의 남조선 문학을 연구하기는커녕 전혀 그 실정조차 잘 모르고 있습니다.

참을 수 없는 인공적 분계선에 의하여 미군과 리승만 도당의 탄압

아래 있는 남조선 문학의 현상은 복잡합니다. 거기에는 딸라에 량심을 팔고 소위 미국식 생활 양식을 선전하는 민족 배신자로 된 작가들이 있으며 또는 현재의 생활에서 환멸을 느끼고 미제의 문화를 거부는 하면서도 염세주의 속에서 배회하는 데까단 문학파들도 있으며 민족의 량심을 가지고 남반부에서의 현존 제도를 반대하고 인민의 리익을 대변하는 애국적인 작가들도 있습니다.

그러나 우리는 이 실정을 상세하게 알지 못하고 있습니다. 모르고서는 지도할 수도 방조할 수도 없습니다.

우리는 이 점에서도 주인다운 배려와 세심한 주목을 돌려야 하겠습니다. 앞으로 생길 남조선 문학 분과 위원회에서는 우선 남조선 문학의 자료들을 수집하여 전문적으로 체계적으로 분석 연구하여야 하겠습니다. 그래서 남조선 문학에 대한 평론 강연회, 연구회 등을 개최할 것이며 남조선 작가들의 진보적 작품들을 우리 출판물에 게재도 할 것이며, 탄압 받는 남조선 작가들의 권리를 옹호하는 대책도 강구할 것이며, 그러한 작가들을 고무 격려하는 조치도 있어야 하겠습니다. 이러한 모든 사업은 현대 조선 문학 수립에 기여할 뿐만 아니라 조국의 평화적 통일 위업에도 기여로 될 것입니다.

먼저 말한 각 분과 위원회들의 비상임 제도에로의 개선은 편집부 강화 사업과 혈연적 련계를 가지고 있습니다.

종래 해오던 각 분과에서의 사전 원고 검토와 륜독이 없어진 이상 동맹 출판사 편집부는 첫째로 편집 위원회를 능동적으로 적극 운영하여야 할 것이며 작품 채택이 편집부에로 일원화된만큼 작품을 옳게 선택하고 작가에게 구체적 방조를 줄 수 있는 유능한 간부 작가들로써 편집 일꾼들을 보장하여야 하겠습니다.

동맹 상무 위원회는 편집 일꾼으로써 아낌없이 유능한 작가를 제공하는 대책을 세우는 동시에 그 작가들로 하여금 계속 현실에 접근하고 자기 자신의 창작도 보장하도록 배려 깊은 조건을 보장하여 주어야 하겠습니다.

그리고 각 기관지와 단행본 편집부는 각기 독립적인 편집 위원회와 독립적인 주필 제도로 하여 상호 긴밀한 련계와 협조를 보장하는 한편 출판의 질을 제고시키기 위한 사회주의적 경쟁을 전개하여야 하겠습니다.

마지막으로 우리는 현지 파견 작가들의 사업을 재 검토하여야 하겠습니다.

우리 동맹이 취하여 온 작가들의 현지 파견 사업은 훌륭한 조직적 대책이였습니다.

그러나 여기에서도 약한 고리가 있습니다. 그것은 작가들이 생활 속에 깊이 침투되여 많은 생신한 소재를 수집했고 고귀한 경험들을 체득하였음에도 불구하고 공작 맡은 사업 분량이 많아서 작품을 구상하고 창작할 시간이 적다는 실정입니다.

우리는 대회 기간을 거쳐서 현지 작가들의 실정을 구체적으로 료해하고 매 개인의 능력과 실정과 희망에 따라서 개별적인 대책을 세워주어야 하겠습니다. 동시에 동맹 상무 위원회는 계속 많은 작가들을 공장, 기업소, 농촌 등 생활이 들끓는 현지에로 파견하는 사업을 강화하여야 하겠습니다.

친애하는 동지들!

나는 이상에서 전후 우리 문학의 현 상태를 중점적으로 분석하였으며, 그 약점들을 지적하였으며, 동맹 지도 사업 개선에 대한 나의 초보적인 방안을 내놓았습니다. 이제는 동지들의 진지한 토론과 집체적 총의에 의해서 문제가 해결될 것이며 오직 그것의 강력한 집행이 있을 따름입니다.

조선 로동당 제3차 대회가 우리 문학 앞에 제기한 과업들을 우리 작가들은 한결같이 책임성있게 당적으로 수행하여야 하겠습니다.

우리는 우리 나라의 5개년 인민 경제 계획의 성과적 완수에 수응하는 각자의 치밀한 창작 5개년 계획을 수립하고 그의 실천을 위하여 정력적으로 완강한 작가적 노력을 자기 사업에 경주하여야 하겠습니다.

작가 동맹은 우리 당의 문예 정책을 높이 받들고 현대 조선 문학의 건설을 위한 작가들의 단결된 동맹이며 집단입니다.

우리는 작가 동맹을 창작 활동의 전당으로, 맑스-레닌주의 미학의 연구실로, 문학의 실험실로, 동지들에 대한 협조와 우애와 친선의 고향집으로 만들고 더욱 명랑하고 전투적인 태세로써 우리들의 영예로운 당적 사명을 수행합시다.

— 한설야(외), 『제2차 조선 작가 대회 문헌집』,
조선작가동맹출판사, 1956(1956. 12. 25).

천리마 시대의 문학 예술 창조를 위하여

—조선 문학 예술 총 동맹 결성 대회에서 한
한 설야 동지의 보고—

친애하는 동지들!

오늘 우리들은 우리 나라 문학 예술 발전에 있어서 새로운 력사적 전진을 의미하는 조선 문학 예술 총 동맹 결성 대회를 가지게 됩니다.

돌이켜 보면 1946년 3월 북조선 문학 예술 총 동맹을 결성한 때로부터 15 년이 경과하였으며 1953년 9월 문학 예술 각 부문의 독자적 기능을 육성 강화하기 위하여 문예총을 발전적으로 해소한 때로부터 일곱 해 반이 경과하였습니다.

이 기간에 우리 인민은 조선 로동당과 김 일성 동지의 령도 밑에 북반부에서 세기적인 혁명 과업들을 승리적으로 수행하였으며 위대한 건설 사업을 진행하였습니다. 그 결과 우리의 생활은 근본적으로 전변되였으며 나라의 면모도, 사람들도, 조국의 산천까지도 다 몰라보게 변하였습니다.

해방 후 16 년 간의 조선 인민의 력사는 김 일성 동지가 말씀한 바와 같이 제국주의자들의 무력 침공과 온갖 침략적 책동을 격파하고 조국의 자유와 독립을 지켜 낸 영광스러운 투쟁의 력사이며 중첩되는 난관을 뚫고 폐허 우에 인민들이 살기 좋은 풍족한 새 사회를 건설한 위대한 창조의 력사입니다.

해방된 조선 인민은 김 일성 동지를 수반으로 하는 우리 당의 정확한 령도하에 북반부에서 진정한 인민 정권을 수립하고 제반 민주 개혁을 승리적으로 수행함으로써 우리 나라를 세기적 락후성과 암흑 속에 몰아 넣었던 사회 경제적 근원들을 단시일 내에 청산하였습니다.

그 결과 북조선은 락후한 식민지 반봉건 사회로부터 인민 민주주의 사회로 전변되였으며 조선 혁명의 강력한 민주 기지로 발전하게 되였습니다.

이 거대한 력량은 3 년 간의 가렬한 조국 해방 전쟁에서 미제를 괴수로 하는 16 개 제국주의 국가들의 무력 침공을 격퇴하고 조국의 독립과 영예를 수호하는 력사적 승리를 쟁취할 수 있게 하였습니다.

미제에 의하여 도발된 3 년 간의 전쟁은 나라의 생산력을 혹심하게 파괴하였

『조선문학』 163, 1961. 3.

천리마 시대의 문학 예술 창조를 위하여

: 조선 문학 예술 총 동맹 결성 대회에서 한 한설야 동지의 보고

친애하는 동지들!

오늘 우리들은 우리 나라 문학 예술 발전에 있어서 새로운 력사적 전진을 의미하는 조선 문학 예술 총 동맹 결성 대회를 가지게 됩니다.

돌이켜 보면 1946년 3월 북조선 문학 예술 총 동맹을 결성한 때로부터 15년이 경과하였으며 1953년 9월 문학 예술 각 부문의 독자적 기능을 육성 강화하기 위하여 문예총을 발전적으로 해소한 때로부터 일곱 해 반이 경과하였습니다.

이 기간에 우리 인민은 조선 로동당과 김일성 동지의 령도 밑에 북반부에서 세기적인 혁명 과업들을 승리적으로 수행하였으며 위대한 건설 사업을 진행하였습니다. 그 결과 우리의 생활은 근본적으로 전변되였으며 나라의 면모도, 사람들도, 조국의 산천까지도 다 몰라보게 변하였습니다.

해방 후 16년 간의 조선 인민의 력사는 김일성 동지가 말씀한 바와 같이 제국주의자들의 무력 침공과 온갖 침략적 책동을 격파하고 조국의 자유와 독립을 지켜 낸 영광스러운 투쟁의 력사이며 중첩되는 난관을 뚫고 페허 우에 인민들이 살기 좋은 훌륭한 새 사회를 건

설한 위대한 창조의 력사입니다.

해방된 조선 인민은 김일성 동지를 수반으로 하는 우리 당의 정확한 령도하에 북반부에서 진정한 인민 정권을 수립하고 제반 민주 개혁을 승리적으로 수행함으로써 우리 나라를 세기적 락후성과 암흑 속에 몰아 넣었던 사회 경제적 근원들을 단시일 내에 청산하였습니다.

그 결과 북조선은 락후한 식민지 반봉건 사회로부터 인민 민주주의 사회로 전변되였으며 조선 혁명의 강력한 민주 기지로 발전하게 되였습니다.

이 거대한 력량은 3년 간의 가렬한 조국 해방 전쟁에서 미제를 괴수로 하는 16개 제국주의 국가들의 무력 침공을 격퇴하고 조국의 독립과 영예를 수호하는 력사적 승리를 쟁취할 수 있게 하였습니다.

미제에 의하여 도발된 3년 간의 전쟁은 나라의 생산력을 혹심하게 파괴하였으며 인민 생활을 극도로 령락시켰습니다.

그러나 중공업의 우선적 장성을 보장하면서 경공업과 농촌 경리를 동시에 발전시킬 데 대한 우리 당의 총 로선의 정확성과 전후의 중첩하는 곤난을 극복하고 당의 정확한 경제 정책을 관철하기 위한 근로자들의 영웅적 투쟁에 의하여 쑥밭처럼 되였던 인민 경제는 급속히 복구 발전되였습니다. 력사적인 우리 당 중앙 위원회 1956년 12월 전원 회의 결정 정신을 받들고 군중적 혁신 운동에 궐기한 우리 나라 근로자들은 사회주의 건설에서 새로운 앙양을 가져 왔으며 5개년 계획을 2년 반 동안에 완수하는 획기적인 성과를 달성하였습니다.

또한 우리 나라에서는 전후 불과 4~5년 내에 농업 협동화와 개인 상공업의 사회주의적 개조가 승리적으로 완성되였으며 사회주의적 생산 관계가 인민 경제의 모든 부문을 전일적으로 지배하게 되였습니다.

사회주의 혁명이 결정적으로 승리한 기초 우에서 사회주의 건설은 대고조에 들어 섰으며 전체 근로자들은 천리마의 기세로 사회주의의 높은 봉우리로 주름잡아 달리고 있습니다. 우리 로동자들은 제손으로 현대적 설비와 신형의 각종 기계들을 생산하며 대규모의 공장과 기업소들을 건설하는 위력한 기술의 주인으로 되였으며 우리 농민들은 수리화와 전기화가 기본적으로 완성되고 기계화가 전면적으로 진행되고 있는 농촌에서 자연을 개조하며 천재 지변을 모르고 계속 생산을 증대시키는 사회주의적 집단 경리의 주인으로 되였습니다.

이리하여 우리 인민은 짧은 기간 내에 착취와 빈궁을 영원히 청산하고 우리 나라를 자립적인 경제 토대를 가진 공업—농업 국가로 전변시켰으며 지금 7개년 계획의 높은 봉우리를 점령하기 위하여 계속 천리마의 기세로 보람찬 투쟁을 전개하고 있습니다.

이 모든 위대한 변혁들은 해방 후 우리 문학 예술이 전례 없이 급속하게 발전할 수 있는 물질적 토대를 되였습니다.

주지하는 바와 같이 공화국 북반부에 확립된 사회주의 제도는 인민 대중의 물질적, 정신적 생활을 비약적으로 발전시키고 풍부화시켰으며 이제까지를 착취자들에게 억압되였던 근로자들로 하여금 창조적 재능을 자유롭게 발양시킬 수 있게 하였습니다. 해방 후의 우리 문학 예술은 진실로 이러한 해방된 인민 대중의 창조적 재능에 의하여 개화 발전된 새로운 문학 예술입니다. 우리 문학 예술의 해방 후 력사는 불과 16년이란 시일밖에 경과하지 않았습니다. 그럼에도 불구하고 우리의 문학 예술은 과거 어느 시기의 그것에도 비할 수 없는 진정한 인민의 문학 예술로서 전체 군중 속에서 꽃피고 있으며 그의 사상 예술적 수준은 벌써 우리 나라의 국한된 범위를 넘어서 국제 무대에서도 높은 평가를 받고 있습니다.

해방 후 우리 문학 예술의 이러한 급속한 개화 발전은 무엇보다도 우리 당 문예 정책의 정확성과 지도의 현명성을 확증하는 동시에 우리 당이 다른 분야에 있어서와 마찬가지로 문학 예술 분야에서도 빛나는 승리를 쟁취하였다는 것을 말하여 줍니다.

일찌기 레닌은 사회주의 문화 건설의 복잡성과 곤난성에 대하여 다음과 같이 지적하였습니다.

"문화 분야에서 제기되는 과업은 정치적 및 군사적 과업들처럼 그렇게 빨리 해결할 수는 없다… 위기가 첨예화된 시기에 있어서 정치적으로 승리하기 위해서는 몇 주일의 시일밖에 안 걸린다. 전쟁에서는 몇 달 동안에 승리할 수 있다. 그런데 문화 분야에서 승리하자면 이러한 기간으로써는 불가능하다.

문제의 본질로 보아 여기에서는 보다 더 장기간이 요구된다. 따라서 자기의 사업을 고려하여 최대의 완강성, 강의성 및 조직성을 발휘하면서 이보다 긴 기간에 순응되여야 한다."

우리 당은 해방 직후 새로운 민족 문화 건설을 위한 정확한 로선을 제시하고 문학 예술 분야에서의 이러한 특성들을 충분히 고려한 데로부터 완강성과 조직성을 발휘하여 모든 난관과 애로를 타개하고 오늘의 찬란한 문학 예술의 개화를 보장하였는바 이는 문학 예술 분야에서의 우리 당 정책의 위대한 승리로 됩니다.

다 아는 바와 같이 우리 당은 1945년 10월 해방 직후의 복잡한 국내외 정세 속에서 김일성 동지의 령도하에 맑스-레닌주의적 새 형의 당으로 창건되였으며 여기에서 당의 정확한 정치 로선과 조직 로선이 천명되고 확립되였습니다. 이에 기초하여 새로운 민족 문화 건설에 관한 우리 당의 기본 방향이 규정되였으며 그것은 철두철미 레닌적 당성 원칙에 의거하였습니다.

김일성 동지는 1946년 3월에 발표한 20개조 정강에서

"민족 문화, 과학 및 예술을 전적으로 발전시키며 극장, 도서관, 라지오, 방송국 및 영화관의 수효를 확대시킬 것"과 "과학과 예술에 종사하는 인사들의 사업을 장려하며 그들에게 보조를 줄 것"을 선포하여 새로운 민족 문화 건설에 관한 강령적 대책들을 제시하였습니다.

이 력사적인 정강에는 문화와 예술 사업이 그 어떤 개인의 사사로운 사업이 아니라 국가적인 사업으로 진행되여야 하며 당 사업의 일

부분으로 되여야 한다는 레닌적 당성 원칙이 명백하게 제시되여 있습니다.

우리 당의 문예 로선은 1946년 5월에 있었던 김일성 동지의 연설 「문화와 예술은 인민을 위한 것으로 되여야 한다」를 위시한 교시와 문학 예술에 관한 당 결정서들에서 일층 구체적으로 천명되였습니다. 즉 이 강령적 문헌들에는 문학 예술에서 당 정책을 철저히 관철시키며 공산주의적 당성, 계급성, 인민성을 고수하는 문제, 작가, 예술가들의 맑스-레닌주의 사상으로의 무장과 인민 생활과의 련계를 강화하는 문제, 그것을 위하여 현실을 혁명적 발전 과정에서 력사적 구체성으로 묘사할 것을 요구하는 사회주의적 사실주의 창작 방법을 고수하고 발전시키는 문제들이 구체적으로 천명되였습니다. 이와 함께 우리 나라의 풍부하고 우수한 고전 유산과 전통을 계승 발전시키며 쏘련을 비롯한 선진적 외국 문학 예술과의 교류를 활발히 하는 문제, 군중 문화 사업의 적극적인 전개와 함께 문학 예술의 후비대를 광범히 육성하는 문제, 문예 전선에서 부르죠아 사상과의 투쟁을 강화하는 문제 등 당 문예 정책의 기본 방향이 명백히 제시되였습니다.

우리 당의 이 정확한 문예 로선을 우선 남조선에서 미제의 고용 간첩 박헌영 도당에 의하여 조작된 반동적인 '문화 로선'에 대하여 결정적인 타격을 주었으며 전체 작가, 예술가들을 우리 당의 주위에 결속시켜 새로운 민족 문화 건설의 전투적 과업 수행에로 추동하는 원동력이며 고무력으로 되였습니다. 우리 당의 문예 정책은 전투적인 맑스-레닌주의의 미학 원칙에 립각하여 그것을 우리 나라 현실에 창조적으로 적용하고 발전시킨 데서 우리 나라 문학 예술 분야에서의 거대한 생활력으로 되였습니다. 우리 당은 무엇보다도 1930년대 김일성 동지를 선두로 한 공산주의자들이 항일 무장 투쟁 행정에서 문학 예술 사업을 조직 지도한 풍부한 경험과 전통에 의거하면서 레닌적 당성 원칙으로 문학 예술 사업에 대한 당적 지도를 일관시켰습니다. 우리 당은 당의 문학 예술 부대를 꾸리며 조직적 지도를 보장하기 위하여 1946년 3월 북조선 작가, 예술가 대회를 소집하고 해방 직후 각지에서 자연 발생적으로 산생된 문학 예술 단체들을 유일한 조직적 력량으로 묶어 세운 북조선 문예총을 결성하였습니다. 이리하여 북조선 문예총은 당과 김일성 동지의 직접적인 지도하에 카프 작가, 예술가들을 핵심으로 하여 전체 진보적 작가, 예술가들을 집결시켰으며 문학, 연극, 미술, 음악, 무용, 영화, 사진 등 각 동맹을 망라하여 문학 예술 분야에서 당 정책을 관철시키는 작가, 예술가들의 집체적 지도 기관으로 출현하였습니다.

북조선 문예총은 그 후 1951년 3월 전쟁의 불'길 속에서 '남조선 문화 단체 총련맹'과의 련합 대회를 가지고 전국적 조직체인 '조선 문학 예술 총 동맹'으로 발전하였습니다. 또한 정전 직후에 열렸던 1953년 9월 전국 작가, 예술가 대회에서는 각 동맹의 조직적 및 창조적 력량을 한층 강화하며 그의 독자적 기능을 발양시키는 조치를 취하였습니다. 그리하여 문예총의 조직 체계를 발전적으로 해소하고 산하 각 동맹을 단일한 동맹 조직체로 개편하여 '조선 작가 동맹', '조선 미술가 동맹', '조선 작곡가 동맹' 등의 새로운 발족을 보게 하였습니다. 이와 함께 기타 부문 예술 일'군들이 자기들이 사업하는 창조 집단들에서 직접 공작하게 하였습니다. 그 결과 전후 시기에 있어서 인민 경제의 급속한 복구 발전과 더불어 우리 작가, 예술가 대렬도 군중 속에서 급속히 장성하였습니다. 해방 직후 문예총 결성 당시에 겨우 몇 백 명에 불과하였던 작가, 예술가 대렬은 오늘보다 싫이 8천여 명에 달하고 있으며 그 중 대부분은 해방 후 우리 근로자들 속에서 자라난 신인들입니다.

오늘 우리들은 이처럼 비약적으로 장성된 작가, 예술가 대렬의 토대 우에서 다시금 '조선 문학 예술 총 동맹'을 결성하게 됩니다. 그러나 오늘 우리가 결성하는 문예총은 그 조직적 성격에 있어서 과거의 문예총과 동일한 것은 아닙니다. 우선 그 조직 체계에서부터 해방 초기에는 문학 예술 각 분야의 동맹 조직체를 가진 기초 우에서 문예총을 결성한 것이 아니고 우로부터 조직이 내려 가게 되였으며 따라서 각 동맹이 아직 원만하게 자기 기능을 발휘할 수 없었습니다. 그러므로 초기에 있어서 문예총은 산하 각 동맹의 대렬을 확대하면서 그것들이 독자적인 기능을 가지도록 키우는 것을 주되는 과업으로 내세웠습니다. 그리고 그 사업이 소기의 성과를 이룩한 때에 문예총을 발전적으로 해소하는 동시에 새로 상술한 세 동맹을 결성하였으며 그 결과 급속히 발전 강화되는 전후의 정치 경제적 토대 우에서 작가, 미술가, 작곡가 등 세 동맹과 매개 창조 집단들이 계속 자기 대렬과 창조적 성과를 확대하게 되였습니다.

그러나 우리 문학 예술 대렬의 급속한 장성과 함께 객관적 현실 발전에 따라 오늘 우리 문학 예술 앞에 제기된 혁명적 과업 수행은 새로운 조직적 대책을 필요로 하게 되였습니다. 즉 우리 나라에서의 사회주의의 결정적 승리와 정치, 경제, 문화의 전면적 앙양에 따라 급속히 제고된 인민 대중의 생활과 문화의 발양 속에서 각 동맹과 창조 집단들이 자기의 독자적 기능을 높이면서 군중 속에서 새로이 자라나는 문화 예술인들로 자기 대렬을 급속히 확대시킨 기초 우에서 현실의 보다 높은 혁명적 발전 과정에서 제기되는 문학 예술 각 부문 간의 긴밀한 련계와 협조의 필요성에 대답하여 각 동맹과 여러 집단들을 재정비하고 재편성하여 각 부문 동맹 조직체를 완비하는 동시에 이들의 새로운 련합체로서 총 동맹을 결성하게 되였습니다. 따라서 오늘의 문예총 결성은 그 어느 때보다도 문학 예술 분야에서 당 정책을 관철시키는 작가, 예술가들의 집체적 지도 기관으로서 지도 체계를 확립하며 우리 문학 예술의 통일적 발전을 보장하는데 있어서 거대한 의의를 가집니다.

다 아는 바와 같이 우리 당은 시종일관 사상 전선에서의 당의 전투 부대로서 작가, 예술가 대렬을 육성 강화하며 조직 사상적으로 공고화하는 데 깊은 관심과 배려를 돌려 왔습니다. 김일성 동지는 우리 당의 문예 로선을 천명한 「문화와 예술은 인민을 위한 것으로 되여야 한다」에서 문화 예술 일'군들에게 다음과 같이 강조하였습니다.

"오늘 당신들은 정치 문화 전선에 있어서 중요한 임무를 가지고 있습니다. 오늘 조선에 있어서 당신들에게는 당신들의 입을 통하여, 당신들의 붓대를 거쳐서 반동 세력을 배격할 책임이 있으며 민주주의적 발전을 위하여 새 사회를 건설하여 나아갈 책임이 있는 것입니다."

당과 김일성 동지는 우리 작가, 예술가들이 무엇보다도 새로운 조국 건설의 투사로 될 것을 요구하였으며 작가, 예술가들의 창조 사업이 우리 당에 의하여 지도되는 력사적인 매 시기의 혁명 과업 수행과 직접 련결되여 철두철미 우리의 혁명 위업 달성에 복무할 것을 명시하였습니다. 이 모든 일은 작가, 예술가들을 강력한 당적 작가, 예술가 부대로 육성 발전시키며 문학 예술 창조 사업에서 레닌적 당성 원칙을 보장하는 조치로 되였습니다. 동시에 그것은 우리 문학 예술 발전에 대한 당과 김일성 동지의 지도와 배려가 얼마나 컸는가를 실증하여 주고 있습니다.

당과 정부는 우리 작가, 예술가들의 모두가 국가적으로 보조를 받으면서 아무런 생활상 불편이 없이 진정으로 자유로운 창작 및 예술 활동을 하도록 보장하여 주었으며 또 주고 있습니다.

특히 우리 당은 문학 예술 창조 사업의 일상적인 지도에 있어서 레닌적 당성 원칙을 고수하고 현실의 혁명적 발전에서 외면하며 현실로부터 리탈하려는 이른바 부르죠아적 '창작의 자유'에 대하여 결정적 타격을 가하는 동시에 하나는 전체를 위하여 전체는 하나를 위하여 일하는 새로운 인간 전형 창조에서 작가, 예술가들의 예술적 개성의 발양과 창조적 자유를 백방으로 보장하면서 다양하고 풍요한 사회주의적 예술의 개화를 촉진시켰습니다.

주지하는 바와 같이 최근 년간에 국제 수정주의자들은 제국주의의 사상적 주구로서 그의 추악한 목적을 추구하기 위하여 사회주의적 사실주의 문학이 마치도 그 어떤 외부로부터 강요된 문학이며 따라서 거기에는 개성적인 '창작의 자유'가 없는 것처럼 떠벌리였습니다. 그러나 당과 김일성 동지의 정확한 지도 밑에 당의 문예 전사로 육성된 우리 문학 예술 부대는 국제 수정주의자들의 진공을 분쇄하고 문학 예술에서 레닌적 당성 원칙을 더욱 견결히 옹호하고 사회주의적 사실주의 기치를 더욱 높이 들었습니다. 수정주의자들은 이미 레닌에 의하여 여지없이 격파된 부르죠아 반동 작가들의 낡아 빠진 잠꼬대를 되풀이하면서 문학 예술이 사회주의를 위하여 복무하는 것을 부자유로 인정하며 또한 문학 예술이 사회주의와 목전의 혁명 투쟁으로부터 리탈하고 당의 령도를 거부하는 것을 소위 '창작의 자유'라고 말합니다. 그러나 이와 같은 잠꼬대에 기만 당하기에는 우리 문화의 혁명적 전통이 너무나 혁혁하며 우리 당의 령도가 너무나 현명했습니다.

사회주의, 공산주의를 위하여 복무하며 근로 대중을 위하여 복무하는 우리 문학 예술의 숭고한 당성은 작가들로 하여금 부르죠아적 개인주의 세계관의 속박으로부터 벗어 나 인민 대중과의 련계를 강화하고 인민 생활 속에서 풍부한 창작적 원천을 얻어 내게 합니다. 인민의 생활이야말로 무궁무진한 창작의 바다입니다. 그러나 부르죠아 사회는 작가, 예술가들에게 이 바다에서 생활의 진실을 탐구하는 것을 억제하고 자유롭게 말하지 못하게 합니다. 오직 인민이 주인으로 되고 있는 사회주의 제도하에서만 진실의 탐구가 백방으로 보장되여 있으며 따라서 여기에서만 력사 발전의 합법칙성에 의하여 안받침되는 진정한 창작의 자유를 말할 수 있는 것입니다. 해방 후 우리 문학 예술은 문학 예술이 사회 및 정치로부터 '독립'되여야 한다고 떠벌리는 기만적이며 허위적인 부르죠아 '순수 예술'을 폭로 비판하고 오직 현실의 혁명적 발전과 우리의 혁명 위업을 달성하기 위한 당 정책 관철에 복무하는 레닌적 당성 원칙에 립각한 창조적 력량으로서의 당적인 문학 예술로 장성 발전하였습니다.

그리하여 그 당연한 결과로서 우리 문학 예술은 그 어떤 개인의 출세나 탐욕의 목적에서가 아니라 그야말로 "나라의 꽃이며 힘이며 미래인 수백 수천만 근로자들에게 봉사"하는 진정으로 자유로운 문학 예술로 꽃피게 되였습니다. 해방 후 우리 문학 예술에서 이러한 당성의 고수는 무엇보다도 그의 교양적, 사회 개조적 역할에서 더욱 구체적으로 발현되였습니다. 다 아는 바와 같이 력사적인 매 시기에 채택된 우리 당의 중요한 결정들과 김일성 동지의 교시는 항상 레닌적 당성 원칙으로 일관되였으며 그것은 우리 문학 예술의 사상 예술성을 제고하는 문제와 아울러 근로자들에 대한 계급 교양과 공산주의 교양을 중심적 과업으로 내세웠습니다.

즉 평화적 건설 시기에 제반 민주 개혁의 승리적 수행과 함께 전개한 일제 사상 잔재의 숙청과 사상 의식 개변 투쟁, 조국 해방 전쟁 시기 우리 문학 예술이 싸우는 인민들의 수중에서 예리한 사상적 무기로 될 것을 요구한 김일성 동지의 교시, 전후 시기 우리 당 중앙위원회 1955년 4월 전원 회의 결정과 1958년 11월 김일성 동지의 교시 「공산주의 교양에 대하여」 등은 이 사실을 실증하여 주고 있습니다. 따라서 우리 문학 예술은 이러한 당 사상 교양 사업의 중요한 일익을 담당하고 전체 인민을 사회주의적 애국주의로 교양하며 사람들의 사상 의식을 개조하고 공산주의적 새 인간의 형성을 촉진시키는 것을 가장 영예로운 사명으로 하였으며 그 실현을 위하여 투쟁하였습니다. 두말할 것 없이 문학 예술의 이러한 사상 교양적, 사회 개조적 역할은 무엇보다도 사회주의적 사실주의 문학 예술만이 원만하게 감당할 수 있습니다. 왜냐 하면 근로 대중을 사회주의, 공산주의 사상으로 교양하는 것은 사회주의적 사실주의가 존재하기 시작한 첫날부터 그의 고유한 속성으로 되였기 때문입니다. 그러므로 해방 후 우리 문학 예술은 해방 전 카프 문학 예술과 항일 무장 투쟁 시기의 혁명적 문학 예술이 확립한 사회주의적 사실주의의 우수한 전통을 계승하고 그것을 더욱 풍부화시키면서 사회주의적 사실주의 발전의 길을 걸어 왔습니다. 그리하여 맑스-레닌주의 세계관으로 비추어 낸 생활의 진실, 력사적 구체성으로 묘사된 현실의 혁명적 발전 과정에서의 인간 생활의 풍부성 등으로 특징 지어지는 사회주의적 사실주의는 해방 후 우리 문학 예술의 유일한 창작 방법으로 되였습니다. 우리 당은 작가, 예술가들의 사회주의적 사실주의에 대한 심오한 체득을 위하여 일상적인 배려를 돌렸으며 특히 작가, 예술가들이 맑스-레닌주의 세계관으로 무장하고 인민 생활과의 련계를 강화할 데 대하여 당적 지도와 방조를 주었습니다. 김일성 동지는 해방 직후에 벌써 "문화와 예술을 인민을 위한 것으로 되여야 한다"고 하시면서 작가, 예술가들에게 대중 속에 들어 가서 대중이 알아 들을 말을 하며 대중이 원하는 글을 쓰며 대중의 요구를 표현하며 해결하며 대중과 같은 의복을 입으며 대중에게서 배우며 또한 대중을 배워 주어야 한다고 교시하였습니다. 또한 우리 당 제3차 대회에서 한 김일성 동지의 보고에는 "문학, 예술인들이 맑스-레닌주의로 무장하고 인민 대중의 생활 속에 더욱 깊이 파고 들어 간다면 그들은 우리 사회의 전형을 옳게 포착할 수 있을 것이며 그들의 작품은 우리 인민의 기대와 요구를 충족시킬 수 있을 것입니다"라고 지적되여 있습니다. 이 교시에서도 명백한 바와 같이 우리 작가, 예술가들이 맑스-레닌주의로 무장하는 문제와 인민 생활과의 련계를 강화하는 문제는 호상 유기적으로 관련되여 있는 문제입니다. 그리하여 우리 작가, 예술가들은 맑스-레닌주의 학습을 계속 강화하는 동시에 평화적 건설시기부터 생산 현장으로 들어 갔으며 조국 해방 전쟁 시기에는 가렬한 포화 속을 뚫고 종군하여 전사들과 생활을 같이 하면서 창조 사업과 예술 활동을 하였으며 그것은 오늘까지도 우리들의 자랑으로 되고 있습니다.

전후 시기에는 이제까지의 고귀한 창조적 경험을 토대로 하여 작가, 예술가들의 현지 생활을 정상화하는, 한층 계획적인 조치들이 취하여졌습니다. 특히 김일성 동지의 작가, 예술가들에게 주신 1958년 10월 14일 교시와 「공산주의 교양에 대하여」의 강령적 문헌을 우리 작가, 예술가들을 당적 사상 체계와 공산주의 사상으로 더욱 튼튼히 무장하며 공장과 농촌의 사회주의적 로동에 직접 참가하면서 현실 생활을 연구하고 체험하고 그 속에서 창조하는 당의 붉은 문예 전사로 되게 하였습니다. 그리하여 우리 작가, 예술가들은 사회주의적 로력 투쟁 속에서 자신을 단련하고 근로자들과의 생활적 련계를 더욱 강화하였으며 이는 전후 문학 예술의 새로운 창작적 앙양을 가져 오게 한 중요한 요인으로 되였습니다.

그리하여 우리 작가, 예술가들의 이러한 현실 침투와 인민 생활과의 련계의 강화는 오늘의 사회주의적 사실주의의 당면 요구인 높은 현대성으로 우리의 문학 예술을 더욱 심화 발전시켰습니다.

해방 후 우리 문학 예술에 일관된 풍만한 현대성—그것은 우리 문학 예술이 혁명 발전의 매 단계에서 제기되는 력사적 과제에 얼마나 충실하였는가를 중시하는 동시에 우리 문학 예술의 당성과 혁명성의 표징으로 됩니다.

실로 우리 당의 정확한 령도하에 우리 작가, 예술가들이 근로자들 속에서 풍부한 생활 체험을 쌓고 우리 문학 예술이 선차적으로 현대성을 구현하고 있는 것은 우리 작가, 예술가들의 공적으로 되며 긍지로 됩니다.

그러나 해방 후 우리 문학 예술의 급속한 개화 발전은 그것이 빈 터전 우에서 이루어진 것은 아닙니다. 그것은 우리 나라의 유구한 인민적 문화 전통과 혁명 전통을 옳게 이어 받은 토대 우에서 이룩된 것입니다. 따라서 여기에는 선행한 민족 문화 유산 특히 카프 및 항일 무장 투쟁 시기의 창조적 성과를 계승 발전시키며 쏘련을 비롯한 선진적 국제 문화를 광범히 섭취할 데 대한 우리 당의 정확한 문예 정책이 중요하게 안받침되여 있습니다.

김일성 동지는 이미 해방 직후에 새로운 민족 문화 건설에 있어서 배타적 민족주의와 민족적 허무주의의 편향들을 극복할 데 대하여 교시하였으며 그 후에도 여러 차례에 걸쳐서 주체의 확립을 위하여 교조주의와 민족적 허무주의를 반대하여 투쟁하도록 교시하면서 고전 유산 계승에 있어서 계승과 혁신에 관한 맑스-레닌주의 미학 원칙을 천명하였습니다.

특히 김일성 동지는 우리 당 중앙 위원회 제5차 전원 회의 보고에서 전쟁의 어려운 환경 속에서도 민족 문화 유산 계승 문제를 강조하시면서 "우리는 자기의 고귀한 과학, 문화의 유산을 옳게 섭취하며 그를 발전시키는 기초 우에서만이 타국의 선진 과학, 문화들을 급히 또는 옳게 섭취할 수 있다는 것을 반드시 알아야 하겠습니다"라고 교시하였습니다.

다 아는 바와 같이 우리 선조들은 남달리 일찌기 문명의 아침을 맞이하였으며 유구한 력사와 빛나는 문화 전통을 쌓아 올렸습니다. 근면하고 평화 애호적인 우리 선조들은 창조적 로동 속에서 슬기로운 문화를 창조하고 외래 침략자들을 반대하여 싸우는 투쟁에서 애국적인 전통을 발양시켰습니다. 특히 17~18세기에는 외래 침략자들과 리조 봉건 통치배들을 반대하는 인민들의 해방 투쟁을 토대로 하여 유물론적인 실학 사상이 광범히 보급되고 문학 예술 분야에서는 사실주의 전통이 확립되였습니다. 우리 문학 예술의 이 빛나는 전통을 20세기에 들어 와서 조선 인민의 민족적 자각과 더불어 위대한 로씨야 사회주의 10월 혁명의 영향하에 로동 계급을 선두로 한 반일 민족 해방 투쟁에 의하여 더욱 풍부화되고 새로운 특질들을 첨가하게 되였습니다. 즉 1920년대부터 로동 운동의 급속한 장성과 함께 맑스주의 사상이 보급되기 시작하여 그것은 새로운 과학 문화 예술의 사상적 기초로 되였습니다. 1925년 진보적 작가, 예술가들에 의하여 반일 민족 해방 투쟁의 일익적 임무를 담당하여 출현한 카프 문학 예술은 우리 나라에서 처음으로 사회주의적 사실주의의 길을 개척하였으며 1930년대 김일성 동지가 조직 지도한 항일 무장 투쟁의 영향하에 질적 량적으로 비약적인 발전을 이룩하였습니다.

한편 1930년대의 영웅적 항일 무장 투쟁 속에서 직접 창작된 혁명적 문화 예술은 조선 인민의 민족적 사회적 해방을 필승의 신념으로 고무한 그의 전투성과 혁명성으로 하여 불멸의 공산주의 찬가로 되였습니다.

따라서 해방 후 우리 문학 예술은 이러한 우리 나라의 풍부한 고전 유산과 우수한 전통의 합법칙적인 계승자로 출현하였으며 그것은 문화 유산 계승에 대한 우리 당의 정확한 정책과 지도에 의하여 성과적으로 보장되였습니다. 특히 남조선에서 미제가 추구하는 민족 문화 말살 정책에 의하여 우리 민족 문화 유산들이 혹심하게 파괴되고 버림을 받고 있는 것과는 반대로 공화국 북반부에서는 리규보, 리제현, 박연, 김시습, 림제, 허균, 박인로, 김만중, 정선, 박지원, 김홍도, 정약용, 신재효 기타 많은 고전 작가, 예술가들이 널리 인민들 속에서 친숙되고 그 이름들은 국경을 넘어서 그 미치는 범위를 갈수록 멀리 확대하고 있습니다.

또한 조선 문학사의 저술을 비롯하여 고전 작품들의 왕성한 출판과 더불어 창극, 민족 무용극, 민족 관현악, 조선화, 민족 공예품 등이 오늘의 새로운 미학적 요구에 대답하여 예술성을 계속 높이면서 전례 없는 활기를 띠고 발전되고 있습니다.

김일성 동지는 예술적 유산 계승에 대하여 맑스-레닌주의 미학 원칙을 구체화시켜 "우리 민족이 고유하고 있는 우수한 특성을 보전함과 아울러 새로운 생활이 요청하는 새로운 리듬, 새로운 선률, 새로운 률동을 창조하여야 하겠습니다"라고 교시하였습니다. 일찌기 박연암도 유명한 '법고 창신'이란 말로 계승과 혁신의 관계를 밝혔습니다.

바로 우리의 민족 고전 계승 사업은 이러한 원칙에서 오늘의 무대 예술, 기타에서 보는 것과 같은 경이적인 혁신과 발전을 가져 왔습니다.

다른 한편으로 우리 문학 예술은 쏘련을 비롯한 선진적 외국 문학 예술의 창조적 경험을 섭취하며 국제 문화 교류를 촉진시킨 면에서도 획기적인 성과를 달성하였습니다. 쏘련을 비롯한 사회주의 진영의 불패의 통일 단결과 국제주의적 친선의 강화는 형제 국가 호상간의 정치, 경제, 문화적 련계를 한층 촉진시켰습니다. 그리고 세계 평화와 안전을 위한 공동 위업에서 제 인민 간의 친선의 뉴대가 날로 강화되는 환경에서 우리의 친선 국가 인민들과의 문화 교류 사업은 어느 때보다도 활기를 띠고 전개되였으며 계속되고 있습니다. 왕성한 번역 출판 사업과 함께 문화 예술단의 호상 교류, 작가, 예술가들의 호상 래방, 국제 축전을 위시하여 순회 공연, 순회 전람회 등은 제 인민 간의 친선적 련계를 강화는 데 크게 이바지하였습니다. 동시에 그것은 우리들의 공동 위업에서 날로 장성하는 국제주의의 특징을 보여 주면서 우리 민족 문학 예술의 고귀한 가치와 우리 인민의 예술적 재능을 국제 무대에 시위하였습니다.

특히 세계 청년 학생 축전들을 통한 우리 나라 민족 예술의 국제 무대에의 진출은 우리 민족 예술의 빛나는 전통과 함께 미제 무력 침범자들을 격퇴한 영웅적 조선 인민의 불패의 위력과 전후 인민 경제 복구 발전을 위한 투쟁에서 천리마의 기세로 사회주의 건설의 대고조를 이룩한 조선 인민의 로력적 위훈을 생기 발랄한 예술로써 세계 인민들 앞에 시위하였습니다.

그리하여 음악, 무용을 비롯한 우리의 풍부한 민족 예술은 오늘 국제 무대에서 '황금의 예술'로 불리고 있습니다. 우리는 우리의 이 화원을 더욱 풍만히 함으로써 세계 문화의 화원에 보다 많은 기여를 해야 하겠습니다.

해방 후 우리 문학 예술의 이러한 급속한 발전은 그것이 무엇보다도 진정한 인민의 예술로 꽃피고 있다는 데 그 특징이 있습니다. 우리 당은 해방 직후부터 제반 민주 개혁의 실시와 더불어 문화 혁명을 수행하였으며 새로운 문학 예술 간부 육성과 군중 문화를 발양시킬 데 대하여 특별한 배려를 돌렸습니다. 그리하여 군중이 있는 곳마다 구락부, 도서실, 각종 문화 예술 써클들이 광범히 개설되였으며 근로 대중 속에서 새로운 작가, 예술가들이 뒤를 이어 배출되고 있습니다.

문학, 연극, 음악, 미술, 무용 등 각종 써클들의 조직을 강화하고 재래의 우수한 민간 예술을 계승 발전시키며 군중으로 하여금 개별적 또는 집체적으로 시, 소설, 희곡, 음악, 무용 등 창조 활동에 발동하게 함으로써 군중들의 창발력을 발양시키고 군중 속에서 새로운 문화 예술이 꽃피게 하는 것은 우리 당 문예 정책의 시종일관한 지향입니다. 그리하여 로동자, 농민을 비롯한 근로 대중 자신이 우리의 새로운 민족 문화 건설에 직접 참여하게 되였으며 우리의 문학 예술은 이러한 근로 대중 속에서 배출한 광범한 신인들로 자기 대렬을 급속히 확장하고 진정한 인민의 문학 예술로 발전하게 되였습니다. 특히 전후 시기 인민 경제 각 분야에서 사회주의적 개조가 승리적으로 완수되고 기술 문화 혁명이 광범히 수행된 조건하에서 각종 예술 써클은 더욱 눈부시게 발전하여 현재 문학, 음악, 무용, 연극, 미술, 영화, 수예, 사진 등 예술 써클은 1960년 말 현재 6만 2,800여 개에 달하며 여기에 125만 2,000명 이상의 써클원이 망라되여 있습니다. 이러한 대중적 써클 운동은 다만 우리 문학 예술의 믿음직한 저수지로 되는 데만 그치지 않고 광범한 근로 대중을 문학 예술 창조 사업에 인입시키고 생산과 문화를 결부시키는 점에서 공산주의로 나가는 래일의 문학 예술의 전 인민적 담보로 되는 것입니다.

매년 전국 예술 축전에 참가하는 써클 경연 대회의 눈부신 창조적 성과를 비롯하여 근로자들의 작품집인 『로동 찬가』, 『젊은 대오』 기타는 우리 근로자들의 창조적 재능을 과시하고 있으며 보다 찬란한 래일의 우리 문학 예술을 약속하여 주고 있습니다.

이상과 같은 해방 후의 우리 문학 예술의 거대한 성과와 발전은 무엇보다도 문예 전선에서 온갖 부르죠아 반동 사상을 분쇄하고 작가, 예술가들의 사상적 통일을 강화하는 우리 당의 정확한 문예 정책과 일상적 지도를 떠나서 이야기할 수 없습니다. 우리 당은 해방 직후부터 문학 예술에서 레닌적 당성 원칙을 고수하는 투쟁과 함께 우리의 새로운 민족 문화 건설을 방해하며 우리 인민과 인연이 없는 온갖 부르죠아 반동 사상의 침습을 반대하는 투쟁을 견결히 진행하였습니다. 특히 장기간에 걸친 악독한 일제 식민지 통치가 물려 준 사상 잔재가 뿌리 채 청산되지 않고 남조선을 강점한 미제가 부패한 '미국식 생활 양식'과 타락한 부르죠아 문학 예술을 통하여 자기들의 추악한 침략적 목적을 추구하고 있는 조건하에서 문예 전선에서 부르죠아 반동 사상을 반대하는 투쟁은 곧 미제 침략자들을 반대하는 투쟁의 중요한 고리로 되였습니다.

그러므로 우리 당은 처음부터 사상 전선에서 미제 원쑤들의 침략 정책을 폭로하고 부르죠아 반동 사상의 침해를 분쇄하는 투쟁을 강화하였으며 문학 예술 분야에서 온갖 이색적 조류의 침습을 배격하고 미제가 남반부에 부식하는 반동적 문예 사상을 폭로 규탄하는 투쟁을 완강하게 전개하게 하였습니다. 문예 전선에서 온갖 부르죠아 반동 사상을 반대하는 투쟁을 통하여 우리 문학 예술의 광휘로운 전통이 더욱 뚜렷이 천명되였으며 문학 예술의 전투성이 한층 제고되였으며 작가, 예술가 대열의 사상적 순결성과 단결이 더욱 강회되였습니다. 그러나 이 말은 부르죠아 반동 사상에 대한 투쟁이 끝났다는 것을 의미하는 것은 아닙니다.

문예 전선에서 부르죠아 사상을 반대하는 투쟁을 계속 완강하게 전개하며 온갖 부르죠아 반동 사상과 국제 수정주의 등 일체 반동 사상이 침습하지 못하도록 경각성과 전투성을 높이는 문제는 우리 조국이 처하여 있는 남다른 현실에서 더욱 요구되는 촌시도 잊을 수 없는 중대 문제입니다.

친애하는 동지들!

해방 후 우리 문학 예술은 한마디로 말하여 해방 후 조선 인민 앞에 제기된 혁명 위업 달성에 전적으로 복무하며 력사적인 매 단계에서 당 정책의 구현에 창조적 력량을 다 바치는 당적인 문학 예술로 되였으며 따라서 그의 창조적 성과들은 그대로 우리의 혁명 위업 달성에 궐기한 조선 인민의 보람찬 투쟁과 생활의 화폭이며 승리의 기록입니다. 우리들이 이미 달성한 성과는 거대하며 그 동안의 풍부한 경험은 앞으로의 우리 문학 예술 발전의 확고한 담보로 됩니다. 그러나 우리는 이것으로써 만족할 수 없으며 또 자만할 아무런 리유도 없습니다. 우리 문학 예술이 달성한 성과가 크다고 할지라도 오늘 천리마로 달리는 우리 시대의 요구에 비춰 볼 때 또한 날로 장성하는 인민들의 미학적 요구에 비춰 볼 때 우리 문학 예술의 현 상태로써 결코 만족할 수 없습니다. 우리 문학 예술의 급속한 개화 발전에는 그의 장성 과정에 따르는 부분적 결함들이 존재하고 있는 것도 사실입니다.

그렇기 때문에 작년(1960년) 11월 27일 작가, 예술가들에게 주신 김일성 동지의 교시는 우리 문학 예술이 오늘의 천리마적 현실에서 뒤떨어지고 있는 사실과 함께 우리 문학 예술이 내포하고 있는 결함들을 시급히 극복할 데 대하여 간곡히 지적하였습니다.

이와 관련하여 김일성 동지는 또다시 우리 문학 예술 부대의 새로운 조직 사업에 대하여 시기 적절한 발기를 내려 주셨으며 이를 접수한 우리들은 오늘 문예총 결성 대회를 가지게 되였습니다. 새로이 결성되는 문예총은 무엇보다도 우리 나라 현실 발전과 문학 예술 발전의 합법칙적 요구로부터 제기된 것입니다. 우리 문학 예술은 그의 급속한 장성에도 불구하고 문학 예술 각 부문 간의 련계가 원만하지 못하였으며 따라서 각 부문 간에 일정한 불균형이 조성되였는바 이는 무엇보다도 우리 문학 예술 부문의 조직적 결함에서 온 것입니다.

우리 문학 예술 부문 간의 긴밀한 련계를 강화하며 호상 련대와 교류를 촉진시켜야 할 필요성은 다름 아닌 오늘 우리 문학 예술의 현실적 발전이 그것을 절실히 요구하고 있습니다. 특히 종합 예술로서의 영화가 다른 분야보다 뒤떨어지고 있는 것도 문학 예술 각 부문 간의 긴밀한 련계의 뉴대가 불충분한 데 중요한 원인이 있습니다. 그러므로 오늘의 현실 발전에 대처하여 문학 예술 각 부문 간의 호상 련계와 교류를 강화하고 통일적 발전을 추진시키는 조직적 대책으로서 문예총은 출현하는 것입니다.

그리하여 우리들은 오늘의 천리마 시대의 문학 예술 발전을 성과적으로 추진시키기 위하여 문학 예술 각 부문들의 독자적 기능과 활동을 조직적으로 발양시킬 수 있는 집체적 지도 기관으로서 각 부문들에 유일한 동맹 조직을 가지게 하고 이 동맹 조직들의 긴밀한 련계와 협조를 강화하며 그의 통일적 지도를 보장하는 총 동맹을 결성하게 됩니다. 따라서 우리 문학 예술의 통일적 발전을 위하여 문학 예술 각 부문들 간의 협조와 조직적 련계를 강화하고 작가, 예술가들 사이의 집체적 협조를 추동하며 창조적 경험들을 교류하고 일반화하는 것은 문예총의 주요한 임무의 하나입니다. 이와 함께 문예총의 중심 과업은 진정한 인민적 문학 예술의 새로운 창작적 앙양을 가져 오게 하는 데 있습니다.

우리 작가, 예술가들이 현실의 발전과 인민의 미학적 장성에 발을 맞추어 보다 높은 인민적 문학 예술을 창조하는 것은 시대의 요구입니다. 물론 우리 나라에서 사회주의적 사실주의는 높은 수준에서 발전하고 있습니다.

맑스-레닌주의 미학은 우리 인민 예술 속에서 더욱 급속히 장성하고 있으며 인민들 속에서 전문가들도 뒤따르지 못 할 생활적 진실을 반영한 훌륭한 예술 작품들을 창작해 내고 있습니다.

우리들은 인민 예술에서 새것을 발견하며 맑스-레닌주의 미학을 더욱 심화시키고 한 계단 높이 전진시켜야 하겠습니다. 그러기 위하여 우리들은 현실 속으로, 인민들 속으로 더욱 깊이 들어 가야 하며 문예총은 이를 조직적으로, 계획적으로 추진시켜야 합니다.

그리하여 문예총은 문학 예술 분야에서 당 정책을 관철하며 우리의 창조 사업에서 오늘의 천리마적 현실이 요구하는 획기적인 앙양을 가져 오는 데 모든 력량을 집중시켜야 합니다. 우리 나라에서 이룩한 사회주의 건설의 대고조와 천리마 운동의 전개는 김일성 동지가 정확하게 지적한 바와 같이 “사회주의 혁명이 결정적으로 승리하고 인민 경제의 자립적 토대가 축성된 기초 우에서 일어난 합법칙적 현상이며 락후하고 빈궁한 자기 조국을 하루 속히 선진 국가 대렬에 올려 세우려는 우리 근로자들의 한결 같은 지향을 반영하는 것이며 당을 무한히 신뢰하고 사랑하며 당 주위에 철석 같이 단결하여 모든 난관을 뚫고 나아가는 우리 근로자들의 불굴의 투지와 위대한 창조력의 발현입니다.” 천리마—그것은 바로 우리 시대의 혁명 발전과 현실 전변의 놀라운 속도를 형상적으로 말하고 있으며, 사회주의의 높은 봉우리를 주름잡아 공산주의를 앞당기는 우리 근로자들의 혁명적 기상을 상징하고 있습니다. 따라서 오늘 천리마 운동이란 말은 인민 경제 발전에서 계속 혁신, 계속 전진의 추동력으로 될 뿐만 아니라 사람들의 사상 의식, 사회 도덕, 문화 생활에 이르기까지 포괄하는 인간 개조의 공산주의 학교를 의미하고 있습니다. 이러한 천리마적 현실과 근로자들의 급격한 발전에 대비할 때 우리 문학 예술의 현 상태가 뒤떨어지고 있는 사실을 누구도 부인할 수 없습니다.

우리의 일부 작품들에서는 천리마 작업반을 취급하고 있기는 하나 그것이 생산에서의 혁신, 생활에서의 혁신, 고상한 정신 세계에로의 인간 개변이 심오하게 반영되지 못하고 있으며 부분적으로 이름만 천리마로 되고 있는 작품들도 없지 않습니다. 우리 문학 예술이 이처럼 천리마적 현실 발전에서 뒤떨어지고 있는 것은 무엇보다 우리 작가, 예술가들이 오늘의 천리마적 시대 정신을 체득하고 현실 생활에 침투하려는 노력이 아직도 부족한 데 그 주요한 원인이 있습니다.

우리의 일부 작가, 예술가들 속에는 김일성 동지가 지적한 바와 같이 아직도 창작에 대한 신비주의가 남아 있습니다. 그들은 마치 작가, 예술가란 특수한 인간인 것처럼 자처하면서 앉아서도 무슨 령감이나 상상력으로 능히 천리마 시대를 그릴 수 있듯이 자신을 과신하고 있습니다. 자본주의 사회에서 부르죠아 작가들은 진실을 말할 대신 자기 계급의 지배를 위하여 거짓말을 참말처럼 꾸미는 요술사적 자격을 부여 받고 있으며 특수한 인간의 대우를 받지만 오늘 우리 사회에서 이런 흉내를 낸다는 것은 우스운 일일 뿐 아니라 유해로운 일입니다.

현실 생활—이것은 우리 작가, 예술가들의 학교이며 스승입니다. 더우기 천리마로 약진하는 현실을 모르고는 오늘의 시대와 인간들을 따라 갈 수 없으며 공산주의 학교인 천리마적 현실 생활에서 배우지 않는다면 결코 우리 시대가 요구하는 좋은 작품을 창작할 수 없습니다. 우리는 물론 지금까지도 현실 생활에의 침투와 인민 생활과의 련계를 한두 번만 강조한 것이 아니며 그것을 실천하는 면에서도 적지 않은 성과를 올린 것이 사실입니다.

그러나 그것만으로는 아직 부족합니다. 우리의 천리마적 현실은 어제와 오늘이 몰라 보게끔 달라지는데 우리 작가, 예술가들은 몇 해 전에 보고 체험한 그런 머리를 가지고 작품을 창작하다 보니까 현실에서 뒤떨어질 수밖에 없습니다. 가까운 실례로 천리마 작업반 운동이 시작된 이 몇 해 동안에 얼마나 많은 천리마 기수들이 탄생하였으며 청산리 정신, 청산리 방법이 침투되면서 지난 한 해 동안에 생산과 사람들의 의식에 얼마나 큰 혁신과 전변이 일어 났습니까. 우리는 어떠한 일이 있더라도 오늘의 천리마적 현실 발전과 우리 문학 예술 사이의 거리를 메꿔야 하며 우리 작가, 예술가들도 모두가 천리마를 타야 합니다.

이것은 김일성 동지의 간곡한 교시인 동시에 생활을 그 본질적인 특질에서 반영할 것을 전제로 하는 사회주의적 사실주의 자체의 요구입니다. 그리하여 오늘의 천리마적 현실은 우리 작가, 예술가들이 현실 생활에 더욱 깊이 침투할 것을 요구하고 있으며 현대성의 구현에 있어서 더한층 적극성을 발휘할 것을 요구하고 있습니다.

오늘 우리 작품들에 천리마 기상이 나래치지 못하고 천리마 시대

정신이 원만하게 체현되고 있지 못한 것은 우선 작가, 예술가들이 천리마적 현실 속으로 깊이 들어 가지 못하고 있기 때문이며 천리마적 현실 속에 들어 가지 않는 것은 새 시대의 생활과 인간을 사랑하는 정열이 부족하기 때문입니다.

그러나 근로자들을 공산주의적으로 교양하는 것을 그 주요한 사상 미학적 내용으로 하는 우리의 사회주의적 사실주의 문학 예술이 어떻게 사람들의 사상 의식을 공산주의적으로 개조하며 공산주의를 앞당기고 있는 오늘의 천리마적 현실에서 뒤떨어질 수 있겠습니까. 사회주의적 사실주의의 기치를 들고 력사적인 매 단계에서 혁명 위업 달성에 자기의 창조적 력량을 다 바쳐 온 전통과 영예를 지닌 우리 작가, 예술가들은 반드시 오늘의 천리마적 현실 속에 깊이 침투하여 천리마 기수들과 생활을 같이하며 자신들이 천리마 기수의 정신적 높이에서 천리마적 현실을 반영해야 하겠습니다. 김일성 동지는 천리마 운동을 가리켜 그것은 오늘 우리 당의 사회주의 건설에서의 총 로선이며 우리 시대 정신의 반영이라고 말씀하였습니다. 당의 붉은 문예 전사들인 우리들은 반드시 천리마 시대 정신을 구현한 문학 예술로써 우리 문학 예술 발전의 새로운 앙양을 가져와야 하겠습니다. 사회주의 건설의 대고조와 천리마 운동의 전개가 우리 나라 혁명 발전에서 새로운 시대를 열어 놓은 것처럼 오늘의 천리마 기수들의 형상 창조와 천리마적 시대 정신을 구현하는 것은 우리 문학 예술 발전에서의 새로운 개척을 의미합니다. 물론 우리들은 벌써부터 사회주의, 공산주의 문학 예술 창조를 목표로 나아가고 있습니다.

사람들의 의식을 개조하며 공산주의적 도덕 품성을 배양하는 것을 오늘의 기본 임무로 내세운 우리 문학 예술은 사회주의 건설의 대고조와 천리마 운동의 전개와 더불어 반드시 새로운 전진을 가져오지 않으면 안 될 중대한 계기에 당면하여 있습니다.

우리는 우리 시대 문학 예술의 새로운 특징으로서 우리들이 창작 실천에 구현하는 긍정적 모범으로 인민을 교양할 데 대한 김일성 동지의 교시 정신을 재인식하며 실천하는 데 적극적으로 발동되여야 하겠습니다. 긍정적 모범이 가지는 교양적 의의와 역할에 관하여는 맑스주의 이전 시기에도 사회학자들과 교육자들이 관심을 돌렸고 또 많이 말하였습니다. 특히 우리 나라 중세기 문학에서는 착한 것을 권하고 악한 것을 경계하는 사상이 맥맥히 흐르고 있으며 정다산은 "진실을 찬미하고 허위를 풍자하며 선을 권하고 악을 징계하는 사상이 없으면 시가 아니다."라고 말하였습니다.

그러나 긍정적 모범에 관한 문제는 맑스-레닌주의에 의하여 비로소 과학적인 해명이 주어졌습니다.

레닌은 긍정적 모범이라는 것이 력사적으로 제약되고 사회 계급적으로 제약된다는 것을 밝히고 부르죠아 사회에서 소위 '고상한' 모범을 따른다는 것은 부르죠아지의 계급적 리익에 복종하는 것으로 되며 근로자들을 가일층 압박하고 노예화하는 것으로 된다는 것을 지적하였습니다. 이와 함께 레닌은 사회주의 사회에서 긍정적 모범이 특별한 역할을 놀게 되는 합법칙성을 밝히면서 그것을 자연 발생적으로 방임할 것이 아니라 사회주의 건설에서 조직적, 의식적으로 리용해야 한다는 것을 밝혔습니다. 김일성 동지는 이러한 맑스-레닌주의 리론에 의거하면서 우리 나라 현실에 긍정적 모범의 교양적 의의를 창조적으로 적용시켰는바 그것은 무엇보다도 우리 당의 군중 로선에서, 그리고 우리 출판물들과 문학 예술 분야에서 구체화되면서 있습니다.

긍정면을 가지고 부정면을 극복하도록 교양할 것을 가르친 김일성 동지의 교시는 우리의 맑스-레닌주의 미학을 더욱 풍부화시켰을 뿐만 아니라 이 교시 실천에서 우리 문학 예술의 새로운 시대적 특징을 드러내게 하였습니다.

김일성 동지의 작년 11월 27일 교시는 우리 문학 예술 발전에서 거대한 리론 실천적인 의의를 가집니다. 그것은 우리 작가, 예술가들이 발전하는 현실에서 뒤떨어지고 있는 사실에 대한 지적과 아울러 새 현실을 따라 가며 그것을 우리 문학 예술에 구현할 데 대한 구체적 지침을 제시하고 있기 때문입니다.

현실은 준엄하게 작가, 예술가들을 부르고 있습니다. 오늘 우리 인민들이 사는 그 어느 곳에서도 우리들은 지난날에 보지 못하던 새형의 긍정적 모범의 주인공들을 만나게 됩니다.

옛날 사람들은 공자나 이른바 성현들의 언행 하나만을 기준으로 삼아 허구한 세월을 두고 유교 경전의 책장만 넘기다가 한평생을 마쳤지만 오늘 우리 시대에는 길확실과 같이 뒤떨어진 사람과 지어 부정적 인간도 개조할 줄 아는 천리마 기수들이 도처에서 수없이 나오고 있습니다. 이러한 천리마 기수들의 형상은 긍정적 모범으로 사람들의 의식을 개조하고 교양하는 데 거대한 생활력을 가지고 있을 뿐만 아니라 우리 시대의 공산주의적 전형 창조를 한층 풍부화시켜 주고 있습니다.

이 점에 있어서 한 개의 천리마 작업반의 생동한 묘사와 한 개의 우수한 가요로써도 우리의 7개년 계획 완수에 큰 도움을 줄 수 있다고 말씀하면서 하나의 전형을 창조하여 그것으로써 수천 수만 사람들을 교양하라는 김일성 동지의 교시는 우리 천리마 시대의 문학 예술의 사명과 기능을 심오하게 특징 짓고 있는 동시에 전형화 문제에 있어서도 깊은 시사를 주고 있습니다. 우리들은 김일성 동지의 교시 정신을 받들고 새로운 시대가 요구하는 우리 문학 예술의 예술적 기능과 수준을 높여야 하며 그러기 위하여는 무엇보다도 예술적 전형화에 대한 심오한 연구와 체득이 있어야 하겠습니다.

다 아는 바와 같이 사실주의적 전형화의 수단과 수법은 비상히 다양하며 그것은 묘사되는 것의 성격, 예술가의 구상, 그의 창조적 개성, 예술의 형태와 쟌르, 기타에 의하여 규정됩니다.

사회주의적 사실주의는 이러한 전형화의 원칙과 수법의 다양성을 배제하는 것이 아니라 그와는 반대로 예술적 전형의 창조와 선명하고 다양하며 비반복적인 생활과 성격의 창조를 위하여 예술가에게 전형화의 개성적 방법의 다양한 발현을 추구하는 광활한 무대를 열어 주고 있습니다. 따라서 우리 작가, 예술가들의 전형화에 대한 심오한 체득과 그 개성적 방법의 다양한 발현은 우리 시대의 천리마 기수들의 전형 창조에 있어서 절실한 문제로 될 뿐만 아니라 아직도 우리 문학 예술 분야에 남아 있는 도식주의와 기록주의의 편향들을 극복하는 데 있어서도 거대한 의의를 가집니다.

그리고 우리들의 사회주의, 공산주의 문학 예술 창조에 광범한 대중이 참가하고 있는 사실도 우리 시대 문학 예술의 중요한 특징의 하나입니다.

이미 우에서도 지적한 바와 같이 우리 나라에서의 대중적인 문학 예술 써클 운동은 근로 대중이 직접 문학 예술 창조 사업에 발동 참가하며 생산과 문화를 결부시키는 생활 과정에서 새로운 문학 예술을 발아시키며 육성시켜 주고 있습니다. 그러나 우리 일부 작가, 예술가들 가운데는 우리들의 사회주의, 공산주의 문학 예술 창조에 있어서 근로 대중이 놀고 있는 이 거대한 역할과 대중이 제기하는 미학상의 새로운 문제에 대하여 심각하게 느끼지 못하고 있습니다.

그들은 말로는 근로 대중이 물질적 부의 창조자일 뿐만 아니라 정신적 부의 창조자라는 것을 인정하면서도 근로자들이 창조한 문학 예술은 이른바 '써클 수준'으로만 인정하고 그것이 내포하고 있는 새것을 찾아 낼 줄 모르고 있습니다.

이러한 사람들의 머리는 우에서도 지적한 바와 같이 자기들을 특수한 '전문가'로 자인하며 문학 예술의 창조 사업을 신비화시키는 낡은 사상 잔재에 사로잡혀 있는 것입니다.

우리는 김일성 동지가 교시한 바와 같이 창작에서 이러한 신비주의를 결정적으로 깨뜨려야 합니다. 우리는 문학 예술을 가장 잘 리해하는 것도 인민 대중이며 가장 훌륭하고 아름다운 예술을 창조해 내는 것도 인민 대중이라는 것을 알아야 합니다. 먼 실례를 들 것도 없이 금번 진행된 전국 예술 축전 농촌 부문 써클 공연만 두고 보더라도 그것은 얼마나 훌륭하고 생동한 예술들입니까. 거기에는 전문적인 창작 단체들에서 볼 수 없는 새것이 있으며 그것은 무엇보다 생동하고 생활적인 감동성으로 사람들을 매혹시키고 있습니다.

여기서 말하는 새것이란 다름 아닌 낡은 것의 극복이며 이 극복에서의 재탄생을 말하는 것입니다.

그러므로 새것은 언제나 생동하며 창조적이며 막을 수 없는 박력을 가지는 것입니다. 오늘 왕왕 보는 바와 같이 이른바 전문가들의 예술보다 신출내기 로동자, 농민의 예술이 우리에게 더 깊은 감흥과 미감을 주는 리유는 오로지 그것이 생활의 진실과 시대의 맥박과 전진의 박력으로 특징 지어지는 새것을 가지고 있기 때문입니다. 이 중요한 고리에 대하여 다시 한 번 강조합니다만 전문가들은 생활을 떠나서 무대와 기술에만 사로 잡히여 그 예술에 생활의 진실과 약동성을 잡아 오지 못하고 있는 대신 근로 대중의 생활 속에서 나온 예술은 그들의 생활 자체에서 오는 생활의 약동성을 가지기 때문에 그것이 항상 생동하며 박력을 가지는 것이며 그 점에 있어서 책상과 무대와 기술에만 매달려 사는 사람이 따르기 어려운 것입니다. 이 사실은 오늘 문학 예술의 전문가들인 우리들이 현실에 침투하여 대중의 생활에서 직접 배워야 하여 생활의 진실을 체득하는 문제가 무엇보다 가장 중요하다는 것을 말해주고 있습니다. 우리의 일부 작가, 예술가들 가운데는 인민 대중의 생활 감정에 맞지 않는 작품을 내놓고도 기술적인 력량을 뽐내는 사람이 없지 않습니다. 그러나 생활 감정에 맞지 않는 작품을 내려 먹였대야 인민 대중이 받아 먹지 않습니다. 이런 작품들과 대비한다면 근로자들의 써클 작품들은 비록 기술적인 면에서 아직 어린 점이 있다 하더라도 거기에는 인민들의 생활 감정에 안겨 오는 생동한 감동성과 매력이 있습니다. 그렇기 때문에 우리들은 근로 대중에게서 허심하게 배워야 하며 낡은 것을 버리고 새것을 접수하는 데 민감해야 합니다.

김일성 동지는 작가, 예술가들이 대중에 의거하고 창작 사업에 대중을 발동시킬 것을 교시하였습니다. 이것은 근로 대중이 문화의 향수자일 뿐만 아니라 문화의 창조자라는 맑스-레닌주의 명제에 의거하고 있는 동시에 우리 나라의 정치, 경제, 문화의 전면적 앙양에 따르는 인민 대중의 문화 수준의 급속한 제고를 안받침으로 하여 금후 우리 문학 예술이 나아갈 실천적 방향을 제시한 것으로서 중요한 의의를 가집니다.

금번 농촌 부문 써클 경연 대회가 거둔 거대한 성과만 두고 말하더라도 그것은 우리 당이 최근 년간에 농촌에서 진행한 기술 문화 혁명의 성과적 수행과 떼여서 생각할 수 없습니다. 농촌 경리의 사회주의적 개조와 더불어 농촌 기계화의 추진으로 그들이 과거와 같은 힘든 로동에서 해방되면서 그처럼 군중 문화 사업을 급속히 발전시킬 수 있었다는 사실에 우리는 응당한 주목을 돌려야 합니다. 그것은 앞으로 기술 혁명의 성과적 수행에 따라 우리 근로자들이 사회주의, 공산주의 문학 예술 창조에 더욱 적극적으로 참가하며 대중적 써클 운동이 더욱 눈부시게 발전하리라는 것을 시사하고 있습니다.

그러므로 이 추세에 발맞추어 우리들의 창작 사업에 대중을 발동시키고 작품 평가에 대중을 인입시키는 것은 우리들의 문학 예술 창조 사업을 질적으로나 량적으로 풍부화시키는 길인 동시에 진정 우리들의 문학 예술을 인민 대중의 것으로 만드는 일로 되며 여기서만 문학 예술의 진정한 인민성이 확립될 수 있습니다. 우리 작가, 예술가들은 대중에게서 배우면서 또한 그들에게 아직도 기술적으로 부족한 면들을 인내성 있게 가르쳐 주며 몸에 배게 해 주어야 합니다.

문학 예술 창조 사업에서 작가, 예술가들과 근로 대중과의 이러한 동지적 협조와 긴밀한 련계는 우리 문학 예술의 창조적 성과를 급속히 확대할 수 있는 담보로 되며 우리의 문학 예술을 진정한 인민의 문학 예술로 되게 하는 실천적 방도로 됩니다.

이 모든 것은 오늘 우리 문학 예술 발전이 새로운 시기에 들어 섰으며 사회주의, 공산주의 문학 예술 창조에서 새로운 특징들을 드러내고 있다는 것을 말하여 주고 있습니다.

현 시기에 있어서 우리들 앞에 나선 가장 숭고한 임무는 전체 인민들을 공산주의 정신으로 교양하고 개조하며 보다 영웅적인 로력 위훈으로 불러 일으키는 위대한 사회주의, 공산주의 문학 예술을 창조하는 데 있습니다.

우리 당과 김일성 동지의 현명한 령도 밑에 우리 문학 예술이 지금까지 걸어 왔고 또 앞으로 걸어 나아갈 길은 정확하고 또 명확합니다. 그렇기 때문에 우리들 앞에 나선 가장 중심적이며 기본적인 임무는 우리 시대와 우리 인민이 요구하는 보다 좋은 작품을 보다 많이 왕성하게 창작하는 데 있습니다.

우리 전체 작가, 예술가들은 자기 수중에 쥐여진 무기를 더욱 날카롭게 벼리고 그것을 다루는 데 더욱 정통하고 숙련된 능수로 되며 김일성 동지가 교시하신 것처럼 "예술성으로 더욱 강화하여진 고상한 사상성"의 작품을 많이 창작해내도록 하여야겠습니다. 우리 문학 예술은 해방 후 그의 급속한 발전 과정에서 각 예술 부문 간에 불균형이 조성되고 어떤 부문은 아직도 뒤떨어지고 있는 것이 사실입니다.

김일성 동지의 교시에서 특히 우리 영화와 가요에 대하여 강조한 것도 그가 차지하는 비중이 크다는 점과 아울러 이 부문이 다른 부문에 비하여 현저히 뒤떨어지고 있기 때문입니다. 다 아는 바와 같이 종합적인 현대 예술로 특징적인 영화는 예술 형식 가운데서 가장 대중성이 높은 예술이며 또 가요도 대중적이며 직접적인 선동성을 가진 예술입니다. 때문에 우리 나라의 혁명 발전이 이러한 대중성이 높은 예술을 많이 요구하고 있는 것이며 그에 대한 요구성이 높아지고 있는 것은 당연한 일입니다. 그러나 오늘의 영화가 이러한 요구성을 충족시켜 주지 못하고 있는 것은 결코 영화 부문 일'군들에게만 책임이 있는 것은 아닙니다. 중요하게는 좋은 씨나리오를 창작해내지 못한 작가들에게 있습니다.

가요의 경우에 있어서도 좋은 가요가 나오지 못한 원인은 작곡가에게만 있는 것도 아니며 또 가사를 짓는 작가에게만 있는 것도 아닙니다.

이에는 호상 불가분리적인 련관성이 있습니다. 그러므로 앞에서도 지적한 바와 같이 문학 예술 각 부문 또는 쟌르 간의 련계를 강화하며 통일적인 발전을 위한 지도 체계를 확립하는 데 금번 문예총이 새로이 발족하게 된 주요한 사명과 의의가 있는 것입니다. 우리들은 호상 련대 책임을 가지고 뒤떨어진 부문을 추켜 세워 앞선 부문을 따라 잡게 하며 우리 문학 예술의 어떤 부문에서도 계속 앙양, 계속 전진이 있게 하여야 합니다. 우리 문학 예술 앞에는 휘황한 사회주의, 공산주의 대로가 열려져 있습니다. 그러나 이것은 우리들의 앞길에 아무런 곤난도 장애도 없다는 것을 의미하지 않습니다.

오늘 우리 혁명 발전이 새것과 낡은 것의 가렬한 투쟁 속에서 이루어지는 것처럼 우리 문학 예술의 앞길에도 새것의 장성을 방해하며 전진을 저해하는 낡은 잔재가 집요하게 작용하고 있다는 것을 알아야 합니다.

우에서도 지적한 바와 같이 우리 문학 예술 분야에서 보수주의와 신비주의는 죄다 마사지지 않았으며 교조주의와 형식주의의 잔재도 완전히 가시지 않고 있습니다. 우리들은 이러한 낡은 잔재들을 뿌리뽑기 위하여 완강하게 투쟁을 계속 하여야 합니다.

우리 작가, 예술가들은 지난날에 그랬던 것과 같이 우리 당의 문예 로선으로부터 리탈된 어떠한 경향과도 견결히 투쟁하여야 하며 특히 국제 수정주의와 부르죠아 반동 문예 사상의 침습을 분쇄하는 투쟁을 계속 강화하고 우리들 자신 속에 남아 있는 소부르죠아적 일체 낡은 사상 잔재의 발현과도 타협 없는 투쟁을 계속하여야 합니다. 우리들은 우리 문학 예술 작품들의 사상 예술성에 대하여도 한층 그 요구성을 높여야 하겠습니다.

사람들에게 공산주의적 도덕 품성을 배양하고 사람들의 정신 생활을 더욱 풍부히 하며 사람들을 흥분시키고 고무하며 그들에게 아름다운 정서를 불러 일으킬 수 있는 작품이란 작가의 현실 생활에 대한 뜨거운 사랑과 함께 투철한 맑스-레닌주의 세계관의 체득과 심오한 사상적 내용을 체현한 아름답고 완성된 예술적 형식을 창조하는 예술적 기교로써만 가능한 것입니다.

따라서 전체 작가, 예술가들은 천리마적 현실 생활에 깊이 침투하여 생활 체험을 축적함과 아울러 자기를 부단히 개조하며 우리 당 정책과 김일성 동지의 로작들을 계속 학습하고 맑스-레닌주의적 미학 교양과 예술적 기교를 제고하는 끊임 없는 노력이 있어야 하겠습니다.

우리는 문학 예술 각 분야에서 창작의 질을 제고함과 아울러 또한 문학 예술 리론과 평론의 수준을 한층 높여야 하겠습니다.

우리의 평론은 창작의 사상 예술성을 높이는 데 실질적인 방조를 주어야 하며 광범한 대중의 리익의 옹호자이며 공정한 사회 여론의 대변자로 되여야 합니다.

우리의 각 부문 평론들은 주체를 확립하고 교조주의와 형식주의를 퇴치하는 투쟁에서도 선도적 역할을 놀아야 하며 우리 문학 예술의 창작 경험들을 총화한 기초 우에서 오늘의 천리마적 현실을 형상화하며 사회주의, 공산주의 문학 예술 창조에서 제기되는 미학상의 문제들에 대하여 구체적인 해명을 주어야 합니다. 또한 우리들은 우리 나라의 풍부한 문학 예술 유산을 정리하고 계승하는 사업을 더욱 활발히 전개하며 특히 우리 고전 작가, 예술가들의 풍부한 창작 경험과 리론적 유산들을 계승 발전시키며 우리의 맑스-레닌주의 문학 예술 리론을 더욱 풍부화시킴으로써 우리 문학 예술 창조 사업에 이바지해야 하겠습니다.

우리들은 모든 력량을 우리 시대의 사회주의, 공산주의 문학 예술 창조에 바쳐야 하며 천리마 시대의 영웅적 우리 인민들이 어떻게 인류의 리상인 공산주의를 앞당기기 위하여 사업하고 투쟁하였는가를 진실한 모습으로 우리의 먼 후대들에게 보여 주어야 합니다.

우리 문학 예술 부대는 일찌기 오늘과 같이 거대한 력량으로 뭉쳐진 적이 없습니다.

당의 의지로 뭉친 우리들은 이미 가렬한 투쟁 속에서 단련되였으며 간고한 시련 속에서 승리한 당의 작가, 예술가 부대입니다.

우리들은 당의 붉은 문예 전사로서 우리 나라 혁명을 촉진시키는데 창조적 력량을 다 바쳐야 하며 프로레타리아 국제주의에 충실하며 사회주의와 세계 평화의 공동 위업을 위하여 헌신적으로 투쟁하여야 하겠습니다.

친애하는 동지들!

나는 오늘 우리들이 문예총을 결성하는 이 자리를 빌어 우리 문학 예술의 전국적인 통일적 발전을 위하여 남북 간의 문화 교류를 촉진시키며 우리 조국의 평화적 통일을 촉진시킬 데 대하여 다시 한 번 남조선 전체 작가, 예술가들에게 호소하려고 합니다.

다 아는 바와 같이 김일성 수상은 8·15 해방 15주년 경축 대회 보고에서 조국의 평화적 통일과 민족의 장래 번영을 위한 위대한 강령을 천명하였으며 최고 인민 회의 제2기 제8차 회의는 이를 구체화한 주도 면밀한 현실적인 방안을 제시하였습니다. 이 정당한 방안은 조국의 분렬을 종식시키며 파국에 처한 남조선의 민족 경제와 도탄에 빠진 남조선의 인민 생활을 구원하는 유일하게 정당한 방안으로서 남북 조선 인민의 한결 같은 지지와 국제적 반향을 불러 일으키고 있습니다. 남조선의 일부 정당, 사회 단체들 속에서도 남북 간의 접촉과 협상을 요구하는 목소리가 점차 높아 가고 있으며 남조선의 광범한 사회계와 정계의 커다란 주의가 조국의 평화적 통일 문제에 돌려지고 있는 것은 오늘 막을 수 없는 대세의 도도한 흐름으로 되고 있습니다.

이 흐름에 남조선 작가, 예술가들도 합류하고 있습니다.

그러나 조국과 인민의 운명에 누구보다 깊은 관심을 가지고 민족적 의무 앞에 충실하여야 할 남조선 작가, 예술가들 중 일부가 아직도 침묵을 지키고 있는 리유는 무엇이겠습니까?

우리는 이들 일부 남조선 작가 예술인들도 숭고한 동포애와 민족적 념원으로부터 출발한 우리들의 제의를 한갖 선전이라고 떠벌린 장면 도당의 기만적 술책에 빠져 있다고는 생각하지 않습니다. 그들은 남조선에서 부패한 양키 문화와 미국식 생활 양식이 강요되고 우리의 고유한 민족 문화와 생활 풍습이 무참히 짓밟히고 있는 것을 가슴 아파하며 남북 간의 인공적 장벽으로 언어와 생활 풍습까지도 서로 달라져 가고 있는 사태를 통탄하고 있습니다.

우리들은 멀지 않는 장래에 남북 조선 작가, 예술가들이 반드시 한자리에 모일 수 있다는 것을 확신하면서 남반부 작가, 예술가들에게 우리의 제의가 접수될 때까지 온갖 성의 있는 노력을 아끼지 않을 것입니다.

우리 민족 문화를 통일적으로 발전시키는 것은 우리 민족에게 있어서 한시도 유예할 수 없는 절박한 문제이며 따라서 이 민족적 과업을 실현하는 것은 우리 남북 예술인들의 공동적 의무이며 권리입니다.

우리는 미제 간섭자들 때문에 우리의 민족적 대사를 그르칠 수 없습니다. 남북 예술 단체 대표나 개별적 인사들의 접촉과 래왕으로 조국 통일의 실머리를 풀자는 것이 무엇 때문에 접수될 수 없으며 또 실현될 수 없는 일이겠습니까. 우리들은 다른 사람 아닌 우리 인민의 지향과 현실적 움직임을 가지고 인민 대중들을 깨우쳐 주어야 할 작가 예술가들입니다.

우리들은 남북 조선의 현실을 자기 눈으로 보고 진실을 이야기해야 하며 자기의 작품을 통하여 사람들로 하여금 온갖 불신임과 편견을 버리게 하고 호상간 친화와 리해로써 오래 동안 막혔던 인공적 장벽을 헐어 버리며 평화적 조국 통일을 성취하는 데 도움을 주어야 할 사명을 지니고 있습니다.

나는 남조선 작가, 예술가들이 이러한 민족적 사명을 자각하고 남북 작가, 예술가들의 접촉과 협상을 하루 속히 실현시키는 데 호응하여 나설 것을 우리 북반부 전체 작가, 예술가들의 이름으로 다시 한 번 간곡하게 호소하는 바입니다.

친애하는 동지들!

우리 북반부에서의 사회주의 건설은 7개년 계획의 웅대한 설계도를 펼치고 새로운 승리를 향하여 천리마적 기세로 약진하고 있으며 우리의 민족적 지상 과업인 조국 통일의 위업을 성취할 날은 점차 가까와 오고 있습니다.

우리 나라의 위대한 혁명 발전은 우리 문학 예술 분야에 더욱 광활한 전망과 확고한 승리의 신심을 안겨 주고 있습니다. 우리들은 사회주의와 공산주의가 승리하는 시대에 살고 있으며 천리마의 기상으로 나래치는 로동당 시대에 살고 있습니다. 우리들은 유구한 력사와 찬란한 문화 전통을 이은 나라에 태여났으며 리규보, 리제현, 박연, 김시습, 김만중, 박연암, 김홍도, 신재효와 같은 탁월한 문학 예술의 천재들을 낳은 민족의 후손들입니다. 우리들에게는 경애하는 수령 김일성 동지를 수반으로 하는 조선 로동당의 현명한 령도가 있으며 우리 문학 예술을 휘황한 사회주의, 공산주의 대로로 이끄는 우리 당의 정확한 문예 로선이 있습니다.

또한 우리에게는 우리 당의 령도 밑에 가혹한 전쟁의 시련을 이겨냈으며 전후의 어려운 환경에서 인민 경제를 복구하고 새 사회를 훌륭히 건설한 영웅적 우리 인민이 있으며 공산주의적으로 일하고 배우며 사는 위대한 모범을 보여 주면서 우리 조국 땅 우에 인민의 행복한 락원을 더 빨리 건설하려고 수많은 기적들을 창조하고 있는 수천 수만의 천리마 기수들이 있습니다.

항일 무장 투쟁 시기의 빛나는 혁명 문학과 카프 문학의 우수한 전통을 계승하고 보람찬 로동당 시대의 혁명 위업의 일익적 임무를 담당하여 나선 우리 작가 예술가들이 있습니다.

우리들은 모름지기 우리의 영웅적 천리마 기수들과 호흡을 같이

하면서 문학 예술 창조 사업을 통하여 자기에게 주어진 력사적 사명을 완수하리라는 것을 서로서로 확신하는 바입니다.

모두다 7개년 계획을 승리에로 이끄는 위력한 사회주의, 공산주의 문학 예술의 창조를 위하여 유구한 우리 나라 문학 예술 발전에서 새롭게 백화 만발하는 보다 높은 봉우리를 축성하기 위하여 힘차게 나아갑시다.

—『조선문학』 163, 1961. 3(1961. 3. 9).

원문 출처

1. 「한설야의 문제작 「개선」과 김일성의 형상화에 대한 연구」, 한국비평문학회, 『비평문학』 44, 2012. 6. 30.
2. 「한설야의 「혈로」와 김일성의 항일무장투쟁에 대한 인식 연구」, 한국근대문학회, 『한국근대문학연구』 25, 2012. 상반기.(2012. 4. 30.)
3. 「한설야의 〈모자〉와 해방기 소련에 대한 인식 연구」, 한국현대소설학회, 『현대소설연구』 47, 2011. 8. 30.
4. 「북조선의 정전, 한설야의 「승냥이」 재론」, 상허학회, 『상허학보』 34, 2012. 2. 28.
5. 「북조선의 역사, 자주성의 욕망: 한설야의 『력사』 재론」, 상허학회, 『상허학보』 36, 2012. 10. 31.
6. 「한설야의 문제작 「혈로」의 개작 양상 연구」, 한국현대문학회, 『한국현대문학연구』 36, 2012. 4. 30.
7. 「한설야의 「승냥이」의 각색 양상 연구」, 고려대학교 한국학연구소, 『한국학연구』 40, 2012. 3. 30.
8. 「한설야의 『대동강』 창작과 개작의 평가와 그 의미」, 중앙어문학회, 『어문론집』 50, 2012. 6. 30.
9. 「문학과 정치: 한설야의 『력사』의 개작과 평가의 문제성」, 고려대학교 한국학연구소, 『한국학연구』 42, 2012. 9. 30.

지은이 **남원진(Nam Wonjin, 南元鎭)**

1970년 경북 영덕군 지품면 신양리에서 태어나 「남북한의 비평 연구」로 박사학위를 받은 후 건국대, 홍익대에서 현대문학과 글쓰기를 가르치는 한편 건국대, 성신여대에서 전임연구원, 가천대에서 연구교수로 재직했다. 저서로 『한국 현대 작가 연구』, 『남북한의 비평 연구』, 『이야기의 힘과 근대 미달의 양식』, 『양귀비가 마약 중독의 원료이듯…』, 『1950년대 비평의 이해』(편저), 『이북명 소설 선집』(편저), 『북조선 문학론』(편저), 『반공주의와 한국 문학의 근대적 동학(1, 2)』(공저), 『총서 '불멸의 력사' 연구(1~3)』(공저), 『해방기 북한문학예술의 형성과 전개』(공저) 등이 있으며, 논문으로는 「해방기 비평 연구」, 「전후 시대 비평 연구」, 「장용학의 근대적 반근대주의 담론 연구」, 「역사를 문학으로 번역하기 그리고 반공 내셔널리즘」, 「윤세평과 사회주의적 민족문학론의 향방」, 「반공의 국민화, 반반공의 회로」, 「'혁명적 대작'의 이상과 '총서'의 근대소설적 문법」, 「해방기 소련에 대한 허구, 사실 그리고 역사화」, 「미제와 승냥이」, 「북조선의 역사, 자주성의 욕망」, 「문학과 정치」, 「냉전 체제, 일제와 미제」, 「「개벽」과 토지개혁」 등이 있다.